식민지 한자권과 한국의 문자 교체

국한문 독본과 총독부 조선어급한문독본 비교 연구

저자

임상석(林相鍋, Lim, Sang-Seok)

부산대 점필재연구소 교수. 고려대학교 대학원을 졸업하였고 한국 근대문학을 전공하였다.
『20세기 국한문체의 형성과정』, 『시문독본』(역주), 『한국 고전번역사의 전개와 지평』(공저), 『한국
고전번역자료 편역집』1~2(공역), 『유몽천자 연구』(공저), "A Study of the Common Literary
Language and Translation in Colonial Korea" 등 다수의 논저와 역서를 펴냈다.

식민지 한자권과 한국의 문자 교체

국한문 독본과 총독부 조선어급한문독본 비교 연구

초판 1쇄 발행 2018년 12월 31일
초판 2쇄 발행 2019년 12월 10일
지은이 임상석 **펴낸이** 박성모 **펴낸곳** 소명출판 **출판등록** 제13-522호
주소 서울시 서초구 서초중앙로6길 15, 1층
전화 02-585-7840 **팩스** 02-585-7848 **전자우편** somyungbooks@daum.net **홈페이지** www.somyong.co.kr

값 32,000원 ⓒ 임상석, 2018
ISBN 979-11-5905-264-4 93810

식민지 한자권과 한국의 문자 교체

국한문 독본과 총독부 조선어급한문독본 비교 연구

Colonial Sinographic Sphere and The Shifting Korean Inscription :
A Comparative Study of Korean Mixed-Script Readers and
The Government General Korea's Korean-Literary Sinitic Readers

임상석

책머리에

　독본과 교과서 성격의 서적에 관심을 가지게 된 것은 박사논문을 작성하던 10여 년 전이다. 근대계몽기의 국한문체 잡지의 혼란스런 문체 양상을 정리할 기준을 설정하지 못해 괴롭던 차, 『실지응용작문법』(1909)이란 작문법과 독본이 결합된 양상의 책을 접하고 실마리를 찾게 되었다.

　을사늑약과 통감부의 설립으로 활성화된 계몽기 국한문체 언론에서 국문은 주요한 지향 가운데 하나였지만, 순한글에서 한문 현토체에 이르는 이질적인 서기체계를 일정한 규범 없이 사용하기에 국문이란 이름만 있을 뿐 공유된 언어적 합의를 찾기 힘든 상황이었다. 『서유견문』의 한문 단어체는 한글 통사구조를 지키는 모범을 보여주었으나 대부분의 지식인들이 공유하는 한문고전의 세계를 사상한 것이라 계몽기 언론의 문체와는 차이가 있다. 장지연, 박은식, 이기, 신채호 등의 대표적인 언론인들은 한문고전을 수사적으로 사용하지 않고서는 국한문체를 사용할 수 없었다.

　이런 상황에서 한문의 '체격體格'을 유지하면서도 한글의 통사구조를 대체로 지키려 노력한 최재학의 『실지응용작문법』의 문체는 계몽기 국한문체 언론의 이념과 형식을 집약한 대표성을 보여 주었다. 이 책을 준거로 하여 필자는 한문 단어체－한문 구절체－한문 문장체라는 나름의 경계를 정해서 학계에 제시할 수 있었던 것이다.

이 책을 시작으로 총독부 설립과 함께 출간되어 일제 정책에 부역한 『실용작문법』(1911), 총독부 독본과 재조 일본인의 조선학에 대한 대응이기도 했던 『시문독본』(1917) 등에 대해 지속적으로 연구하여 논문을 발표하게 되었다. 그리고 독본에 대한 연구는 총독부와 통감부의 '조선어급한문' 독본에 대한 비교를 통해 심화될 수 있었다.

이렇게 10여 년의 연구를 종합하여 하나로 묶어 내게 되었다. 이 책은 모든 국한문 독본을 분석한 것이 아니다. 그러나 연구의 대상이 된 독본의 경우 대부분의 예시문과 단원을 망라하여 그 연원과 배경을 밝혀내었다. 기존의 교육사 및 교과서 연구의 경우, 대상을 망라하여 개론과 거시적 전개 과정을 보여주고 있으나 독본과 그 수록된 문장들의 개별적 특성 및 학술적 의미에 대하여 알아내기가 힘들다.

이 책이 대상으로 한 독본-교과서는 분량 자체로는 그렇게 큰 것이 아니다. 그러나 수록된 글의 역사적이고 공간적인 연원은 방대하다. 『시문독본』에는 조선시대의 다양한 문장들과 동서의 넓은 지식이 결합되었으며, 총독부의 조선어급한문독본에 포괄된 글의 범위도 천년의 시간과 한중일의 공간을 한자리에 응축한 양상이다.

이 책은 시대적 대표성을 가진 독본들을 대상으로 그 지식과 편찬의 체계를 간명하게 전달하고자 노력했다. 식민지 위기에서 짧게 타오른 계몽의 희망으로부터 폐색되고 굴절된 식민지의 이상까지가 이 책을 통해 드러난 한국 어문의 축도이다.

독본이란 의무교육, 대중교육이란 서구 기원의 제도에 대응한 미디어이기도 하다. 대중사회라는 현실의 수요에 맞춘 생산품으로 식민지와 함께 이 땅과 이 사람들이 받아들여야만 했던 수많은 낯선 것들 가운데 하나라고 할 수 있다. 그런데 대중교육이란 자연과학이나 공학기술 같은 분야에 비해서는 서구에서도 상대적으로 그 연원이 짧은 제도이다. 무조건적 수용의 과정이 필수적인 과학기술에 비해서 대중교육의 독본은 현지화를 위한 독자적 응용의 산물일 수밖에 없다는 점을 성찰해야 할 것이다. 이 책이 독본과 대중교육에 대한 더 많은 곳의 더 깊은 생각을 일으키는 마중물이 되기를 바란다.

책을 내는 일은 묵은 고마움을 드러낼 수 있기에 반갑다. 가르침을 주시는 김인환 선생님, 김흥규 선생님과 김영민 선생님, 한기형 선생님께 먼저 감사를 올린다. 출간을 도와주신 정출헌, 한수영 선생님과 독서인들의 든든한 토대로 버텨주는 소명출판의 여러분, 특히 실무를 담당해주신 권혜진 선생에게 감사드린다. 또한 이 책은 점필재연구소와 고전번역＋비교문화학 연구단 덕분에 가능하였다. 하상복, 이상현, 서강선, 손성준, 이태희, 신상필 선생들을 비롯한 연구소와 연구단의 모든 분께 감사드린다. 그리고 아무쪼록 김정현 선생님의 바라는 바가 해결되기를 기원한다. 잇따라 떠오르는 이름과 인사는 6년째 이어지고 있는 망년회의 선학과 동료들을 그리는 것으로 그친다.

의무와 책임조차 생의 도약으로 바꿀 수 있는 가족들, 서준과 아내, 부모님과 장인·장모님 그리고 소하와 소하 부모, 모두를 생각한다.

임천林川에서

차례

국한문 독본류와 조선어급한문독본

이 책은 한국어의 역사적 전개와 식민지 어문정책의 길항 관계를 '국한문' 독본류와 일제의 조선어정책을 대변하는 '조선어급한문' 독본의 비교 연구를 통해 조명하고자 한다. 현재의 교과서에 해당하는 총독부의 조선어·한문 독본은 한국어 서기체계의 안정화를 위한 정책적 노력의 지표이며 대한제국기에서 일제강점기까지 한국인이 편찬한 국한문 독본과 대응관계를 가진다는 점에서 흥미로운 연구대상이다. 또한 이 독본들은 어문정책과 한자권의 연동을 직접적으로 보여준다는 점에서 '식민지 한자권'이라는 논점의 주요한 논제이다.

총독부의 독본이 식민자의 교육·어문 정책을 대변하는 자료인 것에 대응해 이 책에서 분석한 한국인의 독본은 시민운동의 소산으로 평가할 수 있다. 형식상 국가가 주도한 갑오개혁의 산물인『소학독본小學讀本』조차 민간 지식인들의 사상적 모색과 밀접한 영향관계가 있다. 계몽기의『실지응용작문법實地應用作文法』은 계몽기 언론운동을 대표하는 자료이며『시문독본時文讀本』은 1910년대 무단통치기에 이루어진 신문관과 조선광문회라는 출판·문화 운동의 결과물이다. 지금의 사찬 교과서와는 그 취지와 위상을 비교하기 어렵다. 총독부의 독본은 일제 정책을 나타내는 지표이며 한국인의 독본은 식민지에 대한 위기의식으로 형성된 피식민자들의 문화운동의 결정인 것이다.

일단 용어에 대해 서술하고 넘어간다. 한국인의 독본 가운데, 이 책의 주된 연구 대상은 대한제국기와 일제강점기 초반에서 1921년까지의 국한문체 독본인데 이 경우 한문 독본도 같이 다루어야만 한다.[1] 국문의 범위에 국한문체가 들어가므로 한문도 일정부분 포함되어야만 하는 것이다. 현대 한국의 공식문자는 한글이지만[2] 갑오개혁부터 일제강점기까지 국한문은 국문의 범위에 관습적으로 포함되어 있었다고 볼 수 있다. 언어적 실상을 나타내기 위해 '국한문 독본'이란 명칭을 사용한다.

총독부와 통감부의 교과서가 독본讀本으로 명칭이 통일된 반면,『실지응용작문법』,『실지응용작문대방實地應用作文大方』,『시문독본』등 한국인들이 사적으로 편찬한 교재류는 명칭이 통일되어 있지 않다. 사서삼경과 『소학小學』등 전근대의 전통 교과서가 의무교육과 대중교육이라는 근대적 교육기관에 적합한 독본reader 형태로 해체되고 재구성되는 과정에 대한 연구도 이 책에 포함되어 있으며, 그런 의미에서 '독본'이란 명칭을 이 책에서는 주로 사용하기로 한다.

현재 한국어 표기 양상에서 학술과 언론의 전반적 영역에 한글전용이

---

1   게일James S. Gale의 '유몽천자' 시리즈, 최재학의『실지응용작문법』,『문장지남』처럼 국문과 한문이 모여서 완결을 이루는 경우도 있고 이각종의『실용작문법』처럼 국문, 국한문, 한문의 세 가지 서기 체계를 모두 포함한 독본도 있다. 이상현·임상석·이준환,『유몽천자 연구』, 역락, 2017 참조.
2   '국어기본법'(2005) 및 그 전신인 '한글전용에 관한 법률'(1948)에 명기되어 있다.

거의 안착한 것으로 보이지만, 1980년대 말이라는 그리 멀지 않은 과거까지 한국에서 발행된 대다수의 주요 일간지는 국한문 혼용의 표기를 사용했다. 갑오개혁으로 반포된 공식적 국문으로서 매체에 나타난 한국어의 표기 양상은 통사·어휘·표기의 특성을 따라 다양한 형태로 분류 가능하다.[3] 한글전용이나 국한문 혼용은 지금도 유사한 형태가 있으나 이당시 이능화 등이 주장했던 일본식 루비, 즉 훈독訓讀을 동반한 문체는현재의 한국어 어문정책이나 표기양상으로는 상상하기 힘들다. 사실 훈독은 한문을 받아들인 한국, 일본 등이 역사적으로 공유한 것으로 계몽기에 『만세보萬歲報』 등의 신문에서 특히 이인직의 연재소설에 사용된바 있다. 또한 국한문체 자체도 한글과 한문의 통사구조 비중에 따라 몇가지 형태로 다양하게 분류가 가능하다.

국문이 공식어로 지정되고 120년 정도가 지났으며 그 가운데 36년 정도는 일본어가 국어로 강요되던 식민지시대가 끼어든다.[4] 이 기간 동안정치·사회·교육의 격변만큼 한국어의 변화도 급격하여 다양한 문어文語의 형태가 명멸했는데, 결과적으로 현재 한글전용이 30년 가까이 각종영역에 안착한 상황이다. 갑오개혁 이후로는 현재의 한국어가 비교적 가장 안정적이고 일관된 문어를 구축했다고도 볼 수 있다. 그러나 현재 한국 대학 졸업자 대다수가 1980년대 주요 일간지의 국한문체를 해독하

---

3 김영민, 『문학제도 및 민족어의 형성과 한국 근대문학』, 소명출판, 2012, 225~236쪽 참조.
4 그러므로 이 책은 일제 식민지 어문정책의 형성 과정과 조선어학자들의 연구 사이의 관계를 조명한 미쓰이 다카하시(임경화·고영진 역, 『식민지 조선의 언어 지배 구조』, 소명출판, 2013)와도 문제의식을 공유한다. 한편, 어문정책은 매체와 검열 연구 등 현재 한국학계의 주요 논점과 연결하여 연구할 필요가 있으나 이 책에서 부분적으로 조명하는 것에 그쳤다. 한기형, 「차등 근대화와 식민지 문화구조」, 『민족문학사연구』 62, 민족문학사학회, 2016; 「'이중출판시장'과 식민지 검열―'토착성'이란 문제의식의 제기」, 『민족문학사연구』 57, 민족문학사학회, 2015 등 참조.

지 못하는 특수한 상황에 처해 있기도 하다. 100년 전, 보편의 문자였던 한문은 이제 한국의 문자생활에서 괄호 안으로 거처를 옮겼으며 그 괄호조차 호출되는 빈도가 줄어들고 있다.

이 역동적인 한국어의 과거와 현재는 혁명적 문자 교체라 부를 만하다. 이 교체 과정에서 현재의 공식 문자인 한글만큼 중요한 요소가 한자와 한문이다. 그리고 이 교체는 제국-식민지로 전변한 정치체제와 결부되어 진행된 것이며, 그 어문·교육 정책을 대표하는 자료가 독본이다. 이 책은 한자권에서 벌어진 한국의 문자 교체를 대표성을 가진 독본에 대한 사례연구로 조명하려는 시도이다. 또한 이 독본들의 연구를 통해 전근대의 전통적 한자권이 해체된 양상을 구체적으로 조망할 수 있다. 이 해체는 식민지와 제국주의와 함께 도래한 것이므로 '식민지 한자권'이란 용어가 가능한 배경의 하나이다.

주지하듯이 한국어와 일본어는 한자와 한문이라는 요소를 공유한다. 특히 구어보다는 문어의 운용에서 한자의 공유가 미치는 영향은 지대하다. 자국어를 '國語' 내지 '國文'의 명칭으로 규정하는 양상도 공유하였으며, 이에 따라 혼용된 문체 역시 '國漢文'이라는 동일한 명칭으로 부를 수 있다. 물론, 언어공동체로서의 일본은 자국어와 한자의 혼용을 역사적으로 공사의 영역에서 사용하였기에 굳이 이에 대해 '국한문'이란 명칭을 쓰지 않는다. 갑오개혁 이전의 공식적 문어가 한문인 한국에서는 국문이나 국한문이 한문을 대체하여 공식 문어로 새롭게 사용하게 되었기에 이 명칭을 더 널리 사용했다는 차별성이 있다. 환언하면, 보편적 문어인 한문과 자국어·언문諺文의 혼용인 '諺漢文'을 한국과 일본은 공통적으로 사용했는데, 후자는 '언한문'을 공식어로 폭넓게 오래도록 사용했으며 한국은 이것을 제한적으로 특수한 경우에 공식적으로 사용하기도 했지만 대체로는 사적인 비공식의 영역에 두었다. 그러나 '諺文'이 '國文'으로 전환되는 과정을 유사하게 겪은 셈이며 그 과정에 한문과 한자가 결정적인 변수로 작용한 것도 거의 동일하다.

조선어와 한문을 통합하여 하나의 교과로 운영한 총독부의 교과체제는 피식민자의 언어인 조선어의 비중을 줄이고 식민자의 국어인 일본어의 비중을 강화하려는 행정적이고 정책적인 결정이지만 또한, 한일 간에 국한문으로 부를 수 있는 독특한 언어적 공유가 존재하기에 가능했다.[5] 한자라는 문화적 공유는 일제의 초기 식민지인 대만과 조선에 동문동종 同文同種이라는 식민정책 선전구를 가능하게 만들기도 하였다.[6] 그러나 여기서도 조선의 동문은 한자와 한문뿐 아니라, 국한문 — 전근대적인 기준으로는 '諺漢文'이라는 혼용의 양상까지도 포함한 것으로 대만과 차별성이 있다고 할 수 있다.

현재까지도 다양한 분과학문 — 동아시아학이나 비교문학 등에서 주요 논점이 되고 있는 한자권의 문제는 일제와 그 침입대상이던 식민지 한자권에서부터 그 문제의 한 발원을 찾을 수 있다.[7] 다소 거칠게 말하자면,

---

5 이 책의 연구대상인 독본과 식민지 교재에 대한 최근의 주요 선행연구로는 강진호,『조선어독본과 국어문화』, 제이엔씨, 2011; 김혜련,『일제 강점기 조선어과 교과서와 조선인』, 역락, 2011; 허재영,『일본어 보급 및 조선어 정책 자료』, 경진, 2011 등을 들 수 있다. 그런데 이 연구들은 '조선어급한문'의 조선어 부분만을 주대상으로 삼았기에 이 책의 주제와는 차이가 있다. 또한 임순영(「국어 교과서의 형성과 교과교육론」, 고려대 박사논문, 2016)은 조선총독부 조선어급한문독본과 해방 후의 국어교과서를 비교 연구한 성과로 주목할 만하나 역시, 한문 부분은 연구대상으로 삼지 않았다.

6 최혜주,『근대 재조선 일본인의 한국사 왜곡과 식민통치론』, 경인문화사, 2010, 192~194쪽; 박영미,「전통지식인의 친일 담론과 그 형성 과정」,『민족문화』40, 한국고전번역원, 2012 등 참조.

7 David Damrosch, "Scriptworlds lost and found", *Journal of World Literature* 1,

일제는 식민지 한자권—조선과 대만 나아가 만주국을 포함한 지역에서 전통적 한자권의 보편으로서 중화가 공급했던 경전을 자신들의 독본으로 대체하려 했던 셈이다. 국경을 넘은 한자·한문교육은 일본 제국주의의 특징적 문화 현상으로 '식민지 한자권'이라는 또 다른 연구대상을 설정할 수 있다. 관계된 연구로 대만의 다양한 "식민지 한문"에 대한 연구가 있다.[8] 현재의 한자권으로 주로 한중일과 대만을 주요 국가로 거명할 수 있는데, 이 국가들은 모두 제국주의·식민주의를 거쳤음을 간과할 수 없다.

한편, 한일이 문화적으로 한자와 국한문을 공유하기에 총독부는 번역을 통해 조선어독본을 구상할 수 있었다. 1913년의 총독부 『고등조선어급한문독본高等朝鮮語及漢文讀本』의 조선어 부분이 모두 일본인 문장의 번역으로 구성되었으며 1924년판에서도 번역의 비중은 컸다.[9] 특히 후자에서 조선의 역사와 문화에 관한 내용의 대부분이 일본인 문장의 번역이었다는 점은 의미심장하다.

100년 남짓한 기간 동안, 유일한 공식문자였던 한문을 버리고 한글전용을 안착시킨 한국은 한자권 속에서도 매우 특이한 사례라 할 수 있으며 여기에는 식민지 어문정책이 결부되어 있다. 한국어의 형성과 식민정책의 길항 관계를 정책의 지표인 총독부 독본과 시민운동의 소산인 국한

2016; Ross King, "Ditching 'Diglossia", *Sungkyun Journal of East Asian Studies* 15-1, 2015. 한자나 한문의 번역으로 "Classical Chinese" 등 현재의 China와 직접 연결되는 용어가 아닌 "Sino-"를 선호하는 로스 킹의 견해에 공감하여 이 책에서도 한자문화권, 한문문화권보다는 '한자권'이란 용어를 쓰기로 한다.

8 陳培豊, 『日本統治と植民地漢文』, 東京 : 三元社, 2012.

9 이 책에서 연구 대상으로 삼은 독본은 초급이나 입문의 성격이 아닌 중등 이상의 독자를 대상으로 설정한 경우가 대부분이다. 한일 간의 비교 연구를 적용하거나 한자권, 동문동종 등 서기체계와 이념의 관계를 논하기에는 초급용 독본보다는 중등용 독본이 더 적합하다. 일본의 한문교육과 제국주의 이념의 관계를 연구한 단행본도 중등용 독본만을 대상으로 삼은 바 있다. 石毛愼一, 『日本近代漢文教育の系譜』, 東京 : 湘南社, 2009 참조.

문 독본의 비교를 통해 조명한 결과가 이 책이다.

이 책은 크게 다섯 부분으로 나누어져 있으며 1부와 2부는 한국인들이 발행한 국한문 독본을 대상으로 하여 1부는 대한제국기, 2부는 일제강점기로 구분했다. 3부는 조선총독부와 통감부의 조선어급한문독본이 연구대상으로 3부로 본론이 마무리된다. 보론은 일제 식민지 교육과 교과서에 관련된 논점을 다루었으며, 부록은 자료편이다.

1부에서는 대한제국기의 대표적인 국한문 독본들을 대상으로 한문전통과 계몽이라는 이질적인 이념이 결합되고 상충되는 다양한 양상과 이 과정에서 드러난 사상과 문화를 조명했다. 2부에서는 일제의 어문·교육정책에 대응하거나 부역한 각종 독본들을 대상으로 식민지 체제 아래에서 시도된 한국어 글쓰기의 양상을 제시했다.

3부는 통감부 한문독본, 3차에 걸쳐 개정된 조선어급한문독본 전반을 대상으로 번역을 통해 피식민자의 언어를 구상했던 일제의 어문정책과 그 지향성을 논했다. 특히 식민자 일제와 피식민자 조선인들이 공유했던 문화적 이상을 비교 연구를 통해 제시하였다.

제1부
대한제국기 독본류와 계몽

/ 제1장 /

『소학독본』

갑오개혁의 계몽과 언해

1. 개혁의 이념과 번역

갑오경장의 교육정책을 대변하는 주요 자료 중 하나인『소학독본小學讀本』(學部編輯局, 1895)에 대해서는 최근 주요한 연구들이 제출되었다.[1] 피상적으로 볼 때,『소학독본』은『소학小學』등의 한문전통에 치우친 양상을 보이며 이 때문에 기존의 연구에서 도외시되거나 과소평가되었다. 강진호와 유임하의 연구는 이런 기존연구의 한계를 극복하고『소학독본』이 보여준 민족주의 내지 동도서기東道西器 그리고 근대적 교육을 구체적으로 제시하고 분석했다는 점에서 의의가 있다. 강진호는 독본이라는 근대적 형식 안에 국가라는 새로운 가치와『소학』으로 대변되는 전통윤리가 빚어낸 융화의 양상을 탐구했다는 점에서 주목해야 하고 유임하

---

[1] 강진호,「전통 교육과 '국어' 교과서의 형성-『소학독본』(1895)을 중심으로」,『상허학보』
41, 상허학회, 2014; 유임하,「유교적 신민 창출과 고전의 인양」,『근대 국어 교과서를 읽는다』, 경진, 2014. 그리고 Yuh Leighanne, "Moral Education, Modernization Imperatives, and the People's Elementary Reader(1895)", *Acta Koreana* 18-2, 2015도 참조 가능하다.

〈그림 1〉『소학독본』의 표지

의 논문은 이 책의 역주譯註 작업에 근거한다는 점에서 학계에 공이 크다.[2]

그러나 이 선행 연구들은『소학독본』과『채근담採根譚』그리고『중용中庸』등의 경서가 가진 관계를 전면적으로 조명하지 못했다는 점에서 한계가 있다.『소학독본』은 지면의 80% 이상이『채근담』과 경서의 번역으로 이루어져 있다.[3] 특히 전체 58쪽 중 37쪽을 차지하는 4장「수덕修德」과 5장「응세應世」가 몇 구절의 예외를 제외하고 모두『채근담』의 번역 내지 번안이었다는 점 그리고, 여기서 인용된 정암 조광조, 상촌 신흠, 율곡 이이, 화담 서경덕 등의 격언이 모두『채근담』에 수록된 것이었다는 점은『소학독본』의 성격을 논하기 위해 간과할 수 없는 사항들이다. 특히 조선을 대변하는 인사들의 언사로 기록된 구절들이 모두 허위이며 차명借名이었을 확률이 많다는 점은 문제적이다.[4] 단적으로 앞서 인용한 인사들은『채근담』이 국내에 수용되기 전에 전부 사망했다. 절체절명의 국가적 위기에 나라의 이름을 걸고 편찬한 교과서에 의도적 허위가 포함되어 있는 셈이다. 이 비정상적인 편찬의 경위는 실증이 어렵기에 그 의도를 판정하기 어려운 사안이나, 갑오경장

2　유임하 편역,『소학독본』, 경진, 2012 참조. 이하 이 책을 본문에서 인용 시 괄호 안에 인용 쪽수만 표기함.

3　이 번역은 지금의 번역과는 다른 언해의 성격에 가까운 것이다. 거론된 인물들의 일화나 격언도 대체로『채근담』의 번역이다. 경서와『채근담』의 번역과 인물들의 일화, 격언 부분을 합치면 전체 58쪽 중 48쪽 정도가 번역의 성격이다.

4　이 책의 부록 1. '『소학독본』(1895)의 한문고전 차용 양상과 거명된 인물 양상 정리'를 참조할 것.

이 가진 과도기적 일면을 명징하게 드러내는 양상이다.

『소학독본』이 한문고전의 번역으로 이루어졌다는 점, 그 중의 대부분이 『채근담』이라는 점을 감안하면 이 책이 가진 근대교육의 지향은 이 번역과 수용의 관계를 전면적으로 조명하지 않고서는 논하기 어렵다. 더욱 이 책의 경서 번역이 조선시대 축적된 경서언해의 전통과 밀접한 관계를 가진다는 점을 주목해야만 한다.

『소학독본』의 전체 편제에서 따져볼 것은 1장 「입지立志」, 2장 「근성勤誠」, 3장 「무실務實」의 세 개 장과 나머지 4장과 5장의 성격이 판이하다는 점이다. 전반부의 세 개 장이 자국의 문화전통을 대변하는 인사들의 일화 및 언행과 『중용』, 『맹자孟子』 등 전통 경서의 구절을 융합해 구성한 반면, 후반부는 '채근담 편역집'이라 칭하는 것이 적당할 정도로 치우친 편성을 보여준다. 그래서 전반부에는 과거제도의 폐해에 대한 비판이나 농공상의 진흥 등을 내세우며 이 새로운 명분을 위해 경서의 구절을 조선의 전통과는 다르게 해석하는 등, 부분적이기는 하지만 서기西器나 국가의식 등 새로운 이념에 근접한 적극적인 지향성이 드러난다. 반면 『채근담』에 치우친 후반부는 이런 명징한 지향성을 찾기가 어렵다. 여기서는 전반부의 경서 번역과 수용 양상을 먼저 논하고 후반부의 『채근담』 번역과 차명 양상을 따로 논하도록 한다.

『소학독본』은 선행연구에서 논했듯이 편제가 『소학』과 유사하다. 격언의 성격인 대목은 1행 20자의 3~5행 정도로 끝나고 일화의 성격인 구절은 이보다 긴 경우가 많지만 10줄을 넘기는 경우는 거의 없다. 대체로 격언에 가까운 대목이 압도적으로 많은데, 『채근담』의 번역이 전체 면수의 절반 이상을 차지하고 있기에 『소학』과는 이념과 형식이 다른 것

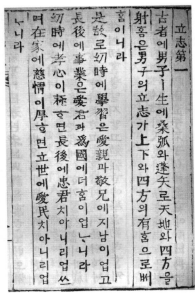

〈그림 2〉『소학독본』의 본문

이다.

경서와 『채근담』이라는 한문고전이 책의 대부분을 차지하고 있다는 점과 별도로 한문고전의 수용이 전통의 언해 형식과 유사한 일관된 국한문체로 이루어졌다는 점은 이 책이 가진 진취성과 독자성이라 평가해야만 한다. 갑오경장과 그 뒤를 이은 여러 가지 행정 명령을 통해, 국문 내지 국한문이 국가의 공식어로 지정되고 한문고전에 근거한 과거제도가 폐지되는 등 보편한 문에 대해서 자국이 절대적 가치로 천명되었음에도 불구하고 당시의 전반적인 식자층은 한문교육 그리고 한문고전에 담긴 윤리를 전면적으로 청산할 수 없었다. 이 책이 출간된 10년 후에 비로소 활발해진 계몽기 언론의 글쓰기는 대부분 이 책의 문체보다 한문에 종속된 양상을 보여주었던 것이다. 더욱 1920년대 초까지 한문 구절체에서 벗어나지 못한 『실지응용작문대방實地應用作文大方』 같은 독본이 출간되었던 양상을 감안하면 획기적인 문체적 시도가 감행된 셈이다. 통치이념, 생활이념 등 삶의 전반을 지탱하던 한문고전의 가치를 언해전통을 통해 절체절명의 국가적 위기에 적합한 것으로 주조하려 했던 『소학독본』의 시도는 그 현실적 성패를 차치하고[5] 반드시 분석하고 검토해야 할 대상이다.

5　『소학독본』의 뿌리인 갑오경장의 교육개혁이 좌절된 것으로 평가받는 만큼 이 책은 한국 근대교육의 형성에서 큰 파급력을 가졌다고 보기는 어려울 것이다. 윤건차, 심성보 역,

2. 경서 언해와 국가적 위기

『소학독본』의 전반부 「입지」, 「근성」, 「무실」은 대체로 사회적 관계에 대한 진술을 담고 있다. 특히 「입지」는 장부의 입지에 국가를 개입시키는데, 이는 '수신제가치국평천하'라는 전통과 맥락이 어긋나는 것은 아니지만, 이 장의 말미에 설정된 "대군주께 충효하고 國家와 한가지로 萬歲太平하라"는 절대적 명제는 성리학의 왕도王道나 성학聖學과는 면모가 다르다. 「근성」 역시 전통적 가치관의 연장선에 있으나 '萬國의 相交'나 '可用' 등의 새로운 범주를 보완한다. 「무실」은 현재적 위기에 대한 대안의 추구가 가장 명징하게 드러나는 장으로, 갑오경장 이전 조선 통치의 원천이던 과거제도에 대한 부정과 농공상의 진흥 및 '我國人의 主心'을 강조하는 등 파천황의 세계질서에 편입된 갑오경장기의 위기의식이 반영되어 있다.

이 세 장에서 주로 『중용』의 인용이 빈번하며 『맹자』, 『논어』, 『주역』 등도 등장한다. 전통적인 경서의 구절들이 위에서 나타나는 새로운 가치를 위해 기존의 주석과 달리 수용되는 양상을 보이는 점을 주목해야 한다.[6] 여기서는 주로 2장과 3장을 논한다. 1장 「입지」에서도 경서의 차용은 있으나 대체로 어구 수준의 것으로 문장 수준이 되지는 않으며 그 전반적 내용은 '천하를 자임自任하여 대군주에게 충성하라'는 것으로 집약

『한국 근대교육의 사상과 운동』, 청사, 1987, 102~105쪽 참조.
6 필자의 전공이 경학이 아니기 때문에 경서에 대한 논의는 한계가 있다. 단지 조선시대에 큰 권위를 가졌던 『사서집주』와의 부분적 비교만을 진행하여 『소학독본』이 한문전통에서 벗어나는 양상을 제시한다.

될 수 있다.

경서의 수용과 관련하여 『소학독본』에서 가장 먼저 인용되는 맹고불의 일화를 검토할 필요가 있다.[7] 고불 맹사성이 8세에 「우공禹貢」을 공부하다 "啓呱呱而泣予不子[계(우임금의 아들)가 엉엉 울고 있으나 자식으로 챙겨주지 못했다]"[8]란 대목에 의문이 생겨 우임금이 "성군聖君이라면 천하사가 몸의 일이거늘 '予不子'는 덕색德色(덕을 과시함)이 있는 것 같아 우임금을 위해 취하지 않겠다"라고 말했다는 일화이다. 다음에 "맹고불이 우임금의 본의와 『서경』의 대의大義를 상해詳解하지 못하였지만 8세 어린이의 지취志趣가 기위奇偉하지 않느냐"라는 평이 첨부된다(2~3쪽).

이 구절은 장부의 입지에 천하가 필수라는 장 전체의 취지 아래에 편성된 것이나 경서의 독자적 해석을 맨 처음에 배치한 것에 내포된 편집 의도를 읽을 수 있다고 본다. 경서의 대의를 상해詳解하지 못한다 하더라도 독자적 지취를 가진 것이라면 『소학독본』에 수록될 수 있다는 점을 책의 첫머리에서 밝힌 것이라 볼 수 있지 않을까? 8세 어린이의 독자적 생각을 경서의 새로운 해석에까지 연결시키는 것은 다소 과도할 수 있겠지만, 이 맹고불 일화의 다음부터 이 책에서 나타난 경서의 수용은 상해詳解보다는 기위奇偉한 지취志趣 쪽에 가까운 사례가 더 많다. 아래의 구

---

7 이 글에서 직접적인 논의 대상으로 삼지 않겠지만, 『소학독본』에 거론된 인사들의 배열과 빈도수는 그 자체로도 당대의 정치적·사상적 지형을 가늠할 수 있는 지표가 될 수 있다. 그 순서는 '맹사성-송시열-月川 조목-퇴계 이황-鄭鵬-김장생-寒岡 정구-율곡 이이-권상하-김굉필-宋軼-최참봉-우계 성혼-송준길-이원익-조목-김성일-조광조-상촌 신흠-이이-서경덕-남효온-이이-정몽주-유몽인-이항복-백문보-윤두수-정광필-이수광-이이-김인후-송인수-서경덕-이지함'이다. 학행과 정치 등의 영역에서 대표적인 조선시대의 인물들을 두루 거론한 셈이다.

8 이 구절은 『서경書經』 「익직益稷」에 나오는 구절이다. 「우공禹貢」이란 편명이 『서경』에 따로 있으나 여기서는 그 구절을 의미한다기보다 우임금이 치수를 하며 세운 공적을 이르는 것으로 보인다.

절은 『중용』에서 발췌한 구절로 「근성」에 수록되어 있는데 『사서언해』와 대조해본다. 그리고 「근성」의 전반적 흐름을 제시한다.

故天之生物 必因其材而篤焉 故栽者 培之 傾者 覆之

—『중용』, 17-3

孔子ㅣ 曰 天이 物을 生ᄒᆞ매 반다시 그 材를 因ᄒᆞ야 篤ᄒᆞᄂᆞᆫ지라 是故로 栽ᄒᆞᄂᆞᆫ 者ᄂᆞᆫ 培ᄒᆞ고 傾ᄒᆞᄂᆞᆫ 者ᄂᆞᆫ 覆ᄒᆞᄂᆞ니라 (띄어쓰기—인용자. 이하 동일)

—『소학독본』, 9쪽,

固고로 하늘의 物物生ᄉᆡᆼ홈이 반드시 그 材ᄌᆡ를 因인ᄒᆞ야 篤독ᄒᆞᄂᆞ니 故고로 栽ᄌᆡᄒᆞᄂᆞᆫ 者쟈를 培비ᄒᆞ고 傾경혼 者쟈를 覆복ᄒᆞᄂᆞ니라

—『사서언해』「중용언해」, 19쪽

인용 부분은 '하늘'을 '天'으로 바꾼 외에는 『사서언해』와 거의 동일한 양상이다. 다만 이 구절의 앞 장구를 생략하고 인용 부분만 발췌하였기에 '孔子ㅣ 曰'을 추가했다. 이 구절의 앞에는 '勤'을 강조하는 성격으로 한강寒岡 정구가 40일을 자지 않고 학문에 힘써 문장을 이루었다는 일화가 나오고 자사子思의 말로 "다른 이가 한 번에 능하면 나는 백 번을 한다면 우愚가 명明해지고 유柔도 강剛해진다"[9]는 『중용』 구절이 번역되어 있다. 문제는 이 자사의 말과 위 인용문 다음에 전통적 주석과 다른

---

9 원문은 "人一能之 己百之, 人十能之 己千之"(『中庸』, 20-20)로 이 부분의 번역은 『사서언해』와 차이가 좀 있다.

해석이 첨부된다는 점이다. 자사의 말에는 "天命은 人의 誠에 運數는 人의 勤에 있느니라"라는 대의의 문장이 이어지고 위 인용문에는 "福祿은 天이 降함이 아니라 人이 造하는 것"이라는 문장이 이어진다. 위 인용문은 순 임금의 덕을 칭송하면서 사람의 덕과 하늘의 명이 부응한다는 장구의 일부분이다. 『소학독본』의 편찬자는 순 임금에 대한 사항은 생략하고 복록은 하늘이 내리는 것이 아니라 사람이 만든다는 해석으로 대체한 셈이다. 근면의 '勤'과 조작, 조치, 조성 등의 '造'는 성격이 상당히 다르다. 하늘에 순응하는 노력보다는 사람의 인위적이고 능동적인 행위를 강조한 셈이다. '勤'과 '誠'은 전통적 가치관이지만 이렇게 문맥을 생략하고 독자적 해석을 첨부한다면 일종의 변주가 일어난다. 다음에 이어진 『맹자』의 구절 역시 발췌인데 번역 다음에 독자적 평어가 바로 이어지는 파격이 나타난다.

> 莫非命也、順受其正、是故知命者不立乎巖牆之下。盡其道而死者、正命也、桎梏死者、非正命也。[10]

> 孟子ㅣ曰命을 知ᄒᄂᆞᆫ 者ᄂᆞᆫ 巖墻下의 立지 아니ᄒᆞᆫ다 ᄒᆞ니 死生이 비록 命이나 不立ᄒᆞᆷ은 人事ㅣ니라. (강조─인용자)

---

[10] "명이 아닌 것이 없으니 그 바름을 따라 받을지니라. 그러므로 명을 아는 자는 (위태로운) 돌담 아래에 서지 않는다. 그 도를 다하고 죽는 것이 바른 명이다. (죄를 지어) 속박 아래 죽는 것은 바른 명이 아니다." 『孟子』「盡心 上」.

『맹자』의 장구에 바로 이어서 하늘의 명命과 인간의 성誠이 부응한다는 취지의 평어를 접속했다. 의미상 오류는 아니지만, 경서의 장구가 평어와 구분 없이 연결되었기에 파격적인 양상으로 전통적인 규범과는 다른 면모이다. 인사人事의 대표적 가치로 '勤'과 '誠'이 설정되는데 다음으로는 이율곡과 수암 권상하의 격언이 성誠을 강조하기 위해 호출된다. 이 두 사람의 격언은 전통적인 성誠의 함의와 크게 어긋나지 않는다. 그런데 이어진 다음의 구절은 상당히 이질적이다.

하말며 今世에 萬國이 相交ᄒᆞ야 男子의 事業이 百倍나 더ᄒᆞ니 무릇 天下와 國家를 爲ᄒᆞᄂᆞ 君子들은 맛당이 萬分着念ᄒᆞᆯ지니라

—『소학독본』, 12쪽

여기에 『중용』의 장구 "子曰 文武之政 布在方策 其人存則其政舉 其人亡則其政息"[11]가 발췌되어 이어진다. 그리고 "人이란 자는 可用홀 인을 이르미시니라"라는 해석이 붙는데 이는 조선시대 사서 해석의 근간인 『사서집주』에서는 찾아 볼 수 없다. 다음 문장에서 다시 이를 강조하는 것을 보면 『소학독본』에 설정된 '勤誠'의 주요한 함의 내지 목적이 '可用'이라고 할 수 있다. 문왕과 무왕의 정사가 만국 상교의 시대에 가용한 것인지는 알 수 없으나 공자의 말씀은 만국 상교의 금세를 위해 호출된 것은 분명하다.

---

11 "(노나라 애공이 정사를 묻자) 공자께서 가로시되, 문왕과 무왕의 정사가 이미 방과 책에 알려져 있으니, 그 사람이 있으면 그 정사가 일어나고 그 사람이 없으면 그 정사가 사라지니라."『中庸』, 20-02.

3장 「무실」은 이 책의 과단성이 가장 두드러진다. 조선의 통치를 지탱하던 관료제는 성인의 학문인 한문고전의 학문 성취도를 시험하는 과거제도를 통해 그 정당성을 부여받았다고 할 수 있다. 「무실」의 첫 문장에서 '천하의 사물에 허실이 있으니 허한 것은 폐하고 실한 것에 힘쓰는 것이 무실'이라 규정하고 옛적 성현의 행行은 실하지 않음이 없었는데 과거법이 시행되고 사습士習이 어지러워져 후생이 실지를 힘쓰지 않게 되었다고 명기한다. 다음으로 한훤당 김굉필이 언행의 실지를 강조했음을 거론하고 금수도 실사實事로 생계를 구하는데 사람이 그만 못할 수 없다고 한다. 다음에는 '사람의 당무當務는 다 이용利用을 위함이기에 공상工商에도 힘써야 한다'는 새로운 가치관을 보여준다. 이어지는 송질宋軼 (1454~1520)의 일화는 국가에 도움이 없기에 과거공부를 버리고 『강목綱目』(통감강목)과 『사기史記』에 힘써 공신이 되었다는 것이다. 그리고 순 임금의 덕을 칭송한 『중용』의 장구(17-02)가 이어지는데 2장에 인용된 장구의 앞부분으로 이 두 장구는 연결된 내용이다. 연결된 장구를 편집의도에 따라 해체한 것으로 한문전통에서 벗어나 독자적 지향성을 추구한 것으로 해석할 수 있다. "孔子ㅣ 曰 大德흔 者는 그 位를 必得ㅎ며 그 祿을 必得ㅎ며 그 名을 必得ㅎ며 그 壽를 必得흔다 ㅎ시니라"[12](16쪽)는 내용인데 순 임금의 대덕大德이 「務實」이라는 3장의 이념을 위해 호출된 것이다.

다음으로 백불암百不庵 최 선생이 거론되는데 이 책에 거명된 다른 이들과 다르게 그는 학행이나 충절이 두드러진 것이 아니라 동리의 백성을

12　『소학독본』에서 이 구절을 번역한 부분은 『사서언해』와는 차이가 있다. 『사서언해』는 "필득"을 "반드시 어드며"로 새기는 등 한글의 비중이 더 높은 양상이다.

권면하여 사농공상의 업을 진흥하였기에 수록되었다. 순 임금의 대덕을 거론한 『중용』의 장구 다음으로 조선의 전통적인 가치관에서 크게 현창되지 않던 인물이 무실의 모범으로 이어진 것은 『소학독본』의 새로운 이념 내지 고전에 대한 적극적 수용을 보여주는 사례이다. '무실'은 성리학적 왕도나 성학보다 "백성으로 하여금 각각 그 재주를 따라 업을 닦게 하라"(18쪽)는 내포를 가지게 된다.

다음 "군자가 마음을 군국君國에 둔다면 반드시 실實에 힘쓰고 허위를 버린다"는 문장이 나오고 이어서 『주역』「계사전繫辭傳 下」의 "孔子ㅣ曰 精義가 極盡ㅎ여ㅅ 可히 事를 造ㅎ야 世에 用홈이 잇스리라"가 나오는데, '入神'이 '極盡'으로 바뀌고 '致用'은 '事를 造ㅎ야 世에 用홈'으로 바뀐다. 경서의 장구를 편찬의도에 따라 변경한 것이다.

또한, 우리나라 사람이 주심主心이 없음을 경계하면서 이에 대한 참조로 『맹자』「양혜왕梁惠王 下」의 "國人皆曰可殺, 然後察之, 見可殺焉, 然後殺之[나라사람이 모두 죽여도 된다 한 다음이라도 죽일 만한지 살펴본 다음에야 죽여야 한다]"[13] 구절을 호출한 것도 자국인의 주체성이라는 새로운 이념을 위해 경서의 구절을 전용한 양상이다.

『소학독본』전반부 3장에 수록된 경서 번역은 대체로 그 언어적 형태가 경서언해의 전통과 유사하다. 경서언해 쪽의 한글 비중이 더 높은 편인데 언해는 문어체로 활용하기 위해 형성되었다기보다는 의미의 확정이라는 학습의 수요에 부응하는 특수한 형태임을 감안해야 한다. 대체로『소학독본』과 언해는 모두 한글의 통사구조를 위주로 하며 한문을 단어 단위

---

13 『소학독본』에는 "一家一國天下ㅣ 皆曰可用可殺이라도 늬가 察ㅎ야 可用함과 可殺함을 본 然後에 行ㅎ라"라고 축약되어 있다.

로 사용하고 있다고 하겠다. 그러나 당대의 위기에 대처할 새로운 가치관을 편찬의도로 내세운『소학독본』은 이 방침을 따라 장구를 변경하는 등 그 번역의 해석이나 의미는 한문전통을 준수하는 언해와 다르다.

3.『채근담』과 차명으로 구성한 조선의 전통

한문전통은 경사자집이라 통칭되는 축적된 텍스트로부터 그 권위와 정당성을 부여받는다. 과거의 텍스트에 대한 태도는 저작권 개념에 근거한 현재의 인용이나 주석 방식과 차이가 있다. 흥미로운 점은 인용하는 텍스트의 성격 그리고, 편집의 의도에 따라 과거 텍스트에 대한 태도가 판이하다는 점이다. 변영만은 유길준을 회고하는 글에서 문장가로서의 풍모를 보여주기 위해 국한문체 문장을 인용한다. 그런데 유길준의 한문 문장에 대해서는 "순한문이고 또 절략할 수도 없어 不引"이라 하면서 인용하지 않는다.[14] 개인적 인연이 있던 선배의 글이고 한문이기에 부분적으로 인용하는 것이 예의에 어긋난다는 판단인데, 국한문체 문장에 대해서는 다른 기준을 적용한 것도 흥미로운 대목이다.

과거의 텍스트를 이용하는 것에 대한 엄격한 전통적 규범이 나타나고 그 질서가 한국 근대 초기까지 이어졌음을 증언하는 대목이다. 반면, 유

---

14 변영만, 「나의 回想되는 先輩 몇 분」,『변영만전집』하, 성균관대 대동문화연구원, 2006, 271쪽.

구한 유서類書의 전통 속에서는 이와 같은 규범은 그다지 지켜지지 않는다. 『소학독본』 등의 근대 초기 교과서는 기원전부터 청나라까지 이어진 유서의 전통과 밀접한 관계가 있다. 『전국책』, 『설원說苑』, 『수신기搜神記』, 『몽구蒙求』, 『태평어람太平御覽』 등 무수한 유서에는 동일한 격언, 일화가 갖가지 양상으로 편성되어 있다. 이를 "내가 너를 뽑아먹고 너는 나를 뽑아먹는다我抄你 你抄我"라고 한다.[15] 『소학독본』에서 『중용』, 『맹자』, 『주역』 등의 인용에서는 '孔子', '孟子'의 출처를 명기하는 반면, 『채근담』의 인용은 출처를 전혀 적지 않았음은 텍스트에 대한 이 두 가지 판이한 태도가 적용된 사례라 하겠다. 그러므로 편찬의 과정을 거친 책은 전통적으로 그 의도와 성격을 서문의 형식을 통해 명기하는 것이 관례인데, 『소학독본』이 서문이나 범례를 생략한 것은 인용된 텍스트에 따라 판이한 기준이 적용된 사정과 관계가 있을 것이다.

더 문제적인 지점은 『소학독본』이 『채근담』의 문구를 가져오면서 이 문장들을 조선을 대표하는 인물들의 입에서 나온 것으로 꾸몄다는 것이다.[16] 한두 사람의 경우라면 우연으로 치부할 수도 있겠지만, 4장과 5장에 거론되는 모든 인물의 발언이 『채근담』 소재의 문장이며 앞뒤의 배열이 『채근담』의 순서를 따르고 있다는 점을 보면 차명과 허위에 근거한 권위가 국정교과서에서 의도적으로 형성된 셈이다.[17] 더하여 3장에 우계牛溪 성혼의 말로 되어 있는 문장도 『채근담』(「修省」 383)을 번역하고 개작을 가한 양상이다.

---

15 임동석, 「한국 고전 번역의 번역학적 실제」, 『한국 고전번역학의 구성과 모색』 2, 점필재, 2015, 81쪽.

16 정몽주와 백문보 등 고려시대의 인사도 소수 있기는 하다.

17 5장 마지막에 나오는 서경덕과 토정 이지함의 일화는 예외로 『채근담』과는 관계없다.

이렇다면 전반부 1~3장에서 거명된 인물들의 격언에 대해서도 출처의 신빙성을 의심할 수밖에 없는 상황이다. 『채근담』은 유서와는 성격이 다르고 『도덕경』, 『법언法言』, 『명심보감』 등의 '단구 격언 모음집'의 체제이지만, 여기 수용된 경구들은 '너와 내가 서로를 뽑아먹는' 양상을 대표적으로 보여준다 해도 과언이 아니다. 전통적으로 한중일 사이에서 유통된 판본도 차이가 상당히 있고 현재까지도 개정판이 발행되고 있는 것으로 보인다.[18] 현재까지도 『채근담』의 명성을 빌려 읽을 만한 경구, 격언을 포함하는 작업이 이어지고 있는 것이다.[19]

『소학독본』에는 "一翳라도 眼에 在ㅎ면 空花가 亂히 起ㅎ고 纖塵이라도 體에 着ㅎ면 雜念이 紛히 飛ㅎㄴ니"[20](35쪽)로 시작되는 구절이 있다. 이 구절은 전통적인 『채근담』에서 찾아볼 수 없으나 현대 중국의 『채근담』 판본에 수록되었다.[21] 그런데 역사적으로 여러 책에 수록된 문장으로 당나라 선사禪師의 경구로 전해지기도 하고[22] 최근 편찬된 근대의 저

---

18 자세한 발행과 판본의 사항은 임동석이 역주한 『채근담』(완정본), 건국대 출판부, 2003
    을 참조할 것. 유임하의 『소학독본』 역주본에서도 『채근담』과 관계된 구절들은 어느 정
    도 정리했다. 그런데 한국에서 전통적으로 유통된 『채근담』이 전집과 후집만 포함되고
    「修省」, 「應酬」, 「評議」 등이 포함되지 않은 판본이기에 이 부분에서 가져온 『소학독
    본』의 문장들을 정리하지 못했다.

19 이 글이 비교 연구의 저본으로 삼은 것은 『채근담』(완정본)인데 2000년대 초반의 중국
    간행 『채근담』까지 두루 참조한 소중한 역주작업이다. 그런데 필자가 baidu.com; goo-
    gle.com 등을 통해 조사한 결과 『소학독본』에 수록된 문장을 이 책에서 찾아 볼 수 없으
    나, 현대 중국의 다른 『채근담』 판본에서 확인할 수 있는 경우도 종종 있었다. 더욱이 임
    동석에 따르면 현대 중국에서는 『채근담』과 관계없는 격언을 모아서 출간하더라도 『채
    근담』의 이름을 빌리는 경우가 종종 있다고 한다. 임동석, 앞의 책, 520~521쪽. 이 글에
    제시한 해석은 이 책에 근거한다.

20 "한 티끌이라도 눈에 있으면 헛된 꽃이 흩어져 일어나고 잔 먼지라도 몸에 붙으면 잡념이
    어지럽게 날리나니."

21 張熙江 編, 『菜根譚』(新編), 上海 : 上海人民出版社, 1989; http://www.amtb.tw/rs
    d/wisdom/wd.asp?web_choice=17.

22 http://zengo.sk46.com/data/ichieimana.html.

명한 중국 승려 이숙동李叔同의 저서에도 포함되어 있다.[23] 그리고 "才智가 英敏혼 者는 뭇당이 學問으로써 그 躁흠을 攝흘거시오"[24](38쪽)로 시작되는 문장은 『채근담』(「修省」 391)에 수록된 것인데, 약간 변형을 가하여 중국번의 말로 유통되기도 한다.[25] 한편 『소학독본』에 상촌 신흠의 말로 기록된 『채근담』(前集 72)의 "차라리 默흘지언정 躁흐지 말며 차라리 拙할지언정 巧흐지 말느"(23쪽)는 신독재 김집의 말로 기록된 "寧淺無深 寧拙無巧"[26]과도 유사한 내용이다.

　단구 격언들이 약간의 변형을 거쳐 여러 사람들의 입에 유전하는 것은 다양한 문화권에서 두루 일어나는 현상이라 하겠다. 그러나 『소학독본』이 『채근담』 같은 사적인 차원의 책이 아니라는 점 그리고, 그 차용의 규모가 대대적이며 의도적이었다는 점에서 이런 자연스러운 현상과는 동일하지 않다. 『소학독본』은 의도적으로 『채근담』의 출처를 감추고 저명한 인물의 이름을 빌려 국가의 이름으로 허위의 권위를 형성한 것으로 보인다. 또한 번역의 과정에서 종종 의도적인 개작이 일어나고 있다. 조선 사림의 도덕적 근원이라 할 정암 조광조를 차명해 끌어온 『채근담』의 구절은 아래와 같다.

　一點不忍한 心端이 是ㅣ 生民生物흐는 根本이오 一種無咨한 氣槪가 是ㅣ

23　李叔同, 『素性做了和尙』, 中華民國 : 圓明出版社, 1993, p.307.
24　"재지가 영민한 자는 마땅히 학문으로써 그 조급함을 다스릴 것이오 (⋯후략⋯)"
25　"才智英敏者,宜以學問攝其躁;氣節激昂者, 當以德性融其偏"(『채근담』) → "才智英敏者, 宜加渾厚學問." http://www.chinesewords.org/wisdom/show-650.html.
26　축자적으로 "차라리 얕을지언정 깊을 필요가 없고 서투름을지언정 교묘하지 말라"고 옮길 수 있다. 언사가 지나치게 심각한 당시의 세태를 경고한 말이다. 박관규, 「우암 송시열의 비지문 연구」, 고려대 박사논문, 2011, 174~175쪽.

撐天撐地ᄒᆞᄂᆞᆫ 柱石이라 ᄒᆞ니 故로 君子ㅣ 一蟲과 一蟻라도 忍ᄒᆞ야 傷殘치 아니ᄒᆞ며 千金과 萬財라도 吝ᄒᆞ야 愛惜지 아니ᄒᆞᄂᆞ니 然後에야 可히 民物을 爲ᄒᆞ야 命을 立ᄒᆞ며 天地를 爲ᄒᆞ야 功을 立ᄒᆞᄂᆞ니라(22~23쪽)

　一點不忍的念頭、是生民生物之根芽；一段不爲的氣節、是撐天撐地之柱石。故君子於一蟲一蟻不忍傷殘、一縷一絲勿容貪冒、變可爲萬物立命、天地立心矣[27]

—「修省」376의 부분

‘念頭一’→‘心端’, ‘根芽一’→‘根本’, ‘氣節一’→‘氣槪’ 등의 변경은 번역 차원의 변경이라 할 수 있는 반면 ‘不爲’를 ‘無吝[인색함이 없는]’으로 바꾼 것은 개작에 가깝다. 따라서 ‘一縷一絲’가 ‘千金萬財’로 변경되고 마지막의 ‘立心’도 ‘功을 立’이 되었다. 이 문장은 ‘4. 修德’의 맨 앞에 배열되었는데 다음으로 성격이 유사한 『채근담』(「修省」372)이 이어지고 있다. 한편 이율곡과 서화담의 말로 빌려온 문장은 아래와 같이 개작된다.

栗谷先生이 曰、學하는 者ㅣ 다만 兢業하는 心思가 있으며 瀟灑한 취미가 있으면 善한 즉 美하나 一樣으로 劍束하여 淸高함만 求하면 是는 秋殺만 있고 春生이 없음이니 어찌 理氣에 合하다 하리오(25~26쪽)

27　인용문의 윗부분은 『채근담』(완정본)(건국대 출판부, 2003)이며, 아래는 『채근담』의 원문이다. 『채근담』 원문은 http://in.ncu.edu.tw/phi/confucian/docs/resource/03_7.htm에서 가져왔다. 이하 같음.
　　"한 점의 차마 못하는 마음이 백성과 사물을 살리는 맹아이며, 한 토막의 하지 않는 기절이 하늘과 땅을 떠받치는 주석이다. 그러므로 군자는 벌레 하나 개미 하나도 차마 다치게 하지 않으며, 누더기나 실오라기 하나도 탐하지 않으니 만물의 명이 설 수 있고 천지는 마음을 세울 수 있다." 해석은 인용자, 이하 같음.

學者有段兢業的心思，又要有段瀟灑的趣味。若一味斂束清苦，是有秋殺無春生，何以發育萬物？[28]

—「前集」62

花潭徐先生이 曰, 德은 才의 主ㅣ오 才는 德의 奴ㅣ라 萬一有才ㅎ고 無德ㅎ면 無主空家에 奴輩가 用事홈갓ㅎ니 엇지 倫常과 綱紀를 正釐ㅎ리오 ㅎ니라(29~30쪽)

德者才之主, 才者德之奴, 有才無德, 如家無主而奴用事矣。幾何不魍魎猖狂。[29]

—「前集」140

이율곡의 말에서 '一味→一樣', '淸苦→淸高'는 번역 차원이라면 '發育萬物'이 '理氣에 合하다 하리오'로 바뀐 것은 개작에 가깝다. 서화담의 말에서는 '萬一'과 '空家'가 문맥상 추가되었는데 '魍魎猖狂'을 '倫常과 綱紀'로 바꾼 것은 개작의 성격이다. '어찌 도깨비의 미친 짓이 아니겠는가'가 '기강과 윤리를 바르게 잡겠는가' 정도로 함의가 바뀐다. 이 두 문장도 앞뒤의 배열이 『채근담』의 순서를 따른다. 그리고 단순한 번역이 아닌 의도적 개작을 보여준다. 개작의 성격은 대체로 구체적인 어휘를 추상적 개념어로 바꾸는 경향을 보이며, 또는 앞서 조정암의 말

---

28 "학자에게 공을 다투는 심사가 있으며 맑고 깨끗한 취미까지 있어야 한다. 만약 한 가지로 검약하여 청빈하기만 하다면 가을 서리만 있고 봄볕이 없음이니 어찌 만물을 발육할 것인가?"

29 "덕이 재주의 주인이고 재주는 덕의 노비이니, 재주만 있고 덕이 없으면 집에 주인이 없는데 노비가 일을 주관하는 것과 같다. 어찌 망량魍魎(도깨비)의 미친 짓이 아니겠는가?"

로 인용된 『채근담』 문장의 경우처럼 소극적 가치관을 적극적 양상으로 변경하는 편이다. 내면의 자기수양에 경도된 『채근담』의 성향을 다소 조정한 것이다. 그러나 대체로 개작의 양상보다는 번역과 가까운 사례가 훨씬 많다. 『소학독본』에서 번역된 『채근담』의 문장은 전부 80편을 상회하는데 이 가운데, 개작의 양상이 보이는 사례는 10건 정도이다.

유불선의 다원적 사상이 절충되고 융화된 『채근담』의 편역과 일부 개작으로 『소학독본』의 후반이 구성되었다. 사회적 관계에 집중한 『소학독본』의 전반부에서 경서의 비중이 높았던 것과는 교재적인 일관성이 유지되지 못한 셈이다. 또한, 경서의 구절들을 추구하는 새로운 이념에 맞춰 해체하고 조합했던 진취성이나 독자성도 4, 5장에서는 찾아내기가 쉽지는 않다. 지금의 관점으로는 『채근담』은 절박한 위기에 대응하는 역동성이 담긴 책이 아닌 것도 같다. 그러나 개인적인 수양의 차원에서 전통적인 사문斯文 위주의 일원화를 벗어나려는 의도는 분명히 존재했던 것이고 이는 전반부의 독자성과 연결고리가 분명히 있으리라 생각한다. 일제의 무단통치가 극심하던 1910년대에 만해 한용운이 이 책을 공들여 번역하고 출간했던 것도 참조할 현상이다. 주자학 일원화의 경향이 아직도 강하게 남았던 갑오개혁 당시 조선의 문화 속에서는 유불선 절충의 『채근담』이 교육개혁의 한 대안이었다고 할까? 한편, 국정교과서의 이름 아래 의도적 조작이 포함된 것은 치열한 위기의식의 발로이며 과도기적 사태라 하겠다.

4. 소결

　『소학독본』이 당대 어떤 반향을 가져왔는지에 대해서는 거의 남은 기록이 없다. 다만 출간되고 13년이 지난 후, 『기호흥학회월보』의 5호 (1908.12)부터 11호(1909.6)까지 「청구미담靑邱美談」이란 연재물에서 7회에 걸쳐 3장 「무실」, 4장 「수덕」, 5장 「응세」의 부분을 연속해서 게재했다는 정도만 드러나고 있다.

　『소학독본』은 전반적으로 한문전통과 근대적 가치를 적극적으로 융화 내지 절충하려 했다는 점에서 문제적인 자료이며 시대적인 대표성을 가진다. 특히 1~3장 전반부에서 경서와 근대적 가치를 교차해서 구성했다는 점에서 당대적 위기에 대한 대응을 시도했다는 점이 잘 나타난다. 『채근담』 편역이라는 성격을 가진 4~5장의 후반부는 전반부와는 성격이 좀 다르지만, 주자학에 매몰된 조선전통의 개인윤리와 수신修身을 유불선 융화의 『채근담』을 통해 교정하려 했다는 점에서 전반부와 연결성을 설정할 수도 있다. 또한, 식민지 위기라는 당대적 현실에 대한 대응이 경서언해라는 자국적 전통에서 비롯되었다는 점은 주목해야만 한다.

　갑오경장 이전의 조선 문화는 거의 전적으로 한문고전에 근거한 것이었다. 『소학독본』은 언해라는 자국적 전통에 근거한 국한문체를 통해 당대적 위기에 대한 대안을 구상했으며 그런 의미에서 자국어교육이란 지향점도 가진 것으로 평가해야 한다. 다각적인 『소학독본』의 모색이 갑오개혁의 중단과 함께 후대에 큰 영향을 끼치지 못했다는 점은 한국근대의 문제성이다. 이 교과서가 출간된 10년 후, 활발해진 국한문체 언론과 독본의 문체가 『소학독본』의 언해식 국한문체에 비해서 한문에 대한 의존도가 더 높았다는 점은 이 문제를 적실하게 보여주는 현상이다. 결국 계몽기 국한문체는 경서언해라는 자국적 전통과 갑오경장의 성과와도 직접적으로 연결되지 못했다.

갑오경장 교육개혁의 소산인 『소학독본』의 문체가 『서유견문』과도 연결성이 있다는 점도 후일의 연구과제로 주목해야 한다. 『서유견문』의 집필 이전에 이미 『한성주보』의 국한문체와 한글문체에 관여했던 유길준의 국한문체는 한문이 주로 단어의 수준에서 사용된다는 점에서 『소학독본』의 문체와 접점이 있다. 『서유견문』의 문체가 '칠서언해七書諺解에서 비롯되었다'는 유길준의 발언은 유사한 문체가 사용된 『소학독본』을 통해 다시 검토될 수 있을 것이다.

/ 제2장 /

『실지응용작문법』

대한제국기의 문화와 계몽운동

1. 계몽운동과 최재학

『실지응용작문법實地應用作文法』(이하 『실지작문법』)은 1909년에 출간된 일종의 문장독본으로, 다른 교과서류와는 다르게 저자로 이름을 올린 최재학의 사상, 활동이 직접적으로 드러나고 있다. 당대의 다른 독본들이 전범이 될 만한 기존의 글을 다시 수록한 것에 비해 이 책의 예시문들은 거의 최재학 자신의 창작으로 볼 수 있기 때문이다.

이 책에 나타난 그의 사상과 이념은 시대적 대표성을 지닌 것으로, 그의 인적 사항이 재구될 수 있다면 더욱 생산적인 논의가 가능할 수 있겠지만, 불행히 자료가 부족한 상황이다. 그가 근대계몽기에 학회와 정치 운동의 전면에 나섰던 것은 여러 문헌 자료를 통해 예측 가능하지만, 그 이념적 바탕과 구체적 활동 사항을 구성하기는 어려우며 아직까지는 생몰년도조차 밝혀지지 못한 실정으로 단지 1870년대 즈음에 출생하였던 것으로 추정할 수 있다.[1] 현재 남은 기록을 정리하여, 인적 사항을 정리한 연구가 있으므로[2] 여기서는 그의 교육 활동과 사회 활동만을 간단히

実地應用作文法上編目次 / 實地應用作文法上編

<그림 1>『실지응용작문법』의 목차

정리하고 넘어가기로 한다.

그의 활동이 가장 많이 나타나고 있는 문헌은『서우西友』및『서북학회월보西北學會月報』로서 그는 이 잡지에 기고를 하지는 않았으나, 평의원評議員 및 사찰원査察員의 직책을 맡아 활동하였으며, 위 잡지에 매달 실린 서북학회의 회의록에서 그의 이름은 박은식, 정운복 등과 함께 가장 많이 언급된 편이다. '회사요록會事要錄' 등의 이름으로 기록된 학회의 활동에서 의사진행 및 학회의 운영 같은 부분을 제외하고 가장 비중이 높았던 것은 교육 활동이었다. 서북학회는 학교 및 농림학교를 서울에서 운영하고 있었으며, 주로 서북 지방을 중심으로 학교의 설립 및 지원을 계속하였다. 이는 서북 각 지방의 지회 설립과 맞물리면서 학회 활동에서 가장 큰 비중을 차지하고 있었으며, 이와 관련된 최재학의 발언이 빈번하게 나오는 것을 보면 그는 학회의 교육 활동에서도 주요한 역할을 담당했던 것으로 보인다. 이런 면모는 안중근의 "서북학회의 유지가이며 교육발달에 열심이다"라는 발언에서도 확인되고 있다.[3] 동시에 그는 여러 학교의 교원으로 참여하고 있었으며, 야학교의 설립을 추진하는 동시에, 『문장지남文章指南』(1908), 『실지

---

1 이기李沂, 「실지응용작문법實地應用作文法 서序」, 최재학, 『실지응용작문법實地應用作文法』, 휘문관徽文舘, 1909 참조.
2 정우봉, 「근대계몽기 작문 교재에 대한 연구」, 『한문교육연구』28-1, 한국한문교육학회, 2007 참조.
3 「境 警視의 訊問에 대한 安應七의 供述(제5회)」
   http://db.history.go.kr/item/level.do?levelId=kd_007_0100_0660.

작문법』등 세 권의 교과서도 출판하였다.[4] 1918년에는 평양 대성학교의 교장으로 재직하고 있었다.[5]

교육 활동과 병행하여, 다양한 사회 활동을 벌였는데 1905년 평양으로부터 다른 유생들과 함께 상경하여 을사조약을 반대하는 상소를 올리고 소수疏首가 되었다. 이때부터 서울에서 주로 활동을 벌인 듯한데, 서북학회 말고도 대한자강회大韓自彊會, 대한협회大韓協會에서 간사원幹事員 및 평의원으로 참여하였다. 이 단체에서의 구체적인 활동은 가늠하기 어려우나, 근대적 국가 성립을 위한 조직 구성 및 일반 인민을 위한 계몽활동이었을 것으로 추정된다. 1910년대를 즈음해서는 천도교와 관련되어 활동했다는 기록도 찾을 수 있다.[6] 1910년대 말에는 해외의 독립운동 기지 개척을 도왔다는 기록도 발견된다.[7]

그의 인간적인 면모가 그려지고 있는 것은 김구의 『백범일지白凡日誌』를 통해서인데, 1899년 즈음의 그는 전우田愚의 제자로 평양에서는 일류 명사에 속하던 사람이어서, 김구 자신도 덕분에 사귐의 범위가 넓어지고 시문詩文에 조예를 얻었다고 적고 있다.[8] 위와 같은 사적을 참조하고, 장지연, 박은식, 이기 등 그와 교류가 있었던 인사들의 행적과 『실지작문법』에 드러난 당시의 지배적 사조인 사회진화론을 감안하면 최재학은 당시의 개신유학자들과 그 사상과 사회적 활동의 범위가 유사했으며, 시대적 대표성을 지닌 인사였다고 평가할 수 있다. 지금의 성과로는

---

4   정우봉, 앞의 글 참조.
5   정원택, 『지산외유일지志山外遊日誌』, 탐구당, 1983, 168쪽.
6   『매일신보』, 1913.8.27.
7   정원택, 앞의 책, 168~170쪽 참조.
8   이상의 사적은 『백범일지』의 내용을 추려 옮긴 것임. 도진순 주해, 『백범일지』, 돌베개, 2002, 158~162쪽.

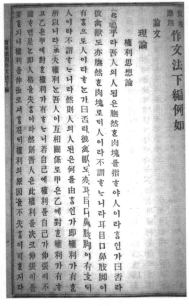

〈그림 2〉『실지응용작문법』에 수록된
「권리사상론」

아직 그 구체적 활동을 재구하기에는 자료가 부족하며, 전우田愚와의 사제 관계나[9] 천도교와의 관계를 구체적으로 밝힐 사료가 없어서 사상적 전환을 구성하기도 어려운 상황이다. 그러나 그의 교육 및 사회 활동이 편집의 도에 직접적으로 반영된 『실지작문법』이 시대적 고민에 대한 대응이며, 근대계몽기의 사상과 문화의 변천을 드러낸 저작이라는 점은 명백하다고 하겠다.

한문을 대체할 공적 여론과 문화적 표현의 도구로서 국한문체를 개발시키겠다는 이 책의 편찬 의도부터가 당대적인 것이었으며, 최재학의 사회적 활동도 일정 부분 반영되었다. 근대계몽기 시민운동의 문화 및 사상적 변천이 글쓰기의 실천을 통해 나타난 셈이다. 다음에서는 이 책의 체제와 성격에 대해 논하도록 한다.

---

9 본문에 제시된 근대계몽기 최재학의 활동은 전통 성리학의 질서를 절대가치로 삼고 근대적 언론, 출판, 단체 활동을 적극 배격한 전우의 태도와는 거리가 멀다. 또한, 『실지작문법』에서도 전우 및 다른 선배 유학자들에 대한 언급은 없고 오직 관서지방의 명유名儒인 선우협鮮于浹의 행적을 전한 「선우돈암전鮮于遯菴傳」 하나만이 실려 있을 뿐이다.

2. 독자적 수사 체계의 구성

『실지작문법』은 그 제목에서 명확히 드러나듯이, 새로이 공식적 언어로 부상한[10] 국한문체를 실용적으로 글쓰기에 이용하기 위해 그 모범적 사례를 제시한다는 목적을 가지고 있다. 국한문의 쓰임이 늘기는 했지만, 그 실상은 극히 혼란하여, 나름의 일관된 원칙을 가진 출판물은 거의 찾아보기 힘든 사정이었다. 형태상의 혼란뿐 아니라, 문화적 배경의 차이도 있었는데, 한문전통과 밀접한 연관을 맺고 있는 형태와 일본, 중국의 번역체를 받아들인 형태는 통사의 구조가 비슷하다 하더라도 그 계통과 연원이 달랐다. 이 책의 국한문체는 근대적 지식과 한문전통의 비중이 섞여진 형태로서, 지금껏 내려온 동아시아 공통의 한문전통을 시대의 변화에 맞추어 독자적으로 적용한 성격의 것이었다. 자신의 작문을 통해 일관되게 국한문체의 체제를 구성했다는 점에서 근대계몽기 국한문체가 지향하던 '국주한종國主漢從'이라는 이념을 구체화한 성과로 평가할 수 있다.[11]

그 구체적 구성을 살펴보면, 상권 90쪽, 하권 76쪽의 두 편이 합본되어 있는 형태로, 상권에서 38쪽까지가 총론이다. 총론은 논거 배열술에

---

10 갑오경장기의 국문칙령과 더불어 1905년부터는 각 학교의 입학시험에 한문 작문을 대신하여 국한문 작문이 새로운 시험 과목으로 채택되었다. 남궁원, 「개화기 글쓰기 교재 『실지응용작문법』과 『문장지남』 연구」, 『한문고전연구』 12, 한국한문고전학회, 2006, 191쪽.

11 임상석, 『20세기 국한문체의 형성 과정』, 지식산업사, 2008 참조. 조동일도 이 책의 예시문에 대해, "당시 국한문 논설의 표준 문체"라는 평가를 내린 바 있고, 심재기도 그 수사법 체제에 대해 주목한 바 있다. 조동일, 『한국문학통사』 4, 지식산업사, 1986, 256쪽; 심재기, 『국어문체 변천사』, 집문당, 1999, 90∼91쪽 참조.

해당하는 부분인 구사構思와 어구語句의 성격을 따지는 어채語彩,[12] 표현술 및 좁은 의미의 수사법에 해당하는 부분인 문법文法, 문체의 분류 방법에 해당하는 체제體製의 네 항목으로 구성되어 있다.[13] 이재선은 비교 연구를 통해 마지막 체제를 제외한 세 항목이 시마무라 호우쯔키島村抱月의 『신미사학新美辭學』(1902)과의 직접적인 영향 관계를 가지고 있음을 구체적으로 제시하였으며, 정우봉은 중국의 출판물과의 영향관계도 자세하게 정리하였다.[14] 나머지 부분은 『고문진보古文眞寶』와 같은 전통적 문선文選과 그 체제가 비슷하고 '예여例如'라는 이름을 붙여 놓았는데, 총론에 제시된 수사법의 실례를 보여주는 독본 성격이다. 수록된 글은 전부 100편에 이르며 28자 13줄의 규격으로 최소 반쪽에서 최대 3쪽을 넘지 않는 짧은 형식이다. 전체적으로 작문과 수사의 원리를 새로이 규정하려는 이론적 노력이 전통적 문선의 구성과 결합한 양상이라고 하겠다.

여기서 특히 돋보이는 점은 반어법, 제유법 등의 구체적 사례를 자신의 글에서 인용하여 이론과 실천을 결합시키려 한 것과 문체의 체제를 분류하려는 독자적 노력을 기울인 것이다. 전자의 구체적 예는 아래와 같다.

(五) 反語法 : 反語法은 語와 意가 相反홈이니 或 陽譽ᄒ고도 陰毁ᄒ며[밖으

---

[12] 이는 주로 방언과 외래어, 전문어 등과 표준어의 구별을 위한 규범적 성격이 강했던 것으로 표준어 내지 안정된 문어의 선정이 당면과제로 설정되어 있던 당시 한국의 언어 상황을 반영하는 항목이라 하겠다.

[13] 이 네 항목에는 다시 작은 항목들로 구성되는데 자세한 목록은 남궁원, 앞의 글 참조.

[14] 어채語彩, 비유법譬喩法, 화성법化成法, 포치법布置法, 표출법表出法 등의 개념이 그대로 쓰이고 있으며, 그 해설도 일치하는 부분이 많다고 한다. 이재선에 의하면 시마무라 호우쯔키가 유학을 통해 서구의 미학 이론을 섭취하여 『新美辭學』을 저술했다고 한다(이재선, 「개화기의 수사론」, 『한국근대문학연구』, 서강대 인문과학연구소, 1969, 16~17쪽 참조). 정우봉은 선행연구를 참조하여, 최재학의 수사체계가 갖는 당대적 의미를 종합하였다(정우봉, 앞의 글 참조).

로는 기리면서도 몰래 깎아내리며, 或 外로 說明ᄒᆞ야 內로 勸喩홈이 是라. 例
컨딕 「東明王論」에 "此ᄂᆞᆫ 史氏가 英雄의 生홈이 凡人과 異홈을 示고져홈이라.
可謂好事者의 好手段이로대일 만들기 좋아하는 이들의 좋은 수단이라 할 수
있겠다."**15**

　(十一) 提喩法 : 提喩ᄂᆞᆫ 或 特稱으로 總名을 代ᄒᆞ며 或 總名으로 特稱을 代
ᄒᆞ며 或 抽象으로 具象을 代홈이니 例컨딕, 「項羽論」에 "人民이 魚肉을 作ᄒᆞ
고" 魚肉은 特稱인딕 敗亡의 總名을 代홈이오.**16**

문법에 딸린 항목에는 비유比喩, 화성化成, 포치布置, 표출表出 등이 있
고, 다시 이 항목 아래, 반어反語, 제유提喩, 풍유諷喩, 의인擬人, 돈좌頓挫,
경구警句, 문답問答 등의 수십 개의 수사기법이 딸려 있으며, 이 기법을 적
용하여 작성된 이 책에 실린 문장들을 실례로 제시한 형식이다. 위에 언
급된 「항우론項羽論」, 「동명왕론東明王論」은 이 책의 상편에 수록된 글로
서 최재학은 수사기법이 구체적으로 국한문 문장으로 어떻게 실현될 수
있는지를 직접 실천한 셈이다. 비록 앞에 서술했듯이 그 용어 자체와 그
개념은 수입된 것이라 하더라도 그 기법을 독자적 국한문체로 실현하고
있기에 단순히 일본 학자를 통한 서구 이론의 수용으로만 볼 수는 없다.
　더욱 독창적인 부분은 이 책에 도입된 논論·설說·전傳·기記·서
序·발跋·제題·축사祝辭·문文·서書·찬贊·송頌·명銘의 13가지의 문장

15　최재학, 『실지응용작문법』, 휘문관, 1909, 20쪽. 띄어쓰기와 구두점 외에는 원문 그대로
　　두되, 번역이 필요한 부분은 '[]' 속에 번역을 추가했다. '( )'는 원문에서 인용부호로서 사
　　용되고 있다.
16　위의 책, 10~11쪽.

분류 체계이다. 이 13체계에 맞춰 100편의 글이 수록된 것이다. 이 항목들은 『문선文選』, 『고문사유찬古文辭類纂』 등의 전범과 밀접한 관계가 있지만, 시대의 변화를 반영한 것으로 보인다. 가령 책冊, 부賦, 뢰誄, 주의奏議, 행장行狀 등 시대의 변화에 맞지 않는 장르를 삭제하고 논論, 설說, 전傳, 기記 등의 비중을 강화하면서 세부 장르에도 이론理論, 정론政論, 사기事記 등으로 새로운 체제를 설정하려는 시도가 나타난다. 특히 계몽과 근대의 이념을 설파하기에 적합한 '논'과 '설', '전'의 부분이 질적으로나 양적으로나 책의 핵심을 차지하며, 비교적 구시대의 문화에 속하는 찬贊, 송頌, 명銘 등의 장르는 그 비중이 현저히 적다. 이런 구성에는 구체적으로 작문이라는 행위를 당대의 급박한 문화의 전환 속에서 어떻게 수행해야 하는가에 대한 문제의식이 반영되어 있다고 볼 수 있다. 당시로서는 상당히 선도적인 노력이었다고 평가할 수 있는데 4년 후에 출간된 비슷한 성격의 책인 이종린의 『문장체법文章體法』이 『문칙文則』의 십유十喩 등 전통적 한문의 수사법과 분류 체계를 그대로 받아들이고 있는 것을 보면 그 선도적 독자성을 더 명확히 알 수 있다.[17]

『실지작문법』이 가진 독자성은 이 책이 가진 계몽의 이념 때문이다. 이렇게 볼 때 이 책은 새로이 이식된 수사의 개념과 용어 등을 빌려왔지만, 국한문체를 통해 이 개념을 독자적으로 실천하려 했다는 점과 시대의 변화에 발맞춘 장르의 체제를 새로이 설정했다는 점은 선구적인 노력이었다고 평가할 수 있다.

---

17 중국 송나라 시대 진규陳騤의 『문칙文則』의 분류가 그대로 반영된 수사 체계는 이 책의 목차에 그대로 잘 나타나 있다. 그 문장의 분류 체제에서도 차자箚子, 간간諫, 주奏, 소騷처럼 왕조시대의 질서 속에 유통된 장르들을 그대로 받아들인 채 책을 구성하고 있다. 이종린, 『문장체법文章體法』, 보서관普書館, 1913.

3. 최재학의 작가의식

이 책이 출간된 1909년은 1905년의 을사늑약으로 활발해진, 교육과 정치 운동이 1910년의 일제강점을 앞두고 마지막 절정에 달하던 때이다. 많은 학회와 단체가 일제의 압박으로 인해 그 활동이 쇠퇴해졌고, 박은식, 신채호, 조용은(소앙) 등의 대표적 지식인들은 일제의 압박을 피해 해외로의 진출을 탐색하기도 하였다. 최재학 역시, 이런 정치적 변화의 중심에 있던 인사로서 이 책은 근대계몽기에 이루어진 그의 활동을 정리한 것 같은 느낌을 주기도 한다. 당시의 교과서는 대부분, 역술이거나 편찬의 형식으로 구성되어 있어 개인의 작가의식이 비중 있게 반영된 경우가 드물다. 한문 독본으로 『실지작문법』에 1년 앞서 출간된 최재학의 『문장지남』도 예외는 아니어서 앞에서 언급한 13체계는 그대로 유지되고 있으나, 작문의 예시는 모두 구양수歐陽脩, 한유韓愈, 소순蘇洵 등 당송팔가唐宋八家의 글이 대부분이고 여기에 이색, 이규보의 글이 약간 더해진 구성으로 편찬자의 독자적 사상이 반영될 여지는 적다. 학습 기능을 강조한 독본 성격의 책이라는 점은 전자와 후자가 다르지 않으나, 최재학 자신의 글일 가능성이 많은 글들이 예시문으로 편집되어서 일종의 일관된 작가의식이 강하게 반영되어 있다는 점은 다른 교과서 및 문장독본류와 크게 다른 성격이다.

저작著作이라는 말의 정의도 엄밀하게 통용되지 않았으며, 작자의 표기 역시 제대로 하지 않았던 당시의 출판 관행을 감안하고, 이 책이 당시의 다른 출판물보다 저자의 존재가 더 숨겨져 있는 교과서 형태임을 생각하면 명확한 판단을 내리기는 어려운 상황이다. 하지만 정황상 이 책에 실린 100편 글의 저자는 최재학이 거의 확실하다고 생각한다. 그는 편찬서인 『문장지남』의 판권지에 분명히 자신을 편찬자라고 밝혔으며, 『실지작문법』의 판권지에는 이와 달리 자신을 저작자라고 명기하고 있다. 또한 『문장지남』에 실린 글에는 원저자가 명확히 표기되어 있어, 당시의 다른 작가들과 달리 저작의식이 나타난다.

또한, 『실지작문법』의 글들은 다른 책들과 달리 '나'라는 존재의 느낌이나 이 '내'가 친구나 사회와 맺고 있는 관계를 다룬 글들이 많다. 개인적 관계의 소산인 서序, 기記 같은 글뿐 아니라, 전傳, 제題 종류의 글에서도 일관된 느낌과 시각이 드러나는 경우가 많다.[18] 또한, 실제 최재학의 행적과 연관된 글들도 있다.[19] 한편, 이 책은 문체적 일관성뿐 아니라, 사회진화론, 민족주의 등의 사상적 경향이 일정하게 관철되고 있어 한 작가의 것이라는 심증이 강하게 든다. 이렇게 예시문에서 일관된 개인의 면모가 반영되어 일종의 작가의식이 형성되고 있는 점과, 그것이 실제 최재학의 행적과 연결성이 있다는 점은 강력한 정황 증거가 된다.

나아가, 앞서 지적했듯이 이 책의 문체가 일관성이 있다는 점은 중요한 사안이다. 당시의 혼란한 국한문체 표기 상황을 감안하면, 100편의

---

18 「송모군왕모주서送某君往某州序(어느 고을로 떠나는 모군에게 부치는 서)」와 「송모도관찰사모군부임서送某道觀察使某君赴任序(어느 지방에 관찰사로 부임하는 모군에게 부치는 서)」는 그 시각과 인간적 관계가 일관된다. 「이춘유전李春遊傳」과 「양수자전養樹子傳」 등의 글에도 전의 인물들과 문답을 주고받는 나의 존재와 그 시각은 일관성이 있다.

19 「여자교육회축사女子教育會祝辭」는 최재학이 이 단체의 규칙위원으로 활동한 행적과 연관을 가지는 글이다. 또한 최재학은 당시 반포된 삼림법에 대해 일반 인민을 계몽하기 위하여, 국문으로 해설한 책자를 만들었다고 하였는데(「별보別報」, 『서북학회월보』 6, 1908.11, 2쪽), 「삼림설森林說」와 「조회모국공사서照會某國公使書」는 삼림과 삼림법에 대한 계몽 활동이 나타난 글들이다.

글이 비슷한 문체의 체제를 갖추고 있다는 상황은 출처가 다른 글들을 모아서는 이루어지기 힘든 실정이라고 생각한다. 다른 사람의 글을 수록한 경우라도, 일정한 윤색의 과정을 거쳤을 것이라 추측되며, 그런 경우에도 최재학의 작가적 역량이 반영되었다고 해석할 수 있다. 여기서 문제가 되는 점은 이 책의 예시문들, 특히 다른 사람의 책에 실리기 위해 창작되는 '서'와 '발'조차도 잡지, 신문, 단행본 등의 다른 매체에 최재학의 이름을 단 채 실린 경우가 없었다는 점이다. 이 책의 국한문체 문장은 당대의 대표적 국한문체 작가들인 장지연, 박은식, 신채호의 저작들과 비교해도 큰 손색이 없으며, 논조와 형식도 당시의 언론매체에 적합한 것임에도 불구하고 다른 출처를 찾을 수 없는 것은 의문이다. 그러나 판권지의 기록, 문체적 일관성을 기준으로 이 책에 수록된 글들의 저자를 일단 최재학이라 정해 본다.

이 책에 수록된 예시문들은 어느 정도 파급력이 있었던 것으로 보이는데, 1910년에 일제 총독부에 의해 발매와 유통이 금지되었으나,[20] 1921년에 출간된 『실지응용작문대방』에서도 많은 글들이 국한문체의 모범으로 수록된 바 있다.

시대적 대표성을 가지는 최재학이라는 지식인의 사상과 문화적 인식이 당시의 언어인 국한문체로 실천되었다는 점에서, 글쓰기 관습의 변천 및 이에 따른 새로운 문화 의식의 형성을 보여주는 자료가 된다.

---

20 『매일신보』, 1910.11.16. http://db.history.go.kr/item/level.do?levelId=su_001_1910_11_16_0370

4. 국한문체 작문법

한문수사의 전통을 이용하면서도 국문의 비중을 높여서, '한문체격漢文體格'을 지키면서도 '난자벽구難字僻句'를 피하는 형태로 문체적 일관성을 지켜서 한 권의 책을 구성했다는 점은 선구적 성과이며, 더더욱 일관된 사상과 문화에 대한 인식을 유지했다는 점 역시, 돋보이는 사항이다. 한문 산문 장르의 전통을 보여주는 사례를 다음과 같이 제시한다.

명승지를 유람한 사적을 유기遊記로 남기고, 먼 길을 떠나거나 관직에 나가는 벗에게 서序를 붙이며, 특별한 행사에는 송頌을 읊고, 인상적인 그림이나 책을 접하면 그 감상을 제題로서 정리하고, 역사상 인물이나 사건을 찬贊으로 기리는 등의 작문 행위는 이제는 문화적 효과를 기대하기 힘든 지나간 관습이기도 하다. 한문전통에 속하는 이런 작문의 관습은 1,000년에 가까운 오랜 기간 동안 한국에서 지속되었고, 이 책이 저술될 당시에만 해도 문화적으로 살아있었으며 한문으로 된 시문詩文 제작도 사회의 기본교양으로 유지되고 있었다.[21] 당시로서는 한문으로 이어지던 위와 같은 문장 작법에 국문이라는 이질적 요소가 섞여든 것만해도 급격한 변화라고 볼 수 있으며, 또한 『실지작문법』에서는 이 전통적 작문의 형식을 어느 정도 유지하면서도 시대의 요청에 부응하는 새로

---

[21] 식산, 교육, 독립 등의 근대적 가치를 내세운 당시의 모든 잡지들마저도 예외 없이 한문으로 된 시문詩文이 적지 않은 분량으로 지속적으로 실렸다(임상석, 앞의 책 참조). 또한, 『실지작문법』에서도 친구의 문집文集과 절구집絶句集에 붙이는 서序가 있어 전통적 작문 관습이 유지되고 있음이 잘 나타난다(「이군소편절구집서李君所編絶句集序(이군이 절구집을 편찬함에 부치는 서)」, 「모군문집서某君文集序」등 참조).

운 개념과 이념을 결합시킨 것은 주목할 현상이라고 하겠다. 즉 한문전통에 근거한 문장 작법을 어느 정도 유지하면서도 새로운 시대의 요청에 맞추려는 노력을 작문으로 실천한 것이다. 그 예는 아래와 같다.

嗚呼라 園에 遊흠이 可ㅎ며 鬱乎흔[울창함] 其樹ᄂ 酸素를 噴ㅣㅎ고 潤乎흔[넓은] 其境은 大氣를 通ㅎ고(…중략…) 其精神을 養ㅎ고 其身體를 健케 홀지로다. 精神을 養ㅎ고 身體를 健흠은 其職을 勉勵ㅎᄂ 資本이라, 人이 世에 在ㅎ야 皆其力을 自食ㅎᄂ니 一人이 一日에 怠惰廢業ㅎ면[게을리 업을 끊으면] 卽天下에 一人이 其職을 棄흠이나 若幾千百人이 幾千百日을 惰怠廢業ㅎ면 卽一國이 其職을 棄흠에 至홀지라. 故로 余ㅣ 嘗謂호ᄃㅣ 文明의 基礎ᄂ 其職을 勉勵흠에 在ㅎ고 其職을 勉勵흠은 精神을 養ㅎ고(…중략…) ㅎ노라. 遊園을 設흠이 其可ㅎ며. (…중략…) 國家ㅣ 能히 文明ㅎ리니 遊園을 設흠이 實로 可ㅎ도다.[22]

이 글은 저자가 관서 지방에 유원遊園을 설치한 후, 이를 기념하여 사적을 기록한 글이다. 그 집필의 배경은 한문전통이 그대로 이어진 것이지만, 그 이념은 매우 다르다. 나무가 산소를 배출한다는 새로운 지식이 반영된 것도 이채롭지만, 그보다 일종의 자본주의 사회를 염두에 둔 듯한 '문명'이란 개념이 주요하다. 전통적 '기記'에서는 하늘의 이理나 강호의 도道와 연결하기 위해 짓던 정자, 정원 등은 직업을 위해 각 개인의 심신을 유지하기 위한 '자본'이 된 것이다. 또한, 이 자본이 궁극적으로 새

---

22 최재학, 「모주유원기某州遊園記 下」, 『실지응용작문법』, 휘문관, 1909. 52~53쪽. 이하 『실지응용작문법』에서 인용할 때에는 '「글제목」, 인용 쪽수'로 표기함.

로운 문명의 기초가 되는 것임은 인용문에 명백히 드러난다. 인용문의 다른 부분은 이 유원이 어떤 경로를 통해 어느 지방에 설치하게 되었으며, 그 전반적 경개는 어떠한지 사적을 서술하면서 전통적 글쓰기 방식을 그대로 유지하고 있는데 위 인용문은 문화와 사상의 전환이 잘 나타난다.

> 古人이 友를 送홈이 或 車馬도 贈ᄒ고 或 金幣도 贈ᄒ얏스니 此ᄂ 皆遠行ᄒᄂ[모두 먼 길을 떠나는 人을 爲ᄒ야 路贐[전별금으로 遺홈이라. 今에 吾子ㅣ 奇偉魁傑흔[드물게 훌륭한 才로 博學홀 志가 有ᄒ야 遂乃海外로 渡航ᄒ니, 壯ᄒ다! 吾子의 志여! 海外文明을 輸入ᄒ야 我의 民智를 開發ᄒ며 我의 國力을 培養ᄒ기로 己任을 作ᄒ야(…중략…)余ᄂ 吾子를 爲ᄒ야 何로 贈홀고? 余ᄂ 一言으로 贈ᄒ노니 吾子가 海外에 往ᄒ야 醫國의 術을 先學홀지여다.[23]

먼 길을 떠나는 친구에게 글이나 시를 붙이는 것은 오랜 관습으로 나름의 형식을 유지하면서도 개인의 기록과 사회적 대의를 어느 정도 반영하는 것이 일반적 형태라고 할 수 있다. 이 글의 시작 부분에서 국문을 제거하고 어순을 도치하며, 약간의 조사를 삽입하여 순한문의 형식으로 만든다면, "凡古人送友 或贈車馬或贈金幣 此皆所以爲遠行人 遺路贐也"의 형태가 되어서 전대의 일반적 '서'의 첫머리에 놓는다 하더라도 큰 무리가 없는 모양이다. 문화적 관습뿐 아니라, 언어적으로도 한문의 비중이 높아 한문의 수사가 국문의 통사구조와 결합되어 있는 계몽기 국한문체의 전형적 형태이다. 그러나 이어지는 대의는 전시대의 그것과는 완연

---

23 「송우인유학해외서送友人遊學海外序(친구의 해외유학에 부치는 서) 上」, 77~78쪽.

히 다른 모습이다. '문명수입文明輸入', '민지개발民智開發', '국력배양國力培養'으로 설정된 단계는 새로운 시대의 도래와 그에 대한 대응을 명백히 나타내는 부분이라 하겠다.

이 두 글이 창작된 문화적 관습과 배경은 분명히 한문전통에서 나왔다. 그러나 이 글들이 궁극적으로 내세우는 대의는 근대계몽기라는 시대의 과제에 대한 독자적 대응이었다. 이와 유사한 사례는 이 책에서 쉽게 찾을 수 있는 면모로서, 전통적 산수유기山水遊記로 전개되다가 마의태자로 추정되는 사람의 일화를 넣으면서 애국과 계몽을 불러일으키는 「유금강산기遊金剛山記」, 평양에 여행가는 친구에게 을지문덕의 애국을 일깨우는 「송이군서유서送李君西遊序」, 성性의 수양이라는 전통적 가치가 제도적 교육이라는 새로운 가치와 융합된 형식인 「양수자전養樹子傳」 등을 들 수 있다. 이처럼 『실지작문법』에 나타난 최재학의 국한문체 글쓰기는 한문전통으로 대변되는 전시대의 문화를 유지하면서 이를 새로이 적용하려는 성격을 가진 것이었다. 이는 계몽기의 시대정신을 나타내는 새로운 문화 의식의 형성이라고 평가할 수 있다. 그러나 한문전통이 기대고 있는 문화와 사상적 배경이 새로운 서구적 근대의 이념과 본질적으로 어울리지 않는 면이 있기에, 이 두 흐름의 충돌은 자연스러운 일이었다.

5. 새로운 문화의 구상

앞에서는 근대적 이념과 새로운 문화 의식이 두드러진 부분을 예로 들었지만, 유생으로 이름을 얻은 최재학의 배경과 어울리게 『실지작문법』에는 한문전통의 문화가 차지하는 부분이 매우 크다. 「이군소편절구집서李君所編絶句集序」에서 절구絶句를 전투에서 근접전의 무기로 비유한 부분은 박지원의 「소단적치인騷壇赤幟引」을 연상시키고, 「송모도관찰사모군부임서送某道觀察使某君赴任序」에서 관찰사, 군수, 민 사이의 관계를 서술한 부분은 정약용의 『목민심서牧民心書』를 떠올리게 한다. 「송모군왕모주서送某君往某州序」 같은 글은 한유의 「송맹동야서送孟東野序」를 패러디한 느낌까지 주고 있어 그가 가진 깊은 한문전통의 뿌리를 나타내는 부분들이다. 이렇게 명백한 영향을 나타내는 부분 외에도 한문전통이 바탕하고 있는 여러 문화적 배경들, 절대화된 가족 질서, 이념화된 자연, 경서經書에 대한 논의 등이 이 책에서 차지하고 있는 부분은 적지 않다.

효와 가족 질서를 전통적 방식으로 다룬 것으로『삼국유사三國遺事』의 효자 손순을 다룬 「손순득석종기孫順得石鍾記」, 고려시대 남매간 상속문제를 판결한 손변의 「손변단옥기孫抃斷獄記」 등을 들 수 있다. 여러 편의 유기遊記는 강호에서 도를 찾는 전통적 방식으로 진행되었으며, 특히 「애매설愛梅說」, 「주설舟說」등은 자연을 이념화하는 사고의 전개가 두드러진다. 경서에 대한 논의도 자주 보이는데 특히 「논어론論語論」, 「서론書論」, 「습설習說」은 이를 바탕으로 삼은 글들이다.

그렇다고는 해도, 어디까지나 이 책의 중심은 이념적으로는 문명과 국가, 이를 위한 권리의 투쟁에 맞춰져 있다. 그러므로 중요시되는 인물도 워싱턴, 넬슨, 을지문덕, 김유신 등 전쟁에서 이름을 얻은 이들이 많다. 궁극적 가치는 국가이며, 이에 대한 근거로 개인의 권리를 위한 투쟁이라는 것을 내세우게 되는데, 「권리사상론權利思想論」, 「분투적능력설奮鬪的能力說」 등은 이런 면에서 이 책의 이념을 대표하는 편들이라 할 수 있다.

① 然則 人의 人됨은 何를 由ㅎ인가. 卽 權利가 有ㅎ 所以니라. (…중략…) 若 自己에 權利를 自己가 伸張키를 不能ㅎ면 是는 卽 人格을 失ㅎ이라, 然則 吾人은 此 權利를 決코 伸張키를 要ㅎ지니 (…중략…) 權利의 原因은 何인고? 卽 權利思想이 是니, 凡 個人이 個人의 間과 國家가 國家의 間과 與同ㅎ야 相浸ㅎ는 者ㅣ 有ㅎ면 必然 相距[서로 대웍ㅎ지요 (…중략…) 多數ㅎ 將士를 殺ㅎ지라도 其 一坪土[한 평 땅]를 覓還 乃止ㅎ지니[찾아서 돌려놓고야 그칠지니], 此는 一坪土를 愛ㅎ이 아니라 一坪土上의 權利를 愛ㅎ이며 (…중략…) 伸張ㅎ 權利는 期於히 伸張ㅎ라 ㅎ얏스니 信ㅎ다, 此言이여![24]

② 二十世紀 奮鬪場이 公然大開ㅎ이[공공연히 크게 열려] 彈丸이 飛雨와 如ㅎ고 砲烟이 暗霧와 如ㅎ지라. (…중략…) 此는 何故인가? 奮鬪的 能力이 有ㅎ면 勝ㅎ야 生活을 得ㅎ고 奮鬪的 能力이 無ㅎ면 敗ㅎ야 滅亡에 陷ㅎ느니 (…중략…) 奮起ㅎ지어다, 吾人이여! 勉勵ㅎ지어다, 吾人이여! 亘古迄今에[예부터 지금까지] 奮鬪的 能力이 無ㅎ고 滅亡을 不遭ㅎ[만나지 않은 者ㅣ 或 有ㅎ가![25]

---

24 「권리사상론權利思想論 下」, 1~4쪽.
25 「분투적능력설奮鬪的能力說 下」, 21~23쪽.

"生存競爭이 天演의 公理"[26]로 받아들여지던 당시의 상황을 잘 나타내는 대목으로 서구의 사회진화론과의 밀접한 연관도 드러나고 있다. 특히 ①번 글은 근대적 개인주의의 논리가 나름대로 진행되고 있어 주목할 만하다. 앞에서 개인의 직업을 문명의 기초로 설정한 「유원기遊園記」의 인용 부분과 논리의 구조가 연결되어 있어, 당시 별다른 논리의 모색 없이 문명과 교육을 구호처럼 강조하던 여타의 논설과는 구분되는 양상이다. 3쪽에 달하는 양으로 이 책에서는 가장 많은 분량을 가지고 있으며, 인용되지 않은 부분에서는 개인 사이의 권리 분쟁도 국가 간의 전쟁과 유사하여, 물건 자체가 중요한 것이 아니라 그것에 담긴 권리가 중요하다는 논리를 펴고 있다. 개인 사이의 권리 관계가 국가 간의 관계와 동일한 것이며, 물건이나 땅의 실제적 소유보다는 그로 인해 발생하는 권리의 범위가 더욱 본질적이어서 권리를 지킬 사상이 없는 자는 인격을 잃어버린 존재와 같다는 주장이다. 그러므로 권리가 위협받고 있는 현재의 상황에서는 직접 무기를 들고 전선에 뛰어 들 수 있는 "奮鬪的 能力"이 인간의 필수요건이 되는 것이다. 현재의 헌법·공법·사법의 바탕이 되는 절대적 개인의 개념과 그 맥을 같이하고 있다고 볼 수 있다. 이런 흐름 속에 그는 인간은 욕망의 동물이며 '욕망심慾望心'으로 전진하여 문명을 성취하자고 부르짖는 것이다.[27]

주지하듯이, 한문전통에서 '이利'와 '욕欲'은 항상 인仁·도道·리理와 같은 절대적 가치의 대척에 설정되던 개념이었으나 시대의 변화에 당면

---

26 「생존경쟁론生存競爭論 上」, 55쪽.
27 「욕망慾望은 성공成功의 원동력설原動力說 下」, 23쪽. 이와 같은 논리의 흐름은 신채호의 「이해利害」같은 논설과도 통한다고 보이는 데, 이 책의 곳곳에서 일정한 상동성이 발견되는 바, 또 다른 연구과제가 될 수 있을 것이다.

하면서 그 가치는 전도된 상황이다. 또한 한문전통에서 부동의 논리적 근거였던 경전의 권위도 많이 주춤한 양상이다. ①번 글의 끝을 맺고 있는 구절은 '利於能'(미상)씨의 「권리투쟁론權利鬪爭論」에서 나왔다고 하는데, 이 부분의 바로 앞에는 『맹자』의 구절인 "人必自侮 然後人侮之"[28] 을 인용하여 논거로 삼고 있다. 전통의 경전은 부차적인 논거로 자리 잡고 있으며, 서구의 논리체계가 주된 논지로 기능한 셈이다. 근대적 자본주의를 대변하는 '문명'의 논리 앞에 전통적 문화 의식이 전도되어 나타난 것으로 근대계몽기의 시대정신이 생생하게 나타난 양상이다.

이 새로운 문화 의식은 이 책이 여전히 유지하고 있는 한문전통의 작문법과 미묘한 간극을 빚어내게 된다. 앞에서 제시했듯이, 아직 한문전통을 바탕으로 하고 있는 문장작법은 여러 예시문을 통해 이 책에서 그 생명력을 꾸준히 유지하고 있는 상황이었으며, 최재학 자신도 유학자로서의 정체성을 완전히 저버린 상태는 아니었다. '논', '설' 따위의 장르가 전통적 이학理學의 개념을 펼치기 위해 개발된 계통적 정체성을 가지고 있으며, 유기遊記, 송서送序 등의 장르가 바탕하고 있는 자연관 내지 사회관 역시 성性의 수양이라는 전통적 대의와 밀접한 연관을 맺고 있는 것은 주지의 사실이다. 이 책이 설파하는 새로운 개인주의 이념은 이런 전통의 문화와 미묘한 어긋남을 보이고 있으며, 이는 작자 최재학만이 아닌 다른 근대계몽기 지식인들 모두가 겪고 있는 모순이었다. 이런 과정 속에서 워싱턴을 한문전통 이념의 구현자인 요순堯舜과 연결시키는 부자연스런 논리도 나타난다.[29] 시대의 변화에 부응하여 근대적 가치체계를

---

28 "사람이 스스로 자신을 모욕되게 한 후에야, (다른) 사람이 그를 모욕한다." 「이루離婁 上」.
29 "美洲 華盛頓이 合衆國을 建設홈이 衆이 王位에 卽ᄒ기를 勸ᄒ거늘 悚然히 怒ᄒ야 不聽

추구하고 있지만 전통의 사고체계를 아직 벗어나지 못한 형상이다.

욕망과 권리가 이전의 보편적 가치인 '인仁', '예禮'의 단계로 나아가게 되었는데, 이 과정에서 필연적으로 문화·사상적 모순이 나타나게 된 것이다. 이 책에 실린 글들 사이에서 나타나는 이런 간극은 당시의 사상적 흐름을 반영하는 주요한 현상으로 평가할 수 있다.[30] 이는 문화의 상층일 뿐만 아니라, 이 책의 문체인 국한문체가 가진 언어적 모순이기도 하였다. '한문의 체격'을 유지한 국한문체에서 국문의 비중을 높여 근대적 개념을 받아들이고 활용하는 도구로 삼고자 했으나, 국한문체에 내재한 한문전통은 체질적으로 근대적 개인주의, 자본주의와는 본질적 차이가 있었다. 앞서 지적했듯이 『실지작문법』의 국한문체는 한문의 요소가 단어의 상태로 줄어 있어, 국주한종國主漢從의 이념이 일관되게 실천된 양상이었지만, 한문의 수사법과 사유 방식, 문화 관습을 유지하고 있었기에 일종의 과도기적 문체였던 것이다. 한문전통의 문화가 국문의 통사구조와 결합된 형식으로 장기적인 안정성을 획득하지 못한 한계가 있었던 것인데, 그만큼 이식된 근대와 고유한 전통 사이의 간극을 생생히 보여주었던 것으로 언어와 사상의 이질적 요소를 보다 깊이 탐색한 결과였다. 이는 근대계몽기 국한문체가 가진 가능성이 대표적으로 발휘된 양상이라 하겠다.[31] 이와 관련하여, 다음에서는 그림과 연극에 대한 최재학

호고 民主政治를 建호야 至今신지 賢者를 擧호야 大統領을 選호니 揖讓의 風이 有호지라. 嗚呼라! 堯舜의 道ㅣ 美洲에 復行호는도다." 「서론書論 下」, 10쪽.

30　그와 비슷한 고민을 겪고 있던 박은식이 인간의 욕망을 보편적 '이理'의 영역에 끌어들이는 양명학陽明學을 도입하는 사상적 모색을 보여 주었던 것은 참조 가능한 사상의 흐름이라 하겠다.

31　이 책은 한문 단어체를 위주로 하여 한문 구절체가 혼합된 문체인데 당대의 다른 국한문체 문장에 비해서는 일관성을 유지한 양상이다.

의 관심과 시각을 살펴보고자 한다.

최재학은 전통적 지식인답게, 그림과 음악 등 다양한 방면에 관심을 가지고 있었던 것으로 보인다. 특히, 문화의 변천을 반영하는 예술관을 단편적으로나마 반영한 글들도 실려 있어서 흥미롭다. 당대의 유명한 가인歌人과의 교유를 통해 연극관이 드러난 「이춘유전李春遊傳」, 그림에 대한 저자의 인식이 담긴 「제산수화題山水畵」, 「모화안기某畵鴈記」 등은 시대의 흐름에 따른 예술관의 변화를 나타내는 자료이다.

「이춘유전」은 당대의 유명한 가객이자 연극인이었던 이춘유를 입전入傳한 내용인데, 시정의 인물들에 대한 관심은 조선 후기에 나타난 박지원, 유득공, 이옥 등 작가들의 한문 단편이 가진 문제의식을 잇는 것이라고 해석할 수 있다. 연극인이라는 명칭을 쓰고 있지만, 이춘유가 했던 공연이 실제로 어떤 성격의 것인지는 알 수 없다. 신식 연극이 공연된 것이 1910년대 이후이며, 성량이 풍부했다는 것이 강조된 것을 볼 때 판소리나 서도소리 같은 전통 연행을 바탕으로 한 배우가 아니었을까 하는 추측만이 가능하다. 또한 사전史傳의 교훈을 전한 공연을 하였다는 사항을 보면, 전통 연행의 소양을 갖추고 강담사의 역할까지 수행한 것으로 보인다.[32] 당시의 언론매체에는 퇴폐적인 연극계를 고발하고 교육이나 식산의 기치에 적합한 형식으로 연극을 계량하자는 논설이 적지 않게 실렸지만, 대부분 알맹이 없는 구호의 수준에 그치는 것이 많았다. 더욱이 실

---

32 사진실, 「18~19세기 재담 공연의 전통과 연극사적 의의」, 『한국연극사연구』, 태학사, 1997 참조. 이춘유가 활동하던 시대에 배뱅이굿의 창시자 김관준이 유학생들을 위해 평양에서 전통 연희의 가사를 바꾸어 계몽과 독립의 메시지를 전하는 공연을 했다는 기록이 있다. 김원극, 「본국에서 일본 유학생 환영 및 전별회의 소식」, 『태극학보』 25, 1908 참조.

제 연극을 수행하는 배우를 기록하거나 그 구체적 연희를 기록한 경우는 매우 드물다. 이 '전'의 내용을 요약하면 아래와 같다.

이춘유는 원래 유명한 나주羅州 출신 유협遊俠의 후손으로 어릴 때, 고아가 되어 사방을 유랑하다가 한성漢城에서 연극계에 입문하여 그 재주가 일가를 이루었다. 그러나 당시의 퇴폐적인 공연을 거부하고 새로이 충신열사의 일을 무대에 올려, 절의節義를 강조하는 내용의 공연을 하여서 약관의 나이에 큰 이름을 얻었다. 또한 개인의 치부에 관심을 두지 않고, 학교와 신문사의 경비를 보조하여 자선심과 공익심이 두터웠다.[33] 어느 날에는 입전의 주체인 나의 집에 찾아와 역사를 배우기를 청하니 나는 크게 놀라서 당신도 역시 취학就學하려 하는가 하고 물었더니, 그는 지금 연극이 옛사람의 인습에 머무르고 있으니, 내가 고금의 사전史傳에 의거하여 지금의 사정에 맞게 써서 연극계를 한번 새로이 바꾸려 한다고 답했다. 춘유의 재주가 장차 또 변할 것을 기대한다는 말로써 글은 끝난다.

사회를 위한 공익과 풍교風敎를 지향하는 춘유의 포부와 재주가 그 후에 어떤 성과를 이루었는지 알 수는 없지만, 이 글에 나타난 예인의 상은 박지원이 그려낸 광문廣文의 유협적 기질이나 유득공이 그려낸 유우춘柳遇春의 개인적 심미의 추구[34]와는 확연히 달라 계몽기의 시대적 특성이 생생히 나타나고 있다. 새로운 연극의 흐름을 구체적으로 제시하고 그

---

33 살면서 모은 재물이 얼마나 되느냐는 친구의 물음에 이춘유는 "나는 쌓은 돈이 한 푼도 없으나, 이 시절의 가난을 구하고 공익을 돕는 돈을 의논한다면 오히려 만금도 모자라노라"고 대답한다.『실지응용작문법』下, 35쪽.

34 이우성 · 임형택 편역, 「유우춘전柳遇春傳」 · 「광문자전廣文者傳」, 『이조한문단편집』중 · 하, 일조각, 1982 참조.

공연자의 구체적 실상을 전했다는 점에서 이 글은 단편적이지만, 조선 후기의 실학적 전통을 계승하면서도 당대의 시대적 특성을 전하는 주요한 자료로 평가할 수 있겠다.

그림과 실제의 관계를 탐구하는 사유의 흐름은 시나 산문의 형태로 조선 시대에 꾸준히 이어지고 있었다.[35] 현재의 기준으로 미학, 예술론에 속하는 논의가 전개되었던 셈인데, 계몽기는 오히려 이런 사유의 전통이 급박한 정세 속에서 단절된 시기였다고 할 수 있다. 예술에 대한 고민은 앞서 지적한 연극계 계량을 촉구하는 논설들처럼, 구호나 당위의 차원에 머물렀으며 그 형상화 과정이나 심미적 의미에 대한 사유는 찾아보기 힘들었다. 이 책에는 역시 단편적이기는 하지만 그림과 형상화의 대상으로서 실제의 관계나 형상화의 과정에 대한 관심을 나타낸 글이 실려 있어서 이채롭다.

①古今에 山水를 畵ᄒᄂᆞᆫ者ㅣ 山은 重疊妍秀를 做홈이 多ᄒᆞ고 水ᄂᆞᆫ 平遠細流를 做홈이 多홈이 最善ᄒᆞᆫ 者라도 峰巒이 屈曲ᄒᆞ고 波嶺이 起伏홈에 不過ᄒᆞ더니, 某君이 獨히 新法을 出ᄒᆞ야 山은 能히 高ᄒᆞ야 人이 摩홈이 凸痕이 有ᄒᆞ고 水ᄂᆞᆫ 能히 動ᄒᆞ야 人이 見홈이 窪處가 有ᄒᆞ더라. (…중략…) 山은 重重히 其形을 모ᄒᆞ고 水ᄂᆞᆫ 潺潺히 聲이 有ᄒᆞᆫ 듯 ᄒᆞ더라. 蓋某君의 畵ᄂᆞᆫ 活山活水니 嗚呼라! 畵의 神造를 得ᄒᆞᆫ 者가 아니면 엇지 此에 及ᄒᆞ리오.[36]

---

35 고연희, 「조선시대 진환론眞幻論의 전개」, 『한국한문학과 미학』, 태학사, 2003; 진재교, 「한문학, 고지도, 회화의 미적 교감」, 위의 책 등 참조.

36 "고금에 산수를 그리는 자들은 산은 첩첩이 아름답고 빼어남을 만드는 것만 많고, 물은 평안히 멀리 가늘게 흐르는 물결을 만드는 것만 많아서 가장 뛰어난 작품도 봉우리가 구불거리며, 물결의 줄기가 일어나고 수그리는 것에 불과하더니, 아무개 군은 홀로 새로운 기법을 개발하여 산은 능히 높아서 사람이 접하면 솟은 흔적이 존재하고 물은 능히 움직

②鴈을 畵ᄒᆞ기를 好ᄒᆞᄂᆞᆫ 者ㅣ 有ᄒᆞ니 姓名은 某이라. 自謂ᄒᆞ야 曰飮琢鳴號의 狀과 或飛或落의 態ㅣ 旣其狀似를 得ᄒᆞ얏스나 但其氣骨의 天機潤潑ᄒᆞᆫ 性의 至ᄒᆞ야ᄂᆞᆫ 猶其精을 未盡ᄒᆞ얏다ᄒᆞ더라. 於是에 日로 江湖에 往ᄒᆞ야 鴈群을 視ᄒᆞ야 凝立不動ᄒᆞ야 嗒然如忘ᄒᆞ니 人이 皆窃笑不顧ᄒᆞ더라. 此와 如ᄒᆞ지 有年에 一日은 恍然有悟ᄒᆞ야 自顧ᄒᆞ니 滿腔이 皆鴈이라 因ᄒᆞ야 蒼黃히 室에 入ᄒᆞ야 筆墨을 索ᄒᆞ기 甚히 急ᄒᆞ더니…聲名이 翹然히 一時에 冠ᄒᆞ니…余ㅣ 自素로 畵를 不知ᄒᆞ나 其筆勢의 精妙홈이 實로 尋常ᄒᆞᆫ 者의 所擬홀 者 아닌 故로 此을 遂記ᄒᆞ야 所感을 志ᄒᆞ노라.[37]

위 두 글 역시, 당대의 새로운 예술인의 형상이 생생히 드러나고 있다. 그 구체적 기법이 자세히 나타나 있는 것은 아니고, 기록 자체도 소략한 편이지만 이전과는 다른 그림을 원하는 소망이 나타나고 있어 주목할 만하다. 첫 번째 글은 '진眞'에 그치지 않는 '활活'의 경지가 나타나며, 감촉할 수 있는 입체감을 추구하고 있는데 혹시 서양식의 화법과 관련되는

여서 사람이 보면 그 패인 곳이 존재하더라.(…중략…) 산은 겹겹이 그 형상이 드러나고 물은 잔잔하게 소리가 들리는 것 같더라. 그러니 아무개 군의 그림은 살아있는 산이요, 살아있는 물이다. 오호라! 그림의 신기한 재주를 얻은 자가 아니면 어떻게 이에 미칠 수 있으리오."「제산수회題山水畵 上」, 82쪽.

37 "기러기를 그리기 좋아하는 자가 있으니 성명은 아무개이다. 스스로 말하길, (기러기가) 마시고 쪼며, 울며 부르짖는 형상과 날고 떨어지는 모습은 이미 그 비슷함을 얻었으나, 그 기골의 하늘에서 받은 바의 활발한 성정에 이르러서는 그 정수를 다하지 못하였다 하더라. 이에 날마다 강과 호수에 나가서 기러기 무리를 보면서 가만히 서서 움직이지 않으니, 멍한 것이 정신을 놓은 듯해서, 사람들은 모두 가만히 웃고 다시 돌아보지 않았다. 이와 같이 몇 해를 보내던 어느 날 황홀히 깨달음이 있어 스스로 고개를 드니, 창공에 가득한 것이 모두 기러기였다. 황망히 방에 들어가 붓과 먹을 찾기 급하더니…그 이름이 날려서 일시에 높아지니 (…중략…) 나는 원래 그림을 알지 못하나 그 필력의 정밀함이 실로 보통 사람들이 따라할 것이 아니므로, 이를 드디어 기록하여 느낀 바를 남긴다."「모화안기某畵鴈記 下」, 54~55쪽.

것은 아닌가 하는 의문도 생긴다. 두 번째 글에 나타나는 '천기天機의 활발한 성性'이라는 경지도 이 활活과 어느 정도 관계가 있는 것은 아닌가 한다. 위에 언급된 새로운 산수와 기러기를 그리던 아무개들은 전통적 그림의 기법으로는 만족할 수 없었던 화단의 움직임을 반영하는 인사들은 아니었을지 추정할 따름이다. 당시의 공연이나 그림의 상황에 대해 전문적 지식이 부족한 필자로서는 앞서의 이춘유와 이 아무개들의 실상을 전달하기 어렵다. 그러나 당시의 새로운 흐름을 반영하는 자료로서 차후의 조사가 더 필요함은 확실하다.

기존의 전통을 바탕으로 새로운 문화를 추구하고 시도했던 최재학의 국한문체는 당시 대부분의 작가들이 큰 관심을 기울이지 않았던 공연, 그림의 실상에까지 구체적 관심과 나름의 독특한 시각을 나타냈던 것이다. 이는 당시의 국한문체가 가지고 있던 다양한 가능성을 드러내는 사례라고 생각한다.

6. 소결

근대계몽기에 국한문체는 공식적으로 한문을 대신하여 공용어가 되었으나, 아직 그 실상은 극히 혼란하였다. 『실지작문법』은 국한문체 글쓰기를 실천하여, 혼란을 개선하고 새로운 수사 체계를 세우려 하였다. 이 책에 나타나는 국한문체는 한문전통과 서구적 근대를 조화하려는 성격으로, 수사 체계 역시 서구의 영향 아래, 독자적 이론화의 과정을 수행하고 있다. 당대의 다른 문장독본, 교과서 종류의 출판물과 변별되는 특성은 최재학 자신의 작가의식이 책의 전반에 걸쳐 문체와 사상의 측면에서 일관되게 나타나고 있다는 점이다. 계몽기 지식인으로서 대표성을 가지는 인사가 일관된 작가의식과 문체의식으로 편찬한 책이기에 당대의 문화나 사상의 흐름을 대변하는 자료이다. 국한문체를 통해 지향한 근대적 문화의식이라고 할 수 있겠는데, 예술에 대한 시각이 다양하게 나타나는 점이 특히 흥미롭다. 한문전통의 작문법을 바탕으로 계몽기의 시대정신을 추구한 이 책은 언어와 사상의 측면에서 이식된 근대와 고유한 전통 사이의 조화에 대한 모색을 심도 있게 보여주면서, 국한문체의 가능성을 발휘한 사례이다.

제3장

『실지응용작문법』, 『실용작문법』, 『문장체법』

주권 상실과 계몽의 단절

1. 한자권의 전통과 문자의 전환

한자권의 전통에서 문체와 그 양식은 당대의 가치체계 및 정치원리와 밀접한 연관을 맺고 있었다. 천 년 이상을 지탱해 온 과거제 및 이에 근거한 문인정치가 글쓰기와 현실적 정치의 필연적인 습합을 구성했으며, 이 구도 아래 문체와 작문 양식의 변화는 개인적 영역의 것이 아닌 공공의 범위에 속한 것이 되었던 것이다. '문이재도文以載道' 같은 관용적 어구나, 정조正祖 시대의 문체반정 같은 사건은 개인적 차원일수도 있는 글쓰기가 공공의 문제와 밀접하게 연결되었던 한자권의 사정을 잘 나타내고 있다. 이와 같은 문화적 배경 속에 형성된 수십 종의 글쓰기 양식 — 특히 산문 양식은 문화의 변천 속에 성립된 역사적인 결과물인 동시에, 당면한 현실의 과제를 향한 도구로서 이용되었다. 한유韓愈 등이 개창한 고문古文 운동과 조선 후기 박지원과 정약용으로 대변되는 실학 등의 여

〈그림 1〉『실용작문법』의 표지

러 주요한 문학사·사상사적 전환은 이런 사정을 잘 나타내는 지표이다.

언뜻 난삽해 보이는 이 수십 종의 한문 산문 양식들은 각각이 일종의 역사적 연원과 문화적 구도를 가진 것이면서도 종합적인 체제를 구성하고 있었다. 각 시대의 대표적인 문체론인『문심조룡文心雕龍』,『문칙文則』,『고문사유찬古文辭類纂』등을 참조하면, 시대의 변화에 따라 바뀌어온 그 양식의 체제는 전범성과 규범성뿐 아니라, 변화하는 현실에 대한 다양한 적용 가능성도 가지고 있었음을 알 수 있다. 그러므로 문체에 대한 모색과 새로운 양식에 대한 탐구는 문화적 구도 및 현실에 대한 가치관의 형성과 밀접한 연관을 가진다.

20세기 초의 한국은 보편의 원리이던 한문전통이 무너진 상황으로 언어와 문자를 포함한 전면적 문화적 전환 과정 속에 있었으며, 현실 정치의 바탕이던 과거제가 폐지됨과 동시에 한문이라는 굳건한 공적인 표기체계 역시 그 권위를 상실했다. 근대적 언론·출판의 영역과 공교육 제도에서 전통적 한문 글쓰기가 그 주역의 자리를 국한문체에게 내어주었으며, 이 새로운 문체에 맞춘 글쓰기의 구체적 방법이 모색되었던 것이다. 근대 이전 한문전통의 수용 과정에서 다양한 산문 양식이 현실에 대한 대응으로 적극 이용되었듯이 당대의 급박한 문화적 위기에 맞설 수 있는 새로운 글쓰기가 요망되었다. 이를 위해 수입된 서구의 수사학, 언어학 지식이 결합되면서 다양한 종류의 교과서적 성격의 작문교본이 출

간되었다. 또한 이 작문교본들은 독본의
성격을 겸하고 있었다.

이 글은 이런 작문교본·독본들을 대상
으로 삼아, 한문전통의 산문 양식들이 계몽
기의 작문에서 어떻게 변형되었으며, 이를
바탕으로 구성된 산문 양식들의 체제를 논
하고자 한다. 이 자료들은 한문전통에 대한
당대의 의식과 그 변화를 선명하게 반영하
는 사례로서 글쓰기를 비롯한 문화·정치

〈그림 2〉『문장지남』과 『실지응용작문법』의 표지

적 인식의 전환을 보여주는 작업이 될 수 있다. 대상으로 삼는 책들은 대한제
국기의 글쓰기 양상을 대변하는 『문장지남文章指南』(1908), 『실지응용작문법
實地應用作文法』(1909)과 일제강점으로 인한 문화·정치적 반동을 나타내는 자
료라 할 수 있는 『실용작문법實用作文法』(1911)과 『문장체법文章體法』(1913) 등
이다. 이 책들이 간행되었던 1910년을 전후한 5년여는 보호국과 총독부로
대변되는 정치체제의 변동에 따라 언어와 문화가 급변하던 전환기이다.
이외에도 당시 출간된 작문 독본 성격의 책들은 더 있지만, 그 내용의 깊이나
편자의 대표성을 감안할 때 이 네 가지를 대한제국기의 계몽과 일제강점기
초기의 일제 부역 등을 보여주는 사례로 제시할 수 있다.

일제강점 이후로 근대국가를 위해 설정된 국문은 좌절될 수밖에 없었
다. 이에 따라 계몽기에 성립된 국한문체 글쓰기의 모색은 한문전통을
향한 반동적 움직임을 보여주거나 일본의 글쓰기에 종속되는 양상을 보
여주었으며, 위에 언급한 네 가지의 작문교본은 이를 명확하게 보여주는
사례라 하겠다. 특히 각 교본들의 체제에서 드러나는 한문전통에 대한

인식과 적용은 근대적 글쓰기와 문화의 성립에서 한문이 차지하는 위상을 잘 보여준다.

위에 언급한 네 권의 책들은 작문교본이자 독본으로 성격이 유사하다. 교본으로서 문장 분류의 체제를 제시했는데, 한문전통에 대한 당대적 전용인 동시에 정치적 의식까지 연결되어 있어 흥미로운 지점이다. 이 책들을 편집했던 인사들은 모두 당시의 정치적 장에서 뚜렷한 위치를 차별적으로 차지하고 있었던 이들로, 이 책에 나타난 한문전통과 새로이 수입된 수사학적 지식에 대한 적용은 1910년을 경계로 문화적 구도 및 글쓰기 양상이 전변했음을 보여준다.

2. 편자들의 정치적 배경

『실지응용작문법』·『문장지남』(최재학)과 『실용작문법』(이각종), 『문장체법』(이종린)은 그 간행시기가 가깝고, 각각의 체제도 비슷하며 작문을 위한 독본이라는 성격도 동일하다. 그러나 1910년의 일제강점이라는 정치적 변혁을 기준으로 큰 차이도 보이고 있다. 이 책들에 대해서는 이재선 등이 선구적으로 연구한 바 있으나,[1] 한동안 주목받지 못하다가

---

1 이재선, 「개화기의 수사론」, 『한국근대문학연구』, 서강대 인문과학연구소, 1969; 조동일, 『한국문학통사』 4, 지식산업사, 1986, 243~249쪽; 심재기, 『국어문체변천사』, 집문당, 1999, 90~91쪽.

근래에 들어와 주목할 만한 연구 성과가 나오고 있다.[2]

전범적 한문 산문을 모아놓은『문장지남』과 국한문체 글쓰기를 위한 『실지응용작문법』(이하『실지작문법』)을 하나의 기획으로 간주한다면, 최재학의 것들은 나머지 두 교본과 그 성격과 분량이 모두 비슷하다. 모두 200쪽을 약간 상회하는 분량이고 비슷한 활자크기로 한 쪽에 13줄 가량을 배치하고 있다.[3] 책의 앞부분에는 수사학적 내용을 정리하고 다음에 모범적 예문을 나름의 양식 분류에 따라 배열한 것도 거의 동일한 편집 체제이다. 그러나 일제강점이라는 정치적 분기점을 경계로 그 차이도 확연하다.

근대계몽기의『실지작문법』은 국한문이라는 명칭을 내세우고,[4] 한문 글쓰기는 수사학과 작문법의 대상에서 제외했으며, 한문전통은『문장지남』이라는 독본 성격의 책으로 따로 편집하여 출간했다. 또한, 그 수록문의 내용에서도 국권의 배양을 위한 자강을 전면에 부각시키고 있음에 반해, 1910년대 조선총독부의 무단정치를 반영하듯 이각종과 이종린의 두 교본은 이와는 그 양상이 다르다.『실용작문법』에서는 국문 대신에 조선어 내지 언문諺文[5]이라는 용어가 사용되며, 국한문 대신에 '신체문新

---

2 남궁원, 「韓國 開化期 漢文科 教育의 展開 過程과 教科書 研究」, 성신여대 박사논문, 2006; 허재영, 「교육과정기 이전의 작문 교재 변천사」,『한국어학』 32, 한국어학회, 2006; 정우봉, 「근대계몽기 작문 교재에 대한 연구」,『한문교육연구』 28-1, 한국한문교육학회, 2007; 배수찬,『근대적 글쓰기의 형성 과정 연구』, 소명출판, 2008 등을 참조.

3 『문장지남』과『실지작문법』을 합치면 250쪽 정도의 분량이 되지만,『문장지남』의 활자가 거론된 다른 책들보다 훨씬 큰 것을 감안하면 전체 양은 거의 동일할 것으로 추정된다.

4 최재학, 「總論」,『실지응용작문법』, 휘문관, 1909 참조.

5 "本書는 初學者를 爲ㅎ야 朝鮮語及漢文의 作法大要를 述흔 者 ㅣ 니 其材料를 重히 實地應用에 適合흔 者를 取흔 故로써 實用作文法이라 命名홈이라[이 책은 초보자를 위해서 조선어와 한문의 작문법 대요를 서술한 것이니 그 제재가 중요하게 실제적 응용에 적합한 것을 취했기 때문에 '실용작문법'이라 이름지음이라]." 이각종, 「舌代」,『실용작문법』,

體文'이란 용어가 사용되고 있다. 그 작문법이 다루는 문체는 언문과 혼용문인 신체문뿐만 아니라, 한문 역시 포함되어 있다. 그 수록문의 내용은 민족적 현안과는 멀어져 산업 기술의 장려나 개인적 수양에 관한 글과 당송팔대가의 문장이 많은 부분을 차지하고 있다. 더욱 국수주의자로 분류되는 일본 작가들의 문장 및, 도쿄부東京府 지사知事가 일본 황태자의 책봉을 축하하는 문장과 총독부 정무총감政務摠監이 총독부가 설립한 공업전습소工業傳習所 설립을 기념하는 문장 등을 수록한 것을 보면, 식민지 통치에 부역하려는 그 편집 목적은 명확하게 드러난다.

『문장체법』의 「서序」 및 「자서自序」를 보면 당시의 현안을 향한 어떤 문제의식도 찾기가 힘들며, '문장'으로 대변되는 한문전통을 지켜야 한다는 당위만이 반복되고 있다. 그 수록문은 모두 『고문진보』 등에 들어 있는 전범적 문장들과 『서경』 등의 경서에서 채집한 것이다. 또한 상권의 말미에는 한문 문법에 해당하는 '유자법類字法', '허자법虛字法'이 한문으로 20여 쪽이나 실려 있어, 수록문의 대부분이 국한문 혼용의 형태로 실려 있기는 하지만 실제 글쓰기의 영역에서 국문의 비중은 적었다. 흥미로운 점은 서문을 써준 이종일이나 편집자 이종린 모두, 계몽기에 자강독립 및 국문교육에 대해 보여주었던 문제의식이 이 책에서는 전혀 드러나지 않는다는 점이다.[6] 당시의 억압적 검열을 감안할 여지도 있지만 한편, '동문同文'을 내세워 식민지체제를 선전하던 일제의 홍보를 묵인한 양상이라 할 수밖에 없다.[7]

유일서관, 1911. 번역은 인용자.

6   이종일, 「論國文」, 「輸出入의 原因」, 『大韓協會會報』 2, 1908.5; 이종린, 「國精神」, 『大韓協會會報』 6, 1908.9 등 참조.

7   고야스 노부쿠니, 「근대 일본의 한자와 자국어 인식」, 『흔들리는 언어들』, 성균관대 대동

이 책들은 그 구성과 편집의 체제는 상당히 비슷하지만, 위에 보이듯이 수록문의 성격은 차이가 크며, 편집의 취지에서는 결정적 차이가 있다. 더욱, 이 차이가 한문전통에 대한 인식을 경계로 나누어진다는 점에서 더욱 의미심장하다. 한편, 정치적 입장의 차이도 적지 않은데 세 사람 모두 역사에서 나름의 족적을 남기고 있어 이를 정리해 보는 것도 이 교본들의 배경을 파악하기에 도움이 될 것이다. 각 교본의 구체적 체제를 논하기에 앞서 작가들에 대한 인적 사항을 간략하게 짚고 넘어 가면서, 이 책들이 위치한 정치적 배경까지를 지적해 보기로 한다.

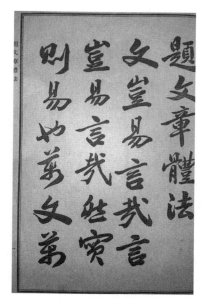

〈그림 3〉『문장체법』의 제(題)

이 세 인사는 대한제국기와 일제강점기에 걸쳐 활발한 활동을 전개했다. 서북학회西北學會, 대한협회大韓協會의 임원이었던 최재학은 평양 출신으로 1909년에 30대였다. 1930년대에 「황국신민서사皇國臣民誓詞」, 『시국독본時局讀本』을 써서 해방 후에 반민특위에 기소된 대구 출신의 이각종은 1888년생이고, 서산 출생의 성균관 박사였던 이종린은 1885년생으로 1900년대의 사회운동, 언론운동에 활발히 참여했고, 천도교에 입교하여 교령敎領까지 지냈다. 최재학은 1910년대와 1920년대에도 평양 대성학교 교장으로 재직하면서 교육운동에 매진했으며, 해외의 독립운동 세력과 연락을 취했던 것으로 보인다. 이각종은 일본 유학생 출신으

문화연구원, 2008, 56~57쪽 참조.

로 계몽기에 기호흥학회에서 활동하면서, 동 학회의『기호흥학회월보』에 연재한『실리농방實理農方』(1909)을 출판한 바 있다. 1910년대부터 쭉 총독부의 관원으로 재직하였으며 군수, 학무국 촉탁 등을 지내고 일제에 적극적으로 협력했다. 이종린은 계몽기에 대한협회의 주요 인사로『대한협회회보』와『대한민보大韓民報』에서 주도적으로 언론 활동을 전개했으며, 1910년대부터는 천도교의 주요 간부로 활동했고,[8] 특히 1920년대부터는 최린崔麟의 파벌과 오영창吳榮昌의 파벌에 맞서 독자적 세력을 교단 내부에 형성했다.[9]

세 가지 교본은 첫 머리에 서序나 제題를 삽입하고 있어, 편집인의 인적 교류를 짐작하게 해주며, 더 나아가 당대의 정치적 흐름까지도 어느 정도 반영하고 있다.『실지작문법』의 서문은 대표적 계몽기 언론인인 이기李沂가 써주었고, 교열은 박은식朴殷植이 맡아서 계몽운동의 대표적 인사들이 망라된 양상이다.『실용작문법』의 서문은 당시 중추원 후작이었던 박영효朴永孝와 당시 경학원 부제학이며 후에 중추원 자작이 되었던 이용직李容稙이 써주었다. 이용직은 기호흥학회의 간부와 일제에 협조한 대동학회大東學會 회장을 역임하기도 했는데[10] 1910년대로 들어와 더욱 체제 친화적이 되어가던 조선의 기득권층 가운데 하나이다.『문장체법』의 첫머

---

8 이종린은 자신이 주간으로 있던『천도교회월보』에 「모란봉」, 「可憐紅」 등의 순국문으로 된 서사적 단편을 발표한 일도 있으며, 한문현토 형태로 희곡적 성격의『滿江紅』(滙東書舘, 1914)을 출간하기도 했다. 주종연, 「鳳山 李鍾麟의 단편소설」, 『관악어문연구』 3, 서울대 국어국문학과, 1978 참조.

9 김정인, 「1920년대 전반기 천도교단의 노선갈등과 분화」, 『동학학보』 5, 동학학회, 2003 참조.

10 이용직은 1919년 3·1운동이 일어나자 중추원 자작이자 경학원 부제학의 자격으로 경학원 대제학인 김윤식金允植과 함께 조선총독에게 독립청원서를 제출하여 일제에게 받은 작위를 박탈당하기도 했다.

리에는 의암義庵 손병희의 제題가 붙어 있으며, 서문을 쓴 이종일李鍾一은 이종린의 친척 형이며 대표적 언론인으로 1910년대에도 천도교에서 많은 언론 단체를 이끌었다. 1910년대의 유력한 정치세력인 천도교의 움직임이 간접적으로나마 나타나는 자료라 할 수 있겠다.

이종린은 이 책이 나온 1910년대부터 『개벽開闢』 등의 잡지와 각종 신문에서 활발한 언론 활동을 보였으며, 1940년대에는 천도교 교령의 자리에까지 오르게 된다. 그 후, 최린과 함께 대표적 친일파 천도교 지도자로 활동하여 해방 후, 반민특위에 기소되었으나 비슷한 거물 친일파들인 김활란, 유진오, 신흥우 등의 경우처럼 위기를 넘긴 듯하다.[11] 그리고 서산에서 초대와 2대 국회의원으로 연이어 당선되었다가 6·25 중에 납북되어 사망하였다고 한다. 이각종 역시 해방 후에, 반민특위에 기소되어 재판을 받았으나 정신이상으로 병보석을 받았다고 한다. 최재학을 제외한 두 사람의 경우는 생몰년도 같은 기본적 행적이 더 정리되어 있는 편이다.[12]

위와 같은 사안을 감안하면 『실지작문법』은 그 편집체제와 예시문의 내용에서 근대계몽기의 민족주의가 생생하게 반영된 것으로 규정할 수 있다. 반면, 대동학회와 경학원 인사의 찬조와 더불어 일제 정책에 대한 적극적인 부역을 보여주는 것이 『실용작문법』이다.[13] 『문장체법』의 경

---

11 반민특위 결성 당시의 기록을 보면, 이종린은 윤치호, 김활란, 최린, 신흥우 등과 함께 절대 용서할 수 없는 거물급 친일파로 분류되었다고 한다. 한편, 이각종은 이보다는 그 죄질이 좀 나은 편으로 분류되어 있다. 이덕일, 「친일파 263명 '반민특위' 殺生簿 초안 최초공개」, 『월간중앙』, 2001.8 참조.

12 한국역사정보통합시스템(www.koreanhistory.or.kr)의 자료 등을 종합하여, 이종린, 이각종의 행적을 구성해 보았다.

13 대동학회와 기관지 『대동학회월보』에 대해서는 강명관, 「한문폐지론과 애국계몽기의 국·한문 논쟁」, 『한국한문학연구』 8, 한국한문학회, 1985; 임상석, 「대동학회월보」, 『한

우, 그 정치적 입장이 거의 드러나 있지는 않지만 당대의 현안을 거의 무시하고 전근대적인 한문 글쓰기를 묵수하여 동문同文의 회유를 따른 셈이다. 일제는 같은 한문을 쓰고 한문전통에서 비롯된 문화를 공유한다는 점에서, 한국과 일본이 '동문'의 관계를 맺고 있다는 선전을 통해 한국의 지식인층을 회유했던 것이다. 한편, 천도교의 자장 아래에 형성된 이 『문장체법』이 교단의 전반적 흐름과 어떤 관계를 가지고 있는가 하는 문제는 논쟁의 여지가 많은 부분인데, 자료의 미비로 인해 더 이상의 논의는 어렵다.

앞에서 언급했듯이 이 교본들이 근거하고 있는 한문 산문의 양식 및 그 문체는 단순히 개인적 취향의 영역에 머물 수 없는 성격을 가지고 있으며, 더욱 편집자들 모두 시대적 대표성을 가지고 있는 인사들이기에 다소 장황하지만 그들의 행적을 비교해 보았다. 이들의 정치적 처신은 수록문의 구체적 면면을 통해서도 명백하게 드러나고 있지만 또한, 한문전통에 대한 인식을 통해서도 그 차별성이 나누어지는 것은 흥미로운 지점이다.

국 근대문학 해제집』 2, 국립중앙도서관, 2016 등을 참조할 수 있다. 또한, 경학원을 중심으로 한 이 반동적 한문 지식인들의 일제강점기 활동 양상에 대해서는 강명관, 「일제초 구지식인의 문예활동과 그 친일적 성격」, 『창작과비평』 16-4, 1988 겨울 등을 참조할 것.

3. 새로운 작문법과 한문전통

『실지작문법』의 「총론」 부분을 보면 국한문체 글쓰기에 있어서도 한문의 체제와 격식이 중요하다는 발언[14]이 나타나지만, 그 앞에 실린 이기의 서문에도 나타나듯이 국문과 한문을 명백히 분리해서 인식하고 있다. 국한문 글쓰기에 필요한 한문전통을 『문장지남』으로 분리해 놓고 있어 새로운 작문법에서 순한문으로 이루어진 글쓰기를 배제한 것이다. 또한, 『문장지남』의 서문에 나타난 한문에 대한 인식은 다분히 실용주의적인 것으로 『실용작문법』 및 『문장체법』과 차이가 크다.

① 천하의 글은 어느 것이나 다 말과 일을 기록할 수 있으니, 홀로 한문만 좋은 것이 아니다. 각국의 문자는 모두 다 소리를 표현하고 글을 엮을 수 있는데 유독 한문은 하기에 어렵다. (…중략…) 우리 대한은 비록 국문이 있으니 그것이 나온 지가 일천한데 한문이 나라 안에 통행되기는 벌써 3천여 년이 되었다. (…중략…) 갑오경장에 국한문 혼용의 규정을 두었으나 (…중략…) 자구가 전도되어 그 폐단을 면치 못하고 있다. 내 친구 극암 최군이 이를 근심하여 드디어 국한문 작문법을 지었으니 (…후략…)[15]

---

[14] "국한문을 섞어 쓰는 것이 유행하고 있으나, 체격은 모두 한문의 그것을 쓰고 있으니, 그러므로 국한문으로 글을 짓는 일에도 한문의 작문법에 의하여 그 문법의 범위에서 벗어나지 않음이 필요할지라[國漢文交用이 盛行ᄒ나 體格은 全히 漢文體格을 用ᄒᄂ니 然則 國漢文을 作홈에도 漢文作法을 依ᄒ야 其文法範圍에 不脫홈을 要홀지라]." 최재학, 「總論」, 『실지응용작문법』, 휘문관, 1909.

[15] "天下之文, 皆可以其言書事, 非獨漢文爲善也. 各國之文, 皆可以發音屬辭, 惟獨漢文爲難也. 今以惟獨爲難之物, 而求非獨爲善之用, 其計不以愚哉? 嗚呼! 我韓雖有國文, 其出日淺, 而漢文之行於國中, 已三千餘年矣. (…중략…) 故甲午更張, 雖說國漢文…字句之顚倒, 亦

② 우리 대한의 국문은 세종의 슬기로움에서 나와 그 완전무결하고도 쓰기에 편리함이 이보다 훌륭할 수 없다. (…중략…) 그래서 교과서를 역술하거나 신학문을 소개하는 데 있어서도 반드시 한문을 쓰는 방식으로 준칙을 삼고 있다. 이 어떻게 하루아침에 갑자기 바꾸어 바로 폐지해 버릴 수 있겠는가? (…중략…) 오늘날 공부하는 자는 (…중략…) 다만 구두에 통하고 문법을 이해하면 족할 것이다.[16]

①번은 이기의 『실지작문법』 서문이고 ②번은 『문장지남』의 자서自序이다. 한문이 절대적인 가치를 지닌 표기 체계가 아님을 명시한 것은 문화적 구도의 전환을 나타내는 구절이다. 이런 인식에 근거하여 국문의 우월성이 강조되고 있으며, 그러나 국한문 작문법이 아직은 미비하여 신지식을 교육함에도 한문이 필수적인 당대의 언어 상황을 감안하여 한문에 대한 교육을 요청한다. 이는 '文以載道' 식의 언어관이 아닌 도구적이고 실용적인 언어관이라 해석할 수 있으며 첨예한 자국어 의식이 전면에 부각되고 있다. 그러나 '대한'과 '국문'은 1910년을 경계로 아예 쓸 수 없는 단어가 되어버리고 말았으며 도리어 절대적 전범을 강조하는 전통의 언어관이 다시 전면에 등장하게 된다. 『실용작문법』과 『문장체법』의 서문은 이를 잘 제시하고 있다.

不免其弊矣. 吾友克庵崔君, 有憂於是, 雖著國漢文作文法." 번역은 민족문학사연구소 편, 『근대계몽기의 학술·문예사상』, 소명출판, 2000을 참조함.

16 "且夫我韓國文, 出於世宗之睿聖, 其完全無缺應用便易, 莫此爲美. (…중략…) 故至於教科之譯述, 新學之飜騰, 亦必以漢文作法, 爲準繩, 此其可一朝卒變而遽廢哉? (…중략…) 今之學者 (…중략…) 旦通句讀, 解文法而止." 번역은 위의 책을 참조함.

① 작문은 인생에서 반드시 닦아야 할 업이라, 작게는 일상의 기록과 이웃의 소식을 전하고, 크게는 공감을 천하에 구하고 덕교德教를 만세에 남기는 것이 모두 이 작문의 힘에 의지하지 않음이 없으니 (…중략…) 세상의 도리와 풍속의 교화를 돕고 더해서 빛나고 본받을 것들이 많았더니 이제 과거제의 폐지 이래로 지어진 것들이 적막해서 들리는 것이 없으니 (…중략…) 오도吾徒 이군이 이에 생각한 바가 있어서 (…중략…) 한 책을 편집하니 (…중략…) 초학자로 하여금 사도斯道의 기초를 이해해서 간편하게 문장의 실용에 다다르려 함이니**[17]**

② 글이 어찌 공연한 것이리오! 사람의 소리 중 가장 귀한 것은 말이요, 말소리 중 가장 귀한 것이 글일라. 예전부터 성현과 호걸 선비들이 말과 글을 급하게 한 적이 없고 글에 있어서는 더욱 그러했던 것은 말은 한 때로 그치는 것이지만 글은 만세에 전하는 것이기 때문이라. 한 때의 소리는 닳아 없어지거니와 만세의 소리는 회수할 수 없으니 (…중략…) 경전과 사서와 책문策文이 모두 각각의 체법體法이 있어서 (…중략…) 지금의 글 쓰는 자들은 글에 체법이 있는 줄을 모르고 그저 글자를 모은 것을 좇아서 글을 쓰고 있으니 (…후략…)**[18]**

---

17 "作文은 人生必修의 業이라 小則日常의 記錄과 隣里의 通信이며 大則同情을 天下에 求ᄒ고 德教를 萬歲에 遺홈이 皆此作文의 力에 依치 아님이 無ᄒᄂ니 (…중략…) 世道風化를 神補ᄒ야 彬彬然可觀者ㅣ 多ᄒ더니 降自科學廢制以來로 作者ㅣ 寂無聞焉ᄒ야 (…중략…) 吾徒李君이 此에 所鑑이 有ᄒ야 (…중략…) 一書를 編ᄒ니 蓋其意ㅣ 初學者로 ᄒ야곰 斯道의 初程을 了鮮ᄒ고 簡便히 문장의 실용을 達코져 홈이오 (…후략…)" 이용직, 「序」, 이각종, 앞의 책.
18 "文豈徒然者哉아! 人聲之最貴者言이오, 言聲之最貴者文이라. 古來聖賢豪傑之士ㅣ 未始不及於言文而尤於文者ᄂ 言惟一時而止者오, 文其萬世之傳者라. 一時之聲은 其惑磨滅이어니와 萬世之聲은 不可回收ᄒ나니 (…중략…) 經傳史策이 各有體法ᄒ야 (…중략…) 今之爲文者ᄂ 惑不知文有體法ᄒ고 率以集字爲文ᄒ나니 (…후략…)" 이종일, 「序」, 이종린, 『문장체법』, 보서관, 1913.

①번은『실용작문법』의 서문이고, ②번은『문장체법』의 서문이다. 전자가 '문장의 실용'에 주목하는 반면 후자는 만고불변의 '체법'을 내세우고 있다. 그러나 과거제 이전의 한문전통을 그리워하고 있는 정서는 공통적으로 나타나고 있다. 미묘한 차이도 존재하는데, 전자가 덕교德敎, 도리道理, 풍속의 교화風化 등의 가치적 규범을 추상적인 수준일지언정 제시하고 있는 것에 비해서 후자는 오로지 문장과 법식이라는 측면에만 머물고 있다. 하지만 후자가 전범으로 제시하고 있는 문장이 위 인용문에서처럼 모두 한자권의 경전, 사서에 속하는 성격임을 감안하면 만세를 전하는 체법이란 결국 한문전통에 전적으로 속하는 것이 된다. 전자에서도, 그 함의는 이전과 다르겠지만, 유학으로 대변되는 한문전통을 신봉한다는 표지인 '吾徒', '斯道'의 용어를 그대로 쓰고 있는 점과 "찬란히 빛나던彬彬然" 과거제 시절의 문장과 "적막하여 들을 것 없는寂無聞焉" 그 이후의 문장을 대비하는 구절을 보면 그 수구적 성향은 명백하다.

근대적 국가를 향한 민족의식과 국문을 향해 고양된 언어관의 공백을 계몽기를 맞아 잠시 후퇴해 있던 한문전통이, 반동적으로 다시 등장한 양상이다. 물론,『실지작문법』과『문장지남』에서도 한문전통의 비중은 적지 않다. 그러나 기본적으로 엄밀한 국가의식 내지 자국어의식을 바탕으로 하고 있기에, 그 국문과 한문은 별도의 책으로 간행된 것이다. 국문을 한문 작문 및 독해를 위한 보조수단으로 사용하고 있는『문장체법』과 한문, 혼용문인 신체문, 언문을 모두 글쓰기의 장 안에 끌어들이고 있는『실용작문법』과는 그 편집의 취지가 판이하였다. 또한,『문장지남』은 다른 두 책이 불변의 전범으로 설정했던 당송 고문가들의 문장들을, 상황 논리에 의해서 수록하긴 하지만 전면적으로 회의한다는 발언으로 책을 시작하고 있다.[19] 더욱이 두 책이 자국의 한문 문장을 거의 외면하고 있는 것에 비해서[20] 『문장지남』은 34편의 수록문 중 5편이 우리나라의 것이다.[21] 이러한 면모는 한문전통에 대한 주체적 이해를 시도한 것으로 평가할 여지가 있다.

1910년을 경계로 계몽기에 축적된 국한문체 글쓰기의 역량이 축소된 사정을 『실용작문법』과 『문장체법』은 잘 나타내고 있다. 이는 다음으로 살펴 볼 산문 양식의 체제에서도 그대로 연결되고 있는데 자국어 의식의 쇠퇴가 결국 독본 및 작문교본으로서의 문제의식을 설정하는 것에도 결정적 요인이었음이 나타난다. 또한, 한문전통에 대한 독자적 해석 여부가 독본의 정치적 태도에 연결되고 있는 양상도 의미심장하다. 일제정책에 대한 부역과 묵인이 나타나는 이 두 책은 한문전통에 대해서도 수구적인 태도를 취하고 있는 것이다.

---

19 "한유·유종원·구양수·소식의 무리들이 당송의 사이에서 나와서 실지에 힘쓰지 않고, 한갓 헛된 글만 숭상하여 그 언론이 두루 높아질수록, 성인의 도와는 멀어짐이 더 심했다 [韓·柳·歐·蘇之輩, 出於唐宋之間, 不務實地, 徒尙虛文, 其言論彌高, 而去聖人之道益遠]." 최재학 「自序」, 『문장지남文章指南』, 휘문관徽文館, 1908.

20 『문장체법』에는 한 편도 실리지 않았고, 『실용작문법』에는 김창흡金昌翕의 「關東遊報」 1편만이 실려 있다.

21 박은식이 편찬한 『高等漢文讀本』(新文館, 1910)에는 한국과 중국의 문장이 같은 수로 수록되었다.

4. 한문 산문 체제의 구성 과정

언급한 각 독본들의 앞부분은 서구적 수사법 체제를 어느 정도 적용하여, 논거 배열술과 논거 표현술에 속하는 용어 및 비유법의 범주를 제시하면서 전근대적인 한문전통과는 다르게 글을 독해하고 쓰려는 이론적 노력을 보여주고 있다.[22] 더욱『문장체법』을 제외한『실지작문법』과『실용작문법』은 이전의 한문 산문 체제와는 다른 분류의 체제를 설정하고 있어 더욱 주목할 만하다. 특히 후자는 수사법과 관련된 부분이 전체 이백여 쪽 중 절반을 넘어서, 예문이 3분의 2 이상을 차지하는 다른 두 책과 그 체제가 다르고 가장 정밀한 수사 체계를 보여주고 있어서 그 산문 체제도 서구적 수사법의 영향이 가장 직접적으로 드러난다. 그러나 수사 범주의 예로 거론된 글들은 모두 전범적 한문 문장과 일본의 문장 그리고『혈의누』및『실지작문법』의 것이어서『실지작문법』이 독자적 작문으로 수사의 전범을 구성하려 했던 것과는 성격이 다르다.『실지작문법』은 근대적 수사 체계와 산문 체제의 연결 관계를 구성하려는 시도가 나타나기는 하지만, 그 분류 체제는 아직 한문전통의 영향이 강하게 드러난다.

가장 나중에 간행된『문장체법』의 수사법 체제는 오히려 서구적 수사법의 영향이 별로 드러나지 않으며, 수사적 범주의 많은 부분과 그 예문이『문칙』을 그대로 옮겨 놓았다. 취유법取喻法 10개 조항은『문칙』의 비유 10개 조항을 명칭만 약간 바꾼 채 예문까지 그대로 전재하고 있으며, 도언법到言法, 수인행사법數人行事法의 범주 역시『문칙』과 서술과 예문이

---

22 그 수사학의 특징과 영향 관계에 관해서는 앞서 언급한 이재선, 심재기, 배수찬, 정우봉 등의 논문을 참조할 것.

동일하다.[23] 다만 주객법主客法, 함축법含蓄法 등의 이 23개 범주가 구성한 전체적 체제는『문칙』과 좀 다르지만,[24] 각 수사 범주의 전범으로 제시된 예문은 모두『서경』,『예기禮記』,『당송팔가문』 등에서 선발되어 근대적 수사법의 영향은 찾기 힘들다. 전통적 명문에 한글 조사를 더하여 한문 문장체와 유사한 형태이다. 고문, 과문科文 등으로 통칭되던 한문전통의 여전한 영향력을 방증하는 자료라 하겠지만,[25] 작문, 수사법 그리고 새로운 국문을 향한 방법론은 제시하지 않고 있다. 전통적 한문 산문 장르를 거의 그대로 수용한 양상이다. 이『문장체법』의 산문 체제 분류와 다른 책들의 체제를 아래에 제시한다.

『문장체법』

序, 記(雜記), 傳(合傳, 外傳, 自傳, 小傳, 家傳), 紀, 錄, 誌(墓誌), 碑, 碣, 祝, 禱, 詰, 諷, 諫, 奏, 疏, 箚子, 訟, 頌, 誦, 謳, 謠, 文(弔文, 祭文), 誄, 狀(行狀), 諡, 篇, 釋, 譯, 言, 說, 解, 辨, 喩, 難, 議, 論, 評, 品, 略, 述, 題, 偈, 箴, 銘, 贊, 跋, 引, 擬, 書後, 制, 敎, 命, 令, 批答, 封事, 對, 表, 簡, 書, 譜 등

(운문 형식의 장르는 배제함)

---

23 陳騤[宋], 劉彦成 註釋, 『文則』, 北京 : 書目文獻出版社, 1988 참조.
24 인용서목이『唐宋八家文』, 『左傳』, 『尙書』, 『禮記』, 『陳騤文話集』, 『文章眞訣』의 6종인데, 『문장진결』을 제외하면 모두 전범적 한문 서적이다. 이 책은 기구치 상쿠로菊池三九郎의 편저로 동경전문학교東京專門學校(早稻田大學의 전신) 출판부에서 1898년 간행된 책이다.『문장체법』의 수사적 범주와『문칙』과 다른 부분은 이 책에서 비롯된 것으로 추정된다. 원문을 확인하지 못했는데, 편자의 다른 서목들이『漢字國字解全書』, 『紀海遺珠』, 『先哲遺著漢籍國字解全書』 등으로 한문전통과 관계된 성격인 것으로 파악된다. 일본국립도서관 홈페이지 opac.ndl.go.jp 참조.
25 『新文界』의 독자투고란인 '文林'을 참조하면, 당시의 초·중·고학생들의 글쓰기는 아직 한문 구절체에서 거의 벗어나지 못하고 있었다. 이 책 부록 '6.『신문계』 문림文林·현상 작문懸賞作文 통계표' 참조.

『실지작문법』(13종)

論(理論, 政論, 經論, 史論, 文論, 諷論, 寓論, 假論), 說, 傳(史傳, 家傳, 托傳, 假傳, 變傳), 記(遊記, 事記, 戰記, 雜記), 序, 跋, 題, 祝辭, 文, 書, 贊, 頌, 銘

(論, 說, 傳, 記, 序에 비해 나머지 양식들은 비중이 적다)

『실용작문법』(10종)

寫生文, 議論文, 誘說文, 報告文, 送序・書序文, 辨駁文, 祝賀文, 弔祭文, 金石文, 傳記文

이렇게 보면『실지작문법』과『실용작문법』은『문장체법』에 제시된 전래의 한문 산문 체제들을 취사선택하여 새로운 분류 체제를 구성한 양상이다. 새로운 수사법 체계를 위한 노력이 일종의 장르론에 연결된 셈이다. 전자는 수십 종의 한문 산문 체제를 시대적 현안에 맞춰 취사선택하고 있다. 보다 봉건적 질서에 밀착해 있는 성격인 소疏, 주奏, 차자箚子 등을 삭제하고 시대적 정론 형성에 적합한 양식으로 논論, 설說, 전傳, 기記를 골라 그 비중을 다른 양식에 비해 강화한 양상이다. 이는 한문전통의 현재적 적용이라는 점에서 그 의미를 평가할 수 있지만 한문 산문의 전래적 형태가 잔존하여 앞부분에 설정된 근대적 수사 체계와는 잘 들어맞지 않는 면도 많다. 또한 이『실지작문법』의 13종 체제는 각 양식마다 비중의 차이가 커서 논, 설, 전, 기, 서라는 앞의 다섯 종이 책의 대부분을 차지하고 있어 구성의 짜임새가『실용작문법』에 비해 느슨하다.『실용작문법』의 10종 체제는 한문전통의 체제에서 완전히 벗어난 양상으로 책의 앞부분에 시도된 근대적 수사법 체계와 부합하고 있다. 또한 10

종 체제는 10쪽에서 20쪽 가량으로 비슷한 분량으로 비교적 동등한 위치를 부여받아서, 전자의 그것에 비해 보다 교과서로의 일관성에는 충실하다고 평가할 여지가 있다. 그러나 아래에 자세히 나타나듯이 『실지작문법』의 산문 체제는 시대적 현안을 정면으로 다룬 독자적 글쓰기로 실천된 반면, 『실용작문법』은 그렇지 못하다.

『실용작문법』의 10종 체제가 현재의 수사법이나 작문교육에 더 가까우며 이에 비해, 『실지작문법』의 13종 체제는 한문전통의 격식이 잔존한 양상이다. 이 10종 체제는 1930년대의 대표적 문장독본인 이태준의 『문장강화』에 나타난 10종 문장 분류의 전단계 정도로 평가할 수 있다.[26] 『실용작문법』은 수사법 이론의 차원에서는 선구적 성과를 거둔 것으로 보이지만 예시문의 구체적 성격을 볼 때, 이 이론 체제는 제대로 실천되지 못한 것으로 보인다. 조선어와 한문을 위한 교과서라는 목적을 설정했지만, 실제 그 수사 체계는 이 책이 대상으로 한 한문, 혼용문인 신체문, 언문이라는 세 가지 서로 다른 문체를[27] 모두 수렴해 내기 어려웠던 것이다. 이는 이 두 책의 예시문을 비교해 보면 명확하다.

『실지작문법』의 예시문은 모두 최재학 자신의 저작으로 추정되어 새로운 국한문체 글쓰기를 제시한다는 목적에 부합한다. 『실용작문법』은 저자가 밝혀져 있지 않은 글보다 당송팔가문을 위시한 중국의 문장과 당시 일본 인사들의 문장의 비중이 더 크다. 저자가 명기되지 않은 글들은 주로 국한문체인데 『실지작문법』의 예시문을 다수 인용하고 있다.[28]

---

26 『문장강화』의 문장 분류는 일기, 서간문, 감상문, 서정문, 기사문, 기행문, 추도문, 식사문, 논설문, 수필의 10종 체제이다. 이태준, 『문장강화』, 창작과비평사, 1988 참조.

27 이각종, 「舌代」·「總論」, 앞의 책 참조.

28 『실용작문법』은 「祭某公文」(70쪽), 「愛梅說」(76쪽), 「忍耐說」(89~90쪽), 「立志論」

『실용작문법』의 대상인 세 가지 문체에 전범으로 제시된 예시문의 사례들은 그 체제가 제대로 갖춰져 있다고 하기 힘들다. 한문의 부분에서만 당송팔가문이 다채롭게 나타나고 있을 뿐이지, 혼용문은 편자 자신의 독자적 집필은 거의 없고 『실지작문법』과 일본 작가들의 문장을 번역해 제시했을 뿐이다. 더욱 언문은 이인직의 것만 보여주고 있어 과연 이 책이 이 세 가지 문체를 모두 담당하는 교본으로 기능할 수 있는지 매우 의심스럽다. 더욱 혼용문의 양상은 『서상기西廂記』과 『동래박의東萊博議』에서 인용한 현토문 형태와 한문구절체와 한문단어체가 일정한 기준 없이 섞여 있어 그 실상은 혼란하였다. 『실지작문법』이 한문구절체와 한문단어체 문장을 위주로 체계적으로 정리된 것과 명백히 대조된다. 계몽기에 축적된 국한문체 글쓰기의 역량과 자국어 의식이 퇴보된 형국인데 이는 『실지작문법』과 『실용작문법』에 수록된 예시문들을 비교하면 분명하다.

『실지작문법』은 문체의 양상에서도 '국문의 비중을 높이는 노력國主漢從'이라는 계몽기의 언어적 과제를 수행하였을 뿐 아니라, 그 내용에서도 주목할 구석이 많다. 논論 부분에서 생존경쟁, 애국, 입헌 등의 새로운 가치를 세우고 근대적 권리사상을 주장하며, 당대 베트남, 인도의 사적을 논거로 삼아 국민의 각성을 시도한다.[29] 설說 부분에서는 개인의 욕망을 긍정하면서 나라를 위한 투쟁을 극력 주장하였으며, 기記 부분에서도 자본주의적 직업의식과 국가의식을 강조한다.[30] 전傳에는 워싱턴, 김유

(90~91쪽), 「送崔君還鄕序」(130쪽), 「李君所編絶句集序」(142쪽), 「某公墓碑銘」(165쪽)의 전문을 수록하였으며, 「燕丹論」(86쪽)은 그 부분을 인용하고 있다.

29 「愛國論」, 「立憲論」, 「生存競爭論」, 「權利思想論」, 「西勢東漸論」, 「同胞相愛論」 등 참조.
30 「奮鬪的 能力說」, 「慾望은 成功의 原動力說」, 「團體說」, 「遊金剛山記」, 「某州遊園記」 등 참조.

신 등 민족의식을 고취할 수 있는 상무적 인물들이 강조되고, 당시의 저명한 예능인도 입전하여 문화 의식의 전환을 나타내는 것이다. 축적된 한문산문의 전통이 당대의 현안에 맞춰져 변용된 양상으로, 개인의 욕망이나 근대적 직업의식과 권리 등을 설파한 새로운 내용의 국한문체 글쓰기를 전개한 것이다. 최재학의 논설은 계몽기의 대표적 논객인 신채호, 박은식, 장지연, 이기 등과 비교해도 큰 손색이 없는 것으로 파악되며 더욱 그 집필의 과정에 위와 같은 한문산문 양식의 독자적 재편이 이론적 근거가 된 것은 주목할 만한 지점이다.

『실용작문법』에서 한문 고문과 『서상기』, 『혈의 누』를 제외하고 시대적 현안을 반영한 글은 대부분 일본 인사의 글이다. 국수주의적 단체로 알려진 정교사正校社의 회원인 미야께 세쯔레이三宅雪嶺, 시가 시게다카志賀重昂가 쓴 재야在野에서의 활동을 강조하는 글들을[31] 번역해 수록하고, 역시 국수주의자로 알려진 도쿠토미 소호德富蘇峰가 제국주의적 결의를 다지는 글을 인용하고 있다.[32] 더 나아가 러일전쟁의 축사 및 일본 황태자 책봉을 경축하는 글, 조선총독부 정무총감 야마가타 이사부로山縣伊三郎의 축사를 수록한 것을 보면[33] 이 책이 목표로 한 글쓰기의 성격은, 일본 글쓰기의 이식 내지는 식민지 정책에 대한 부역으로 평가해야 할 것이다.

『실용작문법』에서 비교적 독자적인 모색으로 보이는 혼용문은 앞에

---

31 『실용작문법』은 志賀重昂의 「山의 美」(63~65쪽)와 三宅雪嶺의 「學生에 說홈」(116~120쪽)을 번역하여 수록하였다. 이 두 글은 그 문체가 유려하여 국한문체 글쓰기에 있어서도 모범이 될 만하지만, 이 두 작가의 제국주의적 성향을 피식민자의 입장에서 여과하지 않았다는 점을 주목해야 한다.

32 「新年의 感激」, 이각종, 앞의 책, 95~96쪽.

33 「第八章 祝賀文」, 이각종, 앞의 책 참조.

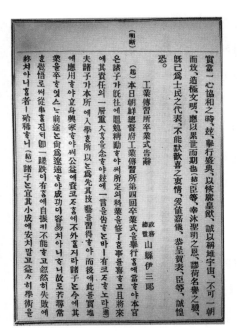

〈그림 4〉『실용작문법』에 수록된 총독부 정무총감의 축사

언급했듯이『실지작문법』의 글을 전제한 경우가 많았으나 그 비중은 위에 언급된 글들에 비해 적었다. 더욱 의론문議論文, 유세문誘說文, 변박문辨駁文에 예시된 글들은 일본의 세 가지 절경이 우열을 가릴 수 없다는 논설을 전개하는 정도에[34] 그치고 있다. 자생적인 글쓰기를 위한 노력이 거의 보이지 않는데, 결국『실용작문법』이 설정한 '실용' 작문이란 일본의 글쓰기 양상을 번역한 것에 전범적 한문전통을 더한 이식의 단계에 그친 양상이다. 그 예시문의 구체적 성격을 감안하면, 이 책에서 진행된 선구적 수사 체계의 모색은 실제 글쓰기에 큰 영향을 미치지 못한 채 실패로 돌아갔다고 할 수밖에 없다. 더욱 교본으로서의 기능도 매우 의심스러운데, 국한문체 글쓰기의 학습을 위한다면『실지작문법』이 더 적합한 교본이었을 것이고 전통적 한문 글쓰기를 목표로 한다면『문장체법』이 더 유용했을 것이다.

『실지작문법』은 근대계몽기의 사상적・문화적 축적을 바탕으로 새로운 국한문체 글쓰기를 제시한 반면,『문장체법』은 한문전통의 영역으로 후퇴해 버렸다. 더 나아가『실용작문법』은 일본의 글쓰기를 전범으로 이를 이식하려는 노력을 보여주었다고 할 수 있다. 이는 자국어 의식에

---

34 이각종, 「日本三景優劣論을 駁함」, 위의 책.

근거한 계몽기 국한문체의 퇴보이자 변질이라 하겠으며, 이 과정에서 한문전통이 강력한 요인으로 작용한 것은 주목할 현상이다. 『실지작문법』이 한문전통에 대해서 주체적이고 현재적인 적용 방식을 취한 반면, 『실용작문법』과 『문장체법』은 몰주체적이고 수구적인 태도를 취했으며, 몇 년 후 등장한 『시문독본時文讀本』에 완전히 밀려나게 된다. 『문장체법』과 『실용작문법』이 당대에 가진 영향력을 나타내는 자료는 거의 없지만 『실지작문법』의 영향력이 유지되었음을 간접적으로나마 제시하는 자료가 있어 소개한다.

　『실지작문법』의 국한문체 글쓰기가 가진 영향력은, 앞에 언급했듯이 『실용작문법』에 직접적으로 나타난다. 후자가 혼용문의 전범으로 전자의 예시문을 다수 인용하고 있는 것은, 이각종이 전자의 수사적 이론 체계를 받아들이지 않았지만, 결국 국한문체 글쓰기의 실제에서는 전자의 방식을 계승한 것으로 볼 수 있다. 또한, 1921년에 간행된 강의영姜義永의 『실지응용작문대방實地應用作文大方』(永昌書舘)은 『실지작문법』과 『문장체법』을 합쳐서 그 편집 체제를 바꾸고 책머리의 수사 체계를 약간 수정한 책이다. 강의영은 다른 편자들과 달리 영리를 주목적으로 한 출판업자였던 것으로 파악되며, 그러므로 이런 인사가 『실지작문법』을 편집하여 다시 간행했다는 점은 1910년대와 1920년대에도 최재학의 글쓰기가 어느 정도 영향력을 가지고 있었다는 것을 간접적으로나마 증명해 주는 사례일 것이다. 더욱 한문전통에 대한 주체적 적용의 성격을 가진 계몽기 국한문체 글쓰기가 1920년대에 이르기까지 그 명맥을 유지했다는 것에 주목할 만하다.

5. 소결

이제껏 논의한 네 가지 종류의 작문교본·독본들은 각각의 문체 양상은 다르나 근대계몽기에 형성된 국한문체 글쓰기와 밀접한 관련을 맺고 있다. 계몽기의 국한문체 글쓰기와 언어 의식을 대변하고 있는『문장지남』과『실지작문법』은 다시 언급할 필요가 없지만,『실용작문법』과『문장체법』의 편찬 배경 역시 계몽기와 관계가 밀접하다.『문장체법』은, 그 내용에 있어서는 한문전통으로의 수구적 퇴보라고 할 수 있지만, 편자인 이종린이 계몽기의 운동에서 적지 않은 비중을 차지하고 있다는 점과 전범으로 제시한 전통적 한문 산문을 계몽기 한문 문장체로 전환한 점을 감안하면, 계몽기 국한문체의 성과는 미약하나마 그 명맥이 유지되고 있다.『실용작문법』역시 편자 이각종은 계몽기의 단체인 기호흥학회와 대동학회 등에서 활동하였으며, 그 수사적 용례로 계몽기 국한문체의 전범인『실지작문법』의 예시문을 다수 사용하고 있다. 그러나 이 책에서 더욱 주목할 점은 글쓰기의 내용과 형식에서 모두 일본의 사례를 직접적 모델로 설정하면서 적극적으로 이식한 것이다. 전체적 비중에서 독자적 글쓰기가 차지하는 비중보다 일본 혼용문의 번역이 차지하는 비중이 훨씬 크다. 여기에 당송팔가문, 전통 경서와 사서가 첨부되었는데, 이조차 일본의 문화를 이식하는 과정에서 일종의 완충제 역할을 하고 있는 것으로 해석할 여지가 적지 않다. 일본과 한국이 한문이라는 표기체계를 동일하게 사용하고 한문전통이라는 문화를 공유하는 동문동종에 속한다는 진술이 일본의 제국주의에 부역하는 방향으로 작용하였다는 역사적 사실은 20세기 초, 한자권의 역사에서 잘 나타난다. 국한문체 글쓰기에서 한문전통이란 필수적인 유산인 동시에 독자적 민족의식을 무화시켜 제국주의에 무감각하게 만들 수 있는 반동적 매체이기도 했다. 이 한문전통의 양면적 성격이 잘 보여주는 자료가 『문장체법』과 『실용작문법』이라 하겠다.

『실지작문법』이 보여준 한문전통의 주체적 계승은 일제강점기의 『실용작문법』과 『문장체법』에 이어지지 못했다. 『실용작문법』의 경우, 일본 글쓰기에 대한 몰주체적 이식의 성격이 나타났고, 『문장체법』은 전근대적인 한문 글쓰기로 퇴보하였다. 대한제국기의 국문 의식은 일제강점을 기점으로 퇴보되고 변질되었다. 이를 잘 나타내는 독본이 『실용작문법』, 『문장체법』인 것이다.

제2부
한자권의 식민화와 독본

제1장

이각종과 쿠보 토쿠지의
『실용작문법』

1. 1910년대 글쓰기와 식민지 교육

　한국 근대 초기의 문학과 언어를 파악하기 위한 일본 문헌과의 비교 연구는 한국학의 성립 이후, 지금까지 꾸준히 진행되어 왔다.[1] 이 선행 연구의 성과에도 불구하고 그동안 주목받지 못한 부분은 글쓰기에 있어서 한문이 가지는 위상이다. 특히 1900년대 초반에 이미 언문일치의 이념과 실재가 어느 정도 구체화되어, 한문의 해체가 일정한 규격을 가지고 실현되었던 일본과 달리 한국은 1910년대까지 글쓰기 영역에서 한문의 위상은 굳건했다. 대부분의 어휘를 한자로 표기했을 뿐 아니라, 구절 단위도 한자 그대로 표기하는 경우가 적지 않았다. 문장 속의 한문이 주로 단어의 형태로 나타나고, 그로 인하여, 한자·가나의 혼용을 일종의 코드 스위칭을 통해 한자·한글의 형태로 바꿀 수 있었던 1920년대

1　일일이 거론할 수 없지만, 임화의 『신문학사』를 비롯해 김병철(『한국근대번역문학사연구』, 을유문화사, 1975) 및 이재선과 김윤식의 논저들을 거쳐 최근의 구인모(『한국 근대시의 이상과 허상』, 소명출판, 2008), 손성준(「영웅서사의 동아시아 수용과 중역의 원본성」, 성균관대 박사논문, 2012), 구장률(『지식과 소설의 연대』, 소명출판, 2012)까지 한일 문학의 상관관계를 조명한 많은 관련 연구성과가 있다.

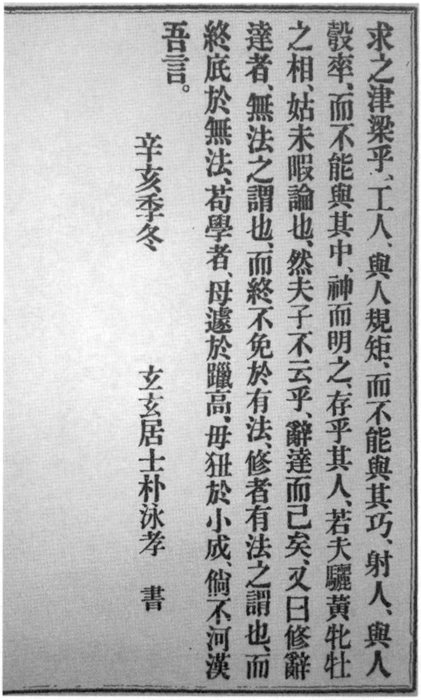

求之津梁乎、工人、與人規矩、而不能與其巧、射人、與人
彀率、而不能與其中、神而明之、存乎其人、若夫驪黃牝牡
之相、姑未暇論也、然夫子不云乎、辭達而已矣、又曰修辭
達者、無法之謂也、而終不免於有法、修者有法之謂也、而
終底於無法苟學者、毋遽於躐高、毋狃於小成、倘不河漢
吾言。

辛亥季冬

玄玄居士朴泳孝 書

〈그림 1〉 박영효의 『실용작문법』 서문

이후와는 양상이 다르다. 그러므로 1910년대까지 여전하던 근대계몽기 국한문체 글쓰기, 특히 한문구절체, 한문단어체 글쓰기는 일본어 문장 및 이로 이루어진 근대적 학지學知의 이식에 대한 장애가 되었던 것이다.

한편, 1910년대는 일본의 식민통치가 본격적으로 개시되는 시점으로, 그 교육정책의 일단은 1913년에 출간된 『고등조선어급한문독본高等朝鮮語及漢文讀本』에 드러난다. 그 명칭과는 어울리지 않게, 이 책은 전체 내용의 70% 이상이 한문 문장이며 동아시아 한자권이 공유하는 『논어』,『맹자』,『소학』 등의 고전이 큰 비중을 차지하고 있다. 반면 "조선문"은 모두 일본어의 번역으로 이루어져 있다. 이와 같은 편제는 초기 식민지 교육정책의 방향을 보여주는데, 한문전통을 통해 동문동종의 이념을 강조하면서 조선어 글쓰기의 전범은, 언문일치를 추구한 메이지 시대 말의 일본어 혼용문으로 삼아 언어와 문화의 차원에서 동화를 시도했던 것이다. 그러나 앞에서 지적했듯이, 아직 글쓰기의 주류를 차지한 한문 구절과 단어를 위주로 한 계몽기 국한문체는 조선어 글쓰기와 일본어 혼용문 사이에 건너기 힘든 간극이 되었다.

한문은 식민지 교육 정책에 있어서 동화를 호소할 수 있는 강력한 이

넘적 매개체인 반면, 구체적인 글쓰기 습관에서는 오히려 언어적·문화적 동화를 방해하고 있던 셈이다. 한문은 이처럼 한일의 언어·문화적 상관관계에서 이율배반적이며 핵심적인 위상을 가지고 있다. 이 양상을 탐구하는 주요한 자료로서 작문교본·독본을 제시하려 한다. 이 논문이 대상으로 삼고 있는 『실용작문법實用作文法』(唯一書館, 1911)의 편찬자인 이각종[2]은 당대 일본에서 문학 및 수사학 분야에서 주요한 업적을 내고 있던 와세다대학[3]에서 수학하였을 뿐 아니라, 1911년부터 조선총독부 학무국에서 근무했던 약력에서 알 수 있듯이, 일본 근대 학지의 수입과 초기 식민지 교육정책의 중심부에 있었던 인사이다. 그러므로 이 『실용작문법』은 초기 조선총독부의 언어·교육정책이 직간접적으로 반영된 책으로 해석할 여지가 다분하다. 식민정책과 보조를 맞추어 1910년대 조선의 글쓰기를 주도하려 한 노력의 일환이었던 셈이다. 한일 양국의 문학사와 언어사는 다른 문화권과 비교할 때, 언중의 자연스러운 언어생활을 따라 근대적 전환이 이루어졌다기보다는 주로 소수의 지식인층에서 비롯된 정책적이거나 문화적인 인공의 간섭이 그 주요한 요인으로 작용했음도 주목해야할 배경이다.

1900년대 초반, 메이지유신 이후 근대적 교육이 이미 40년 가까이 진행되었던 일본의 경우 수사학, 독본, 작문교본의 성격을 가진 책들이 매우 다양하게 출간되었으며, 이런 노력이 이른바 글쓰기에 있어 언문일치

---

2 앞장에서 소개한 이력 외에 학력과 경력을 제시한다. 1888년 출생 → 1908년 보성전문 졸업 → 1909년 3월 관립 한성고등학교 졸업 → 1909년 4월 학부위원學部委員으로 임명 → 1909년 10월 와세다대학早稻田大學 입학 → 1911년부터 조선총독부 학무국에서 근무 → 1918년 김포군수 등을 역임.

3 김재영, 「이광수 초기문학론의 구조와 와세다 美辭學」, 『한국문학연구』 35, 동국대 한국 문학연구소, 2008, 384~388쪽 참조.

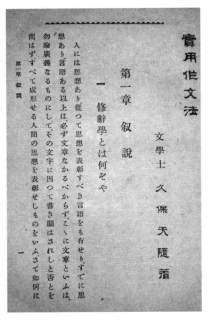

〈그림 2〉 쿠보 토쿠지의 『실용작문법』 본문의 1면

의 성립에 큰 영향을 끼쳤다.[4] 특히 헵번A. D. Hepburn, 베인Alexander Bain 등의 영·미권 수사학 서적이 대학교재로 이용되는 등, 많은 영향을 끼쳐서 쯔보우치 쇼요坪內逍遙가 1885~1886년에 발표한 『소설신수小說神髓』에서 소설의 위치를 재정립하고 문체를 창안하는 것에도 영향이 있었다고 한다.[5] 그만큼 수사학, 작문교본 성격의 책들은 당시 글쓰기의 성립에 적지 않은 영향을 끼친 것으로 보인다. 한편 당시 한국의 경우, 계몽기에 출판된 『실지응용작문법實地應用作文法』(1909) 등의 작문교본 및 독본들이 중요한 자료이고, 무엇보다

1916년부터 출판되었던 『시문독본』의 영향은 지대했다. 논제인 『실용작문법』 역시, 당대의 거물인 박영효와 경학원의 이용직이 서문을 붙이고 있으며, 총독부 학무국 관원인 이각종이 편찬한 것을 감안하면 식민지 정책의 지향과 정치적 움직임까지를 파악할 수 있는 주요한 자료라 하겠다.

---

4   일본 문체사 속에서 '언문일치'의 개념은 매우 복잡다단하여 이 자리에서 단정을 내릴 성격이 아니다. 단지 일반적으로 통용되는 언문일치체는 1880년대 말부터 서서히 등장하여 1907년부터 성립하게 되고, 여러 가지 지향점 중에서 특히 한문에서 벗어나야 한다는 문제의식이 분명하다. 森岡健二 編著, 『近代語の成立 : 文體編』, 明治書院, 1991, p.19; 이연숙 외역, 『국어라는 사상』, 소명출판, 2006, 제2장 '언문일치와 국어' 참조.

5   가메이 히데오, 신인섭 역, 「서장Perspective」, 『「소설」론－小說神髓와 근대』, 건국대 출판부, 2006 참조.

이 글이 이 책에 대해 비교의 대상으로 삼고 있는 일본의 작문교본인 『실용작문법實用作文法』(實業之日本社, 1906)은 쿠보 텐츠이久保天隨[6]의 저술이다. 저자는 일본의 전통 한학을 계승한 바탕에 도쿄제국대학의 근대적 분과 학문을 받아들였으며, 한시인漢詩人으로 일가를 이룬 동시에 타이베이제국대학 교수를 역임하여 화혼양재和魂洋才로 대변되는 메이지시대 이념을 구현한 지식인이다. 같은 제목을 달고 있으며, 그 편집 체제에서 유사성이 있기는 하지만 이 두 책의 성격은 상당히 다르다.[7] 그 여러 가지의 차이 중에서도 가장 두드러진 점은 '실용'이라는 명칭 속에 담긴 글쓰기의 실상이 다르고, 그 차이가 문장 속에 나타나는 한문의 위상에서 비롯된다는 점이다.

---

6 쿠보 텐츠이久保天隨(1875~1934) 이름은 토쿠지得二, 텐츠이天隨는 호. 동경제대東京帝大 한학과漢學科를 졸업하고 한문 전적의 주석과 시문 창작으로 이름을 얻었다. 1920년 궁내성宮內省 도서편수관圖書編修官, 1923년 대동문화학원大東文化學院 교수, 1927년 문학박사, 1929년 대북제대臺北帝大 교수 등을 역임했다(이노구치 아츠시, 심경호 · 한예원 역, 『일본한문학사』, 소명출판, 2000, 765~766쪽 참조). 이외에 1904년『젊은 베르테르의 슬픔』을 완역했다는 사적도 특기할 만하다.

7 두『실용작문법』의 관련성에 대해서는 배수찬(『근대적 글쓰기의 형성 과정 연구』, 소명출판, 2008, 180~184쪽)이 언급한 바 있다. 한편, 이 책이 당대에 어느 정도의 파급력을 가지고 있는지에 대한 직접적 증거를 이 자리에서 제시하기는 어렵지만 그 저자가 明治시대의 학문이념을 구현한 지식인이며, 한문전통과 일본 고유의 전통에 서구의 전통을 취합하려는 편집의 체제가 당대의 대표적 수사학 서적인『(縮刷)新美辭學』(島村瀧太郎, 早稻田大學出版部, 1922[1902])과 당시 일본 수사학의 대표적 참고서였던 Alexander Bain의 *English Composition : Rhetoric Manual*(New York : D. Appleton Company, 1879)과도 상동성이 있는 등 시대적 대표성을 가진 자료로 보인다. [] 안의 연도는 처음 책이 출간된 연도. 이하 동일.

2. 실용과 한문

이 두 가지 작문교본에서 과제로 설정된 것은 똑같이 '실용'이다. 여기에 내포된 함의는 형식을 갖춘 학술서적이 아닌 점이라는 것과 시속에 맞는 글쓰기를 제시한다는 점이다. 그러므로 이 두 가지 책에 나온 문장들은 다소간 과도기적인 절충의 형태라 할 수 있다. 그럼에도 그 형태상의 차이는 분명하다. 이는 내용과 문체의 견지에서 구별해 볼 수 있는데, 일본의『실용작문법』은 그 내용의 차원에서 한자권이 공유하는 한문전통과『핫켄덴八犬傳』과『겐지모노가타리源氏物語』등의 다양한 일본 고유의 고전에다가『성경』, 괴테, 프란시스 베이컨, 나다니엘 호손 등의 서구 전통까지 취합하여 서구의 문장은 찾기 힘든 이각종의 그것에 비해 그 범위가 더 넓다. 그러나 문체의 차원에서 일본의『실용작문법』은 이 이질적인 전범들을 언문일치체를 모델로 한 비교적 동질한 문체로 일관되게 표기한 반면, 이각종의 것은 한문체, 한문현토체, 국한혼용체, 순한글체 등 이질적 문체를 한 책에서 그대로 제시하고 있다.

'실용'이라는 명분 속에 나타난 글쓰기의 현상이 다른 것인데, 특히 한문의 표기 방식에서 그 차이가 명확하다. 일본의 '실용작문'은 한문 문장을 일종의 번역을 거쳐 재조합한다는 함의가 분명히 전제된 반면, 당시 한국의 '실용작문'은 한문을 어떤 형식으로 일관되게 표기할 지에 대한 함의를 세우기 힘든 실정이었던 것이다. 이 두 작문교본의 문장에서 한문이 실현되는 양상은 아래와 같다.

文有、法乎、待法而文、非文也、其果無法乎、舍法、終不能文也、然漢文、
斷不可泥法、朝鮮語、毫不可離法、譬猶蓍圓而卦方也、今也則反是、三家冬
烘先生、習漢文者、動稱起有起法、結有結法、是印版已爾、習朝鮮語者、半
切倒錯於初終、淸濁混雜於脣牙、顧謂易易耶、故世號搢紳學者口談王霸、
目涉理化、而尋常作一赫蹏、操觚四望、手重千斤、況於渺然初學乎、(…中
略…) 然夫子不云乎、辭達而已矣。⁸

袁隨園は、近淸の一名家なり。その文を論ずるに曰く、曲を貴ぶものは文な
り。天上に文曲星ありて、文直星なし。木の直なるものは文なく、木の拳曲盤紆
するものは文あり。水の靜なるものは文なく、水の風に撓激さるゝものは文
あり。孔子曰く、情は信ならむを欲し、詞は巧ならむを欲す、と。⁹

8　"문장에는 법이 있는 것인가? 법이 있어야만 문장이라고 한다면 문장이 아니다. 그렇다면
　법이 없는 것인가? 법을 버린다면 끝내 문장일 수 없다. 그러나 한문은 단연코 법에만 구
　애될 수 없으며 조선어는 터럭만큼도 법을 떠날 수 없으니, 비유하자면 시초蓍는 둥글고
　괘卦는 모난 것과 같다. 지금에는 이와 반대가 되어, 촌구석 훈장선생으로서 한문을 익히
　는 자들은 걸핏하면 기구起句(시작하는 구절)에는 기법起法이 있고 결구結句에는 결법結法
　이 있다고들 하는데, 이것은 판에 박힌 말일 뿐이다. 조선어를 익히는 자는 반절半切이 초
　성과 종성에서 도착하고, 청탁淸濁이 순음脣音과 아음牙音에서 섞여버리니 쉽다고만 할 수
　있겠는가? 그러므로, 세상에서 진신학자搢紳學者라 불리는 자들이 입으로는 왕도와 패도
　를 말하고 눈으로는 이치와 조화를 섭렵했다 하면서도 심상한 편지 쪽지 한 장 지을라치
　면 붓을 잡고 사방을 둘러보면서 손은 천근처럼 무거워지곤 하는데, 하물며 막막한 초학
　자의 경우야 말할 것이 있겠는가? (…중략…) 그러나 공부자께서 이르시지 않으셨던가?
　"문사文辭는 통달하면 그만이다." 박영효, 「실용작문법 서」, 이각종, 『실용작문법』, 유일
　서관, 1911.
9　"원매는 근세 청나라의 한 명가이니라. 그 글을 논함에 가로되, 굽음을 귀하게 여김이 글
　이니라. 천상에 문곡성이 있어도, 문직성은 없나니. 나무의 바른 것은 글이 아니고, 나무
　의 팔다리가 구불구불한 것이 글이니라. 물의 고요한 것은 글이 아니고, 물에 바람으로
　요동치는 것이 글이니라. 공자 가로되, 정은 믿음을 바라고, 말은 교함을 바란다고 하시
　니." 久保天隨, 「序」, 『實用作法』, 實業之日本社, 1906, p.1.
　한편, 각 인용문의 원문과 그 출처는 아래와 같다.
　袁枚, 「與韓紹眞書」, "貴曲者文也 天上有文曲星 無文直星 木之直者無文 木之拳曲盤紆者有

당시의 관습상, 책의 서문은 한자의 비중이 더 많고 문체가 어려운 것이 보통이다. 특히 한국에서는 본문이 국한문체로 이루어진 서적이라도 서문은 거의 예외 없이 한문으로 작성되었다. 그러나 쿠보의『실용작문법』은 인용문에 잘 나타나듯이 그 서문에서조차 한문고전의 구절을 번역을 통해 표기하고 있다. 일본보다 한국에서 순한문의 작문 관습이 더 강하게 남아 있었던 것을 보여주는 사례이다. 이각종의『실용작문법』은 한문 문장까지 실용의 글쓰기에 포함하고 있는 반면, 일본의 그것은 전통적인 한문고전조차 혼용문의 형태로 표기할 것을 잠정적으로 전제하고 있는 셈이다. 한문의 훈독訓讀에서 비롯된 훈독체 즉 신체문新體文이 현대 일본어 작문에 한 근원이 되었던 것은 주지의 사실이다.[10] 글쓰기에 실현되는 한문의 위상은 번역과 해체를 거쳐야만 하고, 그 과정이 어느 정도 규범화되어 간 것이며, 이것이 실용작문의 한 방향이었던 것이다. 이런 지향은 본문에서 더 적극적으로 반영되는데 그 일단은 아래와 같다.

　　歐陽脩か醉翁亭記を作りしとき、はじめは、記文の冒頭に於て、この亭の所在地なる滁州の地勢を說きて、四面皆山を以て圍まれたることを、事こまかに述べたりしが、その後、自ら記述方法の稍や煩冗に失せしを悟り、盡くその數十字を削り、わづかに環滁皆山也の五字を以て、これに代へたり

文 水之靜者無文 水之被風撓激者有文."『禮記』「表記」第三十二.“子曰, 情欲信, 辭欲巧.”
10 사이토 마레시, 황호덕 외역,『근대어의 탄생과 한문漢文脈と近代日本』, 현실문화, 2010 참조. 또한 20세기 초반에 재조일본인들은 이 훈독체로 대량의 한국 한문고전을 단시간에 번역하여 출간하기도 했다(임상석,「1910년대『열하일기熱河日記』번역의 한일 비교연구」,『우리어문연구』52, 우리어문학회, 2015 참조).

といふ。これ好個の適例にして、この弊を稱して、迂遠といふ。[11]

쿠보의 이 책도 한문을 번역하지 않고 인용한 부분이 있기는 하지만[12] 그 비중은 매우 작다. 위 인용문은 모범을 예시하는 것에 그치지 않고 비평을 시도하고 있어 흥미롭다. 근대계몽기와 1910년대 한국의 출판물에서 한문고전이 번역되어 나타난 사례는 매우 드물고 그 번역도 최남선의 신문관 출판물을 제외하면 현토의 차원에 머무는 것이 대부분인 것에 비하면, 이미 일본에서는 훈독의 과정을 거쳐서 새로운 신체문으로 응용하려는 노력이 위와 같이 나타났던 것이다.[13]

결국 쿠보의 책에 나타난 실용작문은 한문에 대해 훈독·번역과 재조합이라는 표준화된 과정이 존재하는 상황이므로 이각종의 책에 나타난 글쓰기에 비해서는 그 문체적 양상에 일관성이 있었다. 그래서 전자는 수사학을 실용작문의 기준으로 설정할 수 있었던 것에 반해서, 후자는 수사법이 언급되기는 하지만, 개념적 준거를 찾기 힘들다. 사실 하나의 수사학 서적에서 이질적 문자들을 동시에 취급하는 경우는 별로 없다. 영어와 한국어 내지 일본어와 영어에 동시에 적용될 수 있는 규범적 수

---

11 구양수가 「취옹정기」를 지을 때, 처음에는 기문의 모두에 있어서, 그 정자의 소재지가 되는 저주滁州의 지세를 설명하고, 사면의 모든 산을 이로써 아우르는 것을 일삼아 세세히 서술했음인데, 그 후, 스스로 기술방법의 작고도 번쇄함에 실착을 깨달아서, 모든 그 수십 자를 깎아 버리니, 고쳐서 "저주를 둘러싼 것이 모두 산이라[環滁皆山也]"는 다섯 자로 이로써, 그것에 대신하였다 하니라. 이는 좋은 하나의 적절한 예가 되나, 그 폐단을 칭하자면, 우원함이라 하겠노라. 久保天隨, 앞의 책, pp.27~28.

12 위의 책, p.56·133·pp.181~182·185~186 등에서『孟子』및『莊子』,「詩經」등의 구절을 직접 인용하고 있다.

13 위의 책, pp.199~201에서는 라이 산요우賴山陽의 글과 소순蘇洵의 글을 경구의 활용이라는 차원에서 비교하고, pp.252~255에서는 한유韓愈의 「與于襄陽書」의 번역을 통해 구상의 원리를 설명하는 등, 한문전통을 혼용 글쓰기에 응용하고 있다.

사법을 제시하기는 불가능하다. 후자가 제시한 이질적 문체인 한문체, 한문현토체, 혼용문체, 순국문체는 당시의 한국에서 '실용'의 명칭을 모두 받을 수 있는 상황이었으나, 각각의 문체에 일관된 수사적 원리를 적용할 수 없는 것이다. 그러므로 이각종의 『실용작문법』이 내세운 실용 글쓰기는 그 기준을 명확히 파악하기 쉽지 않으며, 이는 결국 한문의 표기를 일관되게 통일할 수 없었던 가장 큰 요인이다.

3. 수사학, 문법과 한문

쿠보가 「서설敍說」에서 수사학의 간략한 개설을 시도하여 실용작문의 기준이 수사학에 있음을 명백히 하고 있음에 비해, 이각종의 「총론總論」에서는 수사법에 대한 명백한 기준을 찾기는 힘들다. 「총론」에서는 '신체문新體文'이라 명명한 국한혼용 문체를 위주로 한다고 명시하였지만,[14] 전범으로 제시된 문장들은 한문 그대로 인용되는 경우가 적지 않고 더불어 순한글 인용문도 수록하였기에, '실용'의 명칭 속에는 한문과 한글이라는 이질적 언어들이 포섭된 양상이다. 그 편집의 방향은 아래와 같다.

[1(漢文)] 簡勁雄健ᄒ야是非得失을一言에刿ᄒ며治亂興廢를數句에決ᄒ고

---

14 원문을 기준으로 하면 諺文 · 漢文 混用이라 할 수 있다. 그러므로 그 형태상의 유사점에도 불구하고, 이 책에서 설정한 "新體文"은 국어와 국문을 지향한 계몽기의 국한문체와는 구별하여야 한다.

或은古今을須臾에觀ᄒᆞ며四海를一瞬에撫ᄒᆞ고天地를紙上에籠ᄒᆞ며萬物을墨下에寫ᄒᆞ야紛紜浩蕩ᄒᆞ며跳躍峻拔의神에至ᄒᆞ야는不得不漢文에一指를首屈ᄒᆞᆯ지오

[2(諺文)] 高雅優美ᄒᆞ야逼近히人情을敍ᄒᆞ고叮嚀히世態를說ᄒᆞ며或은纏綿婉弱ᄒᆞ며或은彬蔚幽閑하며或은淸麗悲哀ᄒᆞ며或은炳然爛漫ᄒᆞ야讀者로ᄒᆞ야곰一唱三歎케ᄒᆞ고聽者로ᄒᆞ야곰附仰徘徊케ᄒᆞᄂᆞᆫ妙에至ᄒᆞ야는諺文의右에出ᄒᆞᆯ者ㅣ無ᄒᆞ며

[3(新體文)] 大小精粗를觸事應物에縱橫自在ᄒᆞ야可記치못ᄒᆞᆯ바ㅣ無ᄒᆞ고可論치못ᄒᆞᆯ바ㅣ無ᄒᆞ며且曲暢旁通ᄒᆞ야其細는毛髮을可析ᄒᆞ며其大는天地를可包ᄒᆞ야文章의至便至利ᄒᆞᆫ者로는新體文이是라故로諸般實用에는新體文을多用ᄒᆞ고儀式典傳에는漢文을多用ᄒᆞ고小說情報에는諺文을多用ᄒᆞᄂᆞ니是以로本書에는新體文을爲主ᄒᆞ고兼ᄒᆞ야漢文諺文에共通되는作文上方式規模등을述ᄒᆞ야學者로ᄒᆞ야곰實用에適合케ᄒᆞᆷ과同時에諸般文章의大體를知得케ᄒᆞᆷ을期ᄒᆞᆷ이라.**15**

---

15 "[1] 간결하고 힘차며 우뚝하고 굳세어 시비와 득실을 한마디로 가르며 치란과 흥폐를 몇 구절로 정하고 혹은 고금을 잠시에 훑고 사해를 한 순간에 살펴, 천지를 종이 위에 가두고 만물을 먹 아래에 그려서 분분하고 호탕하며 도탕하여 분발하는 신이에 이르기에는 부득 불 한문에 첫손을 꼽아 수일 것이요. [2] 고아하고 우미하여 핍근하게 인정을 서술하고 정녕하게 세태를 설하며 혹은 칭칭 얽혀 나긋나긋하고 혹은 빛나게 아름답고 그윽하게 한가하며 혹은 맑고 곱게 슬프고 애달프며 혹은 밝게 난만하여 독자로 하여금 한 번 읊음 에 세 번 탄식하게 하고 청자로 하여금 굽어보고 우러러 보아 배회하게 하는 묘미에 이르 기에는 언문의 위에 나올 것이 없으며, [3] 크고 작은 정밀과 조야를 일에 닿고 물건에 응함에 종회하고 자재하여 기록하지 못할 바가 없고 논하지 못할 바가 없으며 또 조리가 두루 통하여 그 작은 것은 모발을 분석할 수 있으며, 그 큰 것은 천지를 포괄할 수 있어서 문장의 지극한 편함과 지극히 이로운 것으로는 신체문이 이것이라. 그러므로 제반의 실 용에는 신체문을 다용하고 의식과 고전의 (활용)에는 한문을 다용하고 소설과 정보를 (통합에) 언문을 다용하나니, 이로써 본서에는 신체문을 위주로 겸하여 한문과 언문에 공통되는 작문상의 방식, 규모 등을 기술하여 학자로 하여금 실용에 적합하게 함과 동시 에 제반 문장의 대체를 지득하게 함을 기함이라." 이각종, 앞의 책, 3~4쪽.

여기에 제시된 언어관이나 문장의식은 국민국가를 위한 국어가 좌절되고 수구적 질서로 회귀한 상황을 잘 반영한 것이라 할 수 있다. 한문에는 의전용 및 고전어의 위치를 부여하고, 국한문체가 일반적 실용 언어가 되며, 한글은 문예나 정론이 아닌 가벼운 언론의 영역[16]을 담당하게 된다. 근대 민족국가와 근대적 교육의 바탕이 되는 언어통합의 방향과는 어긋난 지향성으로 한일병합 이전, 근대계몽기의 『실지응용작문법』이 국한문체를 통해 분할된 언어층위에 일정한 문체적 기준을 마련하려 했던 것과는 명백히 대조된다. 또한 위 인용문의 문체는 이 책에서도 가장 문채文彩를 발휘한 성격으로 결국 '실용작문'의 전범이라 할 수 있는데, 4자로 이루어진 한문숙어를 사용하지 않고서는 논지가 나아가지 못하는 계몽기 한문 구절체에서 벗어나지 못한 형태이다. 전통적인 한문 현토체에 비해서는 한글의 통사적 원리가 약간은 진전되어 나타나고 있기는 하지만, 이와 같은 형식의 글쓰기에 서구적 수사학, 근본적으로는 문법을 일관되게 적용할 수 없는 것이다.

그러므로 인용문에도 나타나듯이 이 책은 수사학, 문법 등의 규격화된 기준을 내세울 수 없었으며, "작문상의 방식과 규모"라는 다분히 편의적인 경계를 제시하는 것에 그치는 셈이다. 사실 일본에서도 한문과 일본어의 관계에서 위 인용문에서 나타나는 계층분리의 양상이 아직 잔존하고 있었던 것이 사실이지만, 언어통합의 노력이 메이지 시대 내내 지속되어 글말과 입말의 차이를 좁히며, 언어의 계층화 상황을 보완하는

---

16 인용문의 "小說"과 "情報"가 정확히 어떤 함의를 가지고 있는지에 대해서는 명확한 규정을 내리기 힘들다. 지금의 소설이나 정보의 개념과는 차이가 있는데 시사적 흥미와 문예적 성취를 동시에 가진 가벼운 성격의 글쓰기를 지칭하는 것으로 보아야 할 것이다.

중이었고, 쿠보의 책도 이런 문체적 노력의 연장에 서 있는 셈이다. 그래
서 쿠보의 책은 수사학, 논리학, 문법의 경계를 제시하여 그 기준을 비교
적 명확히 나타낼 수 있었다.

> 수사학의 본령은 문전文典에 관하여 논구함보다 그 외에, 더욱 일층 문장을 함
> 에, 명석하고, 힘차게, 또한 아름답게 할 것을 가르치고, 또한 논리학에 관해서
> 논구함보다 그 외에 범위는 좁다 하지만, 깊게 문장의 내용이 되는 사상을 분석
> 하고, 서술과 기록, 변론에 공교하게 할 것을 설하니라. 다시 간단히 말하면, 문
> 전을 말하는 지점은 문장의 정격이냐, 파격이냐에 있는 것이지만, 수사학을 말
> 하는 지점은 더욱 나아가 그 아름다운가, 추악한가에 미침이라. 수사학의 본령
> 은 대저 전술함과 같지만, 다시 더 나아가 문장 그 자체의 연구에 들어가, 구법
> 의 배치를 설하고, 단락의 순서를 설하고, 편장의 구성을 설하고, 또한 문장의
> 각각 체제에 특유한 법칙을 탐구하니라. (…중략…) 수사학의 작용은 표창을 타
> 인에게 적합하게 함과 사상을 타인에게 적합하게 함의 두 방면에 있다. 전자는
> 수사학의 신체, 후자는 그 정신이라 하겠노라, 양자 상대함이니, 결코 서로 떨어
> 져서는 안되노라.[17]

쿠보의 책에서 「서설」의 첫 부분은 "수사학이란 무엇인가修辭學とは何ぞ
や"로서 실용작문의 기준이 수사학에 있음을 명백히 하였고, 그 개념적

---

17 "修辭學の本領は、文典に於て論究するより外に、なほ一層文章をして、明晳に、力強く、
且つ美ならしめむことを教へ 又論理學に於て論究うるより外に、範圍は狹けれども深
く、文章の內容たる思想を分析し、敍記辯論に巧ならしめむことを說く。更に簡切にい
へば、文典の言ふところは、文章の正格か破格かに在れども、修辭學の言ふところは (…
後略…)" 久保天隨, 앞의 책, pp.6~7.

경계는 위와 같다. 수사학의 본령은 문장 자체의 법칙을 연구하는 것으로 어구의 배치, 단락의 배열, 전체적 구성을 논하여 문장의 아름다움을 추구하는 것이지만, 문법을 기본으로 하여야 하고 문장이 전달하는 내용을 논함에 있어서는 논리학의 영역에까지 나아간다는 것이다. 한문 원문이 직접 인용되는 부분과 『겐지모노가타리』 등의 일본 고어 문장이 그대로 인용되는 부분이 있어 이질적 언어가 나타나지 않는 것은 아니지만, 전반적으로는 언문일치를 지향하는 일본 혼용문으로 언어적 균질성을 유지하였기에 수사학의 법칙을 기준으로 '작문법'을 기술할 수 있었던 것이다. 이각종의 책을 위시한 당시 한국의 작문교본들이 원리의 서술보다는 전범이 되는 예시문을 위주로 한 독본의 성격이었던 것과는 다르다. 작문의 전범이 될 예시문을 수록하지 않은 것은 아니지만 수사학적 원리에 근거한 작자의 해설이 중심을 이루고 있다. 이 수사학적 원리는 명료clearness, 생기strength · vitality, 유려flowing, 직유simile, 추론reasoning 등의 서구적 개념을 바탕으로[18] 한문전통의 수사학이 절충된 형태이다. 그리고 그 문법적 기본 역시, 서구의 통사적 개념에서 비롯된다. 독립된 글인 '문장文章'의 단위를 '언어言語, word', '문文, sentence', '단락段落, paragraph'로 구분한 것은 서구 수사학의 영향을 분명하게 드러내는 부분이라 하겠다.[19] 지금의 어학, 수사학 개념 및 용어와는 차이가 있지만 나름의 문법, 수사학적 기준을 설정할 수 있었기에 작문 원리의

---

[18] 서구 수사학 개념의 수용과 응용 과정은 앞서 언급한 『新美辭學』(1902)에 더 자세한데, 이 책은 성격이 학술서에 더 가깝기에 각 개념의 영어 원어를 표기하고 있다.
[19] 쿠보가 내세운 수사학 용어에 붙인 영어 어휘는 쿠보가 명기한 것은 아니지만 본문의 해설과 『新美辭學』 등을 통해 유추한 것이다. 독립된 글을 지시한 '文章'은 한문전통의 용례에서 크게 벗어나지 않는 것이 흥미롭다.

쿠보	敍說	글의 통사적 단위	明瞭, 生氣 (비유법), 流麗	構想	記體文	敍寫文	說明文	議論文
이각종	總論	修辭法: 明晳, 雄建(비유법), 流麗		構成法 (내용, 외형)	文章各論 (寫生文, 議論文, 誘說文 등 10종)			

- 쿠보의 『실용작문법』의 목차에 대응하여 이각종의 목차를 정리하면 위와 같다.

해석이 구체적이고 자세할 수 있었다.

이각종의 책은 쿠보의 구성을 많이 받아들였기에, 비슷한 시기에 출간된 한국의 작문교본에 비해 작문원리의 해설이 강화된 측면도 있다. 그러나 세 가지 이질적 언어를 사용하고 있으며, 앞의 인용문에서 알 수 있듯이 해설의 본문을 구성한 문장 자체가 일관된 문법과 수사학을 적용하기 힘든 형태의 문체이기에, 작문원리의 해설은 결국 인용문에 의지할 수밖에 없기에 독본에 가깝다고 평가할 수 있다.[20] 이 두 책의 전반적 구성을 보면 이 차이는 더 구체적으로 드러난다. 〈표 1〉은 목차에 의거해 전반적으로 구성해 본 두 책의 전반적 체제이다.

쿠보의 책이 글의 통사적 단위를 제시하여 이에 근거한 해설을 제시하였던 반면, 이각종의 책은 단위의 설정 없이 글쓰기가 추구하여야 할 지향인, 「명석」, 「웅건」, 「유려」로 바로 나아가고 있다. 그 원리의 해설도 소략하여, 작문 원리는 결국 독본의 양상으로 하편下篇에 따로 묶인 「문장각론文章各論」의 예시문들이 담당하고 있는 형태이다. 여기에서도 결국 한문이 큰 장애로 작용한다고 할 수 있는데, 한문을 서구적 수사학

---

20 쿠보의 책에서 예시로 인용된 글이 차지하는 비중은 전체 370쪽 중 5~60쪽 정도밖에 안 되며, 거의 모두 부분인용이다. 반면 이각종의 책은 전체 180쪽에서 인용문이 차지하는 양이 절반에 가까워, 독본의 성격이 강하다.

에 알맞은 단위로 분절하지 않은 이각종의 문체는 구체적 작문 원리의 서술에 적합하지 않았다.

　　[二] 適切이라 흠은 道理에 合ᄒ고 實地에 逼近ᄒ야 事物의 要領을 得흠이요 (…중략…) 且人의 佳配를 讚흠에 「宛然是一은 馬嵬春風에 楊花가 復開ᄒ고 一은 廣陵夜燈에 唐皇이 再來라 天生之質이요 難棄之儔로다」 흠보다 「道德文章에 品格이 高潔흔 善男이며 針線才技에 容姿가 端美흔 淑女ㅣ라 正히 配偶의 佳를 得ᄒ엿도다」흠이 適切ᄒ니 前者ᄂ 稍히 迂闊模糊흔 憂가 有흔 所이니라

　　[三]　平易라 흠은 其語意와 文字가 平坦近易ᄒ야 難澁 又ᄂ 出處의 深奧흔 字句가 無흠이니 世에ᄂ 往往히 自己의 獨知獨能ᄒᄂ 難字句를 屈曲變幻ᄒ며 又ᄂ 古文章의 美句文만 多數히 混合引用ᄒ야 畢竟 自己의 思想을 表흔 要旨가 何處에 在ᄒ지 不知케ᄒ되 猶且博識文章이라 自好ᄒᄂ者ㅣ 有ᄒᄂ 此等은 決코 文章의 本旨를 知ᄒᄂ者ㅣ 아니라 故로 (…후략…)²¹

　　인용문은 '수사법' 항목 속의 '명석明晳'을 서술한 부분으로 [二]는 그

---

21 "[2] 적절이라 함은 도리에 합당하고 실지에 핍근하여 사물의 요령을 업음이요 (…중략…) 또 (다른) 사람의 배필을 칭찬함에 "완연히 그 하나는 마외역 봄바람에 버들꽃(양귀비)이 다시 피고 하나는 광릉의 밤 등불에 당나라 황제(당 현종)이 다시 왔음이라, 하늘이 낸 자질이요, 버리기 어려운 짝이로다"함보다는 "도덕과 문장에 품격이 고결한 선남자이며 침선 잘하고 재주 있으며 용모가 단정하고 아름다운 숙녀라, 마땅히 배우자의 아름다움을 얻었도다"함이 적절하니 전자는 쇄말하게 우활하고 모호한 결점이 있는 소이니라. [3] 평이라 함은 그 어의와 문자가 평담하고 근이하여 난삽하거나 또는 출처가 어려운 자구가 없음이니 세상에는 왕왕 자기의 홀로 알고 홀로 능한 난자 난구를 굴곡하게 변환하여 또는 옛 문장의 미구 미문만 다수 혼합하고 인용하여 필경에는 자기의 사상을 표한 요지가 어디에 있는지 알 수 없으되 오직 역시 박식한 문장이라 스스로 좋아하는 자가 있으나 이런 것들은 결코 문장의 본지를 아는 자 아니라 그러므로 (…후략…)" 이각종, 앞의 책, 9~10쪽.

소항목인 '적절適切'에 대한 해설이고, [三]은 '평이'에 대한 해설이다. 각각의 함의가 명백히 나누어지지는 않은 양상인데 '평이'에 대한 해설이 오히려 '적절'에 예시한 문장의 수정 과정에 어울린다. [二]는 글을 쓰는 데 있어서 실질에 맞지 않는 표현을 쓰지 말라는 조목인데, 실제 수정의 과정에서 문제된 것은 전거의 문제라 할 수 있다.

각주에 잘 나타나지만 "馬嵬"를 인용하여 여자를 양귀비에 비기고 "廣陵"을 인용하여 당 현종에 비기는 것[22]보다 남자는 도덕과 문장으로 그 덕을 칭송할 것이고, 여자는 침선과 재기, 용모로 그 가치를 돋보이게 하라는 요지인데 수정 과정의 수사적 원리가 제시된 것이 아니다. 또한 수정된 문장 역시 한문전통의 수사를 따라 대구를 4자로 맞춘 형식이며, 더욱 도덕과 문장, 침선과 재기라는 형용은 당 현종과 양귀비라는 비유보다는 실제에 가깝기는 하지만 역시 상투적인 관용으로 실용이라는 지향성과 어울린다고 할 수는 없다.

[三]은 한문 자구의 사용에 대한 기준을 제시한 것이라 하겠는데, 인용문이 통론의 성격이고, 그 세부 항목으로 '신체문에서는 가급적 순한문의 긴 구문을 쓰지 말 것', '한문을 쓸 때도 일반 사람들이 이해하지 못할 문구는 가급적 쓰지 말 것', '어미를 과도하게 변환하지 말 것', '외국어를 남용하지 말 것'[23] 등을 내세우고 있다. 쿠보의 책에 비해서 글쓰기의 원리나 단위 내지 기준이 명확하게 드러나 있지 않으며, 본격적 작문보다 표기의 차원에 그치는 사안들이다.

---

22 양귀비가 목을 맨 곳이 마외馬嵬의 역이고, 당 현종은 꿈에 신선들과 광릉廣陵의 큰 나무 아래에서 노닐었다 한다.
23 이각종, 앞의 책, 10~11쪽 참조.

반면에 쿠보의 책은 작문 원리를 해설함에 있어 더 체계적이고 구체적인 양상을 보이고 있다. 위 표에 나타나듯이 「서설」의 다음으로는 글의 통사적 단위에 따라 차례대로 언어(단어), 문(문장), 단락을 위주로 수사학의 원리를 해설하고 있는데, 그중 '언어의 수'에 대한 부분은 아래와 같다.[24]

> 蹉跌さ、馬から落ちて落馬いたした/ 作文を作る。(…후략…) / 夕陽ゆふべの空に沈まむとす、
>
> 「馬から落つ」と「落馬」とわ、全く同じ意義にして、「作る」は「作文」の作に、(…中略…) ゆふべは夕陽の夕の字に、その意義すでに包括せらる、この誤を名づけて重複といふ。重複は、ひとり同一の言語文字を疊用するをいふに非ずして、同一の意義を疊用するも、亦た同じ。[25]

'하나의 사상을 표명하기 위해서는 필요 충분한 단어 말고는 단연 다른 것을 써서는 안 되는데, 사상을 표명함에 부족하다고 생각되는 정도에서 그치는 것 또한 불가하니라. 문장의 이상은 그 사용한 언어에 과불급 없이 한 자를 증감하지 않아야만 함에 있노라'[26]는 대의로 진행되는

---

24 글쓰기에 사용할 언어(어휘 내지 단어)를 절약하고 이를 효과적으로 구사하는 방법에 대해 논하는 부분으로 Alexander Bain(*English Composition : Rhetoric Manual*(New York : D. Appleton Company, 1879)의 "Arrangement of Words"와 통하는 부분이다.

25 "미끄러져 넘어져, 말에서 떨어져서 낙마하려 버렸다 / 작문을 짓다. (…중략…) / 석양 저녁의 하늘에 빠짐이로다. / '말에서 떨어지다'와 '낙마'라 하면, 모두 같은 의미가 되고, '짓는다'는 '작문'의 '作'에, (…중략…) 저녁은 석양의 '夕' 字에 그 의미가 이미 포괄되었으니, 그 틀림을 이름 붙여서 중복이라 한다. 중복은, 한 동일한 언어나 문자를 중첩함을 이름에 그치지 않고, 동일한 의미를 중첩함도, 역시 (중복과) 같으니라." 久保天隨, 앞의 책, pp.25~26.

26 위의 책, pp.24~25. 여기서 사상은 지금의 용례로는 생각이나 개념 정도로 파악함이 타

해설의 다음에 실제 작문의 과정을 예시한 인용문의 부분이 나온다. 각 주의 번역에 상세하지만, 통론과 더불어 글쓰기의 실제 과정이 제시되는 것이다. 그 논의의 수준에 대한 질적 평가는 일단 접어두더라도 교과서로서의 구성과 서술이 체계가 잡혀 있고 자세하다고 할 수 있다.[27]

흥미로운 점은 인용문들에서 잘 나타나듯이, 한문을 단어와 수사의 차원에서 어떻게 운용하는가에 대한 논제가 두 책에서 모두 주요한 비중을 차지하고 있었다는 점이다. 그러나 쿠보의 책이 통사적 기준을 세우고 수사학적 원리를 이용하여 통론, 용례, 해설이 조화를 이룬 교과서 체제를 잘 갖추고 있는 반면, 이각종의 책은 구체적 해설과 통론이 소략하다. 이 공백을 한문전통의 문선文選과도 맥락이 닿는 독본의 형식으로 보완한 체제였다. 즉 쿠보는 이론을 실제 전범이 된 문장의 예시를 통해 분석하여 수사의 이론이 예시문과 체제를 이루고 있는 반면 이각종은 이론과 예시문 사이에 체계적인 관계를 구성하지 못한 셈이다.

양자의 차이는 서구적 학문의 수입과 응용의 축적에 따른 것이기도 하지만, 당시 한국의 글쓰기 관습에서 한문이 단어 단위로 분할되지 않는 경우가 많아 일관된 통사와 수사의 기준을 적용하기 어려웠던 점에서 비롯한 바도 적지 않다. 당대의 일본어가 공유하는 문전文典과 사전을 가지고 있던 반면, 한국어는 그렇지 않았다. 그러므로 한문과 한자의 표기에 일관된 어문규정을 적용하지 못했던 것이 수사법과 작문법에까지 영향을 미쳤던 것이다.

당하다.
27 통론, 예시문, 해설과 수정 등의 구성은 앞 각주들에 인용한 久保天隨, 앞의 책, pp.25~26 · 199~201 · 252~255 등에도 잘 제시되어 있다.

4. 한일 실용작문의 비교

당시의 한국도 서구 어학의 수용과 응용의 수준이 상당한 경지에 도달하였음은 주시경과 유길준의 논저에 잘 나타나 있다. 그럼에도 이를 작문의 수사적 원리에 적용하기 힘들었다. 일반적인 글쓰기 습관에서 한문이 아직 통사적 일관성을 적용할 정도로 분절되어 사용되지 않았으며, 문장이 한문과 한글의 이질적 통사 구조를 그대로 포함하여 실현되었기 때문이다. 한문 문장체에서 한문 구절체나 한문 단어체로서의 전환이 진행되었을 따름이고 일본의 경우처럼 번역과 재조합의 과정까지는 이르지 못했던 것이다. 이각종의 책에 실현된 실용작문은 한문과 국문으로 계층화된 1910년대 조선의 언어 관습을 그대로 반영한 양상이다. 그리고 계몽기의 작문교본과는 달리 근대적 언어통합에 대한 지향이 사라진 것은 정책적 위상을 총독부 편찬의 조선어급한문독본에 미루었기 때문일 것이다. 당대 일본 문장의 직역이었던 1913년 『고등조선어급한문독본』 권1의 "조선문"은 식민지 교육이 거시적 목표로 삼은 문체였겠지만, 당시 조선의 '시속'과는 맞지 않았던 것이고 그 간극을 메워줄 보조적 교재가 필요했던 것이다. 이각종의 실용작문은 총독부 초기 교육정책과 조선의 언어 현실과의 괴리를 보완하기 위한 위상이었다고 평가할 수 있다.

한편, 쿠보가 편찬한 바, 일본의 '실용작문'에서 가장 중요한 지향은 무엇이었을까? 이 책에 전범으로 인용된 글들의 출처를 살펴보면 어느 정도 알 수 있는데, 총 50여 종의 인용서 중에서 40종이 일본의 문헌이다.[28] 작문의 원리를 해설하는 외에도 일종의 일문학 개론서의 성격도 지니고 있었던 것이다. 그러므로 한문전통과 일본의 전통에 서구의 전통을 취합, 절충하는 것 그리고 더 나아가 궁극적으로는 국민국가의 이념을 고취할 정전을 형성하는 것이 실용의 목표였던 셈이다. 한문전통이나 일본의 문학에 관계된 쿠보의 학식은 상당한 경지에 이른 것으로 보이긴 하지만, 이미 무정부주의와 사회주의가 하나의 유행이 되었던 메이지 시대 말기의 학생 사회와 당대적인 상징주의, 자연주의 등을 받아들이기 시작한 문단의 사조를 감안하면 이 책은 사실 철 지난 것으로 여겨지지는 않았을까 추측도 가능하다.

이에 비해, 이각종의 책은 쿠보의 책과 총독부『고등조선어급한문독본』보다 당대 일본 작가들의 문장을 더 높은 비중으로 수록하였다. 미야케 세쓰레이三宅雪嶺, 도쿠토미 소호德富蘇峰, 시가 시게타카志賀重昻 등 동시대의 주요 작가들의 문장 중 한문의 비중이 높은 글들을 취사선택하여 전재하였다. 쿠보의 책에 비해서는 시대의 현안을 고민하는 모습이기도 하지만, 이들이 당시의 대표적 국수주의자였다는 점을 보면 식민지 동화정책에 대한 부역으로 평가해야 할 것이다.[29] 반면 작가명이 표시된 한국인의 글은 오직 김창흡金昌翕, 이인직李人稙이며, 무기명의 국한문체 글이 몇 편 있지만 한문 문장이나 일본인 문장의 번역에 비해 그 비중이 매우

---

28 『莊子』, 『孟子』, 韓愈, 柳宗元 등의 인용이 7번 정도이고, 『성경』과 『베르테르의 슬픔』의 번역 등이 3번 정도 등장한다. 서구의 문화전통은 작품보다는 경구와 이론적 정의의 부분적 인용으로 많이 반영된다. 인용되는 이름은 주로 영문학 전통과 관계되는 인사들이 많다. 아담 셔먼 힐, 존 러스킨, 프란시스 베이컨, 토마스 배빙턴 매콜리 등이 본문에 나타나고 있다.

29 이외에도 동경부지사東京府知事 다카사키 고로쿠高崎五六가 일본 황태자의 책봉을 기념한 「祝入皇太子表」와 조선총독부 정무총감인 야마가타 이사부로山縣伊三郎의 「工業傳習所卒業式告辭」을 게재한 것을 보면 이 책의 취지는 명백하다. 또한 한문전통에 속하는 예시문들을 제외하면 주요한 국한문체 글은 모두 당시 일본 지식인들의 글을 번역하여 게재하였다. 이 책 1부 3장 참조.

작다. 이 무기명의 국한문체 문장들은 대부분 최재학의『실지응용작문법』의 수록문을 다시 실은 것으로 일본 문장의 번역을 제외한 국한문체 글쓰기는 실상 이 책에서 중요한 부분이 아니었음이 드러난다.

이각종의 책은 이처럼 식민정책에 대한 부역에 투철하지만, 오히려 그 때문에 한일 간의 언어적 간극을 더 뚜렷하게 보여주고 있다. 1910년대에 이미 일본의 한문은 언어적 통합을 위해, 훈독을 거친 번역의 단계로 진입하였지만, 한국의 언어습관은 유학생들을 통해 이루어진 근대 학지의 수입이 진행되고 있었음에도[30] 글쓰기에 나타나는 한문 구절은 아직 해체하기 어려운 관습이었다. 언문일치의 문장을 언급하고 있으면서도[31] 본문은 한문을 분절하지 않은 형태의 국한혼용문—"신체문"을 쓰고 있는 것은 나름대로 당시 한국의 관습에 적응하려는 노력이었다. 당시 사상적 지형도 속에 위정척사나 전통적 도학道學 또는 반일의 위치가 아닌, 개화와 친일부역의 위치에 서 있는 지식인 이각종의 문장이기에 오히려 당시의 언어 관습에서 여전했던 한문의 위상을 반증하는 셈이다.

지금의 기준으로 '실용작문'이라면 한문이라는 요소가 되도록 줄어드는 지향이 전제되어 있을 것이며, 그 정의가 힘들기는 하지만 '언문일치'라는 개념 또한 내포되어 있어야 할 것이다. 하지만 1910년 한국의 언어 상황에서 일본 혼용문이 보여준 언문일치는 오히려 '실용'과 먼 것이었다는 점을 재고해야 할 것이다. 그러기에 일본의 문화 및 언어 관습을 한국에서 이식하려 한 이각종조차도 당시 일본의 언문일치를 모델로 한 문체가 아닌 한문의 비중이 더 큰 근대계몽기 국한문체, 한문 구절체에 가

---

30 관련된 최근 성과로 구장률, 앞의 책을 참조할 것.
31 이각종, 앞의 책, 5~6쪽.

까운 문체를 선택했던 것이다. 이 두 책에서 드러나는 한문을 경계로 한 한일 실용작문의 거리는 여러 가지 측면에서 검토할 가치가 있다. 당시로서는 일본의 언문일치가 강화될수록, 한일 사이의 문화적 언어적 영향 관계 속에서 한국의 한문 관습은 완충제 내지는 독자적 수용의 매체로 작용할 가능성이 있었다. 한편, 한자와 자국어를 혼용하는 일본의 문어를 전범으로 해서 식민지 한국의 언문일치를 구상하려는 시도가 가능했던 것도 역시 한일이 공유하는 한문 전통과 연결되는 것이다.

5. 소결

이각종의 『실용작문법』은 당시의 식민지적 교육·언어정책에 대한 하나의 주요한 자료이면서, 한편으로 한일의 언어 관습의 실상을 드러내고 있다. 일본의 『실용작문법』이 언어 통합을 어느 정도 이룩한 언문일치 성향의 혼용문을 바탕으로 서구의 어학과 수사학을 한문전통과 일본의 고유전통과 절충하는 성격이었다면, 이각종의 『실용작문법』에 제시된 당시 한국의 언어 상황은 한문, 국문으로 분리된 언어 상황을 그대로 인정한 상황에서 여전한 한문의 위상을 그대로 보여주고 있다.

한문의 위상으로 인해, 수사학이나 어학 등의 서구적 학지는 실제 작문의 원리에 구체적으로 응용되기 어려운 상황이었다. 또한 식민지의 문화·언어적 정책에 관해서도 총독부 발간 교과서가 추구한 일본의 언문일치체에 기반을 둔 '조선어' 글쓰기는 아직 당시의 한국에는 시기상조였던 것을 보여준다.

마지막으로 한일 간에 실용작문의 차이를 만들었던 문화적 전통에 대해 언급하면서 마무리하도록 하겠다. 일본은 중국, 서구 등의 외래문화의 수용에 있어서, 기본적으로 번역을 시도한다. 이 번역이 결국 메이지 유신의 든든한 발판이 되었던 것은 이미 주지의 사실이다. 한국의 지식인들에게 한문은 자아정체성을 구성하는 가장 주요한 요소 중의 하나였다. 경전이나 두보杜甫 시의 언해가 있기는 하였지만, 이것들은 어디까지나 한문을 더 자유자재로 사용하는 경지에 이르기 위한 과정에 지나지 않았다. 일본의 훈독처럼 한문을 자국어의 구조에 맞춰 해체하는 방식으로 학습하고 소통하기 시작하면 개인이 가진 고전어 한문의 능력이 저해되고 결국, 사문斯文이란 정체성이 축소될 위험이 있다. 이 두 책에 나타난 수사학, 문법에 대한 이해와 한문에 대한 입장 차이는 서구 근대 학문의 축적 정도와도 관계가 있지만 양국의 문화적 관습과 전통에서 비롯된 측면이 크며, 후자에 대한 관심이 앞으로의 연구과제로 요구된다.

〈표 2〉 한일 『실용작문법』의 목차 대조

한국	일본
上篇 文章 通論 ▪ 一章 總論 ▪ 二章 修辭法 第一明晳 (精細, 適切, 平易) 第二雄建 (比喩法, 誇張法, 擬人法 등 17조) 第三 流麗 (調子, 品格, 情緒, 趣味, 流麗體) ▪ 三章 構成法 第一 內容의 構成 (문제의 고안, 사항의 배열 등) 第二 外形의 構成 (구성의 부분, 진행 결속 등)	▪ 一章 敍說 수사학이란 무엇인가, 수사학의 기초, 문장의 종류 등 ▪ 二章 言語(단어에 가까운 개념) 언어의 저축, 언어의 수 등 ▪ 三章 文(문장에 가까운 개념) 문이란 무엇인가, 장문과 단문, 문장의 통일 등 ▪ 四章 段落 단락이란 무엇인가, 통일된 단락, 경중을 명확히 한 단락, 정연한 단락 ▪ 五章 문장의 세 가지 美質(다음에 나오는 명료, 생기, 유 려) ▪ 六章 明瞭 명료란 무엇인가, 精細와 透明, 平易, 曖昧 ▪ 七章 生氣 생기란 무엇인가, 언어의 선택, 비유, 의인 활유, 과장, 대 조, 경구 점층 등
下篇 文章 各論 ▪ 一章 文體 ▪ 二章 寫生文 ▪ 三章 議論文 一 直上法과 直下法 二 單行法과 對行法 등 4조 ▪ 四章 誘說文 ▪ 五章 報告文, ▪ 六章 送序及書序文 ▪ 七章 辨駁文 ▪ 八章 祝賀文 ▪ 九章 弔祭文 ▪ 十章 金石文 ▪ 十一章 傳記文	▪ 八章 流麗 유려란 무엇인가, 유려에 관한 주의 ▪ 九章 構想 구상이란 무엇인가, 사상을 얻는 법, 관찰의 습관, 독서의 습관, 제목의 선정, 구조를 정하는 것, 사상의 충실 ▪ 十章 記體文 기체문이란 무엇인가, 細寫法, 活寫法, 周觀法, 概括法 등 ▪ 十一章 敍事文 서사문이란 무엇인가, 사건, 인물, 경우, 서사문의 종류 등 ▪ 十二章 說明文 설명문이란 무엇인가, 설명의 방법, 설명문의 연습 등 ▪ 十三章 議論文 의론문이란 무엇인가, 의론문과 설명문, 명제의 진술, 의론 의 방법, 입증의 방법, 연역법, 귀납법, 誘說文 ▪ 十四章 文章의 極致 문장의 품위, 문장에 있어서 특수한 취미, 우리의 수련방법

(일본 실용작문법은 번역함. 한국 실용작문법은 원문 그대로)

/ 제2장 /

『시문독본』의 편찬 과정과
최남선의 출판 운동

1. 『시문독본』의 위상

　문학사나 국어 문체의 형성에 『시문독본時文讀本』이 끼친 영향과 그 위상이 여러 차원에서 분석된 바 있지만, 아직 구체적 편찬 과정은 잘 밝혀지지 않고 있다.[1] 당시의 출판과 언론이 문예 및 문체의 형성과 나아가 근대적 문학 및 문화의 형성과 밀접한 관계를 가지고 있음은 이미 선행 연구에서 논한 바 있다.[2] 잡지, 신문, 단행본 등의 다양한 매체 중에서 『시문독본』과 유사한 성격인 교본 및 독본이 가지는 독특한 위상에 대해서 새로운 연구가 진행되었고,[3] 신문관과 최남선의 출판 활동에 대해서

---

[1]　구자황, 「최남선의 『시문독본』 연구」, 『과학과 문화』 9, 서원대 미래창조연구소, 2006; 문혜윤, 「문예독본류와 한글문체의 형성」, 『한국문화전통의 자료와 해석』, 단국대 출판부, 2007; 김지영, 「최남선의 『시문독본』 연구—근대적 글쓰기의 형성과정을 중심으로」, 『한국현대문학연구』 23, 한국현대문학회, 2007; 박진영, 「최남선의 『시문독본』 초판과 정정 합편」, 『민족문학사연구』 40, 민족문학사학회, 2009 등 참조.

[2]　많은 연구성과가 있지만, 대표적으로 다음을 들 수 있다. 천정환, 『근대의 책읽기』, 푸른 역사, 2003; 김영민, 『한국 근대소설의 형성 과정』, 소명출판, 2005; 한기형 외, 『근대어·근대매체·근대문학』, 성균관대 대동문화연구원, 2006; 임형택 외, 『흔들리는 언어들』, 성균관대 대동문화연구원, 2008 등.

[3]　민족문학사연구소 편, 『근대계몽기의 학술·문예사상』, 소명출판, 2000; 구자황, 「독본

도 주목할 연구성과들이 있다.[4] 근대계
몽기의 언론·출판을 종합한 성과로『실
지응용작문법實地應用作文法』, 일제강점을
위시로 한 문화적 위축을 드러내는 산물
로『실용작문법實用作文法』,『문장체법文
章體法』등의 독본이 있다면, 계몽기에 이
어진 1910년대의 문화적·문체적 변천
을 다각적으로 반영한 결과가『시문독
본』이다.

이제껏 연구된 바로는, 1910년대까지
출간된 교본·독본 가운데 가장 파급력
이 컸던 것이 이『시문독본』으로 발행이
8판을 거듭해서 그 영향력이 1920년대

〈그림 1〉『시문독본』속표지

에까지 이어졌다. 더 주목할 점은 이 책에 실린 수록문의 많은 부분이 최
남선이 발행한『청춘』,『붉은저고리』등의 잡지에 먼저 게재되었으며, 신
문관에서 출판된 단행본에서 가져온 경우도 많다는 점이다. 이 책 한 권
에 최남선 및 신문관의 출판 활동이 집약되어 있는 양상으로 이를 통해
'통속通俗' 내지 '시속時俗'으로 불린 당대의 독서습관을 구체적으로 파악

을 통해 본 근대적 텍스트의 형성과 변화」,『한국 근대문학의 형성과 문학 장의 재발견』,
소명출판, 2004; 정우봉, 「근대계몽기 작문 교재에 대한 연구」,『한문교육연구』28-1,
한국한문교육학회, 2007 등 참조.

4 소영현, 「근대 인쇄 매체와 수양론·교양론·입신출세주의」,『상허학보』18, 상허학회,
2006; 최기숙, 「'옛 것'의 근대적 소환과 '옛 글'의 근대적 재배치」,『민족문학사연구』
34, 민족문학사학회, 2007; 권두연,『신문관의 출판 기획과 문화운동』, 고려대 민족문화
연구원, 2016.

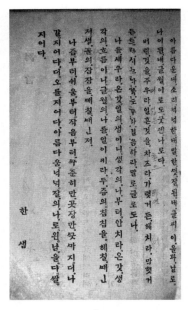

할 수 있는 것이다.[5] 수록문의 출처나 저자에 대해 『시문독본』의 본문에 명시한 경우도 있기는 하지만, 『청춘』 등의 다른 매체에 먼저 실린 글임에도 출처를 적지 않은 경우도 많아 저작권이나 게재문의 출처에 대한 인식이 아직 명확하지 않았던 당시의 상황이 그대로 나타나고 있으며 그 편찬 과정도 분명한 것은 아니다. 이 글은 뒤에 첨부한 표를 통해 『시문독본』에 실린 수록문이 다른 지면에 게재된 상황을 정리하여, 이 책이 최남선과 신문관이 1910년대 진행한 언론, 출판 활동을 집약한 선본의 성격을 가지고 있다는 점을 논하려 한다.

이전의 독본들에서 독자의 수용 과정을 짐작하기 힘든 상황임에 비해, 『시문독본』은 당대 독자층의 수요를 감지할 수 있는 지표를 가지고 있다는 점에서 차별성이 크다. 첫째, 간행을 거듭하여 판매부수를 가늠할 수 있고, 둘째, 거듭된 간행 중에 독자층의 동향을 반영하여 편찬과 표기를 수정하였고, 셋째, 최남선을 중심으로 이루어진 다양한 출판활동이 집약된 결과물이라는 점이다. 최남선과 그의 출판사인 신문관은 일방적 교술의 성격이 강했던 계몽기 언론, 출판 운동의 글쓰기에 비해 독자들의 수요에 더 적극적으로 대응하였으며, 그 구체적 과정을 『시문독본』을 통해 알 수 있는 것이다. 더불어 최남선뿐

---

5 강용훈, 「'통속' 개념의 변천 양상에 대한 역사적 고찰」, 『대동문화연구』 85, 성균관대 대동문화연구원, 2014.

아니라 이광수, 현상윤, 유영모 등의 당대의 선구적 지식인들이 모색한 교양과 문체의 성격이 드러난다는 점도 중요하다.

　이 글은 『시문독본』에 실린 120개 수록문의 체제와 편찬 과정을 제시하면서, 이 책이 『청춘』으로 대표되는 1910년대 최남선의 출판 활동과 맺고 있는 관계를 조명했다. 이와 같은 작업에 들어가기에 앞서, 『시문독본』의 판본 사이에 나타나는 차이를 주목해야 한다. 특히 1916년 초판에 제시된 일관된 철자법을 위한 노력이 1918년 정정합편訂正合篇에는 탈락되었다는 점은 1910년대의 언어 상황과 관련하여 시사하는 바가 크다.

2. 1910년대의 통속 문체

　『시문독본』은 1책 4권의 체제로 정정합편訂正合篇을 기준으로 하면 1권과 2권은 각각 50쪽 남짓한 것에 비해 3권은 70쪽, 4권은 100쪽에 이른다. 현재 필자가 입수한 판본은 ① 1916년의 초판과 ② 1918년의 정정합편 초판, ③ 1921년의 정정합편 5판이다. ①의 1권과 2권이 각각 32편의 수록문을 싣고 있는 반면, ②와 ③은 각 권마다 30편의 수록문이 있다. ①은 ②와 ③의 1권·2권만이 묶여져 나온 형태로 수록문은 약간의 변경이 있다.[6] ②와 ③은 「예언例言」 뒤에 철자의 '正誤表'를 붙인 이

6　1권의 3. 「어버이께사룀(편지)」; 7. 「나비놀이(귀글)」; 32. 「고지식(말글)」 및 2권의 10. 「至情」; 13. 「볼기百介싸리가자미」; 32. 「역금(編)」 등은 1916년판에만 있는 글이고, 1

외에는 차이가 없다. 판형과 편집체제 역시 ②와 ③의 차이는 거의 없으나 ①은 한 면의 줄 수가 13줄임에 비해, ②와 ③은 17줄이 되어서 수록되는 양이 훨씬 늘어났기에 쪽수도 차이가 있다. 양의 차이를 차치하고라도 『시문독본』의 전체 체제에서 3·4권의 수록문들이 가진 논의·서사의 다양성과 깊이가 질적으로 심화되었기 때문에, 이 판본들 중에서 정본이라 할 것은 ②와 ③이다.

눈여겨 보아야 할 대목은 ①의 「예언」에서는 '용어'의 기준을 정하고 이를 따라서 본문에 두주頭註의 형식으로 철자의 정오를 기록하여 '표준어'의 설정을 위한 노력을 모색한 반면, ②부터는 이런 노력이 사라졌다는 점이다. 단지 ③의 목차 앞에 붙은 '정오표'가 이를 대신하고 있다. ①에서 제시한 '용어' 기준은 아래와 같다.

㉠時俗에 알아볼 만한 範圍안에서 될 수 있는 대로 法에 마추어 標準語를 定하되 連發音과 合音에 말의 몸과 토가 석긴 거슨 보는 이의 짐작에 맛김(고데(곧에)의 「곧」은 몸, 「ㅔ」는 토로 보고 「와(오아)」의 「오」는 몸 「ㅏ」는 토로 봄)

㉡時俗에 알아보게 하랴고 不得已 法에 마추어 쓰지 못한 거슨 그 頭註에 바로 잡으되 「된시옷」을 짝소리로 고칠 것과 「앗, 겟」의 시옷 둘 바팀할 거슨 鑄字關係로 아즉 바로 잡지 못함(「잇고」의 「잇」은 「있」으로, 「업다」의 「업」은 「없」으로 頭註에 바로잡고 「까, 싸, 짜」는 「까, 따, 빠, 짜」로 「앗, 겟」은 「았, 겠」으로 바로 잡지 못함)

권의 6. 「常用하는格言」; 2권의 30. 「江南德의母」는 1918년 정정합편에만 있다. 이외에 제목이 '20. 「날냄」'(1권, 1916)에서 '19. 「勇氣」'(1권, 정정합편)로 바꾼 경우도 있다. 부록 2. '『시문독본』(訂正合篇)의 수록문 일람표'를 참조할 것.

ⓒ 變格으로 된 말이라도 거긔에 쏘 一定한 法이 잇는 말은 이즉 그대로 둠 (「르」 끗진 形容詞나 動詞가 「아, 야…」 줄토 우에서 「一」가 「ㄹ」로 박구이는 것과 「一」끗진 形容詞나 動詞가 「아, 야…」 줄토 우에서 「一」소리를 내지 아니 하는 것 싸위)[7]

위와 같이 비교적 엄밀한 규정은 정정합편에서는 "이 책의 用語는 通俗을 爲主하얏스니 學課에 쓰게 되는 境遇에는 師授되는 이가 맛당히 字例·句法에 合理한 訂正을 더 할 必要가 잇슬것"이라는 편의적 조목으로 축소된다. '시속·통속'의 범위를 어학적으로 어떻게 규정할 지에 대해서는 더 깊은 논의가 필요하겠으나, 일단 이 자리에서는 일반적 언중의 언어 습관 정도로 파악한다.[8] 일종의 표준적 표기법을 구현하고 그대로 따를 것을 지시했던 초판과 달리 정정합편은 수용자의 기준에 따라 책의 표기를 바꿀 수도 있다고 하여 그 자세가 완전히 달라진 것이다. 사실 '時文'이라는 용어 자체가 '시속'이나 '통속'을 따른다는 이 책의 편집 방향을 구체적으로 나타낸다. 그러나 초판에서는 표준적 표기를 위한 규범이 존재했던 반면, 정본인 정정합편에서는 이 규범을 '시속·통속'이라는 기준 아래 자발적으로 철회한다.

표준적 문법 내지 제도적 어문규정이 설정되지 못했던 당시의 언어 상황을 그대로 보여주는 사례라 할 수 있다. 인용문에 나타나듯이 표준

---

7 인용문의 표기는 그대로이나 띄어쓰기만 덧붙임. 참고로 『시문독본』에는 「自己表彰과文明」(4권)을 제외하면 띄어쓰기가 전혀 없음. 또한 이런 양상은 『청춘』에서도 비슷하였다.
8 국어학 분야의 논의는 안예리, 「시문체時文體의 국어학적 분석」(『한국학논집』 46, 계명대 한국학연구원, 2012)을 참조할 것. 또한 통속의 개념에 대한 전반적인 분석은 강용훈, 앞의 글을 참조 바람.

어나 문법을 향한 노력은 '時俗'으로 통칭되는 일반 독자들의 언어습관과 부합하지 못했던 것이며, 또한, 인쇄와 조판에 사용되는 활자도 이 규정을 구현할 수 없었다. 『시문독본』을 처음 출간하던 당시로서는 문체, 교양의 정립을 위한 노력 이외에도 문법을 설정하려는 작업도 시도되었던 것이지만, 1910년대의 혼란한 언어 상황에서 이 작업은 좌초한 것으로 보인다. 물론 이는 근본적으로 국문과 국어를 제도적으로 추진할 수 없었던 1910년대의 식민지 상황에서 비롯되었다고 하겠다. 나아가 『시문독본』의 정본이라 할 정정합편에서 이 규정을 제외한 것은 『시문독본』이 일반적 독자의 언어 상황을 감안한 사례로 그 편집의 방향을 보여주는 사례이다.

또한, 초판의 제목 아래에 '(귀글)', '(말글)', '(편지)' 등으로 초보적 문체 분류가 나타나는 것도 흥미 있는 부분이다. 이 부분 역시 정정합편에는 없다. '귀글'은 운문적 성격을 가지고 6·5조나 7·5조 등의 운율이 시도되고 있다. '말글'은 한자어를 거의 쓰지 않으면서 발화자를 설정한 양상의 문체로 『독립신문』 등의 논설을 연상하게 하는데, 본문에 『붉은저고리』[9]로 출처가 밝혀진 글들에 대해 이런 분류를 붙여 놓았다. '편지'는 조선 영조 때 통신사로 일본에 간 이언진李彦瑱의 글, 「일본日本에서 제弟에게」에만 붙어 있는 조목이다.

'귀글'이나 '말글'이 일종의 장르 구분으로 설정된 것이지는 알 수 없으나 운문 형태의 글쓰기, 구어체적 글쓰기 내지는 아동을 위한 글쓰기를 다른 글과 구분하려 했다는 의도는 드러난다. 귀글이 구절을 맞춘다

---

9 1913년 1월 창간하여 매달 2회 발행한 아동 대상의 잡지로 12호로 폐간됨. 실물을 찾기는 힘들다 한다. 최덕교 편저, 『한국잡지백년』 1, 현암사, 2000, 260~262쪽 참조.

는 한정된 의미로 사용된 것인지 시 장르 전반을 규정하려는 의식이었는지 현재로서는 판명하기 어려우며, 또한 말글이란 규정도, 한자어를 사용하지 않는다는 어휘적 차원과 대화체라는 화용적 차원, 또는 발화 대상의 차원 가운데 어떤 것에 기준을 맞추고 있는 것인지도 판단하기는 어렵다. 일단 정정합편에서 이 규정이 삭제된 것을 보면 이와 같은 분류가 시문의 추구에 큰 도움이 되지 않는다는 최남선의 판단이 드러난다 하겠다. 역시 문체나 장르의 규정이 시속이나 통속으로 대변되는 독자들의 언어 관습에서 큰 의미를 가지지 못했던 1910년대의 상황을 반영하는 지점이다.

1910년대의 언어 상황은 보호국 체제라는 과도기적 상황이 그대로 연장되면서도 국문이 일본어가 되어버린 식민지 시대이기에 혼란의 정도가 가중되었다. 통감부 체제도 본질적으로 식민지라 하겠으나 국문을 추구할 수 있었다는 점은 총독부 체제와의 큰 차별성이다.

최남선은 계몽기 끝 무렵에 발행된 『소년』을 통해 계몽기 국한문체에서 벗어난 문체를 보여주었으나 1910년대 중반의 『청춘』은 오히려 계몽기 국한문체의 비중이 높아졌으며 이 문체적 양상은 이 『시문독본』의 3, 4권에도 이어지고 있다. 근대계몽기의 혼종적인 문체가 고유한 한문 전통 및 수입된 중국, 일본의 문헌과 중역된 서구 교양 등의 다양한 지적 원천에서 성립된 것처럼, 『시문독본』의 통속에 반영된 1910년대의 언어 상황도 이와 크게 다르지는 않았다. 계몽기와 1910년대는 사회적으로 아직 제도적 교육과 어문규정이 정립되지 못한 상태로서, 일관된 문법이나 문체를 정하기보다는 다양한 출처의 새로운 지식을 불안정한 언어 형태로나마 재빨리 언론과 출판으로 유통하는 것이 당면과제였던 것이다. 그리고 이것이 불안정한 문체를 산생한 당시의 '통속'과 '시속'이 가진 배경이다. 『시문독본』의 정정합편에서 초판의 어문규정을 포기한 것은 독본의 내용이나 편집의도에 큰 차이를 가져온 것은 아니지만 당시의 언어 상황과 그 사회적 배경을 나타내는 중요한 지표이다.

여기에 연결되는 문제가 『소년』 문체와의 차별성이다. 당시로서는 가장 일관된 문장규범 — 띄어쓰기 및 문장부호 등을 보여주었던 『소년』의 글쓰기가 『청춘』에서는 그 규범성이 약화되었고, 나아가 띄어쓰기와 문장부호를 거의 적용하지 않은 『시문독본』의 양상으로 오히려 퇴보한 것은 더욱 폭넓은 분석이 필요한 사안이다.[10] 이 분석을 통해 『시문독본』으로 대변되는 1910년대의 언어 상황 — '통속·시속'을 더 구체적으로 따져볼 수 있다. 여기에는 당시의 사회적 배경뿐 아니라, 한문전통 특유의 문체관도 관계된다고 할 수 있다.

『시문독본』의 「예언」 가운데는 "文體는 아모쪼록 變化잇기를 힘썻스나 아즉 널리 諸家를 探訪할 거리가 적으므로 單調에 쌔진 嫌이 업지 아니함"이라는 구절이 있다. 지금의 기준으로 이 책에 수록된 글들의 문체를 보면 단조單調라는 규정은 도저히 적용하기 힘들다. 뒤에 첨부한 표로 알 수 있지만 전통적 한문체가 번역 과정에서 그대로 남은 형태의 글, 완전 국문으로만 구사된 글, 일본의 글을 번역한 글 등이 한꺼번에 뒤섞여서 어휘, 통사구조, 수사법 등의 차원에서 일관된 기준을 세우기가 어렵

---

10 특히, 이광수는 『소년』에 이어 『청춘』에서도 띄어쓰기와 문장부호를 일관적으로 사용하고 있으나, 『시문독본』에 수록되면서 그의 글은 수정된다. 『청춘』 4에 실린 「讀書를 勸함」과 『시문독본』의 「讀書」(3권)는 제목만 다르고 같은 글이지만 띄어쓰기와 문장부호가 탈락되었으며, 『시문독본』에 실린 다른 『청춘』 소재 이광수의 기사들도 마찬가지의 수정을 거쳤기에 문장규범의 일관된 사용은 퇴보한 양상으로 나타나고 있다.

다. 그럼에도 편찬자 최남선은 아직 '변화'가 적다는 판단을 내린다. 이는 식민지라는 절대적 위기에 당면해 다양한 교양과 지식이 필요했던 시대적 배경과도 관계가 있지만, 유구한 글쓰기의 역사 속에서 되도록 전고의 활용을 확장하면서 다양한 문체 양상을 구현하려는 한문전통의 글쓰기 방식과도 맥락이 닿는다. 진한秦漢 이전 고대의 문장에서 통사와 수사의 기준을 찾았던 당송고문唐宋古文, 이보다 더 후대인 명나라 시대에 다시 복고적인 문장을 구사한 의고문擬古文 등은 지금의 수사법이나 작문법과는 달리 당대와 어긋나는 어휘나 문법을 문체를 형성하는 본질적 요소로 활용한다. 『시문독본』은 이런 한문 고문을 번역을 통해 수록하였다.

1920년대 이후의 정지용, 이병기 등도 의고적 문체로 뛰어난 성취를 남겼지만, 이들은 한문 고문의 전통보다는 내간이나 시조 같은 한글 장르에 주목하였다. 『시문독본』은 고문의 원리에 근거한 다양한 자국 한문전통을 번역하여 적지 않은 비중으로 수록하였다. 특히 그중에서는 다양한 수사 기법이 발휘되어 한국 한문 산문을 대표하는 문장의 하나인 『열하일기』 번역문의 비중이 크다.[11]

이렇게 볼 때, '예언'에서 나타난 '제가諸家'란 당대의 다양한 지식 체계를 의미하는 것이기도 했지만 문체의 단조單調를 반성하는 인식은 한문전통의 문체 의식에서 비롯되었다고 할 수 있다. 『시문독본』에 반영된 당시 언어의 혼란상은 과도기적 사회를 배경으로 하면서도 한문전통에도 적지 않은 영향을 받고 있었던 셈이다. 언어의 과도기라는 점에서

---

11 그 구체적 양상은 임상석, 「1910년대 『열하일기熱河日記』 번역의 한일 비교연구」, 『우리어문연구』 52, 우리어문학회, 2015을 참조할 것.

계몽기와 1910년대는 비슷한 흐름이 이어지고 있지만, 그 글쓰기와 교양의 성격은 한문에 대한 문법적 의존도와 문장규범의 사용 양상에서 복잡한 차이를 보여주고 있었으며 『시문독본』이 설정한 '시속'과 '통속'은 이를 집약적으로 드러낸다.

『소년』에서 나타난 띄어쓰기와 문장부호의 체계적 사용이 『청춘』을 거쳐서 『시문독본』에서는 더욱 퇴보한 양상으로 나타났으며, 『시문독본』 초판에서 두주頭註의 형식으로 관철하려 했던 철자법의 원칙도 같은 책의 재판이자 정본이라 할 정정합편에서는 사라진다. 글쓰기의 기본이라 할 문장규범이 글쓰기의 모범을 제시하는 독본에서 '시속' 내지 '통속'의 명목 아래 퇴보하게 된 것은 어떻게 해석해야 할까? 『소년』에 비해 『청춘』에서 한문전통이 차지하는 비중이 높아지면서[12] 자연히 계몽기 국한문체의 사용도 그 빈도가 높아졌으며, 특히 『시문독본』에서 한국 한문전통의 국역은 독본의 체제에서 매우 중대한 위치를 차지한다. 이와 더불어 질과 양에서 『시문독본』에서 주요한 위치를 차지하는 문장들도 그 필자가 이광수나 현상윤이 아닌 경우에는 『소년』식 국한문체가 아닌 계몽기 국한문체로 회귀한 경우가 많다.[13]

조사를 제외한 거의 모든 단어를 한자로 표기하는 계몽기 국한문체는 현재와 같은 한글 위주의 문장규범을 적용할 여지가 아무래도 적을 수밖에 없다. 문장부호와 띄어쓰기를 거의 사용하지 않으면서 일관된 철자법의 적용도 중도에 포기했던 『시문독본』은 일관된 문장규범 대신에 한문

---

12 최기숙, 앞의 글, 313~322쪽 참조.
13 현상윤의 「自己表彰과 文明」(4권), 이광수의 「서울의 겨울달」(4권) 등과 최남선이 쓴 「文明과 努力」(3권), 「堅忍論」(3권) 등을 비교해 보면 그 차이가 두드러진다.

전통의 다양한 적용을 선택한 양상이다. 이 독본이 내세웠던 '시속과 통속'을 한마디로 규정하기는 어렵지만, 이처럼 한문의 위상이 확대되었다는 점은 특기할 사안이다.

계몽기 국한문체에서 과감히 탈피한 『소년』의 문체는 1910년대의 전체적 언어 상황을 감안할 때, 당대의 다른 언론·출판 매체에 축적된 문체의 성과를 배제한 폐단이 있었으며 한문으로 대변되는 고유한 문화 전통과도 단절된 측면이 있었다. 국문 문어체의 역사에서 획기적인 성과인 『소년』의 문체는 『청춘』과 『시문독본』에서 '시속·통속'의 명목으로 그 비중이 줄어들었지만, 대신 폭넓은 문화전통으로 보완되었던 셈이다. 이를 조선광문회^{朝鮮光文會} 및 신문관^{新文館}으로 대표되는 최남선의 1910년대 출판 활동의 전반적 흐름이라 해도 과언이 아닐 것이다.

3. 최남선의 출판 운동과 『시문독본』의 편찬

뒤에 첨부한 표에 자세하게 보이지만, 『시문독본』의 많은 수록문은 신문관과 조선광문회를 위시한 최남선의 1910년대 출판 활동에서 비롯된 성과이다. 편찬자이며 저자인 최남선은 『조선이언^{朝鮮俚言}』, 『이약이주머니』, 『가곡선^{歌曲選}』, 『자조론^{自助論}』 등 당시 신문관에서 출간된 다양한 단행본의 부분을 가져왔으며, 『붉은저고리』, 『청춘』, 『새별』 등 자신이 발행한 잡지에서는 수록된 기사들을 전재하거나 수정하여 그 부분을 게재하고 있다. 조선광문회를 통하여『택리지擇里志』,『열하일기熱河日記』등의 한문 전적을 정리하고 출판했던 작업이 번역의 형식으로 몇 편 포함되어 있으며, 시조 및 야담도 많이 실려 있다.[14] 이정구李廷龜, 서명응徐命膺, 김창흡金昌翕 등의 다양한 조선 문인들의 문집에서 뽑힌 한문산문들과『순오지旬五志』,『어우야담於于野談』등에서 야담이 번역되어 실린 것도 조선광문회의 고전 정리 사업에서 비롯된 것으로 추정할 수 있겠다. 한편, 1917년 중간重刊된 당대의 유력한 인사인 김윤식金允植의 문집인『운양집雲養集』에서 한 편을 번역해서 실은 것도 눈여겨 볼 사항이다.[15]『시문독본』에는 신문관의 출판 활동과 함께 조선광문회의 한문 전적 정리 작업도 반영되어 있는 것이다.

신문관과 조선광문회의 활동을『시문독본』에 소개한 것은 상업적 전략이기도 하다. 단행본과 잡지를 연계해서 상업적 홍보를 전개했던 것은『소년』의 지면에서부터 나타난 양상으로 최남선과 신문관은 다각적으로 독자와의 근대적 소통을 모색했다는 평가를 받을 수 있겠다.[16] 또한 인쇄 매체를 근대적 시장에 맞게 운영한 양상으로 해석할 수 있으며, 이

---

14 조선광문회의 고전적 정리작업의 성과인『擇里志』와『山經表』,『黨議通略』등을『청춘』의 지면에서 신문관 발행의 책으로 광고하고 있다(『청춘』1 등의 광고면). 조선광문회는 박지원을 비롯한 실학자들의 한문 전적을 교열하고 편집하여 출판하였는데,『시문독본』에서『열하일기』의「환희기幻戲記」와「허생전許生傳」등이 번역되어 수록된 것은 이와 밀접하게 연관된 것이다. 조선광문회가 다룬 문헌은 전통적 문집이나 사서뿐 아니라,『춘향전』,『옥루몽』등의 고소설 및 시조 등 그 분야가 다양했다. 조선광문회의 활동과 역할에 대한 더 자세한 사항은 다음의 성과를 참조하기 바람. 장병극,「조선광문회 연구」, 성균관대 석사논문, 2012; 류시현,『최남선 연구』, 역사비평사, 2009; 오영섭,「朝鮮光文會研究」,『한국사학사학보』3, 한국사학사학회, 2001, 116~119쪽 참조.

15 『청춘』8의 처음에는 김윤식金允植의 사진을 지면 가득히 수록하고 그 밑에는 그의 문집이 중간重刊되었음을 광고하고 있다.

16 『소년』4에 소개된 후쿠자와 유키치福澤諭吉의『修身要領』과『소년』16에 실린『初等大韓地理』는 신문관에서 단행본으로 출판되었고,『소년』의 지면에 광고가 자주 나온다.

는 신문관 출판물들이 견지하고 있던 입신출세론과 자본주의적 성향에 잘 맞아떨어진다.[17] 이와 같은 다양한 편찬의 과정에서 편찬자 및 집필자로서 최남선의 역할은 절대적이었던 것으로 보이는데 저자가 명시되지 않은 경우는 최남선의 저작일 가능성이 많다.[18]

또한 『시문독본』의 구성 자체가 이 다양한 출판활동과 연결되고 있다. 질과 양의 측면에서 1, 2권보다 3, 4권의 심도가 높아서 일종의 학습 단계가 구성되어 있는데, 1권과 2권에는 주로 아동을 대상으로 했던 『붉은저고리』의 수록문이 다수 게재된 반면, 3권과 4권에는 더욱 심도 있는 논설과 교양을 다룬 잡지인 『청춘』 중에서도 편폭이 길고 내용도 좀 어려운 기사들을 골라서 수록하고 있는 것이다. 최남선은 신문관에서의 출판 활동을 정리하여, 일종의 학습 체제를 『시문독본』을 통해 구성한 것이다. 또한 다양한 성격의 단행본, 잡지 등의 매체를 발행하고 홍보하면서 독자와의 소통을 모색했던 신문관의 노력이 『시문독본』에 집약되고 있다.[19] 신문관이 지속적으로 발행했던 단행본들의 부분이 『시문독본』에 소개된 경우 본문에 이를 명기하였다.[20]

잡지 중에서는 『청춘』의 기사들과 『시문독본』이 이루고 있는 복잡한 관계를 주목할 필요가 있다. 『시문독본』의 본문에 출처나 저자를 밝힌 경우가 있어서, 저작권이나 인용에 대한 인식이 없는 것은 아니지만 그

---

17 이에 대해서는 소영현, 앞의 글, 200~205쪽을 참조 바람.

18 예외로, 「讀書」(3권)는 『청춘』 4에 「讀書를 勸함」이라는 제목으로 실려 이광수(외배)의 저작임이 밝혀져 있지만, 『시문독본』에서는 저자나 출처를 전혀 밝히지 않았다.

19 이 다양한 소통의 방식에는 『소년』, 『청춘』의 지면을 통해 빈번히 시도되었던 현상문예도 중요하다. 그러나 『시문독본』에 현상 모집된 문장이 실린 경우는 없었던 것으로 보인다.

20 『歌曲選』(신문관, 1913); 『朝鮮俚言』(崔瑗植 撰, 신문관, 1915); 『이약이주머니』(신문관, 1913); 『擇里志』(조선광문회, 1912); 『自助論』(최남선 역, 신문관, 1918) 등의 단행본의 부분이 『시문독본』에 실려 있다. 더 자세한 사항은 뒤에 첨부한 표를 참조.

기준은 상당히 혼란하다. 앞의 각주에 밝힌 것처럼, 그 저자가 명확하지 않은 경우가 종종 있으며, 사실 이는 『청춘』에서도 마찬가지였다.[21] 『시문독본』에 출처가 『청춘』으로 밝혀진 경우는 3편이지만, 실제 『청춘』에도 같이 실린 기사들은 17편 정도이고 양과 질에서 『시문독본』의 중심을 이루고 있다고 할 수 있다. 대체로 1918년 『시문독본』 정정합편이 나오기 전에 『청춘』에 발표된 3편의 기사에 대해서는 출처를 밝히고 있는 것으로 보이며, 이외에는 출처를 기록하지 않았다.[22] 그러나 1918년 이전에 『청춘』에 게재되었으면서도 출처를 밝히지 않은 경우도 있는데 제목을 바꾸거나 전문이 아닌 부분을 실은 경우가 많다. 수록된 차례대로, 그 목록은 아래와 같다.

① 上海서(2권) : 「上海서 第一信」, 『청춘』 3(1914.12)의 부분[23]

② 活潑(2권) : 「活潑」, 『청춘』 6(1915.3)의 부분

③ 讀書(3권) : 「讀書를 勸함」, 『청춘』 4(1915.1)

④ 我等의 財産(4권) : 「我等은 世界의 甲富」, 『청춘』 7(1917.5)의 부분

⑤ 呈才飛行(4권) : 「勇氣論」, 『청춘』 11(1917.11)의 부분

⑥ 周時經先生을 哭함(4권) : 「한힌샘선생을 울음」, 『청춘』 2(1914.11)

⑦ 財物의 三難(4권) : 「財物論」, 『청춘』 8(1917.6)의 부분

---

21 「世界의 四聖」(4권)은 다카야마 조규高山樗牛의 저작으로 『시문독본』에는 그 저자를 밝히고 있지만, 『청춘』 12에서는 삼일학인三一學人의 이름으로 실려 있다. 이 글은 다카야마 조규의 글이 확실한데, 그는 삼일학인이란 호를 사용하지 않았던 것으로 보인다. 삼일학인의 경위는 불명이다.

22 「제비」(1권)는 『청춘』 4, 1915.1)에 실림. 「文明과 努力」(3권)은 『청춘』 9(1917.7)에 수록된 「努力論」의 부분이고 「朝鮮의 飛行機」(3권)는 『청춘』 4(1915.1)에 실린 「飛行機의 創作者는 朝鮮人이라」를 약간 수정한 것이다.

23 이광수가 상해 등을 유랑하면서 보낸 서간으로 『청춘』의 다음 호에도 연재되었다.

이 중 ④, ⑤, ⑦은 다른 수록문에 비해서 양도 많고『시문독본』전체의 지향을 보여주는 것으로 중요하다. ④는 부족한 역사적 근거를 토대로 고대사의 사적을 과장하여 민족주의를 고취하는 성격으로 최남선 초기 역사학의 대표적 산물인 「계고차존稽古箚存」,(『청춘』14)과 유사한 성격이다. ⑤와 ⑦은 비일상적인 모험을 강조하면서도 자본주의적 가치인 근면과 자연의 정복을 탐구하는 성격으로『소년』과『청춘』의 전반적 논조 및 편집 방향과 일치하는 글이라 하겠다.

또,『시문독본』정정합편의 주요 수록문은『청춘』12호(1918.3)에도 실려 거의 동시에 발표되는데 역시『청춘』과『시문독본』사이의 밀접한 연관을 드러낸 것으로, 주로 4권에 많이 수록되었다.[24]

① 江南德의 母(2권) :『於于野談』소재의 글을 번역

② 急人錢(3권) : 조선 영조 때 최순성의 미담을 소개

③ 李東武(4권) : 이제마의 생애와 사상의학을 소개

④ 世界의 四聖(4권) : 다카야마 조규의 글을 번역

⑤ 우리의 세가지 자랑(4권) : 고대사의 사적을 통해, 우리 민족의 우월성을 강조

⑥ 古今時調選(4권) : 대표적 시조를 수십 편 소개하고, 간략한 해설을 덧붙임

③~⑥이 그 양도 많고, 독본의 전체 논조와 편집 방향을 집약한 성격

---

24 이 외에 4권의 주요 논설인 「自己表彰과 文明」은 저자의 이름 외에 다른 사항이 본문에 기록되어 있지 않지만,『학지광』14(1917.11)에 조금 앞서 실린 듯하다. 저자인 현상윤이 두 출판물에 거의 동시에 발표한 것으로 보인다.

이다. 그 구체적 집필이나 발표의 과정을 밝히기는 힘들지만『청춘』12와『시문독본』정정합편은 거의 동시에 편찬되고 있었다고 추정할 수 있겠다. 수록된 글의 많은 양이『청춘』과 겹치고 있으며, 또한 그 성격이『청춘』을 위시한 신문관 출판의 전반적 논조와 체제와 연장선상에 있었다는 점을 감안하면『시문독본』의 위상은 1910년대 최남선 출판을 집약한 선본의 성격이 될 수 있겠다.

그러므로『실지응용작문법』,『실용작문법』같은 이전의 독본과 달리, 독자에게 일방적으로 모범적인 문장을 제시하는 것이 아니라 단행본과 잡지 등의 다양한 매체의 발행과 홍보 및 문예 현상모집을 통해 파악한 '통속·시속'에 수용될 수 있는 문장을 선별해 내었던 것이다. 또한, 이전의 독본과 함께 공유하고 있던 한문전통에 대한 적용이 다른 성격으로 나타난 것 역시, 주목할 사안이다.『소년』과『청춘』역시 자생적 문화전통에 속하는 영역에 대해 지속적으로 지면을 할당했으나,『시문독본』만큼 그 위상이 크지는 않았다.『시문독본』에 소개된 한국 한문 전적의 소개와 번역은 조선광문회의 성과를 반영한 것으로 해석할 수 있으며, 이런 작업을 과거의 독본들과 비교해 보면 그 차별성은 더 뚜렷하게 나타난다.

4. 계몽기 국한문 독본류와 『시문독본』

이 책 1부에서 대한제국기 계몽운동의 성과로 『실지응용작문법』을 분석했고 앞 장에서 일제강점이 시작된 당시의 독본으로 『실용작문법』을 분석했다. 예시문으로만 구성된 『시문독본』에 비해 이 두 책은 수사법 해설을 체계적으로 구성하여 형식이 다르지만 독본의 범주에 묶을 수 있는 성격이다. 그러나 『시문독본』이 통속, 시문으로 대변되는 언중의 현재적 언어 관습을 감안하여 상호적인 관계를 설정하려 한 것과 달리, 앞서 출간된 두 독본은 세워진 전범을 따르라는 일방적인 관계를 설정하고 있다.

특히 앞서 언급했듯이 『시문독본』이 편찬 과정에서 신문관의 단행본, 잡지 등의 다양한 매체를 이용하여 독자들에게 다각적으로 접근했던 것과 달리 이 두 독본의 예시문들이 다른 수단을 통해서 독자들에게 수용되었다는 직접적인 증거를 찾기는 어렵다. 단지 간접적 증거로, 『실지응용작문법』의 예시문이 『실용작문법』에 다수 실리고 『실지응용작문대방 實地應用作文大方』(1921)이라는 이름으로 다시 출간된 것은 계몽기 국한문체의 생명력이 1910년대와 1920년대에까지 이어졌던 상황을 보여주는 사례이고, 『실용작문법』도 『청춘』 8호 등에 여러 번 수정재판을 광고하고 있기는 하다. 『시문독본』이 다양한 신문관의 출판 활동과 밀접한 관계를 맺고 있는 것과는 위상이 다르다.

『시문독본』이 독자를 확보하기 위한 출판, 언론 활동 속에서 형성된 결과물이었던 반면, 이 두 교본은 독자에 대한 일방적인 교육을 목적으로 했던 셈이다. 물론 수록문의 내용과 문체를 평가할 때, 『실지응용작문법』이 계몽기의 출판과 언론을 대변하는 성과로 평가할 수 있기는 하지만, 근대적 출판 시장 속에서 독자와의 상호적 관계를 반영하면서 형성된 『시문독본』에 비해서는 그 소통의 과정이 일면적이라고밖에 할 수 없을 것이다. 이 세 책 사이에 나타난 한문전통의 위상을 비교해 볼 수 있다.

『실지응용작문법』의 자매편이라 할 수 있는 규범적 한문산문을 모아 놓은 교본인 『문장지남文章指南』(1908)까지를 대상으로 삼아 전시대 독본들과 『시문독본』과의 차별성을 정리해 보면, 계몽기와 1910년대의 언어 상황에서 한문전통의 위상과 변용을 비교해 볼 수 있다. 우선, 보편적 한문전통에 대한 의존이 약화되었다는 점이다. 『시문독본』의 문체는 한문에 대한 비중이 최재학과 이각종의 교본에 비해 낮으며, 또한 이 두 교본에 수록된 전범적인 한문고전을 전혀 수록하지 않았다.[25] 그리고 한문전통에서 자국의 것을 중시하는 경향은 중국과 한국의 전적을 56과라는 전체 단원 기준으로 동일하게 편성하여 신문관에서 발행한 박은식의 『고등한문독본』(1910)과 전범이 되는 한국의 한문 시문詩文을 편찬한 장지연의 『대동문수大東文粹』(徽文館, 1907) 등과 동일한 흐름이다. 보편적 한문고전을 대신한 것이 자국 한문전통에 대한 번역으로, 『시문독본』에서 차지하는 비중이 상당하다. 1부에서 거론한 두 독본들과 『시문독본』에 나타난 한문전통의 양상은 다음과 같이 정리할 수 있다.

---

25 한자권의 보편으로서 중국 쪽의 전통을 대신한 것은 일본이었다고 할 수 있는데, 당대의 유력한 지식인인 다카야마 조규, 도쿠토미 소호, 쯔보우치 쇼요 등의 글이 번역되어서 수록되었다. 중국 쪽의 문헌으로 유일하게 포함된 『醉古堂劍掃』도 당시 일본의 출판본을 그대로 옮겼을 가능성이 많다. 또한 이 책은 개인적 수양을 강조하는 격언집의 형태로 사회적 경륜을 중시하는 전통적 한문 산문과는 그 성격이 판이하다. 강경범, 「『醉古堂劍掃』의 처세 양상」, 『중국문학연구』 34, 한국중문학회, 2007 참조.

『실지응용작문법』은 한문전통에서 비롯된 국한문체를 계몽기라는 시대적 현안에 맞춰 쓰는 시도를 하면서, 전범적 한문 산문은 『문장지남』으로 분리하여 자국어의식을 분명히 드러내고 있다. 특히 전통적 한문 장르를 시대에 맞춰 13종의 분류 체제를 세우고 시대적 문화의식과 사상을 드러낸 점에서 한문전통의 자생적 재생산이라는 평가를 내릴 수 있다.

『실용작문법』의 경우는 일제의 식민지 문화 정책을 간접적으로 방증하는 동시에 일본 문체의 직접적 유입을 보여준다는 점에서 주요한 자료이기는 하지만, 예시된 글쓰기에서 새로운 방향성을 찾기는 힘들다. 또한, 예시문의 많은 부분이 한문전통의 규범적 산문이기에 오히려 한문전통에 대한 태도는 『실지응용작문법』에 비해서도 수구적이라 할 수 있다.

뒤의 표에 보이듯이, 『시문독본』의 문체에서 한문의 비중은 훨씬 줄어들어 있지만, 다양한 전통 한문 전적을 번역한 성격의 글이 전체 120편 중 49편을 차지하고 있다. 번역의 성격에서도 한문의 형태를 대부분 그대로 남기는 계몽기의 번역과 달리, 한문을 국문의 통사구조에 따라 분리한 한문 단어체를 주로 사용해서 본격적인 국역이 이루어지고 있다고 할 수 있다. 특히 유의할 부분은 『청춘』에 소개된 「수성지愁城志」나 「연암외전燕巖外傳」의 번역은 한문의 비중이 훨씬 많은 한문 구절체로 이루어졌다는 점이다. 신문관의 다른 출판물보다 『시문독본』이 조선광문회의 작업으로 정리된 자생적 한문전통을 적극적으로 '통속·시속'에 맞추어 변용했던 것으로 그 국역의 구체적 작업은 당대에 있어 가장 선구적인 양상이었다.

번역의 대상이 된 전적의 성격도 당시의 다른 잡지나, 독본에 비해 훨씬 다양하다. 조선시대의 문집에서 취재했을 것으로 추정되는 다양한 문인들의 산수유기를 많이 수록하고 있으며 특히『열하일기』의 첫 부분과「환희기幻戱記」,「허생전」 등이 번역되어 실린 것은 주목할 사항이다. 또한 정통적인 한문산문뿐 아니라, 야담 내지 필기에 속하는『어우야담』,『순오지』 등의 문장도 수록하고 있는 것도 선구적 노력인데, 조선광문회에서 이루어진 한문고전의 정리 사업과 연관되었다고 추정할 수 있다. 이와 비교하면,『실용작문법』에서는 한국의 한문전통을 거의 찾을 수 없으며,『문장지남』에도 34편의 수록문 중 5편만이 한국의 것이다. 문화적 전통을 발굴, 정리하고 더 나아가 이를 자국어의 형태에 맞는 문체로 번역한 것은『시문독본』이 성취한 또 하나의 업적이라 하겠다.[26] 그러나 그 성격이 주로 기행이나 개인적 차원의 문제에 국한되고 한문전통의 또 다른 필수적 영역인 사회적 경륜으로 나아가지 못한 점은 일종의 한계라고 할 수 있다. 또한, 이는『시문독본』에 실린 다른 수록문들이 공통적으로 가지고 있는 양상으로 신문관 출판의 전반적 성격이기도 하였다.

이런 한계에도 불구하고『시문독본』에 집약되어 나타난 한문전통에 대한 모색은 최남선의 출판 활동에서 적지 않은 영향을 미친 것으로 보인다. 논설의 논리가 부족하고 교양의 성격이 지리나 견문 또는 실용 과

---

26 박은식은『산수격몽요결』(최남선 편저)에 서문을 지어주고『고등한문독본』을 신문관에서 발행하는 등, 최남선과 밀접한 관계를 유지했던 것으로 보인다. 그렇다면『고등한문독본』에서 이황과 이이로 시작해 서명응, 유신환으로 이어지는 한국의 한문전통을 구성한 박은식의 작업이『시문독본』에 영향을 주었을 확률이 크다. 노관범,「대한제국 말기 동아시아 전통 한문의 근대적 轉有」,『한국문화』64, 서울대 규장각 한국학연구원, 2013; 임상석,「『산수격몽요결』 연구—서구 격언과 일본 근대 행동규범의 번역을 통해 굴절된 한국 고전」,『코기토』69, 부산대 인문학연구소, 2011 등 참조.

학에 편중된다는 『소년』의 한계[27]는 『청춘』과 『시문독본』에서도 어느 정도 보완된다. 사회적 경륜을 위한 논리가 부족한 것은 마찬가지라도 교양과 논거가 자생적 한문전통을 이용하면서 더 풍부해지고 있다. 이 과정에서 한문의 비중이 높은 계몽기 국한문체의 비중이 『소년』보다 커졌다는 점도 주목할 사항이다.

다양한 차원의 자생적 한문전통을 발굴한 것은 앞에서 논했듯이 변화하는 시대의 '시속·통속'에 적응하기 위한 노력이었다고 볼 수 있으며 특히 이것을 국문으로 번역한 것은 선구적 성과라고 평가할 수 있겠다. 이 작업은 민족주의, 민족어 의식이라는 당위적 명분에서 비롯된 면도 있지만 독자와의 상호 소통을 찾는 노력 속에서 만들어진 것이기도 했다. 『시문독본』에 시도된 다양한 한문전통의 발굴과 번역은 '시속·통속'을 수용하기 위한 최남선 출판 활동의 일환으로 전시대의 문장교본이 다다르지 못한 경지였다. 이런 『시문독본』의 성격을 아래와 같이 정리할 수 있다.

① 독자의 기호를 파악하여 편집과 구성에 반영한다. ② 자국의 문화전통 즉 한문전통 및 시조, 고소설 등을 정리하고 발굴한다. ③ 공부, 노력 등을 강조하는데, 체제에 순응하는 자기수양에 제한되는 경우가 많다. ④ 지리적 견문과 모험, 기행을 강조한다. ⑤ 실용적 과학과 교양의 비중이 크다. ⑥ 고대사를 강조하여 때로는 근거가 불충분한 국수주의를 보인다.

이중 특히 ① 은 계몽기의 문화, 문학을 일신한 중대한 업적이라 할 수 있다. 『신문계新文界』, 『실용작문법』 등에 잘 나타나는 억압적 문화 정책

---

27 임상석, 『20세기 국한문체의 형성과정』, 지식산업사, 2008, 277~295쪽 참조.

에 대한 출구가 되었으며, 이후의 글쓰기나 문화의 변용에 바탕이 되었던 것이다. 또한 ② 역시 한국학의 근간을 마련한 업적으로 평가할 수 있다. 그러나 최남선의 1910년대 출판 활동의 이념이라 할 수 있는 ③~⑥까지의 사항은 당대 식민지 체제 하의 사회·정치적 모순에 대응하기에는 여러모로 제한적이다. 1910년대 일제의 무단정치라는 현실적 모순에 대한 대안을 찾아내기 힘든 것이다.

5. 소결

'시문時文'이라는 제목이 대변하듯이 『시문독본』이 모색한 새로운 글쓰기는 '시속·통속'에 대해, 표기와 문체의 차원에서 다양한 검토를 거친 것이었다. 표기와 문법의 차원에 대한 모색은 『소년』, 『청춘』, 『시문독본』 초판과 정정합편이 보여주는 문체의 차이, 철자법, 문장부호, 띄어쓰기 사용의 변화된 양상에서 잘 나타난다. 『소년』에서 성립된 현대 한국어에 가까운 문체와 일관된 문장규범은 『청춘』과 『시문독본』에서 퇴보하였는데, 그 주요한 원인 중의 하나는 한문전통의 폭넓은 채용에 따른 것이었다. 한문의 위상이 강화되면서 문체와 문장규범의 일관성이 떨어진 것이다. 1910년대 언어상황, 당시의 통속과 시속은 『소년』식 국한문체보다는 계몽기 국한문체에 오히려 더 가까웠다고 할 수 있다.

최남선은 다양한 출판 활동을 통해 이런 통속과 시속을 반영했으며, 『시문독본』의 편찬은 그 결과물이다. 『시문독본』 정정합편은 1918년까지 진행된 신문관, 조선광문회의 작업을 선별하여 형성되었다. 이전 시대의 문장교본처럼 일방적으로 모범적 글쓰기를 독자에게 부과하는 것이 아닌, 다양한 출판활동을 통해 시대의 변화에 맞는 글쓰기를 상호 소통의 과정을 통해 제시했다고 평가할 수 있다.

또한, 이 과정에서 문화 전통을 발굴하고 정리했던 조선광문회의 작업이 반영되어서 나타나고 있는 것도 중요한 부분이다. 특히 『시문독본』은 『소년』, 『청춘』보다 더욱 다양한 한문전통을 소개하고 있으며, 본격적인 국역이 진행되었다. 한문전통을 '시속·통속'에 맞추어 변용하려 한 작업으로 한국학의 근간을 만들어준 선도적인 업적으로 평가할 만하다.

독자와의 근대적 소통을 모색하고, 근대적 출판의 환경을 만들어냈으면서도 정작 그 출판의 사상적 모색은 근대계몽기의 언론과 출판에서 퇴보한 측면도 있다. 이런 한계에도 불구하고 『시문독본』이 1910년대와 근대계몽기의 문화적 경계를 드러내는 주요한 지표가 된다는 사실은 바꿀 수 없다. 그리고 이 경계가 다양한 신문관의 출판 활동, 즉 독자와의 소통 가운데 이루어졌다는 점이 중요하다 하겠다.

다양한 후속 과제가 가능하겠지만, 일단 문체 및 문장규범에 관계된 사안들이 여러 차원에서 조사되어야 한다. 본문에서 약간 언급했듯이 『소년』에서 선구적으로 적용되었던 띄어쓰기, 문장부호의 사용, 국문의 비중 확대 등이 『청춘』을 통해 『시문독본』에서 계속 퇴보되었던 것에 어떤 원인을 찾을 수 있을지 고찰해야 할 것이다. 이를 통해 당시의 언어 상황과 글쓰기 관습 등이 더욱 구체적으로 드러날 수 있다.

제3장

『시문독본』과 국학의 모색

1. 일제 식민지와 국학의 시작

한국의 1910년대는 좌절의 시대라 할 수 있다. 명목으로나마 근근이 명맥을 이어오던 보호국을 위한 계몽운동이 완전히 종막을 고했고, 조선 총독부는 보통학교의 설립과 교과서 편찬을 시작으로 교육을 독점하려 하고 있었다.[1] 한국의 자생적인 민간 교육을 구축하기 위한 이 교육 독점은 당대 조선의 민간 교육 기관 및 자산에 대한 통감부와 조선총독부의 폭력적 약탈과 조선연구회, 조선고서간행회 등의 재조일본인들의 민간 활동이 결합하여 전개된 다면적인 양상이었다.[2] 특히 공립 교육의 체제 속에서 한국사가 생략되고 국문은 조선어로 강등되어 한문 교과 속에 종속되었고, 민간의 언론과 출판도 극단적인 검열에 폐색되었다. 이렇게 1910년대는 한국 근대의 시작과 함께 겨우 싹터오던 한국학에 대한 모든 학술적 노력과 교육운동이 좌절된 상황이었다. 『시문독본時文讀

---

[1] 1910년대 총독부 공식 교육의 보급은 매우 저조했다. 총독부 교육이 일제의 정책적 의도에 부응할 만큼, 확장된 것은 1920년대에 가능했다. 이런 실상을 배제하고도 공식적 교육의 주체가 조선이 아닌 총독부로 넘어간 것은 교육과 학술에서 큰 분기점이다.

[2] 최혜주, 『근대 재조선 일본인의 한국사 왜곡과 식민통치론』, 경인문화사, 2010 참조.

本』은 이런 위기의 시대를 엄혹한 검열 아래에서 나름대로 타개하면서 시속과 통속에 적합한 새로운 지식 체계를 추구했다. 특히 제한된 범위에서나마 한국학의 면모를 제시하려 했던 것이 의미심장하며, 이것이 번역과 번안의 과정을 통해 수행되었다는 점은 더 흥미롭다.

이 글은 『시문독본』의 국학을 번역의 양상을 통해 진단하고자 한다. 그런데 『시문독본』에 나타난 한국에 대한 공시적이고 통시적인 지식 체계는 '국학'이라는 명칭에 적합한 정도의 규모를 갖추고 있지는 못하다. 그 요인은 외부적으로 검열제도를 들 수 있고, 내부적으로는 최남선을 위시한 『시문독본』 주요 필진의 자체적 역량에서 비롯된다고 하겠다. 최남선과 이광수, 현상윤 등의 주요 필진들은 당시 30세가 되지 못한 나이였고, 연령의 문제를 떠나서도 습득한 학습의 체제가 과도기적이었다. 1910년대 당시로는 이들은 신채호, 변영만처럼 전통적 한학의 체제를 갖추지도 못했고, 근대적 학습 과정을 규정대로 이수하지도 못한 상태였던 것이다.[3] 물론 1920년대를 지나서는 이들 모두가 자생적으로 어느 정도 완비된 나름의 학문 체제를 갖추지만,[4] 1910년대에 있어서는 이들의 학문은 아직 진행 중인 과도기 상태였다고 보는 편이 적당하다.

위와 같은 사정에도 『시문독본』은 '국학'이라는 이름을 부여 받을만한 가치가 있다고 본다. 조선총독부와 재조일본인 민간단체 및 이각종

---

3 이들의 동년배로는 성균관과 보성전문을 이수한 변영만이나 전통적으로 한학을 학습하고 일본의 대학을 졸업한 조소앙, 송진우 등이 가진 학문의 바탕이 훨씬 완정하다. 선배로 따지면 성균관 박사로 양계초를 사숙한 신채호나 박규수의 제자로 후쿠자와 유키치에게 배우고 미국 유학까지 다녀온 유길준 등은 최남선, 이광수와는 같은 자리에 놓을 수 없을 정도로 학문의 정도가 높다 하겠다.

4 최남선의 한국학에 대한 전반적인 검토는 다음을 참조. 류시현, 『최남선 연구』, 역사비평사, 2009; 전성곤, 『근대 조선의 아이덴티티와 최남선』, 제이앤씨, 2008; 이영화, 『최남선의 역사학』, 경인문화사, 2003.

등의 어용친일 인사들이 어우러져 관민 합동의 총력전으로 진행한 교육 독점에 맞서 대안적 실효를 거두었으며, 이후의 한국학은『시문독본』이 이룩한 성과에 부채를 지고 있는 것이 사실이기 때문이다. 결과적으로 『시문독본』을 위시한 신문관의 출판물들이 총독부의 교과서나『신문계』등의 어용적 출판물을 상업적으로 월등히 추월하면서, 식민지라는 제한 아래 현실적 성과를 보았다. 그리고 신문관과 더불어 최남선이 주도한 조선광문회는 다양한 한국의 고전적古典籍을 간행하면서 한국학의 한 원천이 되었고 그 성과가『시문독본』에 반영된 것이다.[5]

그런데 이 국학이 주로 전통 한문 전적의 번역과 인용을 통해서 형성되었다는 점은 어떤 함의가 있는가? 일단 국학이란 것은 전근대적인 보편 학문 —특히 고전학으로서 한학漢學 질서의 해체를 전제한다. 그리고 『시문독본』의 번역 내지 번안은 전근대적인 고전 질서와 상충하는 양상이었다. 기존의 질서를 벗어난 과감성이 학문적 자질이 더 깊은 동시대의 지식인들을 제치고 최남선이 1910년대의 당대적 대표성을 획득한 주요 원인이라고 할 수 있다. 이 과감성에는 최남선의 특장인 박학도 큰 원동력이 되었다. 최남선은 전통적 문한文翰과 근대 분과학문의 조예에서 유길준, 신채호, 조소앙 등에게 뒤졌을지는 몰라도 박학이라는 자신만의 특장이 있었다.[6]『시문독본』자체가 동서고금, 그리고 정사와 야사

---

5   임상석, 「1910년대 국역의 양상과 한문고전의 형성」,『사이』7, 국제한국문학문화학회, 2010 참조.
6   최남선은 자신의 학문, 특히 한학이 상대적으로 당대의 선배와 동년배들에 부족하다는 점을 표명하기도 했다. 「십년」, 「광문회 발기자의 일인이 된 나의 충정」 등 자신의 소회를 공식적인 지면으로 서술한 자리에서 자신의 가계가 의약을 직업 삼았다는 말로 시작을 하고 있다. 자신의 뿌리를 밝힌 이 발언은 다층적인 의미가 있지만 자신의 학문적 자질에 대한 겸양으로 해석할 여지도 있다.

를 망라한 박학의 소산이기도 하지만, 이미 1907년 『태극학보』에 발표한 「북창예어北窓囈語」에는 현재 한국고전종합DB에서 검색되지 않는 고사가 인용되고 있다.[7] 전근대적인 고전의 질서를 벗어난 박학으로 최남선은 당대가 요구하는 지식을 『시문독본』에 종합시키면서 국학의 형성을 시도한 것이다.

『시문독본』은 기본적으로 지식을 체계적으로 전달하기 위한 교과서의 형태이다. 근대의 교과서는 고전을 상대화하고 해체하기 시작한 시금석이다. 한국에서도 공식 교육에서 전통의 경사자집과 주요 문집들이 불가침의 권위를 잃고 자본주의와 근대국가 체제에 맞추어 해체되기 시작했으며, 『시문독본』은 고전의 해체를 보여주는 시발점이다. 계몽기에도 교과서들이 다양하게 출간되었지만, 서구의 지식 체계와 전범을 조선적 전통, 편찬자의 새로운 정론과 융합시키려는 본격적인 시도는 『시문독본』에 와서야 본격적이 되었다고 해도 과언은 아니다. 그러므로 번역 양상의 구체적 분석을 통해 『시문독본』의 국학은 조명될 수 있다. 그 번역 양상은 대체적으로 발췌역과 의역의 성격이었는데 특히 이 글에서는 이런 번역의 기준이나 원인이 어떤 것이었는지를 분석하고 그 의미를 고전 질서의 해체라는 관점에서 해석할 것이다.

7　「北窓囈語」에서는 남북조 시대 송나라의 역사서인 「宋書」에서 인용된 구절이 있는데 이 책은 한국고전종합DB(db.itkc.or.kr, 검색일 2013.2.28)의 '한국문집총간'에서 한 번도 인용된 적이 없다. 최남선 가문이 소장하거나 입수할 수 있었던 자료의 방대함을 보여주는 일례다.

2. 『시문독본』의 국역

　『시문독본』의 지식은 크게 '조선'으로 대변되는 한국의 전통과 관계된 것, 자연과학과 관계된 것, 근대문명의 모델인 서구의 전범과 관계된 것, 나름의 정론과 새로운 글쓰기를 전개한 신찬新撰[8] 등의 비중이 크며, 이외에 교훈적 우화나 골계 그리고 당대 저명 일본 작가의 글에 대한 번역도 편제되어 있다.[9] 조선의 전래 문서에 의거하거나 조선의 기행과 모범적 전통을 보여주는 기사가 전체 120편 중 49편에 이른다. 편수로도 40% 이상을 차지하며, 4-30. 「고금시조선」[10]처럼 분량이 다른 기사보다 큰 경우도 있으니 편수를 기준으로 하지 않고 면수를 기준으로 한다면 더 큰 비중을 차지한다. 총독부가 식민지 조선을 대상으로 처음 편찬한 중등교재 '고등조선어급한문' 독본 전 4권은 명칭에서만 조선이 한문의 앞에 배치되었을 뿐, 한국의 문화, 역사 등에 대한 내용이 거의 없다. 한문으로 서술된 단원이 90% 이상이고 한국을 서술한 단원들은 대부분 단편적인 교훈담이나 산업과 관계된 기사로 한국의 전통을 거의 파악할 수 없는 형편이다. 한국의 민간 교육을 폭력으로 침탈한 것과 마찬가지로 교육과정 속에서도 한국은 완전히 구축驅逐된 형상이다. 이런 상황에서 조선의 위인들이나 조선의 문명사적 업적, 그리고 지리적 지식을 전

8　이 용어는 조선총독부의 조선어급한문독본의 「범례」에서도 동일하게 사용되고 있다. 이 문맥에서는 한문전통의 경사자집과 역대의 주요 문집에 상대해서 새로 지은 글을 지칭하는 것이다.

9　전체 수록문의 개관은 부록 2. '『시문독본』(訂正合篇)의 수록문 일람표'를 참조할 것.

10　『시문독본』 소재 기사들은 '권호-단원번호 「제목」'으로 표기한다. 이하 같음.

달하는 것은 중요한 상황이었던 것이다.

물론 앞에서 지적했듯이, 『시문독본』에 편제된 한국의 전통 전적은 매우 제한적이다. 역대 문집에서 주로 기행과 관계된 것들만이 실려 있는데, 박지원의 「환희기」, 「허생전」 번역 사례에서 나타나듯이 저자의 주요한 정론 부분은 모두 생략 되고 단순 견문 위주로 발췌되어 수록되었다. 다음의 저본 비교를 통해, 『시문독본』에 수록된 한국 한문고전의 번역 양상을 정리한다.[11]

『시문독본』의 한국 한문고전 번역 양상 개관

기사명	번역 성격	저본 및 특기사항
1-21. 「舊習을 革去하라」	직역	저본은 『격몽요결(擊蒙要訣)』 2장 「혁구습(革舊習, 구습을 버려라)」
1-24. 「朴淵」	의역	「遊朴淵記」, 『月沙集』. 용녀 설화를 생략하고, 고전종합DB본(이하 DB본)에 없는 부분이 삽입됨. 번역의 저본이 다른 것으로 추정
1-29. 「검도령」	번안	『旬五志』. 서술의 순서를 바꾸고 최남선의 자의적 부연 설명을 삽입
1-30. 「일본에서 弟에게」	직역	「寄弟殷美」, 『松穆館燼餘稿』
2-2. 「白頭山登陟」	의역	「遊白頭山記」, 『保晩齋集』. DB본에 없는 부분이 삽입됨. 백두산 정계비에 관한 서명응의 비판이 생략, 홍세태의 「白頭山記」에 나온 부분이 삽입(착오로 보임)
2-4. 「李義立」	번안	『求忠堂集』 2권 1책의 1권에 실린 「三寶創造日記」를 축약함. 저본은 1910년에 출간한 목판본이다.
2-9. 「萬瀑洞」	의역,	「楓嶽錄」, 『白軒先生集』. 큰 편폭의 글에서 발췌한 성격, 서술이 DB본과는 다른 부분이 있어 저본이 다른 것으로 추정

---

11 아래 표에 제시된 직접 번역을 제외하고도 3-17~19. 「朝鮮의 飛行機」, 4-2~4. 「我等의 財産」 등의 주요한 수록문들에서 인용된 한국의 전적들은 매우 다양하다. 최남선의 특장인 박학이 거둔 성과라 하겠는데 이에 대한 정리와 분석도 근대 한국학과 관련된 시급한 과제 중의 하나이다.

12 양자 모두 원문 그대로가 아닌 발췌나 수정임을 표시하는 "原文" 표시가 되어서 비교 연구의 대상이 될 수 있다. 3부 2장 참조.

기사명	번역 성격	저본 및 특기사항
2-23~24. 「五臺山登陟」	의역	「五臺山記」, 『三淵集』. 발췌하고 축약함, 승려들과의 대화, 지명의 연원, 동행인들의 인적 사항 등이 생략됨
2-30. 「江南德의 母」	번안	『於于野談』. 어휘를 "上國→明國", "萬曆初→光海中" 등으로 변경, 자의적으로 구체적 여정을 부연하고 명나라 사람의 칭찬을 삽입하는 등 번안 성격
3-3~4. 「瀋陽까지」	의역	「渡江錄」; 「盛京雜識」, 『열하일기』. 자의적 서술 삽입, 여정 위주로 번역하고 박지원의 주요한 견문 기록과 감상 등을 생략
3-5~6. 「許生」	의역	「玉匣夜話」, 『열하일기』. 북벌에 대한 비판을 생략하고 최남선 자신의 간략한 총평을 삽입
3-9. 「滑稽」	번안	『旬五志』. 이항복과 배인범 등의 골계적 일화를 취사하여 합침
4-11~12. 「嶺東의 山水」	의역	『擇里誌』. 원문을 축약한 성격
4-13. 「苦蚊說」	직역에 가까움	「苦蚊說」, 『雲養集』. 저본에 인용된 石崇의 고사등을 생략한 이외에는 직역에 가까움
4-15~16. 「幻戲記」	의역	「幻戲記」, 『열하일기』. 신기한 환술이 나오는 부분만 번역, 환술 중 몇 가지는 생략, 「序」와 「後識」에 나오는 경세의 논설이 생략

- 번역의 비교 저본은 주로 한국고전종합DB이다. 경우에 따라 필사본이나 최근에 출판된 인쇄본, 번역본도 참조했다.
- 발췌와 의역의 정도에 따라 의역, 번안 순으로 나누었다.
- 「국조명신언행록」 등의 편찬서는 생략하고 문집 위주로 작업하였다.
- 1-16. 「萬物草」는 저본을 찾지 못했다.
- 1-21. 「舊習을 革去하라」의 원출전『격몽요결』과 4-15~16. 「幻戲記」는『고등조선어급한문독본』(1913)에 전자는 3권 8과로 후자는 2권 66과로 편성되었다.[12]
- 이 표는 필자가 진행한『시문독본』주해 작업의 결과로 단행본으로 출간되었다.(『시문독본』, 경인문화사, 2013 참조)

분량과 관계하여 견문과 여정 같은 부분적인 사항들을 생략한 것에 대해서는 굳이 논할 필요가 없겠지만, 위 표에 나타나듯이, 특히『열하일기』의 번역은 연암이 가장 심혈을 기울인 경세의 논설이나 인정人情과 세태에 대한 견문과 감상 등을 생략하여 알맹이 없는 번역이 되어 버린 형국이다. 이와 같은 발췌의 기준과 그 원인에 대해서 몇 가지 추정이 가능하다.

우선 엄혹한 검열을 염두에 둔 선택일 수 있다. 검열에는 다양한 방법이 있지만, 이 책에 다룬 독본들에 적용된 방법은 판매금지, 검정불허 그리고, 원본의 글자를 변경하는 사례 등이다. 1920년대의 조선어급한문독본을 보면 교과서에 『삼국사기』나 역대 문집의 기사를 수록하면서 "王", "大都" 그리고 "國"처럼 조선에 대한 민족감정을 환기할 요소들을 집요하게 생략하고 바꾼 사례들이 있다.[13] 이와 같은 검열의 사례를 감안하면 「허생전」에 등장하는 북벌의 담론, 그리고 서명응의 「백두산기」에 나오는 '백두산정계비' 실무자에 대한 성토[14]는 조선에 대한 회고라는 민족감정을 환기할 가능성이 있기에 생략되었을 확률도 적지 않다.

한편으로, 『시문독본』 전체의 논조와 맞지 않기에 생략되었을 확률도 있다. 자기 현달을 위한 근면이 공공의 사업과 문명을 위한 근본이라는 근대적 논리가 『시문독본』의 주조라 할 수 있으며 이는 최남선, 현상윤, 이광수의 저술인 3-1. 「문명과 노력」, 3-2. 「살아지다」, 4-27. 「자기 표창과 문명」 등에서 잘 나타난다. 그런데 「환희기」의 경세적 논설은 이런 자기 현달의 욕망과는 궤를 같이할 수 없는 것이다.[15] 결국 이 부분의 생략 그리고 조선 역대 문집 소재 문서들에 대한 발췌는 편찬자 최남선

---

13 검열의 사례는 3부 3장 참조 바라며, 조선총독부는 이런 글자에 대한 수정 방법과 지도하는 요령을 「敎授上注意」라는 문서로 작성하여 1910년부터 일선 학교에 배부하였다. 보론 1장 참조.

14 서명응은 「백두산기」에서 백두산정계비의 실무자였던 박권朴權이 청나라 사신의 위세에 눌려서 영토를 제대로 확정하지 못한 사적을 강력하게 성토하였다.

15 한편, 최남선과 현상윤의 글에서 잘 드러나는 자기현창의 논리에 비해 「환희기」나 「허생전」의 역사관이나 현실논리는 다층적이고 복합적이란 점도 간과할 수 없다.

의 적극적 편집의도에서 근거했다고 추정할 수 있겠다.

한편으로 최남선이 의미를 파악할 수 없었기에 생략했을 확률도 있다. 한문 문리가 비교적 쉬운 「허생전」은 한글의 비중이 높은 번역의 수준으로 옮겼으나, 어려운 「도강록」이나 「환희기」는 전통적 현토와 유사한 형태로 옮겼다. 더욱 「환희기」, 「도강록」(3-3~4 「심양까지」) 등의 『열하일기』 소재 기사를 『시문독본』에 옮긴 상태를 보면 현토가 제대로 되지 못한 부분도 있다.[16] 문맥을 제대로 파악하지 못했다고 추정되는 부분이 있는 것이다. 독해가 쉬운 견문을 전한 부분에서 그렇다면 정론을 펼친 부분은 더욱 파악하기 힘들었을 터이다. 최남선이 현토를 제대로 할 수 없었기에 생략했을 가능성도 있는 셈이다.[17]

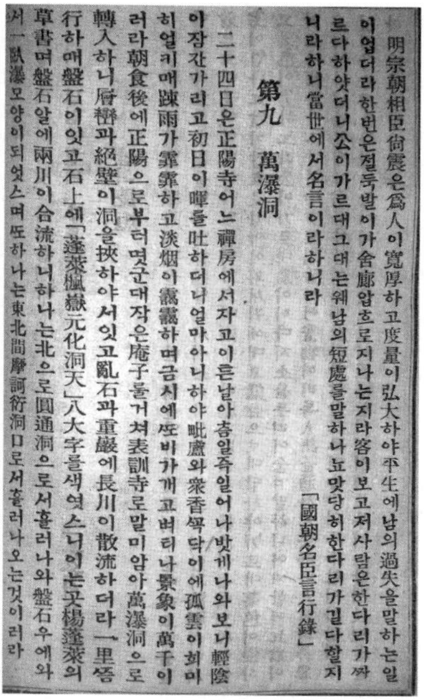
明宗朝相臣尙震은爲人이寬厚하고度量이弘大하야平生에남의過失을말하는일이업더라한번은절둑발이가舍廊압흐로지나는지라客이보고저사람은한다리가짜르다하얏더니公이가르대그대는웨남의短處를말하나뇨맛당히한다리가길다할지니라하니當世에서名言이라하니라 「國朝名臣言行錄」

第九 萬瀑洞

二十四日은正陽寺어느禪房에서자고이튼날아츰일즉일어나밧게나와보니輕陰이잠간가리고初日이暉를吐하더니얼마아니하야毗盧와衆香꼭닥이에孤雲이희미히얼키매疎雨가霏霏하고淡烟이靄靄하며금시에또비가개고버티나景象이萬千이러라朝食後에正陽으로부터몃군대작은庵子를거쳐表訓寺로말미암아萬瀑洞으로轉入하니層巒과絕壁이洞을挾하야서잇고亂石과重巖에長川이散流하더라一里쯤行하매盤石이잇고石上에「蓬萊楓嶽元化洞天」八大字를색엿스니이는곳楊蓬萊의草書며盤石알에兩川이合流하니하나는北으로圓通洞으로서흘러나와盤石우에와서一獄瀑모양이되엇스며또하나는東北間摩訶衍洞口로서흘러나오는것이러라

〈그림 1〉『시문독본』 중 「만폭동(萬瀑洞)」
(이경석의 「풍악록(楓嶽錄)」을 발췌 번역)

16 "作平遠山淡沱水。千柳陰濃。"(「渡江錄」) →"遠山이淡沱한데水干에는翠柳가陰濃ᄒᆞ고"(3-4. 「瀋陽까지1」). '千'을 '干'으로 잘못 보고 구두를 잘못 분리하였음. 또다른 오역의 사례는 다음과 같다.
"渾然一大塊水泡石之凝結也"(「遊白頭山記」) →"渾然한一大水泡石의凝結한것이澤의"(2-2. 「白頭山登陟」). 원문을 따라 "수포석이 응결한 것이라"로 문장을 종결해야 한다. "澤의" 다음부터 홍세태의 「白頭山記」의 문장이 착오로 삽입되었다. 이외에도 다소 석연치 않은 부분들이 「幻戲記」 등에서 나온다.

17 다양한 한문전적을 섭렵하며 한국학을 연구한 최남선의 한문 독해력이 어떤 수준이었는지 이것만으로 평가하기 어렵다. 적어도 분명한 것은 이런 오류가 나올 정도로 『시문독본』의 한문 번역에 정성이 부족했다는 점이다. 특히 그의 주위에 포진한 당대 최고의 한학 지식인들인 선배 류근柳瑾, 동년배 현상윤, 홍명희 등을 생각하면 자국의 고전에 대한

위에 세 가지로 정리한 원인 중에 어느 쪽이 더 주요한 것이었는지 지금 확언을 내리기는 어렵다. 그러나 나름의 편집의도를 가지고 한국의 전통 전적에 근거한 국학을 제시한 것은 확실하다. 그리고『시문독본』의 국학은 필연적으로 전근대적인 질서와 상충한다.

『시문독본』의 국학은 전통적 한문 지식 체계와 가치관에 대한 전도 내지 해체를 보인다. 앞의 표에 제시된 한국 한문 전적은 결국은 사서삼경과 당송팔가문 등의 전근대적인 고전을 떠나서 존재할 수 없는 것이다. 대한제국의 학부에서도, 총독부의 조선어급한문독본에서도 학교의 입문 과정에『소학小學』등의 전통적 고전을 배치한 것은 동일하였다. 그럼에도『시문독본』에는 경사자집經史子集으로 대변되는 한자권의 보편 전적을 생략하였다. 이는 유길준이『서유견문』과『노동야학독본』등에서 한문고전을 배제한 것과도 궤를 같이 하는 양상이라고 하겠다. 위 표에 나타나듯이 국학 관계 주요 번역은 거의 모두 한국의 역대 문집이나『국조명신록』,『어우야담』,『순오지』같은 자국의 편찬서를 근거로 하고 있다. 이처럼『시문독본』의 국학에서 전근대의 고전 지식 체계는 전도되었으며, 이와 더불어 삼강오륜으로 대변되는 전근대의 가치는 "自己表彰", "활발", "노력", "문명"이라는 근대적 가치로 대체된다. 이 전도의 과정에서 특히 "자연의 정복"을 강조하는『시문독본』의 논조는 흥미롭다.[18]

"자연의 정복"을 추구하는 근대 자본주의는 전근대적인 경사자집의 세계와 공존하기 어렵다. 그러나 조선의 전통 문명이 자연을 정복하는

최남선의 태도는 소홀하다고 할 수밖에 할 수 없다.

18 『시문독본』에서는 3-17~19.「조선의 비행기」와 4-9~10.「곡예비행」이 대표적이고 『소년』,『청춘』에서도 관련된 기사들은 꾸준히 게재되었다.

근대문명과 연관을 가졌음을 보여주기 위해서라도 전통의 한문 경사자집은 절대적으로 필요했다. 가령, 3-17~19. 「조선의 비행기」에서는 조선에서 전통적으로 유통되지 않던 서적인 『제왕세기帝王世紀』라는 위진시대 서적을 논거로 삼았다. 『제왕세기』 외에도 『오주연문장전산고五洲衍文長箋散稿』 등 무수한 한문 전적이 호출된다. 4-28. 「우리의 세 가지 자랑」에서는 단군의 홍익인간 이념의 근거로 『삼국유사』, 동이족의 우월성을 강조하기 위해 「설문해자」 등을 인용한다. 이와 같은 사례는 『시문독본』에서 비일비재하다. 그러기에 전통적인 한문 지식체계에 대한 최남선의 태도는 이율배반적이라 할 수 있다. 조선이 근대문명의 잠재력을 가지고 있음을 실증하기 위해서 한문 지식은 절대적으로 필요하지만, 근대문명과 자본주의적 인간상을 강조하기 위해서 전근대적 한문 전적의 불가결한 성리학 윤리는 배제할 수밖에 없는 것이다. 『시문독본』에서 성리학에 관계된 글은 이율곡의 『격몽요결』을 발췌역한 1-21. 「구습을 혁거하라」 한 편뿐이다. 이 글조차도 앞에는 콜럼버스의 사적이, 뒤에는 김유신의 일화가 이어지면서 『격몽요결』이 추구한 성리학적 가치는 탈각되고 『시문독본』이 강조한 근면과 자기현창을 위한 용기로 굴절된다. 율곡이라는 성인과 그가 남긴 글에 대한 이와 같은 취급은 전근대적인 감각에서는 용납할 수 없는 일이다. 사문斯文 내지 오도吾道라는 용어로 집약되는 전근대적 고전 지식의 질서와 가치는 해체되어 당면한 자본주의에 적합한 양식으로 개조된 것이다. 그리고 고전에 대한 이와 같은 취사선택은 결국 최남선 이후의 한국학에서도 계승한 양상이라 해도 과언은 아니다.

3. 고전 질서의 해체

전통적으로 한문고전에 대해서는 부분 인용을 원칙상 하지 않는다. 최남선과 동세대인 변영만이 유길준을 회고하는 짤막한 글에서 국한문과 한문에 대해 차별적인 의식을 보여주는 구절을 상기할 수 있다. 국한문 문장은 발췌 인용할 수 있어도 한문은 그럴 수 없다는 말이다.[19] 한문으로 저술된 전통적 장르에 더 큰 권위를 부여하는 양상인데, "眞書"라는 표현으로 대변되는 전근대적인 고전 질서가 변영만의 회고가 발표된 1930년대까지도 영향을 끼치고 있었음을 보여주는 대목이다. 이와 같은 고전 질서는 근대 대중교육의 시대에 그대로 적용될 수 없겠지만, 한국의 1910년대는 아직 이 질서가 생생히 강제력을 유지하고 있던 상황이다.[20]

그럼에도 최남선은 『산수격몽요결』이라는 기획으로 고전의 자리에 오른 율곡의 저서에 서구 격언을 병치해서 배열하고 같은 책 말미에는 후쿠자와 유키치의 「수신요령」까지 같이 붙여서 출간한 바 있다.[21] 전근대적인 질서에서 고전의 자리에 오른 글을 발췌하는 것은 아무나 할 수 있는 것은 아니다. 주자朱子처럼 공인받은 사람이 아니라면 『예기』를 편

---

19 이 책 1부 1장 3절 참조.

20 교육, 식산 등의 근대적 가치를 내세웠던 수십 종의 근대계몽기 국한문체 잡지들과 1910년대 잡지들에서는 한문의 시문을 게재하는 고정란을 계속 유지했는데, 한문지식과 진서 眞書의 질서가 공존했던 당시의 문화 환경을 보여주는 지표라 하겠다.

21 또한 이 기획에 박은식이 서문을 써주어 동조했다는 점도 주목해야 한다. 임상석, 「『산수격몽요결』 연구—서구 격언과 일본 근대 행동규범의 번역을 통해 굴절된 한국 고전」, 『코기토』 69, 부산대 인문학연구소, 2011 참조.

집하여 『대학』과 『중용』을 만들 수 없는 것이다. 실제로 앞서 언급한 『시문독본』에 발췌된 『격몽요결』의 부분(1-21. 「구습을 혁거하라」)도 앞뒤에 연결된 기사들 때문에 본지가 왜곡되는 결과가 된 것이다. 그러나 의무교육, 대중교육의 원칙을 가진 근대교육을 운영하기 위해서는 전근대적인 방식으로 권위를 획득하지 못한 이들도 교과서의 편찬에 참여할 수밖에 없고, 『시문독본』이 이율곡의 고전을 발췌한 것은 고전 질서의 근대적 해체를 보여주는 적실한 사례이다.

이밖에도 당대에는 지금 정도의 권위를 지니지 못하기는 했지만, 지금은 명실상부한 고전이 된 『열하일기』의 번역에서 최남선은 자의적인 발췌를 서슴지 않으며 나아가 원문에 없는 내용을 추가하기까지 한다.[22] 이외에 이 글의 표에 제시하였듯이 『어우야담』과 『순오지』에 대해서는 원문을 중시하지 않은 채 자의적인 서술을 삽입하면서 번안한다.

그러나 고전에 대한 전근대적인 질서가 『시문독본』에 완전히 사라진 것은 아니다. 특히 이는 당대 일본 작가들의 글을 번역한 부분에서 두드러지게 나타난다. 이 책에 수록된 작가들은 모두 대표성을 가진 존재들이었다. 가령, 메이지시대의 가장 유력한 잡지인 『태양太陽』의 주필로 문호의 호칭을 받고 국가주의 경향을 보인 다카야마 조규, 이광수에게 지대한 영향을 끼쳤고 일본의 괴벨스라 불린 A급 전범 도쿠토미 소호 그리고, 일본 근대 소설의 창안자라 할 수 있는 쯔보우치 쇼요 등의 글이 번역되어 수록되었다.[23] 특히 서구문명, 한문전통과 자국전통이라는 세 개

---

22 3-4. 「심양까지」에서 「백탑기」를 발췌하여 번역한 부분이 있는데, 여기서 최남선은 원문에 없는 "백탑이 고구려 선민의 수택手澤"이라는 자의적 해설을 끼워 넣었다.
23 일본 작가들의 동향을 파악하는 일도 『시문독본』에서 적지 않은 비중을 차지했던 것이다. 이에 대해서는 박상현, 「최남선 편 『시문독본』의 번역 대본 연구」, 『일본문화연구』 55,

의 이질적 권역을 융합시켰다는 점에서 최남선도 많은 참조를 받은 이들이다.[24] 이들의 글을 번역한 중에서 가장 흥미로운 부분은 도쿠토미 소호의 「知己難」의 번역인 3-29. 「지기난知己難」이다. 도쿠토미의 원문에 있는 와카和歌를 자의적으로 자작의 시조로 대체한 것이다.

君ならで / 誰にか見せむ / 梅の花 / 色をも香をも / 知る人ぞ知る[25]

"당신이 아니라면 / 그 누구에게 보이리 / 이 매화 / 빛깔이라도 향기라도 / 아는 사람만이 알겠지요"

옥분玉盆(옥 화분)에 심은 매화 행여 밖에 내지 마라

꽃 좋고 내 좋은들 다시 알 이 뉘 있으리

으늑히 감추어 두고 님만 뵐까 하노라.(윤문— 인용자)

이 두 시가의 내용은 대동소이하여, 문맥에 큰 변이를 가져온 것은 아니다. 그러나 현재의 번역 관행으로는 있을 수 없는 일이다. 반면 소동파

동아시아일본학회, 2015 참조.

24 중국의 왕국유, 장태염 등도 중국의 전통과 서구의 문화를 융합시키려 한 대표적 인사들이다. 그러나 중국은 한문 문화의 소유권을 주장할 수 있다는 점에서 한국과 일본의 사정과는 다르다. 백화문 전통의 발견과 구성이 한국과 일본의 자국문화에 해당하는 면모도 있지만 서로간의 위상은 같을 수 없다. 중국의 입장에서 백화문과 한문고전은 같은 국적으로 귀속될 수 있지만 한국과 일본의 자국 문화들은 한문이 아닌 경우도 많다.

25 이 와카는 천황의 명령으로 만들어진 최초의 와카집인『古今和歌集』(10세기 초)에 키노토모노리紀友則의 작으로 수록되었다. 일본어 독음으로 읽으면 5 / 7 / 5 / 7 /7의 전형적인 형태를 갖춘 와카이다. 여기서 "君"은 여성이 아니라 남성으로 지기知己를 의미한다. (번역 및 해설은 임경화 선생의 의견을 따랐다) 한편, 최남선의 와카 번역에 대해서는 박상현, 「육당 최남선의 와카 번역 연구」,『일본문화학보』65, 한국일본문화학회, 2015 참조.

와 양거원의 한시는 원문 그대로 남기고 있다. 민족적 의식의 발로라고 해석할 수도 있겠지만, 결과적으로 한시라는 보편적 고전은 변경 불가한 것이 되며 일본의 와카나 한국의 시조 같은 자국적 전통은 변경 가능한 것이 되기에 변영만의 발언과 같은 전근대적인 고전 질서가 그대로 적용된 형국이 되어 버린 셈이다.[26] 그리고 다카야마 조규의 「죽음과 영생死と永生」을 번역한 4-24. 「死와 永生」에서는 원문에 인용한 일본의 충신 쿠스노기 마사시게[27]를 악비岳飛로 바꾼 것도 비슷한 양상이다.[28] 일본에 대한 민족적 반감이 도리어 전근대적인 진서眞書의 질서로 회귀하게 만든 것이라 할 수 있을까?

전통의 고전을 자신의 편집의도에 맞추어 절취한 『시문독본』의 번역 양상, 그리고 이런 고전 질서의 해체 속에 형성된 국학은 일본과 관계된 대목에서는 오히려 기존의 질서를 다시 회복한 셈이다. 이런 착종된 양상은 일제가 식민통치의 캐치프레이즈로 내세웠던 "同文同種"[29]에 연결될 수 있다. 총독부에서 펴낸 최초의 『고등조선어급한문독본』(1913) 전

---

26 인용된 와카를 일본어 그대로 게재하는 것은 『시문독본』의 체제상 어울리지 않는 노릇이며, 한글로 번역할 경우에도 시의 원래 운율이 살아나지 않는다. 그렇다면 이 와카의 번역은 전근대적 고전질서보다는 최남선의 미의식이나 한국어 글쓰기를 목표로 한 『시문독본』의 편집의도와 더 밀접한 관계가 있을 가능성도 있다. 필자의 의견으로는 최남선의 미의식, 『시문독본』의 편집의도 그리고 전근대적 고전질서의 세 가지가 복합적으로 작용했다고 생각한다.

27 천황의 권위가 하락한 카마쿠라 막부시대에 천황을 위해 싸우다 전사한 인물로 천황을 위해 막부를 배척한다는 메이지 유신 세력에게 충절의 상징이 되었다.

28 동일한 양상으로 최남선은 『소년』 2-10(1909.11)에서 우찌무라 간조의 『地人論』(警醒社, 1897)의 제1장 「地理學研究の目的」을 번역하면서 원문의 미호노마쯔하라三保の松原를 태백산으로 바꾸어 버린다. 임상석, 「근대계몽기 한국 잡지에 번역된 제국주의」, 『滿洲及び朝鮮教育史』, 福岡 : 花書院, 2016 참조.

29 이 구호는 대표적으로 대한제국 학부 참여관으로 재직했고 뒤에 도쿄제국대학 교수를 거쳐 타이베이제국대학 총장이 된 시데하라 타이라 등이 내세웠다. 최혜주, 「시데하라의 식민지 조선 경영론에 관한 연구」, 『역사학보』 160, 역사학회, 1998 참조.

4권에서 한문의 비중은 80%에 가까웠으며, 당시 일본의 정규 교과과정에서 한문은 국어와 통합하여 교수하였다. 한문은 식민지 체제에서도 정책적으로 매우 중요한 위치를 차지하고 있었다. 『시문독본』에서 일본과 관계한 부분을 한국에 귀속될 수 있는 것으로 치환하고 공유한 한문고전을 그대로 두었다는 것은 일차적으로 일본의 문화에 대한 거부가 될 수도 있지만, 전근대 고전 질서를 회복하면서 결국은 "동문동종"이라는 통치의 이념에 부합하는 결과가 된 것이다. 결국 『시문독본』의 국학, 그리고 고전 질서의 해체라는 것도 일제 식민지 체제 안에서 진행된 것이며, 체제의 모순을 공유한 셈이다. 그러면 전근대적인 고전 질서를 전도하고 해체하는 가운데 형성된 『시문독본』의 국학이 궁극적으로 지향한 이념은 무엇이었는지를 물어야 할 것이다.

4. 최남선의 식민지 체제 수용

『시문독본』의 편집의도가 가장 명확히 반영된 글들이 120편 중 32편을 차지하는 기사들이 최남선, 이광수 등의 신찬 기사들이다. 이 기사들은 대체로 면수가 많아 질과 양으로 그 비중이 크다. 시가와 기행문, 소설 등을 위시해 다양한 면모를 보인다. 조선에 관계된 기사들이 지식전달의 성격이 더 강하다면, 신찬 기사들은 정론의 성격이 강하기에 이 기사들을 통해 국학의 이념적 지향을 가늠할 수 있는 것이다.

물론 7·5조 5·5조 등 새로운 율격을 모색한 시가들과 특히 이광수의 소설과 기행문 등은 한글 위주의 글쓰기로 새로운 문예의 가능성을 전개한 의미가 있다. 그러나 문예상의 성취로 따지자면, 1910년대 당대로서는 『학지광』 등에 전개된 시가나 문장들에 그다지 돋보인다고 하기는 어렵다. 역시 『시문독본』을 대변하는 글들은 1-1. 「입지」, 3-1. 「문명과 노력」, 3-23. 「확립적 청년」, 4-18. 「재물의 삼난」, 4-27. 「자기표창과 문명」 등의 정론적 성격의 문장들에 있다고 보아야 할 것이다. 4-27을 제외하면 모두 최남선의 저술인데, 그 전반적 논조를 3-1을 통해 살펴본다.

① 생하려는 의지와 노력은 천하에 가장 위대한 세력이며, 모든 문명발달이 이 노력의 집성

② 이 노력을 나는 잣 한 알에서 나온 맹아와 이 맹아를 노리는 개미에게서 목격

③ 문명 생활은 개미와 같이 부단한 노력에서만 유지되니 인간사회도 마찬가지

개인의 노력이 문명을 결정하고, 인생은 문명의 성취를 위해 있다는 논리이며, 이를 뜰 앞에 떨어진 잣 한 알에서 돋은 눈과 이 눈을 노리는 개미에게서 본다는 구조이다. 여기서 문제 되는 것은 노력으로 이룩할 문명에 윤리적이거나 가치적인 지향점이 없다는 점이다. 사람이 부단히 노력해야만 한다면 이 노력에 부여된 이념적 지향이 제시되어야만 하겠다. 지금의 감각으로는 다소 비인간적으로 느껴지는 『격몽요결』의 노력과 용기는 성리학적 이상사회라는 이념을 지향한다. 최남선, 이광수, 현상윤이 내세우는 생의 의지와 노력은 과연 무엇을 지향하는가? 『시문독

본』에서 손꼽히는 서구 자본주의 체제하의 다양한 위인들을 통해 어느 정도 가늠해 볼 수 있다. 모험가의 전범으로 콜럼버스와 아트 스미스,[30] 발명가의 전범으로 마르코니와 패러데이, 근대 정치가의 전범으로 링컨, 근대 군인의 전범으로 그랜트 등이 언급된다. 그런데 이들의 노력은 기독교적의 신이라는 궁극적 명분과 관계가 없을 수 없다. 굳이 베버를 언급하지 않더라도 서구 자본주의의 노력과 모험 역시 가치와 윤리를 제외하고는 성립하기 어려운 것이다. 『시문독본』의 문명은 당대에 도래한 자본주의의 바깥에 있는 것으로 보기 어렵다. 그렇다면 최남선은 문명에 대한 근면한 복무에 대한 나름의 자본주의적 윤리를 제시했어야 하지 않았을까? 가치와 윤리가 제외된 부단한 노력이란 그 귀결점이 매우 의심스러울 수밖에 없다.

앞서도 『시문독본』의 주요한 표어들을 제시했던 바, 노력, 활발, 자연의 정복, 근면, 자기표창, 문명 등에서 추출할 수 있는 주요한 행동 원리는 '경쟁'으로 귀결될 수 있다. 일제의 교육정책, 문화통합 이념을 연구한 일본의 연구자는 그 정책을 "조선 민중을 종속적 지위에 두면서 '정당한' 자유경쟁을 실현하는 체제"[31]라고 규정한 바 있다. 종속적 지위에 처한 자들이 과연 자유경쟁을 그것도 정당하게 실현할 수 있을까? 일제라는 식민지 체제는 자유경쟁의 전제인 평등이 보장되는 사회가 될 수 없기에, 식민지 조선인들은 천황의 신민이 아니었다. 전근대적인 성리학적 가치가 사라진 상태에서 새로 들어선 천황의 신민도 될 수 없는 당시의 조선

---

30 Art Smith(1890~1926)는 미국인으로 4-9~10. 「呈才飛行」에 나오는데, 최남선이 도쿄에서 목격한 당대의 대표적인 곡예비행사이다.

31 고마고메 다케시, 오성철 외역, 『식민지제국 일본의 문화통합』, 역사비평사, 2008[1996], 140쪽.

인이 일제 치하에서 살아가기 위해서는 "종속적 지위에서의 자유경쟁"이라는 역설을 받아들일 수밖에 없었던 것이다. 『시문독본』의 이념은 결국 일제가 설정한 이 역설에 궁극적으로 복무한 것이 아닌가? 식민지 통치에 저촉되는 조금의 가능성이 있다면 어떤 형태의 논설도 거의 허용하지 않았던 1910년대 일제의 검열체제를 감안하더라도 자본주의나 군국주의에 대한 반성이 전혀 없다는 점은 문제가 많다.[32]

4-2~4. 「我等의 財産」, 4-28. 「우리의 세 가지 자랑」은 전통적인 한문 전적을 근거로 하여 한국의 역사상과 그 전망을 제시하여 『시문독본』에 나타난 국학의 성과 중 가장 중요한 부분이며 최남선의 이념이 반영된 글이다.[33] 우리의 독창성으로 무형의 부를 쟁취하자는 전자와 오래 잠자던 문명인으로 마지막 큰 결과를 이룰 황인종임을 자랑하는 후자의 논조에서, 결국 『시문독본』의 국학이 이 역설적인 자유경쟁을 위한 것임이 드러난다. 문제는 이 자유경쟁이 식민지라는 종속적 지위에서는 절대 정당하게 이루어질 수 없다는 점이다. 더 큰 문제는 후자에서 황인종이라는 분류 아래에 고려를 식민지화한 칭기즈칸을 "우리의 자랑" 속에 귀속한 점이다. 이는 "동문동종"이라는 식민지 초기의 통치 이념을 넘어서 식민지 말기의 "五族協和"와 "대동아공영권"에 연결될 단초를 제시한 셈이다.[34]

---

32 당대 일본의 우찌무라 간조나 고토쿠 슈스이 등은 이미 반군국주의적인 이념을 다양한 통로로 개진하고 있었다. 후자는 계몽기의 한국에서 번역되어 소개된 바 있으며, 최남선은 전자의 저술을 번역하여 『소년』에 실은 바 있다. 임상석, 앞의 글 참조.

33 이와 같은 성과로 3-7~19. 「朝鮮의 飛行機」, 4-26. 「古代 東西의 交通」도 주목할 문장들이다.

34 관련한 연구로 다음을 참조할 수 있다. 황호덕, 「사승이라는 방법, 육당의 존재―신화론」, 『최남선 다시 읽기』, 현실문화, 2009; 최현식, 『신화의 저편』, 소명출판, 2007.

5. 『시문독본』 국학의 통속성

앞에서 일제의 체제를 벗어나지 못한 『시문독본』의 한계를 논했다. 그러나 여전히 『시문독본』의 국학과 국역은 현재의 한국에도 강력한 근간이다. 전근대적인 고전 질서를 본격적으로 해체하여 근대적 국학의 단초를 제시하였으며, 전통적인 한국 전적에 근거한 한국학 연구의 방법론을 구성하고 더욱 이를 한글의 비중이 높은 문체로 전한 것은 한국사에서 최초라 해도 과언이 아니다. 4-2~4. 「我等의 財産」, 4-28. 「우리의 세 가지 자랑」 등에 제시된 한국의 형상은 여전히 통속적인 차원에서는 강력한 영향력을 가지고 있다. 한국의 강력한 고대라는 표상, 과거의 찬란한 문명 민족 등 지금도 유효한 한국의 자기정체성이 그 근원을 『시문독본』에 두고 있다. 그러므로 전근대적인 고전 질서를 통속과 시속, 또는 생존경쟁이라는 근대적 명목으로 본격적으로 해체한 출발점이기도 했던 것이다.

그럼에도 이 성과가 대체로 일제 식민지 체제 안에 머물고 있다는 점은 당대의 검열을 감안하더라도 큰 한계이다. 반제국주의를 내세울 수는 없어도 동시대인인 우찌무라 간조나 타고르처럼 반전과 평화에 대한 추구, 그리고 자본주의에 대한 보편적 반성을 보여줄 수 있지 않았을까? 전근대 질서를 해체한다는 것은 근대의 자연스런 귀결이나 그것이 식민지 체제나 자본주의에 대한 성찰을 생략한다면, 여러 가지 모순이 있을 수밖에 없다. 그러므로 최남선의 왕성한 출판 활동이 결국 대동아전쟁의 협조로 연결된 것은 『시문독본』의 국학과 국역에도 그 단초가 어느 정도 보인다고 하겠다. 피식민자로서의 한국인은 식민자를 증오하면서도 칭기즈칸을 비롯한 강력한 식민자들에게 자신을 동일시해야 하는가? 이 모순된 자기정체성은 황인종과 동양의 단결을 통해 근대를 넘어서겠다는 대동아공영권 신체제에 연결되는 자연스러운 고리를 준비한 것은 아닌가?

더욱, 이 모순은 일제를 제도적으로나 문화적으로 청산하지 못한 현대에도 이어지고 있다. 학술적으로나 일상적 자기정체성 차원에서 현재의 한국에 『시문독본』의 모순이 잔존하고 있다 해도 과언은 아니다. 윤리와 가치를 고민하지 않는 자유경쟁이란 결국 자본주의 체제의 궁극모순인 전쟁으로 귀결될 수밖에는 없지 않은가? 한국의 현재 모순들조차 그 일부는 아마도 근대 국학의 시원인 최남선에게로 귀속될 수 있을 것이다.

제4장

『실지응용작문대방』

1920년대의 한문유산

1. 1920년대 작문법과 독본

20세기 초, 한국의 언어생활에서 가장 큰 과제 중의 하나는 기존의 한문 글쓰기와 다른 한글 위주의 문어체를 정립하는 일이었다. 그러나 이는 문전文典과 사전이 없는 과도기적 식민지 상태의 한국어가 감당하기에는 극히 지난한 과제였으며, 더욱 공식적인 성격의 문어체에서는 한문전통의 수사를 벗어나기 힘들었다. 그러므로 근대계몽기의 대표적인 국한문체 작문교과서인 『실지응용작문법實地應用作文法』에서 국한문체는 일단 한문의 수사법을 사용한다고 밝히고 있으며, 1910년대의 대표적인 문장독본인 최남선 편찬의 『시문독본時文讀本』의 문체도 계몽기 국한문체와 유사한 양상이 드러나고 있는 것은 이 책의 앞부분에서 이미 논하였다. 또한, 1910년대의 잡지들인 『소년』, 『청춘』, 『유심』, 『신문계新文界』, 『반도시론半島時論』 등에서도 계몽기 국한문체는 많은 비중을 차지했다.

이 장의 대상인 『실지응용작문대방實地應用作文大方』[1]은 1921년에 당시의 대표적인 출판사 중 하나인 영창서관永昌書館에서 간행되었다.[2] 수록된 문장이나 작문의 요령에 대한 서술의 대부분을 앞서 출간된 작문법 독본들에서 그대로 옮겨왔기 때문에 그 위상은 앞서 언급한 『실지응용작문법』이나 『시문독본』과 비교할 수는 없다. 그러나 그 편찬은 기계적인 표절이 아니라, 나름의 기준을 가진 절충이며 한문으로 된 서술을 국한문체로 바꿔서 썼기에 근대 초기 작문과 수사학에 대한 인식의 변화를 보여주는 의미 있는 자료이다.

1910년대의 『청춘』, 『학지광』에서 이어진 『개벽』, 『창조』 등의 한글 위주의 국한문체 글쓰기가 왕성해진 1920년대

〈그림 1〉 『실지응용작문대방』의 속표지

초반에 여전히 한문전통에 바탕을 둔 계몽기 국한문체를 고수했다는 점에서 전통적인 한문 지식과 수사법이 가진 영향력을 방증하고 있는 것이다. 또한, 20세기 초반에 출간된 척독류 서적이나 『문장체법文章體法』 등의 작문교본과 독본들의 글쓰기 관습을 1920년대에까지 계승하고 있어 한문전통에 근간한 작문법의 유통 양상을 조망해 볼 수 있다. 더욱, 편찬

---

1 『역대한국문법대계』(고영근 외편, 탑출판사, 1986)의 제2부 37책으로 영인되어 간행된 바 있다. "한문 작문법을 교수하기 위한 교재"라는 간략한 해제가 붙어 있으나, 이 책이 지향한 작문에는 국한문체도 포함되기에 부정확한 규정이다. 또한, 이 책에 대한 개략적인 연구는 김용한, 「한문 문법서의 연구」, 『한문교육연구』 17, 한국한문교육학회, 2001, 150~153쪽에서 다룬 바 있다.

2 판권지에 편집 겸 발행자가 영창서관의 사주인 강의영姜義永으로 기록되어 있으나, 그가 직접 편집에 관여했는지는 미상이다. 속표지에는 영창서관 편집부의 편찬으로 기록되어 있다.

의 출처나 구체적 작업 과정이 명확히 드러나지 않는 다른 작문교본과 독본들에 비해 그 편집의 출처가 대부분 구체적으로 나타나 있다는 점도 주목할 부분이다. 이 책의 분석을 통해, 당시의 언어 관습에서 국한문체의 형성 과정이 한문전통과 맺고 있는 구체적 실상을 구성할 수 있다.

기본적인 서지 사항을 간략히 정리한다. 『실지응용작문대방』의 판형은 149×219mm 규격으로 앞서 언급한 『시문독본』과 『실지응용작문법』을 비롯한 독본류 서적과 동일하다. 상편과 하편 합쳐서 한 책으로 상편은 41쪽, 하편은 73쪽의 분량이다. 상편에서는 기초적인 어학 지식, 수사법, 한문 허자용법 그리고 장르 구분 등을 서술하였고, 하편은 "문장 각체文章各體"라 이름하여 "論, 說, 傳, 記" 등의 장르 구분에 따라 예시문들을 수록한 독본 형태이다. 본문 기준으로 1면 16행, 1행 35자로 되어 계몽기의 독본들에 비해서는 한 쪽에 들어가는 글자 수가 더 많지만, 『시문독본』 정정 합편에 비해서는 글자 수가 더 적다. 다만 본문에 작은 글자로 주석들이 들어간 부분이 많다. 제첨題簽에는 "實地應用"이 작은 글자로, "作文大方"은 큰 글자로 인쇄되어 있는데, 이 제목 밑에 "全"이란 글자를 작게 붙여서 이 책 한 권이 전질임을 표시했다.

1920년대는 통상적으로 『개벽』, 『창조』 등의 창간과 더불어 염상섭, 김동인, 이상화 등의 작가들이 활발히 창작을 개시하여, 근대문학이 자리를 잡았던 시점으로 인식되어 있다. 그러나 한편으로는 『장화홍련전』, 『구운몽』, 『강태공전』, 『사씨남정기』 등의 고소설들이 여전히 영창서관, 회동서관匯東書館, 박문서관博文書館 등의 주요 출판사에서 활발하게 출판되고 오히려 근대적 소설류보다 훨씬 많이 팔리던 시대이다.[3] 더욱 흥미

---

3 권순긍, 『활자본 고소설의 편폭과 지향』, 보고사, 2000, 301~312쪽; 최호석, 「영창서관

로운 점은 1930년대 주요 출판사 사주들은, 사업의 초기인 1900~1910년대에는 모두 척독尺牘 종류의 서적을 출판해서 자본을 모았다고 회고한 점이다.[4] 척독은 사전적 의미로 짧은 서간을 뜻하나, 20세기 초의 척독 편저들을 보면 서간뿐 아니라 소송이나 상업 계약에 관한 문서까지 모두 포함되어 있다. 이 척독류 서적들은 실용서로 정론과 학술 또는 예술을 지향한 본격적 글쓰기를 위한 것이 아니라 실용적인 성격의 문서 작성을 위한 교본이자 독본의 성격이다.[5] 그리고 이 척독류 서적들의 문체는 대체로 20세기 초반에 출간된 신문, 잡지, 단행본 등의 문체보다 한문의 비중이 훨씬 높은 것이 보통이다. 물론 이 척독류 속에 나타나는 한문 글쓰기의 성격은 대체로 의례적이고 실용적인 것으로서 조선시대의 전통적 한문 글쓰기가 가진 고전어의 위상과는 다르다. 그러나 전근대의 고전어인 한문이 공식적 위치를 상실하고 또한 경전으로서의 권위를 잃기는 했지만, 일상생활을 이루는 축사와 서간에서 공식적 자리에 이르는 계약 및 소송에까지 아직 그 비중이 여전했음을 보여주는 자료들이다.

의 고전소설 출판에 대한 연구」, 『우리어문연구』 37, 우리어문학회, 2010. 349~379쪽 등 참조.

4 「出版業으로 大成한 諸家의 抱負」, 『조광』 38, 1938.12, 312~323쪽. 이 기사는 당시의 큰 출판사인 박문서관, 영창서관, 덕흥서림의 사주들에 대한 인터뷰 성격의 기사인데, 영창서관과 덕흥서림의 사주들은 척독류 서적의 출판이 출판사의 성장에 큰 도움이 되었다고 밝히고 있다. 또한 박문서관의 사주는 아직도 『유충렬전』, 『춘향전』, 『옥루몽』, 『심청전』 등이 근대적 소설에 비해 더 많이 팔린다고 하며, 이 고소설들이 "농촌의 교과서"라고 말하고 있다.

5 『新撰尺牘完編』(朴晶東 편저, 同文社, 1909) 등 많은 척독류 서적들을 각 대학도서관에서 열람할 수 있는데, 한문의 비중이 높은 국한문체로 작성된 근대 초기의 한국 척독 서적에 대한 연구는 최근 활성화되었다(홍인숙, 「근대 척독집을 통해 본 '한문 교양'의 대중화와 그 의미」, 『한국고전연구』 32, 한국고전연구학회, 2015; 김진균, 「근대 척독 교본 서문의 척독 인식」, 『한민족문화연구』 46, 한민족문화학회, 2014 참조). 그리고 근대 초기 서간에 대한 연구는 김성수, 「근대 초기의 서간과 글쓰기교육」, 『한국근대문학연구』 21, 한국근대문학회, 2010 등 참조.

일군의 지식인들을 중심으로 근대적인 소설과 시 등의 문예적 글쓰기가 자리를 잡기는 했지만, 한편으로는 여전히 한문전통의 수사를 국한문체 속에 담아내려는 언중의 수요가 면면히 이어지던 시대가 1920년대인 것이다. 또한, 1920년대 초반의 언론과 출판에서도 보편적인 문체는 국문체가 아닌 국한문체였는데 계몽기나 1910년대보다는 그 혼종성이 좀 덜하기는 해도 여전히 통사와 수사의 측면에서 하나로 묶을 수 없는 다양한 층위를 보였다. 『실지응용작문대방』(이하 『작문대방』)은 이런 언중의 수요를 대상으로 한 책으로 1910년대의 대표적인 국한문체 독본인 『시문독본』보다 훨씬 한문의 비중이 높은 글쓰기를 표방한다. 그리고 이 작문의 지향이 한문인지 국한문인지가 불명확하다는 점이 문제적이다. 또한, 책의 대부분은 『실지응용작문법』(이하 『실지작문법』)과 『문장체법』을 표절하였다. 그러나 그 표절의 과정에서 능동적인 취합과 국한문체 바꿔 쓰기를 시도하여서 한국 근대초기의 글쓰기에서 한문과 국한문체가 가진 위상을 보여주는 한편, 한문전통과 근대적 수사학 및 어학 지식이 혼재된 과도기적 양상을 보여준다.

2. 한문유산과 근대 지식의 절충

앞서 언급했듯이, 『작문대방』은 근대 초기의 작문교본이나 독본들과는 다르게 편집의 구체적인 출처가 드러난 드문 자료인 만큼 그 내용과

	편명과 지면	내용과 출처
①	「總論 (1~2)」	『실지작문법』 「총론」(1~2)을 수정하여 수록
②	「作文의 四端 (2)」	의의가 명료한 단어를 사용, 언어의 조직을 분명, 언어와 사상이 부합, 중요한 구절을 명확히 서술, 출처는 불명
③	「作文의 各種品詞 (3~8)」	품사의 조합을 설명하되, 한자를 위주로 국문의 번역을 부속하고 있는데, 한문의 품사와 단어 조합 원리를 서술한 내용, 출처는 불명
④	「虛字用法 (8~25)」	『문장체법』의 내용과 거의 동일한데, 구성을 바꾸고 한문으로 된 서술을 국한문체로 바꾸어 씀. 원출처는 淸 湯慶孫의 『初學小題文發』
⑤	「文章總則 (25~37)」	主客法, 簡用法 등 7항목은 『문장체법』, 영탄법, 반어법 등 10항목은 『실지응용작문법』, 取喩法의 10개 소항목의 원출처는 陳騤의 『文則』
⑥	「文章體制 (37~41)」	『실지응용작문법』(32~47)을 수정하여 수록, 예시문들의 장르 구분도 『실지응용작문법』을 따름
⑦	「文章各體」 (下編, 총 72쪽)	약 60편의 수록문으로 『문장체법』과 『실지응용작문법』의 예시문들을 각각 절반 정도의 비중으로 수록, 「허생전」은 『시문독본』에서

출처를 〈표 1〉로 제시한다. 장절의 구분이 따로 있으나, 독해의 편의를 위해 일단 임의로 번호를 붙였다.

②과 ③의 7쪽 정도를 제외하고는 전체 113쪽 내용의 출처를 대부분 알 수 있다. 책을 상과 하로 나누고, 상편에서는 수사법이나 품사의 활용을 다루고 하편에서는 예시문을 배치한 구성은 이 책이 취합한 두 책인 1910년 전후로 출간된 『실지작문법』과 『문장체법』과 동일하다. 그러나 이 두 작문교본과 달리 품사의 활용에 대한 설명을 보충하였고 후자의 구성을 더 정리하여, 수사법의 서술에 앞서 허자의 용법을 배치하는 등, 그 전체적 구성은 앞서 출간된 두 책보다 근대적인 수사학 체제에 더 가깝다.[6] 특히 ③은 명사, 형용사, 동사 등의 근대적 어학 지식이 가미된 부분인데 유길준이나 주시경의 문법 저서와는 달리 국문 번역을 보충하여

---

6 일본 작문교본의 체제를 따라 구성되어 명석明晳, 웅건雄建, 유려流麗 등의 수사학적 개념과 사생문寫生文, 의론문議論文, 유세문誘說文, 보고문報告文 등의 문장 분류를 내세웠던 이 각종의 『실용작문법』보다도 품사의 활용이나 구분에 대한 서술이 더 체계적이다. 이 부분 역시 다른 책에서 가져왔을 확률이 크나 확인하지 못했다.

한문 단어의 활용을 설명하고 있다.[7] 이 책의 편찬 과정에서 가장 흥미로운 점은 전통적인 한문 글쓰기를 지향한『문장체법』의 체제와 한문전통의 수사법에 많이 의거했지만 한문과는 독립된 국한문체를 지향했던『실지작문법』의 체제가 뒤섞여 있다는 것이다.

〈표 1〉에 나타나듯이 '也', '乎', '然', '則' 등의 종결사, 접속사 및 '且夫', '是以' 등의 발어사구, 접속사구 등을 설명한 "허자용법" 부분은『문장체법』을 원용하여 국한문체로 풀어썼는데, 이 부분의 원출처는 청나라에서 출간된 과거科擧의 문장인 팔고문八股文를 짓기 위한 교재이다.[8]『작문대방』은 한문 어조사의 학습에 있어서는 한문전통의 글쓰기 학습을『문장체법』처럼 지키고 있는 셈이다. 그러나 오히려 더 중요한 대목인 문장의 장르 구분에 있어서는『실지작문법』의 체제를 따르고 있다. 지금의 기준으로는 너무나 복잡하게만 보이는 수십 종의 한문산문의 장르들은 나름대로 역사적인 배경을 가지며, 발생한 당시에는 정치적이고 사회적인 필요가 있었던 것이다.『실지작문법』은 이 수십 종의 한문산문 장르를 근대계몽기라는 시대적 요구에 부응하여 "論, 說, 傳, 記, 序, 跋" 등의 13종으로 구분하고 이 중에서도 '論, 說, 傳, 記' 등에 더 중요성을 부여하였는데, 당시로서는 진보적인 장르 인식이라고 할 수 있다.『작문대방』에서 이 체제를 도입한 것은 이 책이 지향한 글쓰기가『문장

---

7 표의 ③도 이 책의 다른 부분과 마찬가지로 편집자들의 창작이 아닌 다른 책에서 가져왔을 확률이 큰데 확인하지 못했다.

8 『初學小題文發』에서「八股文必用虛字音釋備考」을 가져온 것인데, 저자인 탕경손湯慶孫은 청나라 건륭乾隆 연간에 활동한 인사이다.『문장체법』은 이 허자용법에 대한 서술을 거의 원문 그대로 싣고 주석은 생략하면서 그 구성을 약간 바꾸었다.『실지응용작문대방』은『초학소제문발』의 주석까지 국한문체로 번역하여 모두 실었는데, 그 구성은『문장체법』을 따랐다. 이는 중국의 웹사이트에 근거하며, 이 웹사이트의 URL은 아래와 같다.
http://www.360doc.com/content/10/1218/21/26141_79359387.shtml

항목	출처 및 구성
1主客法	서술은『문장체법』(1)을 약간 수정한 것이나 예시문으로 한유의「送浮屠文暢序」를 제시하고 主와 客의 변환을 기호와 밑줄을 이용하여 설명한 것은 출처가 불명
2簡用法	서술과 예시문 모두『문장체법』(1~2)의 내용을 수정한 것
3含蓄法	서술과 예시문 모두『문장체법』(2)이나 예시문 중 인용한 한시가 다름
4咏嘆法	서술과 예시문 모두『실지작문법』(19)을 수정한 것
5反語法	서술과 예시문 모두『실지작문법』(20)을 수정한 것
6交錯法	서술과 예시문 모두『문장체법』(3~4)을 따랐으나, 예시문 일부를 생략
7警句法	출처 불명,『실지작문법』(18)에 나온 경구법의 서술과는 다름
8諷喩法	출처 불명,『실지작문법』(11)에 나온 풍유법의 서술과 다름, 예시문은『戰國策』출전의「鄒忌諷齊王」으로『문장체법』(89~90)에 수록
9取喩法	直喩, 隱喩 등 10개 항목의 체제와 서술의 출처는『文則』,『실지작문법』(8~9)의 예시문과『문장체법』(6~7)의 예시문을 같이 제시했는데, 그 비중은 두 책이 거의 같다.
10問答法	서술과 예시문이『문장체법』(7~8)에서 비롯하나 예시문은『실지작문법』(18~19)에서도 가져옴.
11照應法	서술과 예시문 모두『실지작문법』(16)
12聯珠法	서술과 예시문이『문장체법』(9)에서 왔으나, 경서와 漢詩에서 예시문을 보충
13雙關法	서술과 예시문 모두『실지작문법』(21)
14常蛇法	서술은『실지작문법』(25)에서 왔으나,『실지작문법』의 예시문을 보충하여 제시
15擒縱法	서술과 예시문 모두『실지작문법』(23~24)
16左右挾攻法	서술과 예시문 모두『실지작문법』(28)
17體物法	實體, 虛體, 象體 등 7가지 항목으로 예시문은 없음. 출처는『실지작문법』(28~29)

체법』처럼 한문전통의 묵수만은 아니란 것을 보여준다.

한문전통과 국한문체의 근대적 지향이 교착하는 과정은 "문장총칙"으로 명명된 수사법에 관련된 부분에서 더 명확하게 나타난다. 〈표 2〉는 〈표 1〉의 ⑤에 언급한 17종 수사법과 그 예시문을 구체적으로 제시한 것이다. 예시문은『문장체법』에서 가져온 경우에는 전통적 경서經書, 고문古文, 한시漢詩에서 가져왔고,『실지작문법』에서 가져온 경우에는『실지작문법』에 수록된 최재학 저작의 국한문체 문장이다.

앞서 언급했듯이, 『작문대방』은 책의 핵심이 되는 서술을 다른 책에서 출처를 밝히지 않고 전재하거나 수정하여 가져온 부분이 많으므로 지금의 기준으로는 표절에 해당하는 책이다. 〈표 1〉④「허자용법」의 부분이 『초학소제문발初學小題文發』의 「팔고문필용허자음석비고八股文必用虛字音釋備考」의 구성을 약간 바꾼 채, 현토를 추가한 것이기에 편저자의 노력이 거의 가미되지 않았고, ⑥「문장체제」도 『실지작문법』「이론理論」의 "체제體制" 부분을 약간 바꿔 전재하였다. 수사법에 해당하는 이 ⑤「문장총칙」은 다른 책의 표절이기는 하지만, 상당히 능동적인 편집 과정이 적용되었다. 국한문체 작문을 목표로 한 『실지작문법』에서 표의 17조목 가운데 9조목을 가져오고 나머지는 전통적 한문 작문의 지도를 목표로 하는 『문장체법』에서 가져왔다. 그리고 예시문은 두 책의 것이 섞여서 나타나기도 하는 것이다. 전통적 한문과 국한문체, 두 가지 문체의 작문 지도를 동시에 추구한 교본 · 독본이라 하겠다.

이 편집의 과정에는 나름의 기준이 있는 것으로 보인다. "주객법" 같은 경우는 『실지작문법』에 "빈주법賓主法"이라는 비슷한 항목이 있지만, 서술이 소략하고 예시문도 제시되어 있지 않아 『문장체법』을 선택한 것으로 보인다.[9] 물론, "주객법"을 문장의 원리 가운데 첫 번째로 설정한 『문장체법』의 체제를 따른 것이기도 하다. 『작문대방』에서 "간용법", "함축법"을 두 번째와 세 번째로 배열하고 『문장체법』을 따른 것도 역시

---

9 "賓主法 大凡一事一理一說을 借하야 本題의 正意를 表出홈이 無非賓主法이라." 최재학, 『실지응용작문법實地應用作文法』, 휘문관, 1909, 29쪽; "주객법은 다채로운 함의를 가지지만, 대체로 主는 작가가 말하고자 하는 주요한 내용이며, 客이나 賓은 이를 부각시키고 돋보이게 하기 위해 동원되는 구체적 사실, 사건 이치 등을 가리킨다." 정우봉, 「한문수사학 연구의 한 방법―주객법의 이론과 그 활용을 중심으로」, 『어문논집』 49, 민족어문학회, 2004, 65~66쪽 참조.

한문전통의 수사 원리를 지향한 것이라 하겠다. 영탄과 반어는 한문 문장에만 국한되는 것이 아니기에 『실지작문법』을 따르고 국한문체 예시문을 배치하였다. 반면, "교착법", "경구법", "풍유법"은 한문 경서나 고문을 근거로 삼아 서술하고 있다. "경구법"과 "풍유법"은 『실지작문법』에 설정된 항목이지만 『작문대방』은 이를 따르지 않는다. "간단한 어구에 깊은 의미를 포함하여 경발한 문장에 깊은 의미를 포함하여 설명하지 않아도 그 이치를 독자가 명확히 자각한다"는 취지의 서술은 『실지작문법』의 경구법 서술보다 강화된 것이고 예시문도 국한문체 문장이 아닌 경서와 고문 문장을 제시한다. 풍유법의 항목 역시, 『실지작문법』의 서술이나 예시문을 따르지 않았다. 『실지작문법』이 비유의 매체가 되는 사물과 비유의 지시 사이의 관계를 따져서 은유법과 의인법과 비교하여 다소 근대 수사학과 유사한 취지의 서술을 제시한 것에 비해 『작문대방』은 풍간諷諫이라는 한문전통을 연상시키는 취지로 서술하며, 예시문도 『전국책』의 편을 선택하여 제시한 것이다.

취유법의 10가지 항목은 『실지작문법』을 제외하고 두 책이 모두 『문칙』의 체제와 서술을 거의 그대로 지키고 있지만, 『작문대방』은 국한문체와 한문전통의 문장을 거의 같은 비중으로 같이 예시하고 있어 절충적인 성격이 잘 나타난다. 『작문대방』은 『실지작문법』의 국한문체 예시문은 받아들여서 편성하였지만, 제유법을 보충하고 연유법聯喩法 대신 박유법博喩法을 편성한 후자의 변용은 채택하지 않았다.[10] 문답법의 경우,

---

10 『실지작문법』은 『문칙』의 서술과 체제를 가져오기는 했지만, 예시문은 자작의 국한문체 문장으로 대체하였고 또한 연유법聯喩法을 박유법博喩法으로 대치하고 제유법提喩法을 추가하여 한문전통에 국한되지 않는 비유의 원리를 설정하려는 노력을 보여주고 있다.

『실지작문법』의 간략한 서술 대신 한문 수사를 더 발휘한『문장체법』의
서술을 취했으나, 예시문은 전자의 국한문체 문장이 더 길다.

이외에『문장체법』에 설정된 수사법 항목 중에 전반적 문장 운용의
원리로서 "대려법對儷法"은 "연주법聯珠法으로 이름을 바꾸어 포함되었으
나, "곡절법曲折法", "접속법接續法", "도언법倒言法" 등은『실지작문법』의
체제에 따라 〈표 2〉의 11과 13~16까지로 편성되었다. 한편, 전통 한문
작문에 국한되는 성격의 항목들인 "조사법助詞法", "연구법鉛句法", "석자
법釋字法" 등은 생략된 것이다.[11]

이렇게 볼 때,『작문대방』은 한문전통에 국한된『문장체법』의 수사법
항목들을 취사선택하고 30종을 상회하는『실지작문법』의 다소 번쇄한
수사법 관련 항목들을 간소화하는 한편, 그 예시문에서는 한문전통의 문
장과 국한문체 문장을 거의 동일한 비중으로 배치해, 한문과 국한문체
작문법을 절충한 양상이다.『작문대방』의 이 절충적인 수사법 체제가
실제 작문 교육에 있어서도 한문과 국한문체 양자의 교수에 실용적이었
는가에 대해서는 지금의 기준으로 판가름하기는 어렵다. 그러나 이 책에
드러난 수사법 체제의 편집 과정은 영창서관 편집부 나름의 독창적 노력
이 개입한 것으로서 1920년대 당시의 언어관의 일단을 조망할 수 있는
주요한 지점인 것은 분명하다. 한편, 이『작문대방』이 지향하는 글쓰기
가 한문과 국한문의 양자 사이에 구체적으로 어느 쪽에 더 비중을 두고
있는지에 대해서는 명확하게 판단하기 어렵다.

---

11 조사법助詞法은 한문조사의 운용에 따라 논지를 전개하고, 연구법鉛句法은 동일한 논제를
더욱 보충하고 확장하여 논지를 전개하며, 석자법釋字法은 한자의 어원을 풀이하는 과정
을 통해 논지를 전개하는 방식이다.

『작문대방』은 표절로 규정할 수 있는 책이지만 국한문체와 한문체 글쓰기에 대해 나름의 기준을 가지고 수사법과 작문법을 구성하였으며, 전자에는 계몽기의 국문 의식이 부분적으로 적용되었고 후자에는 전통적 한문고전의 규범이 적용되었으나 양자의 문체는 계몽기 국한문체로 표기적 일관성을 구축한 것이다.

3. 『실지응용작문대방』의 글쓰기

『작문대방』은 고문이나 경서의 문장들도 계몽기 국한문체에 가까운 문체로 바꾸어서 게재했기 때문에, 결국 국한문체가 이 책의 주된 문체이다. 그러나 앞에서 보았듯이 이 문장들은 창작이 아니고 다른 책에서 옮기거나 번역한 것이기에 유일한 창작은 이 책의 서鈒라 할 수 있다. 당시의 단행본에서 서序, 서鈒, 발跋 등은 본문과는 위상이 다르기에 문체도 통일되지 않는 경우가 대부분이다. 그러므로 일단, 이 「실지응용작문대방 서」가 이 책이 지향한 글쓰기의 실례에 바로 해당된다고 하기는 어렵다. 그럼에도, 결국 이 책 유일의 창작이기 때문에 그 구체적 양상을 살펴 볼 필요가 있다.

내가 말하길, 그렇지 않다. 무릇 사물이 생겨남에 그 시작이 어떻게 싹이 트고[12] 어떻게 형성되든지, 이미 그 바탕이 있어서 곧 그 외형을 이루니 그러면 반드시 그 모양을 화미하게 하고 그 체제를 주밀하게 하여서 아름다운 문채文彩가 있고 영롱하게 문화를 이루는 것이 인정의 상궤이다. 사리의 근원은 즉 가옥과 비교할 수 있으니, 상고의 세상에 시초의 시기로 거슬러 가면 나무를 얽어 둥지를 삼고 땅을 파서 여기에 거하니[13] 가령 나무를 얽어 둥지를 삼고 땅을 파서 거하면 족히 세찬 비·바람을 가리고 흠뻑 내린 서리·이슬을 막을 수 있다. (이때에) 옥구슬의 궁실이나 계수나무·난초의 누각은 무엇 하리오. 방房이라 실室이라, 문이다 창이다 하여 그 이름이 번다하고 조목이 번화해 지는 것은 이로써 그 경관을 아름답게 하고 형식을 화려하게 하기 위함이다. 무릇 생명을 품은 종류들이 되어서는 모두 진화의 성향과 향상의 마음이 있기 때문이다. 문장도 역시 이와 같아, 문자가 있던 이래로 세대는 깊고 멀어졌고 사물은 번성하였다. 포부가 풍부해지고 학식이 굉박한 지경이면 기술은 반드시 신이함에 집착하고 마음은 이미 복잡한 곳으로 달려간다. 포백布帛(피륙)으로써는 오채의 무늬를 이룰 수 없고, 문법이 행해진 지 오래다. 글을 짜는 가르침이 깊도다. 유부와 편작의[14] 뛰어남으로도 고황의 병을 치료할 수 없고, 장석의[15] 기술로도 굽은 재목에 제도할 수 없으며 한 점의 아교[16]로는 탁한 황하를 맑게 할 수 없으며 한 손만 가지고는 퇴적된 돌무더기를 치워서 흐르게 할 수 없다.[17] 대성大聖 선니宣尼(孔

---

12 "싹이 트고" : 원문은 "句萌". 『禮記』「月令」에 "굽은 것은 다 나오고, 곧은 것은 모두 다 자란다[句者畢出 萌者盡達]"라는 구절에서 비롯된 표현이다. 한국고전종합db 웹페이지 db.itkc.or.kr, 이하 번역 주석의 출전은 동일함.

13 "여기에 거하고" : 원문은 "爰居"『詩經』「小雅·斯干」에 "여기서 편안히 거하고 저기서 편안히 처하며 여기서 웃고 저기서 말을 나누다[爰居爰處 爰笑爰語]"라는 구절에서 비롯된 표현이다.

14 "유부와 편작" : 원문은 "兪扁"으로 중국 고대의 전설적인 의사들인 유부兪跗와 편작扁鵲을 가리킨다.

15 "장석의" : 원문은 "匠石"으로 도목수都木手의 별칭이다. 출전은 『莊子』「人間世」.

16 "한 점의 아교" 원문은 "寸膠"로 아교로 탁한 물을 맑게 하였다고 한다. 출전은 『抱朴子』「嘉遯」.

17 "유부와 (…중략…) 없다." : 아무리 뛰어난 재주를 가졌다 해도, 개인적인 능력을 가지고

子)는 이로써 세상과 함께 하시고 대유大儒 자여子輿(孟子) 역시 시세에 스스로 따르셨으니, 그 헛되이 수고롭고 무효함보다는 차라리 시속을 따라서 유익함을 취하리라. 그대는 망령되이 말하지 말라. 혹자는 "예예" 하며 물러났다. 그리하여 이 말들을 엮어서 이로써 서문을 쓴다.[18]

이 서문은 전체적으로 문답법의 구성인데, 고인古人이 처음 문자를 만들던 대의를 거슬러 지금의 후생後生들이 "가허착공架虛鑿空[허구를 공들여 만드는 일]"과 "수신술이搜神述異[신기한 것을 찾고 신이한 것을 서술함]"를 존숭하여 박학과 격식에 얽매이니 "효빈效顰"의 혐의가 있다는 혹자의 질문에 대하여 응답한 것이 바로 위에 인용한 부분이다. 생명을 지닌 존재들은 진화와 향상의 마음이 있으니, 둥지와 토굴이 발전하여 궁실과 누각이 되어 문, 창, 방 등의 복잡한 명칭이 생기는 것처럼, 문자도 생겨난 이래로 복잡한 격식이 발전할 수밖에 없어서 박식과 신이의 경지로 나아가는 것이 자연스러운 것이라 한다. 그리고 이 문장의 발전 속에

시속을 모두 바꿀 수는 없다는 의미로 다양한 전고를 인용한 것으로 보인다. 이렇게 볼 때, 공자와 맹자도 시세에 따랐다는 뒤 문장과 문맥상 자연스럽게 연결이 된다.

18 "余曰, 不然, 凡物之生也, 其始則如何句萌, 如何成形, 旣有其質已成, 其形則必也, 華美其貌, 周密其制, 珉麤有彩, 玲瓏成文, 人情之常也, 理之原, 則譬諸家屋. 上古之世, 逢初之時, 搆木爲巢, 鑿土爰居, 則縱使搆木而巢, 鑿土而居, 足可蔽風雨瀟瀟, 掩霜露之瀼瀼. 奈何, 瓊瑤其宮室, 桂蘭其臺榭. 曰房·曰室, 是門·是戶, 衆多其名, 繁華其目, 以美其觀. 華其式之爲也. 凡含生之類, 皆有進化之性, 向上之心故也. 文亦如之, 自有文字以來, 世代浸遠, 事物繁興. 抱負瞻富之倫, 學識宏博之疇, 技必癢神異, 心已馳於骯骸. 以爲布帛, 不能成五彩之文 (…중략…) 文法之行久矣. 結構之敎遠矣. 兪扁之良, 不能醫膏盲之疾, 匠石之巧, 不得繩枉曲之材, 寸膠不能, 淸黃河之濁, 隻手莫得, 障積石之流. 是以宣尼大聖, 能爲與世, 子輿大儒, 亦自從時, 與其徒於勞而無效, 熟若從於俗而有益. 子勿妄言. 或者, 唯唯而退. 逢綴其辭, 以爲之書."원문은 쉼표와 마침표가 전혀 없는 백문白文이다. 번역 및 문장부호와 띄어쓰기는 인용자. 강의영,「實地應用作文大方 敍」, 『실지응용작문대방實地應用作文大方』, 영창서관永昌書館, 1921.

나타난 문법과 구성의 요령들은 공자와 맹자 같은 성현들도 하신 것이라 하면서 조선시대의 절대적 권위를 빌려서 논지의 정당성을 강화하면서 글을 마무리하고 있다.

진화의 성질, 향상의 마음을 내세워 가옥과 문자를 대응시킨 것은 비교적 참신한 방식이라 하겠다. 그러나 문답법이라는 전체 구성도 그렇고 각주의 원문에 나타나듯이 4·6 변려문騈儷文 체제를 사용한 가운데 대구對句와 전고典故를 많이 사용한 글의 수사 양상 역시 전통적인 한문산문에서 크게 벗어나지 않는다. 인용문에서는 궁실과 누각臺樹, 옥구슬瓊瑤과 계수나무·난초桂蘭, 비·바람風雨과 서리·이슬霜露 등이 상투적으로 대구를 맞추고 있고『시경詩經』,『예기禮記』,『장자莊子』 등에서 비롯된 전고들도 한문전통에서 관습적으로 쓰이는 사례들이다. 또한, 그 내용에 있어서도 시대의 특수성이나 한국 고유의 언어 상황에 대한 인식을 찾아 볼 수 없어, 인용문은 앞 장에서 거론한 독본들이 보여준 언어관이나 문장 의식에 비해서 퇴보한 형상이다.

『실지작문법』의 자매편인『문장지남』의 편찬자 서문에는 시대와 한국의 언어 상황에 대한 명징한 인식이 드러난다.[19] 하물며, 일제에 부역

---

19 "비록 그렇지만 우리나라는 단군·기자 이래로 한문에 말미암아 문명을 열었던 까닭에 수천 년을 흘러오는 동안 어느덧 관습을 이루어 마치 우리 고유의 글인 양 인식되어 왔고, 우리의 언어성음言語聲音도 또한 그로 인해 영향 받은 것이 많다. 무릇 역사·전고·훈고·정법으로부터 일상생활과 윤리의 사이, 일을 행하는 즈음에 주선하고 왕복하는 것과 명물도수名物度數에 이르기까지 이것을 버리고는 표현할 길이 없다. 그래서 교과서를 역술하거나 신학문을 소개하는 데 있어서도 반드시 한문을 쓰는 방식으로 준칙을 삼고 있다. 이 어떻게 하루아침에 갑자기 바꾸어 바로 폐지해 버릴 수 있겠는가? 요즈음에 일본의 지식층이 자주 한문폐지론을 주창하였으나 끝내 이루어지지 않은 것은 또한 이 때문일 것이다. 하물며 동양의 대국大局은 지나를 중심으로 삼을 수밖에 없거니와 또한 우리나라와 밀접한 관계를 맺고 있는데, 한문을 버리고 나면 장차 어떻게 뜻을 서로 통할 수 있겠는가?" 민족문학사연구소 편역,「文章指南 自序」,『근대계몽기의 학술·문예 사상』,

하는 성격의 『실용작문법』조차도 박영효의 서문에서 간략하나마, 당대 한국의 과도기적 언어 상황에 대한 재치 있는 언급이 나타나고 있다. 더욱, 이 『작문대방』이 추구하는 글쓰기가 구체적으로 어떤 형상인지에 대해서도 인용문만으로는 파악할 수 없다.

단지 "헛되이 수고롭고 무효함보다 시속을 따라서 유익하겠다"는 마지막 부분의 문장이 이 책이 추구한 작문의 양상에 대한 단서라 하겠다. '시속俗'은 『시문독본』의 예언例言에서 내세운 "통속通俗"이나 "시문(時文)"과도 통하는 개념이며, "실지응용"이라는 이 책의 제목과도 바로 연결된다. 그런데, 이 책에 수록된 예시문들은 모두 과거의 것으로 경서와 고문 등이 절반 정도의 비중을 차지하는 가운데, 국한문체 문장들도 『시문독본』에서 가져온 「허생전許生傳」의 번역을 제외하면 모두 1909년에 출간된 『실지작문법』의 것들이니, 1920년대 초반의 시속을 반영하였다고 할 수 없다.

작문독본의 성격상 예시문을 수록한 독본 부분이 작문의 실제 사례로서 주요한 부분이며, 이 『작문대방』에서도 하편에 더 큰 분량이 할애되었다. 그러나 이 독본에서 "실지응용"이나 "시속"이 실현된 문장은 없는 것이고, 상편에 수록된 한자 단어의 결합과 활용을 서술한 「작문의 각종 품사」와 수사법을 설명한 「문장총칙」 정도에서 당시의 시속을 맞추려는 노력이 부분적으로 나타나는 형편이다. 또한, 「작문의 각종 품사」의 원칙들이 국한문체 글쓰기에도 어느 정도 적용될 수 있고, 앞에서 언급했듯이 「문장총칙」에서 『실지작문법』의 예시문들을 많이 포함하고 있기는 하지만, 조선 시대의 과거科擧 문장 교육을 위한 「허자용법」을 길게 번역

소명출판, 2000, 44~45쪽, 한문 원문은 생략.

하여 수록한 것에서도 알 수 있듯이 아무래도 상편의 서술들은 국한문체와 한문 중에 후자에 더 비중이 가 있다고 할 수 있을 것이다. 다만, 한문 전통의 글쓰기를 추구한 『문장체법』과 달리 서술을 모두 국한문체로 통일하고 예시문의 절반 정도를 10년 전의 계몽기 국한문체 문장을 골라 편집하여 한문과 국한문체 양자의 균형을 나름 맞추고 있는 셈이다.

이 책이 간행된 1920년은 통사적으로 한글에 기준을 맞춘 국주한종國主漢從의 국한문체가 어느 정도 자리를 잡은 시점이고, 『학지광學之光』이나 『청춘』, 『시문독본』 등을 위시한 당대의 간행물들을 대상으로 국한문체 문장들을 선별했다면 서문에 밝힌 것처럼, 당시의 시속을 반영한 작문의 모범을 다양하게 구성할 수 있었을 것이다. 그러나 『작문대방』의 국한문체는 10년 전의 근대계몽기에 멈추어져 있다. 그 원인은 앞의 인용문에서 구할 수 있을 것이다. 앞서 거론했듯이 이 책에서 유일한 작문의 실천인 「실지응용작문대방 서」는 현실에 대응하는 논지도 글의 성격상 반드시 제시해야 할 작문의 구체적 대상—한문 작문인지 국한문체 작문인지, 아니면 양자를 모두 포함하는 것인지에 대한 지시도 빠져 있는 글이다. 오직 남은 것이 한문전통의 수사인데, 대구와 전고로 맞춘 변려문 형식은 과거를 대비한 전통적 한문 학습에서 비롯된 글쓰기이다. 이는 그야말로 이제는 과거가 된 전통적 한문 학습의 수사적 흥취를 다시 되살리기 위한 작문인 셈이다.

『실지작문법』에서 가져온 많은 「욕망은 성공의 원동력설」, 「분투적 능력설」[20] 등은 계몽기 당시에는 시대적 지향점을 명확히 가진 글이었지만,

---

20 「慾望은 成功의 原動力說」은 전통적 도학道學 체제에서 배제되었던 개념인 욕망에 새로운 의미를 부여하여, 마치 신채호의 「利害」를 연상시키는 사고의 전환을 보여주고 있고,

1920년대에 다시 이 『작문대방』 속에 수록된 상황에서는 1909년 당시의 진취성이 남아있다고 보기 힘들다. 또한, 『작문대방』에 수록된 『실지작문법』의 예시문들은 이 두 문장들을 제외하면 시대적 논점을 갖지 못한 글들이 대부분이다. 이렇게 볼 때, 『작문대방』에 남은 것은 전통적 한문수사이며 『실지작문법』의 예시문 역시 시대적 현안에 대응하는 메시지 때문에 선택된 것이 아니라 구성과 수사에서 한문의 체격體格을 보여주는 사례이기에 수록된 것이다. 같은 한문의 체격이라 하더라도 『실지작문법』과 『작문대방』은 그 취지가 다르다.

『실지작문법』의 저자인 최재학은 전통한문 문장들을 『문장지남』으로 분리해 편찬하면서 국문에 대한 의식을 명확하게 드러내었으니, 전자에서 이 한문의 체격이란 과도기적인 것이면서도 국문이란 민족주의적 지향이 반영되어 있다. 그리고 『실지작문법』의 예시문들은 국한문체로 어떻게 시대적 현안들을 풀어 낼 것인가에 대해 구체적인 글쓰기의 실례를 제시했던 것이다. 『실지작문법』에서 주목한 한문의 체격은 근대계몽기라는 첨예한 시대적 상황에 적극적으로 대처하기 위한 것임에 비해 『작문대방』의 그것은 한문전통의 수사적 흥미를 회고하기 위한 정도에 그친다. 『작문대방』이 지향한 글쓰기는 명목상으로는 계몽기 국한문체까지를 포함하고 있지만, 결국 「실지응용작문대방 서」에서 나타나는 한문전통 수사를 다시 재현하는 것에 주안점이 있었던 것으로 보인다. 이 책의 상편에서 나타난 국한문체와 한문의 수사법을 절충하려는 노력은, 결국

「奮鬪的 能力說」은 생존경쟁을 공리로 이해하고 세계와의 경쟁에 뛰어들어야 한다는 주장으로 계몽기에 큰 영향을 끼친 사회진화론과의 연관성이 나타나는 글이다. 1부 2장 참조.

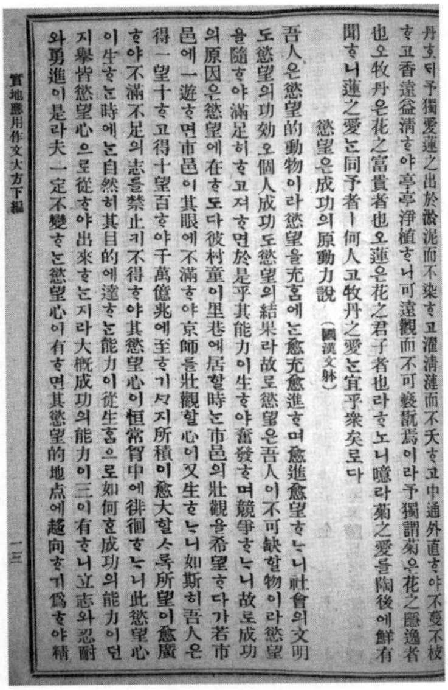

丹ᄒᆞ되予獨愛蓮之出於淤泥而不染ᄒᆞ고濯淸漣而不夭ᄒᆞ고中通外直ᄒᆞ야不蔓不枝ᄒᆞ고香遠益淸ᄒᆞ야亭亭淨植ᄒᆞ니可遠觀而不可褻翫焉이라予獨謂菊은花之隱逸者也오牧丹은花之富貴者也오蓮은花之君子者也라ᄒᆞ노니噫라菊之愛를陶後에鮮有聞ᄒᆞ니蓮之愛ᄂᆞᆫ同予者ㅣ何人고牧丹之愛ᄂᆞᆫ宜乎衆矣로다

慾望은成功의原動力說 (國漢文躰)

吾人은慾望的動物이라慾望을充ᄒᆞᆷ에ᄂᆞᆫ愈充愈進ᄒᆞ며愈進愈望ᄒᆞᄂᆞ니社會의文明도慾望의功効오個人成功도慾望의結果라故로慾望은吾人이不可缺할物이라慾望을隨ᄒᆞ야滿足히ᄒᆞ고져ᄒᆞ면於是乎其能力이生ᄒᆞ야奮發ᄒᆞ며競爭ᄒᆞᄂᆞ니故로成功의原因은慾望에在ᄒᆞ도다彼村童이里巷에居할時ᄂᆞᆫ市邑의壯觀을希望ᄒᆞ다가若市邑에一遊ᄒᆞ면市邑이其眼에不滿ᄒᆞ야京師를壯觀할心이又生ᄒᆞᄂᆞ니如斯히吾人은得一望十ᄒᆞ고得十望百ᄒᆞ야千萬億兆에至ᄒᆞ기ᄭᆞ지所積이愈大할ᄉᆞ록所望이愈廣ᄒᆞ야不滿不足의志를禁止키不得ᄒᆞ야其慾望心이恒常胷中에徘徊ᄒᆞᄂᆞ니此慾望心이生ᄒᆞᄂᆞᆫ時에ᄂᆞᆫ自然히其目的에達ᄒᆞᄂᆞᆫ能力이從生ᄒᆞᆷ으로如何ᄒᆞᆫ成功의能力이던지擧皆慾望心으로從ᄒᆞ야出來ᄒᆞᄂᆞᆫ지라大槪成功의能力이三이有ᄒᆞ니立志와忍耐와勇進이是라夫一定不變ᄒᆞᄂᆞᆫ慾望心이有ᄒᆞ면其慾望的地点에趨向ᄒᆞ기爲ᄒᆞ야精

實地應用作文大方下編 一三

〈그림 2〉『실지응용작문대방』 중
「욕망은 성공의 원동력설」

구체적인 글쓰기의 실천으로까지 이어지지 못한 것이다.

한문과 국한문체 작문의 두 가지에 대한 절충 속에서 『작문대방』이 목표한 작문이 구체적으로 어떤 것인지 모호하기는 하지만, 이 책은 계몽기 국한문체 작문을 목표한 것으로 추정할 수 있다. 허자 용법, 수사법에 대한 해설 그리고 어학적 지식들이 한문 고문을 창작하기 위해 필요한 것이기는 하지만 조선시대의 전통적 학습은 이를 크게 중시했다고 보기는 어렵다. 당송팔가문唐宋八家文 같은 글을 쓰기 위해서는 즉, 전통적인 논論, 설說 등의 한문 산문 장르의 규격을 맞추기 위해서는 어학과 수사학의 체계를 따른 근대적 학습보다는 다년간의 경서와 고문, 한시를 암송하는 교육과 더불어 이 암송에서 비롯된 자연스러운 작문 연습을 병행하는 전통적 방식이 훨씬 큰 효과가 있다.

이 책이 실제로 작문 학습에서 효과를 가질 수 있다면, 그것은 전통적 한문 산문 장르의 창작이라기보다는 국한문체-계몽기 국한문체를 사용한 글쓰기에 해당되었을 것이다. 1920년대에 들어 계몽기 국한문체는 그 비중이 현저히 줄어들었지만, 1913년부터 1916년까지 발간되었던 『신문계新文界』, 『반도시론半島時論』 등의 매체에서는 여전히 사용되고 있었다. 특히 전자에서는 "문림文林"이라는 이름을 걸고 독자들의 투고를 10쪽에서 30쪽까지 받았는데, 보통학교나 고등보통학교 재학 중인 학생들이 주된 투고자들이었다. 그리고 이들의 문장은 계몽기 국한문체에 바탕을 두고 있었다. 『작문대방』은 이런 수요를 염두에 두고 한문전통에 근간한 국한문체 작문법을 목표했던 것으로 보인다. 얼핏 보기에 한문 산문과 큰 차이가 없어 보이는 계몽기 국한문체이지만, 한문 글쓰기가 체질화된 근대 초기 한국의 지식인들에게 국한문체 작문은 어려운 일이었다.[21] 계몽기 국한문체 글쓰기를 위한 작문서가 따로 출간될 여지가 아직 남아있었던 것이다.

1910년 일제의 강점이 시작되면서, 국문이라는 언어적 지향점은 좌절된다. 식민통치에 부역하는 취지가 강했던 『실용작문법』이 대상으로 했던 작문 형태는 "한문" 글쓰기, "언문" 글쓰기 한문과 언문의 혼용체 — 신문체新文體로 명명되었다 — 등 세 가지나 되었다. 국문이라는 명확한 지향을 가질 수 있었던 계몽기에 비해서 언어의 과도기적 혼란상이 오히려 강화되었고, 1913년에 출간된 조선총독부의 고등조선어급한문독본은 한문의 비중이 압도적이며 수록된 "조선어" 예시문들 모두 일본 문장을 번역한 것이었다. 이와 같은 식민지 언어 상황 속에서 『문장체법』처럼 한문전통의 글쓰기를 묵수하는 양상의 작문독본이 출간된 것이며 이를 이어서 나온 『작문대방』은 한문 안에 국한문체를 절충하려는 노력을 보여주기는 했지만, 전체적으로 한문전통에 대한 회고로 기울었다. 그러나 그 독본으로서의 성취와는 관계없이, 이 책은 전통적인 한문 지식이나 수사 운용에 근거한 글쓰기에 대한 수요가 면면히 이어지고 있었다는 1920

---

21 당대 국한문체 작가의 대표자인 하나인 최남선이 국한문체 작문의 어려움에 대해 회고한 것을 보면, 당시 지식인들이 한문에서 국한문체로 전환했던 과정이 얼마나 지난한 일이었는지를 예측할 수 있다. 公六(최남선), 「入學宣誓拾週年」, 『청춘』 3, 1914.12.

년대 당시의 언어 상황을 증언한다는 점에서 자료적 가치가 있다. 한편, 기존의 두 가지 책을 복합하여 책을 편찬한 과정이 뚜렷하게 드러나기에 당대의 서적 문화를 증언하고 있다. 또한, 이 책은 국문이라는 이념이 사라진 시점에서 계몽기 국한문체가 가졌던 가능성이 회고적인 한문 취미로 흘러가면서 시대적 진취성이 탈각되는 과정도 잘 보여준다.

4. 소결

『작문대방』은 근대문학과 국주한종의 국한문체가 자리를 잡아가던 1920년대 초반에 간행되었지만, 한문전통에 근거한 글쓰기를 지향한 작문교본이다. 그러나 한문전통에 대한 일방적인 묵수는 아니고 작문 원리에 대한 서술과 예시문의 선별 과정에서 국한문체를 절충하려는 노력을 나름대로 보여주었다. 한문 작문의 원리는 『문장체법』(1913)의 내용을 위주로, 국한문체 작문의 원리는 『실지작문법』(1909)의 내용을 중심으로 하여 취사선택하여 편집한 것이다. 또한, 작문의 모범을 보여주는 예시문들도 한문과 국한문체를 절반 정도의 비중으로 편성하여, 그 편집의 과정에는 한문 수사법과 국한문체를 조화하려는 편집의 노력도 나타난다. 그러나 이 책에 수록된 계몽기 국한문체 문장들은 시대적 논점을 탈각한 채 한문의 흥취를 전하는 정도이다. 책이 내세운 "시속"이나 "실지응용"은 수사적 원리를 설명하는 차원에서는 어느 정도의 실효를 거두었다 해도, 그 글쓰기의 실천은 1920년대에도 유효했다고 보기 어렵다. 일제강점기의 식민통치로 국문이라는 언어적 지향이 좌절된 상태에서 『작문대방』의 국한문체가 한문전통에 대한 회고에 그치는 것도 어쩌면 자연스러운 사정이기도 하다. 한편, 그 작문교본으로서의 성취와는 관계없이, 이 책은 1920년대 당시까지 전통적인 한문 지식이나 수사 운용에 근거한 글쓰기에 대한 수요가 면면히 이어지고 있었다는 상황을 증언하는 자료로서의 가치가 있다. 당대의 출판사들의 경제적 기반을 만들어준 척독류 서적들과 한국의 한문전통을 되살린 『시문독본』의 상업적 성공에서 나타나듯이 한문전통에 근거한 글쓰기에 대한 수요가 1920년대까지 이어지고 있었던 것을 잘 보여주는 자료인 것이다.

대구와 전고로 대표되는 한문전통의 수사는[22] 근대적 분과학문에 근거한 글쓰기 속에서 갈수록 그 입지를 잃어갔고 『작문대방』은 이런 추세에 대한 반동으로 전시대의 작문교본인 『실지작문법』과 『문장체법』 등을 취합하여 한문과 국한문을 절충하는 성격으로 간행되었다.

---

22 대구의 활용과 전고의 인용은 지금의 기준으로는 상투적이고 공소한 것으로 인식되고 있지만, 한문전통 및 그것이 근거한 지식 체계의 효과적인 전달 방법으로서 그 가치를 다시 검토할 필요도 있다. 지적인 창조는 결국 지적 전통의 바탕 위에서만 가능하다. 대구와 전고라는 한문전통의 수사 운용은 공유할 수 있는 전통의 근거를 조성하는 데 있어서 무엇보다 효과적인 방법론이었던 것이다.

제3부
조선총독부의 조선어·한문 교과서와 식민지 어문정책

제1장

통감부의『보통학교학도용 한문독본』의 성격과 배경

1. 통감부에서 발행한 한문독본

이 장은 현재까지 학계에 그 전체적 내용이나 성격이 보고되지 못한 『보통학교학도용 한문독본普通學校學徒用 漢文讀本』(學部編纂, 博文館, 1907, 이하『통감부 한문독본』) 총 4권에 대한 연구이다.[1] 여기서 분석의 대상으로 삼은 것은 1909년의 정정 5판이며,[2]『통감부 한문독본』전 4권의 출전을 찾아내어 정리하면서 그 전반적 성격과 편집의 지향성을 제시하고 당대 일제의 다른 한문 교과서 및 한국의 사찬 독본들과 비교해 본다.

『통감부 한문독본』은 대한제국 학부의 서기관이었던 미쓰지 추우조三土忠造[3]의 지휘로 발간되었다고 한다. 주지하듯이 통감부 체제에서는 일

---

[1] 선행연구로 문규영(「『보통학교 학도용 한문독본』연구」, 영남대 석사논문, 2014)이 있어 한문 교재로서의 특성을 분석했고 한자 사용의 특징 등을 제시했다. 그러나 모든 단원의 출처를 찾아내지 못했고 4권에 대해서는 분석이 없으며, 이 장과는 논점이 다르다.

[2] 위의 글에서 대상으로 삼은 판은 1913년 총독부 발행판이다. 이 논문은 부록으로 이 교재들의 원문을 수록하였는데 이를 근거로 1909년판과 대조해 보면 1909년판의 2권 19과와 4권 3, 18, 23~25, 27, 34, 37과가 생략된 것을 알 수 있다.

[3] 미쓰지 추우조는 카가와현香川縣 태생으로 동경고등사범학교東京高等師範學校를 졸업하고 교원, 교육관료 및 중의원衆議員을 거쳐 문부대신文部大臣과 대장대신大藏大臣까지 역임했

〈그림 1〉『통감부 한문독본』의 표지

본인 관료들이 행정의 실권자였으며, 이 교과서에 대한 비난에 대한 대응도 그의 명의로 발표되었던 것을 보면 일단 발간과 편찬의 책임자는 미쓰지였다고 보아야 할 것이다.[4] 그런데 그가 한문교재를 편찬한 기록을 확인할 수 없다는 점을 감안하면[5] 편찬의 실무는 아무래도 다른 인사들이 담당했을 확률이 높다.

이 한문독본은 을사늑약 이후의 통감부 체제에서 일제가 구상한 어문·교육 정책의 구체적 양상을 일별할 수 있는 자료이다. 필자가 지금까지 진행해온 총독부 조선어급한문독본 연구의 전단계에 해당하는 연구대상이며 이 자료와 총독부 독본 및 계몽기 독본을 비교해 그 성격을 진단해 보고자 한다. 특히 세계사에서 최초로 시도된 국경을 넘는 일제의 한문교육은 식민주의와 제국주의라는 보편적 논제의 규명을 위해 주요한 사안이다.

이 책과 비슷한 시기에 박은식, 장지연, 여규형呂圭亨, 최재학崔在學 등이 사찬私撰으로 다양한 한문독본을 발행했으나 일제의 검정 및 검열로 인해 1914년까지 대부분이 교과용 도서로 불인가되거나 판매금지 처분을 당했다.[6] 그러나 이 책은 총독부의 조선어급한문독본이 출간되는

다.
4   윤건차, 심성보 역, 『한국 근대교육의 사상과 운동』, 청사, 1987, 324쪽 참조.
5   박영미 선생의 조언을 따른다. 이 자리를 빌어 감사를 표한다.

1913년 이전까지 보통학교 한문독본으로 사용되었다.[7] 결국, 당대 한국인들이 편찬한 한문독본을 이 책으로 대체하려는 정책적인 시도가 있었던 것이며 이는 넓은 관점에서 검열의 일종이다. 출판물에 대한 접근을 원천적으로 막았다는 점에서 판매금지와 불인가는 검열의 다양한 종류 중에서 가장 강압적인 형태라 하겠다.[8] 교과서 검정제도는 일본 국내에서도 시행하고 있었지만 한국을 대상으로는 훨씬 강제적인 방식이 적용된 것이다. 당대 일본에는 수 십 종이 넘는 한문 교과용 도서가 유통되고 있었던 것에 비해 통감부와 총독부 치하의 한국에서는 대부분의 사찬 한문독본이 불인가되거나 판매금지당했다.[9]

---

6 남궁원, 「한국 개화기 한문과 교육의 전개 과정과 교과서 연구」, 성신여대 박사논문, 2006, 102~110쪽에 사찬 한문독들의 순차적인 불인가 현황을 정리했다.

7 문규영, 앞의 글에 따르면 1911년부터 조선총독부 발행 조선어급한문독본이 발행되는 1913년 3월 전까지는 이 교재는 총독부체제에서도 5판까지 발행됐다. 『조선어독본』 1 (강진호, 허재영 편, 제이앤씨, 2010)에 영인되어 수록되어 있다.

8 일제의 검열의 과정과 양상에 대한 연구는 정근식 외(『검열의 제국』, 푸른역사, 2016)와 검열연구회(『식민지 검열 ─제도 텍스트 실천』, 소명출판, 2011) 등을 참조할 수 있다.

9 일본 한문 교과서의 검정제 양상과 유통 현황에 대해서는 다음을 참조함. 木村淳, 「漢文教材の変遷と教科書調査─明治三十年代前半を中心として─」, 『日本漢文學研究』 6, 2011; 木村淳, 「文部省の教科書調査と漢文教科書─『調査済教科書表』を中心に」, 『日本漢文學研究』 5, 2010. 이 중 전자는 김용태 외 편역, 『일본 한문학 연구 동향』 1, 성균관대 출판부, 2017에 번역되어 수록되었다.

2. 한국의 한문전통과 통감부의 한문 교과

『통감부 한문독본』은 4권 176단원으로 구성되었는데 1권의 44단원을 제외한 나머지는 사서四書, 『소학小學』 등의 경서류經書類와 『사기史記』와 『한서漢書』 등의 다양한 사서史書 및 『설원說苑』 등의 유서류書에서 가져와 구성하였다. 그런데 제목을 달지 않고 출전을 밝히지 않았다. 총독부 조선어급한문독본의 한문부가 제목을 달고 출전을 밝힌 것과는 양상이 전혀 다르며 당대 일본의 한문독본들에서도 찾아보기 어려운 형식이다.[10] 이 독본은 1권을 제외하고는 수신서라 해도 과언이 아닐 만큼 충효, 우애, 인의, 절개 등의 전통적 윤리관을 강조하는 수구적 성격으로 편찬되었다. 당대 한국과 일본의 한문독본에서 중시되던 명청明淸 시대의 작품들과 당송팔가문, 그리고 자국인들의 전통적 한문 문장이 완전히 배제된 양상이다. 또한 일본에서는 1897년인 메이지 30년부터 개, 전기, 신기루 등 일상적인 주제를 한문교과서에 다루는 사례가 늘어나는데[11] 이런 흐름과도 이 독본은 동떨어진 셈이다.

보통학교용으로 규정되어 있지만 교재의 난이도는 중등학교용 교재인 『고등조선어급한문독본高等朝鮮語及漢文讀本』(1913)과 유사하여[12] 대체

---

10 당대 일본 한문교과서에 대해서는 木村淳, 「漢文教材の変遷と教科書調査—明治三十年代前半を中心として—」, 『日本漢文學研究』 6, 2011 참조. 한문독본이 아니라 한문교육으로 범위를 넓히면 1902년경까지 일본의 중등과정에서는 한문 과목뿐 아니라, 역사와 수신 과목에서도 『소학』, 『사기』, 사서四書 등 기존의 경사經史가 그대로 사용되었으며 독본 형태의 교과서는 1902년을 즈음하여 등장하였다고 한다. 일제 근대초기의 교육에서 한문의 비중은 지대했던 것이다. 石毛愼一, 『日本近代漢文教育の系譜』, 東京 : 湘南社, 2009 참조.
11 木村淳, 앞의 글 참조.
12 이 책의 부록의 3. '『통감부 한문독본』의 내용과 출전' 참조할 것.

로 서당의 한문교육을 이수하고서 보통학교에 진학했던 통감부 시대 한국 학생들의 한문 수준을 고려한 것으로 추정된다. 총독부의 한문독본은 경서와 역사서를 중시했다는 점에서는 『통감부 한문독본』과 동일하지만, 당송팔가문 등의 다양한 고문古文과 "韓日文書"라 분류된 자국의 한문 문장도 일정한 비중을 가지고 수록되었다.

이 독본은 출간 당시 지나치게 어려워 개량해야 한다는 보통학교 교원들의 비판에 직면했다.[13] 그런데 이 평가는 교재에 담긴 문장 자체의 난이도를 비판한 면도 있겠지만 조선의 전통적 한문교육과 어긋나는 생경함에서 비롯된 것이었을 확률도 크다고 본다. 보통학교라는 초급교육 과정에 『설원』, 『송사宋史』, 『후한서後漢書』 등에서 발췌된 문장을 토씨나 구결도 없이 " 。"와 " 、"만 가지고 표기한 점은 지나친 난이도에 대한 비판을 유발할 수밖에 없는 양상이다.[14] 토씨나 구결이 없었던 것은 통감부 시대에 출간된 박은식의 『고등한문독본』, 최재학의 『문장지남文章指南』도 마찬가지이지만, 이 책들은 초급용 교재가 아니며 제목과 출처를 명기하고 있다. 제목과 출처를 생략하고 초급과정에 적당하지 않은 성격의 문장으로 편찬된 이 『통감부 한문독본』의 양상이 어떤 의도에서 비롯되었는지에 대해서는 실증하기는 어렵다. 통감부 체제의 과도기적 성격 내지 학부의 졸속한 편집 과정 등 여러 가지 요인을 추정할 수는 있겠지만, 일본에 비해 성숙한 한국의 한문학습 전통도 하나의 원인이 될

---

13 윤건차, 심성보 역, 앞의 책, 324쪽; 「●校長意見」, 『황성신문』 1908.6.23.
14 필자가 분석의 대상으로 삼은 1909년판은 원본을 복사한 것인데 난이도가 어려운 3~4권의 모든 단원에 전통적인 구결이 달려 있으나 문장이 단순한 1~2권에는 구결이 없다. 전통적 구결이 근대 교육에서도 그대로 적용되었고 3~4권의 학습이 당대의 독자들에게도 쉽지 않았음을 보여준다.

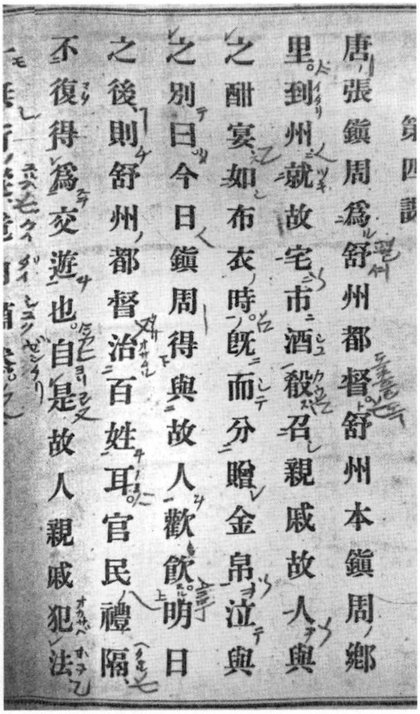

〈그림 2〉의 본문(한문):

讀四第

唐張鎭周爲舒州都督舒州本鎭周鄕
里到州就故宅市酒殺召親戚故人與
之酣宴如布衣時旣而分贈金帛泣與
之別曰今日鎭周得與故人歡飮明日
之後則舒州都督治百姓耳官民禮隔
不復得爲交遊也自是故人親戚犯法

〈그림 2〉『통감부 한문독본』의 본문
(당시 학습자의 구결이 남아있다)

수 있다고 본다. 과거제도를 중심으로 강고하게 세워진 한국의 한문학습 체제를 인식하고 그에 대한 대안을 설정하려 했던 시도가『통감부 한문독본』으로 나타나게 된 것이 아닌가 한다. 가령 한국의 한문전통에서 다소 생경한 문헌인『설원』,『송사』,『한시외전韓詩外傳』등을 대폭 수록한 것은 기존의 한국 한문학습에 대한 대안을 모색한 과정일 수도 있다.

"四字小學","千字文"등의 몽구서蒙求書를 체득한 이후로는『소학』이나 사서를 외우고 10대 초반부터『통감』과『고문진보』를 폭넓게 학습하던, 전통 교육과정을 어느 정도 밟아간 보통학교 입학생들은 이 독본의 문장들을 소화할 수도 있었을 것이다. 1910년대의 보통학교 학생들의 작문을 일별할 수 있는 자료인『신문계』의 작문 현상응모 투고 문장을 살펴보면 보통학교 초급 학년들의 국한문체 문장들이 심도 깊은 한문학습의 결과로 나온 것을 알 수 있다. 전통적 서당교육의 저변이 강고했음을 알 수 있는 방증이기도 하다.

기존의 교육과정과 다른, 조선의 한문전통에서 생경한 문헌을 출처도 없이 배열한 방식이 목적했던 바의 학습 효과를 거둘 수 없었기에,『통감부 한문독본』에 대한 비판이 나왔을 것이다. 그리고 중국사에 대한 폭넓은 지식이 부족하다면 이해할 수 없는 역사적 일화들이 너무 많았다는 점도 난이도가 지나치다는 비판과 밀접한 연관이 있을 터이다.

그리고 갑오개혁기 및 대한제국기의 초등용 교과서인 『신정심상소학』 및 『유몽천자牖蒙千字』 등과 비교할 때, 그 내용이 너무나 복고적이라는 점도 교육의 일관성을 해치는 요인이었을 것으로 생각된다. 일상생활이나 당대적 물상을 주제로 삼은 글을 일정한 비중으로 편성한 총독부의 보통학교용 한문독본과도 그 성격이 판이했다. 『통감부 한문독본』에 수록된 거의 모든 단원의 무대가 선진先秦시대에서 북송시대에 이르는 먼 과거의 중국이었다. 당대와 유리된 공간에 교재의 초점이 맞춰져 있다는 점은 다분히 정책적인 의지로 판단되며 이 독본의 윤리적 수구성과 부합된다. 통감부 체제하의 한국은 잡지와 신문 등의 언론이 활발해지며 보호국이라는 식민지 체제에 대한 대안을 활발하게 모색한다. 이 독본은 피학습자들의 주의를 당면한 식민지 모순과 비등하는 계몽운동으로부터 멀어지게 하려는 의도를 보여주며, 학습의 목적을 당대적 경세로 지정하는 한국의 한문전통과도 어긋나는 양상이다.

3. 독본의 수구적 이념과 차별적 정책

『통감부 한문독본』에서 1권의 45과까지는 지금의 한문교과서와 유사한 문법적인 내용이며 일상생활과 관계된 문장들도 단편적으로 수록되었다. 일상생활과 관계된 문장들은 학교생활, 부산과 동경의 위치 등에 대한 단편적 서술로 독립된 단원을 형성하지 않기에 일상생활이나 코끼리 등의 주제로 한 독립된 단원이 편성된 당대 일본의 한문독본들이나 총독부의 보통학교 조선어급한문독본과 그 성격이 다르다. 이 다음의 123단원 전체가 전통의 경사자집에서 가져온 내용이었다. 전 4권의 출전 총계 및 각 권의 분포는 아래와 같다. 한 단원을 여러 출전으로 구성하는 경우가 많아 출전 문헌 수는 단원수보다 많다.

- **전체**

經書：『論語』28건, 『孟子』26건, 『小學』20건, 『禮記』8건, 『中庸』·『大學』4건, 『孝經』3건

史書：『史記』, 『戰國策』 등 16건

類書：46건 가운데 『說苑』이 26건

其他：『韓詩外傳』3건, 『近思錄』, 『淮南子』, 『荀子』5건, 『孔子家語』2건

- **1권**

『中庸』, 『漢書』, 『論語』, 『蒙求』, 『戰國策』, 『小學』1건씩

- **2권**

『小學』12건, 『論語』8건, 『孟子』6건, 『禮記』3건, 『孝經』2, 史書類6건, 類書類7건(『說苑』4건), 『韓詩外傳』2건

- **3권**

『論語』14건, 『孟子』6건, 『小學』5건, 『禮記』5건, 『中庸』1건, 『荀子』2건, 史書類7건, 類書類18건(『說苑』10건), 『近思錄』1건

· 4권

『孟子』14건,『論語』5건,『中庸』1건,『大學』1건,『孝經』1건,『小學』2건, 『荀子』3건,『莊子』1건, 史書類 1건, 類書類 19건(『說苑』12건),『孔子家語』3건,『韓詩外傳』1건

사서와『소학』등의 경서는 한국의 한문전통에서도 중시되던 것이나, 26건이나 수록된『설원』은 조선의 한문전통에서 비교적 생소한 문헌이지만 그 비중이『맹자』와『논어』나 비슷하다. 그리고 2권에서『소학』이 중시되고 3·4권에서는『논어』와『맹자』가 중시되는 등 난이도를 강화하는 방식으로 구성된 것을 알 수 있다. 전반적으로 3·4권에서 단원의 분량이 확장되고 4권에서는 두 단원이 연결되어 한 편이 되는 경우도 나타난다.

이처럼 출전의 분포를 통해서도 교과서의 구성 방식을 가늠할 수 있는데, 각 권에서 중시한 덕목을 통해서도 편집의 지향이 드러난다. 1권에서는 문법, 성어成語－구절－문장－문단 등의 한문 글쓰기 구성 원리가 중시된다. 2권에서 강조되는 덕목은 효도와 호학好學으로 20건의 관련 단원이 나오고, 붕우도 5건 정도 관련 단원이 있다. 충절忠節과 관계된 단원도 약간 있기는 하지만 전반적으로 개인적 차원의 윤리가 강조된 양상이다. 3권은 호학, 효도, 관용, 부덕婦德, 근신勤愼, 충절忠節 등에 관한 단원들이 두루 편성되어 있는데 공적인 차원의 윤리나 고사의 비중이 약간 높아진다. 4권은『맹자』등의 경서 장구나『순자荀子』,『설원』등의 문장을 단락 차원에서 인용하는 경우가 많아 "性善", "仁義", "忠孝", "四端" 등이 주제가 되어 심도 있는 사고를 요구하는 단원들을 수록한다.

"善政", "治世" 등과 관계된 단원도 등장하여 공적인 차원의 윤리적 사고를 요구하는 셈이다. 2권의 효도가 그저 따라야 할 덕목의 차원이었다면 4권에 나오는 『순자』의 효에 대한 언급, "아들이 아버지의 명을 따름은 효가 아니며 살펴서 따름이 효다子從父命 不孝 審其所以從之 之謂孝"(4권, 17과) 같은 부분은 주체적 사고를 요구하는 성격이다. 그만큼 4권에 수록된 문장의 난이도가 높아지는 것이다.

『통감부 한문독본』은 당대의 현실과 유리된 고대부터 중세 중국만을 무대로 삼았다는 점에서 식민정책이 반영된 양상이며 초급의 한문교재로서 그 난이도 역시 적절하지 않다 하겠다. 그러나 위에 살펴보았듯이 그 출전과 문장 난이도 그리고 독해에 요구되는 사고의 차원에 따라 1권부터 4권까지 나름의 체계적인 편집방향을 관철했다고 평가할 수 있다.

흥미로운 점은 당송과 명청 및 자국의 한문 작품을 배제하고 경사經史와 전통적 덕목에 집중된 편찬 방식이 1897년 공포된 일제 문부성의 「심상중학교한문교과세목尋常中學校漢文敎科細目」과 유사하다는 점이다. 여기서 강조되는 것은 "덕성의 함양"이며 이에 따른 교재는 일본사 관계 문헌으로 입문하여 『자치통감』을 중심으로 명청·당송의 문장을 다루다가 『사기』·『맹자』로 나아간다는 것이다.[15] 여기서 "덕성의 함양"은 충과 효를 강조하고 나아가 충효를 일치시켜서 천황제에 일조하자는 일제의 교육이념과 밀접한 관계가 있다.[16] 당대 문부성의 한문 교과서 심사관들은 이런 편찬 방식에 대하여 역사에 치우친 방식으로 한문교과에 적합하지 않다고 반발했다. 그리고 위의 세목의 지침과 달리 실용적이거나 문

---

15 木村淳, 앞의 글 참조. 이하 일본 한문 교과서에 대한 진술도 이 글에 의거함.
16 일제의 충효일치 교육이념에 대해서는 石毛愼一, 앞의 책, pp.81~89 참조.

학 취미를 갖춘 문장을 다양하게 수록한 한문교과서들이 당대에 주종을 이루었다. 이런 경향을 반영하듯이 1901년에 이르러 문부성은 "中學校令 施行規則"(文部省令 第3号)을 내고 여기서 1897년에 강조된 "덕성의 함양"은 "지덕智德의 계발", "사상事象의 표창表彰"과 "문학상 취미"라는 3가지 지향으로 다양화된다. 윤리뿐 아니라, 문학과 실용 — 여기는 동식물, 기계, 공예 등과 관련된 기사가 포함 — 까지 두루 비중을 맞추는 방향으로 한문교과의 취지가 변경된 것이다. 한문교과의 편찬을 다양화하려는 경향은 1910년대까지 이어져 총독부 학무국에서 편찬한 『보통교육학普通教育學』(1910)을 보면 "국어급한문교과國語及漢文教科"는 "실제 생활에 필수적인 지식을 가르쳐 상식과 덕성을 함양케 한다"는 규정이 있다.

『통감부 한문독본』은 명청당송의 작품과 자국 작가들의 작품이 없다는 점을 제외하면 경사류經史類를 중심으로 덕성을 함양한다는 점에서 1897년의 '심상중학교한문교과세목'의 규정과 대체로 일치한다고 보인다. 명청·당송의 작품은 초급 과정이기에 생략될 수도 있겠으나 일상생활에서 동식물 등 다양한 물상에 대한 단원이 전혀 없다는 점에서 1907년 당대의 일제 교육 방침과 어긋나며, 1910년 총독부 학무국의 규정과도 다르다. 즉 『통감부 한문독본』은 당대 일제의 교육정책에서 시대적으로 역행한 수구적 양상이다.[17]

이 독본의 편찬 성격은 통감부라는 과도기적 체제와 밀접한 관계가 있는 것으로 보인다. 아직 대한제국의 명목이 남아 있었기에 일본 작가

---

17 부록 4. '『고등조선어급한문독본』과 『신편고등조선어급한문독본』 단원 일람'에 잘 나타나지만 총독부 조선어급한문독본들은 『통감부 한문독본』에 비해 그 주제가 다양하다. 1913년판에는 실업에 관계된 기사가 많고 1924년판에는 자연과학 상식과 근대 문물의 설명도 들어가 있어 오로지 경사자집 위주인 『통감부 한문독본』과는 다르다.

나 한국 작가의 한문 문장이 수록되기 힘들었던 것이다. 한국이 식민지로 확정된 총독부 치하에서는 한일 자국 작가의 한문 문장이 수록되었다. 또한, 충과 효를 모두 강조하며 충효를 일치시키는 것이 교육칙어 반포 이후의 일제 교육의 성향이었다고 한다면 이 독본에서는 "충"보다는 "효"가 압도적인 비중을 차지한다. 효도를 주제로 삼은 단원이 1권을 제외한 전체 123단원 중 18단원에 이르는 반면 군주에 대한 충성을 강조하는 경우는 찾아보기 힘들다. 전반적으로 사회보다는 개인 차원의 윤리나 처세를 다룬 단원의 비중이 훨씬 큰데, 통감부 체제에서의 "충"은 대한제국을 향한 것이 되기에 효를 더 강조했다고 볼 수 있다. 다음으로 이 독본에 수록된 단원의 구성을 구체적으로 제시한다.

『통감부 한문독본』이 가진 특징으로 두드러진 점은 한 단원에 성격이 유사한 다른 문헌의 부분들을 융합해 단원의 주제의식을 강화한다는 점이다. 조선총독부 조선어급한문독본의 경우에는 이와 같은 방식이 적용된 사례를 약간 찾을 수 있다. 유사한 경서의 부분을 한 단원에 조합하거나 역사서에서 비슷한 일화를 모아 놓은 것은 총독부 독본에서도 가끔 나타나지만, 경서와 역사서를 한 단원 속에 묶어놓은 것은 당대 한국의 사찬 독본에서 찾아보기 힘든 방식이다. 도간陶侃과 유사劉詞를 충절의 사례로 한 단원에 묶어놓거나(2권 19과) 안회顔回의 호학에 대한 『논어』의 장구를 모아 한 단원으로 구성하는 것은(2권 18과) 이후의 총독부 한문독본에서도 종종 나타난다. 그런데 경서와 사서를 조합한 아래와 같은 사례는 좀 특수하다.

天將降大任於是人也、必先苦其心志、勞其筋骨、餓其體膚、空乏其身

——『孟子』「告子 下」 15

淮陰韓信、家貧釣城下、有漂母見信饑飯信。信曰、"吾必厚報母。" 母怒
曰、"大丈夫不能自食、吾哀王孫而進食、豈望報乎?"(2권 29과)¹⁸

위와 같은 방식은 주자학에 근간한 조선전통의 한문교육에서는 논란
의 여지가 있는 방식일 터이다. 성학聖學의 대표자 중 하나인 맹자가 말
하는 대임大任과 연결되는 사례라면 왕도정치와 연관되는 인사가 나와야
적합할 터인데 인용된 한신韓信은 왕도정치를 실행한 사람으로 평가하기
는 어려울 것이다. 『맹자』가 내세운 왕도정치라는 이념과 관계없이 큰
소임을 맡을 사람이 초년에 고생한 대표적 사례로 한신의 고사를 예시했
다 하겠다. 『맹자』는 조선의 한문전통에서는 불가침의 경전에 해당된다.
이 경전을 절략해서 발췌하고 이를 주자학의 모범과는 어긋난 사례와 접
속시킨 것은 근대적 독본에서 나타나는 방식이다. 유사한 방식은 다음의
사례에서도 잘 나타난다.

『통감부 한문독본』 3권 31과의 부분인 주자朱子의 「권학문」은 1913
년 총독부『고등조선어급한문독본』 2권 1과 및 1924년『신편고등조선
어급한문독본新編高等國語讀本』 1권 8과에도 수록된다. 총독부 독본이 권

---

18 "하늘이 장차 이 사람에게 大任을 내려주려면 반드시 먼저 그 心志를 괴롭게 하며 그 근골
을 힘들게 하며 그 신체와 피부를 굶기고 궁핍하게 한다."(『孟子』)
"회음의 한신은 집이 가난하여 성 아래에서 낚시를 했는데 漂母가 있어서 그가 굶주리는
것을 보고 밥을 주었다. 한신이 말하길 '내가 꼭 아주머니께 크게 보답하겠소.' 표모는 노
하여 말하길, '대장부가 스스로 벌어먹지 못하니 내가 왕손이 안타까워 밥을 준 것이지
어찌 보답을 바란 것인가?'" 한신 이야기의 원출전은『사기史記』「열전」인데 원전과 약간
차이가 있다.

학문만 수록한 것에 비해 통감부 독본 31과는 『순자』의 부분과 『설원』의 고사의 가운데에 배치된다. 3단의 구성인데 다음과 같다.

① 『순자』 「유효儒效」 8 : 듣지 못했음은 들은 것만 같지 못하고 들은 것은 보는 것만 같지 못하고 보는 것은 아는 것만 못하며 아는 것은 행하는 것만 같지 못하다. 배움이 행함에 이르러야 그칠 수 있다는 취지

② 주자의 권학문 : 오늘 배우지 않고 내일이 있다 말고 올해 배우지 않고 내년이 있다 말라. 일월이 지나가니 나처럼 늘어지지 않으리니 오호라! 늙어 후회한들 누구의 탓이랴는 취지

③ 『설원』 소재 병촉지명炳燭之明 고사 : 진나라 평공平公이 맹인 악사 사광師曠에게 70에 학문을 하려 함이 너무 늦지 않았느냐고 묻자 사광이 "炳燭(등불을 밝힘)"하라고 권하며 어려서의 호학은 일출과 같고 장성해서의 호학은 일중日中과 같고 노년의 호학은 병촉과 같다고 함.

『순자』와 주자의 격언을 구체적인 이야기와 접속하여 권학·호학이란 주제를 생생하게 전한 사례라 하겠다. 그런데 이런 편찬 방식은 한문 전통이 강한 당대의 한국에서는 찾아보기 힘든 방식이었다. 전통적 경전의 권위를 침해할 여지가 있는 것이므로, 위와 같은 독본의 편찬 방식은 한자·한문 권역에서 근대교육을 처음 운영한 일제에서도 바로 도입되지는 못했다. 근대 교육기관이 시작된 지 20년 이상이 지나서 독본 형태의 교과서가 편찬되고 일선 학교에서 사용되었다고 한다. 중등학교를 기준으로 할 때, 수신, 역사, 한문 등의 교과에서는 기존의 경서와 사서를 그대로 사용하거나 발췌해서 사용했다고 한다.[19] 원전의 권위를 편집 방

향에 따라 변형하는 독본 형태의 편찬은 앞서 거론한 한국의 사찬 한문 독본에서는 찾기 힘들고 갑오개혁의 산물인 『소학독본』(1895)에서 유사한 양상을 찾을 수 있으며, 최남선의 『산수격몽요결』(1909) 역시 이율곡의 원전을 자의에 맞추어 산삭한 당대로서는 보기 드문 사례이다.[20]

4. 계몽기 한국 독본들과의 비교

당대 한국의 사찬 한문독본들의 편찬 방식은 통감부 독본과 다르다. 게일J. S. Gale의 『유몽속편牖蒙續編』(1904), 윤태영尹泰榮이 편찬하고 여규형이 주석註釋한 『한문학교과서』(1907), 최재학의 『문장지남』(1908), 박은식의 『고등한문독본』(1910) 등에는 전통적으로 중시된 사서四書나 『소학』이 포함되지 않았을 뿐더러 『통감부 한문독본』의 대부분을 이루는 전통적 경사와 유서類書 문헌들은 거의 등장하지 않는다. 주로 한국 한문 작품들과 당송팔가나 명청대 작가들의 작품들로 구성되어 있다. 최재학과 박은식의 것은 한국 한문 작품의 비중을 높였고 『유몽속편』은 한국의 문장으로만 편찬되었다. 국가가 지상의 지위를 차지한 계몽기답게 한문교과에서도 국적을 부여하기 위해 노력한 것이며 절대적이던 성리학의 이념과도

---

19 石毛愼一, 앞의 책, pp.69~73 참조.
20 임상석, 「『산수격몽요결』 연구—서구 격언과 일본 근대 행동규범의 번역을 통해 굴절된 한국 고전」, 『코기토』 69, 부산대 인문학연구소, 2011 참조.

거리를 두려 했던 것이다. 특히 박은식의 독본에는 양계초梁啓超의 문장도 수록되어 한문교육뿐 아니라 식민지라는 위기에 대응하기 위한 이념의 모색까지 시도되고 있는데,[21] 이런 경향은 한문독본보다는 국한문체 독본에서 더 명징하게 드러난다. 식민지 위기에 대한 계몽기의 다양한 모색이 주로 당대의 국한문체 언론에서 진행되었던 것과 동일한 양상이다. 『문장지남』의 자매편으로 자주와 독립을 향한 선명한 이념을 보여준 『실지응용작문법』과 갑오개혁의 사상적 배경을 보여준 『소학독본』에 대해서는 1부에서 논하였다.

『통감부 한문독본』의 수구성은 갑오개혁기의 학부에서 편찬한 『소학독본』・『국민소학독본國民小學讀本』과 비교하면 더 명징하다. 이 두 독본은 한문독본이 아니며 초급용이 아니었지만[22] 세 독본이 모두 수신서의 성격이 강하다는 점과 전자의 경우 한문전통의 비중이 높다는 점에서 비교의 여지가 있다. 『소학독본』 수록 문장의 80%는 경서와 『채근담』을 전통적 언해의 방식으로 번역한 것이었으나, 실용이나 자주 같은 새로운 가치관이 경서의 구절과 절충되는 양상이다. 전통적 언해와 근대적 가치를 조화시키려는 자주적 노력을 파악할 수 있다.

『국민소학독본』(1895)은 중국에 대한 사대事大를 부정하고 유교에 대해서도 거리를 두는 양상이 나타나며 인의와 효경孝敬 같은 전통적 가치는 거의 등장하지 않고 자연과학적 지식과 런던, 뉴욕 등의 지리 관계 기

---

21 노관범, 「대한제국 말기 동아시아 전통 한문의 근대적 轉有」, 『한국문화』 64, 서울대 규장각 한국학연구원, 2013 참조.

22 『국민소학독본』의 전범은 일제의 『고등소학독본』이었다. 강진호, 「'국어' 교과서의 탄생과 민족주의─『국민소학독본』을 중심으로」, 강진호 외, 『근대 국어교과서를 읽는다』, 경진, 2014.

206   제3부_ 조선총독부의 조선어・한문 교과서와 식민지 어문정책

사의 비중이 크다. 특히 아래와 같은 발언은 조선의 사문전통에서는 받아들이기 힘든 파격적 발언으로 보인다.

지나국은 여러 황통을 거쳤으나 유교는 면면히 이어져 끊어지지 않았어라 마침내 허문으로 근본을 삼고 황실과 사직을 그 다음으로 알아 스스로 임금을 높이고 나라를 사랑하는 마음이 없기가 자연스런 일이니라.[23]

이 독본에서 중국은 국명이 "지나국"으로 변경되고 두 단원에 걸쳐서 서술되는데, 대부분 부정적 진술이다. 사대관계의 단절과 일본의 영향 등이 그 요인으로 지적된 바 있다. 전체적 독본에서 인의 등의 기존 가치가 부정되지는 않는다. 반면 각주에 나온 "尊主愛國"이 지상의 가치로 설정된다. 인용문에서 가장 흥미로운 점은 중국의 현재 폐단의 직접적 원인은 "虛文"으로 지적하나 해석에 따라서는 "유교"도 여기에 포함될 수 있다는 점이다. 적어도 유교는 군주와 국가 다음으로 밀리게 되며, 이는 조선의 성학聖學, 사문斯文전통에서 어긋난 양상이다. 군주에 대한 충성을 찾아보기 힘든 『통감부 한문독본』과는 명백한 대조를 이룬다.

『국민소학독본』의 파격을 중화하기라도 하듯 같은 해에 전통 경서의 비중이 큰 『소학독본』이 출간된다. 그러나 이 책도 경서의 구절을 "可用", "萬國相交", "利用" 등의 새로운 가치에 맞추어 구성하였으며 조선 왕조의 근간이며 유교 이념에 근거한 과거제도를 신랄하게 비판한다.[24]

---

23 "支那國은 여러 皇統을 經ᄒ야 儒敎ㅣ 綿綿不絶이라 못춤ᄂᆡ 虛文으로 本을 습고 皇室社稷을 其次로 아라 스스로 尊主愛國의 마음이 업기ᄂᆞᆫ 自然흔 일이니라." 學部編輯局, 26. 「支那國 二」, 『國民小學讀本』, 1895.
24 學部編纂局, 3장 「務實」, 『소학독본』, 1895.

또한, 경서의 인용과 더불어 한국 위인들의 격언과 일화를 수록해 자국 중심의 편집방향도 보여주었다.[25] 그리고 조선 사문에서 제외된 서적인 『채근담』을 대폭 수용하여 개인적 처신의 가치관을 모색하였다. 또한 이 모든 인용은 조선의 언해전통에 근거한 번역으로 이루어졌던 것이다.

갑오개혁의 교과서를 통해 설정된 한문전통에 대한 새로운 인식은 명성왕후 암살 사건과 아관파천 등의 정치적 사태로 인해 순차적으로 계승되지 못한다. 그러나 자국중심주의, 근대적 가치관 등의 동일한 문제의식은 앞에 거론한 박은식, 최재학 등이 출간한 계몽기의 한문 및 국한문 독본류 서적에서 끊어지지 않고 이어졌다. 통감부는 당대적 식민지 위기에 대처한 한국인들의 한문전통에 대한 새로운 모색을 교과서검정제도와 검열을 통해 무화시킨 셈이다.

5. 소결

일제의 교육은 문화통합을 지향한 측면도 있으나 식민지 체제는 결국 차별에 근거하여 작동할 수밖에 없었다. 앞서 인용한 "종속적 지위의 자유경쟁"이란 역설적 표현처럼, 일제의 교육이란 교육의 원칙에 어긋나는 차별을 은폐하는 체제일 수밖에 없다. 『통감부 한문독본』은 이 역설

---

25 인용된 한국 위인들의 격언의 대부분이 『채근담』에서 차용해 온 것이라는 문제적인 지점도 있다. 1부 1장 참조.

적 체제의 일부로 동아시아 한문전통과 윤리를 수용한 결과이다. 정책적으로 한국인이 편찬하고 발행한 한문·국한문체 독본을 금지했던 것은 일제교육정책의 성격을 보여주는 강력한 사례이다. 이 한국인의 독본들이 『통감부 한문독본』에 비해 당대적 문제를 고민하여 근대적 가치를 추구했던 것도 주목해야만 한다. 당대의 현실과 유리된 고대 중국의 공간과 가치만으로 구성된 『통감부 한문독본』의 수구적 성격은 이후의 총독부 독본에도 이어진다.

근대국가가 좌절되어 국민도 신민臣民도 될 수 없었던 당대 한국인들에 대한 일제 식민지 어문교육이 보수적 성격을 가진 것은 어찌 보면 자연스러운 일이기도 하다. 일제는 피식민자 한국에게 모호한 법적 지위를 부여할 수밖에 없었다. 일제가 근대적 헌법을 제정하고 근대국가를 운영하던 시점부터 '교육칙어教育勅語' 등을 반포하여 한문전통에서 비롯된 보수적 윤리를 통치의 한 축으로 삼았다는 점은 주지의 사실이다. 특히 식민지 어문교육에서는 이런 양상이 더 강화되어 대만과 조선에서는 동문동종同文同種이란 선전구가 홍보되고 복고적 한시문漢詩文 수창이 지식인들에 대한 문화적 완화장치로 적극적으로 이용되었다. 식민지 조선인은 공식적으로 천황의 신민이 아니며 일제 체제 자체가 식민지에 대한 차별로 운영되었기에, 교과서에 설정된 이념도 매우 빈약하였다. 이런 배경에서 삼강오륜으로 대표되는 한문고전에 근간한 복고적 가치가 강조되었다. 조선어의 비중이 확장된 1920년대의 『신편고등조선어급한문독본』에서조차 자유나 평등 같은 보편적 이념은 등장하지 않으며 구체적으로 드러난 이념은 삼강오륜에 그쳤다. 통감부의 "학부편찬 한문독본"은 이런 일제 어문교육의 실상을 예고한 성격이라 하겠다.

/ 제2장 /
중등교육용 조선어급한문독본 개론

1. 조선어급한문 교과

'조선어급한문朝鮮語及漢文'은 조선총독부가 '국어'로 설정된 일본어와 상대하여 설치한 교과목이다. 식민지 정책의 공식 언어는 일본어였지만, 근대 학문을 배운 극소수의 지식인을 제외하고는 조선어[1]와 한문이 당시 식민지 한국의 언어생활의 대부분을 차지한 상황이었다.[2] 그러므로 식민지의 효율적 경영을 위해서라도 조선총독부에게 한문과 조선어는 적극적으로 이용할 수밖에 없는 언어였으며, 총독부의 교육정책을 교과서를 위주로 살펴 볼 때, 비중이 가장 컸던 '국어'(일본어)를 제외하면 '조선어급한문'이 '수신修身'과 함께 두 번째의 위치를 차지하고 있었다.[3]

이 조선어급한문 교과를 위한 교과서인 조선어급한문독본의 분석을

---

1 '국문'의 위상이 좌절된 당시의 상황을 반영하는 의미에서 조선총독부의 용어인 "조선어"를 가져다 그대로 쓰기로 한다.

2 1942년 조선총독부가 '국어전해운동國語全解運動'을 실시할 당시에도 한국의 일본어 보급률은 10%에 미치지 못했다고 한다. 김재용, 「식민주의와 언어」, 『제국주의와 민족주의를 넘어서』, 역락, 2009, 32쪽.

3 1921년까지 조선총독부 편찬 교과서 체제에서, 보통학교의 16과목 53책 가운데 '국어'는 8책, '조선어급한문'과 '수신'이 각 4책이며, 고등보통학교는 13과목 31책 가운데, '국어'가 8책, '조선어급한문'과 '수신'이 역시 각 4책으로 구성되었다. 허재영, 『일제강점기교과서 정책과 조선어과 교과서』, 경진, 2009, 46~47쪽.

〈그림 1〉『고등독본』(1913)의 범례

통해 문학사, 국어사 등과 관련된 중요한 논점을 많이 찾을 수 있다. 우선 식민지 교육에 담긴 조선총독부의 이념적·기능적 지향성과 그 변천을 편집 체제와 수록문의 내용 분석으로 파악할 수 있다는 점이다. 다음으로 교과서에 설정된 문체와 문장규범을 통해 식민지 언어 정책을 분석해 볼 수 있다는 점이다. 이는 한국인의 교재와 언론출판물과의 비교 연구로까지 확장될 수 있다. 또한, 이 총독부 독본이 한·중·일 삼국의 한문 전통을 융합하려 시도했다는 점은 근대 한문학 및 동아시아학 분야에서 간과할 수 없는 지점이다. 역사적으로 최초이자 어쩌면 최후의 시도라 할 것인데, 일본제국을 근간으로 한자권의 문화 교체를 시도한 양상이다. 식민지적 문화통합을 지향한 이 교과서에서 '조선어'는 번역을 통해서 언어적 전범이 제시되고 있기에, 그 번역의 구체적 과정을 분석하는 것도 식민지 언어정책과 교육정책을 파악하는 것에 주요한 논점이 된다.

한국학계의 연구는 최근에 이 독본의 조선어부를 중심으로 활발히 진행되고 있으나[4] 한문부와 교과서의 번역 양상에 대한 연구는 아직 충분하지 못하며, 반면 역사학 분야의 관련 연구는 비교적 다양하고 활발하다.[5] 한문부와 번역에 대한 연구를 위해서는 총독부의 교재 중에서 초등용보다는 중등용이 일단 직접적인 대상이 된다. 2010년에 이르러서야 중등용 교재인『고등조선어급한문독본高等朝鮮語及漢文讀本』(1913, 이하『고등독본』)의 조선문 단원이 모두 일본어와 일본 한문 문장의 번역이라는 점을 필자가 밝혔다.『고등독본』의 범례에 명시하였듯이 한문과 일본어에 대한 조선문의 번역은 이 독본의 교수과정에서 주요한 요소 가운데 하나였다.

조선총독부의 교육정책은 10차에 걸친 조선교육령으로 집약되는데, 국내외 정세와 언어생활의 변화에 따라 교과서의 개편도 잦았던 것으로 보인다. 이 중 이 장에서 대상으로 삼을 자료는 1911년 1차 교육령 — 구교육령에 따라 출판된 1913년의『고등독본』과 1922년 2차 교육령 — 신교육령에 따라 출간된 1924년의『신편고등조선어급한문독본新編高等朝鮮語及漢文讀本』(이하『신편독본』)이다.[6] 모두 지금의 중등교육 과정에 해당하는 고등보통학교용의 교재이다. 그 편성은 수업연한에 맞추어져 있

---

4   허재영,『일제강점기 교과서 정책과 조선어과 교과서』, 경진, 2009; 허재영,『일제강점기 어문정책과 어문생활』, 경진, 2011; 김혜련,『일제 강점기 조선어과 교과서와 조선인』, 역락, 2011 등 참조. 동아시아학 분야의 관련 연구성과로 Daniel Pieper("Korean as Transitional Literacy", PhD Diss. University of British Columbia, 2017)를 참조할 수 있다.

5   김한종,「조선총독부의 교육정책과 교과서 발행」,『역사교육연구』9, 한국역사교육학회, 2009; 장신,「일제하 초등학교 교사의 조선사 인식」,『정신문화연구』31, 한국학중앙연구원, 2008 등 참조.

6   총독부의 전반적 교육정책과 교과서 발행에 대한 사항은 허재영,『일제강점기 교과서 정책과 조선어과 교과서』, 경진, 2009 참조.

어서, 1913년판은 4권이고 1924년 신편은 5권으로 구성되었다. 그 편집과 내용의 성격은 계몽기 교재와의 비교를 통해 더 분명해 질 것이다. 이 교과서들은 면당 10줄 내외가 들어가며, 권마다 분량이 차이가 좀 있지만 100쪽에서 130쪽 정도의 편제이다. 이 안에는 사서四書 등의 경사자집류와 『고문진보古文眞寶』 등의 고문류, 한국과 일본의 한문 문헌 그리고 새로 편찬된 교과서 등 다양한 종류의 문장들이 모여 있어, 일제 이념의 지형도를 가늠할 수 있다. 부록에 수록문과 그 성격을 일람하여 제시하였다.

2 .전근대적 언어 질서와 식민지

총독부의 독본에서 국어는 일본어로 한국어는 일본제국에 귀속된 조선어로 바뀌었다는 점이 가장 큰 변동이지만, 한국어를 한문과 분리하지 않았다는 것도 주목할 사안이다. 한문은 고전 학습용의 언어로 설정하고 작문 등의 실제적 언어생활에서는 국문의 사용을 높이려 했던 계몽기의 국한문 독본들의 편성은 공식어·학술어인 한문을 보조하는 한글이라는 전근대적 언어 질서를 넘어서 언어 통합을 지향한 노력이라고 평가할 수 있다.

한문지식의 유무로 분할된 언어의 계층을 제도적 국문으로 통합한다는 것이 갑오개혁부터 대한제국기까지 이어진 어문과 교육의 흐름이라 할 수 있다. 그런데, 갑오개혁의 국문칙령으로 제도적 국문이 출발했으나 문법과 사전이 없는 상태로 현재 어문규정이라 통칭되는 국문의 제도는 부재하였다. 이념으로서의 국문은 존재하나 실행 가능한 규정·제도로서의 국문은 과도기적 도정에 있었으며, 특히 국문과 한문의 경계가 혼란하였음은 앞 장에서도 서술하였다. 최재학이『실지응용작문법實地應用作文法』과『문장지남文章指南』을 별도로 출간했던 것처럼, 국문과 한문을 분리하려는 노력은[7] 언어 계층의 통합을 위한 국문을 구성하려는 이념의 실천이었다고 평가할 여지가 있다.

이와 같은 국문의 이념은 일제강점에 따라 좌절되었는데, 식민지 어문교육의 양상은『실용작문법實用作文法』과『문장체법文章體法』 등의 사찬교재에도 반영되어 있다. 민간에서 이루어진 교과서 편찬 작업에 대한 연구는 어느 정도 진행되었지만, 식민지 교육정책을 공식적으로 담당한 총독부 독본에 대한 연구 역시 필수적이다. 이 독본의 편찬 및 변이 양상을 분석하는 작업으로 국문의 실천이 좌절된 과정을 조명할 수 있다.

총독부는 1913년 발행한『고등독본』에서 한문과 한국어 사이에 설정된 전근대적인 언어 질서를 그대로 적용하고 있다. '조선문'의 문체는 계몽기의 국한문체와 유사한 것이며 순한글은 없다. 그 양이 적을뿐더러 일본어와 한문 원문에서 번역된 문장으로 그 내용도 실업과 행정에 관계된 것으로 제한되어 있다. 이 독본의 범례는 다음과 같다.

---

7 통감부 체제의 대한제국 학부에서도 보통학교의 국어독본과 한문독본은 별도로 출간되었다. 이 독본들은 일제의 주도로 편찬된 것이지만, 보호국 대한제국의 '국문'이라는 제도를 유지한 셈이다.

① 하나, 본서는 고등보통학교 및 기타 같은 정도의 여러 학교의 조선어급한 문 교과에서 사용을 전담하기 위해 편찬한다.

② 하나, 본서에서 수록된 교재들은 모름지기 한문으로서 위주를 하고 조선문은 간략히 약간의 편을 더한다.

③ 하나, 한문교재는 대략 세 가지 구별이 있다. 경사자집 가운데 그 긴요함이 나타난 것이 하나이다. 내외內外(일본과 한국)의 고금 다양한 문서 가운데 그 교훈이 되고 문범이 되고 대화의 재료가 될 것을 채록한 것이 둘이다. 지금 새로 지은 것들을 엮어 그 셋이다. 그 사이에 시가詩歌를 더하니 스며들어 생도의 의취를 감발하여 즐겁게 공부하게 한다.

④ 하나, 조선문 교재는 조선의 실업에 관한 것을 많이 취하였는데, 또한 이 책 중의 한문교재를 번역한 것과 고등국어(일본어)독본교재를 번역한 것 등 약간이다. 이러한 번역문은 모름지기 원문과 대조 비교하여서 번역을 교수하는 자료로 삼을 수 있겠다. 만약 조선어를 교수하는 시간이 많은 학교라면 다른 교재를 골라서 그 부족을 보충하는 것도 역시 가능하다.

⑤ 하나, 한문 교재는 원서의 전문을 등사한 것, 절록節錄한 것 그리고, 산수刪修한 것이 있다. 각각 편 말미에 원서의 이름을 기록하였다. 그리고 전문을 수록한 것은 책 이름만을 기록하고 절록이나 산수한 것은 "원문"이라 쓴 다음 책 이름을 기록하여서 구분하였으니, 고핵考核을 더할 것이다.

⑥ 하나, 한문의 구두법은 모두 조선의 구결에 의거하나, 내지內地(일본)의 관례도 참작하여 썼으니 생도가 송독하는 편리를 기도함이다.

⑦ 하나, 원문의 편찬자나 글 중에 나오는 인물에 대한 소전小傳을 문장 속의 난해한 곳에 간략히 주석하거나 또는 두주頭註로 기록하였으니 보충하여 참조하라.[8]

②에 명시된 것처럼, 『고등독본』은 한문을 위주로 하며 ③을 보면, 그 중에도 전통적인 경사자집이 위주가 되고 조선문은 실업을 담당한다고 ④에 나타난다. 언문과 이두가 행정문과 실용문, 그리고 경전의 번역에 제한되었던 조선시대의 전근대적 언어 질서가 그대로 이어진 양상이다. 이 독본의 조선문 부분이 번역을 교수하는 자료가 된다는 ④의 구절도 간과할 수 없다.

⑤도 흥미로운데 한문 원문의 발췌와 산삭을 기휘하던 한문전통의 질 서가 어느 정도 반영되어 있는 양상으로 원문의 변경 정도를 "全文 : 변 경이 없음"; "節錄 : 발췌"; "刪修 : 산삭하고 보충"의 3단계로 규정한다. 전문은 원서의 이름만을 기록하고 나머지 2개는 "원문"이라 구분한 뒤 에 출전서명을 명시하는 방법으로, 전자와 뒤 2가지 사이에는 큰 경계가 설정된 셈이다. 경사자집의 경우 수정이 없고 한일문서에만 "절록"과 "산수"를 더했다는 것은 전근대적 한문전통의 질서가 유지된 양상이다. 율곡 이이의 문장을 예시로 들 수 있다. 『고등독본』 1권 45과 「奢侈之 害」는 글 끝에 "原文栗谷全集"이라 기록하였고, 2권 18과 「護松說」에는 "栗谷全書"라고만 한 것이다.[9]

---

8 "一、本書專爲高等普通學校及其他同程度諸學校之朝鮮語及漢文教材科用而編纂之。／ 一、本書、收錄教材、須以漢文爲主而朝鮮文則畧加若干篇。／ 一、漢文教材、約有三別。經 史子集中、選擇其著要者、一也。內外古今雜書中、採錄其爲教訓爲文範爲話料者、二也。 係今新撰者、三也。而間加詩歌、皷發生徒意趣、使之樂學。／ 一、朝鮮文教材、多取其涉於 朝鮮實業者、又譯本書中漢文教材及高等國語讀本教材等若干篇。此等譯文、須與原文對 校、可作飜譯教材之資料也。若夫朝鮮語教授時數加多之校則採他教材、以補其不足、亦 可。／ 一、漢文教材、有照膽原書全文者、有節錄者、又或有刪修者。各於篇尾、記入原書 名。而全文則只曰某書、節錄、刪修則曰原文某書、以別之、俾便考核。／ 一、漢文句讀法、 全據朝鮮口訣、酌加內地慣例、用圖生徒誦讀之便。／ 一、原文撰人及篇中所著人小傳、與 夫章句中難解處略註、並載諸頭欄、以供參照。" 번역과 번호는 인용자, 이 7조항은 1-4권 의 서두에 모두 수록하였다.

총독부 학무국 직원이었던 이각종이 펴낸 『실용작문법』의 총론에는 고전의 활용에 한문, 제반의 실용에 '신체문新體文'(언문과 한문 혼용), 소설과 정보에 '諺文'으로 역할을 정의하였는데 위 범례와 그 맥락이 같다고 하겠다.[10] 여기서 이각종은 고전의 한문은 치란과 흥폐, 시비득실 등을 판단하는 심도 있는 의론을 담당하고 인정세태를 드러내는 흥미의 부분을 언문이 담당하고, 편리를 내세운 실용문을 신체문이 담당한다고 한다. 다만 『실용작문법』은 『고등독본』보다 신체문의 비중이 더 크다는 점이 다르다.

이 신체문 즉, 『고등독본』의 조선문은 '諺文'과 한문을 혼용하는 형태로서는 계몽기의 국한문체와 유사한 것이지만, 위 두 책에 설정된 성격은 독립된 언어라기보다는 일본어라는 공식어와 한문이라는 고전어를 보조하기 위한 보조적 수단에 그치는 것으로 조선시대의 이두, 구결과 비슷한 위상으로 떨어진 셈이다. 특히 『실용작문법』에 실린 신체문 수록문 중, 수사와 논리가 발휘된 심도 있는 글들은 모두 일본인의 문장을 번역한 글이었다는 점과 『고등독본』의 조선문이 모두 일본인의 문장을 번역한 것으로 그 성격도 위 범례에 나타나듯 "실업"으로 제한된 것을 보면 식민지 교육정책과 언어정책의 지향은 명확하게 드러난다. 계몽기의 국한문체가 궁극적으로는 독립된 국가의 공식어이자 학술어를 목표로 했던 것과 비교한다면 이 차이는 크다. 계몽기 국한문체와 1910년대의 '조선문'과 '신체

---

9   절록과 산수의 정도가 어느 정도인지 "전집"과 "전서" 사이에 차이가 있는지 등은 차후의 과제로 둔다. 이 규정은 『신편독본』의 범례에는 사라지지만 "原文"이라는 구분은 그대로 쓰고 있으며, 조선어 단원의 경우는 "~책에 據함"이란 표시를 하여 원문에 대한 수정을 밝히고 있다.
10   2부 1장의 『실용작문법』 총론 번역을 참조할 것.

문'은 통사적 유사성을 가지고 있었지만 그 언어적 위상을 감안하면 한자 리에 놓을 수 없는 것이다.

1910년의 강점으로 공식적 식민지가 된 대한제국과 마찬가지로 조선어 역시 독립된 언어가 아닌 보조적 매체로 하강한 것이며, 조선어와 한문을 분리하지 않은 교과의 운영은 식민지 운영의 이념적 방향성이 반영된 것이다. 대만을 위시한 일본의 주요 식민지가 전통적 한자권에 속한다는 점과 일본어의 언어적 구조상 한자와의 혼용을 피할 수 없다는 점에서, 한문은 식민지 문화통합을 위한 필수적인 매체가 된다. 반면 조선어는 일본어와 한문 사이를 매개하는 보조적 매체로 설정된 것이다. 그러나 1919년의 3 · 1운동 이후 발간된 『신편독본』에서 조선어의 위치는 상당히 개편되는데, 그에 대해서는 다음 부분에서 논하도록 한다.

한편, 일관된 문장규범이 적용된 『고등독본』의 조선문은 계몽기의 국한문체보다 오히려 현대 한국어에 더 가까운 면모를 보여주기도 한다. 문장부호가 일정하고 무엇보다 한문의 표기가 일정하다는 점이 계몽기 국한문체와 구분되는 특성이다. 이 조선문은 총독부의 교과서가 채택한 방식이었다는 점에서 행정적 언어정책이 반영된 것이라 할 수 있다. 그럼에도 당시의 잡지나 단행본은 이 조선문을 따르지 않았다. 이는 한국과 일본의 한문 학습과 출판의 양상이 전통적으로 달랐던 것에서 비롯된면이 많다.[11]

---

11 한일의 한문 수용 관습이 달랐던 것에 대해서는 교과서를 편찬하는 담당자들도 인식하고 있었던 바, 조선어급한문독본 편찬 요지에 "조선에서는 한문에 구두를 더하지 아니하나 그 대신 '吐'를 붙이게 하니 이것이 없으면 배우기 심히 곤란하여 혹 교수를 틀리게 하므로 독본 중의 한문 교재에는 모두 '吐'를 붙이고 (…후략…)"라는 구절이 있다. 허재영, 앞의 책, 42쪽. 번역은 인용자.

일본에서는, 한문 문장에 '。'과 '、'을 더해 구두를 나누고 구결에 해당하는 훈독기호와 함께, 어순을 표시하는 카에리텐返り点까지 표기하여 일종의 번역 과정을 거친 화각본和刻本이 메이지시대에 대량으로 출판되었다. 메이지시대 말기가 되면, 한문 문헌이라도 구두와 훈독 기호를 더하여 출판하는 것이 일반화된 것이다. 반면, 전통적으로 한문 문헌이 판각과 출판의 대부분을 차지했던 한국은 중국과 마찬가지로 문장부호를 병기하지 않은 백문으로 출판하는 것이 일반적 관례였던

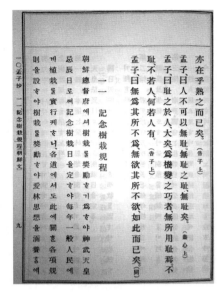

〈그림 2〉『고등독본』의 본문
(총독부의 행정 명령을 교재로 수록)

것이다. 일본의 한문 출판물은 일본어의 통사적 기준에 맞추어 한문을 변형하여 궁극적으로 번역까지 이어질 수 있는 성격이었음에 비해, 한국의 그것은 원문 그대로를 보존하는 것이 원칙이었던 셈이다.

1910년대까지도 한국의 출판물은 문장부호와 띄어쓰기가 적용된 일정한 문장규범을 찾을 수 없는 전통적 양상으로 출판되는 경우가 많았다. 특히, 앞서 언급한 『실용작문법』과 『신문계新文界』, 『반도시론半島時論』 등 식민지 정책에 협력하는 성격의 출판물들도 총독부의 조선문을 따르지 않았다는 점은 주목할 만하다. 1910년대 가장 성공적인 출판 실적을 기록한 신문관의 『청춘』, 『시문독본時文讀本』 역시 『고등독본』의 조선문과 달리 전통적 출판 관습과 유사한 형태였다. 계몽기에 선도적으로 형성된 『소년』의 일관된 문장규범은 1910년대의 『청춘』 등에서 적용되지 않았으며,

후자가 더 큰 대중적 파급력을 보여줬다는 점도 기억할 만하다. 『소년』과 『고등독본』의 가장 큰 차이로 띄어쓰기를 들 수 있다. 문장부호를 일정하게 지키려 했던 것은 양자가 동일하나 전자의 선도적 업적 가운데 하나인 일정한 띄어쓰기가 후자를 포함한 총독부 독본에는 없는 것이다.

한국어를 다시 전근대적 언어 질서 속에 편성하려 했던 전체적 편집 방향과 대조적으로 『고등독본』은 한국의 한문전통에 상당히 큰 비중을 두고 있다.[12] 무단통치로 일컬어지는 1910년대 총독부의 강압적 정책이지만, 한국의 문화전통에 대한 태도는 대만을 비롯한 다른 식민지와는 좀 다른 것으로[13] 이 『고등독본』에서도 확인할 수 있다. 또한 그 편찬 작업의 질과 상관없이, 한중일의 식민지 한자권이 공유할 수 있는 한문 교과서를 편수했다는 편집의도에 대해서는 학적 고찰이 필요하다.

3. 식민지 경영과 문화통합

『고등독본』은 4권을 합쳐 400여 쪽에 이르고 단원 수는 285과이며, 범례에서 수록된 단원을 네 가지로 구분하고 있다. ① 경사자집經史子集,

---

12 한국사 교과목이 없는 상황에서 조선어급한문 교과에 편의적으로 한국사 교과를 취합하려는 양상이기도 하지만, 뒤의 표에 나타나듯이 상당히 다양한 한국 한문고전이 편집되어 있어 그 편찬에 상당한 안목과 지향이 있었던 것은 간과할 수 없다.
13 일본제국의 식민지 교육이 지향한 문화통합의 성격과 대만과 조선 사이의 교육정책이 보여준 차이에 대해서는 고마고메 다케시, 오성철 외역, 『식민지제국 일본의 문화통합』, 역사비평사, 2008 참조.

② 한일문서, ③ 신찬新撰, ④ 조선문朝鮮文으로, 이 외에 한시漢詩와 격언
이 약간 편성된다. 285과 중 29과가 ④ 조선문이며 이를 제외한 ① 부터
③은 단원 수를 기준으로 다음과 같은 비중이다. ① 경사자집 46%, ②에
서 일본문서 20%, 한국문서 8%, ③ 신찬은 12%이다. 동아시아 한자권
이 공유하는 경사자집이 압도적 비중을 차지하며, 주로 에도시대와 메이
지시대의 한문 문장인 일본문서도 적지 않은 비중이다. 한국의 역대 한
문 문장도 모두 16세기 이후의 작품이었으며 신찬은 교과서를 위해 새
로 저술된 것으로 한문의 난이도가 높아진 3권과 4권에는 수록되지 않
았다.

　『고등독본』은 보호국에서 식민지로 전환된 당대의 혼란을 반영하듯
일견 편집의 방향을 파악하기 힘들기도 하다. 한문고전이 행정·실용 문
서들과 일정한 기준 없이 뒤섞이는 양상이 나타난다. 가령 "君子不器",
"君子周而不比, 小人比而不周"[14] 등을 읽고 큰 뜻을 품은 학생은 바로 다
음 조선의 쌀 생산에 대해 '조선문'으로 기술된 보고서를 읽게 되고,[15]
선善을 행하고 선善을 생각하여 군자가 되라는 『소학小學』의 구절을 보고
나서는 조선 풍토에 적합한 작물을 보고한 조선문 단원을 읽게 되는 상
황이다.[16] 지금의 관점으로는 상상하기 힘든 형식이겠지만 보편적 사상
을 한문이, 실업은 식민지의 언어인 조선문이 구분하여 담당한다는 식민

14　『論語』「爲政」에서 "군자는 그릇이 되지 않는다.(군자는 그 쓰임을 한정할 수 없다), 군자
　　는 두루 미쳐서 치우치지 않고 소인은 치우쳐서 두루 미칠 수 없다."
15　朝鮮總督府, 49. 「論語抄」(한문)·50. 「南朝鮮米의由來」(조선문으로 원문은 고등국어
　　독본에서), 『고등조선어급한문독본독본高等朝鮮語及漢文讀本』 1, 1913, 61~63쪽. 이하
　　『고등조선어급한문독본독본』 인용 시 '『고등독본』 권수, 인용쪽수'로 표기.
16　57. 「小學抄」(한문)와 58. 「朝鮮의園藝作物」(조선문으로 원문은 조선총독부간행 조선
　　농무휘보 제3에서), 『고등독본』 1, 70~74쪽.

지 교육정책이 적실하게 반영된 구성인 것이다. 복원된 한문과 조선문 사이의 전근대적 언어 질서는 식민지적 차별의 체제와 중첩되어『고등 독본』에 나타나고 있다.

이 양상이 더욱 직접적으로 구성된 대목은『고등독본』2권에 나타난 다. 종묘를 배부하니 잘 재배하고 보고 표지를 작성하라는 총독부 행정 명령을 '조선문'으로 전부 게재한 다음, 이익李翼의「산림수리山林水利」와 이이李珥의「호송설護松說」을 배치한 것이다.[17] 한국의 한문고전이 식민 지 운영을 위해 호출된 지경이다. 식산흥업이 계몽기부터 이어진 당시 한국의 이념적 지향이기는 하지만, '한문'과 '국어'조차 실업에 복무하 는 과목이 된다면 그 교육적 효과를 볼 수 없었을 것은 명약하다. 또한, 한국어를 오로지 보조적 위치에만 두고 있는 편제도 당대 한국인들의 반 감을 불러 일으켰을 것으로 보인다.

근대의 독본은 과거와 현재의 가치관을 융화 내지 절충하는 역할을 수행하는 경우가 많고 특히 자본주의에 근거한 대중교육, 의무교육 체제 라면 이는 중요하다. 자본주의 이윤의 확장을 위해서는 대중의 동원이 필수적이고, 이 동원은 과거의 종교나 경전 등을 현재의 당면과제에 맞 추어 변주한 가치관에 의거할 때에 효과적이라는 점은 주지의 사실이다. 『고등독본』에 조선문으로 서술된 현재의 식산과 흥업은 고대나 중세에 서 비롯된 한문 경전과 그 시간적 격차가 너무 커서 조화되기 어렵다. 현 재의 급무인 식산흥업과 어울리는 가치관이 부재한 것이다. 이는 앞서의

---

17 『고등독본』2, 20~32쪽. 또한『고등독본』3에도『孟子』「離婁 下」에서 인용하여, 군자
  의 극치인 순舜 임금에 대해 서술하고, 곧 바로 '조선문'인 면작 장려 훈령을 조선총독부
  관보에서 인용하여 게재하였다. 『고등독본』3, 103~110쪽.

『통감부 한문독본』과 동일한 맥락이다.

『시문독본』은 한문고전의 비중이 적지 않지만 경전은 수록하지 않았으며, 이념적 방향성은 자기표창·개척·모험 등 친자본주의적 가치를 향하고 있다. 이에 반해 현재의 실업과 과거의 경전 사이에 어떤 절충이나 조화를 제시하지 못하는 『고등독본』은 교과서로서의 편집의도가 갖춰지지 않은 양상이다. 총독부나 통감부는 피식민자의 법적 지위를 명확하게 규정하지 않았으며 통치자로서의 책임을 끊임없

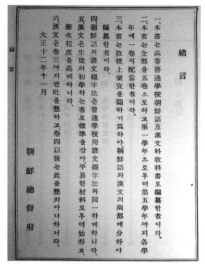

〈그림 3〉『신편독본』의 서언

이 유보한 상태로 당면한 경제적이고 군사적 이익을 추구하는 체제였다. 이와 같은 일제의 통치는 독본에도 그대로 반영되었다고 하겠다.

총독부의 교육정책은 1910년대에서 1920년대 초반의 한국에서 활성화되지 못했으며 오히려 전통적인 서당 교육의 영향은 여전히 완강했다.[18] 또한, 1919년의 3·1운동이라는 대대적 저항 운동이 발생한 것을 감안하면, 조선총독부의 초기 식민지 교육정책은 대중적인 보급의 차원에서나 정치적인 이념의 차원에서 모두 실패했다고 할 수밖에 없다. 이 실패에는 다양한 배경이 존재하겠으나, 위에서 살펴본 교과서의 편제와

---

18 식민지 한국의 공립보통학교 취학률은 1920년 시점에서 3.7%밖에 되지 않았으니 1910년대의 취학률은 더욱 낮았을 것이다. 반면 서당의 수는 1912년 당시 1만 6천 개에 달했고 1921년까지 오히려 증가해 2만 5천 개에 이르렀다. 3·1운동 이후 신교육령의 실시와 함께 취학률도 증가해 1925년에는 13%에 달했고 서당의 수도 점차 감소했지만, 1932년까지도 1만 개 이상의 서당이 존재했다고 한다. 고마고메 다케시, 오성철 외역, 앞의 책, 149~150쪽 참조.

〈표 1〉『고등조선어급한문독본』의 편제

권1	권3
전체 99쪽, 77편 經史子集 : 27(論語와 小學이 주) 한국문서 : 7(士小節 등 수신 교훈서가 주) 일본문서 15 (江戶시대 후기 및 明治시대 글이 주) 新撰 : 20(교과서를 위해 새로 지은 한문 문장) 조선문 : 8(분량은 22쪽)	전체 116쪽, 61편(장편화) 經史子集 : 27(論語, 小學에 史記, 說苑 등도 포함) 古文 12(당송 문장 위주이나 袁枚의 글도 있음) 한국문서 : 6(동국여지승람, 산림경제 등) 일본문서 : 7(賴襄과 齋藤正謙 등) 조선문 : 5(25쪽, 총독부훈령 등) 典故・用字例 : 4

- 경사자집, 한일문서, 조선문, 신찬은 범례의 기준을 따른 것.
- 경사자집 중 교술적 성향이 강한 주희, 왕양명의 글은 논어, 맹자, 소학, 사기 등과 같이 묶었으나, 당송팔가문과 유사한 글들은 고문으로 분류함.

〈표 2〉『신편고등조선어급한문독본』의 편제

권1
朝鮮語部와 漢文部가 분리되어 조선어부는 100쪽, 한문부는 50쪽 ・조선어부 21과 : '漢字의 自習法', '橫濱', '富士山', '朝鮮의産業', '碩學李退溪', '月世界' 등 ・한문부 50과 　고전 : 17(소학, 맹자위주로 近思錄, 淮南子, 孔子家語, 荀子, 韓詩外傳, 漢書 등) 　한국문서 : 15(三國史記, 東國通鑑, 東國興地勝覽, 星湖僿說, 高麗史, 練藜室記述, 芝峯類說) 　일본문서 : 8(中村正直, 貝原篤信, 日本史略, 先哲義談) 　교과서, 실용문 및 기타 : 10(대만의 교과용 한문독본, 米利堅志 등)

권4
조선어부는 97쪽, 한문부는 55쪽 ・조선어부 17과 : '地方靑年會', '朝鮮의繪畵', '地殼의變動', '蒙古의風俗(鳥居龍藏 글의 번역)', '關東八景' 이외에 한석봉, 차천로, 임준원, 박태성 등 한국의 위인 사적을 많이 소개함. ・한문부 34과 　고전 : 8(논어, 맹자, 漢書, 史記 등) 한문산문 : 3(柳宗元, 周敦頤, 韓愈) 　한국문서 : 18(경포대, 김정호, 牛痘수입, 强首 등 소재, 출전 : 五洲衍文長箋散, 慵齋叢話 등) 　일본문서 : 2(齋藤正謙, 中村正直) 　교과서, 실용문 및 기타 : 2 典故와 語法 : 1

권5
조선어부는 96쪽, 한문부는 55쪽 ・조선어부 17과 : '조혼꽃', '동무나븨', '基督', '時調四首', '高朱蒙', '高麗陶磁器', '古詩意譯', '先覺者의任務' ・한문부 30과 : 　고전 : 10(사기, 近思錄, 陸象山, 논어, 荀子, 戰國策등) 한문산문 : 10(陶潛, 韓愈, 楚辭, 蘇軾 등) 　한국문서 : 5(서경덕, 유리왕 등 소개, 출전 : 東文選五 등) 　일본문서 : 1(大日本維新史序) 文典과 語法 : 4

- 『고등독본』의 한문 문장은 구두만 달렸으나, 『신편고등독본』은 1~3권까지는 현토와 구두를 달았고, 4~5권은 구두만 달렸다.

성격도 일정 부분 원인을 제공했을 것이다. 그러므로 신교육령에 따른 『신편독본』의 편제는 『고등독본』과는 상당히 다르다. 그 편제의 일부를 〈표 1〉과 〈표 2〉로 제시한다.

조선어급한문이라는 교과명은 그대로 유지되었지만, 이 두 독본은 큰 차이를 보인다. 일단 '조선어부'와 한문이 분리된 것이 가장 큰 차이라 할 것이고 전자의 분량에서 10% 남짓한 비중이었던 조선어의 비중이 후자에서 한문을 크게 앞선 것도 주목할 사안이다.[19] 그 내용에 있어서도 차이는 큰데 『신편독본』의 수록문은 『고등독본』에 비해서 훨씬 다양하고 심도 있는 논의와 사적을 전하는 부분이 많아서 조선어는 보조적 위상에서 벗어난 편제인 것이다. 이 차이를 명시적으로 보여주는 것이 『신편독본』에서 『고등독본』의 범례를 대체한 「서언緒言」이다. 한문인 범례에 비해 「서언」은 국한문이고 서술의 순서도 조선어에 관련된 사항을 한문에 앞서 배열하고 있다.[20]

위에 비교한 두 독본들의 조선어 수록문의 내용을 보면, 실업이 주요한 비중을 차지하며, 일본어와 한문의 번역문이 역시 주요한 위치를 차지한다는 점에서 편집의 방향이 유지된 면도 있다. 그러나 그 번역의 출전이 『고등독본』과 달리 『삼국사기』 등의 한국 한문전통에서 비롯된 것이 많아서 한국의 문화전통에 대한 존중, 문화통합을 위한 노력이 어느

---

[19] 중등교육을 강화하면서 수업연한을 늘려, 일본의 교육 편제와 유사하게 만들었기에 4권에서 5권으로 분량이 늘어난 것도 물론 주의할 점이다.

[20] "1. 본서는 고등보통학교 조선어급한문교과서로 편찬한 것이라. / 2. 본서는 전부를 5권으로 하고 제1학년으로부터 제5학년까지 각 학년에 한 권씩 배당한 것이라. / 3. 본서는 교수상 편의를 도모하기 위하여 조선어와 한문의 양부로 나누어 편찬한 것이라. / 4.조선어의 언문철자법은 보통학교용 언문철자법과 동일하게 하니라. / 5. 한문은 생도 중 초학하는 자로 표준을 삼아 평이한 교재로부터 시작하여 점차 정도를 높게 하니라. / 6. 한문은 3권까지만 토를 달고 4권 이후는 이를 달지 아니 하니라." 윤문은 인용자.

정도 교과서 편제에 반영된 셈이다. 또한, 전자에서 나타난 실업과 한문 경전 사이의 간극도 일부 보완되었다고 할 수 있다.

이 두 독본들의 편제만을 보자면 '조선어' 즉 한국어 글쓰기는 1910 년대 총독부의 복고적 교육·언어정책에도 불구하고 언어적 독립성을 어느 정도 확보했다는 평가를 내릴 수도 있겠다. 여기서 더욱 흥미로운 점은 『신편독본』의 편집 성격과 문체가 『청춘』과 『시문독본』을 위시한 1910년대 최남선의 출판물들과 유사하다는 점이다. 위에 인용된 제목 들만 보더라도 한국의 역사적 인물, 지리적 견문, 단편적 과학 지식, 서 구의 위인 사적, 실업에 대한 강조 등이 섞여서 『청춘』과 『시문독본』의 목차를 연상하게 만드는 것이다.[21]

일반적으로 1910년대의 총독부 통치를 무단 통치라 이르고 1920년 대를 문화 통치라 이르는데, 이에 따라 총독부 교과서의 편제에도 차이 가 있었던 것으로, 언어정책과 교육정책에도 일정 정도의 수정이 있었던 것을 알 수 있다. 『신편독본』의 조선어부와 더불어 한문부의 변화도 크 다. 전체 187단원 가운데 고전이 69과, 한일문서 83과, 기타가 32과이 다.[22] 한일문서의 구성 비중이 뒤바뀌어서 83과 가운데 63과가 한국문 서로 『고등독본』의 한일문서 비율이 24과 대 57과인 것과 대조된다. 한 국사가 정규 교과에 편성되지 않았기에 한국의 역사와 문화를 한국의 한 문 전적으로 전달하려 했던 셈이다.

---

21 특히 『신편독본』 권4에 번역되어 실린 금원錦園 김씨金氏의 「湖東西洛」이 실린 것은 『청 춘』에 동일인의 「湖洛鴻爪」가 연재되었던 것과 영향관계가 있지 않을까 추정한다.
22 『신편독본』은 『고등독본』의 범례처럼 문서의 분류가 명시되어 있지는 않다. 그러나 수록 단원의 말미에 출전을 제시하였기에 위와 같은 분류가 가능하다. 기타는 일본인들이 편 찬한 한문독본이나 후자의 범례에 규정된 신찬 그리고, 한문 문법 관련 문장들이다.

조선어부를 제외한 한문부는 한자권 공통의 교과서를 만들려는 의도가 반영되어 있는데 그 편집의 기준을 거칠게 정리해 본다. 전통적 경사자집 중에서, 삼경三經은 거의 제외되었고 사서四書는 중시되며, 『소학小學』 등의 전통적 학습서도 중시된다. 제자서 가운데, 『도덕경道德經』, 『장자莊子』는 거의 제외되었지만, 『순자荀子』, 『열자列子』, 『한비자韓非子』, 『관자管子』 등은 약간 포함된다. 역사서 중에는 『한서漢書』, 『사기史記』 등이 중심을 이룬다. 한국의 전적은 『삼국사기』부터 『경세유표經世遺表』 및 『오주연문장전산고五洲衍文長箋散稿』 그리고 대한제국기에 출간된 『용강집蓉岡集』에 이르기까지 다양하게 수록되어 있다. 일본의 문장은 에도시대 후기에서 메이지시대에 이르는 당대의 문장들이 중시된다. 실제 작문의 원리는 전통적 교재인 당송팔가문이 담당한 양상이지만, 당대적 분위기와 현안이 반영된 당대 일본인들의 문장도 적지 않은 비중을 차지하고 있다. 『고등독본』에 수록된 한국의 한문 문서가 보조적 위상이었다면 『신편독본』의 그것은 한국의 역사와 문화를 교수하는 역할로 확장되었다고 할 수 있다. 전자의 조선문이 후자에서 조선어부로 독립된 것과 동일한 양상이라 하겠다.

한 가지 흥미로운 점은 『고등독본』에 비해 『신편독본』에 편성된 한문 교육의 심도가 약화된다는 것이다. 한문 문장에 한글로 현토를 더한 것은 1차 교육령에서는 보통학교 『조선어급한문독본』에서 취한 편제였으며, 위의 『고등독본』에서는 모두 달지 않았던 것을 『신편독본』에서는 1권부터 3권까지 한글로 현토를 달아서 한문 문장이라도 계몽기 국한문체 유형 중 한문 문장체와 비슷한 양상으로 처리한 것이다. 이는 1910년대와 1920년대 한국의 언어생활의 변천을 나타내는 한 지표라 하겠다. 또한 『고등독본』 전체 수록문 중, 30여 편에 달하던 고문 성격의 한문

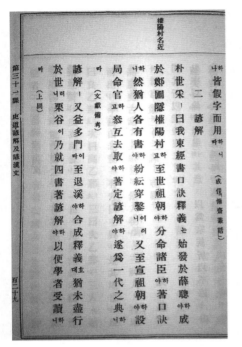

〈그림 4〉『신편독본』에 수록된 언해 관계 기사

산문들이 『신편독본』에서는 10편 남짓으로 줄어든 것도 주의할 부분이다. 전통적인 한문 작문 교육에서 중심을 이루고 있던 당송 고문의 수요를 대폭 줄인 것은 한문 교과가 한문 작문을 위한 것이라기보다 전반적 교양을 위한 것으로 바뀐 것이라 평가할 수 있겠다. 전통적 한문 교육이 한문의 수사 원리를 체득하기 위한 것이었다면, 1920년대에 설정된 한문 교육은 한문으로 이루어진 전통적 교양을 해독하기 위한 것으로 축소된 것이다.[23]

『신편독본』에 수록된 한국사에 관련된 문장들은 그 비중이 커서 한국사 교재로서의 성격도 가진 것으로 이는 한국에 대한 문화적 존중이 반영된 교육정책이라 할 수 있으며, 3·1운동으로 대변되는 변화된 식민지 상황에 대처하는 총독부의 능동적 정책을 감지할 수 있다. 한국의 전적이 대폭 확장된 것은 재조일본인들과 총독부의 "조선연구"를 반영한 것으로 차후의 연구주제가 될 것이다. 한편, 연구 교과서에 수록된 일본 한문 문장에는 보편적 한문전통과는 좀 다른 풍격을 나타낸 것도 있는데 조선문으로 번역된 양상은 흥미롭다.

---

23 앞장에서 논한 일제 한문교육 정책의 변화가 뒤늦게 식민지 조선에서 재현된 것으로 평가할 여지도 있겠다.

4. 일본 한문 문장의 조선문 번역 양상

일본의 한문전통은 상인 계층과 밀접한 연관을 맺고 있었다. 특히 에도시대의 대표적 교육기관의 하나이던 오사카의 카이토쿠도懷德堂[24]는 상인 자본으로 설립되었다. 『고등독본』에서 오사카 상인의 생활을 전하는 한문 산문이 수록되었다.

> 조사이城西의 스나바沙場에 메밀국수 파는 자가 있으니, 이즈미 씨라 하는데 장사를 잘했다. 먹이는 계집종과 아이들이 수십, 백 명이나 되는데 웃통 벗고 가는 이, 수건 쓰고 체치는 이, 반죽하는 이, 몽둥이질 하는 이, 뽑는 이, 삶는 이, 그릇 까는 이, 장국 내는 이, 손님 받는 이들이 해 뜨면 나와서 밤에 닫은 후에야 쉬었다. 내 듣기에 메밀국수는 값이 싼 것이라 실컷 먹는다 해도 백전이 되지 않고 작은 이는 그 6분의 1로도 배가 부르다. 그러나 이즈미 씨는 돈을 버는 것이 매일 수십 백 꿰미였으니 가히 장사를 잘한다 하겠다.[25]

메밀국수 집의 일상이 생동감 있게 그려진 인용문으로 시작된 이 글은 이즈미 씨가 장사가 안 되는 오사카 북가北街의 다른 메밀국수 상인에게, "동업을 하기에 (우리는) 형제다"라고 하고 돈을 꾸어주고 장사 수단

---

24 유학을 중심으로 교육함. 오사카 제국대학을 거쳐, 현재는 오사카대학의 법대로 이관되었다.

25 "城西沙場(오사카의 지명)、有鬻蕎麵者、曰泉氏、善售。蕎婢童數十百人、袒而磨者、巾而篩者、溲者、縷者、瀹者、陳器者、置漿者、待客者、日出而作、夜闌而後息。吾聞蕎麵、價之廉者、雖喜飱者、不耐百錢、少者、其六之一而飽。然而泉氏收錢、日數十百緡、可謂善售矣。"中井積德、29.「鬻蕎麵者傳」,『고등독본』3, 49~50쪽, 번역은 인용자.

도 주어서 같이 부유하게 되는 것으로 끝을 맺는다. 입전한 저자는 "비록 시정의 천인賤人이지만 형제의 애愛"를 발휘했다는 평을 붙이고 있다. 상인의 생생한 생활이 압축적으로 나타날 뿐 아니라, 혈연관계가 아니지만 동업을 하기에 '형제'라는 상인의 윤리까지 전해주어 오사카 시정의 세태가 살아난다. 카이토쿠도 쾌주醻酒의 아들인 저자 나가이 쇼토쿠[26]는 엄격한 경학자였다고 하는데, 인용문에서는 인의仁義나 이理에 대한 언급은 전혀 없고 오직 동업의 형제애만을 거론한 것이 인상적이다.

인용문을 비롯한 일본 한문 문장들은 식산을 강조하고 일제 체제를 긍정하는 편집 방향에 들어맞는 성격을 가지면서도 인용에 보이듯이 나름의 수사적 성취를 이룬 양상이다. 그러나 『고등독본』에 수록된 일본 한문 문장들은 1910년대 당시의 조선에서 크게 보급되지 못했던 것으로 보이며 『신편독본』에서 그 비중이 크게 줄어든다. 『고등독본』에서 더 주요한 부분은 번역의 양상이라 하겠다.

『고등독본』의 '조선문'은 모두 일본의 문장을 원문으로 하는 번역문이고, 『신편독본』에도 후쿠자와 유키치와 도리이 류조 등의 번역문을 실어 그 비중이 크다. 또한 후자에서는 이두, 구결, 언해, 혼용 등 한국에서 쓰인 언어 매체와 한국어와 한자의 관계 등을 다룬 단원들이 많다. 궁정적으로 평가하자면 조선어의 동아시아적 지평과 역사적 맥락을 고려한 것이라 할 수 있겠지만, 일본제국의 식민지 질서 속에서 조선어를 중간적이며 보조적 매체로 운용하려는 의도도 반영된 것이라고도 하겠다.

---

26 나가이 쇼토쿠中井積德(1733~1817)는 호가 리켄履軒인데 경학과 문장으로 이름을 떨쳤으며, 사서四書의 권위를 엄격히 지켜 일본 문헌을 중시하는 국학자國學者들과는 만나지도 않았다 한다. 이노구치 아츠시, 심경호 외역, 『일본한문학사』, 소명출판, 1999, 398~402쪽 참조.

이 중 한문 원문과 조선문 번역을 동시에 게재한 사례는 ① 1권 30～
31과인 「商業高手」, ② 1권 75～76과 「興荒田」, ③ 2권 24～25과 「保
險之法」 ④ 2권 31～32과 「忠益說」 ⑤ 2권 90～91과 「陶器」 등 총 5건
이다. 이 가운데 메이지 6걸의 하나로 꼽히던 나까무라 마사나오^{中村正直}
의 ④와 대법원 판사이자 메이지의 한문 문호로 불리던 미시마 츄슈^{三島}
^{中洲}의 ②가 흥미롭다. 원문과 번역을 동시에 수록한 것은 다른 단원에
비해서 그 비중이 크다는 방증이겠다. 이 두 글의 국한문체 번역과 원문
을 제시한다.

② 下總國에畓은瘠ᄒ고稅ᄂ重ᄒ處이有ᄒ야民이皆離散ᄒ야畓이드듸여荒
廢ᄒ니稅額을欠ᄒᆷ이不少ᄒ지라. 岡田郡國生村里正橫關政安이深히
慨惜히넉이여享和中에議를建ᄒ야六十年으로써折償ᄒ고秋收의多寡
를檢ᄒ야㪍酌ᄒ야租稅를課ᄒ기로ᄒᆫᄃᆡ, 縣令荻原氏가許ᄒ니, 政安이
이예越後에至ᄒ야餘ᄒ民丁數十人을募ᄒ야本村及岡田新田豊田郡若
村에移ᄒ고蕪ᄒ것을刈ᄒ야廢ᄒ것을修ᄒᆯᄉᆡ文化戊辰에至ᄒ야竣工ᄒ니
良畓八十七町三段三畝十九步를得ᄒ지라. 官이白金五枚를賜ᄒ야賞
ᄒ고, 旣數年에畓이肥ᄒ고民이富ᄒ야稅額이復舊ᄒ니, 更히賞ᄒ야年
年金三兩을賜ᄒ니라. 天保中에其子淸政, 里正을襲ᄒ야又縣令勝田氏
에게請ᄒ야民을越後에募ᄒ야本村及五箇村에移ᄒ야畓六十四町二十
三步를興ᄒ얏더니, (…중략…) 厥後에畓이益肥ᄒ고民이益富ᄒ며稅額
도舊보담加ᄒ지라. 村民이遺惠를追慕ᄒ야碑를植ᄒ야記ᄒ니라.²⁷

---

27 下總國(현재 이바라키현)、有田瘠而租重者、民皆逃亡而田遂荒廢、欠租額不少. 岡田郡
(이바라키현) 國生村(이바라키현의 지명) 里正(이장) 橫關政安(인명)、深慨焉、享和(연

④ 耒耟를 把ᄒ고 耕ᄒᄂ者ᄂ農夫가 邦國에 忠益홈이오, 貨物을 製造ᄒᄂ者
ᄂ工人이 邦國에 忠益홈이오, 物을 連ᄒ야 遠에 行ᄒᄂ者ᄂ商賈가 邦國
에 忠益홈이오, (…중략…)   大抵人은 貴賤을 不問ᄒ고 其職事에 勉強ᄒ
면 心廣體胖ᄒ야 浩然之氣가 生ᄒ야, 其利益이 반다시 他人에게 及ᄒ고
邦國에 加ᄒ야 獨히 一家만 安홀ᄲᅮᆫ이아니라, 만일 暖衣飽食ᄒ고 事爲ᄒ
ᄂ바가 無ᄒ면 終日 昏昏ᄒ야 嗜慾이 橫生ᄒ야, 獨히 他人에게 忠益홈을
不能홀ᄲᅮᆫ이아니라, 一生間에 徒히 他人의 力作혼바 (…후략…)**28**

지금의 기준으로 볼 때, 계몽기의 국한문체에 비해 통사구조와 문장
규범이 일관되게 적용되고 있다. 한문은 단어로만 문면에 드러나 있으
며, 한글의 통사구조가 일관되게 관철되고 있다. 또한, 문장의 접속이나
분리의 원칙 그리고 문장부호의 원리가 일관되어 있기에 당시의 다른 국
한문체 출판물을 읽는 것보다 훨씬 쉬운 것이다. 이는 원문이 한문 산문
이면서도 특별한 수사적 기교를 발휘하지 않은 평명한 문장이라는 점에
서 비롯되기도 한다. 무엇보다 구절을 나누는 '、'과 문장을 나누는 '。'
등 문장부호의 사용이 일관된 것이 큰 원인인데, 그러므로 이 독본은 일

호, 1801~1803)中、建議請興之。其方、借費于官、以六十年折償之而檢秋收多寡、斟酌
租。縣令荻原氏、許之。政安、乃至越後(현재 니가타현)、募餘丁數十人、移之本村及岡田
新田豊田郡若村(이바라키현의 지명)、刈蕪修廢、至文化(연호)戊辰(1808)、竣工、得良
田八十七町三段三畝十九步。官賜白金五枚賞之、旣數年、田肥民富、租額、復舊、更賞之、
年賜金三兩。天保(연호, 1830~1843)中、其子淸政、襲里正、又請縣令勝田氏、募民于越
後、移之本村及五簡村、興田六十四町卄三步。爾後、田益肥、民益富、租額、加舊。村民、
追慕遺惠、植碑記之。 각주의 것이 독본에 수록된 원문이며 괄호는 인용자, 이하 같음.

28 "把耒而耕者、農夫之忠益於邦國也。製造貨物者、工人之忠益於邦國也。連物行遠者、商賈
之忠益於邦國也。(…중략…) 蓋人不問貴賤、苟能勉強其職事則心廣體胖、浩然之氣、生矣
而其利益、必及於他人、加於邦國、不獨安一家而已也。若夫暖衣飽食、無所事事則終日昏
昏、嗜慾、橫生、不獨不能忠益於他人、一生之間、徒耗損他人所力作之。"

관된 원칙이 없는 당시의 다른 국한문체 문장에 비해 현행 어문규정에 더 가깝다고 하겠다.

한편, 일본의 문장규범을 전범으로 한국어 문장을 지도하려 했던 교육·언어정책이 드러나기도 한다. 그런데 문체는 일관되지만 앞서 거론한 『실용작문법』과 『시문독본』에 비해서 그 내용이 수구적이라 하겠다. 시대는 다이쇼大正로 바뀌었으나 이 두 사람은 메이지시대의 인사들로서 위 인용문들은 1910년대 당시 한국의 독자들에게 큰 반향을 일으키지 못했던 것으로 보이며, 『신편독본』에서는 탈락된다.

위 문장과 『시문독본』에 나타나는 한문 번역문체를 비교해 볼 수 있는데, 1910년대에 더 파급력이 컸던 『시문독본』의 문체는 다양하여 위 인용문보다 한문의 비중이 더 많은 경우도 있다. 총독부 독본의 문체가 파급력이 없었던 것은 시대에 뒤떨어진 내용이 가장 큰 원인이었을 것이다. 문체적인 요인을 찾아보자면, 당시 한국의 언중들은 일본과는 달리 한문의 사용이 일관되게 나타나는 위와 같은 국한문체에 큰 흥취를 못 느꼈을 것이라 추정된다. 1910년대를 대표하는 최남선의 문체 그리고 계몽기를 대표하는 신채호의 문체는 모두 문장에 구현된 한문의 양상이 불규칙하다. 판소리 사설이 순한글로 이루어지다가 한시를 인용하고 한문 인용구를 남발하여 청중의 재미를 돋우는 것처럼 그리고 김삿갓의 한자 유희가 그런 것처럼 1910년대까지의 한국 언중들은 한글과 한문의 거리가 정해지지 않은 과도기적 상황을 즐기고 있었던 것이 아닐까?

앞장에서 보았듯이 전체 편집에서도 큰 변천이 있었던 『신편독본』은 그 문체와 번역의 상황도 『고등독본』과는 완연히 다른 양상이다. 『삼국사기』에서 번역한 '고주몽高朱蒙', '토끼의 간' 등이 있어 위 인용문보다 훨씬 한글화가 많이 이루어진 문체인데, 일단 『삼국사기』에서 비롯된 전자의 번역을 제시한다.

> "나는本來河伯의딸인대, 諸第와함씌놀너나왓다가, 天帝의아들解慕漱라고 自稱하는男子를맛나,熊心山下鴨綠邊室中에誘引되엿는대, 私通한後에卽時 어듸로가드니, 마참내돌아오지아니함으로, 父母쎄서, 나더러仲媒업시人을從 하얏다고責望하시고, 드듸여優渤水에讁居케하셧소." 하거늘, 金蛙가怪異히 녁여서, 室中에幽閉하얏드니, 日光의빗촌배되거늘, 몸을이끌어이것을避함애, 日影이쪼쪼차빗취드니, 因하야有孕하야一卵을生하얏는대, 크기가 五升許쯤 되거늘[29]

> "我是河伯之女、名柳花。與諸弟出遊、時有一男子、自言天帝子解慕漱、誘 我於熊心山下鴨淥邊室中、私之、卽往不返。父母責我無媒而從人、遂讁居優渤 水。"金蛙異之、幽閉於室中。爲日所炤、引身避之、日影又逐而炤之。因而有 孕、生一卵, 大如五升許。
>
> ―『三國史記・高句麗本紀第一・東明聖王』

인용된 전자와 후자를 비교하면, 빠진 부분 없이 완역되었음을 알 수 있다. 또한 일본식 문장부호를 적용하여 인용의 부분도 구분하고 있으며 『고등독본』의 번역에 비해 훨씬 한글의 비중이 높은 것을 알 수 있다. 편집의 방향을 변경하였을 뿐 아니라, 문체 자체에서도 많은 모색을 하였음이 나타난다.

---

29 朝鮮總督府, 8.「高朱蒙」,『신편고등조선어급한문독본新編高等朝鮮語及漢文讀本』권5, 1924.

이 교과서에서 가장 부드러운 한글 문장은『신편고등독본』16과「고시의역古詩意譯」의「산중문답山中問答」과「촌가村家」에서 잘 드러난다. 이 두 시의 번역은『고등독본』의 조선문에서 찾아볼 수 없는 자연스런 순한글 문체이다.『신편고등독본』의 조선어 문장은 매우 다양하다. 한문의 비중에 따라서는 계몽기 국한문체에 가까운 것에서부터 순한글에 가까운 문장도 있다. 그리고 종결어미도 "…라"형과 "…다"형이 섞여서 나타나며, 문장 길이와 구조도 다양하다. 계몽기 국한문체와 유사한 형태로 행정과 실업에 관계된 내용을 수사적 장치 없이 서술했던『고등독본』의 문체와는 완연히 다른 양상인 것이다.『고등독본』이 당시 한국의 언어생활에 대한 수용이나 이해가 없는 일방적인 통치의 문체를 보여주었다면,『신편독본』은 1910년대와 1920년대 한국의 과도기적 언어생활을 나름 수용하고 이해하려는 노력을 보여주었다고 해석할 여지가 있다.

/ 제3장 /
조선어급한문독본의 조선어 인식

1. 조선어급한문독본의 개편과 조선어 인식

조선총독부의 '조선어급한문' 독본은 보통학교, 중등학교용 — 고등보통학교와 여자고등보통학교용으로 종류가 다시 구분됨 — 으로 나누어 출판되었으며, 한국과 동아시아의 급박한 정세를 반영하듯 여러 차례 전면적으로 수정되었다. 이 가운데 총독부의 중등학교용 독본 1913년판, 1924년판, 1933년판이 완질을 갖추고 있으며 실업학교나 여자고등보통학교의 독본에 비해 대표성을 갖고 있다. 이 세 가지 판은 전체적인 구성과 편집의 성격이 상이하여 총독부의 교육정책과 언어정책을 가늠할 수 있는 주요한 지표라 할 수 있다. 특히 한문 부분의 수록문들은 경사자집으로 대표되는 한문고전의 바탕 위에, 한국과 일본의 한문전적을 더하고, 대만과 일본의 한문교육을 담당하기 위해 새로이 편찬된 문장들까지 합류되어 있어 전통적 한문학 및 한국과 일본의 한문학에 일본 제국주의 교육에 대한 소양까지 갖추어야 전반적 맥락이나마 파악할 수 있다.

"조선어부"의 편집방향은 3차례에 거쳐 큰 폭으로 변경된다. 1913년판 『고등조선어급한문독본^{高等朝鮮語及漢文讀本}』(이하 『고등독본』)의 "조선문" 수록문의 제한적 성격이 1924년 『신편고등조선어급한문독본新編高等朝鮮語及漢文讀本』(이하 『신편독본』)에서 질과 양 모두 확장된 것은 앞 장에서 서술한 바 있다. 특히 전자의 조선문 단원이 모두 일본인이 저술한 문장의 번역임에 비해 후자는 그렇지 않고 한국의 역사와 문화에 대한 종합적 관점을 제공하는 글들이 수록된 것은 큰 차별성이다. 한편 후자에는 한문과 조선어의 관계 및 조선어의 역사적 변천을 다룬 단원들이 많아 조선어를 한국의 역사적 배경 안에서 설정하려는 양상이 보이는 것은 주목할 점이다.

반면, 1933년판 『중등교육조선어급한문독본中等敎育朝鮮語及漢文讀本』(이하 『중등독본』)의 조선어부는 출처를 전혀 밝히지 않아, 실제 번역을 거친 수록문이라도 번역임을 알 수 없게 처리하였다. 또한, 출처는 밝히지 않았지만 최남선, 이광수, 현진건, 이병기 등 당대의 주요한 조선어 작가들의 문장을 수록하여 조선어에 대한 인식이 『고등독본』과 『신편독본』과는 완연히 달라졌음을 보여준다.[1]

『신편독본』 소재 번역문들의 저본은 주로 일본어 문헌이었지만, 『삼국사기』, 『희조일사熙朝軼事』(1866) 등의 한국 한문 전적도 포함되어 있다. 조선어의 역사적 배경을 제시하고 번역·번안을 다양하게 수록한 것은 조선총독부의 교육·언어 정책을 조망하기 위한 의미심장한 지점이 아닐 수 없다. 이 장에서는 이 『신편독본』의 조선어 인식과 번역 양상을 중심으로 조선총독부 독본의 성격을 규명하고자 한다. 조선어와 한국의

---

1   이런 조선어 인식의 변화가 조선어급한문독본의 편찬을 담당한 총독부 교육관료들의 인식 변화를 간접적으로나마 보여주는 것이라 할 수 있겠으나, 그 편찬의 실제 과정이 밝혀지지는 않았다. 이 독본은 권마다 출간년도가 다른데, 1권과 2권은 1933년, 3권은 1935년, 4권은 1936년 그리고 5권은 1937년에 나왔다.

역사문화에 대한 심도 있는 분석은 중등학교용 교과서에 명징하게 드러나기에 보통학교용 조선어급한문독본은 다루지 않았다는 점을 밝힌다.[2]

2. 『신편고등조선어급한문독본』(1924)의 조선어 인식과 번역

조선어의 활용이 형태적으로는 일본 문장의 번역으로, 그리고 내용적으로는 실업과 자기 수양으로 한정되어 있던 『고등독본』(1913)과 달리 『신편독본』(1924)의 조선어부는 그 문체와 형태가 다양하다. 특히 한국의 역사 기록으로 조선어의 역사적 변천을 구성한 것은 주목할 지점이다. 교과서에서 설정한 조선어의 위상이 달라졌다고 평가할 수 있다. 그런데 이는 후자에서 주로 한문과 조선어의 관계 속에서 설정되고 있다.

〈표 1〉에 나타난 수록문들은 한국의 역사 전적에 의거해 조선어를 파악하고 설정하려는 성격이며 총독부 교육정책의 조선어 인식을 보여준다고도 하겠다. 『고등독본』의 조선어 위상이 철저히 한문과 일본어에 부속된 성격으로 역사와 문화, 사상 등의 차원을 전혀 구현하지 못했던 것과 비교한다면, 단편적이기는 해도 위와 같이 조선어의 역사적 배경을

---

2   보통학교용 교재에 대한 연구로는 심경호(「日帝時代 朝鮮總督府 韓國兒童用語學讀本에 나타난 漢字語와 漢文」, 『한문교육연구』 33, 한국한문교육학회, 2009)와 박치범(「日帝 强占期 普通學校 『朝鮮語及漢文讀本』의 性格 : 第1次 教育令期 4學年 教科書의 '練習'을 中心으로」, 『어문연구』 150, 한국어문교육연구회, 2011) 등을 참조 바람.

위치	제목	성격 및 특이사항	분량
권1 조선어부 4과	漢字의 自習法	조선은 교화와 보통담화 등을 모두 한문에 의지했음. 간편한 조선문이 있어도 한문을 배우지 않을 수 없다.	6쪽
권2 조선어부 4과	朝鮮의 漢字	箕子·전설이 있는 만큼, 조선 漢學의 역사적 연원은 깊다. 이두의 양상은 國語(일본어)와도 유사함. 한자음이 다양함도 일본어와 유사함.	5쪽
권2 한문부 26과	訓民正音	훈민정음 창제에 대한 기록, 28자모를 도표로 삽입. 출처『文獻撮錄』.	2쪽
권2 한문부 27과	諺文化民	봉산의 백성이 언문을 알아『소학언해』를 학습해 수신했던 미담. 출처『靑莊館全書』.	1쪽
권2 한문부 30과	文記之初	고구려의 李文眞, 백제의 高興이 문자로 역사서를 저술하다. 출처『三國史記』.	1쪽
권2 한문부 31과	吏道諺解及漢文	한국의 역사기록을 채집하여 설총이 이두를 창시한 사적과 박세채와 이이의 경서언해를 거론, 마지막으로 갑오경장으로 공문서에 한문과 언문을 혼용함을 기록.	2쪽
권3 한문부 27과	薛聰	설총의 전기로 그가 방언으로 경서를 읽어 훈도했음을 기록. 출처『三國史記』.	1쪽

● 총 7과 18쪽 가량

제시한 점은『신편독본』의 큰 차별성이다. 후자의 조선어는 일단 전자의 부속적, 보조적 위치보다는 다소간 격상되었다. 비록 편제가 산발적이고 내용도 단편적인 것이기는 하지만, 조선의 전통 속에서 조선어의 위상을 설정하려 했던 것은『고등독본』에서는 찾을 수 없는 양상이다.

위〈표 1〉에 정리된 글들 속에서 두 가지의 논점을 발견할 수 있는데, 첫 번째 한문에 비해 조선어 내지 언문이 가진 사용의 효능을 강조한 점, 두 번째 조선어의 역사적 변천이 대부분 한문과의 관계 설정에서 비롯된 것을 강조한 점이다. 권1 조선어부 4과와 권2 한문부 26과 · 27과에서 부분적으로 조선어의 효능이 강조되었으며, 권2 한문부 31과는 이두, 언해, 국한혼용이 모두 한문과의 관계 설정에서 비롯된 서기 체계임을 정리하였다.

이 두 가지 논점은 3 · 1운동으로 발휘된 한국의 민족적 역량을 감안한 지향이었다고 해석할 수 있다. 특히 한문과 대비되는 "언문"의 효능을 강조한 기술들은 총독부의 교육·언어 정책에서 조선어에 대한 인식이 1920년대 들어서 새롭게 설정된 것을 보여준다. 한편, 권2 조선어부 4과에서 한자와의 관계 속에서 조선어와 일본어가 가진 유사성을 강조한 것은 한문을 매개로 한 일본과 조선의 문화적 통합을 시도한 단서로 "동문동종"이라는 식민지 홍보정책과도 이어질 수 있다. 나아가 조선어의 역사적 서기 체계들이 한문과의 관계 속에서 설정된 것은 1920년대 당시의 조선어는 일본어의 관계 속에서 그 서기 체계의 형태를 추구할 수밖에 없음을 설파하려는 청유로 해석할 수 있다. 그러므로 『신편독본』 조선어부의 번역 비중은 『고등독본』의 조선문에 비해 축소되었지만, 그 번역의 양상과 그 문체의 다양성은 훨씬 확장되었다. 이 다양한 번역 작업은 일제의 식민지 언어문화 정책을 가늠할 수 있는 자료이기도 하다.

『신편독본』은 다양한 문장이 수록된 만큼 1910년대 조선어의 문체적 혼란도 어느 정도 반영되어 있고, 『개벽』과 『창조』 등으로 대변되는 1920년대 조선의 새로운 글쓰기에도 보조를 맞추고 있는 양상이다. 그래서 "~이오", "~소" 등으로 종결되는 '대화체' 내지 '서간체', 그리고 "~니라", "~도다" 등으로 종결되는 고어체 그리고 "~다"로 종결되는 새로운 문체가 두루 섞여서 나타난다. 이런 문체가 일본어와 한문 저본의 번역·번안 과정에서 나타난 것은 특히 유의할 지점이다. 조선어부 수록문 가운데 출처가 명시된 경우는 대부분 번역·번안이지만, 간혹 조선어로 된 문헌에서 발췌되었을 확률이 있는 것들도 있다.[3] 이런 수록문들은 제

---

3 조선어부 1권 10과인 「河馬」, 2권 3과인 「虎」 그리고 3권 3과 「鸚鵡」 등은 『과외교육총서科外敎育叢書』의 「生物奇談」에 의거한다 했는데, 원문을 확인하지 못하여 일본어인지 조선어인지 알 수 없다.

〈표 2〉『신편독본』의 조선어부 수록문 중 번역된 문장들

위치		제목	문체, 출처, 특이사항	국적	분량
권2	10과	孟母	고어체, 中村惕齋의『比賣鑑』, 한문인지 일본어인지 불명	일본	4쪽
	12과	兎의 肝	대화는 '~다'체, 기술은 대화체,『三國史記』, 한글 위주	한국	5쪽
	18과	俚言	한문현토체, 한국 속담을 한문으로 번역	한국	1쪽
	19과	世上에서 第一…	대화체,『福翁自傳』, 한글위주, 일본어 번역	일본	6쪽
권3	3과	石炭의 이약이	'~다체',『實業學校國語讀本』, 일본어에서 번역	일본	4쪽
	4과	鄭夢周	고어체,『新編高等國語讀本』, 한자 많음	일본	7쪽
	5~6과	臺灣의 夏	'~다체',『改修高等國語讀本』, 일본어에서 번역	일본	8쪽
	7과	常識의 修養	고어체,『實業學校國語讀本』, 일본어에서 번역	일본	6쪽
	8과	農業의 趣味	고어체, 金子元臣의 글, 일본어인지 한문인지 불명	일본	3쪽
	9과	情景	고어체,『醉古堂劍掃』, 시문독본 3-25의 발췌 성격	중국	1쪽
	10과	經學院의 釋奠	'~다체',『改修高等國語讀本』, 일본어 번역, 한자 많음	일본	6쪽
	12과	朝鮮의 音樂	'~다체',『朝鮮』, 재조일본인 잡지『조선』으로 추정됨	일본	6쪽
	14과	郵票	'~다체', 金子元臣의 글, 일본어인지 한문인지 불명	일본	4쪽
	16과	電氣의 應用	대화체,『皇國補習讀本』, 일본어 번역으로 추정	일본	4쪽
	17과	典故五則	고어체,『列子』;『後漢書』;『莊子』등, 한문 번역	중국	5쪽
	19과	品性	고어체, 嘉納治五郎의 글, 일본어인지 한문인지 불명	일본	5쪽
권4	2과	漢陽遊記	'~다체',『湖東西洛記』, 한자 많음,『청춘』 12에도 게재됨	한국	5쪽
	3~4과	朝鮮의 繪畫	고어체,『李王家博物館所藏品寫眞帖』, 일본어 번역	일본	13쪽
	7과	休暇의 利用	고어체,『實業學校國語讀本』, 한자 많음	일본	4쪽
	8과	朝鮮의 工業	고어체,『高等國語讀本』, 한자 많음	일본	6쪽
	9과	新聞紙	고어체,『高等國語讀本』, 한자 많음	일본	3쪽
	11과	朴泰星	고어체,『熙朝軼事』, 한자 많음	한국	4쪽
	13과	林俊元	고어체,『熙朝軼事』, 한자 많음	한국	6쪽
	14~15과	市場	고어체,『最近朝鮮事情要覽』, 한자 많음	일본	7쪽
	16과	蒙古의 風俗	'~다체', 鳥居龍藏의 글, 도화 삽입	일본	8쪽
권5	4과	基督	대화체, 高山樗牛의 글을 발췌,『시문독본』에 수록	일본	7쪽
	5과	두더쥐婚姻	대화체,『於于野談』, 한글 위주, 번역이 아닌 번안	한국	5쪽
	8과	高朱蒙	고어체,『三國史記』, 대화 많음	한국	6쪽
	13과	高麗磁器	고어체,『李王家博物館所藏品寫眞帖』, 일본어 번역	일본	10쪽
	16과	古詩意譯	중국의 고시, 李白의 시, 李亮淵(한국)의 시 순한글 역	한/중	3쪽
총 94과 중 30과 477쪽에서 162쪽			문장의 국적 총계 : 일본 20, 한국 7, 중국 3		

외하고 번역의 저본이 명시된 것들을 〈표 2〉로 정리한다.

〈표 2〉에 나타나듯이 총 지면의 약 34%를 번역문들이 차지하고 있다. 여기서 유의할 점은 모든 글의 출처를 밝히지는 않았다는 점이다. 권3의 9과 「情景」와 권5의 4과 「基督」은 『시문독본時文讀本』(1918)에 실린 글과 동일한 부분이 많지만, 이를 밝히지 않았다. 특히 「基督」은 당시 일본의 주요 작가인 다카야마 조규高山樗牛의 「세계의 4대 성인世界の四聖」에서 발췌된 부분이 있지만 이를 표기하지는 않았다. 또한, 1권 16과로 실린 「防牌의 兩面」도 『시문독본』의 1권 15과인 「防牌의 半面」과 거의 같은 글이다.[4] 그렇다면 출처를 명기하지 않은 글 가운데에서도 번역의 과정을 거친 글이 더 많아질 가능성도 적지 않다. 일본의 지리를 소개한 성격인 권1의 11과 「橫濱」, 12과 「富士山」, 권2의 17과 「奈良」, 당대의 중요한 행사를 기록한 권1의 6과 「平和博覽會」, 권2의 5과 「極東競技大會」 등의 수록문들 역시 일본어로 먼저 작성하고 번역했을 가능성이 많다. 〈표 2〉에 보이듯이 1~2권보다 심화된 학습을 요구하는 3~5권의 번역문 비중이 높은 것도 유의해야 한다. 『고등독본』의 조선문들이 한국 문장을 완전히 배제한 번역이었던 것과는 다르지만, 여전히 총독부의 언어·교육 정책 속에서 조선어의 위상은 일본어 번역과 연동된 것이었음이 나타난다. 번역의 양상에서 대체로 원문의 수정과 생략 및 개작이 나타나서 직역보다는 의역이나 번안에 가깝다. 그런데, 한국의 한문전적들에 대해서는 원문의 대의를 수정하는 정도의 번안이 자주 나타나지

---

4 「基督」의 저본일 확률이 큰 「세계의 4대 성인」은 조선인을 대상으로 총독부에서 발간한 『高等國語讀本』 10권의 마지막 20과이다. 『시문독본』의 「防牌의 半面」 역시 이처럼 일본어 원문이 있는 경우라서 출처를 명기하지 않았을 수도 있다.

만, 일본의 문장들에 대해서는 원문의 대의를 되도록 보존하여 직역에 가까운 양상이다. 원문에 대한 존중의 정도에서도 한일 간의 차별이 나타났던 셈이다.

〈표 1〉에서 나타나듯이 조선어의 위상을 한문과의 역사적 배경 속에서 설정한 것처럼, 실제 조선어 교과의 운영도 번역에 초점을 맞추었던 것이다. 물론 조선의 문화와 역사가 전혀 반영되지 않은 『고등독본』의 조선문 단원과는 달리, 『삼국사기』, 『어우야담於于野談』을 번역하고 『희조일사熙朝軼事』처럼 당시로서는 비교적 최근에 편찬된 서적까지 번역의 저본으로 삼아 조선의 문화와 역사를 반영한 것은 『신편독본』에서 달라진 조선어의 위상을 보여주는 사례들이다.[5] 『고등독본』의 조선문이 일본의 문장을 번역하기 위한 보조적 언어에 그쳤다면, 『신편독본』의 조선어부는 제한적이기는 하지만, 역사와 문화를 담을 수 있는 언어로 그 위상이 확대된 것이다.

이는 당대 조선의 언어, 문화적 수요를 제한적이나마 받아들이려 노력했던 결과로 볼 수 있다. 그래서 『고등독본』의 조선문이 "~니라"로 종결되며 한자의 비중이 높은 고어투로 통일되어 있었던 것에 비해, 〈표 2〉에 자세히 나타나듯이 『신편독본』의 조선어부 문체는 대화체, 고어체, "~다"로 종결되는 문체 등으로 다양하고 한자의 사용 양상도 다양하다. 『고등독본』이 조선의 당대적 언어생활을 반영하려는 노력을 거의 보이지 않은 것에 비해서는 『신편독본』은 1920년대 당대 조선어의 다

---

[5] 『신편독본』 조선어부에는 한국의 한문전적과 『시문독본』의 수록문뿐 아니라, 정철과 이이, 성혼 등의 시조도 다수 포함되어 있는 것도 조선의 문화전통을 조금이나마 존중하려는 편집 태도로 해석할 수 있다.

양한 운용 양상을 반영하려 노력한 것이다. 여기에 한문 및 일본어의 번역이 중요한 수단으로 사용된 것은 주목을 요한다. 표1에 정리한 수록문들이 한문과의 관계 속에 설정된 조선어의 위상을 강조한 것처럼, 『신편독본』의 조선어부 역시 번역은 중요하다. 『신편독본』의 조선어는 『고등독본』의 보조적 위상과는 다르지만 역시 조선어를 "국어"인 일본어나 한국과 일본이 공유하는 한문전통을 번역하는 매체로서의 기능이 중시된 것이다. 그런데, 앞에서 거론했듯이 일본어의 번역이 훨씬 많으며 한국 한문전적은 번역·번안의 과정에서 원문의 대의가 수정되는 경우도 잦아 결국 조선어부의 편찬에서 일본어의 번역은 큰 비중을 차지하고 있다.

3. 한문과 일본어의 조선어 번역 양상

『신편독본』의 다양한 번역문을 통해 총독부가 정책적으로 설정한 조선어의 양상을 조망해 볼 수 있다. 〈표 2〉에 나타나듯이 대화체, 고어체 그리고 한자의 비중을 늘리고 줄이는 등의 다양한 문체적 특징이 한문과 일본어 번역을 통해 나타나고 있는 것이다. 이 양상에 대해서는 앞 장에서 한문 번역에 대해서 부분적으로 언급했으나, 여기서는 일본어 번역까지 대상을 확장하여 이 독본의 문체적 다양성을 제시해 본다.

번역의 저본은 한문으로 동일하지만 『신편독본』은 대화체와 고어체 등 당대의 다양한 문체를 반영하여 획일화된 『고등독본』과는 번역 양상이 달랐다. 번역문에서 나타난 전자의 문체들은 당대의 조선어 수요를 반영한 것으로 평가할 여지도 있다. 그 중에 먼저 한문의 비중이 높은 고어체로 번역된 사례를 들어본다.

[신편독본] 漢陽은累百年以來朝鮮의首都이다. 層峰과疊嶂이龍처럼蟠하고虎처럼踞하야、或은起하고或은伏하며、劍처럼立하고旗처럼張하야、北은三角과白嶽이되니、都省의鎭山이오、(…중략…) 山은秀麗하고洞은幽邃한대、石泉이琤瑽하야、間或細瀑되엿스며、香蔬가滿園하고花卉가苑密한대、白鳥가笙을奏하니、그絶勝한景槪는模畵하기어렵다. 이에詩興을難堪하야、一絶을吟하얏다.

白花朝氣小樓明、短屐翩如羽化輕 / 披得煩襟淘瀉盡、滿山煙霧極望平。 **6**

[청춘] 漢陽은自是帝王之都ㅣ라萬億年太平之基ㅣ非區區管見의所可規測이로대而其體勢之雄과氣像之儼은只覺其大排布也ㅣ라層峰疊嶂이龍蟠虎踞하야或起或伏하고劍立旗張하니北爲三角白嶽이라雄鎭大都오 (…중략…) 山秀洞幽하고香蔬ㅣ滿園하며間或細瀑하야白鳥奏笙하고石泉이琤瑽하며花卉ㅣ苑密하니景槪絶勝을難以模畵也ㅣ러라吟一絶詩曰

白花朝氣小樓明하니 短屐翩如羽化輕을 / 披得煩襟淘瀉盡하니 滿山煙霧極望平을**7**

---

6 朝鮮總督府, 2. 「漢陽遊記」, 『신편고등조선어급한문독본』 권4, 1924, 9~11쪽. 이하 『신편고등조선어급한문독본』을 인용 시 '『신편독본』 권수, 인용쪽수'로 표기.

7 「湖洛鴻爪」, 『청춘』 12, 신문관, 1918, 92~93쪽. 이 저본도 『신편독본』에 수록된 본과 마찬가지로 원문 그대로는 아니지만, 『시문독본』과 조선광문회 등 최남선의 출판 작업이 총독부 교과서에도 영향을 준 것으로 보아 이 저본에서 인용한다.

이 글의 제목은 "한양유기漢陽遊記"라 되어 있으며, 조선 순조대의 여류시인인 금원錦園 김씨가 남긴 기행문 「호동서락기湖東西洛記」에서 발췌한 것이다. 조선의 한문전적 가운데 공식적 문집으로 발간된 것이 아닌 이 작품을 수록한 것은 아무래도 최남선이 주도한 조선광문회의 한국 전적 정리 사업과 관계가 있어 보인다. 전체적으로 한문의 수사적 흥취를 전하기 위해서 한자를 대부분 그대로 두고 어순만 약간 바꾼 번역이다. 또한, 한시는 조사도 붙이지 않은 채, 그대로 전재하였으나 인용문 후자인『청춘』「호락홍조湖洛鴻爪」가 한문 원문을 그대로 둔 현토 형태인 것에 비해서는 번역 과정이 더 크게 적용된 형태로 계몽기 국한문체와 유사하다. 이와 같은 문체는『신편독본』의 다른 조선어부에서 거의 찾아볼 수 없다. 이 번역의 성격은『고등독본』에서 일본인의 한문 문장을 번역한 조선문과 형태적으로 유사한데, 이와 같은 형태의 조선어 문체는 거의 이 글에서만 나타난 것으로『신편독본』이 추구한 조선어의 양상과는 다른 예외적인 사례였을 것으로 추정된다.

번역 과정에서 흥미로운 점은 의도적인 생략과 수정이 있다는 점이다. 위의 두 인용문은 여러 부분이 다르며『신편독본』편찬자의 의도가 반영된 것으로 보인다. "제왕의 수도帝王之都"를 "수백 년이래 조선의 수도累百年以來朝鮮의首都"로 수정하고 "억만 년 태평의 터萬億年太平之基"와 "형세의 웅위함體勢之雄", "기상의 의젓함氣像之儼" 등을 생략한 것은 분명히 일종의 민족적 감정을 억제하기 위한 조치일 것이다. 그리고 "… ㅣ라" 형태의 종결어미가 주로 사용된 위『청춘』의 인용문과 달리『신편독본』이 주로 사용한 문체는 한자의 비중이 줄어든 대화체나 고어체 그리고 주로 일본어 종결어미에서 번역된 것으로 보이는 "~다"체였다.

녯날에東海龍女가무슨重病이들엇섯소。그째그病을診察한醫員은말하되、/「이病을 治療하랴면、암만하야도 토기의肝을求하야쓰기전에는、달은道理는업겟습니다。」/ 하얏소。그러나海中에도씌가잇슬까닭이업서서、이것을엇지하면조켓느냐고、座中이모다걱정만하고잇섯소。/ 이째맛참、거북한마리가 龍女에게告하되、/「제가비록 才操는업스나、뭇헤나가서、반다시토씌를잡아올터이니、決코근심하실것이업습니다。」/ 하고、即時陸地에나와서、토기를 차저보고、甘言利說로쐬이기를、/「여기서갓가운海中에섬하나가잇는대、그 섬에는맑은샘이잇고、큰바위도만으며、숩풀이茂盛하고、果實이만을샌아니라、춥도안코、덥도아니하더라。坐그샌아니라、네가第一무서워하는鷹犬은하나도업스니、네가萬一그섬에들어가고보면、一平生을便安하게잘지낼것이다。」/ 하얏소。(…중략…)「응、그러냐、그러면그말을웨진작하지안앗느냐、나는本來神明의子孫임으로、마음대로五臟을ᄭ내여씻어서、그대로바위밋헤너어두고、瞥眼間네말에홀려서、쌈박니저버리고、그대로업혀왓스니、이일을엇지하면조탄말이냐。8(밑줄 친 '龍女'는 각주『삼국사기』원문의 "龜白龍王:"을 바꾼 부분이라 구분함ー인용자)

저본인『삼국사기』의 '龜兔之說' 부분을 번안한 성격이다. 서사적 홍

---

8 12과「兔의肝」,『신편독본』권2, 59~63쪽. 저본인『삼국사기』「金庾信列傳」속의 '龜兔之說' 부분은 아래와 같다.
"昔, 東海龍女病心, 醫言:'得兔肝合藥, 則可療也.'然海中無兔, 不奈之何. 有一龜白龍王言:'吾能得之.'遂登陸見兔言:'海中有一島, 淸泉白石, 茂林佳菓, 寒暑不能到, 鷹隼不能侵. 爾若得至, 可以安居無患.'因負兔背上, 游行二三里許. 龜顧謂兔曰:'今龍女被病, 須兔肝爲藥, 故不憚勞, 負爾來耳.'兔曰:'噫, 吾神明之後, 能出五藏, 洗而納之. 日者小覺心煩, 遂出肝心洗之, 暫置巖石之底, 聞爾甘言徑來, 肝尙在彼, 何不廻歸取肝, 則汝得所求, 吾雖無肝尙活, 豈不兩相宜哉.'龜信之而還, 纔上岸, 兔脫入草中, 謂龜曰:'愚哉, 汝也, 豈有無肝而生者乎.'龜憫黙而退."

미를 강화하기 위해 원문에 없는 추가적 서술이 많이 추가되어 있다. 서술 부분은 대화체를 사용하고 대화를 인용한 경우에는 "~다"체를 사용하고 있다. 앞의 「한양유기」와는 달리 한자의 사용도 줄어들어 대부분의 단어를 한글로 표기하고 있으며, 복문 위주의 혼란한 문장 구성에서도 벗어나 있다. 이와 같은 문체는 1920년대 당시의 『개벽』이나 『창조』 같은 잡지만큼 새롭다고 할 수는 없어도 『시문독본』, 『청춘』, 『신문계新文界』 등에서 나타나는 1910년대 조선어 문체보다는 훨씬 언어적 일관성을 갖춘 문체라고 할 수 있다. 그런데 앞서 거론했듯이 띄어쓰기가 없는 점은 역시 일본어를 기준으로 했기 때문이겠다.

『신편독본』은 흥미를 청유하기 위한 서사적 성격의 글에서는 주로 위와 같은 문체를 사용했으며, 지리를 기술하는 글이나 의론을 담은 글에서는 한자의 비중이 높은 문체를 사용하였다. 앞에서도 거론했듯이 당대 조선의 다양한 언어적 수요를 어느 정도 반영한 양상이며 그 과정에서 조선의 한문 전적이 일정한 역할을 차지했던 것은 다양한 해석의 여지가 있다. 비록 그 비중이 적기는 하지만, 교과서로 조선어의 문체 모범을 만드는 과정에 조선의 전통을 사용했다는 것은 1910년대의 『고등독본』과는 차별성이 있는 것이다. 그러나 각주의 원문과 대비해 보면 추가된 부분이 많은 것을 알 수 있다. 위 인용문의 번안이 원문의 대의를 크게 손상하지 않는 정도의 것이었다면 권5의 5과 「두더쥐혼인」의 경우 출처로 명기한 『어우야담』 소재의 「野鼠之婚」에서 소재와 서사 줄거리만을 가져왔을 뿐이지, 원문의 대의를 손상한 번안이다. 번안의 결과, 국혼國婚을 경계하는 『어우야담』의 역사적 배경과 경세의식은 사라지고 분수를 지키라는 일반적인 교훈담으로 바뀌었다. 또한, 인용문에 밑줄로 표시한 "龍女"는 원문의 "龍王"을 바꾼 것이다. 앞서 「한양유기」에서 "帝王", "大都" 등을 수정한 것을 감안하면 분명히 의도적인 수정이다. 민족적 의식을 환기할 수 있는 요소를 제거하려는 정책적 노력이 집요했음을 보여준다. 그러므로 조선어의 문화·역사적 배경을 일정 부분 인정해 주었다하더라도 이는 매우 제한된 것이었다고밖에 할 수 없을 것이다.[9] 다음은 일본어를 번역한 사례이다.

　　[신편독본]　福澤諭吉翁은近代日本의有名한敎育家인대、일즉이다음과갓흔이약이를하얏소。/ 이世上에무엇이第一무서우냐하면、債金만치무서운것은다시업슬것이오。他人에게對하야金錢의세음이不分明함은못쓸일이라고決心하면、債金은더욱무서운것이오。나의兄弟·姉妹들은幼時로부터貧困중에서자라낫슴으로、母親의苦生하시든貌樣은一平生에닛치지못하오。(…중략…) / 「너는아모것도몰으는일이지만은、十年前에이러한일이잇서、五郞兵衛가自退함으로、우리집에서는大阪屋에金五錢을바든것갓치되여서、實로未安하다。士族의집이平民의金錢을쓰고、그대로잠잣고잇슬수는업다。벌서부터갑흐랴고여러번싱각은하얏스나、마음대로되지못하얏드니、겨우今年은조곰融通이되엿스니、이돈五錢을大阪屋에가지고가서、잘致謝한後에、갑고오너라。」/ (…중략…) 나는債金에對하야는큰겁쟝이오。사람에게金錢을借用하고、그督促을맛나면서、갑흘道理가업스면、그근심은맛치利劍을가진者에게쫏겨가는마음과달을것이업다고싱각하오。[10]

9　이외에『熙朝軼事』에서 번안된 「朴泰星」과 「林俊元」의 경우도, 전자에서는 대화 부분에 원문에 없는 진술을 덧붙였고, 후자의 서두에 한양의 남부와 북부의 사회문화적 구분을 서술한 부분은 생략하는 등, 번안의 성격이 강하다. 李慶民,『熙朝軼事』卷1·2, 국립중앙도서관 소장본 참조.

[福翁自傳] 凡そ世の中に何か怖いと云ても暗殺は別にして債金ぐらゐ怖いものはない他人に對して金錢の不義理は相濟もぬ事と決定すれば債金はますます怖くなります私共の兄弟姉妹は幼少の時から貧乏の味を嘗め盡して母の苦勞せた樣子を見ても生涯忘れられません (…중략…)「お前は何も知らぬ事だが十年前に斯う斯う云ふ事があつて大阪屋が掛棄にして福澤の家は大阪屋に金二朱を貰ふたやうなものだ誠に氣に濟まぬ, 武家が町人から金を惠まれて夫れを唯貰ふて默て居ることは出來ません疾うから返したい返したいと思ては居たがドウも爾う行かずにヤツと今年は少し融通が付にから此二朱にお金を大阪屋に持て行て厚う禮を述べて返して來いと (…중략…) 私は債金の事に就て大の臆病者で少しも勇氣がない人に金を借用して其催促に逢ぐて返すことが出來ないと云ぐときの心配は恰も白刃を以て後ろから追蒐けられるやうな心地がするだらうと思ひます[11]

10 19.「世上에서第一무서운것」,『신편독본』권2, 88~93쪽.

11 福澤諭吉,「一身一家經濟의由來」,『福翁自傳』('福澤全集' 7), 東京 : 時事新報社, 1926
   [1899], 543~546쪽(밑줄은 인용자, 원문의 한자 독음 루비는 생략). 현대한국어 번역본
   (후쿠자와 유키치, 허호 역,『후쿠자와 유키치 자서전』, 이산, 2006, 287~290쪽)을 참조
   하면 아래와 같이 옮길 수 있다.
   "대개 세상 가운데 무엇이 두려운가라고 한다면 암살은 별도로 치고 빚만큼 두려운 것이
   없으니, 타인에 대하여 금전이 정당하지 않음을 미안한 일로 결정했다면 빚이 더욱더 두
   려워진다. 나의 형제자매는 어린 시절부터 궁핍의 맛을 다 보았기에 어머니의 고생하시
   던 모습을 겪어서 생애에 잊을 수 없다.(…중략…)'너는 무엇인지 알지 못하는 일이지만,
   10년 전에 이러이러한 일이 있어서 오사카야가 (계를) 중도에 그만두어서 후쿠자와 집안
   은 오사카야에게 돈 2주朱(화폐단위로 1兩의 16분의 1)를 받아버린 것이다. 진실로 기분
   에 미안한 것이라, 무가가 조년으로부터 돈을 썼으니 그렇다고 이를 그저 받고서 잠자코
   있는 일은 있을 수 없다. 예전부터 돌려줘야지, 돌려줘야지 하고 생각하고 있었으나 아무
   리 해도 그리 할 수 없었는데, 겨우 금년은 조금 여유가 생겼기에 이 2주의 돈을 오사카야
   에게 가지고 가서 후하게 예를 갖추고서 갚고 돌아오라고(…중략…)' 나는 빚의 일에 대
   해서는 큰 겁쟁이로 조금도 용기가 없으니, 사람에게 돈을 차용하고서 그 독촉을 당하고
   도 갚을 수가 없다는 때의 걱정은 흡사 시퍼런 칼로 뒤에서 쫓김을 당하는 듯한 마음이
   된다고 생각한다."

이 「세상에서 제일 무서운 것」은 후쿠자와 유키치의 구술을 받아서 작성된 그의 자서전 인 『복옹자전福翁自傳』에서 「一身一家 經濟의 유래」 부분을 발췌역한 것이다. 발췌역이기 는 해도 앞서의 인용문들에 비해서는 원문의 대의를 훨씬 유지한 양상이다. 『복옹자전』은 1899년의 글이지만, 같은 시대의 한국어 양 상과 비교한다면 현대일본어에 훨씬 더 가까 운 양상이다. 한자의 비중이 높기는 하지만 훈독이나 음독을 표기하는 루비가 붙어 있어 서 이른바 언문일치체에 근접한 문장이다.[12] 그리고 위 인용문이 앞서 인용된 「한양유기」,

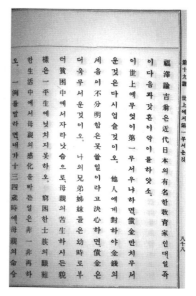

〈그림 1〉 『신편독본』에 번역된 후쿠자와 유키치의 자서전

「兎의 肝」보다 1920년대의 새로운 조선어 문체에 가까운 것을 보면, 번 역을 통해 일본어 언문일치체를 조선어에 이식하려는 정책적 노력으로 추정할 수 있다. 또한, 본문의 진술은 대화체로 인용문은 "~다"체로 번 역한 방식을 앞서 인용한 「兎의 肝」에도 그대로 적용한 것도 일본의 문 체를 조선어에 이식하려 했던 하나의 방증이 될 수 있다.

후쿠자와의 어머니가 상인인 오사카야 고로베에 및 다른 사람들과 계 를 만들었는데, 그가 중도에 탈퇴하여 곗돈을 전해 주지 못하였으며 당 시의 관례상 전해 주지 않아도 되었고 그도 사양하는 것을 어머니가 수

---

12 후쿠자와 유키치는 일본 언문일치의 성립에서 매우 중요한 작가이며, 인용된 『福翁自 傳』의 문체도 문어체가 아닌 구어체 문장이다. 森岡健二, 『近代語の成立』, 東京 : 明治書 院, 1991, 416~430쪽 참조.

고를 무릅쓰고 굳이 전해주었다는 이야기이다. 그리고 인용문 마지막의 문장은 이와 유사한 다른 일화를 기술한 이후에 마무리 차원으로 배치된 것이다. 원문의 구체적인 상황은 생략하고 갚지 않아도 될 돈을 갚았다는 대의와 빚이 세상에서 제일 두려운 것이라는 결론을 발췌해서 제시한 양상이다.

이 번역에서 흥미로운 부분은 종결어미로, 각주의 현대한국어 번역본은 존칭을 생략하여 평서형에 더 가까운 형태이다. 『신편독본』에는 "~소", "~하오" 등의 어미를 사용하여 대화체의 성격이 더 강하다.[13] 청자의 흥미를 고취하기 위한 취지라고 생각되는데, 실제 저술 과정에서 후쿠자와의 구술에 근거한 점을 고려한 것일 수도 있다. 또한, 근대일본의 유명한 교육가인 후쿠자와가 직접 말을 거는 상황을 만들어 청유를 강화하려는 장치이기도 하다. 또한, "掛棄", "心配" 등의 일본 단어를 적절한 조선어휘로 바꾸고 있으며, 통사적 구조도 부분적으로 조선어 식으로 변경하고 있다. 일본과 조선의 문화적 차이나 독자의 수요를 감안한 번역인 셈인데 이는 『고등국어독본』에서 번역한 수록문들에서도 공통적으로 드러나는 사안이다.[14]

---

13 인용된 후쿠자와의 문체는 당시 일본에서 주로 사용된 한문 훈독체와 달리 서간문에서 비롯되어 공식 문서에까지 다양한 용도로 사용된 소로분候文과 유사한 형태라고 한다. 인용문도 서간체나 대화체와 비슷하기는 하다. 그런데, 후쿠자와는 이 소로분체를 평서형과 진술 형식으로 두루 사용하려 했기에, 인용문의 문체를 평서체나 대화체로 명확히 규정하기는 힘들다. 齋藤希史, 「국가의 문체－근대일본에서 한자 에크리튀르의 재편」, 연세대 근대한국학연구소 제15회 국제학술심포지엄 발표문, 2014 참조.

14 국립중앙도서관 소장본으로 『신편고등국어독본』(조선총독부 편, 1922~1924)에서 〈표 2〉의 권3 4과 「鄭夢周」와 권4 9과 「新聞紙」의 원문인 4권 32과 「鄭夢周」, 3권 14과 「新聞紙」 등을 확인할 수 있는데, 역시 완역이나 직역이 아닌 수정과 생략이 잦아 조선어와 일본어 사이의 언어적, 문화적 차이를 여러모로 고려한 것으로 보인다. 그러나 역시 한국 한문 전적을 번안한 앞의 인용문들에 비해서는 원문이 더 보존되어 있다.

위 인용문은 발췌역이기는 하지만, 한국 한문 전적의 번안보다는 직역에 더 가까운 양상이다. 앞서 인용한 「한양유기」의 원문은 생략이 적지 않고, 「兎의 肝」은 『삼국사기』 「龜兎之説」의 원문에 없는 진술을 많이 보충하였으며, "두더쥐 婚姻"은 원문을 거의 남기지 않고 그 대의조차 수정한 것에 비하면 발췌된 부분에 대해서만은 거의 직역의 원칙을 지키고 있다. 원문에 "暗殺이 언급된 부분이 생략된 것이 눈에 띄는데, 이 "一身一家 經濟의 유래"는 암살이 난무하던 메이지 시대의 혼란상을 회고한 다음에 배치된 것이기에, "암살"이 강조되고 있지만 인용문의 대의에 큰 관계가 없기에 생략한 것으로 보인다. 한편, 식민통치의 본국에서 일어나고 있는 정치적 혼란상을 굳이 전할 필요가 없다는 정책적 판단도 가미된 것으로 보인다.

『복옹자전』의 번역에서 나타나듯이 총독부가 추구한 조선어는 어느 정도 언어적 일관성과 안정성을 이룬 당대 일본어, 그중에도 언문일치체에 가까운 양상의 문체였던 것이 나타난다. 그러나 여러 가지 문체가 동시에 채용되고 있는 것처럼, 『신편독본』의 조선어부는 아직 문체적 모색의 과정을 거치고 있었다고 보인다. 이 과정에서 일본어의 번역이 큰 비중을 차지했다는 사실은 매우 중요하다. 그러나 작은 비중이나마 조선의 문화와 역사를 조선어 문체의 모색 속에 포함했다는 점은 『고등독본』의 조선어 인식과는 큰 차이점이다.

4. 『중등교육조선어급한문독본』(1933)의 조선어 위상

『중등독본』은 앞에서 언급했듯이 조선어부에 실린 수록문의 출처나 저자를 전혀 밝히지 않았다. 공식적으로는 번역문이 실리지 않은 셈이다.[15] 그러나 〈표 3〉에 보이듯이 실제 번역의 과정을 거쳤음에도 그 저본을 생략한 사례들이 있다. 대신에 당대 조선 작가들의 저술을 수록한 점은 큰 변화이다. 이『중등독본』에서 번역이 이용된 부분은 오히려 한문부이다. 권1의 한문부는 초반에 편성된 "音訓", "短文", "숙어" 등의 7과에서 한문, 한자에 한글 번역을 달아놓아 한문 학습에 번역을 적용한 셈이다. 그러나 전반적으로 번역의 비중은『신편독본』에 비해 현저하게 줄었다. 교과서 속에서 조선어는 번역의 수단이 아닌 창작과 저술의 수단으로 그 위상이 더욱 확장된 것이다.『중등독본』의 조선어부 중, 출처를 표기하지 않고 수록한 조선 작가들의 글을 정리하면 〈표 3〉과 같다.

아직 잠정적인 단계의 표이지만 여기에 근거하면, 조선의 시조와 가사를 합쳐 조선어부 전체에서 상당한 비중을 조선 작가의 저술이 차지한 셈이다. 특히 현진건, 이병기 등 당대 활동하던 작가들의 저술을 수록한 것은『신편독본』보다 더 적극적으로 조선의 당대적 수요를 반영한 양상이라 해석할 수 있다. 물론 1910년대의 문장인『시문독본』을 1930년대에 다수 배치한 것은 한글의 비중이 훨씬 높아지고 언어적 일관성이 더

---

15 이는『중등독본』1~4권을 기준으로 한 진술이다. 5권은 현재 실물을 확인할 수 없다. 5권은 목차와 조선어부 1과인「善과 惡」의 1쪽만을 확인할 수 있는데, 목차에 나온 19과「聖人人格의 新觀察」은『고등국어독본』에도 같은 제목이 실려 있어 번역일 확률도 크다.

위치		제목	성격, 작가	분량
권1	11과	夫餘를 찾는 길에	부여 근처의 명승지에 대한 기행문, 한글 위주, 이병기	6쪽
	12과	佛國寺에서	경주의 명승과 신라에 대한 회고, 한글 위주, 현진건	7쪽
	14과	歸省	일종의 생활문,『시문독본』1-14, 한글 위주	3쪽
	15과	海雲臺에서	기행문, 시 삽입, 한글 위주, 이광수,『시문독본』4-20	5쪽
	28과	공부의 바다	운문으로 된 잠언 성격,『시문독본』1-2	2쪽
	37과	生活	고어체, 교훈조,『시문독본』1-11	3쪽
권2	7과	朴淵	박연폭포에 대한 기행문, 이정구,『시문독본』1-24를 수정	4쪽
	10과	石窟庵	석굴암 기행문, 현진건, 도화 2건 삽입	8쪽
	23과	힘을 오로지 함	교훈조, 張維의 고사 삽입,『시문독본』2-3	4쪽
	27과	活潑	교훈조, 柳永模,『시문독본』2-14	4쪽
권3	5과	때를 앗김	교훈조,『시문독본』2-25	5쪽
	14과	華溪에서 해…	기행문,『시문독본』2-21	3쪽
권4	8과	白頭山登陟	기행문, 서명응,『시문독본』2-2를 수정, 도화 2건 삽입	6쪽
	10과	내 소와 개	소년소설 성격, 이광수,『시문독본』2-12,13	10쪽
	12과	勇氣	교훈조,『시문독본』1-19	5쪽
총 136과 중 15과			총 650여 쪽 가운데 74쪽 가량	

- 『시문독본』외의 출처를 가진 수록문들은 허재영,『일제강점기 교과서 정책과 조선어과 교과서』(경진, 2009, 144쪽)에 의거함.
- 鄭澈의「星山別曲」이 수록되고「五倫歌」등의 시조들도『신편독본』보다 더 많이 수록되었다.
- 잠정적인 표로 더 많은 한국 작가들의 글이 수록되었을 가능성이 있음.
- 『시문독본』의 수록문들은 모두 1929년에 개정된 '언문철자법'에 맞추어 수정됨.

욱 안정되었던 1930년대의 조선어 문체를 감안하면 상당히 시대착오적
인 모습이라고 하겠다. 그러나『시문독본』의 문장이나 편집체제가『신
편독본』에서부터『중등독본』에까지 영향을 미치고 있다는 것은 별도의
역사학적이고 문헌학적인 고찰이 필요한 사안이다.

조선어가 번역의 과정이 아닌 조선인의 창작과 저술의 수단이 될 수
있음을 총독부의 교과서에서 인정한 것은 교과서 전체에서의 비중과 상
관없이 주요한 변화라 할 수 있다. 물론 〈표 3〉에 나타나듯이, 이정구,

서명응 등의 한문 저술을 번역하고서 출처를 밝히지 않은 것처럼, 실제로 더 많은 번역이 포함되었을 가능성도 많다. 그러나 공식적으로 번역의 저본을 표기하지 않은 것은 그만큼 『중등독본』이 설정한 조선어의 위상이 『신편독본』과는 달라진 것이라고 해석할 여지가 충분하다. 『신편독본』의 조선어부가 일본어의 번역으로 많이 채워진 것에 비해, 당대 한국 작가의 저술을 포함한 것은 조선어의 교과서적 모범을 조선인이 추구할 수 있다는 가능성을 인정한 것으로 해석할 수 있다. 물론 그 비중이 그다지 크지 않지만, 조선인의 저술을 포함한 것은 총독부의 언어·교육 정책에서 조선어와 조선인에 대한 인식이 변화했음을 보여주는 지점이라고 볼 수 있는 것이다.

5. 소결

이상과 같이, 『신편독본』을 중심으로 3차례에 걸쳐 전면 개정된 조선총독부의 중등용 조선어급한문 교과서의 조선어 인식을 조망해 보았다. 1910년대의 『고등독본』에서 조선어는 일본어와 한문을 보조하는 위상으로 당대의 언어적 수요를 거의 반영하지 않은 위상이었다면, 1920년대의 『신편독본』에서 조선어는 주로 일본어에 대한 번역의 수단이기는 하지만, 조선의 문화와 역사를 제한적으로나마 담을 수 있는 위치로 그 위상이 달라진다. 그리고 1930년대의 『중등독본』에서는 제한적이나마 창작과 저술의 매체로 한 단계 더 올라선 셈이다.

특히 『신편독본』에서는 조선어의 위상에 한문과 조선어의 역사적 배경을 설정하고, 번역을 통해 다양한 조선어 문체를 설정하려 했던 것은 의미심장하다. 특히 당대의 다양한 일본어 문체가 수용된 양상에 대해서는 관련 전공자들의 도움으로 연구를 확장할 필요가 있다. 또한, 이 세 가지 교과서에 설정된 조선어에 대한 인식과 총독부의 언어·교육 정책의 변천은 다양한 분야에서 탐구해야만 할 것이다. 정책적 지향의 변화를 가능하게 했던 정치, 사회, 문화적 배경에 대한 역사적 분석과 연구로 이어져야 한다.

그리고 이를 위해서, 『고등국어독본』, 『실업학교국어독본』 등 총독부의 일본어 교과서 및, 당시 일본에서 통용되던 다양한 문체들과 총독부 조선어 교과서의 문헌학적 대조와 비교 연구가 먼저 진행되어야만 할 것이다.

제4장

조선어급한문독본의 번역 양상

총독부 국어독본과의 비교 연구

1. 식민지 조선어의 형성과 총독부 독본

현재의 한국어는 일제 식민지를 거쳐 이루어졌다. 그러므로 일제의 언어, 교육정책 및 전반적인 교양과 문화에 대한 전면적 고찰이 없이 근대 한국어를 조망하는 것은 상당히 균형을 상실한 연구가 아닐 수 없다. 달리 말하면 근대 한국어와 문학에 대한 연구에서는 일제 식민지로서의 조선을 규명해야 할 필요가 있다. 근래 한국학계의 식민지 문학 연구는 이와 같은 문제의식을 어느 정도 공유하고 있으며 한 연구자는 이에 대해 "역사주의적 전환"이라는 규정을 내린 바 있다.[1]

총독부 교과서에 대한 전반적인 정책의 흐름과 편집 취지에 대한 연

---

1   하재연은 최근의 식민지 문학 연구의 경향을 ① 문학 개념과 장르 개념 및 근대문학에서 주요한 개념의 형성과 기원에 대한 연구, ② 근대문학의 생산 양식과 환경을 이루는 제도와 매체에 대한 연구, ③ 풍속·문화론 또는 풍속사적 연구, ④ 언어 내셔널리즘의 형성 및 언어구성물로서의 글쓰기와 텍스트 연구, ⑤ 민족문학을 상대화하여 탈식민주의, 젠더적 관점을 반영한 연구 등의 다섯 가지 지평으로 분류하고 이 연구들이 문학 장르와 개별 작품의 텍스트를 넘어서는 지향을 가진다고 진단한 바 있다. 하재연, 「식민지 문학 연구의 역사주의적 전환과 전망」, 『상허학보』 35, 상허학회, 2012.

구는 어느 정도 이루어졌으나,[2] 일본어, 한문, 한국어가 표기수단으로 공존하고 그 내용에서는 동아시아 전통의 경사자집과 일본과 한국의 전적 및 당대의 신찬新撰 기사들이 어우러진 총독부 독본의 복합적 양상에 대한 총체적 접근과 분석이 이루어지지 못한 상황이다.[3] 특히 보통학교용 독본보다 더 심도 있는 내용이 편제된 고등보통학교 교과서에 대한 연구와 한문 교과서에 대한 연구가 아직 부족하다. 일제는 정책적으로 조선어 글쓰기에 간섭하려 했으며,[4] 이 정책적 노력이 공식적으로 집성된 자료가 총독부 독본이다. 이 총독부 교과서는 당대의 한국어에 대한 사항만 관계된 것이 아니며, 동아시아가 공유한 한문고전과 한자 자체에 대한 인식전환을 유도하였기에 문화의 전반에 대한 정책적 개입을 확인할 수 있는 자료인 것이다.

조선총독부의 초기 식민정책에서 주요한 선전구였던 "동문동종"에서 이 "同文"은 한국어나 일본어가 아닌 동아시아가 공유한 한문과 한문전통이었다.[5] 한문을 공유하고 있기에 종자가 같으며 궁극적으로 한 국가체제로 기능할 수 있다는 이념이다. 그러므로 최초로 간행된 1913년의 『고등조선어급한문독본高等朝鮮語及漢文讀本』(이하 『고등독본』)은 조선어를

---

2 김한종, 「조선총독부의 교육정책과 교과서 발행」, 『역사교육연구』 9, 한국역사교육학회, 2009; 허재영, 『일제강점기 어문정책과 어문생활』, 경진, 2011; 김혜련, 『일제 강점기 조선어과 교과서와 조선인』, 역락, 2011; 강진호・구자황・김혜련 외, 『근대 국어 교과서를 읽는다』, 경진, 2014 등 참조 바람.

3 조선어과 교과서의 목록화 작업은 허재영(『일제강점기 교과서 정책과 조선어과 교과서』, 경진, 2009)과 김혜련, 앞의 책을 참조 바람. 한편, 한국의 일본학계에서도 총독부 일본어 교과서에 대한 연구가 있지만, 조선어 교과와의 연관성을 다룬 연구는 부족하다.

4 미쓰이 다카시, 임경화・고영진 역, 『식민지 조선의 언어 지배 구조』, 소명출판, 2013 참조

5 때로는 한국과 일본이 공유한 한문 혼용의 언어 관습을 의미하기도 한다. 박영미(「전통 지식인의 친일 담론과 그 형성 과정」, 『민족문화』 40, 한국고전번역원, 2012)는 전통적 한문 글쓰기를 통해 동문동종의 이념이 친일담론으로 기능한 양상을 상술하였다.

앞세운 명칭과 달리, 전체 면수 기준으로 조선어부가 20% 미만에 그쳤으며 그나마 이 조선어부 기사들은 모두 일본어 문장과 일본인의 한문 문장을 번역한 것이었다. 한문과 한문에서 비롯된 고전과 전통을 식민지정책에 직접적으로 이용하려 한 셈이다. 전통의 경사자집과 한일의 전적을 배치한 양상에 대해서는 장래, 목록화 작업을 넘어서 전면적인 검토가 필요한 사안이다. 관련하여, 총독부 교과서에 대한 연구가 한국학계에 가질 수 있는 두 가지 논점을 제시한다.

첫째, 일제의 교양과 교육에 대한 파악이다. 일제 교육의 당대적 목표는 서구, 동아시아 한자권 그리고 자국전통이라는 세 가지 이질적인 문명의 융합이었으며, 이는 식민지 한국에서도 동일하게 추구한 것이다. 이 세 가지의 융화를 공식적으로 시도한 것이 총독부 교과서이며, 이 기조는 일본, 한국, 대만에서 각기 출간된 교과서가 공유하고 있다. 이 융화는 결국 전쟁으로 귀결되었다는 점에서 일단 실패했다고 볼 수 있으나, 그 영향력은 지금의 한자권에도 여전하다. 이 정책적 융화의 양상을 분석하고 조망하는 데 총독부 교과서는 주요한 자료이다.

둘째, "동문동종", "오족협화", "근대초극"이라는 일제 식민정책, 제국주의 정책의 기조와 그 변천은 위에 언급한 문명의 융화와 밀접한 관계를 가지고 있다. 그러므로 총독부 교과서의 전면적 검토를 통해 일제 통치 이념의 역사적 전체상을 조망할 수 있다.

일단, 1920년대의 『신편고등조선어급한문독본新編高等朝鮮語及漢文讀本』(이하 『신편독본』)에 이르기까지 조선어부 기사들의 대부분이 일본 문장에 대한 번역이었다는 점은 의미심장하다. 특히 이 번역이 일제의 국어(일본어)독본을 저본으로 삼은 경우가 많다는 점을 주목할 만하다. 앞 장의 번역 분석에 이어서 여기서는 총독부 국어독본과 조선어급한문독본의 관계를 번역을 매개로 살펴보겠다.

2. 일본어독본에서 번역된 조선어급한문독본의 기사들

일제의 '국어독본'(이하 일본어독본)은 식민지 교육의 핵심이다. 조선어급한문독본에 비해 그 분량이 두 배이며 교과과정의 교수 시간 역시 두 배였다. 또한, 1913년의『고등독본』수록 조선어 기사가 모두 일본 문장의 번역으로 구성된 것은 조선어 교과가 일본어 교과에 완전히 종속된 것을 보여준다. 일제 교육정책의 핵심인 일본어 교과가 조선어 교과서에서 번역된 상황을 통해 일제가 기획한 한국어의 양상을 가늠할 수 있는 것이다. 다음에『고등독본』의 기사 중 일본어독본에서 번역된 것들의 목록을 〈표 1〉에 제시한다.

〈표 1〉에 언급하지 않은 다른 조선어부 기사들은 주로 조선총독부의 행정문서를 번역한 성격이다.[6] 일본어로 진행되는 행정과 식민지 경영을 보조하는 수단으로서 조선어가 설정되었음을 보여준다.[7] 1910년대

---

6   자세한 사항은 4. '『고등조선어급한문독본』과『신편고등조선어급한문독본』단원 일람'을 참조할 것.
7   고등독본의 조선어 설정은 이처럼 적극적인 성격이 아니라, 당시의 편수 담당자들이 교과서에 실릴 만한 조선어 문장을 구성할 여력을 가지고 있지 못했기에 궁여지책으로 나타난 상황일 수도 있다. 그러나 교과서의 실상에서 조선어가 종속적 위치임은 분명하다.

〈표 1〉『고등조선어급한문독본』(1913)의 일본어독본 번역 기사 일람

	일본어독본 목차	제목	『고등독본』목차 / 원문 출처	성격	번역 양상	종결어미변화	분
①	1권 40	養鶏日記*	1권 38	양계하는 소년의 일기	직역	…た→…다	2.5
②	1권 50	南朝鮮米의 由來*	2권 3 / 『朝鮮總督府商工部照査書』	조선 남부의 쌀 품종은 19세기 말 九州에서 도래함	직역	…リ →…니라	2
③	1권 63	仁德天皇*	3권 부록 9	青山延于의 "皇朝史略"에서 발췌 / 천황의 聖德 *한문 문장을 수정한 것으로 추정			1
④	1권 67	棉*	2권 4	문익점의 일화와 조선에서 재배하는 면화 품종	직역	…リ→…니라	2.5
⑤	2권 33	東京*	1권 29 / 『臺灣國語學教校友會國語讀本』	일본어 원문을 한문으로 번역, 가타카나, 湯島聖堂 강조.	의역		1.5
⑥	2권 76	木을緣하여 魚를求함	4권 21 / 『齋藤山林課長 講演』	나무를 남벌하지 않아야 어류의 생장이 순조로움	직역	…である →…니라	2.5
⑦	2권 79	商人德義*	4권 10 / 『商業新書』	일본어 원문을 한문으로 번역	의역		2.5
⑧	3권 4	今上天皇陛下	5권 1 / 『東久世通禧』"聖德餘聞"	황실에 대한 일본어 경칭 어휘를 조선어 문맥에 맞게 변경	직역	…リ→…니라	6
⑨	3권 17	朝鮮에在한 勸農機關	5권 13	총독부가 조선에 설치한 농업 관련 기관과 시설에 대한 기술	직역	상동	3.5
⑩	3권 43	禊	5권 15	조선에 있었던 계에 대한 서술	직역	상동	3
⑪	4권 6	産業組合	7권 15	산업조합에 대한 설명	직역	상동	6.5

- 일본어독본의 목차를 밝히고 원문 출처가 있으면 기록했다.
- 『고등독본』의 범례를 따라 저본에서 발췌나 수정을 가한 경우 원서의 이름 앞에 "原文"이란 표기를 다는데 이와 같은 경 제목 다음에 '*'을 달아서 구분했다.
- 출처가 명기되지 않은 것은 교과서를 위해 새로 작성된 新撰 성격의 기사일 확률이 많다
- 조선어부 기사는 모두 일본문장의 번역이나 여기서는 1913년판 일본어독본(즉『고등독본』) 소재기사들만 가려냈디

일제의 식민지 교육이 단순 직업인의 양성에 주안점을 두고 있었던 것처럼, 〈표 1〉의 수록문도 대부분 산업에 관한 내용이다. 이외에 ③과 ⑧은 일본왕실에 대한 충성을 고취하기 위한 의도로 보이며, ⑤는 일제의 발전된 문물을 홍보하기 위한 성격이다. 일본어의 번역을 통해 형성된 조선어를 교과로 편성하면서 자연스레 일본어 글쓰기를 전범으로 삼은 조선어 글쓰기를 정책적으로 식민지 조선에 이식하려 한 셈이다. 특히 ② 나 ⑥, ⑧처럼 총독부 관리의 훈시나 행정문서 혹은 귀족의 문장[8]을 조

선어로 옮긴 것은 일제 엘리트의 언어를 한국어 교수의 모범으로 제시한 것으로, 총독부 관리는 행정과 산업의 권한을 가질 뿐 아니라 교육에도 직접적으로 관여한 형국이다.

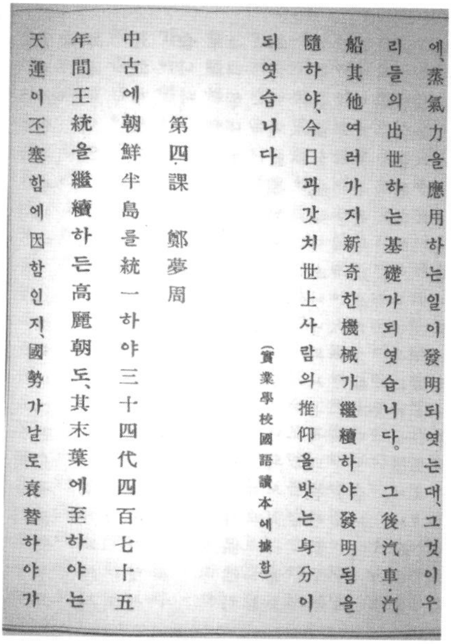
에、蒸氣力을應用하는일이發明되엿는대、그것이우
리들의出世하는基礎가되엿습니다。 그後汽車·汽
船其他여러가지新奇한機械가繼續하야發明됨을
隨하야、今日과갓치世上사람의推仰을밧는身分이
되엿습니다
(實業學校國語讀本에據함)

第四課 鄭夢周

中古에朝鮮半島를統一하야三十四代四百七十五
年間王統을繼續하든高麗朝도、其末葉에至하야는
天運이丕塞함에因함인지、國勢가날로衰替하야가

〈그림 1〉 총독부 일본어 독본에서 번역해 수록한 『신편독본』의 「정몽주」

여기서 흥미로운 점은 일본어를 한국어로 번역한 경우뿐 아니라, 일본어를 한문으로 옮기거나 또는 한문 원문을 일본어로 옮긴 경우도 있다는 점이다. 대부분 일본어독본의 기사가 원문이나 ③은 『고등독본』에 수록된 한문 문장이 원문인 것으로 보인다. 에도시대의 유학자이자 역사학자인 아오야마 노부유키青山延于(1776~1843)가 지은 『황조사략皇朝史略』이라는 책이 원본인데 이를 『고등독본』에는 원문 그대로 수록한 것이고 일본어독본에는 이를 의역하여 수록하였다. 그리고 ⑤와 ⑦은 일본어 원문을 한문으로 번역하였다. 〈표 1〉에 제시하였듯이, 일본어 원문에 대한 번역은 ⑪을 제외하고는 대체로 직역에 가까우나 한문으로 번역한 경우에는 한문고전의 대구나 사자성어로 치환하여 의역에 가까운 양상이다. 조선어급한문 교과에서 한문의 비중이 조선어보다 훨씬 높았던 것처럼 일본어를 한문으로 옮기면서 한문전통의 수사를 직접적으로 도입한 것이다. 번역의 구체적 양상에 대해서는 다음 장에서 논하겠으며, 다음으로 『신편독본』의 일본어

8 「今上天皇陛下」의 저자인 히가시쿠제 미치토미東久世通禧는 일본의 귀족이자 관료이다.

〈표 2〉『신편고등조선어급한문독본』(1924)의 일본어독본 번역 기사 일람

	목차	제목	원문의 출처	성격 및 특기사항	종결어미변화	분류
①	3권 3과	石炭의이약이	「石炭物語」, 『中學國語讀本』; 『實業學校國語讀本』 2권 25과	三土忠造가 아동용으로 저술, 『실업학교국어독본』보다 『新編高等國語讀本』 1권 10과 「石炭の出世」가 원문에 가까움, 직역	…ます →…습니다	4권
②	3권 4과	鄭夢周	『신편고등국어독본』 4권 32과	정몽주의 충성 강조, 원문과 차이가 상당히 많은데 신편독본 쪽의 서술이 자세함, 정몽주의 몰년을 공민왕 4년으로 기재	…リ →…니라	7.5
③	3권 7과	常識의修養	『실업학교국어독본』 3권 46과	전문적 학식과 기능 못지않게 상식도 중요함, 직역에 가까움	상동	6권
④	3권 10과	經學院의釋奠	『개수고등국어독본』 5권 21과	문묘제례의 소개, 원문에 대한 부분적 생략이 있음, 성균관 대성전을 삽화로 삽입	…デアル →…다	6권
⑤	4권 3~4과	朝鮮의 繪畵	『신편고등국어독본』 10권 16과	『李王家博物館所藏品寫眞帖』에서, 한국 미술사의 개관, 직역에 가까움	…リ → …니라	12.5
⑥	4권 7과	休暇의利用	「社會と人間」, 『실업학교국어독본』 3권 20과	留岡幸助의 저술, 한문투로 일부 변경한 외에 직역에 가까움, 저자는 목사로 일본 복지사업의 선구자	상동	4.5
⑦	4권 8과	朝鮮의工業	「最近朝鮮事情要覽」, 『고등국어독본』(1913) 8권 13과	人見 書記官의 강연, 일본인의 도움으로 조선의 공업이 날로 발전, 신편독본 기사에 일부 삽입된 부분이 있음, 직역	상동	8권
⑧	4권 9과	新聞紙	『신편고등국어독본』 3권 14과	신문으로 국민의 품격과 문명 정도를 가늠함, 직역에 가까움	상동	3권
⑨	4권 11과	朴泰星	「熙朝軼事」, 『신편고등국어독본』 6권 14과	영조 때 효자 정문을 받은 박태성의 일화, 직역, 『熙朝軼事』에 수록된 기사를 발췌	상동	4.5

- ②, ④, ⑦은 가타카나로 표기됨.
- 『고등독본』보다 대체로 『신편독본』의 문장은 단문에 더 가까움. 그러나 일본어독본 문장보다는 역시 대체로 장문과 복문 비율이 더 높음.
- 3권 6과 「臺灣の夏」는 改修高等國語讀本에 수록되었다 하나, 이 책을 찾지 못하였음.
- ②, ④, ⑤에서 일본어 독본의 삽화를 생략함

독본 번역문 목록과 그 성격을 〈표 2〉에 제시한다.

〈표 2〉에서는 일본어독본에 저본이 있는 경우만 기록했다.[9] 『고등독본』과 비교해 보았을 때, 기사의 분량이 전반적으로 늘어난 것을 확인할수 있다. 분량이 늘어났을 뿐 아니라 기사의 성격도 다양해져, 행정과 산

---

9 다른 번역 기사들에 대해서는 앞 장에서 분석했다. 조선어부 기사의 34% 이상을 번역문이 차지하고 있다.

업 성격의 기사의 양이 대폭 줄고 문화나 역사에 대한 기사들도 포함되기 시작했다. 그 번역의 양상도 대체로 직역에 가까운 『고등독본』보다는 더 한국어의 언어적 관습이나 문화적 배경을 더 많이 적용한 양상이다. 그러나 ①, ⑤, ⑦처럼 일제 관료의 문장을 중시한 것은 고등독본이나 동일하다. ①의 저자인 미쓰지 추조三土忠造는 앞서 거론했듯이 통감부의 한문독본 편찬을 지휘하는 등, 식민지 교육을 입안한 인사이다. 고등사범학교 출신인 미쓰지는 교사 출신답게 청소년을 대상으로 한 ①과 같은 글을 썼는데, 이는 최남선이 『소년』이나 『시문독본』 등에서 대화체 등을 구사하여 청소년 교육용의 기사를 저술한 것과 밀접한 영향 관계가 있는 것으로 보인다.[10] ⑥의 저자인 토메오카 코우스케留岡幸助는 도시샤학교를 졸업한 뒤에 미국의 사회교정시설을 연수하고 일본 사회복지사업의 선구자가 된 당대의 주요 지식인이다. 지식인이나 관료 등 일제의 대표적 엘리트들이 구사하는 일본어를 당대 한국어에 이식하기 위한 정책적 의도는 『고등독본』과 연결된다.

주지하듯이 일제는 제국대학 출신의 관료들이 주도하는 사회였으며, 이들은 행정과 경제, 정치 등 주요영역을 거의 독점하였을 뿐 아니라 문화와 교육에도 전범이 되어야 했다. 이른바 구제舊制 고등학교와 제국대학이 모든 학생들에게 최종적 목표가 되었던 것은 일제와 식민지 조선이 마찬가지였다.

결과적으로 1910년대의 조선어급한문 교과보다는 한국어의 비중이 증대하기는 하였으나, 한국의 역사나 문화에 대한 기사를 일본 지식인이 구사한 일본어 문장의 번역을 거친 상황에서 받아들여야 했다는 점은 일

---

10 『시문독본』에서 1권 7과 「제비」, 1권 10과 「구름이 가나, 달이 가나」 등이 유사한 형식이다.

제 식민지 교육의 성격을 명시하는 양상이었다고 하겠다. 조선인은 자신들의 문화와 역사를 일본 지식인과 관료의 시선을 통해 학습했다. 곧, 피식민자 조선인은 식민자인 일제의 관점을 자연스레 체질화할 수밖에 없었던 것이다.

3. 『고등조선어급한문독본』의 번역

일본어와 당대의 한국어는 한문을 혼용한다는 점에서 상동성을 가지고 있었다. 그러나 보편적인 한문의 언어관습에 가깝게 한문, 한자를 사용한 한국과 달리 일본은 일본어화한 한자어를 훨씬 많이 사용하기에 공유한 한자어가 오히려 직역을 가로막는 경우가 적지 않다. 그러므로 일본어독본 소재 기사를 번역하는 경우, 한자어를 한국어의 문맥에 더 적절한 것으로 바꾸는 사례가 가장 많았다. 그런데, 『신편독본』이 『고등독본』보다 그 변경의 사례가 훨씬 많은 것은 흥미로운 지점이다. 전반적으로 기사의 분량이 많은 것에서 연유하기도 하지만, 전자가 후자보다 한국어 문맥이나 한국의 역사적 전통을 더 많이 고려한 것으로 평가할 여지가 있다.

대부분 직역에 가까운 『고등독본』의 일본어독본 번역 기사 가운데, 의역이나 번안에 가까운 것은 일본어에서 한문으로 번역한 기사들이다. 이는 한자와 한문을 매개로 하여 당대 한일의 언어관습 차이가 드러나는 흥미로운 지점이다. 〈표 1〉의 「商人德義」가 특히 이런 양상을 잘 보여준다.

① 儉約ならざるべからず。儉約は何人も守るべき德なれども、商業家に取りては、殊に大切なり。勉めて質素を守り、無益の費を省き、聊かの金錢たりとも貯蓄して、之を資本に投ぜんことを心掛くべきなり。

[검약하지 않을 수 없느니라. 검약은 누구라도 지켜야할 덕이지만 상업가에 있어서는 특히 절실하니라. 힘써 질박을 지키고, 무익한 비용을 줄이고 조금의 금전이라도 저축하여, 이를 자본에 투여할 것을 명심해야만 하니라.]

不可不儉約。塵合泰山、十匙一飯、務守質素而省無益之費。雖分錢之金、必爲之貯蓄、以充補資本、爲心。

[불가불 검약. 먼지가 태산을 이루고 십시일반이라, 질박을 지켜서 무익의 비용을 줄여야 하니라. 비록 푼돈의 자금이라도 반드시 저축하여 이로 자본에 보충할 것을 마음먹어라.]

② 顧客に對しても亦丁寧なるべし。

[고객에 대하여서도 역시 정녕해야만 하니라.]

對顧客則懇切恭順、 此皆丁寧之道也。

[고객에 대하면 간절 공순해야하니, 이 모두 정녕의 道니라.]

먼저 제시한 인용문이 일본어독본의 기사이고 아래에 제시한 것이 『고등독본』의 번역문이다. ①과 ② 모두 대의는 크게 다르지 않으나, 원문에 없는 서술을 한문 번역을 통해 보충하고 있다. 전반적으로 직역이라기보다 의역내지 번안의 성격이 강한데 당대 한국인들의 언어습관에 친숙한 4자 구인 "十匙一飯, 懇切恭順"등을 삽입하고 한문 수사법인 대구를 만들어 내는 것이다. 원문에 없는 것이지만 효과적 전달을 위해 삽

입한 것으로 한문의 고전질서에 더 밀접했던 당대 한국의 언어관습을 감
안한 변용이었다. 이와 같은 사례는 〈표 1〉의 ⑤와 ⑪에도 나타난다. 번
역의 과정에서 전통 한문 수사가 확장되는 양상은 일본어 저술을 중국어
로 번역하는 경우에도 동일하게 나타났다는 점도 간과할 수 없다.[11]

① 深キ濠高キ石垣ヲ繞ラシ、莊嚴ナル宮殿ハ樹木ノ茂リタル中ニ在リテ
イト尊シ。

[깊은 해자에 높은 돌담이 두르고, 장엄한 궁전은 수목이 무성한 가운데 계시노래

龍殿鳳闕、儼然于樹木鬱蔥間、高垣、繞焉、深濠、繚焉。

[용과 봉새 같은 대궐, 울창한 수목 사이 엄연하고, 높은 담이 펼쳐지고 깊은
해자 둘렀노래

其ノ建物イジレモ宏壯ナリ。

[그 건물 어느 것이나 굉장하노라.]

甍甍相對、結構宏壯。

[용마루가 서로 마주하여 구조가 굉장하니라.]

② 諸種ノ發明頻頻トシテ起リ、絶エズ。

[각종의 발명이 빈번하게 일어나 끊이지 않으니]

諸種의 發明이 日以踵起ᄒᆞ야, 續續此를

[각종의 발명이 날로 잇따라 일어나 계속 이룸

---

11 임상석, 「근대계몽기 국문번역과 동문同文의 미디어—『20세기의 괴물 제국주의』한・중
번역본 연구」, 『우리문학연구』 43, 우리문학회, 2014 참조.

勞スルコト少クシテ利スル所多ク、

[수고로운 바 적고서 이로운 바 많으니,]

勞少利多홀지나、

[수고는 적고 이익은 많을지나,]

①은「東京」의 번역 양상이고, ②는「産業組合」의 번역 양상이다. 역시 원문과 달리 한문고전의 수사 원리를 적용하고 있다. 교과서의 효율적 교수와 전달을 위해 당대 한국인들에게 친숙했던 전통 한문의 수사로 의역한 셈이다. 이와는 좀 다른 번역의 양상을 지닌 것이 〈표 1〉의「今上天皇陛下」이다. 이 문서는 일본왕실을 다룰 때, 사용하는 경칭어휘를 규범적으로 사용한 것으로 보이는데, 이 경칭어휘들을 일일이 대응시켜 옮길 수 없었던 것으로 추정된다. 특히 일본왕과 관계된 모든 어휘에 "御"를 접두어로서 붙이는 등의 관습을 그대로 옮기는 것이 부자연스러웠을 것이다. 한편, 일본어를 비교적 쉬운 한문 문장으로 옮긴 것은 당시 일본보다 더 발달한 한국의 전통적 한문 작문 교육에 정책적 개입을 시도한 것으로 추정할 여지도 있다.

이처럼 교수나 전달의 편의를 위해 다소간 한문고전의 수사를 이용한 양상을 찾아 볼 수 있다. 그러나 전술했듯이 조선어부 기사들은 위의 인용문을 제외하면 대부분 행정 명령이나 산업에 관계된 내용으로 심도 있는 사고나 표현을 담은 성격의 기사는 없고, 번역의 양상도 거의 일본어에 대한 직역에 가깝다. 그렇다면 위와 같은 한문 수사의 도입도 일본어에 종속된 한국어라는 일제 식민지 교육정책의 취지에서 크게 벗어나는 양상은 아니라 하겠다. 『신편독본』의 경우 기사가 다양해진 만큼, 번역된 기사들의 성격도 고등독본보다 더 다양하다.

4. 『신편고등조선어급한문독본』의 번역

『신편독본』은 『고등독본』에 비해 조선어부의 기사가 분량과 내용에서 다양해지고 심도가 깊어졌기에 그 번역의 양상도 더 복잡하다. 원문과 번역문 사이의 차이가 고등독본보다는 대체로 더 많아 의역에 가까운 양상을 더 자주 찾을 수 있는 것이다. 한국의 역사나 문화 내지 전반적 관습을 번역 과정에서 다소간 적용한 셈이다. 아래에 이와 같은 사례를 제시한다.

① 鄭夢周

第一ノ成績ヲ得タリ。

曾テ親ヲ失ヒシ時、其ノ墓側ニ庵ヲ結ビテ、哀悼ノ誠ヲ致シタリ。其ノ頃喪祭ノ禮大イニ廢レ、身分アル人スラ、之ヲ重ンズル者甚ダ少ナカリシカバ、閭里ニ於テ其ノ行ヲ旌表セラレタリ。

(제일의 성적을 거두니라. 일찍이 부모를 잃었을 때, 그 묘 옆에 초막을 엮어서, 애도의 정성을 다하니라. 그 즈음 상제의 예가 크게 폐해져, 신분이 있는 사람조차, 이를 중시하는 자가 심히 적었기 때문에, 여염에서 이로서 그 행실을 정표하니라.)

→ 三試에 連하야 批元이 되니라. 夢周는 父母를 奉養함애 孝誠을 至極히 하며, 親喪을 遭하얏슬 時에는 其墓側에 廬幕을 構하고, 極히 哀痛하야 如禮히 三喪을 終하니라. 當時世俗은 喪祭의 制가 紊亂되여, 士大夫의 家庭에서 도 此를 疎忽히 하는 者가 甚多하얏는 故로, 時俗을 矯正키 爲하야 其閭에 旌表까지 되니라.

2 經學院의 釋奠

① 大體二於テ孔子ノ道ハ、古今東西一貫シテ、萬人崇拜ノ敎トナシテイル。
(대체로 있어서 공자의 도는 고금동서 일관하여 만인숭배의 가르침이 된다.)
→ 其道는 大體 古今東西를 一貫하야 萬人崇拜의 敎訓이다.

② 祀ルトコロノ大聖殿トイフモノガアシテ
(제사하는 곳을 대성전이라고 하는데,)
→ 祭祀지내는 文廟에 大聖殿이라 하는 殿閣이 잇서서,

③ 每年其ノ祭典ガ行ハレル。((매년 그 제전이 행해진다.)
→ 每年 春秋 二期에 祭典을 擧行하는대

3 朝鮮의 繪畫

① 半島も亦其の影響を受けて、繪畫界に儒敎主義の感化を享くるこ
と深く、又一般國民の觀念を 支配するに至れり。
(반도도 역시 그 영향을 받아서 회화계에 유교주의의 감화를 받은 바 깊고,
또 일반국민의 관념을 지배함에 이르니라.)

→半島人의 思想도 亦是 그 影響을 受하여 儒教主義가 一般國民의 觀念을 支配하게 되는 同時에 繪畫界까지 그 感化를 바듬이 深切하니라.

② 內地の如く純然たる專門畫家として數ふべきもの甚だ稀なり。
(내지와 같이 순수한 전문화가로서 셀 수 있는 자 심히 적니라.)
→ 專門畫家로 指稱할만한 者는 甚少하고,

　1의 일본어독본 원문은 한국의 과거科擧 제도를 구체적으로 언급하지 않았으나, 『신편독본』의 번역문은 "三試"라는 구체적 과정을 언급하고 "第一ノ成績[제일의 성적]"이라는 다소 밋밋한 표현도 "壯元"으로 변경하였다. 다음 부분으로 정몽주가 유교적 상례의 원칙을 지켜 시묘를 거행하고 정표를 받게 된 과정도 후자가 더 자세히 기록하였다. 이외에 정몽주가 학관에서 대사성으로 승진하면서 성리학으로 다른 유학자들을 감복시킨 과정이나 사신으로 명에 가서 명태조를 설복한 과정들에 대한 서술도 후자가 더 자세한 편이다.

　2의 ①은 원문의 표현인 "孔子ノ道[공자의 도]"를 생략한 양상인데, 당대의 조선인을 대상으로 하는 과정에서 굳이 서술할 필요가 없는 어휘라고 판단한 것으로 보인다. 이와 유사하게, 2에서는 생략된 문구들이 종종 있다.[12] 2의 ②와 ③은 1처럼 후자 쪽의 번역에 어휘를 보충한 양상이다. 이외에 한국어 문맥에 더 자연스럽게 어순을 조절한 경우도 종종 있는데, 이는 다른 기사의 번역에서도 나타나는 사례이다.[13] 이는 3

12　"斯ノ道ヲ理解シ", "かわいう訳でアルカラ" 등의 구절들이 생략되었는데 역시, 한국어 문맥상 딱히 필요 없다고 판단한 것으로 보인다.
13　"鐘ガ鳴リ太鼓ガ鳴リ笛ガ吹カレル。之ヲ凝安ノ樂ト曰シテ、同時ニ烈文ノ舞ガ奏セラレ

의 ①에도 유사하게 나타나고 있다. ③의 ②는 한국어 번역 상에서 "內地の如く純然たる[내지와 같이 순연한]"라는 구절이 굳이 필요 없다고 판단하여 생략한 것으로 보이는데, 이는 ②에서 나라와 헤이안 왕조의 궁정大宮 사람을 접하는 기분이라는 구절을 생략한 것[14]과도 동일한 양상이다.

원문 대조를 통해 번역의 양상을 검토한 결과, 『고등독본』에 비해서는 『신편독본』의 번역이 일본어 기사와 한국어 기사 사이의 차이가 더 크다고 할 수 있다. 그리고 그런 변경의 이유가 한일 간의 문화 내지 관습의 차이를 다소간 적용한 점은 양자에서 나타난 번역 사이의 차별성이다. 고등독본은 행정과 산업에 관계된 훈령, 강연, 서술을 담고 있기에 대체로 문화나 관습의 차이를 적용할 여지가 없었으나, 신편독본은 제한적이나마 한국의 역사나 문화를 주제로 한 기사를 편성하였기에 이런 차이가 생기는 것도 자연스러운 현상이라 하겠다.

전자의 번역 기사에서는 한문 수사의 적용 사례가 종종 드러나는 반면, 후자의 번역 기사에는 한문 수사가 적용된 사례가 거의 없다. 번역의 과정에서 전통적 한문 수사의 적용이 신편독본보다 고등독본 쪽에 더 많이 나타나는 것은 1910년대와 1920년대를 거치면서, 한국에서 한문전통의 영향력이 점차 쇠퇴한 것과 밀접한 관계가 있는 것으로 보인다.

전반적으로 『신편독본』의 한국어 위상은 『고등독본』에서 일본어 과목에 완전히 종속된 양상과는 달리, 한국의 역사나 문화가 반영된 양상

ル。"의 문장을 아래와 같이 옮긴다. "鳴鐘吹笛의 凝安樂과 함께 烈文舞가 演奏된다."
14 『신편독본』에서는 "奈良朝・平安朝ノ大宮人ニ接スルナ氣持ガスル"라는 문장이 생략되었다.

이다. 그러나 이와 같은 확장은 앞에 제시한 〈표 2〉처럼 일제 지식인들의 시각을 반영한 것으로, 조선어급한문 교과에서 한국어 기사의 내용이 확장되어 갈수록 일제 지식인들의 관점들이 더 다양하게 전파되었다 하겠다. 결국 총독부의 교과서에서 한국의 역사와 문화는 관료를 비롯한 일제 엘리트들의 식민자적인 관점에 근거하여 피식민자인 조선 학생들에게 교수된 것이다.

5. 소결

일본어 교과는 질과 양면에서 조선총독부 식민지 교육의 핵심이다. 이 장은 일본어 교과서에서 번역된 조선어급한문 교과서의 기사들을 목록화 하고 그 번역의 양상을 일별하였다. 이 번역에서 조선어나 한문의 교육과정에서 그 모범을 일본어로 삼으려 했던 식민지 교육정책의 특성이 드러난다.

그 특징은 첫째, 관료를 비롯한 당대 지식인들의 문장을 전파하려 했다는 점이다. 전술했듯이 일제는 정치, 사회, 문화의 전반적 영역에서 관료에게 주도권이 주어진 체제이다. 행정과 산업의 권한뿐 아니라, 교육의 역할까지 관료들에게 부과되었음을 확인할 수 있다.

둘째, 식민자인 일제 지식인의 관점으로 피식민자인 한국의 역사와 문화가 교수되었다는 점이다. 피식민자인 당대 한국의 학생들이 공식적인 교육에서 접하는 정보가 일제 지식인의 시각이라는 점은 교육과정에서 이루어지는 가치관과 역사관의 형성에 큰 영향력을 주는 요소였음이 분명하다.

셋째, 『신편독본』에서 『고등독본』보다 한국의 역사나 문화에 대한 내용이 확장되었다는 점이다. 그러나 전술했듯이 이 내용은 일제 체제의 유지를 위한 관점이라는 것을 췌언할 필요가 없겠다. 구체적 과정과 내용에 대해서는 다각적으로 검토할 필요가 있다. 이외에, 한문전통의 비중이 감소하고 있었다는 점도 당대의 언어사를 방증하는 주요한 양상이다.

● 참고자료-조선어급한문독본 번역 과정의 한자어휘 변용 일람

- 당대 한일 두 나라의 한자 사용 관습의 차이를 보여주는 것이지만, 일관된 기준을 가지고 있는지에 대해서는 판명하기 어렵다. 참조자료로서 활용하기 바란다.
- 일본어화한 한자에 대해서는 괄호로 주석을 달았다.
- 화살표의 앞이 일본어독본의 어휘이고 뒤가 조선어급한문독본의 어휘이다.
- 〈표 3〉의 일련번호는 〈표 1〉을 따른 것이고, 〈표 4〉의 일련번호는 〈표 2〉의 것이다.

〈표 3〉 『고등조선어급한문독본』

	제목	변경된 한자어
①	養鷄日記	納屋(헛간) → 虛間
④	棉	蒔 → 栽, 次 → 亞, 蒔 → 種, 在來 → 由來
⑤	東京	中心 → 樞機, 中心 → 淵藪
⑥	木을 緣하여 魚를 求함	諺 → 語, 御陰 → 蔭庇, 面白(재미) → 滋味, 河水 → 江水, 河中 → 江中, 埋 → 覆埋, 雨續 → 長霖, 相違(차이) → 差違
⑦	商人德義	商業家 → 商人, 大金 → 暴利
⑧	今上天皇陛下	才識 → 才德, 硏究 → 講究, 御意 → 聖衷, 御心 → 聖心, 深更 → 深夜, 御寢 → 就寢, 御親 → 進御, 感泣 → 欽歎, 先帝 → 先皇, 恐懼 → 惶感
⑩	禊	種種 → 各種, 遊惰 → 遊怠, 葬式 → 喪葬, 婚儀 → 婚姻, 順次 → 輪次
⑪	産業組合	廉價 → 價廉, 貨物 → 物貨, 求 → 見需, 舊法 → 舊規, 時季 → 時期, 選 → 擇, 手數 → 手苦, 竝 → 及, 順番 → 順次, 下附 → 下付, 計 → 圖

〈표 4〉 『신편고등조선어급한문독본』

	제목	변경된 한자어
①	石炭의이약이	世間 → 世上, 元 → 根本, 都府 → 都會, 仲間 → 同伴, 樵夫 → 鑛夫, 當座 → 當時, 非常 → 宏壯, 日光 → 天日
②	鄭夢周	喧稱 → 崇拜, 遠地 → 遠方, 出發 → 發程, 朝臣 → 權臣
③	常識의修養	江湖 → 世間, 敗戰 → 失敗, 何人 → 誰某, 獵師 → 獵夫, 賣捌(팔아치움) → 賣買, 證左 → 證據, 取扱 → 處理, 實狀 → 現狀, 相慶 → 互相慶賀, 相弔 → 互相弔慰, 凶事 → 凶變, 誰人 → 誰某, 人情自然 → 人情自發, 葬儀 → 葬式, 婚禮 → 婚姻, 講讀 → 購讀, 見地 → 位置
④	經學院의釋奠	根柢 → 根本, 採 → 取, 殊 → 特, 敎 → 道, 作興 → 興起, 供 → 陳設, 置 → 設置, 諸員 → 僚員, 合図(신호) → 信號, 神前 → 神位前
⑤	朝鮮의繪畵	目擊 → 目覩, 口碑 → 口傳, 源泉 → 淵源, 卓絶 → 卓越, 反對 → 反面, 手法 → 體法, 麁笨 → 粗率, 氣韻 → 逸致, 亞 → 次, 當否 → 適否, 感化 → 影響, 想像 → 推想, 儀禮 → 禮儀, 作物 → 製作品
⑥	休暇의利用	縱絲 → 經線, 橫絲 → 緯線, 支離滅裂 → 浮虛滅裂, 潮 → 汐水, 亦斯 → 亦然, 育 → 生長, 相竝 → 竝進, 人事百般 → 人間百般, 抑 → 大抵, 仕事 → 事務, 踏察 → 踏査
⑦	朝鮮의工業	次第 → 次次, 明紬 → 綿綢, 優秀 → 優良, 味噌(된장) → 土醬, 醬油 → 淸醬
⑧	新聞紙	不德 → 不道德, 下劣 → 卑劣

제5장

식민지 조선과 동문同文의 허상 그리고 번역

1. 식민통치와 총독부의 독본

일제의 식민지 교육정책에서 일본어가 가장 중요한 교과였기에 피식민자들도 같은 일본어를 쓰게 만드는 것, "동언同言"의 이념이 원칙이었다. 이 이념이 극단적으로 강화된 것이 일제 말기의 조선어 폐지정책이라 하겠다. 그러나 대만과 조선 등 일제의 주요 식민지 권역이 일본과 공유하는 동문同文인 한자와 한문도 식민통치의 보조수단으로 지분을 차지하고 있었다. 문자를 공유하기에 하나의 국가로 통합될 수 있다는 동문동종同文同種이라는 일제의 선전구는 이런 상황을 집약적으로 나타낸다. 또한, 일본과 한국은 한문을 자국어와 혼용하는 표기 방식을 공유하기에 서동문書同文이라는 전통적 의미망에서 그 외연이 더 확장될 수 있다는 점을 주목해야 한다.

식민통치와 한문에 대해 최근 일본학계에서는 주목할 연구가 산출되고 있다. 한문의 위상과 역할에 대한 연구가 근대를 분석함에 필수적이라는 문제의식 위에 원칙적 이념인 "동언"과 다소 유화적 장치인 "동문"

의 이데올로기가 상보적 관계를 가지는 것이 일제 통치의 특징이라 지적한 바 있다.[1] 또한, 대만 식민지에서 공사公私의 영역에서 나타난 다양한 한문의 양태를 식민지한문植民地漢文이라는 새로운 개념으로 분석한 연구도 간행되었다.[2] 특히 후자는 대만이란 식민지의 정체성을 식민지 상황에서 사용된 다양한 한문을 통해 규명한다는 점에서 동아시아 근대 한문의 연구가 식민지라는 세계적 보편 상황에 대한 연구로 확장될 가능성을 보여준다. 식민통치에서 동문이란 문화적 유사성을 강조하고 중국이라는 본국이 존재했던 대만은 독특한 식민지 정체성이 나타난다. 이는 대만이 다양한 중국어 방언과 함께 중국어와 어족이 다른 소수민족 방언까지 존재하는 다언어 사회였기에 비롯된 일이기도 하며, 일제는 식민통치를 위해서 공통의 문자인 한자와 한문을 사용할 수밖에 없었다.[3]

근대 초기의 조선은 언어통합의 정도가 현재와 비교할 수는 없어도, 구어口語의 차원에서나 문어文語의 차원에서나 상당히 통합이 이루어진 사회였다. 그러나 일본과 구어는 달라도 한자와 한문을 문자로 공유한다는 점, 즉 동문의 상황은 대만과 동일하다. 근대 초기 조선에서도 대만의 사례와 유사하게 한일 지식인 간의 전통적인 한시문漢詩文 수창酬唱이 친일담론의 형성에 기여하였다.[4] 일본어를 교육정책과 어문정책에서 우선 과제로 부여하지만 문화의 차원에서 동문동종을 내세우는 등 조선의 식민통치에서도 동언과 동문은 상보적으로 작동한 것이다.[5]

---

1 사이토 마레시, 황호덕 · 임상석 · 류충희 역, 『근대어의 탄생과 한문』, 현실문화, 2010; 齋藤希史, 「〈同文〉のポリティクス」, 『文學』 vol.10-6, 2009, pp.38~49.

2 陳培豊, 『日本統治と植民地漢文』, 東京 : 三元社, 2012.

3 위의 책, pp.11~16.

4 최근의 연구로 박영미의 「전통지식인의 친일 담론과 그 형성 과정」(『민족문화』 40, 한국고전번역원, 2012)이 있다.

언어와 관련된 일제 식민통치에서 간과할 수 없는 부분이 조선총독부의 교과서이다. 조선총독부는 민간의 사립학교 전부를 강제로 몰수하는 등, 식민지 초기부터 교육을 독점하려 했으며 이는 1910년대에서는 파급력이 크지 않았으나 30년이 넘는 통치 기간 동안 점차 소기의 목적을 달성하게 된다. 교육의 독점은 결국 어문語文의 독점을 염두에 둔 행위라 하겠다.

이 『고등조선어급한문독본高等朝鮮語及漢文讀本』(이하 『고등독본』)은 '조선어급한문'이라는 교과명과 어울리지 않게 조선어 단원은 단원수를 기준으로는 전체 10%밖에 되지 않고 면수를 기준으로는 전체 20% 정도이다. 나머지 단원은 모두 한문이었다. 또한 주로 수록된 한문 단원의 난이도에 따라 1권에서 4권까지의 순서가 정해진 것으로 한문교과서에 조선어가 부속된 양상이었다. 이는 동문의 자장을 적극적으로 이용한 양상으로 볼 수 있다.

앞서 논의한 바와 같이, 조선어와 한문을 하나의 과목으로 통합한 것부터 계몽기 한국의 국어를 위한 노력을 무화한 양상이다. 절대적 권위를 가진 고전어이자 지식인 언어, 문화어인 한문을 국어의 바깥으로 밀어내려는 이념은 교육과 산업 등과 함께 계몽기의 핵심과제였다. 3 · 1 운동 이후에 출간된 『신편고등조선어급한문독본(新編高等朝鮮語及漢文讀本』(이하 『신편독본』)은 이런 문제를 인식한 것인지 교과는 통합되어 있으나, 조선어부와 한문부를 분리하였으며 이 편제는 『중등교육조선어급한문독본中等敎育朝鮮語及漢文讀本』(1933, 이하 『중등독본』)에도 유지된다.

---

5   최혜주, 『근대 재조선 일본인의 한국사 왜곡과 식민통치론』, 경인문화사, 2010, 192~194쪽.

초기 조선총독부 식민통치가 설정한 동문의 양상을 조명하기 위해 『고등독본』의 체제를 다시 제시한다. 이 독본은 4권 모두 합쳐 400여 쪽에 이르고 단원수는 285과이며, 범례에서 ① 경사자집經史子集, ② 한일문서, ③ 신찬新撰, ④ 조선문朝鮮文으로 전체 단원을 구분한다. 이 가운데 ④가 29과이고 나머지는 단원 수를 기준으로 ① 경사자집은 46%, ②에서 일본문서는 20%, 한국문서는 8%, ③ 신찬은 12%이다. 동아시아 한자권이 공유하는 경사자집이 절반에 가깝고, 주로 에도시대와 메이지시대의 한문 문장인 일본문서의 비중도 적지 않음을 볼 수 있다.

식민본국인 일본에서는 메이지시대 초기에는 한자와 한문이 가진 문화자본적인 위치가 강화되었으나 청일전쟁 이후에는 점차 감소하고 오히려 식민지인 대만으로 한문지식인들이 유입되었다. 한자와 한문이 가진 영향력은 한문훈독에서 비롯된 훈독체訓讀體 문장으로 대체되었으며 1910년대에는 문화자본으로서의 영향력은 감소한다.[6] 그런데, 식민 초기 조선총독부의 교과서에서는 동문인 한문의 역할이 강화된 것이다. 정책적으로 통일된 조선어를 제시할 역량이 숙성되지 못한 것이 결정적 요인일 수 있으나, 동문인 한문의 교재 편성권을 일제가 독점하려 했다는 시도 자체는 의미심장하다.

사실, 당대의 언론출판에 나타난 식민지 조선의 문체와 조선어급한문독본의 문체는 시차가 크다. 1910년대 후반 편찬되기 시작하여 1920년대까지 큰 영향력을 가졌으나 1920년대 말에 이미 그 파급력이 소진된 『시문독본時文讀本』(1918)에 수록된 문장을 1933년의 『중등독본』에 10단원 이상 수록한 것은 단적인 예이다. 또한, 한문 학습의 전통이 굳건한

---

6 齋藤希史, 앞의 글 참조.

당대의 조선에서 총독부의 한문교재는 큰 영향력을 가지지 못했을 확률이 많다. 그러나 한자권의 새로운 맹주로서 한문교육을 국경을 넘어서 통합하려 했던 일제의 교재는 그 교과서적인 성패를 차치하고 반드시 규명해야 할 사안이다.

2. 대한제국기 동문의 역동성과 식민지

총독부 독본과 동시대에 출간된 잡지와 단행본들을 일별하면 한국의 지식인들이 총독부 교재의 구체적 편성이나 문체를 준수하지 않은 것이 사실이다. 그러나 자국어를 가지고 서구의 지식과 전통적 한문을 종합한다는 전체적인 독본의 이념 즉, 일제의 문화적 이상을 한국 지식인들이 공유한 측면이 있다. 한자·한문과 어족이 다른 유구한 자국어의 전통을 가졌다는 점은 대만과 달리 한국과 일본이 공유한 언어적 조건이다. 그리고 이 자국어를 중심에 두고 언어적 원리가 다른 서구의 학지를 수용하면서 동문의 전통을 재편하려 했던 구도는 한국과 일본이 공유한 문화적 이상이었다. 조선은 총독부가 교과서로 부과한 새로운 동문질서의 내용은 크게 수용하지 않았으나 그 이상은 받아들인 것이다.

서구와 전통의 학지를 자국어 중심으로 재편하고 번역하는 시도는 「세계의 4대 성인世界の四聖」이란 글에서 집약적으로 나타난다. 공자, 예수, 부처, 소크라테스를 세계의 4대 성인으로 설정하고 간략히 그 사적

을 기술한 메이지의 문호文豪이자 국가주의의 전파자인 다카야마 조규의 이 글은 총독부 국어(일본어) 교과서에 수록되어 식민통치 기간 내내 교수되었다. 1910년대부터 1920년대까지 가장 성공한 독본인 최남선의 『시문독본』에도 번역되어 수록된 글이지만 이 통속적 규정 자체를 조선인들이 전적으로 신뢰하지는 않았을 것 같다. 그러나 자국어를 중심으로 서구와 한문고전 학지를 재편하고 번역한다는 시도 자체는 공유했다고 할 수 있다.

전근대 조선에서 동문은 문자적 차원에만 그치지 않고 사대주의, 모화慕華 의식 등이 결부되어 이념적 범주로 확장된다. 중국을 중심으로 고전어 한문을 받아들여 체질화해야 한다는 당위는 전근대 조선에서 생존의 문제까지 연결되는 사안이었다. 일본을 중심으로 새롭게 재편된 동문 질서에서도 조선은 여전히 수동적 위치에 놓인 것만 같다. 새로운 동문질서를 부과한 조선총독부 체제에서 조선은 피식민자에 처한 셈이다. 그런데, 빈약한 국가의 물적 토대 위에 다양한 운동성과 이념이 역동적으로 나타났던 근대계몽기에서는 동문이 식민지 위기에 대한 대응의 계기로 사용되기도 하였다.

대한제국이 그 이름과 달리 국가의 체제를 갖추지 못했던 것은 이론의 여지가 없다. 특히 1905년 이후의 통감부 체제에서는 실질적 식민지나 다름이 없었다. 국가를 선포한지 10년이 흐른 1907년에 국문연구소가 발족되나 공식적 어문정책을 수립하지 못했으며, 교육에 대한 훈령을 종종 반포하나 의무교육 역시 실시하지 못하였다. 국가가 구획해야 할 교육과 어문에 대한 노력은 대부분 민간에서 진행된 양상이었다. 당대의 대표적 잡지인 격주간 『조양보朝陽報』와 『대한자강회월보大韓自强會月報』는 발행취지문에서 국한문체를 매체의 문체로 밝힌다. 유일한 입신의 수단인 과거제가 폐지되었으나, 과거제의 수험 언어인 고전어 한문의 권위가 꺾이지 않은 상황에서 국문을 명백한 이념으로 천명한 것이다.

여기서 흥미로운 점은 『조양보』의 취지문 1조에 잡지의 문체인 국한문체가 "동문의 각국에 겨우 문자를 해득한 이들"을 위한 것임을 명시했다는 점이다.[7] 여기서 문자는 전근대의 용례 그대로 한자·한문을 지칭한다고 하겠다. 바로 이어서 "대한의 인사들이 읽기에 가장 적합한 것"이라 부연하기는 했지만, 국한문체가 한자권 전체에 통용될 수 있다는 점과 잡지의 의론을 국경을 넘어 전파하겠다는 적극적 의지를 표명한 것은 의미심장하다.

이 짤막한 발언에는 함의가 있으며 여기서 두 가지 경계가 제시된다. "겨우 문자를 해득한 이들"이란 문자를 자유자재로 쓰는 이들, 즉 과문科文 정도의 고전한문을 구사할 수 있는 지식인들과 상대적으로 설정된 범주로, 문어와 구어를 나누는 전통적 구분인 아속雅俗과 통하기도 한다. 그런데 이 아속의 구분—고전한문 해득解得의 여부與否는 동문의 권역임을 전제한다면, 국경이란 경계보다 더 본질적인 것으로 설정되어 있다. 자국어가 섞여 있다 해도, 동문인 한자·한문의 구사 수준이 쉽다면 고전한문보다 읽기가 쉽다는 주장이다. 과연 이 주장이 당대 한중일 또는 대만의 언어 관습에 들어맞는 것인지 따져보기는 쉽지 않다. 그러나 이런 주장을 가능하게 한 전범에 대해서 추정해 볼 수는 있다.

그 전범은 바로 양계초라 하겠다. 양계초의 글은 고전한문과는 다른 한문으로 국경을 넘은 강력한 사례로 계몽기 조선에서 가장 널리 전파되

---

7   『조양보』1, 1906.6, 2쪽.

었다. 전술한 『조양보』와 『대한자강회월보』에서도 자주 번역되고 전재되었으며 장지연 등은 그의 글을 대량으로 표절하여 자신의 논설을 구성하기도 하였다.[8] 양계초의 문장은 고전한문과 다르지만 구어口語보다는 문어에 가까우며, 지금의 관점으로는 "겨우 문자를 해득한 이들"이 읽을 수 있는 수준이 아니다. 『조양보』와 『대한자강회월보』 및 계몽기의 다른 국한문체 잡지들의 문체는 대체로 조사助辭나 어미語尾를 제외한 모든 어간語幹이 한자로 표기되었다.[9] 양계초의 글과 마찬가지로 대부분의 계몽기 국한문체 문장들도 "겨우 문자를 해득한 이들"이 쉽게 읽을 수준이 아니다. 결국 이 범주는 결국 지금의 사전적 의미와 달리 삼경三經은 해독하지 못해도 사서四書는 어느 정도 숙지한 상태이며 한시문漢詩文을 자유자재로 짓지는 못해도 『고문진보古文眞寶』 정도는 읽는 수준이어야 할 것이다. 예를 들자면 과문科文 학습을 정식으로 하지 못하였으나, 서당의 기초적 한문교육을 이수한 정도의 한문 역량은 되어야 할 것이다.

계몽기에도 순한글의 매체가 존재하였으나 당면한 식민지 위기에 대응할 담론을 형성하기는 어려웠다. 문법과 사전이 없는 한글로 문어文語를 구성하기 불가능했고 시사정보를 한자·한문이 주가 된 중국과 일본의 문헌에서 입수하기 위해서라도 동문인 한문이 다시 호출되어야만 했다. 그러나 새롭게 호출된 한문은 고전어 한문과는 다른 국한문체를 취해야만 하는 것이다.

---

8 장지연, 박관규 외역, 「자강주의」, 『대한자강회월보편역집』 3, 소명출판, 2014, 74~86쪽.
9 양계초가 일본의 훈독체 문장에서 큰 영향을 받았음은 주지의 사실이다. 이 관계에 대해서는 金文京(『漢文と東アジア : 訓読の文化圈』, 東京 : 岩波書店, 2010, pp.82~86)과 齋藤希史(『漢文脈の近代ー淸末=明治の文学圈』, 名古屋 : 名古屋大学出版会, 2005, pp.48~86) 등을 참조할 수 있다.

이렇게 본다면, 이 취지문에서 국한문체에 부여한 과제는 두 가지로 집약된다. 국한문체는 전근대 고전한문의 원리와 다른 새로운 것이어야 하며 또한, 한자권에 통용될 수도 있어야 한다는 점이다. 즉 양계초가 이룬 성취, 계몽기 조선에서 양계초의 문장이 도달한 파급력을 이상으로 삼아야 한다는 점이다. 또한 당시 양계초 문장이 가진 전파력에는 산업개발, 무역통상 같은 새로운 개념을 서술하면서 경사자집에서 비롯된 익숙한 전고典故를 새롭게 조화시킨 것도 효과적이었다.[10]

의무교육·산업개발·독립·자강 등의 근대적 이념은 고전한문의 질서 속에서는 문장으로 성립하기 어렵지만, 동문의 권역을 통해 국경이라는 제한에 묶여서도 안 된다는 것이다. 이런 전범으로 양계초 외에 한문본을 통한 중역이기는 해도 『조양보』에 장기간 연재되었던 고토쿠 슈스이의 『20세기의 괴물 제국주의』도 들 수 있다. 역시 이 글도 반전反戰, 반제국주의 등의 새로운 이념과 함께 『맹자』의 성선설이 효과적으로 어우러지고 있다.

『조양보』를 위시한 계몽기 국한문체 잡지들은 양계초를 전범으로 삼아 동문의 이념을 능동적으로 발현한 사례라 하겠으나, 동문동종이란 선전구는 전반적으로 일제 통치에 대한 거부감을 완화하기 위한 한시문 수창 등으로 나타난 경우가 더 많다.[11] 그리고 통감부를 이어 총독부에서 본격적 식민통치를 개시하면서 교육을 독점하고 새로운 동문 질서를 부과하게 된다. 동문이란 용어에는 친일 내지 식민자의 관점만 투영된 것으로 느껴지기 쉬우나 국가가 이름으로나마 존속하던 계몽기에서는 식

---

10 양계초, 임상석 외역, 「이재설」, 『대한자강회월보편역집』 2, 소명출판, 2014, 171~181쪽.
11 박영미, 앞의 글 참조.

민지 위기에 대한 적극적 대응의 계기가 잠재되었던 것이다.

동문의 문文은 주지하듯이 문자의 차원에 제한되는 것은 아니다. 이상적 문화의 경지라는 함의가 있다. 고전한문을 벗어나지만 동문 권역의 네트워크를 유지할 수 있는 새로운 문화의 질서를 염원하던 계몽기의 문화적 이상이나 역동성은 1910년을 기점으로 총독부로 대변되는 일제에게 전유된 형국이라 하겠다. 피식민자 한국은 고전한문이 아닌 새로운 문화적 이상, 자국어를 중심으로 서구와 한문고전을 재편하려는 이상을 자생적으로 이루지 못하고 일제에게 이식받게 되었다.

계몽이 좌절된 1910년대, 총독부 교육에 대한 반감으로 서당의 한문 교육이 일시 증가한 예외도 있었으나 식민지 교육이 지속될수록 조선에서 한문의 영향력은 약화되었다. 식민지 조선에서도 동문의 자장이 작동했다면 그것은 한자·한문의 공유라는 문자적 범주를 벗어나는 차원이라 생각한다. 식민자 일제의 문화적 이상을 피식민자가 공유하게 된 조선 식민지의 현상은 새로운 동문 질서를 부과했던 총독부 교육과 밀접한 관계가 있다. 이는 동양주의 같은 일제의 선전구를 수용하기 쉬운 조건으로 작용하기도 했으며, 조선 식민지가 식민지로서 갖는 예외적 정체성이라 규정할 여지도 있겠다. 또한, 이 동문 질서의 형성에 번역의 역할이 컸다는 점도 주목해야한다. 조선 식민지의 이런 메커니즘을 규명하기 위한 자료로 총독부 독본에 접근하는 것은 자연스러운 일이다.

3. 조선총독부 독본과 번역

조선총독부 교육은 초등교육에 해당하는 보통학교와 중등교육에 해당하는 고등보통학교 — 1938년 이후에는 중학교로 변경 — 의 2단계로 구성되었다. 교과서는 3차례에 걸쳐 개정되었으며, 실업학교와 여학교 등의 특수학교에서 사용된 교과서들도 따로 있었다. 이 교과서들을 모두 합치면 100권이 넘는 수치일 것이며 아직 통합적인 자료화에 이르지 못한 상황이다. 그중에 중등교육용 조선어급한문 교재는 전반적으로 영인된 상태이다.[12]

전술했듯이 조선어부에 대한 연구는 활성화 되고 있으나 한문부에 대한 연구가 부족한 현실이다. 특히 한문부는 일본, 대만, 만주국 등에서 따로 발행되었기에 비교 연구의 좋은 자료가 될 수 있다. 국경을 넘는 일제의 한문교육은 세계사적으로 거의 전무후무한 성격으로 여러 가지 다양한 학문적 과제와 연결된다. 우선은 일제초기의 동문 이념과 동양주의가 오족협화五族協和, 대동아공영권, 근대초극 등의 말기적 이념과 연결되는 지점을 구성하기 위해서라도 한문부에 대한 다양한 비교분석이 필수적인 것이다. 이를 위해 일단, 각 식민지와 식민본국 일본에서 발행된 교과서의 통합적인 자료화와 목록화 작업이 우선되어야 한다. 이 작업은 그야말로 국경을 넘는 다국적 네트워크가 필요할 터인데, 이에 앞서 번

---

12 『침략기의 교과서』라는 총서로 한국국어교육원이 각급학교용 조선어급한문독본을 2003년 영인한 바 있고, 이를 더 접근하기 쉽게 자료화한 최근의 총서로 『조선어독본』 1~5(강진호, 허재영 편, 제이앤씨, 2010)이 있다. 이 두 총서 모두 1934년판의 5권은 결락되어 있다.

역 상황이나 언어 인식을 살펴보는 것은 일제 식민지 교육이라는 방대한 자료를 풀어내는 관건이 될 수 있다.

조선총독부 일본어 교과서에서 계속 교수된 「세계의 4대 성인」이 번역을 통해 구현되었듯이 일제가 새로 구성한 동문의 질서에서 번역은 필수적인 도구였다. 일제뿐 아니라, 1895년부터 대한제국에서 발행한 교과서도 일제 교과서의 번역과 번안을 통해 구성되었다.[13] 의미심장하게도 대한제국의 교과서는 번역을 통해 제시된 교과서를 보완하기 위해 전통의 한문고전도 재편하여 전근대의 명칭인 "소학小學"을 그대로 붙여 "소학독본"이란 이름으로 발행하였다. 서구 학지를 번역을 통해 수용하되, 동문 전통으로 보완한다는 구도는 한국 근대의 출발부터 일제의 그것과 동일한 양상이었던 것이다.

전술했듯이, 중등용 1913년판 『고등독본』의 조선문은 한문부에 종속된 양상이며, 모두 일본어나 일본인의 한문 문장에 대한 번역을 통해 제시되었다. 1924년 『신편독본』은 이와 달리 1~3권은 지면 기준으로 조선어부의 비중이 70%에 이르고 4~5권은 66%로 준다. 그러나 주로 고전한문으로 편성된 한문부의 내용은 사실 조선어부보다 큰 것으로 실제 단원 수는 한문부가 조선어부보다 훨씬 많다. 양자 간의 배분은 1권은 조선어 21개 : 한문 50개이고, 2권은 각각 19개 : 42개, 3권은 19개 : 31개, 4권은 17개 : 34개, 5권은 17개 : 30개 정도인데, 대체로 고전한문으로 작성된 문서를 현대 한국어로 번역하면 3배 가까이 늘어나는 것과 비

---

13 강진호, 「'국어' 교과서의 탄생과 근대 민족주의-『국민소학독본』(1895)를 중심으로」, 강진호 외, 『근대 국어교과서를 읽는다』, 경진, 2014, 참조; 구자황, 「교과서의 차용과 번안-『신정심상소학』(1896)의 경우」, 위의 책 참조.

숫한 비율을 보인다 하겠다. 지면의 비율과 달리 수록된 내용의 정보량은 한문부쪽이 더 많았다. 그러나 1913년판과 달리 조선어의 비중은 월등히 확장된 셈이고 그 내용도 한국의 문화와 역사를 반영한 것이 많아져 질과 양에서 차이가 크다. 『신편독본』에서도 여전히 조선어부에서 번역이 차지하는 비중은 적지 않다.

조선어부의 총 94단원 중 30개가 번역이며 이 중 일본 문장이 저본인 경우는 20개이고 한국 문장은 7개, 중국 문장은 3개이다. 지면 기준으로는 총 477쪽 중 162쪽을 차지한다. 그 저본이 총독부 일본어 교재인 경우가 적지 않다. 그런데 번역의 출처를 명기하지 않은 경우도 있어 추후의 조사에 따라 그 비중이 더 확장될 확률도 많다. 1919년 3·1운동을 기점으로 식민통치의 성격도 변화되지만 번역을 통해 식민지 조선어를 조정하려 했던 시도는 이어지고 있는 것이다. 그리고 일본 문장을 제외한 중국과 한국의 저본은 모두 한문 문장이라는 점에서 고전한문의 위상도 유지되고 있다. 특히 조선어부에서 자국 문화와 전통에 대한 문장들이 주로 일본 문장의 번역이라는 점도 간과할 수 없다. 조선총독부 독본을 교수받는 피식민자 조선인은 식민자의 관점에서 자국의 문화를 조망해야 했다.

여기서 더 중요한 것은 조선어에 번역어로서의 역할을 부과하고자 했다는 점이다. 『신편독본』에서 조선어에 대한 언급이 나오는 단원은 조선어부 2과 한문부 5과인데 대체로 한문과의 관계 속에 나타난 조선어의 형상을 제시한다. 한문의 번역어로서 조선어의 역할이 강조되는 셈이다. 또한 교재의 구성상 가장 중요한 마지막 부분에 한문의 조선어 번역을 배치한 것도 연관된 양상이다. 교과서로서 편집의 체제가 갖춰지지 못한 『고등독본』을 제외하고 『신편독본』과 1933년 『중등독본』은 조선어부의 마지막 5권에 식민 통치의 이념이나 홍보가 집약된 단원을 배치하여 구성의 효과를 노렸다. 반면 한문부는 이와 달라, 1924년판은 전통적 경사자집인 『사기史記』와 당송팔가唐宋八家에서 가져온 문장으로 마무리되고 1933년판은 한국의 위인인 권근權近과 안정복安鼎福의 글로 마무리된다.

『신편독본』 조선어부 5권의 대미인 15과부터 마지막 17과를 일별해 보면 다음과 같다. 15과 「종제從弟에게」는 "학업에 전념해 과학의 원리를 소화하여 현대화하고 가족에 대한 의무를 다하고 다소간이라도 국가 사회에 공헌하라"는 취지의 서간이고, 17과는 불교와 유교의 영향을 거쳐 현재 서래西來 사상에 위대한 감화를 받는 우리, 즉 피식민자 조선인은 서구의 단점과 우리의 장점인 삼강오륜을 면밀히 요량하여 국가적이고 민족적인 이상理想을 탐색하라는 「선각자의 임무」이다. 이 교재에서 가장 큰 비중을 가진 17과에 자유, 독립, 평등 같은 보편적 이념이 전무한 대신 삼강오륜만이 유일하게 구체화되었다는 점은 놀랍지만 차제에 논하기로 한다.[14] 어쨌든 이 두 글은 편집의 대의를 담은 문장이며 이 두 과 사이에 중국 한시漢詩 2편과 조선 후기의 한시를 번역한 16과 「고시의역古詩意譯」이 편성된다. 이 편성은 목차만 남아 있는 『중등독본』 5권에도 유사하다. 이전 독본과 달리 한국작가들의 글을 10단원 이상 배치하여 조선어의 위상을 다시 설정한 『중등독본』이지만, 번역의 비중도

---

14 불특정 다수 즉 대중을 상대로 하는 독본의 가치관이나 이념을 설정하는 것은 정치사회경제 등 다방면의 민감한 문제와 관련되는 사안이다. 이 책에서 다룬 독본들의 전범에 해당하는 영미권의 19세기말 독본에 담긴 이념도 시대착오적이거나 과도하게 체제 순응적인 경우가 많다. Leighanne Yuh, "Moral Education, Modernization Imperatives, and the People's Elementary Reader(1895)", *Acta Koreana*, 18-2, 2015 참조.

여전하다.

18과 「문화의 위력」, 19과 「성인聖人 인격의 신관찰新觀察」, 20과 「이상과 현실」이 1924년판과 유사하게 통치에 대한 홍보나 이념을 담고 있을 확률이 많다. 이 바로 앞에는 16~17과가 『월인석보月印釋譜』 발췌로 구성되고 14과는 『두시언해杜詩諺解』의 발췌이다. 교재 구성상 가장 비중이 높은 자리에 한시문의 번역을 편성한 것은 어떤 취지였을까? 전근대의 동문인 한문을 보조하고 번역했던 조선어는 새로운 동문 질서를 세운 일본어에 대해서도 유사한 역할을 수행하라는 대의가 아니었을까?

그 취지를 차치하고 『신편독본』 5권 16과 「고시의역」은 당대로서는 매우 수준 높은 한국어 번역 양상을 보여준다. 유구한 언해의 전통이 단절되고 전반적으로 번역의 수준이 영성했던 식민지 조선에서 한국어가 가진 번역어로서의 역량을 보여준다는 점에서 일정부분 그 의의를 인정할 만하다. 여기서 번역된 세 편은 차례대로 악부시樂府詩인 「휴세홍休洗紅」, 이백李白의 「산중문답山中問答」, 영조英祖때 이양연의 「촌가村家」이다. 중국의 2편은 널리 알려진 것임에 비해 이양연의 시는 전통적으로 차운次韻의 대상이거나 전고의 대상은 아니었던 것으로 보인다. 주시경의 제자로 휘문고등보통학교와 중동고등보통학교 등에서 교사로 재직한 권덕규權悳奎(1890~1950)가 1923년 『조선어문경위朝鮮語文經緯』라는 저서에서 「촌가」를 소개한 것과 관계가 있을 것으로 추정된다. 「휴세홍」과 「촌가」는 민요풍을 차용한 점에서 성격이 비슷하다. "의역"이란 단원의 제목처럼 번역은 직역과는 다르다.

① 「休洗紅」

다홍옷고만빨게。 　　　　　　　　　　　（休洗紅）

너무빨면다빠지네。 　　　　　　　　　　（洗多紅在水）

새것으론거죽하고、 　　　　　　　　　　（新紅惜故縫依）

흔것으론안을느니、 　　　　　　　　　　（舊紅番作裏）

노랑·파랑박과씀이, 定期잇슬소냐 　　　（廻黃轉綠無定期）

世事의反復됨은, 그대도아는배지。 　　　（世事反復君所知）

② 「山中問答」

山에삶은어인일고。 　　　　　　　　　　（問余何事棲碧山）

웃고잠잠마음저절로、 　　　　　　　　　（笑而不答心自閒）

저桃花저流水、 　　　　　　　　　　　　（桃花流水渺然去）

人間과는달은가뵈。 　　　　　　　　　　（別有天地非人）

③ 「村家」

악아악아울지마라。 　　　　　　　　　　（抱兒兒莫啼）

울밧게꽃피였다。 　　　　　　　　　　　（杏花開籬側）

살구열녀닉거든랑、 　　　　　　　　　　（花開且結子）

나하고녀하고따서먹자。 　　　　　　　　（吾與爾共食）

　　　　　　　　　　　―『신편고등조선어급한문독본』 권5, 87~89쪽

　　괄호 안에 원문 한시를 배치한 것은 조선의 언해諺解 전통과는 상반된
양상이다. 원문에 부여되던 불가침성은 괄호 안으로 숨어버린 셈이다.

또한, 훈독訓讀에서 비롯되어 원문의 단어를 거의 생략하지 않는 일본 전통의 한시 번역 방식과도 다른 양상이다. 한국과 일본의 전통에서 모두 벗어난 양상인데, 번역의 방식이 하나의 작품 안에서는 일관성이 있으나 모두를 통관하는 일관성이 유지되지 못한다는 점도 눈에 띈다. ③은 오언五言이고 ②는 칠언七言이다. 그렇다면 번역문의 글자수가 달라야만 할 터인데 거의 동일한 7~8자 정도 분량으로 맞춰졌고 ①의 5, 6행은 글자 수가 훨씬 많아 ②, ③과는 다른 방식이다. 다분히 과도적인 방식이라 하겠다. 원시原詩에 크게 개의치 않고 한 편의 번역시 작품을 추구한 결과로 보이는데, 그 새로운 발상은 평가할 여지가 있다. 특히 ③의 2행에서 글자 수를 맞추기 위해 "행杏(살구)"을 새기지 않고서 3행에 "살구"를 넘긴 점은 신선한 발상이다. 이에 비해 ②는 1행에서는 "벽산碧山(푸른 산)", 3행에서는 "渺然去(아득히 지나가)", 4행에서는 "천지天地"가 생략되어 원시와는 너무 달라진 것으로 보인다.

식민지 체제와 통치에 대한 집약적 홍보를 내세운 15과와 17과 사이에 위와 같은 번역이 끼어든 것은 지금의 관점으로는 이해하기 쉽지 않으며, 실제 의도한 바의 효과를 거두지 못했을 확률도 크다. 그러나 그 번역의 방식이 언해와 훈독이라는 한일의 전통적 방식에서 벗어난 진취적인 성격이라는 점에서 교재구성의 의도가 있었던 것은 명백하다. 식민자인 총독부가 피식민자의 문화에 대해 가진 이해도를 홍보하기 위한 면도 있었을 것이고 전술했듯이, 한국어가 전통적으로 담당한 동문에 대한 번역과 보조의 소임을 새로이 계승하라는 취지도 있었을 것으로 추정된다.

4. 피식민자가 공유한 식민자의 문화적 이상

20세기 한국의 대표적 작가인 박완서가 만년에 남긴 회고를 보면 이 글의 주제와도 밀접한 발언이 여러 번 등장한다.[15] 1931년생으로 일제 말기의 경성京城에서 보통학교를 졸업한 그의 회고를 따르면 당시, 경성 중심지의 보통학교 교원들은 모두 엄정한 시험과 교과를 거쳐 표준적인 일본어 회화와 작문 능력을 갖춘 이들이었다 한다. 더 놀라운 것은 해방 과 더불어 한국어가 국어가 된 시대에도 대부분의 보통학교 교원들이 그 대로 남아 한국어를 가르쳤으며, 그들의 한국어 교수능력은 손색이 없었 다는 점이다. 여기서, 작가는 일제 보통학교 교원들이 조선어 폐지 정책 속에서도 남몰래 한국어 능력을 배양했다는 점에 감탄하기도 한다. 한 편, 이는 정부수립 이후의 국어인 한국어와 식민지 시대 국어인 일본어 의 유사성에 대한 절실한 증언이기도 하겠다.

일제 보통학교에서 갖춰진 작가의 일본어 능력은 작가적 소양을 기름 에 있어서도 필수적이었다. 심도 깊은 내용을 갖춘 한국어 도서가 태부 족이었던 당시, 작가는 해방 후 적산가옥에서 풀려나온 아쿠다카와 류노 스케, 시가 나오야 등의 일본어 소설책이 문학수업의 핵심이었다고 말한 다. 여기에는 물론, 일본어로 번역된 서구문학서도 포함된다. 작가가 말 한 "언어 사대주의"는 그가 경험한 식민지와 6·25 전반을 이르는 것이 기도 하지만, 부분적으로는 한국을 대표하는 작가로서 서구권의 인터뷰 를 요청받았을 때 문학수업기의 핵심이던 일본 작가들을 숨길 수밖에 없

---

15 박완서, 「내 안의 언어 사대주의 엿보기」, 『두부』, 창비, 2002.

었던 작가 자신의 떳떳하지 못함을 지칭하는 것이다. 이런 상황은 대부분의 시를 일본어로 작성한 초고에서 한국어로 번역했던 김수영을 비롯해 한국 현대문학을 대표하는 작가들에게 두루 나타난다.

규범적인 일본어 어문 능력을 중심으로 한 교육을 이수한 교사들이 그대로 신생 한국정부의 보통교육을 담당했던 사정, 20세기의 대표작가가 일본어를 중심으로 문학수업을 할 수밖에 없었던 사정, 이 두 가지는 피식민자와 식민자가 문화적 이상을 공유한 조선 식민지의 독특한 정체성을 선명하게 보여주는 역사적 현장이다.

조선총독부 교과서, 특히 한문부의 양상과 한문, 일본어, 한국어를 넘나드는 번역으로 편성된 교과서 수록 단원의 양상을 연구하는 일은, 문화권이나 언어권 단위로 분화된 식민지적 또는 제국주의적 정체성을 발현한 메커니즘을 재구성하는 일로 세계사적 보편인 식민지의 규명을 위해 필수적인 논점이라 생각한다. 여기에는 교과서뿐 아니라, 다양한 관계 문헌에 대한 파악도 절실하다. 전술했듯이, 총독부 교과서는 최남선과 권덕규 등의 식민지 조선의 학술을 수용하는 양상도 보여줬다. 추후의 과제를 정리하면서 이 장을 마무리 한다.

① 일제 교양 내지 교육의 당대적인 목표는 세 가지 이질적인 문명의 융합이었으며, 이는 식민지 한국에서도 공유한 것이다. 이 세 가지는 한문고전으로 대변되는 한자권의 고전, 서구에서 기원한 근대 분과학문의 지식과 자국에서 기원한 민족적 혹은 지역적 전통으로 거칠게 나눌 수 있다. 이 세 가지의 융화를 공식적으로 시도한 것이 총독부 교과서이며, 이 기조는 일본, 한국, 대만 등에서 각기 출간된 독본들이 공유하고 있

다. 이 융화는 결국 전쟁과 패전으로 귀결되었다는 점에서 일단 실패했다고 볼 수 있으나, 그 영향력은 지금의 한자권에도 여전하다. 그러므로 이 정책적 융화의 양상을 분석하고 조망하는 것은 현재적 과제이다.

② '동문동종', '오족협화', '근대초극'이라는 일제 식민정책, 제국주의 정책의 기조와 그 변천은 위에 언급한 문명의 융화와 밀접한 관계를 가지고 있다. 그러므로 일제 간행 교과서의 전면적 검토를 통해 일제 정책과 그 이념의 역사적 전체상을 구체적으로 구성할 수 있다.

③ 한자권인 자국을 포함해 대만과 한국 그리고, 만주에서도 한문 교육을 실시해 중화를 대체하려는 시도를 했던 일제 한문 교육을 분석하기 위해, 각 식민지에서 출간된 한문독본을 자료화하고 목록화하면서 전면적으로 검토하고 해제할 필요가 있다. 또한, 한국의 경우 재조일본인 단체와 총독부의 조선연구가 독본에 반영된 것으로 보이는데 이에 대해 조명해야 한다.

④ 일본어독본과 조선어급한문독본의 면밀한 비교를 통해, 한일의 문체 변천을 조망할 수 있다. 가령, 신편독본이 출간된 1920년대의 일본 문장과 신편독본의 문장은 시차가 상당한 것으로 보인다. 이와 같은 시차가 정책적 의도였는지, 그렇다면 그 의도가 지향한 바는 무엇이었는지에 대한 분석이 필요할 것이다. 이와 같은 비교 연구는 국어사 내지 문체론 연구에 새로운 관점을 열어줄 수 있다.

⑤ 관료들의 훈령이나 강연 등에 대한 분석과 번역도 필요하다. 관료의 글쓰기가 교과서 편제상 주요했던 것을 보더라도 당대 한국의 언어 실상을 파악하기 위해 일제 관료들이 남긴 문장에 대한 수사학, 문학연구, 역사학 등의 다양한 방법론을 적용할 수 있다. 한편, 독본에 수록된

문장들이 정책에 따른 검열로 수정된 경우도 발견된다. 이에 대한 면밀한 검토도 필요하다.

식민지 한자권과 한국의 문자 교체

1. 근대 독본과 한문 전통

　대중교육, 의무교육 등을 전제조건으로 삼는 근대 한일 교육기관의 독본은 서구 원천의 학지＋한문고전＋자국전통이라는 세 가지 이질적 원천이 융합된 양상이다. 한자권의 역사적 전통과 근대적 식민지 상황의 산물이다.

　국어, 역사, 문학 등의 근대적 교과의 구분이 없이 윤리, 역사, 지리, 문학 등의 지식이 융화되어 구성된 갑오개혁의 산물, 『국민소학독본國民小學讀本』(1895)과 『소학독본小學讀本』(1895)은 한국 근대교과서의 시원으로 주목해야 한다. '소학'이라는 한문전통의 범주와 '독본'이라는 서구적 제도가 융화된 가운데 전자는 일본을 통해 중역된 서구의 지식이 '국민'의 이념 아래 배열되어 한문고전이 거의 배제된 반면, 후자는 한문고전을 중심으로 하나 경서언해와 유사한 국한문체로 『중용』, 『맹자』, 『채근담』 등을 번역하여 조선의 사문斯文 전통과 다른 당대적 지평을 적용해 배열했다.

　독본이 서구적 형식이며 일종의 번역 과정을 통해 한일의 독본이 형성된 과정은 연구된 바 있다. 그런데 독본의 실제 편집은 유서類書라 통칭되는 한문전통 장르의 편찬과 동일한 성격이며, 사실 주희朱熹의『소학小學』과 같이 경전의 반열에 오른 문헌들도 편집의 과정만으로는 유서와 거의 동일하다. 거칠게 말하자면 경전과 유서는 편찬의 과정에 큰 차이는 없으나 역사적 경과에 따라 차별적 위상이 부여된다고도 할 수 있다. 예를 들어, 현재 한자권에서『채근담』은 경전에 육박하는 권위와 영향력을 가지고 있지만 이 문헌이 세상에 나온 지 100년 이상은 큰 영향력이 없었다. 편저자의 생몰년조차 아직 명확하게 실증되지 못한 정도다.『소학독본』, 일본의『고등소학독본』(1888) 등 한자권의 근대 국정國定 독본은 이 역사적 권위를 국가의 권력으로 대체한 양상이라 하겠다.

한자권에서 가장 먼저 근대 교육기관을 운영한 일제의 경우, 초기의 20년 이상 동안 중등교육기관의 역사・수신・한문 등 주요 교과에서는 전통적 경서와 사서를 발췌해서 사용했으며 독본 형식이 본격적으로 사용된 것은 1890년대에 이르러서였다. 또한,『소학독본』은 조선의 사문전통에서 벗어난 편찬 방침을 보여주는 등 한일의 초기 독본은 서구에서 최초의 동력인을 받았으나, 한자권의 유구한 전통도 주요한 편찬의 기준이며 방법론이다. 공자가 말한 "술이부작述而不作"의 보편적인 전통은 한일의 근대교육에도 그늘을 드리우고 있다.

주지하듯이, 이 두 독본 및『신정심상소학新訂尋常小學』(1896) 등으로 대변되는 갑오개혁의 교육적 성과는 계승되지 못하고 10년 가까이 단절된다. 그러나 조선의 사문전통을 대체하여 국문, 국어 등 자국중심주의를 내세우고 독립, 실용, 공상工商 진흥 등 당대적 가치에 맞춰 한문고전을 다시 해석하며 안정적인 국한문체를 추구한다는 기조는 을사늑약으로 본격화된 계몽기 언론과 사찬 교과서 등에서도 어느 정도 계승된다고 평가할 만하다. 그런데 여기서 가장 문제적인 부분은 자국중심주의와 독립, 실용 등의 새로운 이념, 한문고전의 당대적 해석 등의 지향은 계몽기 언론에서 다양하게 이어지고 강화되는 반면, 국한문체의 통사적·수사적 일관성은 오히려 퇴보했다는 점이다. 갑오개혁기의 독본에 구현된 국한문체에서 통사적으로 한문은 단어 이상의 위상을 가지지 않는 것이 일반적으로 『국민소학독본』, 『신정심상소학』은 계몽기 언론보다 한글의 비중이 훨씬 높다. 경서언해의 규모를 지켜 『서유견문』과 유사한 국한문체를 일관되게 유지한 『소학독본』의 문체도 오히려 10년 후의 국한문체 언론의 그것보다 일관되고 안정적인 형식이다. 계몽기 언론의 국한문체에서 한자는 단어체, 구절체, 문장체 등으로 통사적 일관성 없이 구사되는 경우가 대부분이었다.

국정교과서에 해당하는 갑오개혁기의 독본과 민간 영역에 해당하는 계몽기의 국한문체 언론매체를 동일한 기준으로 비교하는 것은 불가하다. 그러나 계몽기 언론의 문어체에서 드러나는 혼란은 국문 칙령 반포의 10년 후에서야 국문연구소가 설치된 대한제국의 어문 정책 공백과 직접적으로 연결되는 것이 사실이다. 그런 점에서 언해라는 자국의 문화 전통을 계승하여 안정적인 양상을 갖춘 국정 교과서인 『소학독본』 등의 문체가 계승되지 못하고 단절된 것은 새삼 아쉬운 일이다.

한편, 과거라는 국가고시 체제 아래 규범화된 한문 글쓰기의 정치적이고 문화적인 압박은 이 제도의 폐지 이후에도 여전하였으며 일단 이 압박을 벗어나는 것이 당대 한국의 분위기였던 면도 있다. 어문정책을 실시할 국가의 압력이 약화된 상태에서 식민지 위기에 당면한 다양한 출신과 이념적 배경을 가진 한국 지식인들은 규범적이고 일관된 국한문체를 구현하기에 앞서서, 사문斯文 질서의 과거제에서 벗어난 해방감과 열강에 대한 위기감이라는 이중적 감개를 다소 혼란하고 자유로운 글쓰기로 구현하는 상황이었다. 또한, 공식어로 사용되지 못한 국한문에 일관된 어문규정을 실시하고 운영하기에는 시간적 여유도 충분하지 않았다. 이런 사정이 반영된 것이 제임스 게일이 출간한 국한문체 독본『유몽천자』(1901)와 자매편인 한문독본『유몽속편』(1904)이다. 선교사로서 20세기 초반의 가장 체계적이고 심도 깊은 한국학자라 칭할 만한 게일은 이 독본 시리즈에서 한문의 비중에 따라 한문 단어 위주의 문체에서 순한문에 이르는 이질적인 4종의 문체를 제시한다.

국어나 국문이 실체라기보다는 이념으로서 독립성, 순수성이라는 상상적 지향을 포함한다는 점은 다각적으로 분석된 바 있다. 계몽기 국한문체 언론이 지향한 국어의 이념도 대부분 이와 같은 자국중심주의적 자장 아래 있었으나, 당대의 한국어로서는 한문과 분리되어 독립된 안정적 문어를 운영하기는 거의 불가한 상황이었다. 캐나다의 선교사로서 한국인들의 국어 이념이나 자국중심주의에서 자유로울 수 있던 게일의 현실적 선택이 이질적인 국한문체였던 것은 어쩌면 당연한 것이며 당대의 객관적 한국어 상황이기도 했다.

이 점에서 다시 일관된 국한문체를 독본의 형태로 보여준 최재학의『실지응용작문법實地應用作文法』(1909)의 의미는 크다. 당대로서는 국한문체 작문의 격식은 한문의 체법體法을 따를 수 밖에 없다는 것이 그의 판단이었지만 그는 이 책과 한문독본인『문장지남文章體法』(1908)을 분리해서 출간하여 한문에서 국문 내지 국한문을 독립시키려는 이념적 지향을 보여준다. 또한 『문장지남』에서 한문 문장의 모범으로 한국의 작품을 확장하여 수록한 것은 한문전통의 자국중심주의적 전용으로 중국과 한국의 한문 문장을 수록문 편수로 정확히 동일하게 배치한 박은식의 『고등한문독본』(1910)과도 그 편찬의도를 공유한다.

국문을 향한 이념적 지향은 결국 1910년 조선총독부의 설립으로 좌절하게 된다. 이 양상을 잘 보여주는 것이 일제에 대한 전쟁협력으로 악명 높은『시국독본時局讀本』의 저자, 이각종이 편찬한『실용작문법實用作文法』(1910)이다. 이 책은 수사법, 작문법 교재와 독본이 결합된 형태이다. 『실지응용작문법』이 통사적·수사적으로 일관성을 유지한 국한문체를 구현하여 독립된 국어·국문에 대한 지향을 보여준 것에 비해 이각종은 이 책에서 ①『서상기西廂記』의 순한문, ② 일본 신체문新體文의 번역, ③ 한국인의 "諺漢文", ④ 언문으로 분류된 이인직의 순한글 소설 문장 등 이질적인 각종의 문체를 실용이라는 명목 아래 제시한다.『실용작문법』에서 국문은 언문이 되고 국한문은 "諺漢文"이란 용어로 대체되었기에 국문에 대한 지향은 사라진 상황이다. 독립된 국문의 이념이 식민지를 맞아 좌절된 상황을 이 책은 잘 보여주며 또한, 조선어가 한문에 부속된 조선총독부의『고등조선어급한문독본高等朝鮮語及漢文讀本』(1913, 이하『고등독본』)을 보조하는 성격이기도 하다.

신문관의 근대 출판 사업과 조선광문회의 한국 고전적 정리사업을 주도한 최남선이 이 두 사업의 성과를 모아 출간한『시문독본時文讀本』(초판 1915, 訂定合本 1918)은 총독부의 조선어급한문독본에 대항하여 총 8판 인쇄라는 당시로서는 엄청난 상업적 성공을 거둔다. 서구의 근대과학, 한문고전, 자국전통의 요소를 융합한 이 독본은 한문고전이 전부 자국

문헌의 번역이며 잔혹한 검열 속에서도 자국전통을 독자적으로 구성하려 했다는 점에서 계몽기의 자국중심주의와 국문에 대한 지향을 계승했다고 평가할 여지가 충분하다. 그러나 최남선이 직접 번역하면서 참조했던 동세대 작가들인 우찌무라 간조나 고토쿠 슈스이 등이 반군국주의, 반제국주의 등의 대안적 사고를 보여준 반면, 『시문독본』의 논조는 자본주의·제국주의라는 체제의 내부에 안주한 성격이다. 또한 이 책은 한국 민족의 문화전통을 내세우는 민족주의적 편집 방향을 보여주는 반면, 자국고전을 소홀하게 번역하여 일관성을 유지하지 못했다.

『시문독본』에 수록된 자국 한문전적과 일본 문헌의 번역을 비교해 보면, 오히려 전자의 저본을 후자보다 자의적으로 개작하는 경우가 많다. 민족주의를 내세우고 있음에도 실제 번역 과정에서 자국의 문화전통을 존중하지 않는 이율배반적인 모습을 보여주고 있다. 『시문독본』의 한문 번역은 『소학독본』이나 조선의 언해전통에서 퇴보한 면모가 나타난다. 그럼에도 『시문독본』을 이루는 한 원천인 조선광문회의 자국 한문 전적 정리 사업이 재조선 일본인 단체들의 한국 고전적 정리·출판 사업에 대한 대응이었던 것과 마찬가지로, 이 독본 역시 총독부의 '조선어급한문독본'에 대한 하나의 대항이었다는 점은 간과 할 수 없다. 한국인의 독본들은 총독부 체제에서 자유로울 수 없었던 것이다.

2. 일제의 조선어 · 한문 독본

통감부와 조선총독부의 독본들은 차별적 식민정책과 검열을 보여준다는 점에서 의미심장하다. 통감부의 『보통학교학도용 한문독본普通學校學徒用 漢文讀本』(1907, 이하 『통감부 한문독본』) 전 4권은 당대 일제 식민지본국에서 발행되던 한문독본들과 다른 편찬의 기준을 가지고 훨씬 수구적인 양상으로 편찬되었다. 당대의 물상과 생활을 다룬 문장을 포함하여 다양한 취미를 개발한다는 편찬방침을 일제가 반포하였으나, 이 독본의 수록문은 이와 어긋나게, 모두 송나라 이전의 중국을 배경으로 한 문장들만으로 구성되었고 효도, 우애, 절개 같은 봉건적 가치만이 중시되었다. 또한, 수십 종의 다양한 한문독본이 출간된 식민본국과 달리 통감부 치하의 한국에서는 이 책을 제외한 한국인들의 사찬 한문독본들이 결국 모두 검정불가나 판매금지를 당해 잔혹한 검열을 보여준다. 내용의 수구성, 검열의 잔혹함은 일제 식민정책의 무단성과 차별성을 명확히 보여주는 양상이며, 이어서 출간된 『고등독본』에서 조선어의 비중을 거의 말살한 것과 그 맥락이 이어진다.

조선어와 한문을 통합한 『고등독본』에서 조선어는 분량으로도 그 비중이 20% 정도밖에 되지 않으며 모두 일본 문장의 번역이다. 더욱, 총독부 관용 문서나 훈시문의 번역이 큰 비중을 차지하기에 실제 어문 교육의 교재로도 적합하지 않다. 조선어는 이 독본에서 교육의 대상이 아니라고 해도 과언이 아닌 셈이다.

3 · 1운동의 영향을 받았음이 확실한 『신편고등조선어급한문독본新編

高等朝鮮語及漢文讀』(1924, 이하『신편독본』)에서 조선어와 한문은 동일한 교과이지만, 독본의 편제에서 분리된 공간을 배정받는다. 또한, 한국의 문화나 역사에 대한 내용이 편성되어 조선어는 비로소 교육의 대상으로 취급되게 된다. 여기서 흥미로운 부분은 한국어의 역사적 양상에 대해 언급한 수록문이 7편 편성되는데 모두 한문과의 관계 속에서 위상과 역할을 배정한다는 점이다. 또한 여전히 번역문의 비중도 크며 한국의 역사와 문화에 대한 문장들은 대부분 일본인 문장의 번역이라는 점이다. 한국의 역사나 문화, 그리고 조선어 자체가 심도 있는 교육의 대상으로 승격한 면이 있지만 대부분 식민자 일제의 관점을 따른 것임을 주목해야 한다. 번역의 실상에서도 차별과 검열이 드러난다.『삼국사기』의「구토지설」원문의 "龍王"을 "龍女"로 수정한 것은 "王"과 "國"을 집요하게 검열하는 일제의 정책을 따른 것이고, 한국 문헌의 경우 원문을 중시하지 않는 번안의 양상이 더 많고 일본어 문헌은 원문을 중시하는 직역의 양상이라는 점은 차별이 반영된 상황이다.

조선어의 비중이 가장 커진 독본은『중등교육조선어급한문독본中等教育朝鮮語及漢文讀本』(1933, 이하『중등독본』)이다. 번역문의 비중이 줄어들고 한국 작가들의 문장이 다수 수록되어 자국인의 조선어 문장이 교육의 대상이 된 점은 특기할 만 하다. 한편, 한문부의 비중이 갈수록 줄어들고 있는 점, 총독부 독본에서는 한문원문에 표점標點만으로 구분을 했으나『신편독본』과『중등독본』에서는 한글 토씨를 첨부하여 전근대적 한문 학습에서 멀어지는 점도 주목할 만하다.

국한문의 양상을 공유하는 한일의 언어 관계에 따라, 일본어 문장뿐 아니라, 일본의 한문 문장 그리고 한국의 한문 문장을 국한문으로 번역한 단원이 많았다는 점은 『고등독본』과 『신편독본』의 특징이다. 『고등독본』은 범례에서 조선문 단원을 번역의 교재로 사용할 수 있다고 명시했으며, 교재의 말미에 이념적 중심이 배치된 구성을 보이는 『신편독본』과 『중등독본』은 모두 말미에 한문전통의 문헌을 번역한 단원을 배치하여 역시 번역에 중대한 위상을 부여했다. 제국의 국어인 일본어와 한자권의 보편인 한문의 번역 매체로서 조선어의 위상을 부여한 것으로 해석할 수 있다. 『소학독본』에 구현된 국한문의 원형을 경서언해에서 찾을 수 있었던 것과 유사하게 조선어급한문독본도 한문고전과 일본어의 번역에서 그 근거를 제시하려 했던 것이다.

총독부의 조선어급한문독본은 『통감부 한문독본』처럼 삼강오륜 등의 전근대적 가치를 제외하고 자유나 평등 같은 보편적 근대 이념을 거의 제시하지 않는다. 교과서로서의 역할을 방기한 상황인데 피식민자 조선인에게 일정한 법적 지위를 부여할 수 없었던 일제 식민지 체제와 비슷한 양상이다.

조선어급한문독본은 그 차별성과 수구성으로 인해 조선인들에게 큰 영향을 주었을 것 같지는 않다. 그러나 근대과학과 한문고전 그리고 자국전통을 융합한다는 전반적 이상은 식민자와 피식민자가 공유한 것이었다. 크게 보면 동도서기, 화혼양재의 확장이라 볼 수 있는 이 문화적 이상은 유길준, 박은식부터 최남선까지 세대와 신분, 교육배경을 넘어서 대다수 지식인들의 가치관과 연결되었다.

그리고 총독부의 독본은 한문과 일본어의 번역을 통해 안정적인 국한문체를 제시했다는 점에서도 이후의 한국어 문어체에 적지 않은 영향을 주었다고 본다. 또한, 식민자들이 부여한 조선어가 국한문이었다는 점,

그리고 국문과 한문의 관계를 자립적으로 설정할 기회를 식민자들 때문에 상실했다는 점, 그리고 동문동종이라는 식민지 선전에 한문이 동원되었다는 점 등 여러 가지 요인으로, 피식민자 한국인들은 한문 내지 국한문과 식민지 경험을 분리하기 어렵게 되었다.

3. 문자 교체와 식민지 한자권

이 책의 연구를 통해 갑오개혁기와 대한제국기에 태동한 국문의 실상과 일제강점으로 비롯된 일제에 부역한 조선어의 양상 그리고 일제강점기에 일제의 조선어에 대응한 "시문時文"의 양상 그리고 일제의 어문정책의 진행 과정 등이 조명되었다. 이제 이 책에서 진행한 연구에 대하여 더 큰 물음을 제기해야 한다. 한국인의 국한문 독본과 총독부의 독본이 가진 필연적 관계가 있는가? 내지 이 비교 연구는 무엇을 알려주는가에 대해서 어떻게 응답할 수 있을까?

식민자와 피식민자라는 정반대의 위치에서 양자는 국문 또는 조선어 등으로 명칭과 위상에 차이는 있지만 한글과 한문이라는 동일한 매질로 이루어진 언어체제를 구상했다. 상반되는 양자의 위치와 달리 동일한 매질을 사용하는 만큼 문화적 이상을 공유하는 독특한 양상을 보여주었으며, 피식민자의 대표적 사찬 독본 『시문독본』은 『중등독본』에 부분적으로나마 수용되기도 하였다. 이 연구는 한자권이 공유하는 한문전통의 문제를 주로 다루었기에 『시문독본』 이후의 한국어문의 형성에 대해서는 다루지 못했다. 양자의 길항 관계는 이 부분에까지 논점이 확장된 이후에야 본격적 응답이 가능하겠지만, 총독부 조선어급한문독본의 2차에 걸친 개정 과정만을 살펴보더라도 양자의 관계가 일방적인 것만은 아니었다는 점은 확실하다. 개정의 의도는 궁극적으로 식민지 경영에 있었다 하더라도 총독부가 피식민자의 수요를 부분적으로 반영하여 조선어 교과를 확장한 것은 분명하다.

그렇다면 한국어문 형성에 있어서 식민지의 영향은 무엇인가? 가장 뚜렷한 것으로 한글전용이라는 문자 교체를 가속했다는 가설을 제시할 수 있다. 한글전용의 가속화라는 결과보다는 오히려 한자와 한문에서 벗어나야 한다는 정책적이고 문화적인 지향이 식민지 경험에서 비롯되었다는 면이 중요하겠다.

한국 교과서 및 교육정책 연구 분야의 원로인 박붕배 선생은 『근대 국어교과서를 읽는다』(경진, 2014)에 수록된 대담에서 '자기 자신은 서당교육을 이수하였고 국한문체가 훨씬 익숙한 세대에 속하지만, 식민지의 교육과 어문에서 벗어나기 위해서는 한글전용이 필수 요건이라'는 취지의 발언을 남겼다. 그리고 여기에 심도 있는 한국어교육을 위해서 현재보다 강화된 한문교육도 반드시 필요하다는 진술이 이어진다.

국어사적으로 시조와 가사, 고소설, 내간 등의 다양한 양식에서 순한글이 구사되며 예외적으로 상소上疏 같은 공식적 영역에도 가끔 순한글이 구사된 바 있다. 그러나 대부분 정책적 일관성을 요구하지 않는 비공식의 영역이었기에 한글 그리고 국한문은 대한제국과 일제강점기에 거쳐 안정적인 어문정책을 가지지 못했다. 일본이 그러했으며 지금의 한국이 그러하듯이 한국어와 일본어는 자국어와 한문의 관계를 설정하고 공식화하는 것에서 안정된 어문정책과 문어가 안착할 수 있다.

대한제국은 앞서 거론한 독본과 "국문연구소" 등을 통해 우여곡절이 있지만 어문정책과 서기체제의 안정을 추진하고 있었으며, 민간의 언론과 출판도 활성화 되고 있었다. 이 공사의 노력이 총독부의 설립으로 좌절된 양상은 국한문·한문 독본을 통해 구체적으로 드러난다. 그리고 총독부는 조선어급한문독본을 통해 계몽기의 국한문체보다 일관된 체제를 갖춘 문어를 부여하기 시작했다. 그리고 한문과 한문고전에 근거한 학술과 문예는 동문동종, 내선일체 등의 선전구에서 적지 않은 역할을 하게 된다. 결국 한문과 국한문은 역사적인 식민지 경험과 분리할 수 없는 존재가 된 것이다. 어휘의 차원에서 한 사례를 들어본다.

전근대의 "諺"은 지금의 어감처럼 비하하는 느낌이 아니다. 국경과 민족의 구분을 넘는 보편이자 고전인 "文"-"漢文"에 대응하여 "方, 國, 俗"-"Vernacular, National, Local" 등의 가치중립적 함의를 담는 개념이라 보아야 한다. 그런데 사문전통에 근거한 과거제도의 폐지와 함께 한문을 대체하여 "諺"은 공식적 국어·국문으로 상승하게 되고 15년이 지나 식민지 체제가 확립되면서 국문은 일문으로 기존의 국문은 언문으로 바뀐다. 이 혼란 속에 "언"은 일종의 비칭으로 전락한 셈이다.

국한문체 역시 식민지의 기간이 없었다면 가치중립적인 영역에 머무를 수 있었을 터이다. 순수한 국어와 국문을 향한 이념이 좌절된 경험으로 한글전용은 민족독립이라는 선善의 영역에 다다르고 국한문은 식민지라는 악惡의 영역이 되었다 하면 너무 거친 말일까?

한국의 한글전용이 한자권에서는 극단적이고 신속한 사례로 보이기도 하지만, 상대적인 상황이다. 일본에 비해서는 그렇지만 베트남이나 북한에 비해서는 완만한 교체의 과정이다. 대한제국기의 한문이 동문同文이라는 일제의 선전구로 작용한 동시에 근대 지식의 수용 도구로 기능한 다중적 양상을 보여준 것처럼 한글전용이 가진 면모도 다양하다.

한글전용의 원인을 식민지로만 귀속할 수는 없겠으며 컴퓨터와 인터넷이라는 기술과 매체의 영향이 크다. 기술과 매체가 갈수록 증강되는 현실이며 양자는 가치적 중립이라는 외피를 두르고 있으나, 아직은 식민지 한자권에 퇴적된 언어공동체와 역사적 배경에서 완전히 자유로울 수 없다.

식민지 한자권 속에서도 한자와 한문에 대한 입장은 제각각이다. 한자의 모국을 자처할 수 있는 중국과 대만을 제외하고 한국과 일본에 나타나는 한자의 문화는 판이하다. 거칠게 혼용과 전용으로 대응시킬 수 있을 만큼 공적인 정책과 사적인 관습 전반에서 상반된 입지를 취한다고 해도 과언은 아닐 것이다. 이 차이는 한국어와 일본어가 가진 언어학적 정체성에서 비롯되기도 한 것이지만, 일본이 한자의 모국인 중국의 영역이었던 대만과 만주 등을 식민화하고서 단기간이나마 한자권의 맹주를 자처했다는 역사적 배경과 분리될 수 있는 현상이 아니다. 반면 한국의 한자와 한문은 실패한 왕조의 봉건적 유산인데다가 식민자들이 부여한 지배언어의 일부였다. 한자와 한문의 타자화라는 한글전용의 방향성과 이념은 식민지 경험에서 배태되었다고 볼 수 있다. 한글전용이 역사와 결합된 다층적 면모 가운데 일부를 제시하며 마무리 하겠다.

현대 한국어 어휘로 한자를 어원으로 가진 경우는 아직도 과반이 넘는다. 그 가운데 한국인의 이름, 특히 성姓은 거의 전부 한자이다. 멀지 않은 과거인 20세기 중반까지 한자로 된 성과 본관은 한국인 개개인의 정체성을 규정하는 강력한 문화적 억제력을 가지고 있었다. 한글전용으로 성장한 세대들은 "유"라는 성을 보고 류柳씨인지 유兪씨인지 혹은, 유庾씨인지 고민하지 않기에 '문화'나 '기계' 같은 본관에 대해서는 더 말할 나위 없다. 조씨가 "趙"인지 "曹"인지도, 신씨가 "申", "辛", "愼" 중 무엇인지도 굳이 가릴 필요가 없다. 한글전용은 이런 문화적 억제력을 원천적으로 봉쇄하는 효과가 있다. 500년 조선의 질서를 지배했던 가문이란 질곡에서 벗어나기 시작한 것은 물론 한글전용만의 영향이 아니다. 북한의 신속한 한글전용이 가문 위주의 기존 질서를 와해하려는 정치적 선택지이기도 했다는 해석은 과히 틀린 것이 아닐 터이다.

위는 한국에서 정착된 한글전용의 긍정적 부작용이라 할 만하다. 그러나 한자와 한문을 국립국어원이나 대학제도의 한국어문학 영역에서 배제하는 경향이 강화되고 있는 것은 부정적 부작용이라고 생각한다. 한자와 한문을 배제한, 혹은 괄호나 사전 속에 가둔 한국어의 미래를 안정적 어문정책으로 구상하기 위해서라도 곧, 지속적인 한글전용을 유지하려면 한자와 한문은 연구되어야만 한다. 그리고 전쟁과 테러의 위협이 잠재한 식민지 한자권의 미래를 위해서도 한자와 한문의 공유가 포함되었던 국문의 시대는 정확하게 검토되어야 할 것이다.

보론
식민지 교육과 교과서

제1장

번역된 일제 교육정책

「보통학교직원 수지요강」

1.『구교과서취의』

이 장의 연구대상인 「보통학교직원 수지요강須知要綱」이 수록된 책자는 조선총독부와 대한제국 학부學部 간행의 교육 관계 문서를 굵은 실로 묶어 놓은 형태이다. 표지에 붓으로 『구교과서취의舊教科書趣意』라 표제하고 옆에 이 합본의 제작자로 보이는 "김두원金斗元"의 이름을 기록하였다. 합본의 목적과 의도를 명확히 실증할 수는 없으나, 보통학교 훈도였던 김두원은 1909년(隆熙 3)부터 1921년(大正 10)까지 대한제국 학부學部와 조선총독부에서 간행한 교육 관계 공문서를 취합하여 합본하고 사용한 것이다.

이 책자는 역사적으로 주요한 자료이다. 첫째, 일제강점기 보통학교 교원이 식민지 교육정책을 어떤 방식으로 숙지해야만 했는가를 구체적으로 보여준다. 둘째, 발표된 지 10년이 지난 대한제국 학부 일본인 관료의 연설을 휴대하고 있었다는 점은 주목을 요한다. 일제의 식민지 교육정책이 유통되는 구체적 양상이 드러나는 것이다. 묶은 차례대로 공문

	제목	내용	쪽수	연도
①	普通學校用假名遣法	일본어 교수, 특히 발음법에 대한 사항	16쪽	1913
②	普通學校用送假名法	한자에 붙어 문법적 역할을 하는 오구리가나의 사용법	14쪽	1913
③	普通學校職員須知要綱	학부차관 俵孫一의 연설과 「女子敎育施設方針」, 「普通學校補習科施設方針」을 합본	37쪽	1909
④	用字例及文例	일본어 쓰기에 관한 용례를 50음도 순으로 배열하고 법령을 쓰는 방식들을 서술	20쪽	미상
⑤	敎授上注意幷二字句訂正表	대한제국 학부에서 나온 보통학교용 교과서를 교수할 때 수정하여 가르칠 사항과 일본제국 祝祭日 목록	39쪽	1910
⑥	敎授上의 注意	위 문서의 한국어 번역문으로 자구정정표는 생략	19쪽	1910
⑦	訂正表	보통학교용 수신서, 국어독본(일본어독본), 습자첩의 정정 사항	26쪽	1918
⑧	通俗讀物編纂趣意書	주로 학교생도가 아닌 鮮人들에게 國民性을 함양하기 위한 통속 독물의 취지	8쪽	1918
⑨	普通學校圖畵帖編纂趣意書	지금의 미술교과에 해당하는 도화 과목 교과의 취지, 중간에 사생의 실례가 7장 정도 삽입됨	약 21쪽	192
⑩	普通學校圖修身書纂趣意書	수신 교과서의 취지, 부록으로 각권의 목록과 기사의 출처를 수록	16쪽	191
⑪	普通學校國語讀本纂趣意書	국어(일본어) 독본의 취지, 부록으로 각권의 목록과 기사의 출처를 수록	30쪽	191
⑫	普通學校習字帖纂趣意書	습자첩의 편찬 취지	6쪽	191
⑬	普通學校國語讀本纂趣意書	위 11과 같음, 『普通學校習字帖纂趣意書』와 합본	28쪽	191
⑭	普通學校修身書, 國語讀本, 習字帖纂趣意書	수신서, 국어독본, 습자첩 취의서의 합본	26쪽	191

▪ ③, ⑤, ⑥은 내무부 학무국 발행이고, 이외는 모두 조선총독부 발행임.

서를 정리하면 위 표와 같다.

김두원은 다른 사항은 미상이나 1923년부터 1939년까지 의성, 대구, 안동, 김천 등지의 보통학교에서 훈도로 근무한 것으로 나온다.[1] 위 표의 발행연도를 볼 때, 이『구교과서취의』는 적어도 1920년 이후에 제작된 것이다. 그리고 이 책자에 찍힌 장서인이 한국역사정보통합시스템의 기록상 김두원이 처음 훈도로 임명된 의성공립보통학교로 된 것을 보면,

---

1 한국역사정보통합시스템(http://www.koreanhistory.or.kr).

그가 보통학교 교사 생활을 시작하면서 이 책자를 만들었다고 추정할 수 있겠다. 총독부가 당시의 공립보통학교 조선인 교사들에게 정책적으로 유통한 것으로 보이는 문서들을 묶어놓았기에 이 자료는 일선 학교에서의 일제 교육정책을 가늠할 수 있는 자료라 하겠다. 특히 3은 본문에 작은 글씨로 한글과 한자 루비를 달아 일종의 번역을 첨부한 형태이기에 언어사, 문화사, 번역학 차원에서도 흥미로운 자료이다.

위 목록에 포함된 문서들에 대해서는 선행연구가 있다. 특히 「교수상의 주의」와 「교과서편찬취의서」는 전반적인 분석이 있다.[2] ③번 「보통학교직원 수지요강」의 저자인 다와라 마고이치俵孫一(이하 다와라)[3]의 다른 훈시문은 일제의 식민지 정책을 분석하기 위한 논거로 기존의 연구에서 인용된 바 있다.[4] 그러나 한국학계에서 이 「보통학교직원 수지요강」에 대한 연구성과는 아직 없는 것으로 보인다.[5] 통감부 학부 차관인 다

---

2 팽영일 · 이은숙, 「제1차 조선교육령기『普通學校國語讀本』과 일본어교육」, 『동북아문화연구』25, 동북아시아문화학회, 2010; 허재영, 『일제강점기 교과서 정책과 조선어과 교과서』, 경진, 2009; 허재영, 『통감시대 어문교육과 교과서 침탈의 역사』, 경진, 2010; 김한종, 「조선총독부의 교육정책과 교과서 발행」, 『역사교육연구』9, 한국역사교육학회, 2009 등이 있는데, 특히 허재영(『일제강점기 어문정책과 어문생활』, 경진, 2011)에 최근의 관련 연구성과들이 정리되어 있으니 참조 바란다. 통감부와 총독부의 식민지 교육정책과 그 이념에 대해서는 최혜주(『근대 재조선 일본인의 한국사 왜곡과 식민통치론』, 경인문화사, 2010)를 참조할 수 있다.

3 다와라 마고이치俵孫一(1869~1944). 시마네현 출신으로 1895년 제국대학 법과를 졸업하고 1907년 대한제국의 학부 차관으로 부임하였다. 1910년에는 조선총독부 토지조사국 부총재에 취임하고, 1912년에 미에현 지사로 부임하였다. 참고로 교토제국대학의 창설이 1897년이기에 1895년에는 도쿄에만 유일한 제국대학이 있었다.

4 일본에서 간행된『植民地朝鮮教育政策資料集成』(龍溪書舍, 1990) 전 69권 가운데, 63권에 다와라의 훈시를 모아 학부에서 간행한『韓國教育ノ既往及將來』(1909)와『韓國教育ノ現狀』(1910)이 포함되어 있다. 이 자료는 정규영(「조선총독부의 조선유교지배」, 『학생생활연구』4, 학생생활연구소, 1996)에서 인용된 바 있다. 그리고 한국학계의 성과는 아니지만 윤건차(심성보 역,『한국근대교육의 사상과 운동』, 청사, 1987)에서도 자주 인용된다.

5 『植民地朝鮮教育政策資料集成』의 65권에 동일한 자료가 "普通學校教養ニ關スル施設要

와라의 훈시를 모은 이 「보통학교 직원 수지요강」이 조선인 보통학교 직원들에게 번역되어 유통되었다는 점은 학계의 주의를 요하는 사안이다.

다와라는 통감부 시대에 학부의 차관으로 활동하며 식민지 조선의 교육정책을 입안하였다. 제국대학을 졸업하고 대한제국 학부 차관으로 근무하였고 이어서, 중의원에 진출하고 상공대신까지 역임한 일제의 주요 정치가이자 지식인이기에 조선교육에 대한 그의 발언은 일제의 교육정책을 대변하는 성격이다. 또한 이 훈시는 일본어 본문에 한자나 한글로 루비를 달아 일종의 번역이 된 상태로서, 근대 초기 일본어와 한국어의 실상을 전해주기에 더욱 흥미롭다. 이 훈시와 그 번역 양상에 대해 논하면서 일제 강점기 교육정책과 그 수사적 특성을 진단하겠다.[6]

2. 다와라 마고이치와 일제 교육정책

1905년 을사늑약으로 대한제국의 행정권은 유명무실해지고, 일본제국의 관료들이 대한제국의 실무를 담당하게 되었다. 다와라 마고이치의 전임자에 해당하는 1905년의 학부 참여관이자 뒤에 타이베이제국대학

綱[보통학교 교양에 관한 시설 요강]"이라는 제목으로 수록되어 있다. 이 65권의 편집순서는 『구교과서취의』와는 차이가 있다. 『식민지조선교육정책자료집성』은 한국에서도 영인되어 유통되고 있지만 이 다와라의 훈시에 대한 연구성과는 없는 상황이다.

6 「보통학교 직원 수지요강」의 번역문은 부록 5. ‘「보통학교직원 수지요강」의 번역문’에 수록되었다.

총장이 된 시데하라 타이라幣原坦[7]의 고용계약서에는 대한제국 학부대신은 교육에 관한 일체의 사항을 그에게 자문하여 동의를 얻은 후에 시행한다는 조항이 있다.[8] 이처럼 대신이라는 이름과 상관없이 교육의 실무는 일본제국 관료들에게 넘어간 상황이었던 것이다. 그러나 당시의 대한제국 교육은 관립의 교육보다는 사립의 교육— 기독교 단체에서 설립한 학교 및 종래의 서당 등에 대한 의존도가 훨씬 높아, 일제가 목적한 식민지 공립 교육은 그 확산이 지지부진한 상황이었다. 이런 상황을 타개하기 위하여 교수 출신인 시데하라를 관료 출신인 다와라로 교체하고 조선의 민간 교육을 약화하고 식민지 관립 교육을 강화하려는 전략을 세웠던 것이다. 일제는 조선의 식민지 교육에 큰 정책적 비중을 두었음이 확실하다. 시데하라와 다와라의 사이에 학부에서 교육제도 조사관으로 재직했던 미쓰지 추조三土忠造도 뒤에 중의원에 선출되고 대장성 대신까지 역임하게 된다. 즉 대한제국의 학부에 참여했던 관료 중에 두 명의 내각 대신과 한 명의 제국대학 총장이 나온 셈이니, 일제는 식민지 교육정책을 위해 당대의 최고 엘리트들을 기용한 것이다.

식민지 정책을 강화하는 취지에서 이루어진 다와라의 훈시는 여러 가지 논점을 가지고 있다. 첫째 유통과 사용의 공식적 경위를 알 수 없다는 점이다. 일단, 이 훈시의 대상은 일차적으로 일본인이다. 하지만, 한자와 한글 루비를 달아놓은 것을 보면 조선인 교직원도 이차적 대상으로 삼았

---

7 시데하라 타이라幣原坦(1870~1953). 야마나시현 심상중학을 거쳐 도쿄제국대학 국사학과를 졸업하고, 도쿄고등사범학교 교수를 역임하고 대한제국 학부 참여관에 취임하였다. 이후 도쿄제국대학 교수를 거쳐 타이베이제국대학 총장을 지냈다. 시데하라와 일제 학부 관료들의 교육 정책에 대해서는 최혜주, 앞의 책 참조.
8 윤건차, 심성보 역, 앞의 책, 299~300쪽 참조. 이하 다음의 서술은 여기에 근거한다.

을 확률이 높다. 결국 이 훈시를 소지하고 사용한 교원은 조선인 김두원이며 그가 가르친 학생의 대다수도 아마 조선인이었을 것으로 추정된다. 뒤에 제시한 번역을 보면 알겠지만 이 문서는, 일반적인 민족감정에서 당시나 지금이나 참기 어려운 차별적 언사들도 나타나고 있다. 이런 문서를 소지하고 휴대한 것은 어떤 공식적 경위였는지, 또한 실제 교육 일선에서 어떤 효과를 가져왔는지에 대해 현재로는 실증할 방법이 없다.

둘째, 이 훈시는 식민지 교육의 모순을 당사자의 당대적 발화로 전달하고 있다. 식민지 조선인에게 일본의 헌법이 전면적으로 적용되지 않았듯이, 일본의 의무교육도 결국 식민지 조선에는 끝까지 적용되지 않았다. 식민지 체제는 차별을 전제로 하지만 이와 같은 상황을 다양한 선전으로 은폐할 수밖에 없다. 이 훈시에서도 다와라는 조선 전래의 교육, 학문상의 폐풍弊風을 개선하는 실질 위주의 신교육新敎育을 내세웠지만, 실제로 조선인을 중학교, 대학교 등의 상위 교육기관에 진학시키지 않고 보통학교[9] 졸업과 동시에 실업에 종사하게 만들려는 차별적 본의가 만연체의 문장 속에 드러난다. 동등한 교육의 기회를 제공하지 않는 상황을 신교육이라는 미사여구로 포장하고 있는 것이다.

셋째, 제국대학 법과를 졸업한 관료로서 제국행정을 대변하는 다와라의 문장이 행정적 문서로 적절하지 않다는 점이다. 뒤의 번역문을 읽어보아도 이 훈시의 진의를 파악하기는 매우 어렵다. 문장과 문단의 구분하기가 어려운 만연체이기에 실제로 어떤 조치를 취하라는 것인지 파악하기 어려운 부분이 많다. 수사를 발휘하는 문예 취미가 반영된 것이 아

---

[9] 소학교, 중학교, 고등학교, 대학교로 설정된 일본의 교육체계와 별도로 보통학교와 고등보통학교를 설정한 것이 식민지적 차별이었음은 주지의 사실이다.

니면서도 의사전달이 쉽지 않다는 것은 일본의 근대초기 글쓰기가 결국 근대적 행정에 적합하지 않았다는 면을 보여주는 것이기도 하다. 일제 관료의 글쓰기는 총독부 교과서 등을 통해 식민지 조선의 언어와 교육에도 영향을 끼쳤기에 주목을 요한다.

넷째, 계몽기에 활발했던 대한제국의 민족적 교육운동이 공식적으로는 종말을 고했다는 점이다. 이 훈시에서 계속 반복되는 요지는 조선의 교육이 공립 보통학교를 중심으로 이루어져야 한다는 점이다. 그럼에도 일본인과 동등한 의무교육은 식민지 체제의 종말까지 시행되지 않았다. 그런데 앞서 서술했듯이, 당시 조선의 교육은 대부분 민간에 의존했다. 1905년 이후, 대한제국은 해가 다르게 유명무실해졌지만 의무교육을 지향하는 교육운동은 관과 민에서 모두 활발히 진행되었다. 1895년 갑오경장에 뒤이어 내려진 '교육조서敎育詔書', 1906년 경상북도 관찰사 신태휴申泰休가 반포한 '흥학훈령興學訓令' 등이 관의 노력을 보여준다면, 활발한 사립학교의 설립과 대한자강회 등에서 1906년부터 꾸준히 진행한 의무교육 관계 상소[10] 및 언론매체에 투고된 교육진흥과 관계된 많은 기사들은 민간의 노력을 보여준다고 하겠다. 이런 문서들과 한일병합조약을 눈앞에 둔 1909년 11월에 발표된, 그간의 민간 교육성과를 완전히 무시한 이 훈시를 비교하면 의아하기까지 하다. 실제 통감부와 총독부는 대한제국 시대에 형성된 많은 민간 교육기관과 자산을 식민지 교육을 강화하기 위해 강제로 약탈하여 공립 교육으로 편입시켰다.[11] 그리고 다와

---

10 임상석 외역, 『대한자강회월보편역집』 1, 소명출판, 2012. 11~27쪽 참조.
11 고마고메 다케시, 오성철 외역, 『식민지제국 일본의 문화통합』, 역사비평사, 2008, 115 ~116쪽. 뒤에 이 사태를 조사한 조선총독부 시학관이 '약탈'이라는 표현을 사용한 것은 통감부의 침탈이 얼마나 무법했는지를 보여주는 좋은 사례이다.

라의 다른 훈시를 모아 간행한 『한국교육의 기왕 및 장래韓國敎育の旣往及 將來』[12]의 다른 부분에서는 사립학교의 수입을 교육재원으로 귀속한다 는 폭력적이고 불법적인 조치가 포함되어 있다.[13] 그만큼 근대계몽기 교 육운동의 성과가 있었다는 반증일 것이며, 다와라로 대변되는 일제는 이 런 민족적 성과를 강제적으로 약탈했던 것이다.

이 글에서는 이와 같은 문제를 다 논할 수는 없다. 특히 첫 번째 문제 는 실증이 어려운 관계로 이 자리에서 더 이상 논하기 어렵다. 둘째와 셋 째 문제에 관해서 번역의 구체적 양상을 중심으로 논해보도록 한다. 넷 째 문제에 대해서는 '흥학훈령' 등의 관계 자료와의 비교 분석을 하겠다.

3. 「보통학교직원 수지요강」의 번역 양상과 문체

「보통학교직원 수지요강」에서 가장 주요한 지시 사항은 세 가지 정도 이다. 우선 공립 보통학교가 민간학교의 우위에서 교육의 중심이 되어야 한다는 점이다. 민간학교 교원과 학부모들이 공립 보통학교로 참관하게 만들어야 한다는 것을 매우 강조한다. 두 번째는 보통학교가 실용적 인 물을 양성하는 기관으로 교육의 완료성을 가져야 한다는 점이다. 상급학

---

12 이 책은 다와라의 교육 관계 훈시를 모아서 당시의 학부學部에서 1909년 출판한 책이다. 간행과 배포의 대상이나 경위에 대해서는 후속 연구가 필요하다.
13 정규영, 앞의 글 참조.

교 취학을 위한 중간 단계가 되어서는 안 된다는 점이다.[14] 세 번째는 조선인이 열등하고 과거의 교육이 시세에 안 맞기에, 일본인인 보통학교 직원이 극력 지도해야 한다는 점이다. 이외에도 여러 가지 종류의 엄수할 사항들이 많다. 그중에, 되도록 중류 이상의 가정에서 취학시켜야 한다는 점, 여자 교육은 그다지 적극적으로 실시할 필요가 없다는 점, 그리고 교수용 교재는 반드시 학부의 '교과용도서일람教科用圖書一覧'을 벗어나서는 안 된다는 점 등이 눈에 띈다. 이 조항들의 교육사적, 정치사적 의미는 앞서 언급한 선행연구에서 정리된 바 있으니, 여기서는 번역 양상에 대해 우선 논한다.

「보통학교직원 수지요강」은 조사 및 어미를 제외한 대부분의 어간이 한자로 표기된다는 점에서 당대의 계몽기 국한문체와 형태적으로는 유사하다. 그러므로 루비라는 수단을 이용하여 일차적 번역이 가능했던 것이다. 그러나 4자구, 대구와 전고 등의 한문투가 거의 사용되지 않았기에 실제로 계몽기 국한문체와의 문체적 차이는 분명하다. 사용된 한자 어휘도 신채호, 장지연 등의 당대 대표적 국한문체 작가들이 사용한 어휘의 수준보다 훨씬 평이하다. 그럼에도 당대의 한국인들이 쉽게 독해할 수는 없었을 것으로 보인다. 가타가나 부분에 루비가 달려 있고, 일본식 한자 용례를 전통적 방식으로 고쳤다 해도, 일본어 고유의 이중, 삼중 부정법과 대명사 "之これ"와 "こと"의 잦은 사용 등을 이해할 수 없었을 것이다. 뒤에 첨부한 본문자료를 보면 알 수 있겠지만, 이해를 돕기 위해

---

14 이 부분은 보통학교가 저임금 노동인력을 공급하는 직업교육에 치중해야 한다는 정책적 의지로 해석될 수 있는데, 상급학교 진학률이 원래 의도보다 너무 높아지고 있다는 일본의 폐단을 이에 대한 부연 논거로 제시하는 부분은 흥미롭다. 이와 더불어 근면, 노동, 실용을 교육의 목표로 제시한다.

루비의 양상을 일단 아래와 같이 정리해 본다.

가타가나에 붙은 루비

조사: "ニ"→"에", "ノ"→"의" "ヲ"→"을", "ア"→"가" 등

동사: "スル"→"하는", "ル"→"홈", "アル"→"有홈", "シデ"→"ᄒ야곰" 등

대명사: "モノ"→"者", "コト"→"홈" 등

복합어: "ヘキナリ"→"可ᄒ니라", "シメタル"→"케 흔", "タルシメ"→"되게 ᄒ며", "ノミナラ"→"쑌 아니라"

부정표현: "アラサルナリ"→"아니라", "スルニアラズンバ→"ᄒ지 아니ᄒ면", "シトセザルナリ"→"不홈이라" 등

한자 및 혼용어에 붙은 루비

일본식 한자 용례: "驚"→"就", "場合"→"境遇" 등

한자혼용어: "克ニ"→"能히", "固ヨリ"→"本來", "却デ"→"反히", "爲ス所"→"所爲", "祥ニ"→"細히", "未タ"→"아즉", "動モ"→"輒", "依リ"→"因홈인즉" 등

대명사: "所"→"바", "之"→"此" 등

한자를 추가함: "槪シテ"의 "槪" 옆에 "大" 루비, "原ジク"의 "原"에 "因" 루비, "由リ"의 "由" 앞에 "因" 루비, "風ニ"의 "風" 뒤에 "習" 루비 등

어순을 바꾼 사례

"毗カラズ" 앞에 "不" 루비, "許サザル" 앞에 "不" 루비, "須タザル" 앞에 "不" 루비 등

이외에 원문에 없는 조사를 루비로 삽입한 경우도 있고, 문맥에 따라 "以テ"를 의역하여 "先"으로 바꾼 사례도 있다. 그리고 이중부정을 긍정으로 의역한 경우도 있다. 앞서 언급했듯이 이중부정과 대명사의 잦은 사용은 당시 한국인들의 언어관습에 맞지 않았으며, 그러므로 위와 같은 1차적인 번역의 과정이 가미되었다 할지라도 이 문서를 당시의 조선인 독자들이 쉽게 읽었을 확률은 별로 없었을 것으로 본다. 또한, 공유한 문화인 한자에 대해서도 미묘하게 그 쓰임이 달라서 오히려 혼란을 가중했을 것이다. 한문 지식이 조금이라도 있는 독자라면 대구와 전고가 없는 문체가 그다지 큰 설득력이 없었을 것이고 한문 지식이 별로 없는 독자라 해도, 한국과 일본의 다른 언어적 관습 때문에 다가가기 어려웠을 터이다. 물론 이 글의 독자는 일차적으로 공립보통학교에 파견된 일본인 직원이다. 조선인 독자를 염두에 둔 작문이 아니다. 그러나 위에 제시된 번역의 과정을 통해서도 두 언어 사이의 간극이 쉽게 전해진다는 점은 흥미롭다. 일본어 교육은 식민지 교육정책에서 최우선의 과제였으나 한자를 공유하고 혼용한다는 표기적 유사성을 제외하면, 아니 오히려 이 외면적 유사성이 간극을 더 강화하는 측면도 있었다. 당시의 국한문체, 한국어는 국문이라는 이름에 알맞지 않게 사전과 문전이 결여된 과도기적 상황이었다. 당대의 일본어는 사전과 문전을 어느 정도 갖춘 상태였지만, 다와라의 훈시와 같은 문장이라면 2부 1장에서 논한 바와 같이, 국한문체의 모범이 되기는 어려웠던 것으로 보인다.

다와라의 훈시는 직접적인 행정적 조처를 수반해야 한다. 그렇다면 이 조처의 논리적 근거와 그 적합성이 명백히 밝혀져 있어야 할 것이다. 이 훈시의 중요 논제인 신교육과 그 실질을 다룬 부분을 아래에 제시한다.

신교육의 모범학교

보통학교는 신교육의 모범기관으로 각도각지에 시설, 경영하는 일은 여러 말을 요하지 않으나 그러나 신교육이라 함은 어떤 것이오 한다면 이에 대해 붙인 그 모범을 각지에서 실제로 보이기 위하여 학부가 다대한 심로心勞를 쓰고 있음은 제군이 능히 아시는 바이라, 그런즉 신교육의 모범을 실제로 보이고자 함에는 이를 여하히 하면 가한고? 이를 또한 이미 제군이 요해하는 바이라 하나 혹은 아직 깊이 연구가 두텁지 아니한 사람이 없지 않다고 보장하지 않을 수 없으니 이로써 다소 특히 이를 서술하노라.

모범학교의 실질

대저 보통학교는 모범적이 되는 고로 각 도내의 공립보통학교는 물론 경성 내의 관립보통학교라도 그 부근에 있는 학교로 하여금 이미 모방하게 하지 아니하면 아니 되나라, 환언하면 부근의 학교는 그 보통학교를 중심으로 하여 만사를 본받아, 일이 있을 때마다 보통학교에 와서 그 협의를 하는 등 모두 이와 같은 풍습을 양성하고자 하니, 이것이 실로 나의 이상이라, 그러나 그 이상을 행함에는 각종의 방법이 있을지라, 혹은 부근 학교 직원의 연합함도 가하며, 또는 서로 학교를 참관하여 서로 화목함도 가하며 혹은 또 유지자 부형 등을 방문하여 여기 접근하여 보통학교를 소개하는 방법을 구함도 또 가하도다, 이런 등은 모두 저들에게 접근하는 일이나 더욱 그 부근학교의 상황 여하를 관찰하며 또 이들 학교의 관계자로 하여금 보통학교를 와서 보게 하며 그리하여 서로 사정을 알게 하는 등이니 그 방법이 대개 적지 않을지라, 그러나 실제에 취하여 관찰하면 경성 내의 보통학교에서는 위 나의 이상으로 생각한 바를 행하는 자가 적으며 대부분은 아직 행하지 아니하고 있는 듯하도다, 이것이 금일 제군에게 진술하고

자 하는 바이라. (번역－인용자. 이하 같음)

이 훈시의 명분은 위처럼 실질적인 "신교육"이다. 그럼에도 이 신교육의 당위성은 제시되지 않으며, 단지 시세에 적합하다는 측면만이 강조된다.[15] 그리고 실제로 어떤 교육을 실행하겠다는 구체적인 언설은 별로 없고 보통학교가 아닌 다른 학교의 교직원과 학부모가 보통학교를 따라야만 한다는 지시만이 제시된다. 이 지시가 다소 누그러진 언사로 나타나지만, 훈시 전체를 읽어보면, 이에 반드시 따라야 한다는 것이 전제가 된 것이기에 사실 설득이라기보다는 일방적인 명령에 가깝다. 조선의 전통교육을 세상의 실무에 적합하지 않은 구교육으로 규정했다면, 보통학교에서 실시할 신교육의 교과체제가 어떻게 다르며 왜 세상의 실무에 적합한 것인지가 구체적으로 제시되어야 옳겠지만, 이 훈시에는 그런 부분이 빠져 있다. 더욱 공립 보통교육으로 교육의 중심이 맞추어 져야만 한다면, 이와 같은 행정 조치가 가져야 할 당위성, 즉 문명이나 평등 같은 보편적 가치가 제시되어야 함에도 이를 찾을 수 없는 것이다.

결국 다분히 요령부득의 문장이 되어버렸는데 이는 중대한 사안이다. 신교육에 적합한 일본어 문장은 근대적인 국가체제에 적합한 의사전달의 능률성을 가지고 있어야만 할 것이며, 다와라는 제국대학 법과 졸업생으로 일제 관료 중에서도 대표성을 가진 엘리트로 그의 문장은 모범적인 일본어가 되어야 옳다 하겠다. 그러나 실상은 인용문처럼 절차적 당

---

15 "박식자"를 양성해서는 안 된다는 점, 근로를 숭상해야 한다는 점과 세상사에 두루 통하는 실용적 인물을 교육해야 한다는 점 등을 강조하는데, 이는 식민지에서는 보통학교 이상의 교육이 중요하지 않다는 교육정책을 드러내는 것이기도 하다.

위성과 실제적 논지, 즉 교육의 내용을 담지 않은 문장이다. 그 원인은 당대의 일본어가 서기체계로서 가진 문제점과 폭력적 진의를 허위적으로 숨기고 있다는 두 가지 사안이 결합되어 나타난 것으로 보인다.

현대의 대표적 일본문학 연구자들인 가라타니 고진柄谷行人 등은 니토베 이나조나 우에무라 간조처럼 영어로 저술하고 출간한 노력이 없었다면 일본어 산문의 성립이 불가능했다고 진단하며, 언문일치와 번역의 관계에 대해서 논하고 있다.[16] 즉, 한문의 문장구조와 일본어 고유의 만연체가 남은 메이지 시대의 문장이 그대로 존속했다면 근대적 산문 문장은 불가능했다는 판단이다. 실제 메이지 시대의 지식인들은 동아시아 보편의 한학漢學과 일본 국학國學의 전근대적 전통에서 탈각하지 못한 상태였고, 메이지 후기에 와서야 러시아문학의 번역을 통해 소설 상의 언문일치가 실현되었다는 점이 일본문학사의 통념이다. 한학과 국학의 전통에서 비롯된 만연체에 당면한 서구 근대의 지식이 착종되고 혼합된 양상의 서기체계가 당대의 일본어였던 셈이다. 사전과 문전이 있다는 점에서 당대의 국한문체, 국문보다는 비교적 정리된 상황이었다고는 해도 메이지 시대의 일본어 문장도 대체로 과도기적 양상이었다. 결과적으로 근대 행정의 모범을 보여야 할 다와라의 행정 문서도 의사전달의 능률에 있어서 적당한 전범이 되지 못한 것이다.[17]

더 중요한 문제는 이 훈시에 나타난 다소 평화적인 방법이 공립 보통

---

16 가라타니 고진 외, 송태욱 역, 『근대 일본의 비평 1868∼1989』 1, 소명출판, 2002[1997], 85∼99쪽 참조.
17 당시의 일본 문체는 매우 다양하다. 우찌무라 간조는 다와라와 세대가 같지만 훨씬 간결한 문장을 구사하며, 다와라의 윗세대인 후쿠자와 유키치는 3부 3장의 인용문처럼 훈시와는 완연히 다른 구어에 훨씬 가까운 문장을 구사했다.

교육을 강화하는 실제적인 절차가 아니었고, 앞서 진술했듯이 이미 형성된 조선의 민간 교육 인프라에 대한 약탈이 더 실효를 가지고 있었다는 점이다.[18] 이와 같은 행정 조치는 결국 조선의 인민에게 큰 반감을 초래하고 통감부와 총독부의 공립 교육은 1920년대까지 그 비중이 미미했다. 다와라가 누누이 강조한 신교육 기관인 보통학교의 수학 인원은 실제로 전통적인 서당의 수강 인원에 훨씬 뒤쳐졌던 것이다. 이 훈시에도 꼭 중류 이상의 자제를 받아들일 것을 강조하고 있는데, 공립 보통학교의 학비가 저렴하기에 빈곤층에서만 진학했기 때문에 초기의 보통학교는 거의 빈민학교 수준이었다고 한다.[19] 이런 상황을 타개하기 위한 위 훈시의 누그러진 언사와는 판이하게 통감부에서는 조선의 민간 교육 인프라에 대한 파괴와 약탈을 자행하고 있었다. 그리고 위와 같은 훈시의 효력보다는 이 폭력이 가진 효과가 훨씬 컸다 하겠다. 그러므로 이 훈시는 사실 동시에 진행되고 있던 폭력을 감추는 허위의 만연체라 할 수 있으며, 결국은 이 허위적 성격 때문에 그 진의를 알 수 없는 글이 되었다고도 할 수 있다.

---

18 이는 다와라의 다른 훈시에 구체적으로 지시된 사항이지만, 보통학교 직원들에게 직접적으로 연관된 사안이 아니므로 이 훈시에는 생략된 것이 자연스럽다.
19 윤건차, 심성보 역, 앞의 책. 326~329쪽 참조.

4. 대한제국 훈령과의 비교

이 훈시와 여러모로 대조되는 것이 1906년에 발포된 경상북도 관찰사 신태휴의 '흥학훈령'이다. 같은 통감부 체제 아래에서 반포되기는 하였지만, 1906년까지는 다소나마 민족적인 교육운동, 언론운동이 가능했던 시점이다. 경상북도 관찰사의 명의로 되어 있기는 하지만, 당대의 교육관계 행정 문서 중 가장 형식이 완비되어 있고 내용도 풍부해 실질적으로 대한제국의 교육정책을 가늠할 수 있는 대표성이 있다. 또한, 이 훈령은 『황성신문』에 게재되었고 전체적으로 『대한자강회월보』, 『대한매일신보』 등의 대표적 근대계몽기 언론과 논조를 공유하는 측면도 많아 다와라의 훈시와 비교분석이 가능하다.

갑오경장에서 한문이 아닌 국한혼용문을 공식어로 지정했지만, 이 훈령의 문체는 전통적인 한문 현토체에 가깝다. 그러나 다와라의 훈시보다는 오히려 간결하고 그 논지가 훨씬 직접적이다. 또한, 간략하기는 해도 교과의 체제를 어느 정도 제시하고 있으며, 의무교육의 체제도 구성하였다.

至於時務學問ᄒ야ᄂ 何暇에 得窺其一班乎아 此眞大可惜之事也라 欲抹此樊면 莫如一切刷新이나 然이나 今之所謂略通外國語를 如能言之鳥而已오 不究乎時務上實際之工者ᄂ 無足取焉이라 語學則姑實之하고 必以漢文으로 專讀之하며 國文으로 助解焉이라 自八歲至十歲間은 必先讀小學使知君臣父子彝倫禮節之常而後에 乃進于本國各國歷史地誌筭術等學하고 待其通熟하

야 又進于政治法律格致研究等學이면 小學中學普通學大學校次第卒業之序
가 自在其中하야 本末必該라 假如每級에 各實一二年限하야 順序漸進이면
不踰十年之限하야 卒業可期矣리니 其成材之速이 必在弱冠之前이라 比諸私
塾之不限年汗漫徒讀하야 久而無成者則其遲速利害가 當何如哉아[20]

　여전히『소학』으로 교수의 시작을 삼은 교과체제가 과연 시무에 적합
한 학문인지는 의문이지만 어쨌든 교과의 체제와 학령의 순서를 제시하
였고, 훈령의 마지막에는 의무교육의 실무 조항들을 제시하여 근대교육
을 향한 관의 노력을 보였다. 또한, 조선의 문치文治와 흥학興學 전통을
강조하고 국가를 위해 학문과 교육을 일으키자는 전제를 내세워 교육의
역사적 근거와 장기적 목표를 제시한 점도 다와라의 훈시에 존재하지 않
는 부분이다. 세부적으로 그 조치가 적법한가, 시대의 과제에 맞았는가
를 따지기 이전에, 행정적 조치의 당위성과 이 행정조치의 목적인 교육
의 내용이 구체적으로 존재하기 때문에, 다와라의 훈시보다는 절차가 잘
갖춰진 글이라 하겠다.

20　"時務의 학문에 이르러서는 어느 겨를에 한 자죽이나 볼 수 있으랴! 이는 진실로 크게 애
　　석한 일이라. 이 폐단을 없애려면 일절 쇄신만 한 것이 없으나 지금 소위 외국어를 대략
　　통한다 해도 말할 수 있는 새와 같을 뿐이오 시무상 실제의 공효에 연구하지 않으면 취할
　　것이 없음이라. 어학은 잠시 두어두고 반드시 한문으로 전부 읽어서 국문으로 보조해 해
　　석할 것이라. 8세부터 10세 사이는 반드시 우선『소학』을 읽혀서 군신부자 윤리와 예절
　　의 상도를 안 이후에 본국과 각국의 역사, 지리, 산술 등의 학문에 나아가 숙달, 통달을
　　기다려서 또한 정치, 법률, 과학 등의 학문에 나아가면 소학, 중학, 보통학, 대학교의 순서
　　로 졸업의 순서가 절로 그 사이에 갖춰져 본말이 정해지리라. 매 등급에 각각 1,2년의 연
　　한을 두어 순서에 따라 점진하면 10년의 한계를 넘지 않고 졸업을 바랄 수 있으리니, 그
　　인재를 이룸이 빠르고 반드시 약관의 이전에 되리라. 여러 私塾에서 연한을 두지 않고 한만
　　히 읽어가 오래도록 이루지 못함과 비하면 그 빠름과 느림, 이해가 과연 어떠하리오!" 신
　　태휴,「흥학훈령」,『皇城新聞』, 1906.3.19~3.23.

전술했듯이 이런 관 주도의 교육 운동에 대한자강회 등의 민간단체가 부응하여 학교를 설립하여 운영하는 동시에, 의무교육의 시행을 요청하는 상소를 연이어 제출하였다. 그러나 의무교육은 대한제국 시대에 결국 시행되지 못하였고 일제강점기에도 역시 실행되지 못했다. 문제는 교육에 대한 이런 다각적인 자립적 노력이 결국 1909년경에는 다와라의 훈시에 나타나듯이 좌절되었다는 점이다. 일본의 교육체제와 구분되는 보통학교라는 명칭 자체에 담겨진 차별성에 더하여, 당시까지의 민간 교육의 성과를 완전히 무시하고 공립보통학교로 교육을 독점하려는 다와라의 훈시는 민족 교육운동의 철폐를 의도한 셈이다.

한편, 이 '흥학훈령'의 의무교육 실무 조항 가운데는 서당을 탄압하는 조치가 포함되어 있다.[21] 이 조치는 다와라의 『한국교육의 기왕과 장래』에 나타나는 사립학교 탄압과 대조를 보이는 점이 흥미롭다. 신교육인 사립학교의 재정을 침탈한 다와라의 훈시와는 반대로 대한제국은 서당으로 대변되는 구교육 기관을 억압한 셈이다. 통감부의 식민통치 이념인 "同文同種"에서 동아시아가 공유한 한문고전을 식민정책으로 이용하였기에, 서당의 구교육은 방치한 반면 정치성을 가지기 쉬운 조선의 사립학교를 폭력적으로 탄압한 것이다.[22]

이와 관련된 「보통학교직원 수지요강」의 또 다른 주요한 요지는 후반부에 나오는데 조선인의 열등성을 강조하고 일본인 보통학교 교직원이 이를 적극 지도 편달하라는 내용이다. 황실과 조선의 문치 전통을 강조

---

21 이 조항의 세 번째를 보면 "1. 각면 각동 서당 각색은 일괄 폐지하고 이 글방 훈장은 체류를 불허하고 이 글방에서 비롯된 세입 전곡 또는 전답은 모두 해당 통의 학교에 귀속할 것"이라 되어 있다.
22 윤건차, 심성보 역, 앞의 책, 316~322쪽 참조.

하는 교육운동의 강화를 보여주는 위 '흥학훈령'이 반포된 지 단 3년 만에 조선의 교육 전통은 완전히 부정된 것이다. 이와 같은 상황을 반영하듯이, 학부에서는 1909년에 아래와 같은 훈령을 반포한다.

> 무릇 학교 직원 된 자는 법령의 정한 바에 의거해 교양에 한뜻으로 종사하되 학원學員과 학도로 하여금 학업에 전심 면려하여 착실하고 선량한 사람을 만들어야 교육의 효과로 하여금 이용후생의 길을 도울 각오가 없지 않을지라. 그러나 직원 또는 학원, 학도는 왕왕 그 본분을 잊고 직무에 등한하며 학업을 방기하여 경거망동으로 귀를 정부에 기울여 시세를 분개하고 세국世局을 논의하며 혹은 사회문제를 용탁舂啄(건드림)하여 언설과 동지動止가 상궤를 벗어난 자 있음을 보니 여차함은 실로 교육상 한심한 현상이고 차등의 직원 또는 학원, 학도의 장래를 위하여 심히 애석할 뿐 아니라, 또 사회의 질서를 문란하게 하며 국가복리의 증진을 장애함에 이르는 지라. 그러므로 이는 종래 본부가 누차 훈칙을 내려서 엄중히 교육과 정치를 혼동하지 못할 일로 계유戒喩한 소이러니 차제에 또 이를 주의 경고할 필요가 있음을 인지하고 특히 일반 관립, 공립, 사립에 대하여 이에 훈유하는 바이니,[23]

1906년 '흥학훈령'에서 나타난 교육운동의 취지는 어느새 사라지고, 단지 통감부 체제에 순응할 것만을 강조하는 명령이다. 사실 1905년부터 대한제국의 행정권이 일제에게 넘어간 상황이었던 점을 감안하면, 을사늑약 이후의 교육운동은 태생적인 한계를 갖고 있었다고 볼 수도 있다. 그러나 위 '흥학훈령'과 민간에서 열렬히 이루어진 학회와 학교의 운

---

23 「學部訓令」, 『嶠南教育會雜誌』 10, 1909.6. 원문은 국한문체로 인용자가 현대어로 윤문함.

동이 위에 인용된 '학부훈령'과 다와라의 훈시처럼 처절하게 좌절된 상황은 보호국체제의 기만이자 비극이라 하겠다. 대한자강회, 서북학회, 태극학회, 대동회, 호남학회 등에서 이루어진 열렬한 교육운동은 불과 몇 년 만에 좌절되고 조선인은 다와라의 훈시처럼 규율과 신용을 모르며 착실하게 근로하지 않는 열등 인종으로 전락한 것이다.

5. 소결

「보통학교직원 수지요강」은 계몽기 교육운동의 좌절과 일제의 강권적 교육정책을 보여주는 주요한 자료이다. 그리고 일제의 행정 엘리트들이 구사한 행정 문서의 양상을 보여준다는 점에서 다각적인 분석이 필요하다. 일단 조선인 보통학교 교사들에게 유통된 경위와 배경에 대한 조사가 필요할 것이다.

이 자료는 일제 행정의 실상을 보여주면서 한편으로 그들의 교양과 학술의 성격이 드러난다는 점이 중요하다. 특히, 조선총독부 발행의 조선어급한문 교과목 교과서에서 일제 관료들의 강연이나 행정문서들이 번역을 거쳐 정규 교과로 많이 포함된 상황을 감안할 때, 일제강점기의 한국어 형성에 일제 관료의 문장은 정책적으로 주요한 요소였다. 그러므로 일제 관료의 문장을 통해 식민지 교육과 교양의 형성을 가늠하는 작업은 앞으로의 과제이다. 또한, 한글이나 한자로 루비를 첨부한 그 번역의 양상은 당시 한국어와 일본어 사이의 차이를 보여준다는 점에서 어학사, 문학사 등에서 다양한 연구 가치를 가지고 있다. 관련된 자료인, 다와라의 훈시를 모아 간행한 『한국교육의 기왕과 장래』 및 『한국교육의 현상』에 대한 전면적 검토와 번역이 후속의 과제라 하겠다.

/ 제2장 /

1910년대 작문교육과 한문고전

『신문계』의 독자투고

1. 작문의 근대와 『신문계』의 독자투고

조선은 역사상 작문을 가장 중요시한 사회라고 할 수 있다. 한 인간의 입신을 결정하는 과거科擧의 문장과 한 인간의 일생을 결정하는 묘도문자에서 나타나듯이 사회적 활동의 시작과 마무리가 모두 작문의 성패에 달린 사회였다. 그리고 이 작문은 오로지 한문으로 이루어졌다. 1894년의 경장으로 한문이 아닌 국한문이 공식 문체로 지정되기는 했지만 작문의 실제 과정에서 한문의 질서를 벗어나기란 아직 어려웠다. 계몽기의 새로운 문체인 국한문체는 비교적 개혁적인 성향을 가진 지식인들이 만들었던 신문과 잡지라는 근대적 매체를 위주로 보급되었으나 그 실상은 전근대적인 한문전통을 많이 응용한 형태였다. 실제 학교의 시험 문제와 공식적 언론 역시, 전통적인 주의奏議, 대책對策 등의 한문 산문 형식을 그대로 차용한 양상이었다.[1] 이런 글들은 형식적으로 전통 한문 산문을

---

1 李能和,「國文一定法意見書」,『大韓自强會月報』6, 1906.12, 62~65쪽; 李時完,「平北觀察府師範學校試驗時文稿」,『大韓自强會月報』13, 1907.7, 72쪽 등 참조. 이상의 글은

차용했을 뿐 아니라, 국한문체로 작성되었다 하더라도 거의 모든 어간이 한문으로 표기되어 한글의 비중은 적었다. 근대계몽기의 작문 실천과 교육이 아직 한문전통에서 벗어나지 못한 상황을 보여주는 것이다.

계몽기를 이어 일제의 식민통치가 본격화된 1910년대는 국어라는 이념을 공식적으로 지향할 수 없는 상황이었기에 언어정책과 작문교육의 혼란은 오히려 가중된 양상이었다. 국어는 조선어로 국한문체는 언한교용諺漢交用 등으로 명칭을 바꾸어야만 했는데, 앞 장에서 당시의 양상을 제시하였다. 계몽기와 1910년대는 작문의 실천과 교육 양상이 한문전통의 영향력에서 벗어나지 못한 과도기이기는 했지만, 근대 이전의 고전에 근거한 규범적 글쓰기에서 벗어나 대중이 두루 향유할 수 있는 형태가 되어야만 한다는 이념적 지향은 강하게 나타난다. 그러므로 이 시기의 작문법 서적·독본들은 "실용"이라는 이름을 명분으로 내세웠으며 앞서 논한 『실지응용작문법』과 『실용작문법』들이 바로 이런 사례이다. 이 실용은 1910년대의 대표적 독본인 최남선의 『시문독본』에서 '시문時文'과 '통속'이라는 개념으로 계승된다.

실용과 통속이 고전적 규범을 대체한 것은 작문뿐 아니라 문화 전반에 걸친 중대한 전환 과정이며, 이 장은 이 과정을 『신문계新文界』에 투고된 1910년대의 학생 작문을 통해 조명하려 한다. 주지하듯이 작문이라는 문화는 일부의 선도적인 지식인들만이 향유하는 것은 아니다. 글쓰기의 실상에 다가가기 위해서는 언론과 출판에 이름을 걸고 참여할 수 있었던 지식인들의 작품들만을 참조할 수는 없다. 교과서나 독본 등에 대한 연구, 그리고 잡지 및 신문에 나타난 독자투고에 대한 연구는 근대매

임상석 외역, 『대한자강회월보편역집』 1(소명출판, 2012)에 번역되어 수록되었다.

체를 주도한 일부의 지식인들이 아닌, 더 넓은 언중들의 글쓰기 양상을 조망할 수 있는 분야이다.[2]

1910년대는 문학사상에 신소설과 신시의 맹아가 출현한 시기이기도 하지만, 일반적인 글쓰기에서는 아직 계몽기 국한문체의 비중이 높았던 시대이다. 『청춘』과 『소년』, 『시문독본』 등으로 대변되는 신문관의 새로운 글쓰기가 저변을 확대하고 있었지만, 전근대적인 한문 글쓰기에 기반을 두고 있는 척독류 서적들이 박문서관, 영창서관 등과 같은 주요출판사들의 주력 상품이었다. 또한, 조선총독부에서 발행한 조선어급한문독본이나 『실용작문법』, 『문장체법』 등의 사찬독본들에서도 한문고전의 비중은 매우 높았다. 보통학교나 고등보통학교 및 여자학교 등에서 실시된 작문교육에서도 한문의 비중이 높았을 것으로 자연스레 추정할 수 있으나, 당대 작문교육의 실상을 전하는 자료를 구하기는 어렵다.

1913년 4월부터 1916년 3월까지 결호 없이 발행되었던 잡지 『신문계』는 거의 매호마다 투고문을 받아 "문림文林", "현상작문懸賞作文" 등의 이름으로 편집하여 게재하였다.[3] 『신문계』는 전반적으로 식민통치에 부역하는 성격의 잡지였지만,[4] 이 투고란은 언론매체를 주도했던 지식인

---

2 독자투고에 대한 연구로는 전은경, 『근대계몽기 문학과 독자의 발견』, 역락, 2009; 박헌
   호 외, 『작가의 탄생과 근대문학의 재생산 제도』, 소명출판, 2008 등을 참조할 수 있다.
3 『신문계』의 전반적인 성격에 대해서는 한기형, 「무단통치기 문화정책의 성격—잡지 『신
   문계』를 통한 사례 분석」, 『민족문학사연구』 9, 민족문학사학회, 1996 참조. 그리고 『신
   문계』에 실린 백대진 등의 소설에 대한 분석은 김복순, 『1910년대 한국문학과 근대성』,
   소명출판, 1999 참조. 이 잡지의 한문교육에 대한 연구로 신상필, 「근대 언론매체와 한
   자·한문 교육의 한 양상—『신문계』를 중심으로」, 『한자한문교육』 18, 한국한자한문교
   육학회, 2007 등을 참조할 수 있다.
4 한기형, 앞의 글에 따르면 잡지의 운영이 일본 정치단체의 자금에서 나왔을 확률이 많으
   며, 잡지의 주요필진도 대표적 친일파인 최영년, 최찬식 부자였다. 실제로, 국어로 규정되
   었으나 보급이 더딘 일본어를 보급하기 위해 특별현상 작문을 모집한다든지, 현상작문의

들이 아닌 더 넓은 언중의 글쓰기 양상을 알 수 있는 중요한 자료이다. 또한, 심사를 경성고등보통학교, 배제학당, 양정고등보통학교, 이화학당, 보성전문학교 등 일선 학교의 교사들이 맡았고 수업 시간에 작성된 것으로 보이는 글들이 포함되어 있어 당시 작문교육의 실상을 알 수 있는 자료인 것이다.

2. 1910년대 학교 작문교육의 양상

신문계의 독자투고 작문은 크게 "문림"과 "현상작문"으로 나누어진다.[5] 전자는 특정한 주제가 없이 투고된 글들이고 포상을 걸지는 않았다. 후자는 대부분 "신춘희망新春希望", "학문學文의 가치價値", "신년新年과 계획計劃", "오인吾人과 청춘靑春" 등의 동일한 주제로 등수를 매기고 소정의 상품을 증정하였으며, 심사자를 명기하고 심사자는 투고문의 말미에 1줄 정도의 평어評語를 달고 있다.

신문계의 독자투고는 1권 9호(1913.12)까지는 주로 현상이 아닌 "문림" 체제를 유지했는데, 2권 1호(1914.1)부터는 현상작문 체제를 위주로 운영했다.[6] 문림 체제에서는 작문의 분량이 비교적 자유로웠으나, 현상

상품으로 천황의 치세를 기리기 위한 『明治聖代紀念帖』을 나누어준다든지 여러가지 다양한 사업들을 벌이고 있다.

5 현상토론과 현상한시도 모집하였으며, 그림과 서예도 현상하였다. 4권 1호(1916.1)부터는 현상작문을 대신하여 현상금언懸賞金言이 편성되기도 하였다.

작문으로 바뀌면서는 342자 분량의 원고지를 초과하는 원고는 받지 않았다. 초기에는 주로 보통학교, 고등보통학교, 여자학교의 학생들이 투고하였으나 점차로 학생이 아닌 독자들도 참여하게 되었으며, 특히 현상작문 체제에서는 학생이 아닌 사람들의 참여가 늘어나 오히려 그들의 성적이 학생보다 우수한 경우도 많았다.

문체의 성격은 전반적으로 계몽기 국한문체를 벗어나지 않았다. 2권 6호(1914.6)부터 문체를 "언한문교작諺漢文交作"으로 제한한다는 규정을 달고 한문 작문을 받지 않기는 했지만, 심사자의 평어는 한문으로 붙이고 한문 문장이나 어구가 그대로 남은 문장을 모범적 문장으로 포상한 경우가 많아 국문 위주의 문어를 향한 지향은 찾아보기 힘들다. 일제강점의 시작으로 식민지의 공식적 국문이 일본어였던 것이 반영되었을 터이다. 동시대에 신문관에서 발간된 『소년』, 『청춘』 그리고 『시문독본』 등에서 더 진취적인 한글 내지 국한문을 보여주었던 것과 대조가 된다.

20여 년 전에 출간된 『서유견문』의 문체는 어간의 대부분이 한자로 구성되었지만 국문의 통사구조를 관철하여 국문 위주의 문어에 대한 지향을 모범적으로 보여준 바 있다. 그리고 1900년대 계몽기 잡지들도 전반적으로 국문과 한문의 언어적 질서가 충돌하는 과도기적 언어 상황이었지만 그 전반적 문체의 변이 양상에서 국문의 비중을 높여가면서 역시 국문을 향한 지향성을 보여주었다. 그러나 『신문계』의 투고 작문들에서는 이런 일정한 지향성을 찾기가 힘들다. 표에 자세히 나와 있지만, 투고된 문장의 성격이 발행의 초기나 후기나 큰 변화가 없어 국문을 향한 노

---

6   문체의 전반적 성격이나 투고 작문들의 제목 등은 부록 6. '『신문계』 문림文林·현상작문 懸賞作文 통계표'를 참조할 것.

력을 찾기 힘든 것이다.

그만큼 1910년대 당시, 일반 학생들이나 언중들의 글쓰기 및 작문교육이 한문이라는 고전문체의 질서에 밀접히 연결되어 있었던 것을 증명하는 논거이다. 한편, 『신문계』의 다른 기사에서는 백대진 등의 소설처럼 신문관 출판물의 문체와 유사한 성향의 새로운 글쓰기가 나타나기도 하였고 「가정학강화」, 「위생학강화」처럼 순한글 기사도 있었다. 그럼에도 문림과 현상작문의 문장들은 계몽기 국한문체에서 벗어나지 못했던 것은 근대 언론매체를 주도한 지식인과 그 외의 언중들 사이의 간극을 대변하는 것이기도 하다.[7]

결국, 대부분의 투고 작문은 의미 있는 논지가 전개된다기보다 한문의 수사와 법식을 지키는 가운데 단편적인 근대 지식을 절충한 형태에 그치는 경우가 많았다. 이는 여규형, 최영년, 강전姜荃, 강매姜邁 등의 수구적 지식인들이 심사를 맡은 것과, 1910년대 총독부의 무단통치가 계몽기와는 달리 모든 시사적 정론을 가능하지 않게 만든 것에 큰 원인이 있을 것이다. 또한 투고 작문을 342자 이내로 제한한 것에도 큰 원인이 있다. 한문이 아닌 국문으로 규모 있는 논변을 전개하기 위해서는 턱없이 적은 분량이었기에 결국 전래의 한문 작문 형태로 회귀할 수밖에 없는 상황이었던 것이다.

『신문계』는 "新文", 즉 전근대적 학문을 타자로 삼는 새로운 문화를 내세우고 있었다.[8] 이 새로운 문화는 앞서 언급한 작문과 문화의 전환을

---

7   물론, 이들의 차이가 명확한 것은 아니다. 잡지와 신문에 투고하던 독자들이 필진으로 참여하게 되는 경우도 적지 않다. 그 대표적 사례로 『청춘』의 현상문예에 자주 투고하던 방정환은 뒤에 『新青年』 등을 창간하게 된다. 박현수, 「한국 근대문학의 재생산 과정과 그 의미-방정환을 중심으로」, 『대동문화연구』 53, 성균관대 대동문화연구원, 2006 참조.

지향한 것이다. 한문전통으로 대변되는 고전적 규범의 글쓰기에서 벗어나 실용과 통속을 내세워 현실과 사회에 더 적극적으로 대처하자는 것이 "新文"의 취지였다고 하겠다. 또한 시속에 통하는 글쓰기인 『시문독본』의 '時文'과도 밀접한 관계가 있다. 문림과 현상작문은 매호 10쪽에서 많을 때는 30쪽에 가까운 분량을 배치하기도 하였으니, 잡지에서 차지하는 비중이 작지 않다. 그렇다면 "新文"이라는 명분에 값하는 작문교육의 지향을 보여주어야 했을 터이나 실제 작문 지도의 양상은 그렇지 못했던 것이다. 『시문독본』이나 『소년』, 『청춘』 등이 사상과 표현의 제한이 있는 1910년대의 무단통치 상황에서도 새로운 글쓰기와 자국적 작문 전통에 대해 나름의 모색을 보여준 것에 비해 『신문계』의 작문은 대체로 퇴영적이었다고 볼 수 있다.

여기서 중요한 점은 심사자들 및 잡지의 주요 필진이 일선 학교의 교사인 경우가 많았고 문림의 작문들이 학교 수업의 결과일 확률이 많아 『신문계』가 당시 작문교육의 일단을 보여주고 있다는 점에 있다.[9] 이 잡지의 작문교육은 일선 학교의 교사들이 담당한 경우가 대부분이기에, 여기서 나타나는 한계는 당시 일선 학교의 교육에서도 공유한 것일 확률이 크다. 새로운 문화, 학문, 교육을 내세운 것은 『신문계』나 당시의 학교가 공유한 지향이다. 그러나 『신문계』의 작문교육은 새로움이라는 지향과 명분에 값하지 못하였고, 오히려 계몽기의 글쓰기보다도 퇴영적인 방향

---

8   이 잡지의 발행사도 '신문사新文社'였다. 당시 출판계의 경쟁자였던 최남선의 신문관과 발상 자체는 공유하는 부분이 있다 하겠다. 이들이 각기 내세우던 "신문新文"의 차이에 대한 연구도 다음의 과제가 될 수 있을 것이다.

9   이 투고문들이 학교 수업의 결과물이 아닐 수도 있으나 『신문계』가 독자투고를 통해 작문교육을 실시한 것은 분명하며 그러므로 1910년대 작문교육의 실상을 보여준다는 사실은 부정할 수 없다.

이었던 것이다. 그럼에도, 긍정적이든 부정적이든『신문계』의 투고 작문들은 1910년대 작문교육의 실상, 특히 부분적이나마 일선학교의 작문교육을 짐작할 수 있는 귀중한 자료임은 분명하다. 다음으로『신문계』 문림에 나타난 당시 작문교육의 구체적 양상을 살펴보겠다.

문림을 살펴보면 같은 제목으로 같은 학교 같은 학년의 학생들이 제출한 글들을 자주 찾을 수 있다. 정황상 수업의 결과물일 확률이 높은데, 그 제목과 글쓰기 유형은 〈표 1〉과 같다.

같은 학교 학생들이 같은 제목으로 제출하였기에 수업의 과제인 확률이 정황상 높은 사례들을 일단 표로 제시하였는데,『신문계』의 문림에

〈표 1〉 학교 수업의 과제로 보이는 투고문의 글쓰기 유형

	제목 및 문체유형	학교 및 학년	게재된 호
①	積塵成山 / 積小成大 : 1. (2, 3형), 2. (1형). 총 2편	京城水下洞公立普通學校 4학년	1-1 (1913.4)
②	狗尾埋地三年化爲貂尾 : 1. (3형), 2. (1형). 총 2편	京城高等普通學校 4학년	1-1, 1-2
③	人不學不知道 : 1. (1, 2형), 2. (1형). 총 2편	臨陂公立普通學校 4학년	1-1, 1-2
④	朝鮮重要物産 : 1. (3형), 2. (3형). 총 2편	京城於義洞公立普通學校 4학년	1-2 (1913.5)
⑤	學如不及論 : 1. (2, 3형), 2. (1형). 총 2편	私立鳳鳴學校 4학년	1-2
⑥	古人有言曰… : 총 한문 2편	私立徽文義塾 4학년	1-2
⑦	秋期學生 : 1. (2형), 2. (2, 3형), 3. (2, 3형). 총 3편	培材學堂	1-8 (1913.11)
⑧	體育 : 1. (3형), 2. (한문). 총 2편	高陽公立普通學校 3학년	1-8
⑨	我等은 一年生이라 : 1. (2형), 2. (2형). 총 2편	瑞山公立普通學校 1학년	1-8, 1-9
⑩	新年의 希望 : 1. (2형), 2. (3형). 총 2편	梨花學堂	2-3 (1914.3)

▪ 1 유형－한문 문장체, 2 유형－한문 구절체, 3 유형－한문 단어체

는 위의 표가 아니더라도 학교 수업의 결과물로 제출된 작문이 더 많이 포함되어 있을 것으로 추정된다. 이 표에 나타난 문체의 양상은 『신문계』 전체 투고문의 문체 양상과 유사하며 통사나 표기의 차원에서 문체의 일관성을 지키려는 노력을 찾기 힘들다. 대체로 계몽기 국한문체의 과도기적 양상을 벗어나지 않으며, 한문으로 작성된 문장까지 포함되어 있는 것이다. 이는 총독부에서 조선어와 한문을 "조선어급한문"으로 묶어버린 교육정책과도 밀접한 연관이 있을 것이다.

〈표 1〉에 제시된 제목에서도 한문의 영향이 짙게 나타나고 있는데 특히 1-2호에 게재된 ⑥「古人有言曰…」[10]은 과제 자체가 완전한 한문 문장이다. 그 내용 또한, 전통적 경서 교육에서 벗어나지 못한 사례가 많다. 위 투고 작문들의 논지와 논거 등을 살펴보면 〈표 2〉와 같다.

이처럼 이 작문들은 상투적 한문고전 어구의 비중이 높았고 또한 전통적 수사법인 대구와 전고의 사용도 잦아 형식적으로도 근대적 분과학문을 전달할 새로운 문어로 기능하는 사례를 찾기 힘들었다. 대중교육을 표방하는 근대교육기관의 산물이라기에는 전근대적 사문斯文의 전통이 짙게 나타난 셈이다. 더욱 문제적인 것은 위 작문들 중에서 개인적인 논지나 논거를 전하는 사례를 찾기 힘들다는 점이다. 상투적인 고전 숙어들의 조합이든지, 약간의 근대적 지식의 나열 등의 성격에 그친 채 독자적 사고의 형성이나 발전을 보여주는 문장을 찾을 수 없다. 단지, ⑨「我

---

10 완전한 제목과 그 번역은 다음과 같다. "古人有言曰 瞻欲大而心欲小夫心小者必有懼瞻大者必無懼既欲其無懼又欲其懼何也[고인의 말이 있다. '크게 되기를 바라면서 마음은 작은 것을 원한다. 대저 마음이 작은 자는 반드시 두려움이 있고 크게 되기를 바라는 자는 반드시 두려움이 없다. 이미 두려움이 없기를 바라면서 다시 그 두려움을 원함은 왜인가?'" 이 구절은 『舊唐書』의 「孫思邈傳」에 나오는 말이다.

〈표 2〉〈표 1〉의 학교 수업의 과제로 보이는 작문의 논지와 논거

	작문의 논지 및 논거
①	1번(2, 3형)은 약간의 과학적 지식을 논거로 저축을 강조, 2번(1형)은 한문고전의 상투적 어구를 이용 수련을 강조
②	1번(3형)은 학교의 수업연한을 속담에 비유하여 노력을 강조하며 진화를 언급, 2번(1형)은 물질 등의 과학적 개념을 도입하며 역시 노력을 강조
③	1번(1, 2형)과 2번(1형)이 모두 『논어』 등의 전통적 한문어구의 조합으로 이루어짐, 일상적 학문 수련을 강조
④	1번(3형)과 2번(3형)이 거의 동일한 사실을 표현만 바꾸어 기록함, 지리 성격의 수업을 정리한 결과 정도로 추정됨
⑤	『논어』의 어구인 "學如不及"을 강조하는 논조는 1번(2, 3형)과 2번(1형)이 동일하나 2번이 상투적 고전 어구들의 조합인 반면, 1번은 상투 어구가 거의 없음
⑥	일에 임하여 담대하게 대처할 것을 강조
⑦	세 글 모두 공부하기 좋은 가을을 맞아 학문의 각오를 다지는 논지, 개성적 논지, 논거 없음
⑧	지금의 개념으로는 두 글 모두 체육보다는 위생, 양생을 강조하는 논조, 신체는 개인의 것이 아니라 국가와 부모에게 받은 것
⑨	전통적 한문교육으로 변화하는 세계에 적응할 수 없음을 두 글이 모두 강조, 전반적으로 전통적 대구와 전고를 사용하는 동시에 단편적 서구 지식도 논거로 사용, 비교적 개성적 글
⑩	두 글 모두 희망에는 구체적 수단이 필요하다는 논지, 상인과 농부를 논거로 동일하게 사용한 것을 보면 교사의 동일한 지도를 따른 것으로 추정

等은 一年生이라」의 저자들은 모두 다년간의 전통적 한문 학습을 거치고 규정된 입학 연령을 초과하여 입교한 사람들로서, 위에 인용된 작문들 중에서는 이 사례만 독자적 사고가 드러난다.

　여기 정리된 작문들로서 당시 학교의 작문교육을 조망할 수 있는 것은 아니며, 그저 일단을 드러낸 정도일 것이다. 그러나 〈표 2〉만 보자면 신입생의 글들이 가장 볼 만하고 최고학년인 4학년의 작문들에서 오히려 독자적인 생각이나 포부를 찾아 볼 수 없다. 이 역시, 당시 작문교육의 과도적 상황을 반영하는 지표가 아닌가 한다. 고전학습에 이은 전고와 대구라는 수사적 수련으로 대변되는 전통적 작문교육을 대체할 만한 국문을 중심으로 한 새로운 문어의 형식이 아직 틀을 잡지 못했던 것이

다. 그리고 여기에는 국어와 국문이 '조선어'와 '언문'으로 졸지에 강등되었던 1910년대의 식민지 교육·언어정책이 큰 요인으로 작용하고 있었던 것도 추정할 수 있는 변수이다.

1910년대 당시의 억압적 언론정책 등을 감안해 본다면 생각과 포부가 있더라도 공식적으로 표현할 수 없던 것이 당시 조선의 교육과 언론이었다. 그러므로 『신문계』 현상작문의 제목은 당대의 현안에서 멀어진 것으로 제한되고, 342자라는 글자 수로 다시 축소되었다. 『신문계』의 독자투고 문장들은 상투적인 한문고전의 수사를 벗어나기 어려웠던 것이다.

3. 한문고전과 독자투고 작문

『신문계』는 2권 6호(1914.6)부터 투고문의 문체는 국한문 혼용, 즉 "諺漢文交作"이어야만 하고 "純漢文"은 현상작문으로 취급하지 않는다는 규정을 내세우고 있다. 이를 기점으로 한문작문을 게재하지 않았다. 독자투고와 관련해서 내세운 거의 유일한 규범이라 할 수 있는데, 그럼에도 "辭組", "懸賞詩壇" 등을 통해, 한문 산문과 한시를 꾸준히 게재하였다. 그리고 '국어'인 일본어를 보급하려는 노력도 그치지 않았다.

앞서 거론했듯이 총독부의 언어·교육정책과 그 기조가 유사하다 할 수 있다. 피식민지의 인민으로서 조선인이 고전어인 한문, 국어인 일본어, 실용문이자 "新體文"인 "諺漢交用" 그리고, 소설 등의 흥미와 구어를 위한 "諺文體" 등의 이질적 언어체계들을 모두 알아야 한다는 것은 1910년대 총독부 교육과정의 구성이었으며, 친일부역의 입장에 선 『실용작문법』 같은 사찬 교과서도 이를 따랐다. 이것은 전근대적 언어 질서의 부활이며, 계몽기에 왕성했던 국문 위주의 언어통합 운동이 좌초한 역사이다. 이 혼란한 언어 양상에서 작문을 지도하기란 지난한 일이라 하겠으며, 더욱 언론의 자유가 없기에 사고와 논리를 전개할 여지를 찾아내기 힘들었다. 이런 상황에서 『신문계』의 독자투고 지도는 어떤 것이었는지 심사평을 중심으로 살펴보겠다.

문림의 체제 속에서는 심사평이 없었지만 현상작문 체제에서는 심사평이 첨부되기 시작하는데, 2-7호(1914.7) 현상작문에서 최영년의 것으로 시작되었고 다음의 현상작문부터는 생략된 사례가 없다. 다음은 1등으로 수상된 작문이며 이에 대한 심사평도 같이 제시해 본다.

吾人은 科學의 動物이오 今日은 科學의 世紀라 所謂政治 法律 倫理 文學 農工商 經濟 歷史 地理 天文 等科와 如흔 百般學問이 科學의 通稱이니 此皆 人類의 所有而生存者오 國家의 所得而富强者오 世界의 所有而文明者니 天下의 大事業 大幸福이 誰가 此에셔 過흐고 加흘 者有흐며…然則治國安民흐고 利用厚生흐는 一切 有形無形의 事物이 科學 範圍內에 在흐느니 萬世不朽 載道에 具라 (…중략…) 科學의 進化흠이오 科學의 應用흠이니 其必要가 果何如哉오

選者曰 文瀾起伏可見大進之步[11]

11 「科學의 必要」(현상작문 1등 당선작. 『신문계』 2-7, 新文社, 1914.7, 69쪽). 띄어쓰기는

『신문계』 현상작문은 제목에 따라 문체의 변화가 있는데, "觀月", "四月鶯" 같이 회고적인 제목의 경우, 한문의 비중이 더욱 높았으며, 위 인용문처럼 "과학"이나 "운동회", "시간" 등이 과제로 선정된 경우에는 비교적 한문의 비중이 더 낮았다. 여기서 과학이라면, 근대적 분과학문을 지칭할 터이고 그렇다면, 이 과학이 현재의 실용과 경세에 어떻게 연결되는 지를 밝혀야 이 작문현상의 명분에 값할 것이다. 그러나 평가자의 평가인 "文瀾起伏"은 오로지 문장의 형식에만 국한된 것으로 보인다. "文瀾"은 글의 흐름 정도로 새길 수 있는데, 이 흐름에 기복이 뛰어나 진보를 기대한다는 평가는 글의 본질적 논거나 논지와는 큰 관계가 없다 하겠다.

논거의 제시나 논지의 설득력 등을 따지는 것이 아니라 형식적 전개나 부분적인 수사법의 완성도로 작문의 성패를 가리고 있는 것이다. "文"이 형식적 부분만이 아니라 논점, 논거 같은 주제의식의 영역까지 포함하는 포괄적인 것이기는 하지만, 위 인용문이 높은 평가를 받았다면 이는 주로 형식적인 것에 국한되었다고 하겠다. 이 점에서 심사자의 관심은 글의 흐름, 고전적 의미에서의 문투나 어세가[12] 적절한 것인가에만

인용자, 이하 같음).
"우리는 과학의 동물이요, 오늘은 과학의 세기이다. 이른바 정치, 법률, 윤리, 문학, 농공상, 경제, 역사, 지리, 천문 등과 같은 과목, 제반 학문이 과학의 통칭이니, 이 모두 인류가 소유하여 생존하는 것이오, 국가가 소유하여 부강해지는 것이오, 세계가 소유하여 문명을 이루는 것이다. 천하의 큰 사업과 행복이 무엇이 여기서 넘치고 더할 것이 있겠으며… 그러므로 치국안민과 이용후생하는 일절의 유무형의 사물이 과학의 범위 안에 있으니 만세불후하는 재도의 도구이다.(…중략…)과학의 진화여, 과학의 응용이여 그 필요가 과연 어떠한가!
심사자 가로되, 글의 흐름이 오르고 내려서 큰 진보를 보리라."
12 문투나 어세는 서구근대의 수사학으로는 규정하기 힘든, 한문 산문 특유의 흐름과 역사적 규범 등을 통칭하는 표현이다. 심경호, 『한문산문의 미학』, 고려대 출판부, 1998 참조.

집중되어 있다. 이 글로서는 현재의 과학이 어떤 것인지를 파악하기는 어렵다.

다만, 오늘의 부강과 생존에 과학이 필수임을 일종의 표어로서 논지의 발단을 삼고 이용후생利用厚生과 치국안민治國安民, 만세불후萬世不朽, 재도지구載道之具라는 상투적 고전 어구로 이를 전개하고 종결하는데 "果何如哉"라는 한문 종결어구는 문투와 어세를 집결하는 전형적 마무리라 하겠다. 과학의 진화와 응용이란 실제 무엇인지 그리고 지금 이 조선의 현실에서 그것은 어떠해야 하는지의 실제적 논거를 찾을 수 없이 한문고전의 수사만 두드러진 양상이다.

호적胡適은 전고와 대구로 대표되는 전통적 한문 수사규범 혹은 체법體法[13]에 매몰된 전근대적 글쓰기에서 벗어나기 위해 "言須有物[말에는 반드시 꺼리가 있어야 한다]"을 가장 큰 원칙으로 내세운 바 있다. 부언하자면, 수사적 규범보다는 독자적 논거의 발견이 글의 생명이라는 것이다. 이런 원칙에서 볼 때, 위의 인용문은 1등이라는 명색에도 불구하고 그 실질에 있어서는 독자적 논거가 없는 명실이 상부하지 않은 글일 수밖에 없다. 또한, 위 작문의 심사자인 최영년 등의 『신문계』 현상작문 심사자들의 작문 지도는 그 성격이 한문전통에 매몰된 회고에 그쳤음을 보여준다. 물론, 글자 수의 제한 속에서 독자적 논거를 제시하기는 쉽지 않았겠지만 위 인용문에서 상투어를 제외한다면, 자신의 생각을 부분적으로나마 제시할 공간이 전무하다고는 볼 수 없다. 분량의 제한 이전에 작문의 심사 방향이 좁은 의미의 수사적 차원에 얽매여 있는 것이 본질적인 문제였다.

---

13 한문고전 글쓰기와 관계해서는 규범이라는 말보다는 체법이라는 말이 적당하다고 본다.

論曰 誠力者는 恒心上所發出ㅣ오 事業者는 誠力所做去也ㅣ라 是以로 見
人之事業則其人之誠力을 自可見矣 故로 孔子ㅣ 曰 人無恒心이면 不作巫
醫…肆惟天道는 至誠無息故로 歲時ㅣ 成焉이오 人道는 自强不息故로 事業
이 成焉ᄒᆞᄂᆞ니 事業之於世也에 美且善焉而誠力之於人也에 尤爲大且極焉則
嗟 我靑年은 勿爲荒怠ᄒᆞ고 一心孜孜ᄒᆞ야 做此可爲模範的事業ᄒᆞ야 以傳於
後世則古聖今賢이 殊轍同歸

選者曰 論及天人之際儘好筆力[14]

위 인용문처럼 현상과제에서는 입지나 사업 등을 다루더라도 좁은 의
미의 정성, 근면으로 해석될 수 있는 성력誠力, 근검勤儉, 계획計劃을 더 강
조하여 사회적 현실보다는 개인적 차원으로 문제를 좁히려는 것이 『신
문계』 독자투고의 성격이었다. 위 인용문 역시 사업이란 것의 사회적 명
분이나 구체성을 제시하기보다는 더 넓은 범위의 천도를 가져오고 있다.
천도와 인도가 합일되는 경지가 있고 고인과 금인이 시작은 다를지라도
귀속되는 곳은 동일할 수 있다는 것은 전근대적인 한문고전 세계의 기본
적인 관점이다. 더더욱 위 인용문은 앞의 인용문과 달리 완연한 한문 산
문으로 어조사의 활용이나 대구와 전고의 배치는 고전 한문 산문을 재생

---

14 「誠力과 事業論」(현상작문 1등 당선, 『신문계』 4-4, 1916.4, 90쪽)
　"논한다. 성력이란 항심이 있어서 발현된 것이오, 사업이란 성력으로 해내는 것이다. 이
러니 사람의 사업을 보면 그 사람의 성력이 절로 볼 수 있다. 그러므로 공자께서 가로되,
'사람에게 항심이 없으면 무당이나 의사도 되지 못한다.(『論語』「子路」)' 그러므로 천도
는 지성으로 쉬지 않으므로 세시가 이루어지고 인도는 자강으로 쉬지 않기에 사업이 이
루어진다. 사업이 세상에서 아름답고 선한 것은 성력이 사람에게 더욱 크고 지극한 것임
이라, 아아! 우리 청년은 한만히 게으르지 말고 한마음으로 부지런하여 가히 모범적이라
할 사업을 해내어 후세에 전하면 옛날의 성인과 지금의 현인은 길은 달라도 같은 곳으로
돌아가리라
　심사자 가로되, 논이 하늘과 사람의 경계에 미치니 좋은 필력을 다하였다."

하려는 노력이 곳곳에 드러나고 있다. "新文"이란 명분에 전혀 값하지 못하는 성격의 글에 현상작문의 1등을 수여하고 하늘과 인간의 경계에 미쳤다는 실없는 상찬을 늘어놓는 『신문계』의 현상작문이 1910년대 일제강점의 일단을 보여주는 것임은 더 말할 나위가 없으리라.[15]

4. 소결

당대의 현안이나 정치·사회적 문제를 다루는 사고와 논리의 숙성이 단절된 단면적 기능인을 양성하는 것이 1910년대 총독부 교육·언론정책의 성격이었다. 그리고 『신문계』의 독자투고 문장은 이 정책에 동조하는 당대의 글쓰기와 작문교육이 어떤 양상이었는지를 구체적으로 보여주는 주요한 자료이다. 그것은 전반적으로 독자적 논거와 논리를 개발할 수 없는 가운데, 전근대적인 한문고전의 체법을 운용하는 제한된 수사적 흥취에 매몰된 글쓰기였다. 말미에 첨부한 부록에 잘 나타나듯이 『신문계』 독자투고 문장의 성격에서는 계몽기에 진행되었던 국문 위주의 글쓰기에 대한 지향도 찾아보기 힘들었다. 그러므로 "新文"이라는 이

15　물론 『신문계』의 독자투고가 위의 인용문처럼 개성 없는 글로만 이루어진 것은 아니다. 현상작문보다는 문림에 다소 개성적인 글들을 찾아 볼 수 있다. 당시의 학생 생활을 알 수 있게 하는 「問諸生遇漢文則驚縮…[한문을 보면 움츠러들고, 공을 보면 작약함은 왜인가」(1-2호, 1913.5), 독자적 생각이 다소 개진된 「상식론」(1-5호, 1913.8) 등의 흥미 있는 글들도 찾아 볼 수 있다.

름 아래 자연과학이나 상업, 공업, 체육 등의 근대적 가치를 내세워 고전적 규범에서 벗어난 '실용'과 '통속'의 글쓰기를 취지로 내세웠지만, 그 투고 문장과 작문 지도의 실상은 그 취지에 값하지 못했던 것이다.

한문고전에 수구나 퇴영의 가능성만 있는 것은 아니다. 한문의 체법과 그 수사적 흥취를 따지는 뿌리 깊은 문화적 전통은 계몽기에 있어서는 식산과 교육이라는 당대의 이념을 개진하는 데 있어서 하나의 역동적인 자산으로 작용하기도 하였다. 이는 신채호, 이기李沂, 박은식, 장지연 등이 남긴 대표적 계몽기 언론을 살펴보면 쉽게 알 수 있다. 그러나 국어라는 이념이 막혀버린 1910년대에 있어서는 한문고전이란 퇴영적인 피난처로서 기능했던 것이다. 그리고 한문고전이 가진 수구적이고 퇴영적인 기능은 총독부에서 경학원 등을 통해 극히 제한적으로 열어주었던 문화적 공간이었다. 식민지 무단통치의 문화적 완화책으로서, 식민자와 피식민자 사이의 문화적 공유자산이라는 점을 홍보한 동문동종同文同種 이데올로기의 적절한 수단으로 한문고전이 이용된 것이다. 1910년대의 글쓰기가 한문고전이 가진 퇴영적 공간으로 후퇴한 것은 총독부의 무단통치에서 기인한 바가 컸겠지만, 동문동종이란 기만적 통치이념에 협력한 주체는 피식민자인 조선인이라는 점도 간과해서는 안 될 것이다.

/ 제3장 /

교과서와 한국 현대문학 연구

『근대 국어교과서를 읽는다』에 대하여

1. 현대문학 연구와 근대 초기의 교과서

『근대 국어교과서를 읽는다』(강진호 외, 경진, 2014)의 머리말에 밝혔듯이, 이 책은 2011년부터 2014년까지 이어진 지속적인 공동연구의 결과물이다. 이 책의 저자로 참여한 15명뿐 아니라, 머리말에 감사를 표한 이들까지 합치면 20명이 넘는 연구자들이 3년 동안 하나의 주제에 매달려 산출한 성과이다. 이런 사실에 일단 경의를 표하지 않을 수 없다. 이 책은 '한국개화기 국어교과서 총서' 작업의 결과라는 점에서 의미가 더욱 크다. 수록된 논문들은 구체적인 문헌학 작업의 결과에 근간하고 있기에 일단 학문적 신뢰를 담보한 셈이다. 그리고 개별 텍스트를 대상으로 한 개별 연구의 집합으로서 나타날 수밖에 없는 구심력의 약화를 권두에 저자들의 좌담, 권미에는 교과서 연구의 원로인 박붕배 선생과의 대담 등을 배치하여 보완한 것도 유효한 전략이었다. 그 결과 근대의 국가의식, 계몽과 일제의 압박, 근대의 여성과 아동교육, 한국어의 교과서적 기원 및 근대 문체의 전변 등을 다양한 교과서 텍스트를 통해 일별하면서도 '근대 문화의 뿌리'를 보여주겠다는 전체적 논지를 유지한 모범적인 공동저서라 하겠다.

이 책의 저자들은 예외가 없지 않지만, 대체로 제도적으로는 한국 현대문학의 범주 안에 귀속될 수 있다. 저자들이 제도적으로 다른 분과학문에 소속된 경우라도 한국 현대문학 연구의 방법론을 전용한 사례가 대부분이다.[1] 이 책의 위상을 한국 현대문학연구라는 분과학문 속에서 서술하여도 큰 무리는 아니라고 본다.

이 책이 세상에 막 선보인 지금에 그 성패가 결과적으로 어떠할지를 가늠할 수 없다. 그러나 '근대 문화의 뿌리를 찾아서'라는 야심찬 기획으로 시작된 이 책이 우원하고 다양한 문제들을 촉발한다는 점만으로도 그 소기의 목적을 일정 부분 달성한 것이 아닐까?

이 책의 위상을 제시하기 위해 한국의 현대문학연구라는 다소 멀어 보이는 지점에서 시작하고자 한다. 한국에서 문학이 시, 소설 및 문학평론 등의 제한된 장르와 이에 직접적으로 연관된 현상을 지칭하는 것으로 그 용례가 제한된 것은 그다지 오래된 역사를 가지고 있지 않다. 국어국문학과라는 대학의 제도를 기준으로 하면 70여 년 정도라 할 수 있으나 그 언어적 용례는 일상적인 차원에서도 그렇고 대학과 정부의 제도적 차원에서 대체로 고정적인 것으로 굳어졌다. 특히 국어국문학 속의 현대문학연구라는 영역이 그러하다. 학과의 구체적 교과구성, 신임교원의 임용제도, 국가의 학술연구지원 절차 및 학술지와 학회의 구성 등 다양한 공사의 문제들이 이 제한된 장르에 근거하여 결정된다. 하물며 대부분의

---

1   국어교육학을 전공한 저자들은 대체로 현대문학 연구 방법론과 공유하는 부분이 많지만, 국어학을 전공한 저자들의 두 편 논문은 학문적 방법론이 다르다.

한국 문학잡지들 역시 시, 소설과 문학평론이라는 장르를 기준으로 편성되고 있다.

전통적으로 문학文學은 학문學問 내지 학문學文과 큰 거리를 가진 어휘가 아니었으나 현재의 한국에서는 문학과 학문은 별개의 원리와 영역을 가진 것으로 설정되어 있다.[2] 이 설정이 제도적인 장치로까지 가장 견고하게 준용되는 분과학문이 한국의 현대문학연구라 해도 과언은 아니다. 한국어라는 특수한 조건에 가장 직접적으로 결부되어 있는 만큼, 한국학 속에서도 한국문학연구가 가진 특수성은 다른 여타의 학문들과 다를 수밖에 없다. 그런데, 현대문학연구에는 또 하나의 특수한 조건이 결부된다. 거의 모든 국어국문학과의 현대문학연구 분과에서는 연구대상이 분과학문의 시조始祖라는 점이다. 특히 국어국문학과의 제도적 역사가 70여 년 정도밖에 안 된다는 것을 감안하면 이는 현대문학연구라는 분과학문의 정체성을 결정할 정도의 큰 변수이다.

현대문학 연구자들이 정체성과 자격을 부여받고 사회적 존재로 살아가야 할 그 장소는 그들의 연구대상들이 구상하고 제작한 터전이다. 더욱 작가와 작품이라는 인격적 존재에 대한 연구가 본령으로 여겨지는 이곳에서, 연구대상이 연구자의 스승일 수도 있으며 직접적 대상이 아니라도 연구의 과정 속에 그들과 직접적으로 접촉을 가진다는 조건은 학문의 원칙적 독립성을 의문시할 수 있는 위협이기도 하다. 한국 현대문학 연구의 성과들이 대부분 식민지나 제국주의 등의 역사적이고 시대적인 과

---

2 이는 한국 근대의 문학 개념에 대한 문제와 연결된다. 이에 대한 최근의 종합적 연구로 최원식(『문학』, 소화, 2012)을 참고해야 하며, 이 논점을 촉발시킨 대표적 기존연구로 황종연(「문학이라는 譯語」, 『한국문학과 계몽담론』, 새미, 1999)을 들 수 있다.

제에서 한걸음 물러나 있던 사정도 연구의 영역이 스승이자 제도의 운영자들과 겹친다는 특수한 조건과 무관하지 않을 터이다.[3]

1990년대 후반부터 한국 현대문학연구의 흐름이 바뀌어 역사와 문화가 쟁점으로 부상하고 시, 소설 등의 장르에 종속된 방법론이 일신되기 시작한 지도 이미 20년에 가깝다.[4] 이 새로운 흐름은 결국 식민지와 제국주의, 그리고 일제의 총력전 체제, 해방공간과 전쟁이라는 한국 현대문학을 결정했던 현장에 직접 관계되었던 연구대상이자 스승이며 운영자들이 정년을 마치고 퇴임하고 있다는 사실과 별개의 문제가 아니다. 『근대국어 교과서를 읽는다』(이하 『근대교과서』)[5]가 국어국문학이 제도로 확립된 지 70여 년이나 지난 시점에서야, "국어학, 국문학, 국어교육이 비껴간 자리에서 근대 교과서를 일으켜"(6쪽) 한국 현대문학 연구에 편입한 것은 이런 한국적 특수성을 배경으로 한다.

---

3 현대문학연구의 이런 특수성은 결국 '이론적으로 순수를 지향하나 정치적으로 순수하지 않은 한국적 순수문학론'(최원식, 앞의 책, 43쪽)과 표리를 이룬다. 또한, '친일'이라는 주제가 부상할 때마다 과도한 반응이 수반되던 저간의 사정들도 밀접하게 연결된다.

4 이에 대한 한국 현대문학연구 분과의 연구사 정리도 여러 차례 발표되었다. 최근의 것으로 하재연(「식민지 문학 연구의 역사주의적 전환과 전망」, 『상허학보』 34, 상허학회, 2012)을 참조할 수 있다.

5 이하 이 책을 인용할 때에는 괄호 안에 쪽수만 표기.

2. 번역과 한국의 교과서

『근대교과서』의 연구대상인 다양한 교과서들에 대해서는 교육사, 교육학 등의 다른 학문 분야에서 연구성과가 존재했다. 그러나 본격적인 텍스트 분석이나 목록화 작업이 진행된 상황이 아니다. 그러므로 교과서의 변천이나 교육의 성격에 대한 통사나 개론 성격의 연구는 존재하나 개별 교과서의 구체적 성격이 규명되지 못했다. 거칠게 말하자면 문체적 양상, 텍스트의 성격 및 서지 등의 파악을 우선하는 문헌학 차원의 기본 작업을 완수하지 못한 채, 개론과 통사를 구성했던 것이 이전까지의 교과서 연구라 해도 무리는 아니다. 『근대교과서』는 무엇보다 이런 문헌학적 기본이 수반되었다는 점이 큰 미덕으로, 당장 결론을 제시하는 성격이라기보다는 생산적 논점을 한국 문학을 비롯한 제반 분과학문 영역에 제공하고 있다.

앞에서 특정 장르에 종속된 방법론이라는 한국 현대문학연구의 특수성을 제시했는데, 이 특수성에 따른 부작용 중의 하나가 문헌학적 작업을 주변화 했다는 점이다. 시나 소설의 내적 원리를 중시하기에 작품이 실현된 매체와 사회적 배경 및 언어의 구체적 양상을 간과하는 경우가 적지 않았다. 『근대교과서』는 이런 부작용을 넘어선 모범적 사례라 하겠는데, 흥미로운 지점은 이 책의 연구대상들이 이 현대문학연구의 한국적 특수성이 배태되던 바로 그 시대의 산물이라는 것이다.

특정 장르에 종속된 문학연구의 방법론은 사실 시대적 요청에 부응한 결과라 평가할 여지가 있다. 자국어로 이루어진 교과서와 대중에 대한 근대적 교육이 요청되던 그 시대에 극복 내지 수정의 대상은 바로 고전어 한문에 근거한 학문과 교육 체제였다. 이런 계몽은 주로 국한문체 문장으로 실현되었는데, 그 작가들은 극소수의 예외를 제외하고는 모두 조선시대 유일한 발신의 수단인 고전어 한문 교육을 체질화 한 사람들이었다. 근대교육, 식산과 국가의식 등의 새로운 이념을 내세우지만 논거에서 한문 경전이 차지하는 비중이 적지 않을 뿐더러,[6] 한문전통의 수사를 전용하는 것이다. 계몽기로서는 한글의 통사구조를 모범적으로 적용한 국한문체 작문독본인『실지응용작문법』에서도 저자 최재학은 국한문체 문장은 한문의 체격體格을 사용한다고 하였다.

체질화 된 관습인 글쓰기에서 한문고전을 상대화하거나 타자화하지 않고서는 근대적 학문도 문학도 달성할 수 없었으며 이에 앞서, 국어나 국문을 구현할 수 없었던 것이 이 책이 다룬 교과서들이 출간된 당시의 상황이었다. 익숙한 한문고전에서 벗어나가 위해 국어, 근대국가, 제국주의, 사회진화론 등의 인공적인 이념이 필요한 시점이며 절대화된 근대문학장르도 이것들 중의 하나로 기능했던 것이다. 조선시대의 절대적 문화권력인 한문고전을 타자화하고 상대화하는 시대적 요구를 수행하기 위해 근대문학장르가 호출되었다 하겠다.

이 인공적 이념들은 일제라는 현실적 문화권력에서 비롯된 바가 크지만, 전근대 조선으로 다시 돌아갈 수 없다는 주체적 노력의 선택지이기도 했다. 임화의『신문학사』, 김태준의『조선소설사』같은 국어국문학 제도화 이전의 고전들은 이와 같은 양가적 노력의 산물이며 이들의 문제

---

6   이는『근대교과서』에 수록된 유임하, 「유교적 신민 창출과 고전古典의 인양引揚」과 김찬기, 「근대 초기 국어 교과서와 계몽의 언어」에서도 드러난다.

의식은 『근대교과서』의 교과서들에서 유래된 측면도 있다.

도달해야 할 근대가 일제라는 압박을 통해서 부과되던 시대에 국어교과서들이 만들어졌던 동시에 체질화 된 한문의 세계를 타자화하기 위해 근대문학 장르가 모색되기 시작하였다. 이런 실천의 과정에서 가장 강력한 수단은 번역이었다. 『근대교과서』의 다양한 논증 작업 중에 가장 돋보이는 부분은 초기 교과서 번역의 실상을 구체적으로 제시한 점이다. 교과서를 구체적 텍스트 분석의 대상으로 삼았기에 다다를 수 있었던 성과로, 번역을 통해 최초의 교과서가 구성된 과정을 처음 구체적으로 제시하였다(52쪽). 번역은 근대 초기 한국의 교과서에서 결정적인 지점으로 조선총독부의 최초 조선어 교과서인 『고등조선어급한문독본』(1913)에 수록된 모든 조선어 문장들도 일본인들의 문장을 번역한 것이었다.

이 번역 양상의 분석은 엄밀한 텍스트 대조를 통해 이루어진 것으로 근대 교과서와 계몽기 신지식 형성의 실체를 보여주면서 "근대 문화의 뿌리"를 규명하는 생산적 논점을 제공한다. 번역했다는 사실을 제시함에 그친 것이 아니라 그 번안과 차용의 논리와 실상을 면밀하게 구성했다는 점은 이 책이 가진 선도성이다. 면밀한 문헌학 작업을 거치지 않은 선행연구의 개론적이고 통사적 논증을 현대문학연구에서 축적된 방법론으로 수정하고 보완했다는 점에서 『근대교과서』는 의미가 크다. 다음 장에 이 책의 주요한 논점들을 일별해보도록 한다.

3. 근대 교과서 편찬의 실상

강진호는 『국민소학독본』(1895)과 일본의 『高等小學讀本』(1886)의 텍스트 비교작업을 통해 수록 단원이 70%이상 동일한 것을 밝혀내었으며 그 번역의 과정은 주체적 번안으로 해석할 여지가 있음을 논증하였다. 또한 『高等小學讀本』 외에도 『미속습유美俗拾遺』(박정양, 1888)가 참조된 사항을 제시하고 편찬주체가 박정양과 이상재 등의 친미개화파일 것으로 추정했다. 편찬의 과정에서 일본의 제국주의적 욕망을 여과하지 못하는[7] 등 근대와 서구를 엄밀하게 파악하지 못하고 이식한 면이 있으나 과도기적 상황 속에서 주체적 번안을 통해 근대적 국민교육을 형성하려 했다는 점에서 최초의 국어교과서로 평가할 수 있다고 하였다.

유임하는 『소학독본』(1895)의 수록 단원을 면밀히 분석하여 선행연구처럼 "유교 이념으로 충만한 퇴행적 독본"이라고만 평가할 수 없다는 점을 논증했다. 『소학독본』은 전통적 『소학小學』과 명백한 연결을 가지고 있지만 중화질서에서 벗어나 군주제에 근간을 둔 국가적 교육도 일정 부분 반영하였기에 전통의 근대적 변용이라 판정하였다. 특히 『소학독본』 수록 문장들의 출처를 밝혀내어 『중용』, 『주역』, 『맹자』 등의 전통적 경전에 비해 『채근담』이 월등하게 많이 인용되었음을 밝힌 것은 중요한 작업이다. 한국 근대에 한문고전의 위상이 변경되어 교과서로 편성된 양상을 제시한 것이다.

---

[7] 특히 미나모토 요시쓰네가 만주로 건너가 징기스칸이 되었다는 일본의 전설을 그대로 실은 것은 그 대표적인 사례이다.(75~76쪽)

구자황은『신정심상소학』(1896)과 그 저본격인『尋常小學讀本』(1887)의 다각적인 비교를 통해 번안과 차용의 양상을 입체적으로 구성했다. 이 과정을 통해『신정심상소학』이 일본의 교과서를 일면적으로 이식했다는 선행연구를 교정하고 갑오 교육개혁의 실상을 구성했다는 점에서 그 의미가 크다. 전 3권 100단원 중『尋常小學讀本』에서 번안하거나 차용한 부분은 35단원에 그치며 그 번안에서도 상당히 주체적인 수정이 더해졌다. 구체적 문장과 삽화를 대조하여 그 번안의 구체상을 제시한 것도 이 글의 미덕이다. 이런 주체적 변용과 창작의 과정을 통해『신정심상소학』이 앞의 두 독본에 비해 실질적인 교과서로 기능했다는 점을 논증하여, 이 책이 갑오 교육개혁의 이상을 현장에서 구현한 계몽기 교과서의 원형이라고 평가하였다.

김혜련은 학부 편찬의『보통학교용 국어독본』(1907)과 이 책이 참조한 일본의『小學讀本』(1904)을 비교분석하였다. 선행연구의 판정과 달리 전자는 후자의 20% 정도만을 차용하여 번안하였음을 논증하였다. 후자가 일제의 국가주의적 교육개혁의 맥락에서 구성된 산물이며 이 국가주의가 실질적 식민지였던 통감부 체제 아래서 어떻게 변용되어 전파되었는지를 구체적으로 제시하였다. 면밀한 텍스트 비교분석을 통해 후자가 국어를 확립하기 위한 산물이라면 전자의 국어는 본격적 식민화를 위한 리허설이었다고 평가하였다. 갑오개혁기와 통감부 체제의 변화를 입체적으로 논증했다는 점에서 의미가 큰 글이다.

박치범은『보통학교용 국어독본』과 사찬 교과서인『초등소학』(대한국민교육회, 1906)을 비교하여 교과서로서의 위상과 기능을 분석하였다. 이 두 교과서가 갑오개혁기에 출간된『신정심상소학』에 비해 국어 교과서로서 언어 습득 기능을 어떻게 강화했는지를 구체적으로 논증하는 한편, 이 두 교과서에 반영된 일제의 계몽담론도 보여주었다.

박민영은 현채玄采가 출간한 『신찬초등소학』(1909)을 학부 편찬 교과 서와 비교분석하였다. 역시 면밀한 텍스트 대조가 논지의 설득력을 강화 하고 있으며 이 책에서 친일과 애국계몽이 혼재되어 있는 양상을 구체적 으로 제시하였다.[8]

『근대교과서』의 3부에서는 여성교육, 노동야학 그리고 유년교육 등 에 관계된 다양한 교과서를 대상으로 삼고 있다. 문혜윤은 장지연의 『여 자독본』(1908)의 총 120과를 일일이 목록화하여 자국의 인물과 중국의 전통적 열녀 및 서구의 여성들이 합류했던 양상을 성실하게 제시하였다. 이를 통해 가정에 대한 의무와 정절이라는 전통가치에 더하여 국가에 대 한 의무까지 짊어져야 했던 계몽기의 여성상을 보여주었다.

3부의 다른 논문으로는, 이정찬이 헤르바르트 교육학이 일본과 한국에 전래된 양상을 제시하여 근대 국가주의 교육관의 성립과정을 논증하였으 며 조윤정은 유길준의 『노동야학독본』(1908)이 내세운 노동자 교육이 가 진 계몽의 정치성이 사회진화론과 가진 관계를 보여주었다. 박선영은 『초 등여학독본』(1908)이 유교적 가치규범과 근대적 행위윤리를 접합한 과 정, 그리고 여기에 기독교 논리가 편입된 양상을 논증했다. 장영미는 『어 린이독본』을 통해 일제의 식민지적 아동교육의 실상을 보여주었다.

4부의 기획은 교과서의 문체와 담론을 분석한다는 의욕적인 기획을

---

8   조선총독부 설치로 공식적 식민지가 설정되기 전의 친일과 계몽은 그 경계가 모호하다. 최원식은 1910년 이전에는 친일운동조차 발랄했다고 표현한다(최원식, 앞의 책, 70쪽). 또한 대표적 계몽단체인 대한자강회에서도 친일적 논조를 찾아내기는 그리 어렵지 않다.

내세웠다. 김찬기는 휘문의숙에서 편찬한 『고등소학독본』(1906)을 중심으로 계몽기의 문체적 과도기 속에서 유가경전이 구체적으로 어떻게 교과서 속에서 해석되었는가를 제시하였다. 『고등소학독본』이 근거한 구본신참의 논리가 보편 문어의 기능을 상실한 한문과 새로운 공행 문자인 국한문체의 조합 속에서 어떻게 구체화 되었는지를 교과서의 맥락에서 제시한 것은 선도적 성과라 하겠다.

이상혁과 권희주는 국어교과 독본류의 문체를 국어학적 방법론을 적용하여 다양하게 편제화하였다. 이 논문을 통해 『국민소학독본』(1895)부터 『초목필지』(1909)에 이르는 다양한 교과서의 문체와 표기법의 특성을 일별할 수 있으며, 학습자에 따라 변경된 편찬자들의 문체의식도 확인할 수 있다. 최석재 역시 국어학적 방법론을 사용하여 『서유견문』에서 『신찬초등소학』(1909)에 이르는 문체의 변화를 일별하였다. 한글의 사용이 확대되고 만연체가 간결체로 바뀌는 과정을 텍스트 분석을 통해 보여주었다.

위와 같이 『근대교과서』는 엄밀한 문헌학적 작업에 근간하여 번역의 구체적 과정과 논리, 국가, 여성, 아동 등에 대한 근대적 담론과 지식의 교과서적 형성 및 교과서 문체의 변천을 다양하게 제시하였으며 선행연구를 교정하고 새로운 논점을 제시했다.

4. 교과서 연구의 전망

『근대교과서』가 보여준 성과가 다대하지만, 따져보아야 하는 지점이
물론 몇 가지 있다. 이 논의는 자연스럽게 이 책이 제시한 교과서 연구의
전망과 연결될 것이다. 첫째로, 이 책은 "국어교과서" 연구를 표방하고
있지만 그 대상은 여러 가지 다른 이름이 붙어 있다. "소학", "여자독본",
"여학女學독본", "어린이독본" 및 "야학독본" 가운데, 실제 "국어"라는 이
름이 붙은 대상은 하나밖에 없다. 이는 일본에서 "소학"이란 교과 명칭
이 "국어" 교과의 교과서로 쓰인 것에 기원하는 것인지 모르겠으나,(143
쪽) 이 책의 어느 곳에서도 명확한 해명을 찾기 힘들다. 마땅히 "머리말"
이나 좌담의 앞 쪽에 경위를 서술한 부분이 있어야 독자의 편의를 돕고
책의 취지가 더 살아났을 것으로 본다. 국어와는 다른 명칭을 가진 교과
서를 대상으로 삼지만 이것들이 국어 교과서로 규정될 수 있는 성격이나
배경을 설명하고, 국어 교과와는 좀 성격이 다른 여성과 아동을 위한 독
본까지 대상이 된 것도 그 취지를 제시할 필요가 있었을 것이다.

둘째로, 인접학문 특히 역사학의 성과에 대한 참조가 부족했다는 점
이 아쉽다. 이 결과 이 책은 갑오개혁기에서 통감부시대에 이르는 계몽
기 전체를 조망하는 거시적 안목을 찾기 힘들다. 물론 이 책의 기획 자체
가 종합적 결론보다는 부분적 각론을 중시하는 성격이기는 하다. 그러나
윤건차나 박찬승 및 김도형 등[9]의 통사적 연구와 김영민의 문학사적 선

---

9 윤건차, 심성보 역, 『한국근대교육의 사상과 운동』, 청사, 1987[1982]; 김도형, 『대한제
국기의 정치사상연구』, 지식산업사, 1994; 박찬승, 『한국근대 정치사상사연구』, 역사비

행연구[10]를 참조하여 전체적 정치사회 및 문화와 언어의 흐름 속에서 개별 연구대상의 위상을 찾아보았다면 더 좋았을 것이다. 또한 분과가 다르지만 한국사학 분야의 선도적 교과서 연구를 참조할 필요도 있었다.[11]

마지막으로, 일본어 인명의 표기가 통일되어 있지 않고, 인용서지 제시 방식이 통일되지 않아 독해를 방해하거나 인용근거를 찾을 수 없다는 점을 언급하지 않을 수 없다.

『근대교과서』의 연구는 전망이 밝다. 현재 한국의 모순을 규정하는 계몽기와 식민지는 아직 그 전체와 부분의 실상이 충분히 규명되어 있지 않다. 이 책의 연구성과는 조선총독부의 교과서나 조선시대의 교과서로 연결되면서 시간과 공간의 경계를 넘을 수 있다. 일례로 조선총독부의 한문 교과서는 한·중·일 3국의 고전을 조화시켜 근대교육으로 주조하려 했던 최초의 시도였다. 또한, 일본어를 조선, 대만, 만주 등의 이질적 문화권에 국어로 부과하면서 다양한 번역의 과정을 거쳤다. 계몽기의 교과서에서 한문고전을 번역하고 국한문체와 국문체의 문체적 실험을 시도했던 것이 총독부체제와 함께 중단된 것도 흥미로운 지점이다. 이런 논제들은 국경과 시간의 경계를 넘는 연구가 될 것이다.

한편, 이 책의 연구는 한국어 글쓰기가 형성된 현장을 재구하여 어문정책의 참조점을 제시할 수도 있다. 교과서 연구의 권위자이며 공로자인

평사, 1997. 특히 윤건차의 저서는 여전히 한국 근대 교육을 파악하는 데 있어서 필수 연구서라고 생각한다.

10 김영민의 『문학제도 및 민족어의 형성과 한국 근대문학(1890~1945)』, 소명출판, 2012 은 근대 교과서들이 출간되던 당시의 글쓰기 상황을 가장 포괄적으로 제시한 연구이다.

11 대표적으로 장신, 「韓末·日帝强占期의 敎科書 發行制度와 歷史敎科書」, 『역사교육』 91, 역사교육연구회, 2004를 들 수 있다. 이 논문을 통해 갑오개혁부터 통감부에 이르는 시대의 교과서 출간 양상과 그 성격을 파악할 수 있다.

박붕배 선생이 이 책의 말미에서 한문은 따로 가르치되, 한문혼용은 불가하다는 정책적 신념을 밝힌 것은 의미심장하다(439~440쪽).

　『근대교과서』의 후속연구가 역사학, 한문학 등의 인접학문과의 다양한 소통과 다국적 시각 속에서 한국적 계몽과 식민의 실체를 제시하는 큰 영역으로 진행되면서도, 현실의 한국 어문정책과 관련된 미시적 차원에까지 미칠 수 있는 다각적 작업이 되기를 바라마지 않는다.

부록

『소학독본』(1895)의 한문고전 차용 양상과
거명된 인물의 목록

일러두기

- 『소학독본』의 순서에 따라 정리하며 1~3장과 4~5장을 별도로 처리함
- 1~3장은 경서의 인용과 일화 중심으로 정리하고 4~5장은 거의 모두 『채근담』의 구성을 차용하였기에 채근담 장절 번호로 정리함
- 한문고전의 수용은 어구 수준의 차용과 문장 수준의 인용 모두 기록함
- 『채근담』의 문장들은 장절의 번호만 기록(번호는 임동석 역주, 『채근담(완정본)』, 건국대 출판부, 2003에 근거함)

1)「立志」	
수록면	인용된 경서 편명 및 일화의 개요
1a	"桑弧蓬矢"(『禮記』「內則」), "愛親 敬兄"(『孟子』), "愛君 爲國 → 孝心 忠君 → 在家慈情 立世愛民"으로 연결
1b	"君子之事親孝"(『孝經』), "弟者 所以事長也 慈者 所以使衆也"(『大學』)
1b~2a	맹사성의 일화 "啓呱呱而泣", "予不子"(『書經』)
2a~2b	송시열의 격언, 조목과 이퇴계의 일화
2b	"方長한 木을 折치 말고 啓蟄한 蟲을 殺치 않는 것이…"(『孔子家語』)
3a~3b	愼獨齋 김집의 일화, 鄭鵬의 일화
3b	"孔子 蒙以養正, 聖功也"(『周易』)
4a	김장생의 일화
4b	"幼學들아 우리 대군주께서 '峻德을 克明'(『大學』), '周雖舊邦 其命維新'(『大學』) (…중략…) 학습을 힘쓰며 忠孝를 일삼아 국가와 한가지 萬歲太平하기 拜祝하노라!"

- 「立志」에서는 『禮記』, 『孟子』, 『孝經』, 『大學』, 『書經』, 『孔子家語』, 『周易』, 『大學』 순서로 인용구가 배열됨

2)「勤誠」	
4a~5a	寒岡 정구의 일화
5a	"子思曰 人一能之 己百之", "人十能之 己千之"(『中庸』)
5a~5b	"孔子曰 故天之生物", "必因其材而篤焉"(『中庸』)

5b	"孟子曰 知命者, 不立乎巖墻之下 死生이 命이나 不立은 人事니라"(『孟子』)
5b~6a	栗谷 이이의 격언, 권상하의 격언
6a~6b	"孔子曰 文武之政, 布在方策 其人存則其政擧 其人亡則其政息[其人이란 者는 可用홀 인을 이르미시니라 (…중략…) 君子는 그 心을 篤實이 흐느니라]"(『中庸』)

- 「勤誠」에서는 『中庸』의 구절이 3건 인용되며 『孟子』도 1건 인용됨

3) 「務實」

7a	"科擧法이 行흐므로부터 士習이 漸漸乖亂흐야." 김굉필의 일화
7b	"人의 當務 ㅣ 다 利用을 爲흐미라"
8a~8b	宋軼의 일화(과거를 포기하고 經濟홀 道理를 생각)
8b	"孔子曰 大德必得其位"(『中庸』)
9a	百不庵 최참봉의 일화
9b	"孔子曰 精義入神 以致用也"(『周易』)
10a	牛溪 성혼의 말(『菜根譚』「修省」383)
10a~10b	"子曰, 射有似乎君子 失諸正鵠 反求諸己身"(『中庸』)
10b	송준길의 격언
10b~11a	"我國人은 主心이 업셔…我心을 自守치 못흐야…", "一國天下 ㅣ 皆曰可殺이라도 늬가 察흐야 可用함과 可殺함을 본 然後에 行흐라"(『孟子』)
11a	이원익의 조목에 대한 상찬
11a~11b	김성일의 격언

- 「務實」에서는 『中庸』, 『周易』, 『菜根譚』, 『中庸』, 『孟子』의 순서로 인용구가 배열

4) 「修德」

12a~13b	조광조(「修省」 376, 288) → (「修省」 372, 288) → 象村 신흠(「前集」 72) → (「前集」 73) → (「前集」 079) → (「前集」 63)
13b~15b	율곡 이이(「前集」 62, 68) → (「前集」 55) → (「前集」 001) → (「前集」 003) → (「應酬」 443) → (「評議」 491) → (「評議」 461) → (「修省」 370) → (「前集」 139)
15b~18b	서경덕(「前集」 140) → (「前集」 098) → (「前集」 110) → (「前集」 106) → (「前集」 105) → (「前集」 111) → (「前集」 112) → (「前集」 121) → (「前集」 122) → (「前集」 113) → (「前集」 115) → (「前集」 86) → (「前集」 84) → (「前集」 92) → (「前集」 94)
18b	一翳라도 眼에 在흐면 空花가 亂히 起흐고…(張熙江 編, 『菜根譚』(新編), 上海人民出版社) → (「評議」 472)
18b~20b	(「評議」 473) → (「評議」 475) → (「修省」 385) → (「修省」 388) → (「修省」 389) → (「修省」 391) → (「修省」 393) → (「修省」 396)

5) 「應世」

20b~21b	(「應酬」 401) → 남효온(「應酬」 405) → 율곡 이이(「應酬」 408)
21b~22a	정몽주 "平居홀 찍에는 欲을 息흐고 身을 措흐다가도 大節을 臨흐면…"(張熙江 編, 『菜根譚』(新編), 上海人民出版社) → (「應酬」 409)

| 22a~23a | 유몽인(「應酬」413) → (「應酬」414) → 이항복(「應酬」415) → 백문보의 격언(「應酬」417) |
| 23a~23b | (「應酬」418) → (「應酬」423) → "泥에 汚ᄒ고 溺에 沾ᄒᄂᆫ 累ᄂᆫ 病根이 戀一字에 잇고"(『醉古堂劍掃』卷一「醒」65) |

5)「應世」	
23b~24a	(「應酬」427) → (「應酬」428) → 士君子ㅣ 持心處世에 (…중략…) 大事業을 期待ᄒ리라.(미상)
24a~24b	(「應酬」435) → (「應酬」450) → (「應酬」437) → 정광필의 격언(「應酬」439)
25a~26a	(「評議」474) → (「前集」128) → 이수광(「前集」130) → (「前集」131) → (「前集」154) → 율곡 이이(「前集」155) → (「前集」157)
26a~26b	道를 學ᄒᄂᆫ 人이 비록 心을 有ᄒ여도…(『菜根譚』(新編)) → 김인후(「前集」164)
26b~28a	(「前集」175) → (「前集」179) → (「前集」183) → (「前集」184) → (「前集」187) → 圭菴 송인수(「前集」200)
28a~29b	『周易』「계사전」→『周易』「地山謙」→『論語』→(「前集」212) → (「前集」143) → (「前集」104) → (「前集」60) → (「應酬」445) → (「應酬」444)
29b~30a	이지함이 서경덕에게 학문을 배울 때 범절을 지킨 일화
30b	"不曰堅乎, 磨而不磷, 不曰白乎, 涅而不緇."(『論語』)

- 「修德」은 거의 전부가『채근담』으로 구성되었으나「應世」는『醉古堂劍掃』,『周易』,『論語』등도 인용

『시문독본』(訂正合篇)의 수록문 일람표

일러두기

- ▪ "계몽기 국한문체"는 필자의 『20세기 국한문체의 형성과정』(지식산업사, 2008)에서 규정한 것으로 『시문독본』에 등장한 형태는 주로 한문 구절체와 한문 단어체가 결합되어 나타나는데, 한문의 비중은 계몽기의 국한문체보다 적은 형태임.
- ▪ "소년체"라는 용어 역시 위의 책에서 비롯한 것인데, 이 표의 "소년체1"은 국문의 비중이 더 큰 형태이고 "소년체2"는 한문의 비중이 좀더 높은 형태임.
- ▪ 출전을 찾는 작업이 아직 완료되지 않았으나, 편의상 제시한다. 『소년』, 『청춘』 이외의 신문관, 조선광문회 출판물을 조사해보면 더욱 완성된 목록을 얻을 수 있을 것으로 기대한다.
- ▪ ※는 본문의 기록, ◎는 찾아낸 것, #는 초판에만 표시된 사항

(1) 1권 50쪽

	제목	분량	내용 및 성격	문체의 성격	출전 및 저자
1	立志	2쪽	뜻을 세우자, 청유	소년체1	
2	공부의바다	1쪽	운문		
3~5	千里春色	5.5쪽	전국을 여행, 기행문	소년체2	
6	常用하는格言	1쪽			
7	제비	3쪽	제비의 생태, 지식 전달	소년체1	「動物奇談」, 『청춘』 3※
8	時調2수	0.5쪽	이이 · 이황의 시조		『歌曲選』, 신문관, 1913※
9	廉潔	1.5쪽	이이, 노극청 등의 일화	소년체1	
10	구름이가나…	1쪽	가센지의 일화, 지식 전달	상동	
11	生活	1.5쪽	노동의 중요성, 청유	상동	
12	社會의組織	2.5쪽	문답체 서사로 지식 전달	상동	
13	徐孤靑	2.5쪽	중종 때 徐起의 일생	소년체2	『國朝名臣言行錄』※
14	歸省	2쪽	방학을 맞은 학생, 서사	소년체1	
15	防牌의半面	0.5쪽	우화	상동	
16	萬物草	1.5쪽	산수유기	소년체2	楊士彦, 「萬物草記」※
17	水浴	2쪽	해수욕에 대한 지식	소년체1	
18	俗談	0.5쪽			崔瑗植 撰, 『朝鮮俚言』, 신문관, 1915※

	제목	분량	내용 및 성격	문체의 성격	출전 및 저자
19	勇氣	2.5쪽	용기를 가져라, 청유	소년체1	『붉은저고리』※
20	콜롬보	3쪽	콜럼버스의 전기	소년체1	
21	舊習을革去하라	1쪽	논설 성격	소년체2	『擊蒙要訣』, 신문관, 1910※#
22	斬馬巷	1.5쪽	김유신의 일화	소년체1	
23	蚯蚓	0.5쪽	지렁이에 대한 지식	상동	
24	朴淵	1.5쪽	산수유기, 박연폭포 기행	소년체2	李廷龜, 「遊朴淵記」※
25	콜롬보의알	1쪽	콜럼버스의 일화	소년체1	
26	時間의嚴守	1.5쪽	미국 위인들의 일화	상동	
27	鄭夢蘭	2쪽	정몽주의 전기	상동	『붉은저고리』※
28	이약이세마대	1.5쪽	우스개 이야기 3편	상동	『이약이주머니』, 신문관, 1913※
29	검도령	1.5쪽	창해역사의 전설	소년체2	『旬五志』※
30	日本에서…	0.5쪽	이언진의 편지	계몽기 국한문체	『松穆館集』※

(2) 2권 54쪽

	제목	분량	내용 및 성격	문체의 성격	출전 및 게재된 매체
1	첫봄	1.5쪽	운문		『붉은저고리』※
2	白頭山登陟	2쪽	산수유기	소년체2	徐命膺, 「遊白頭山記」 부분※
3	힘을오로지함	2쪽	張維의 일화	소년체1	『붉은저고리』※
4	李義立	2.5쪽	철광을 발굴한 이의립	소년체2	「創造三寶日記」, 『求忠堂集』※
5	개미나라	2쪽	개미의 생태 지식	소년체1	
6	善한習慣	1쪽	서구의 격언 소개	상동	
7	잔듸밧	2.5쪽	운문		『붉은저고리』※
8	남의長短	0.5쪽	黃喜와 尙震의 일화	소년체2	『國朝名臣言行錄』※
9	萬瀑洞	2쪽	산수유기	소년체2	李景奭, 「楓嶽錄」 부분※
10	德量	1쪽	황희의 일화	소년체2	『國朝名臣言行錄』※
11	尙震	1.5쪽	상진의 일화	소년체2	『大東名臣傳』※
12~13	내소와개	5쪽	이광수의 경험담, 서사적	소년체1	『새별』(1915.1)에 실렸다 함. (『청춘』 4, 96쪽의 광고)◎
14	活潑	1.5쪽	활발하기 위한 10조목	소년체1	柳永模 저※; 『청춘』 6의 부분◎
15	徐敬德	2쪽	서경덕의 전기	소년체2	『花潭集』※
16	上海서	2쪽	이광수의 편지	소년체1	『청춘』 3◎
17	時調2수	0.5쪽	운문		출처는 「鴨綠江」, 『소년』 19의 부분※

	제목	분량	내용 및 성격	문체의 성격	출전 및 게재된 매체
18	파라데이	2쪽	패러디의 전기	소년체1	「파라듸」, 『청춘』 10와는 다름
19	獅子	2쪽	사자의 생태, 지식 전달	소년체1	「獅子」, 『청춘』 6와는 다름
20	가을되	0.5쪽	운문		
21	華溪에서…	2쪽	화계사 기행문	소년체1	
22	金檀園	1.5쪽	김홍도의 전기	소년체2	
23~24	五臺山登陟	3.5쪽	산수유기	상동	金昌翁, 「五臺山記」※
25	째를앗김	3쪽	시간을 아끼자, 청유	소년체1	『붉은저고리』※
26	싹지버레…	1쪽	우화	상동	
27	말코니	2쪽	마르코니의 전기	소년체2	
28	寓語五則	1쪽	우화 몇 편	소년체1	
29	물의가는바	1.5쪽	지리학 지식 설명	상동	
30	江南德의母	1쪽	야담 성격	계몽기 국한문체	『於于野談』※; 『청춘』 12◎

(3) 3권 72쪽

	제목	분량	내용 및 성격	문체의 성격	출전 및 게재된 매체
1	文明과努力	4쪽	논설 성격	계몽기 국한문체	「努力論」, 『청춘』 9 부분※
2	살아지다	1쪽	운문		이광수※
3~4	瀋陽까지	5.5쪽	기행문	계몽기 국한문체	『熱河日記』, 조선광문회, 1911 초반 번역※
5~6	許生	6쪽	소설	상동	『열하일기』, 「玉匣夜話」 번역※
7	견델성내기	2.5쪽	인내를 청유	소년체2	
8	讀書	3쪽	독서를 청유	상동	이광수, 「讀書를勸함」, 『청춘』 4◎
9	滑稽	1쪽	이항복의 일화	상동	『旬五志』※
10~11	堅忍論	6쪽	인내를 청유	계몽기 국한문체	「弁言」, 『自助論』, 신문관, 1918, 109쪽※
12	西哲名訓	1.5쪽	격언		
13~15	알프山…	6쪽	한니발의 로마 원정	소년체2	
16	森林의功用	2쪽	지식 전달	계몽기 국한문체	
17~19	朝鮮의飛行機	8쪽	역사담과 과학 지식전달	소년체2	『청춘』 4※ (여기서는 「飛行機의創作者…」)
20	모내기	2쪽	운문		

	제목	분량	내용 및 성격	문체의 성격	출전 및 거재된 매체
21	成吉思汗	3쪽	징기스칸의 전기	계몽기 국한문체	
22	물이바위를…	2쪽	지구과학적 지식	소년체1	
23	確立的靑年	2.5쪽	뜻을 세우라, 청유	계몽기국한 문체	
24	急人錢	2쪽	영조 때 최순성의 일화	상동	『청춘』12◎
25	情景	1.5쪽	격언	상동	『醉古堂劍掃』※
26~27	運命	5쪽	호손의 *David Swan* 번역	소년체1	
28	理想	2.5쪽	隨想 성격	계몽기 국한문체	坪內逍遙의 글 번역※
29	知己難	3쪽	隨想 성격	상동	德富蘇峰의 글 번역※
30	하세쏘하세	1.5쪽	운문		『청춘』12◎

(4) 4권 100쪽

	제목	분량	내용 및 성격	문체의 성격	출전 및 거재된 매체
1	님	1쪽	최남선 이광수 등의 운문		최남선의 것은 『청춘』1◎
2~4	我等의財産	10쪽	조선의 우수성, 논설	계몽기 국한문체	「我等은世界의甲富」, 『청춘』7 부분◎
5	李東武	3쪽	이제마의 일생, 전기	상동	『청춘』12◎
6	格言	2쪽		상동	『醉古堂劍掃』※
7~8	大西洋上의悲劇	7쪽	타이타닉의 사고 기사	소년체2	
9~10	呈才飛行	6쪽	동경의 곡예비행 기사	계몽기 국한문체	「勇氣論」, 『청춘』11 부분◎
11~12	嶺東의山水	4쪽	지리적 지식의 전달	상동	『擇里志』, 조선광문회, 1912※
13	苦蚊說	1쪽	우화적 성격	상동	『雲養集』, 신문관, 1917※
14	天分	1.5쪽	우화	소년체1	
15~16	幻戲記	5.5쪽	기행, 서사	계몽기 국한문체	『熱河日記』※
17	周時經先生…	1쪽	주시경을 추모하는 운문		『청춘』20
18	財物의三難	3.5쪽	재화의 공익 강조, 논설	계몽기 국한문체	「財物論」, 『청춘』8의 부분◎

	제목	분량	내용 및 성격	문체의 성격	출전 및 게재된 매체
19	富人은福을…	3.5쪽	재화의 공익 강조, 논설	상동	
20	海雲臺에서	2.5쪽	이광수의 해운대 기행	소년체1	『五道踏破記』 29; 『매일신보』, 1917※
21	史前의人類	4.5쪽	인류학적 지식	소년체2	
22~23	世界의四聖	7쪽	隨想의 성격	상동	高山樗牛 번역※; 『청춘』 12◎
24	死와永生	2.5쪽	隨想의 성격	상동	高山樗牛 번역※
25	서울의겨을달	4쪽	상동	소년체1	이광수※
26	古代東西의…	4쪽	역사적 지식 전달	계몽기 국한문체	
27	自己表彰과文明	10쪽	청유, 논설	소년체1	현상윤 저※; 『학지광』 14, 1917.11◎
28	우리의세가지…	3쪽	동이족의 우월성	소년체2	『청춘』 12◎
29	六堂自警	2쪽	격언		
30	古今時調選	11쪽	시조에 대한 해설 첨부	계몽기 국한문체 (해설)	『청춘』 12◎

『통감부 한문독본』의 내용과 출전

(1) 『(普通學校學徒用)漢文讀本』卷1(學部編輯, 博文館印刷, 1907.2)
1面 7行 1行 12字 42面

단원	내용	성격	출전/비고
1~9	日月 上下 東西 男女 牛馬 等	基本 文字 習得	
10~13	白紙 黃鳥 高山 山高 秋冷 春暖 等	2字 單語의 形成 原理	
14~16	南山高 河水淸 水流 犬吠 月出 等 열거?	主語—述語 構成 原理	
17~20	淸水流 李花旣開 兄讀書 弟作文 少女摘花 等	間斷한 文章 / 。使用	
21	壽男好讀書 (…중략…) 次女每日洗依	文章의 擴張	
22	天高 地廣 山靑 水淸 日沒 月出 等	對句 用例	
23	天曇 月隱 雨晴 月再出 等	文句의 連結	
24~25	東西南北曰四方 十寸曰一尺 十尺曰一丈 等	曰의 用例와 度量衡	
26~28	兄愛弟 弟敬兄 高山後峙 大河前流 午前九時 發京城 午後五時着平壤	文章 構造 擴張	
29~30	老人挂杖而立 白馬負人而疾走	而의 用例	
31	先生發問 學徒能答之	之의 用例	
32	日本之首府東京也	也의 用例	
33~34	釜山在我國之南端 / 父禁酒而後 身體甚強健	文章의 連結	
35	不入學校則不能知文字也	則의 用例	
36	虎雖猛 不能敵象	未, 雖, 又 等 用例	
37~38	普通學校在岸上 眺望甚佳也 順明品行方正 而學力優等也	文章 接續	
39	孔子 孟子 子思 曾子의 學統	道學의 淵源	
40~41	李氏有二子 長曰順明 次曰道明 二人事父母 能盡其孝	文段의 形成	
42	校長授卒業證書於學徒	於의 用例	
43	坐井而觀天者, 曰天小也	假定法	
44~45	虎似猫而甚大 (…중략…) 則百獸戰慄 平壤 後依山, 前臨江 平野廣闊	虎과 平壤에 關한 文段 形成	
46	人一能之 己百之＋一尺布尙可縫＋回也聞一 以知十	勤勉, 一과 十의 用例	『中庸』; 『漢書』; 『論語』

단원	내용	성격	출전/비고
47	檀君名王儉 天資英明, 衆以爲神	檀君의 史蹟	『三國遺事』와 다름
48※	靑年不重來 盛年不重來	時間의 重要性	陶淵明의 雜詩
49	上品之人, 不敎而善	人間의 上中下 品格	『小學』
50	李太白이 日을 가는 老婆를 만남	勤勉	『方輿勝覽』「磨針溪」
51	狐假虎威	諷刺	『戰國策』
52▲	西晉 王覽의 우애	友愛	『蒙求』

(※는 총독부 한문독본에 재수록 단원, ▲는 오자(誤字) 출현 단원)

(2) 『(普通學校學徒用)漢文讀本』卷2 1面 8行 1行 15字 50面

단원	내용	성격 / 분량(줄)	출전
1	益者三友, 損者三友 不挾長不挾貴	朋友 / 5	『論語』; 『孟子』
2	知我者 鮑叔, 九合諸侯	朋友 / 7	『史記』; 『管仲列傳』
3	後漢 張邵 范式의 升堂拜母 故事	朋友 / 6	『太平御覽』
4※	立志不高 則其學皆常人之事	立志 / 7	『小學』
5※	4繼續	忠信篤敬 / 7	『小學』
6	不違農時, 穀不可勝食也.	治世 / 8	『孟子』
7	7繼續	精誠 / 8	『孟子』
8	身體髮膚, 受之父母	孝道 / 8	『孝經』; 『禮記』
9	范宣의 孝行	孝道 / 7	『世說新語』
10	曾子 父母愛之, 閔子騫의 孝行	孝道 / 8	『小學』; 『韓詩外傳』
11	後漢 薛包의 孝行	孝道 / 10	『小學』
12	漢나라 伯兪의 孝	孝道 / 8	『小學』
13	入則孝 (…중략…) 孝悌而好犯上	孝道 / 6	『論語』
14	曾子가 魯公의 官職을 辭讓	節操 / 7	『說苑』
15	子思의 淸廉	節操 / 7	『說苑』
16	生而知之者上也 不如丘之好學也	好學 勤勉 / 9	『論語』
17	世俗所謂不孝者五	孝道 / 9	『孟子』
18	顔回의 仁과 好學	好學 / 5	『論語』
19▲	劉詞와 陶侃의 尙武와 忠節	尙武 忠節 / 8	『新五代史』; 『晉書』
20	朋友之道, 子貢問友, 橫渠先生 今之朋友	朋友 / 7	『孟子』; 『論語』; 『小學』
21	勿頸之交 藺相如와 廉頗	朋友 忠節 / 11	『史記』; 『史略』
22	人必自侮 然後人侮之	勤愼 / 8	『論語』
23	孟母三遷之敎	好學 敎育 / 10	『小學』

단원	내용	성격 / 분량(줄)	출전
24	前漢 匡衡과 孫敬의 讀書	好學 立身 / 5	『史記』;『尙友錄』
25	然薪寫字 范汪의 故事 양치며 工夫한 王育	好學 / 10	『晉書』
26※	節孝徐先生 何不爲君子	好學 立志 / 13	『小學』
27	小不忍 亂大謀,張良의 六韜三略 얻은 故事	忍耐 / 7	『論語』;『史記』
28	仁者를 不拔擢이 不祥의 大者 晏子	治世 / 9	『說苑』
29	天將降大任於是人也,韓信의 初年 苦生	忍耐 立志 / 10	『孟子』;『史記』
30	韓信의 多多益善	故事成語 / 6	『史記』의 縮約
31	한나라 高鳳과 송나라 蘇洵의 독서	好學 / 10	『後漢書』;『宋史』
32	樹欲靜而風不止 家貧親老 不擇祿而仕 子路	孝道 / 8	『韓詩外傳』;『孔子家語』
33	공자와 초나라 어부의 일화	節操 / 7	『說苑』
34※	曾子 孝子之養老 人子之禮, 冬溫而夏淸	孝道 / 9	『孝經』;『禮記』
35	孝子之有深愛者 父母在, 不遠遊	孝道 / 8	『禮記』;『論語』
36	周顗의 友愛 鄭均과 형의 일화	友愛 / 8	『晉書』;『後漢書』
37	도적에게 부모를 지킨 劉思敬	孝道 / 9	『三國志』;『元史』
38	先生施敎 弟子是則 溫恭自虛	好學 / 11	『小學』
39	改嫁하지 않은 漢나라 孝婦	情節 婦德 / 14	『小學』
40※	曾子와 公明宣	好學 / 9	『小學』
41	繆肜이 兄弟 간의 友愛를 지킴	友愛 / 13	『小學』 2編
42	衛靈夫人이 蘧伯玉의 愼獨을 알림	忠節 婦德 / 8	『列女傳』

- 出典總計 : 『小學』 12, 『論語』 8, 『孟子』 6, 『禮記』 3, 『孝經』 2, 史書類 6, 類書類 7(『說苑』 4), 『韓詩外傳』 2
- 德目總計 : 孝道 11, 好學 9, 忠・節 8, 朋友 5, 立志 3, 友愛 2, 婦德 2, 勤愼・勤勉 2

（3）『(普通學校學徒用)漢文讀本』卷3 1面 8行 1行 15字 56面

단원	내용	성격 / 분량(줄)	출전
1	三人行 見賢思齊 有弗學 學之 弗能 弗措也	好學 勤愼 / 8	『論語』;『孟子』
2	人不學, 不知道 靑出於藍 吳下阿蒙	好學 / 10	『禮記』;『荀子』;『三國志』
3	梟와 鳩의 故事, 塞翁之馬	應世 / 9	『說苑』;『淮南子』
4※	將爲善, 思貽父母令名 父母之命, 必籍記而佩之	孝道 / 11	『禮記』;『小學』
5	漢代 父親을 爲해 上訴한 緹縈의 逸話	孝道 / 8	『史記』
6	孝와 關係된 言及을 編輯	孝道 / 11	『論語』
7	季札掛劍, 季札에 對한 故事	應世 節操 / 12	『史記』;『太平御覽』
8	己所不欲勿施於人, 唐代 婁師德의 堅忍	忍耐 / 9	『論語』;『新唐書』
9	北宋 宰相 王旦이 飮食에 無不評	寬容 忍耐 / 7	『宋朝事實類苑』

단원	내용	성격 / 분량(줄)	출전
10	北宋 呂蒙正이 自身을 誹謗한 者를 容恕	寬容 / 7	『宋史』
11	君子之道四 丘未能一焉 躬自厚而薄責於人, 則遠怨	寬容 勤愼 / 7	『中庸』;『論語』;『孟子』
12	子張問仁 恭寬信敏惠 仁則榮, 不仁則辱	仁義 / 11	『論語』;『孟子』
13	奢則不孫, 儉則固 趙簡子의 儉素	節操 淸廉 / 9	『論語』;『說苑』
14	兄弟父母 不愧於天 英才敎育 人/男子/長壽	三樂 安分 / 10	『孟子』;『說苑』
15	臣下가 君主에게 諫하는 態度와 君臣의 禮意	忠節 治世 / 9	『禮記』;『論語』;『孟子』
16	晏子가 景公에게 諫해 圉人의 生命을 求함	忠節 治世 / 8	『說苑』
17	仁臣이 正諫해 戰爭을 防止	忠節 治世 / 10	『說苑』
18	甘茂가 船人과 對話, 成子高의 德	應世 治世 / 12	『禮記』
19	貧而無諂, 富而無驕 子路가 樂聞過	勤愼 / 9	『論語』;『近思錄』
20	宋代 彭思永과 漢代 楊震의 淸廉	節操 / 12	『宋史』;『後漢書』
21	梁上君子 陳寔의 故事	仁義 故事成語 / 9	『後漢書』
22	晏子의 勤勉 過則改之 仁以爲己任, 不亦重乎	勤勉 勤愼 / 11	『說苑』;『孟子』;『論語』
23	病든夫君을 守護한 婦女, 盲人妻를 守護한 男便	情節 婦德 / 12	『列女傳』;『宋史』
24	有學 婦女가 盜賊에게 老姑를 守護	烈行 女子의 學問 / 8	『小學』
25	男便에게 勸學한 漢나라 鮑宣의 妻	女子의 學問 婦德 / 9	『小學』
26	三省吾身 父母養其子不嚴	好學 勤愼 / 10	『論語』;『古文眞寶』
27	劉留臺가 遺失貨를 主人에게 返還	節操 淸廉 / 11	『續三通考』
28	小人閒居 爲不善, 鄕人皆之 何如	勤愼 勤勉 / 8	『大學』;『論語』
29	君子之言 寡而實 言人之善者有所得 格言 모음	應世 勤愼 / 9	『說苑』;『論語』;『史記』
30	咎犯이 私的인 怨恨을 忘하고 人才를 推薦	治世 忠節 / 7	『說苑』
31※	勿謂今日不學 師曠이 晉 平公에게 勸學	好學 / 13	『荀子』; 勸學文;『說苑』
32	樂羊子의 妻가 베틀의 베를 切斷해 勸學함	烈行 婦德 / 8	『後漢書』
33	子溫而厲, 威而不猛 禮則安 禮者不可不學	恭敬 / 7	『論語』;『禮記』
34	有人民而後有夫婦 曹植 七步作詩 伯夷叔齊	友愛 / 12	『顔氏家訓』;『世說新語』
35	魯 大夫 文伯을 感化한 母親	烈行 婦德 / 8	『列女傳』
36	巧言令色 爲人上者, 患在不明 爲人下者,患在不忠	應世 勤愼 / 9	『論語』;『說苑』
37	林積이 遺失物을 主人에게 返還	節操 淸廉 / 11	『夷堅志』
38	兄弟者分形連氣	友愛 / 9	『顔氏家訓』
39	范文正의 孝行	孝道 / 12	『小學』
40	子思 學所以益才 每日 一介를 記錄하라	好學 勤勉 / 11	『說苑』;『呂氏童蒙訓』
41	賈彪가 縣令이 되어 嬰兒遺棄를 禁함, 庾袞이 傳染의 危險에도 兄을 看護함	善政 友愛 / 14	『後漢書』;『小學』

단원	내용	성격 / 분량(줄)	출전

■ 出典總計: 『論語』14, 『孟子』6, 『小學』5, 『禮記』5, 『中庸』1, 『荀子』2, 史書類 7, 類書類 18(『說苑』10), 近思錄 1
■ 德目總計: 好學 5, 孝道 4, 寬容・忍耐 5, 婦德 4, 忠節・治世 4, 節操・勤愼 6, 友愛 2

(4) 『(普通學校學徒用)漢文讀本』卷4 1面 8行 1行 15字 59面

단원	내용	성격 / 분량(줄)	출전
1	從心所欲不踰矩, 九思視思	勤愼 / 9	『論語』
2	自暴自棄, 雖有惡人 齊戒沐浴 則可以祀上帝	勤愼 精誠 / 8	『孟子』
3	嫁女必須勝吾家, 男便의不貞에 自殺한 秋胡子妻	節操 烈行 / 11	『明心寶鑑』; 『列女傳』
4	張鎭周가 公私를 區分, 王旦이 寇準을 拔擢	節操 勤愼 / 13	『自治通鑑』; 『宋史』
5	子路曰 不能輕死亡, 不羞學恥下問, 君子不羞學	節操 好學 / 9	『說苑』; 『論語』
6	匹夫不可奪志也, 飯疏食飮水, 士窮不失義	節操 勤愼 / 8	『論語』; 『孟子』
7	孟簡子가 도망 와 管仲을 相逢, 夏雨雨人	應世 / 10	『說苑』
8	晏子가 景公에게 祈雨祭를 中斷을 諫함	節操 / 16	『說苑』
9	宋의 姚雄이 戰亂中에 外孫女와 相逢 姚雄許女	應世 敍事 / 10	『言行龜鑑』(明淸代)
10	天下之達道五 或生而知之, 智仁勇 天下之達德	道德 / 9	『中庸』
11	子路行辭於仲尼 不忠不親, 不忠無親,不信無復	忠節 勤愼 / 8	『說苑』; 『孔子家語』
12	子貢의 孔子 評 2編 "孔子猶江海也"	孔子의 聖 / 12	『說苑』; 『韓詩外傳』
13	拔苗助長, 西施 東施效矉	應世 世態 / 11	『孟子』; 『莊子』
14	不忍之心	性善 / 12	『孟子』
15	惻隱之心 四端	性善 / 8	『孟子』
16	事, 孰爲大 事親爲大, 孝子之事親也, 居則致其敬	孝道 勤愼 / 8	『孟子』; 『孝經』
17	孔子 子從父命 不孝 審其所以從之 之謂孝	忠孝 分別 / 13	『荀子』
18	孝子 不從命有三	孝 分別 / 7	『荀子』
19	子思言苟變于衛侯	治世 / 8	『自治通鑑』
20	韓魏公이 玉盞을 깬 下級官吏를 寬大히 容恕	忍耐 寬容 / 9	『忍經』(元 吳亮)
21	曾子曰, 夫子見人之一善 忘其百非, 夫子之能勞	勤勉 寬容 / 7	『說苑』; 『孔子家語』
22	道雖邇不行不至 不爲不成, 致其道德 福祿歸焉	勤勉 應世 / 8	『荀子』; 『說苑』
23	季子가 王位를 辭讓, 季子의 仁義	節操 仁義 / 18	『說苑』
24	篤信好學 守死善道, 造次必於是 顚沛必於是	好學 勤愼 / 9	『論語』
25	舍生而取義者, 是故所欲有甚於生者	仁義 / 15	『孟子』
26	周公 一食 三吐哺	應世 勤愼 / 15	『說苑』
27	景公이 晏子의 死亡을 極盡히 哀悼	治世 / 8	『說苑』
28	孔子曰 夫富而能富人者, 正憲公이 勤儉	勤愼 / 9	『說苑』; 『叢書集成初編』

단원	내용	성격 / 분량(줄)	출전
29	北宋 錢若水의 斷案	善政 / 15	『續資治通鑑,棠陰比事』
30	29의 계속, 錢若水는 樞密副使가 됨	善政 / 11	上同
31	唐 崔玄暐의 母가 管路의 淸廉을 訓戒	淸廉 婦德 / 9	『小學』
32	史魚의 屍諫	忠節 / 8	『孔子家語』
33	子路, 人告之以有過, 則喜, 善人居 芝蘭之室	勤愼 / 9	『孟子』;『孔子家語』
34	伯夷와 柳下惠에 寬한 孟子의 發言	節操 勤愼 / 12	『孟子』
35	存心 自反而仁 等	仁愛 忠敬 / 12	『孟子』
36	司馬溫公의 婚姻 門閥보다 人性	應世 / 11	『小學』
37	祭祀밥을 얻어먹고 妻妾에게 자랑하는 齊人	勤愼 / 15	『孟子』
38	仁之勝不仁也, 猶水勝火, 一家仁 一國興仁	仁義 / 10	『孟子』;『大學』
39	欲速不達, 營其私門 禍之原也, 鬪者 亡其身	勤愼 / 10	『論語』;『說苑』
40	樂을 餘衆樂	治世 仁義 / 13	『孟子』
41	40의 계속, 與民同樂	治世 仁義 / 8	上同

▪ 出典總計 :『孟子』14,『論語』5,『中庸』1,『大學』1,『孝經』1『小學』2,『荀子』3,『莊子』1,
　史書류 1, 類書류 19(『說苑』12),『孔子家語』3,『韓詩外傳』1

『고등조선어급한문독본』과
『신편고등조선어급한문독본』의 단원 일람

- 1913년판 『고등조선어급한문독본』과 1924년판 『신편고등조선어급한문독본』의 단원을 목록으로 정리함
- 수록문을 全文 그대로 수록하지 않은 節錄, 刪修는 제목 끝에 "*"로 구분
- 『고등조선어급한문독본』 단원 중, 『신편고등조선어급한문독본』에서 다시 수록된 것은 표의 내용 서술 끝에 '(재)'라고 구분

1) 『고등조선어급한문독본』(1913)

(1) 『고등조선어급한문독본』 권1

단원	제목	분류	출전	내용 및 특기 사항	분량
1	人之一生	新撰		인생을 사계절에 견줌, 陶潛의 「勸學歌」 첨부	1쪽
2	勸學	新撰		지식을 닦아라, 『禮記』·『荀子』 출전 격언 첨부	1쪽
3	久自得之	經史子集	『小學』	매일 스스로 닦아라	4줄
	格言	격언	『董遇』	저자는 진나라 사람, 讀書百遍義自見	
4	論語抄	經史子集		「爲政」, 「泰伯」 등에서, 高啓의 詩 「春日遊步」	8줄
5	敬師	新撰		선생에게 성심을 다하라, 교훈	4줄
6	父母	新撰		검박·근학하여 부모를 편안히 하라	5줄
7	兒訓	經史子集	『小學』	부모의 명을 암기하고 속행하라	5줄
8	孔子	新撰		공자의 사적	6줄
9	論語抄	經史子集		「先進」, 「爲政」 등에서	9줄
10	孟子抄	經史子集		「告子 上」, 「盡心 上」 등에서	6줄
11	記念樹栽規程	朝鮮文	『朝鮮總督府官報』	당시 神武天皇른辰日에 식목을 함	7쪽
12	林木之益	新撰		나무를 심고 키움의 이익, 실용	1쪽
13	楊柳	新撰		버드나무의 특성, 일본 佐伯樸의 오언절구 첨부	1.5쪽
14	橘喩	新撰		귤이 하나 썩으면 주위도 썩는다	4줄

단원	제목	분류	출전	내용 및 특기 사항	분량
15	論語抄	經史子集		「學而」에서	9줄
16	小川泰山*	韓日文書일	『先哲叢談後篇』	東條耕이 편찬함, 小川은 유학자	1쪽
17	趙之瑞妻鄭氏	韓日文書한	『續海東小學』	성종 때 덕행이 있던 부인	6줄
18	居室	韓日文書일	『要言類纂』	貝原篤信, 위생 강조, 司馬光의 시 첨부	1쪽
19	飮食	韓日文書일	『要言類纂』	貝原은 本草學者, 섭생 강조	5줄
20	論語抄	經史子集		「里仁」, 「雍也」, 「述而」 등에서	7줄
21	富翁高樓	新撰		서사의 성격	7줄
22	朝鮮의農産物*	朝鮮文	『朝鮮農務彙報』	조선총독부의 간행물	7쪽
23	孟子抄	經史子集		「告子 上」, 「盡心 上」, 「藤文公 上」 등에서	1쪽
24	柳鼎模治産	韓日文書한	『士小節』	李德懋, 선비 유정모의 근검함(재)	4줄
25	農夫之遺言	韓日文書일	『譚海』	依田學海, 姜希孟의 시 「農謳」 3편 첨부	1.5줄
26	小學四章	經史子集	『小學』	「明倫」에서	1쪽
27	舟車	新撰		배와 수레의 편리를 서술	6줄
28	手工	新撰		공부, 운동 그리고 기술도 닦아라, 교훈	1쪽
29	工業	新撰		인공의 기술, 공업의 이익이 크다, 실업	1쪽
30	商業高手	新撰		상업윤리강조, 佐藤一齊의 「言志後錄」 격언 첨부	1쪽
31	商業의高手	朝鮮文		30번 글의 번역	2쪽
32	陶朱公	經史子集	『史記』	춘추시대 크게 치부한 범려의 사적	8줄
33	論語抄	經史子集		「里仁」, 「雍也」 등에서	8줄
34	宮城	韓日文書일	『中學漢文讀本』	依田朝宗, 천황의 궁성에 대한 서술기사	8줄
35	萬事之病根*	韓日文書일	『宕陰存稿』	鹽谷世弘, 교훈적 금언	4줄
	격언	격언	『鹽鐵論』	『韓非子』에 나온 말인데 『鹽鐵論』으로 되어 있음	
36	田人讓金	新撰		교훈적 서사	8줄
37	良心之裁判	新撰		교훈적 서사	1쪽
38	論語抄	經史子集		「衛靈公」, 「子張」 등에서, 申緯의 詩 「示兒輩」	1.5줄
39	猴	新撰		흥미 위주의 우화적 서사	7줄
40	養鷄日記*	朝鮮文	『高等國語讀本』	실업을 고취하는 취지	2쪽
41	金相國善相人	韓日文書한	『續海東小學』	金堉의 일화 저본은 朴在馨의 편저	9줄
42	順庵辭聘	韓日文書일	『先哲叢談』	일인 原善 작, 유학자 木下의 절의	6줄
43	敬長上	經史子集	『童蒙須知』	朱熹 편찬 아동교육서, 『禮記』 격언 첨부	1.5줄
44	論語抄	經史子集		「八佾」, 「爲政」 등에서	8줄
45	奢侈之害*	韓日文書한	『栗谷全集』	사치가 풍속과 경제에 해가 크다	6줄
46	勤儉	新撰		근검과 동시에 무역도 강조	1쪽

단원	제목	분류	출전	내용 및 특기 사항	분량
47	潤德僞素	韓日文書한	『續海東小學』	世宗 때 최윤덕의 일화	7줄
48	孟子抄	經史子集		「告子 上」, 「梁惠王 上」 등에서	1쪽
49	論語抄	經史子集		「爲政」에서	8줄
50	南朝鮮米의由來*	朝鮮文	『高等國語讀本』	조선쌀의 품종은 九州에서 오다	2쪽
51	藝菊	新撰		국화 품종을 키우는 법	1쪽
	訪金居士… 등	詩	鄭道傳, 杜牧	7언 절구 2수	
52	花潭窮理	韓日文書한	『續海東小學』	서경덕의 일화, 학습의 태도	6줄
53	博學之	經史子集	『中庸』	학문의 태도	5줄
54	戒怠惰*	韓日文書일	『初學知要』	貝原篤信, 나태를 경계함	7줄
55	論語抄	經史子集		「里仁」에서	1쪽
56	遊學成*	韓日文書일	『方谷別稿』	山田球, 일본 廣瀨建의 칠언절구 첨부	1.5쪽
57	何不爲君子	經史子集	『小學』	선행을 실행하라, 교훈	7줄
58	朝鮮의園藝作物*	朝鮮文	『朝鮮農務彙報』	조선충독부간행, 실업	4쪽
59	孝	經史子集	『孝經』	『禮記』와 『孔子家語』에서도 약간 발췌	1쪽
60	孝子宰助傳*	韓日文書일	『金陵遺稿』	芳野世育, 효자의 傳으로 교훈적 서사	1쪽
61	論語抄	經史子集		里仁에서, 張繼의 「楓橋夜泊」 첨부	1.5쪽
62	大阪	韓日文書일	『中等漢文』	大槻修二, 大阪의 역사 사적	1쪽
63	仁德天皇*	韓日文書일	『皇朝史略』	青山延于, 천황의 사적	1쪽
	炊烟起	詩	『賴襄』	이 시는 앞의 기사와 연결됨	
64	金公友愛	韓日文書한	『續海東小學』	중종 때 김봉상의 일화 교훈	5줄
65	朋友	經史子集	『論語』, 『孟子』	『孝經』에서도 발췌	8줄
66	習說	韓日文書일	『靜寄軒集』	尾藤二州, 성과 습에 대한 고찰	9줄
67	棉*	朝鮮文	『高等國語讀本』	조선에서 면의 전래	2쪽
68	論語抄	經史子集		述而에서	8줄
69	仲栗愼身*	韓日文書일	『鞟村遺稿』	木下鞟村, 교훈적, 『孝經』의 격언 첨부	1.5쪽
70	座右銘	經史子集	『小學』	교훈 杜牧의 시 「漢江」 첨부	1.5쪽
71	貪王	新撰		서사	1쪽
72	顔氏家訓	經史子集	『小學』	교훈	6줄
73	論語抄	經史子集		「衛靈公」에서	1쪽
74	運動	新撰		위생에 운동이 중요함	1쪽
75	興荒田*	韓日文書일	『中洲文稿三集』	記事文 성격, 수사가 발휘됨	1쪽
76	荒田의再興	朝鮮文		75번의 번역	2쪽
77	論語抄	經史子集		「子罕」과 「憲問」에서 발췌	1쪽

단원	제목	분류	출전	내용 및 특기 사항	분량
계	經史子集	27편		『논어초』 13, 『소학』 6, 『맹자초』 3	
	新撰	20편			
	韓日文書	22편		한 7, 일 15. 일본은 주로 江戶시대 저작으로 1800년대 이후	
	朝鮮文	8편		분량은 모두 22쪽	
	詩	13편		중국 6, 한국 4, 일본 3	
	격언	6편		佐藤一齋의 「言志後錄」 외에는 모두 중국의 經史子集에서	
	원문을 변경한 "*" 표시 기사는 총 14편				

(2) 『고등조선어급한문독본』 권2

단원	제목	분류	출전	내용 및 특기 사항	분량
1	勸學文	經史子集		朱熹, 공부 안하면 내일이 없다(재)	2줄
2	三計塾記*	韓日文書일	『息軒遺稿』	安井衡, 私塾을 세우고 지은 記	6줄
3	學規*	韓日文書한	『磻溪隧錄』	柳馨遠, 사숙에서 지켜야할 학규	2쪽
4	惜陰軒記*	韓日文書일	『敬宇文集』	中村正直, 촌음을 아껴라, 記文	2.5쪽
	격언	일본,중국	『言志後錄』	『소학』에서도 발췌, 시간의 중요성	
5	孝道	經史子集	『小學』, 『論語』	하늘의 도, 땅의 이익으로 섬겨야 효다	1.5쪽
6	京都	新撰	『中等漢文』	大槻修二, 경도의 역사지리, 도판삽입	2쪽
7	嵐山櫻花	韓日文書일	『拙堂文話』	齋藤正謙, 嵐山의 벚꽃이 절경임	1쪽
	江南春	詩	杜牧	칠언절구	
8	李園靑年	新撰		복숭아 과수원에서 일하는 정직한 청년	1쪽
	格言	일본	『言志後錄』	극기공부, 선을 누적할 것	
9	孟子抄	經史子集	『孟子』	藤文公, 「離婁」에서	1쪽
10	臣有二樂	韓日文書일	한문독본	安積信, 통치자를 경계함, 일본사적	1.5쪽
	格言	고전	『孟子』	「盡心」, "君子有三樂…" 부분	
11	論語抄	고전	『論語』	「公冶長」에서	1쪽
12	書挿秧圖	韓日文書일	竹堂文鈔	齋藤馨, 모내기를 그린 그림에 글을 붙임	1쪽
	한시	중국	范成大	挿秧, 칠언절구	
13	農	新撰		근면치 않으면 농부를 볼 면목이 없다(재)	1.5쪽
	한시	중국, 한국	李紳, 「孫必大」	농사를 주제로 함. 오언절구(재)	7줄
14	孟子抄	經史子集	『孟子』	「梁惠王」, 「公孫丑」 등	1.5쪽
15	種苗의配付	조선문	咸鏡南道令 3號	행정문서	7쪽

단원	제목	분류	출전	내용 및 특기 사항	분량
16	山林水利*	韓日文書한	『星湖僿說』	李瀷, 산림을 키워 재해 예방하라(재)	1쪽
17	樹藝	新撰		나무를 잘 키울 것	1쪽
18	護松說	韓日文書한	『栗谷全書』	李珥, 소나무를 지키듯 가문도 지키자(재)	2쪽
19	取友之道*	韓日文書일	『不及齋文抄』	藤森大雅 작, 집이 백금 이웃은 천금	1쪽
	伐木丁丁	한시	『詩經』	벗의 중요성	
20	格言三則	經史子集	『孔子家語』	『소학』에서도 발췌, 붕우의 중요성	1쪽
21	論語抄	經史子集	『論語』	「陽貨」에서	1쪽
22	樂羊子之妻	經史子集	『後漢書』·「列女傳」	「樂羊妻」를 약간 변용(재)	1쪽
23	誠實學生	新撰		자신의 잘못을 정직하게 밝힌 학생	1.5쪽
	格言	일본	『言志錄』	성실하게 잘못을 고치자	7줄
24	保險之法	新撰		사업에 자본이 필수 보험으로 보호하자	1쪽
25	保險의 法	조선문	24의 번역		1.5쪽
26	日記	新撰		일기를 써서 지식을 늘리자	1.5쪽
27	淸潔	新撰		피부의 작은 구멍을 청결히 관리하자	1쪽
28	小野篁	韓日文書일	『國史略』	巖垣松苗, 헤이안시대 문명을 떨친 小野篁	1쪽
29	論語抄	經史子集	『論語』	發憤忘食, 三人行 등의 부분	1쪽
30	人當有業	經史子集	顔氏家訓을 변용하여 쓴 것, 이익보다 스승을 구하라		1쪽
31	忠益說*	韓日文書일	『敬宇文集』	中村正直, 충이 없으면 금수만 못함	1.5쪽
	格言	經史子集	『忠經』	충의 강조	
32	忠益說*	조선문	31의 번역		1.5쪽
33	東京*	新撰	『高等國語讀本』	경도는 역사, 동경은 현재를 중심 서술	2쪽
	한시	일본	『服部元喬』	동경의 스미다 강을 주재로 한 칠언절구	
34	車駕北巡	韓日文書일	『隨鑾紀程』	川田剛, 천황의 동북지방 순행 기사, 詔書	1쪽
35	明治天皇의精力*	조선문	『明治天皇』	일본저술 번역. 천황의 정력, 기억력 상찬	3쪽
36	論語抄	經史子集	『論語』	顔淵, 「衛靈公」에서,	1쪽
37	與弟行商出外書	新撰		행상 나간 동생에게 쓰는 편지, 王維의 詩	2쪽
38	跋李成山水	經史子集	『唐宋三十六名家』	송나라 楊萬里가 李成의 산수첩에 跋	3줄
39	瀨戶內海*	韓日文書일	『談藪卷一』	衣田朝宗, 일본 명승, 세토나이카이	1쪽
40	須磨·明石*	韓日文書일	위와 같음	한시를 빌려 神戶 근처의 경치를 논함	1쪽
41	臺灣*	新撰	『漢文讀本』	重野安繹, 대만의 사적	1쪽
42	支那諸港*	新撰	위와 같음	上海, 天津 등에 대한 설명	1.5쪽
43	論語抄	經史子集	『論語』	「雍也」에서	1쪽

단원	제목	분류	출전	내용 및 특기 사항	분량
44	靜說	新撰	『讀書作文譜』	顏淵, 程子, 朱子 등의 언행 짤막히 서술	1쪽
45	靜坐定心氣*	韓日文書일	『日本智囊』	中村和, 교훈적 일화	1쪽
46	鶯教鴨	新撰		우화적 성격, 『菜根譚』 격언 첨부	1.5쪽
47	害蟲의驅除豫防	조선문	『朝鮮總督府令』	행정문서	6쪽
48	訓儉文	經史子集		司馬光의 검소를 강조하는 교훈	4줄
	격언	經史子集	『小學』,『管子』	역시 검소를 강조	
49	三宅尙齋妻*	韓日文書일	『近世叢語』	角田簡, 일본유학자 三宅의 일화	1쪽
50	孟子抄	經史子集	『孟子』	「告子 上」에서, 性善을 논하는 부분	1.5쪽
51	學問	韓日文書일	『自娛集』	貝原篤信, 의문이 커야 학문도 크다	1쪽
52	進學喩*	韓日文書일	『栗山文集』	柴野邦彦, 교토의 東寺로 가면서	1.5쪽
53	塙保己一	新撰		눈이 멀고도 학문을 한 에도시대의 塙保	1쪽
54	讀書之法*	韓日文書일	『鳩巢文集』	室直清, 독서의 좋은 방법	1쪽
55	論語抄	經史子集	『論語』	季氏에서	1쪽
56	子罕不受玉	新撰		蒙求 등에서 자주 나오는 고사	1쪽
57	和氏之璧	經史子集	『韓非子』	유명한 고사(재)	1쪽
58	採薑記	新撰	『漢文敎科書』	土屋弘, 당시 생존 인물의 한문 산문	1쪽
59	漫筆二則	韓日文書한	『雅言覺非』	丁若鏞, 山茶와 洞에 대한 어원 고찰(재)	2쪽
60	孟子抄	經史子集	『孟子』	「告子 上」에서	1쪽
61	名二子說	經史子集	『唐宋八大家文』	蘇洵이 소식, 소철의 이름을 지은 고사	4줄
62	馬援誡兄子	經史子集	『小學』	마원이 조카들을 타이른 말	1쪽
63	諸葛武侯戒子書	經史子集	『小學』	아들을 타이름, 孟郊의 「遊子吟」 첨부	1쪽
64	書戴嵩畫牛	經史子集	『唐宋三十六名家』	蘇軾, 그림에 붙인 글	5줄
65	錄賣油翁事	經史子集	위와 같음	蘇軾, 기름 파는 노인의 일화	1쪽
66	幻戲記*	韓日文書한	『熱河日記』	朴趾源, 환술의 기록	2쪽
67	論語抄	經史子集	『論語』	「學而」, 「八佾」에서	1쪽
68~69	朝鮮의水産業 1, 2*	조선문		府郡書記 講習會서 技師 庵原의 講話	6쪽
70	捕鯨*	韓日文書일	『近世名家文抄』	齋藤正謙, 일본 근해의 고래잡이	1쪽
71	題曾無逸百帆圖	經史子集	『唐宋三十六名家』	楊萬里, 배 그림에 붙임, 李白의 「望天門山」 첨부	1쪽
72	新年希望	新撰		전고가 많이 들어간 한문 산문	1.5쪽
73	人品之別	經史子集	『小學』	忠信이 있어야 품이 높은 인간	1.5쪽
74	論語抄	經史子集	『論語』	「公冶長」에서	1쪽

단원	제목	분류	출전	내용 및 특기 사항	분량
75	雪喩	韓日文書일	『拙堂文話』	齋藤正謙, 눈의 정경을 묘파함(재)	1.5쪽
	한시	중국, 일본		柳宗元의 오언절구, 菅普師의 칠언절구	
76	木을緣호야魚롤求	조선문	『高等國語讀本』	나무를 심으면 물고기의 생장이 좋아진다.	2.5쪽
77	巨商悔悟	韓日文書일	『漢文讀本』	中村正直, 런던 상인의 일화	1쪽
78	瑞軒興産	韓日文書일	『國史略』	巖垣松苗, 축재에 성공한 에도 시대 瑞軒	1쪽
79	商人德義*	新撰	『高等國語讀本』	상인에게 8가지 덕이 있다	2.5쪽
80	題群盲評古器圖	韓日文書일	『溫山文』	川北重熹, 소경이 그릇 만지는 그림에 붙여	1쪽
81	孔子觀欹器	經史子集	『說苑』	교훈적인 이야기	6줄
82	聖人亦如此	經史子集	『韓詩外傳』	교훈적인 이야기, 공자와 안연	5줄
83	孟子抄	經史子集	『孟子』	「公孫丑 上」에서	6줄
84 ~86	梅谿遊記*	韓日文書일	『月瀨紀勝』	齋藤正謙, 奈良 근처를 유람	4쪽
	한시	일본, 중국		篠崎弼과 王安石의 오언절구	
87	報德敎*	韓日文書일	『敬宇文集』	中村正直, 일본 신흥종교에 대한 서술	1쪽
88	處世箴	韓日文書일	『言志後錄』	잠언 6편, 1편은 『韓詩外傳』에서	2쪽
89	愼言	經史子集	『說苑』	언행을 삼가라	6줄
90	陶器*	韓日文書일	『漢文講本』	重野安繹, 일본의 도기	1쪽
91	陶器	조선문		위 90의 번역	2쪽
92	論語抄	經史子集	『論語』	「衛靈公」에서	1쪽
계	經史子集 : 34(그중 古文 8편), 한국문서 : 5, 일본문서 : 30, 新撰 : 15, 조선문 : 9(31쪽), "*" : 23				

(3) 『고등조선어급한문독본』 권3

단원	제목	분류	출전	내용 및 특기 사항	분량
1	與人爲善	經史子集	『孟子』	「公孫丑 上」에서	0.5쪽
2	事執爲大	經史子集	『孟子』	「離婁 上」에서	1쪽
3	孝子鄒本成	韓日文書한	『士小節』	明代 효자의 일화, 白居易의 「慈烏夜啼」 첨부	1.5쪽
4	今上天皇陛下	朝鮮文	『高等國語讀本』	大正 천황을 소개	5쪽
5	論語抄	經史子集	『論語』	「憲問」에서	1쪽
6	勸學	經史子集	『王陽明全集』	篤志力行, "勸學好問", 沈約의 「長行歌」 첨부	2쪽
7	格言三則	經史子集	『畜德錄』; 『禮記』 등	『畜德錄』은 淸의 席啓圖가 편찬	1쪽
8	靑年訓	韓日文書한	『擊蒙要訣』	어른을 모시는 법, 친구를 사귀는 법 등	1쪽
9	孟子抄	經史子集	『孟子』	「離婁 上·下」; 「萬章 下」에서	1.5쪽

단원	제목	분류	출전	내용 및 특기 사항	분량
10	下岐記蘇川記*	韓日文書일	『拙堂文集』	齋藤正謙, 산수유기	4쪽
11	黃公深慮*	韓日文書한	『練藜室記述』	李肯翊, 황희와 김종서의 교훈적 일화	1쪽
12	申欽妻李氏	韓日文書한	『海東續小學』	이씨의 덕행을 기림	1쪽
13	論語抄	經史子集	『論語』	「陽貨」에서	1쪽
14	公明宣學於曾子	經史子集	『說苑』	공명선과 증자의 교훈적 일화	1쪽
15	典故八則	經史子集	『漢書』; 『戰國策』 등	乙夜之覽, 一擧兩得, 負芨 등의 출전	2쪽
16	稼說送張琥	經史子集고	『唐宋八家文』	蘇軾의 저술, 王維의 「送元二使安西」 첨부	2쪽
17	朝鮮에在흔勸農…	朝鮮文	『高等國語讀本』	총독부의 권농 정책 서술	4쪽
18	齊人	經史子集	『孟子』	「離婁 下」에서	1쪽
19	論語抄	經史子集	『論語』	「子路」에서	1쪽
20	亡妻王氏墓誌銘	經史子集고	『唐宋八家文』	蘇軾의 저술	2쪽
21	題翁靑州山齋	經史子集고	『唐宋三十六名家』	歐陽修의 저술, 常建의 「題破山寺後院」 첨부	1쪽
22	中江藤樹傳	韓日文書일	『昭代記』	鹽谷世弘, 江戶시대 유학자 中江原을 입전	3.5쪽
23	論語抄	經史子集	『論語』	「顏淵」에서	1쪽
24	愛蓮說	經史子集고	『唐宋三十六名家』	周敦頤 작, 秦觀의 「納涼」, 李白의 「廬山瀑布」 첨부	1.5쪽
25	甘藷先生	韓日文書일	『先哲叢談』	原善, 고구마를 재배한 학자 靑木昆陽(재)	1쪽
26	蹲鴟子傳	韓日文書일	『山陽文稿』	賴襄 작, 고구마를 의인화한 假傳體 양식	3.5쪽
27	甘藷八利*	韓日文書한	『山林經濟』	甘藷는 고구마, 『증보산림경제』로 추정.	1쪽
28	『孟子』抄	經史子集	『孟子』	「離婁 上」에서	1.5쪽
29	鬻蕎麵者傳*	韓日文書일	『履軒弊帚』	中井積德 작, 大阪 상인의 의로운 일화	2쪽
30	蠶業獎勵에關흔訓令	朝鮮文	『朝鮮總督府官報』	총독부 훈령	6쪽
31	吉人凶人	經史子集	『小學』	邵雍의 교훈적 일화	1쪽
32	用字例1	語法		전고를 중심으로 夫, 蓋, 且 등의 용례서술	3쪽
33	論語抄	經史子集	『論語』	「述而」에서	1쪽
34	黃州快哉亭記	經史子集고	『唐宋八家文』	蘇轍의 저술, 柳宗元의 「漁翁」 첨부	2.5쪽
35	記承語天抄寺夜遊	經史子集고	『唐宋三十六名家』	蘇軾의 저술	0.5쪽
36	顏回	經史子集	『史記』	「仲尼弟子列傳」에서	1쪽
37	論語抄	經史子集	『論語』	「八佾」, 「述而」에서	1쪽
38	李氏山房藏書記	經史子集고	『唐宋八家文』	蘇軾의 저술(재)	2.5쪽
39~40	耶馬溪圖卷記 1,2	韓日文書일	『山陽遺稿』	賴襄 작, 벳푸지방의 계곡을 담은 지도책에 붙인 글, 지도 한쪽 도판으로 삽입	7쪽
41	論語抄	經史子集	『論語』	「里仁」, 「雍也」에서	1.5쪽
42	用字例2	語法		전고를 중심으로 然, 苟, 或 등의 용례 서술	4.5쪽

단원	제목	분류	출전	내용 및 특기 사항	분량
43	禊	朝鮮文	『高等國語讀本』	鄕約契, 婚姻契 등의 조선 관습 서술	3쪽
44	改過	經史子集	『王陽明全集』	교훈적인 글	1쪽
45	責善	經史子集	위와 같음	선을 권하자	1.5쪽
46	管鮑之交	經史子集	『史記』	張謂의 「題長安主人壁」, 杜甫의 「貧交行」 첨부	2쪽
47	論語抄	經史子集	『論語』	「子張」에서	1쪽
48	典故五則	經史子集	『韓非子』; 『莊子』 등	守株待兔, 墨守 등의 출전을 서술	3쪽
49	敬身	韓日文書한	『海東續小學』	金淨의 「容儀箴」에서	1쪽
50	『孟子』抄	經史子集	『孟子』	「告子 上」에서	1쪽
51	與梅聖兪	經史子集고	『唐宋三十六名家』	歐陽脩의 저술	1쪽
52	記句容叟	經史子集	『隨園集』	청나라 袁枚의 저술	1.5쪽
53	別文甫	經史子集고	『唐宋三十六名家』	蘇軾 작, 孟浩然의 「送杜十四之江南」 첨부	2쪽
54	論語抄	經史子集	『論語』	「顏淵」에서	1.5쪽
55	孟子抄	經史子集	『孟子』	「離婁 下」에서	1.5쪽
57	棉作奬勵에關흔訓…*	朝鮮文	『朝鮮總督府官報』	총독부 훈령의 요지 번역	6쪽
58	古硯銘	經史子集고	『古文眞寶後集』	唐庚의 저술	1쪽
59	傷仲永	經史子集고	『唐宋八家文』	王安石의 저술	1쪽
60	悅雲亭記	韓日文書한	『東國輿地勝覽』	金守溫의 記文, 일본 太宰純의 「登白雲山」	2.5쪽
61	『孟子』抄	經史子集	『孟子』	「離婁 上·下」에서	1.5쪽
계	經史子集 : 39(고문 12), 한국문서 : 6, 일본문서 : 7, 조선문 : 5(25쪽), 典故·用字例 : 4, "*" : 5				

(4) 『고등조선어급한문독본』 권4

단원	제목	분류	출전	주요사항	분량
1	幼學綱要序	韓日文書일	『幼學綱要』	元田永孚, 천황의 經筵 등을 포함	3쪽
2	孔子及孟子*	韓日文書일	『支那通史』	동양사학자 那珂通世의 저술	4쪽
3	桃花源記	經史子集	『陶淵明集』	일본 승려 五岳의 칠언절구 첨부(재)	2쪽
4	論語抄	經史子集		「公冶長」에서	2쪽
5	典故八則	經史子集	『晉書』; 『莊子』 등	著先鞭, 出藍, 杜撰 등의 출전	3쪽
6	産業組合	朝鮮文	『高等國語讀本』卷七	산업조합의 종류와 기능	6쪽
7	墨池記	經史子集	『唐宋八家文』	曾鞏의 저술	1쪽
8	蘭亭記	經史子集	『古文眞寶後集』	王羲之의 저술	2쪽
9	孟子抄	經史子集		「盡心 上」과 「離婁 下」에서	1쪽

단원	제목	분류	출전	주요사항	분량
10	岳陽樓記(재)	經史子集	『文章軌範』	范仲淹, 杜甫의 오언절구「登岳陽樓」첨부	2쪽
11	論語抄	經史子集		「述而」에서	2쪽
12	喜雨亭記	經史子集	『古文眞寶後集』	蘇軾의 저술	2쪽
13	實學*	韓日文書한	『燕巖集』	『課農小抄』를 발췌함	1쪽
14	農事箴	經史子集	『管子』	章孝標과 朴趾源의 율시「田家」첨부	2쪽
15	米作改良에關…	朝鮮文	『總督府官報』	미작 개량에 관한 총독부의 훈령 요지	6쪽
16	前赤壁賦	經史子集	『文章軌範』	蘇軾의 저술	2쪽
17	憎蒼蠅賦	經史子集	『古文眞寶後集』	歐陽修의 저술	3쪽
18	論語抄	經史子集		「泰伯」에서	1쪽
19	後赤壁賦	經史子集	『文章軌範』	蘇軾의 저술	2쪽
20	題赤壁圖後	韓日文書일	『艮齋文略續』	에도시대 昌平黌 教官 安積信의 저술	1쪽
21	醉翁亭記	經史子集	『古文眞寶後集』	歐陽修의 저술	2쪽
22	文話	韓日文書일	『拙堂文話』	齋藤正謙이 歐陽修를 평함, 崔顥의「黃鶴樓」첨부	2쪽
23	論語抄	經史子集		「子罕」에서	2쪽
24	典故八則	經史子集	『後漢書』;『戰國策』등	登龍門, 得隴望蜀 등의 출전	3쪽
25	陋室銘	經史子集	『古文眞寶後集』	劉禹錫의 저술	4줄
26	書錥瞎	韓日文書한	『恩誦堂集』	李尙迪의 저술, 서사적인 단편	3쪽
27 ~28	市一, 二**	朝鮮文	『最近朝鮮事情要覽』	당시 조선의 시장 상황	7쪽
29	用字例三	語法		固, 彼, 奈, 於 등의 단어 사용례	5쪽
30	論語抄	經史子集		「鄕黨」에서	1쪽
31	鈷鉧潭記	經史子集	『唐宋八家文』	柳宗元의 저술, 唐詩 2수(項斯, 司空曙) 첨부	2쪽
32	孟子抄	經史子集		「公孫丑 上」에서	1쪽
33	與孟東野書	經史子集	『唐宋八家文』	韓愈의 저술	1쪽
34	兪老僕墓誌銘	經史子集	『淸二十四家文』	청나라 馮景의 저술	3쪽
35	論語抄	經史子集		「先進」에서	2쪽
36	會社令	朝鮮文		조선총독의 制令 公布	8쪽
37	家長訓	經史子集	『小學』	司馬光의 저술	1쪽
38	用字例	語法		方, 將, 忽, 與, 可, 也 등의 어법	5쪽
39	送楊少尹序	經史子集	『文章軌範』	韓愈의 저술	2쪽
40	師說	經史子集	위와 같음	위와 같음	2쪽
41	孟子抄	經史子集		「盡心 上」에서	1쪽
42	原人	經史子集	『唐宋八家文』	韓愈의 저술, 宋詩 2수(杜耒, 林逋) 첨부	2쪽

단원	제목	분류	출전	주요사항	분량
43	論語抄	經史子集		「子張」에서	2쪽
44	與崔正字書*	韓日文書한	『白沙集』	李恒福, 土도 殖産을 해야 한다고 강조	5쪽
45	貨殖論*	經史子集	『史記』	「貨殖列傳」의 서론 격	2쪽
46	朝鮮의工業一	朝鮮文	출전 없음	위 27번의 원문인 『最近朝鮮事情要覽』과 비슷한 서적일 것으로 추정	4쪽
47	朝鮮의工業二	朝鮮文			3쪽
48	孟子抄	經史子集		「公孫丑 上」에서, 錢起의 唐詩 「歸鴈」 첨부	2쪽
49	知足*	韓日文書한	『蓉岡集』	李利敎의 저술	2쪽
50	守分*	韓日文書한	위와 같음	위와 같음, 『용강집』은 광무 연간에 출간	2쪽
51	眞樂	韓日文書일	『言志後錄』	에도 막부의 儒官 佐藤坦의 저술	1쪽
52	山居*	經史子集	『鶴林玉露』	宋人 羅大經의 저술, 杜甫의 칠언율시 첨부	2쪽
53	登金剛山記*	韓日文書한	『金剛山記』	1865년 출간된 趙成夏의 『금강산기』에서	4쪽
54	論語抄	經史子集		「先進」에서	2쪽
55	孟子抄	經史子集		「告子 上」에서, 朱熹의 「四時讀書樂」 4수 첨부	4쪽
계	經史子集 : 32(고문 17), 한국문서 : 6, 일본문서 : 5, 조선문 : 7(35쪽), 典故・用字例 : 5, "*" : 10				

2) 『신편고등조선어급한문독본』 한문부 목록

- 이 독본의 조선어부 수록문은 허재영, 『일제강점기 교과서 정책과 조선어과 교과서』(경진, 2009)을 참조할 것.
- 『고등독본』의 단원이 다시 수록된 경우 제목 끝에 "(재)"라 표기함.

(1) 『신편고등조선어급한문독본』 권1의 한문부 목록

단원	제목	분류	출전	내용 및 특기 사항	분
1	記誦	일본	『愼思錄』	貝原篤信 작, 교훈	4
2	久自得之(재)	고전	『小學』	『呂氏童蒙訓』에서, 교훈(재)	5
3	詔勸農蠶	일본	『大日本史』	천황이 조칙으로 권농함, 미토학 역사서	5
4	三餘	고전	『魏略』	魚豢의 편찬서, 교훈	6
5	早起之益	일본	中村正直	일찍 일어나면 시간을 번다, 교훈	5
6	櫻花	교과용, 실용		꽃은 사쿠라, 인간은 무사	5
7	五倫	일본	『初學知要』	貝原篤信 작, 오륜이 있어야 인간	6
8	車胤, 朱買臣 등 6명의 권학문, 한시	고전	『日記故事』; 『古文眞寶』	勸學을 주제로 인물사적과 朱子의 권학문(재수록)과 주자, 도연명의 시 한 수씩	5
9	物無全美	일본	『敬宇文集』	中村正直, 실질이 중요함. 교훈	5
10	子在外上父書	교과용, 실용		한문으로 서간 쓰는 양식. 실용	1
11	野中兼山	일본	『先哲叢談』	도사번 家老이자 유학자인 野中의 사적	7
12	小學抄	고전	『小學』	「明倫」에서	9
13	中江藤樹(재)	일본	『先哲叢談』	사가번의 양명학자 中江의 사적	6
14	孔子	고전	林奎(淸人)	공자를 흠숭하기보다 입지를 본받아라	7
15	四民有業	고전	『漢書』; 『王陽明』	사농공상이 진심을 다함은 하나이다	8
16	海東孔子	한국	『東國通鑑』	고려 최충의 사적	8
17	蒸氣	교과용, 실용	『教科用漢文讀本』	증기 기관의 원리	
18	始試蒸氣船	교과용, 실용	『米利堅志』	풀턴의 사적	5
19	小學抄	고전	『小學』	「敬身」에서, 예의범절	9
20	節飲食	일본	『要言類纂』	貝原篤信, 섭생을 주의하라	7
21	課雨	교과용, 실용	『教科用漢文讀本』	증기와 비의 원리는 같다	6
22	象	교과용, 실용	『博物新編』	코끼리 사냥에 대한 이야기	5
23	電報	교과용, 실용	『隨園漫筆』	전보에 대한 기사를 古文 형식으로	1

원	제목	분류	출전	내용 및 특기 사항	분량
4	格言	고전	『荀子』;『韓詩外傳』	청출어람 등의 격언을 모음	7줄
5	金閼智	한국	『三國史記』	김알지의 사적	8줄
6	小學抄	고전	『小學』	형제 간 우애에 관한 내용	8줄
7	王女德曼	한국	『東國通鑑』	선덕여왕의 모란꽃 일화	6줄
8	叔敖陰德	고전	『楚語』	손숙오가 양두사를 죽인 이야기	6줄
9	洪暹退蛇	한국	『海東言行錄』	홍섬이 아버지를 위해 뱀을 쫓음	7줄
0	黃喜 一	한국	『芝峯類說』	황희와 소 이야기	6줄
1	黃喜 二	한국	『松窩雜記』	황희와 계집종 이야기	7줄
2	小學抄	고전	『小學』	효를 강조	7줄
3	尹淮忍辱	한국	『國朝名臣錄』	윤회와 거위 이야기	7줄
4	鹽原多助	교과용, 실용	『敎科用漢文讀本』	라쿠고 소재로도 유명한 에도시대 대상인	7줄
5	怨天	한국	『星湖僿說』	하늘을 원망함은 부모를 원망함이라	1쪽
6	安珦	한국	『高麗史』	안향이 상주에서 무당들을 쫓아냄	6줄
7	小學抄	고전	『小學』	우애를 강조함	1쪽
8	茶	한국		『삼국사기』, 『고려사』 등에서 차 관련 기록	1쪽
9	文武王	한국	『三國史記』	김춘추와 김유신 여동생의 결혼을 기술	8줄
0	太學	한국	『文獻撮錄』	고구려, 신라에서 국학을 만든 사적	7줄
	鄕校	한국	『大東韻玉』	고려사, 문헌비고 등에서 향교의 기원	1쪽
	孟子抄	고전	『孟子』	親親, 君子三樂 부분, 「盡心 上」에서	7줄
	申叔舟	한국	『練藜室記述』	외교, 군사에 능하고 『해동제국기』를 저술	7줄
	朴淵瀑布	한국	『東國輿地勝覽』	박연폭포 해설, 李白의 시 「廬山瀑布」 붙임	1쪽
	小學抄	고전	『小學』	효를 강조	8줄
	鹽	교과용, 실용	『敎科用漢文讀本』	소금의 제작 원리	1쪽
	孟子抄	고전	『孟子』	孔子登泰山 부분, 「盡心 上」에서	1쪽
	愼取友	고전	『淮南子』;『孔子家語』	사람도 천처럼 물드나니, 친구를 주의하라	4줄
	弟子在家上校長書	교과용, 실용		한문서간 쓰는 양식	1쪽
	孟子抄	고전	『孟子』	양로의 모범, 「盡心 上」	8줄
고전 : 17, 한국문서 : 15, 일본문서 : 8, 교과서·실용문·기타 : 10					

(2) 『신편고등조선어급한문독본』 권2의 한문부 목록

단원	제목	분류	출전	내용 및 특기 사항	분
1	論語抄	고전	『論語』	「衛靈公」에서	1
2	箕子朝鮮	한국	『東國通鑑』	기자조선의 사적	1
3	小學抄	고전	『小學』	「善行」에서, 陶侃의 일화	1
4	醍醐天皇	일본	『國史略』	일본 60대 천황의 일화	1
5	閔損衣單	고전	『蒙求』	閔子騫의 효행	1
6	雨森芳洲	일본	『先哲叢談』	原善 작, 에도시대 학자 芳洲는 한국말을 했다	1
7	筆及墨	신찬		붓과 먹에 대한 서술	1
8	貯金	교과용,실용	『臺灣漢文讀本』	저금의 중요성	1
9	塞翁之馬	고전		청나라 林圭의 편찬서에서	1
10	論語抄	고전	『論語』	「雍也」에서	1
11	動物	교과용,실용	『臺灣漢文讀本』	초보적 생물학 지식	1
12	管子抄	고전	『管子』	짤막한 금언 형식	1
13	草木	교과용,실용	『臺灣漢文讀本』	초보적 식물학 지식	1.5
14	約友人傳遊公園	교과용,실용		친구끼리 보내는 편지와 답장의 전범	1.5
15	猿說	일본	『齋藤馨』	원숭이를 들어 세태를 경계	1
16	刻舟求劍…	경사자집	『呂氏春秋』등	刻舟求劍과 守株待兎의 출전	1
17	論語抄	고전	『論語』	「爲政」, 「顏淵」에서	1
18	乃木大將及…	교과용,실용	『新定漢文讀本』	러일전쟁의 영웅 乃木과 東鄉	1
19	石炭	교과용,실용	『臺灣漢文讀本』	석탄의 활용	1
20	水利(재)	한국	『星湖僿說』	李瀷, 관개사업의 중요를 강조	1.5
21	朝鮮諸地之俗稱	신찬		三南·嶺南·嶠南·湖南·湖西 등 명칭의 유래	1
22	朴赫居世	한국	『三國史記』	박혁거세의 난생을 서술	1
23	砂糖	일본	『隨鑾紀程』	사탕의 제조와 전래	1
24	人力車	일본	『大槻如電』	일본의 인력거	1
25	論語抄	고전	『論語』	「述而」, 「子罕」에서	1
26	訓民正音	한국	『文獻撮錄』	鄭元容의 類書로 추정, 훈민정음 자모 삽입	1.5
27	諺文化民	한국	『青莊館全書』	李德懋, 언해소학을 읽고 감화된 봉산백성	1
28	列子抄	고전	『列子』	朝三暮四, 亡羊之歎 출전	1
29	孟子抄	고전	『孟子』	「告子 上」에서	1
30	文記之始	한국	『三國史記』	고구려, 백제, 신라의 역사 편찬	1
31	吏道諺解及漢文	한국	『三國史記』등	『慵齋叢話』·『文獻備考』에서 이두·언해의 유래	2
32	小學抄	고전	『小學』	「善行」에서	1

원	제목	분류	출전	내용 및 특기 사항	분량
3	耽羅	한국	『耽羅志』	제주도 세 성씨의 기원	1.5쪽
4	濟州柑子	한국	『海遊錄』	일본에서 감귤을 들여온 申維翰	1.5쪽
5	梁上君子	고전	『後漢書』	陳寔의 일화	1쪽
6	小學抄	고전	『小學』	「善行」에서	1쪽
7	論語抄	고전	『論語』	「爲政」에서	1쪽
8	火藥及鳥銃	한국	『高麗史』; 『懲毖錄』 등	『萬機要覽』과 『文獻備考』에서도 인용, 조선에서 화약 보급	2쪽
9	西洋火砲之始入	한국	『書雲觀志』	鄭斗源이 陸若漢을 만나 화포를 수입	1.5쪽
0	時憲曆法之採用	한국	『潛谷集』(金堉)	시헌력이 利瑪竇에서 淸을 거쳐 조선에 옴	1.5쪽
1	自鳴鐘	한국	위와 같음	정두원이 북경에서 얻음, 밀양 工匠이 모방함	1.5쪽
2	小學抄	고전	『小學』	「善行」에서	1쪽
	고전 : 15, 한국문서 : 13, 일본문서 : 5, 교과서·실용문 및 기타 : 9				

(3) 『신편고등조선어급한문독본』 권3의 한문부 목록

1원	제목	분류	출전	내용 및 특기 사항	분량
1	小學抄	고전	『小學』	「嘉言」에서	1쪽
2	孝經抄	고전	『孝經』	효로 임금을 섬기고 입신하라	1.5쪽
3	仁德天皇(재)	일본	『皇朝史略』	靑山延于의 저술	1.5쪽
4	孝子宰助傳(재)	일본	『金陵遺稿』	芳野世育의 저술	2쪽
5	小學抄	고전	『小學』	「善行」에서	1.5쪽
6	奢侈之害 ·勤儉之力(재)	한국	『栗谷全書』; 『士小節』	두 글 모두 재수록	1.5쪽
7	農夫之遺言(재)	일본	『譚海』	依田朝宗	1쪽
8	農謳(재)	한국, 한시		姜希孟, 농사주제 14수 중 4수를 재수록	1.5쪽
9	昔脫解	한국	『三國史記』	석탈해의 사적	1.5쪽
0	分院磁器	한국	『慵齋叢話』	조선의 자기 생산에 관한 사적	1.5쪽
1	海雲臺	한국	『東國輿地勝覽』	鄭誧의 오언율시 첨부	1.5쪽
2	遊學戒(재)	일본	『方谷別稿』	에도 후기의 유학자 山田球의 산문	1쪽
3	論語抄	고전	『論語』	「學而」에서	1쪽
4	商業高手(재)	신찬		재수록, 『言志後錄』의 격언 첨부	2쪽
5	陶朱公(재)	고전	『史記』	「越王世家」에서 范蠡의 이야기	1쪽
6	典故熟語六則	語法	『辭源』	『禮記』, 『莊子』 등에서 資格, 雷同, 孟浪 등의 출전	1쪽

단원	제목	분류	출전	내용 및 특기 사항	분
17	山林(재)	한국	『星湖僿說』; 『經世遺表』	조선의 산림 경영	1.!
18	格言四則	고전	『畜德錄』; 『禮記』 등	『老子』, 『韓非子』 등에서도 발췌	1ʌ
19	和氏之璧	고전	『韓非子』	재수록	1.!
20	農(재)	신찬		농업의 중요성, 李紳(唐), 孫必大(朝鮮) 한시 첨부	2
21	甘藷先生(재)	일본	『先哲叢談』	구교과서에 실린 내용을 추려서	1.!
22	孟子抄	고전	『孟子』	「離婁 上」에서	1·
23	典故熟語七則	語法	『辭源』	『史記』, 『漢書』 등에서 塞責, 狐疑 등의 출전	3·
24	三國佛敎之始	한국	『三國史記』	고구려, 백제, 신라의 불교 전래	2·
25	金剛山	한국	『東國輿地勝覽』 등	『擇里志』에서 금강산의 지리 서술 첨부	4·
26	語助辭字用例	語法	『字源』	之, 乎, 也, 于 등의 용례	8·
27	薛聰	한국	『三國史記』	설총의 사적	1.!
28	護松說(재)	한국	『栗谷全書』	金說에게 지어준 글, 재수록	2.!
29	老子	고전	『史記』評林	노자의 사적	2·
30	朝鮮道敎	한국	『三國史記』	『高麗圖經』에서도 인용, 고구려와 고려의 도교	2·
31	漫筆二則(재)	한국	『雅言覺非』	재수록	2.!
계	고전 : 9, 한국문서 : 12, 일본문서 : 5, 교과서·실용문 및 기타 : 2, 典故와 語法 : 3				

(4) 『신편고등조선어급한문독본』 권4의 한문부 목록

단원	제목	분류	출전	내용 및 특기 사항	분량
1	論語抄	고전	『論語』	「季氏」, 「陽貨」 등에서	1쪽
2	樂羊子之妻(재)	고전	『後漢書』	「列女傳」에서 일본승려 月性 칠언절구 첨부	1.5쪽
3	二戒	고전 고문	柳宗元의 文	「臨江之麋」, 「黔之驢」 2편	2쪽
4	孟子抄	고전	『孟子』	「公孫丑 上」, 「盡心 上」에서	1쪽
5	夫餘溫祚	한국	『三國史記』	백제 태조 온조왕의 사적	1.5쪽
6	格言七則	고전	『禮記』; 『菜根譚』 등		1쪽
7	北藷	한국	『五洲衍文長箋散稿』	李圭景 편찬, 감자의 전래	1.5쪽
8	平壤練光亭	한국	『東國輿地勝覽』	평양성의 지리와 사적	2쪽
9	强首	한국	『三國史記』	「列傳」에서	1.5쪽
10	愛蓮說(재)	고전 고문	『唐宋三十六名家』	周敦頤 작 재수록	1쪽
11	朝鮮紙品	한국	『五洲衍文長箋散稿』	김안국, 성현 등의 종이에 대한 일화	2쪽
12	鑄字	한국	『慵齋叢話』	세종 때, 활자를 만든 사적.	1.5쪽

단원	제목	분류	출전	내용 및 특기 사항	분량
13	陶窯	한국	『五洲衍文長箋散稿』	한국에서 도자기 가마의 유래	1쪽
14	陶工巴律西傳	일본	『漢文教科書』	中村正直, 프랑스 도공의 사적	3.5쪽
15	雜說	고전 고문	『唐宋八大家文』	韓愈 작	1쪽
16	弔狀	교과용, 실용		부모상을 알리는 문서의 전범	2쪽
17	駕洛及五伽倻	한국	『東國輿地勝覽』	金海府에 대한 서술	1.5쪽
18	蠶種	한국	『五洲衍文長箋散稿』	한국에서 잠사의 유래, 오언절구 「蠶婦」	1.5쪽
19	山野蠶	한국	위와 같음	잠사와 관계된 사적	1.5쪽
20	地桑說	한국	위와 같음	뽕나무 재배와 관계된 사적	1쪽
21	論語抄	고전	『論語』	「學而」에서	1쪽
22	欽敬閣記	한국	『東國輿地勝覽』	경복궁의 사적	3쪽
23	江陵鏡浦臺	한국	위와 같음	강릉 경포대의 사적	1쪽
24	雪喩(재)	일본	『拙堂文話』	齋藤正謙, 눈의 정경, 柳宗元의 오언절구 「江雪」	2쪽
25	孟嘗君	고전	『史記』	鷄鳴狗盜 고사	1쪽
26	論語抄	고전	『論語』	「子罕」에서	1쪽
27	金正皥地志1	한국	『五洲衍文長箋』	古山子의 사적	1쪽
28	金正皥地志2	한국	『大東地志』	김정호 지리지에서 발췌	2쪽
29	典故熟語十四則	교과용, 실용	『竝辭源』	『史記』, 『孟子』 등 숙어의 전고를 정리	4쪽
30	牛痘始原	교과용, 실용	『中西見聞錄』	제녀가 우두를 발명한 사적	2.5쪽
31	牛痘輸入記	한국	『牛痘記錄』	池錫永 작, 우두의 보급 사적	2쪽
32	論語抄	고전	『論語』	「八佾」에서	1쪽
33	觀光之益 1	한국	朴瑞生	통신사로 일본을 다녀와 올린 보고	4쪽
34	觀光之益 2	목차에 있으나 낙장으로 확인 못함.			7줄
계	고전 : 8, 한국문서 : 18, 일본문서 : 2, 교과서·실용문 및 기타 : 2, 典故와 語法 : 1				

(5)『신편고등조선어급한문독본』권5의 한문부 목록

단원	제목	분류	출전	내용 및 특기 사항	분량
1	養心·立志	고전	『座右銘全集』	陸象山, 王陽明의 격언을 모음	2쪽
2	近思錄抄	고전	『致知類』	朱子의 『近思錄』의 주요 부분을 모음	2쪽
3	徐敬德	한국	『海東名臣錄』	『고등독본』에도 서경덕의 사적 있음	2쪽
4	大日本維新史序	교과용	『漢文讀本』	重野成齋(安繹), 메이지유신을 찬양	2쪽
5	論語抄	고전		「憲問」, 「衛靈公」 등에서	1쪽
6	西洋人畵竹屛序	한국	『松泉筆談』	沈鋅 작, 서양 그림에 관한 일화	2쪽

단원	제목	분류	출전	내용 및 특기 사항	분량
7	桃花源記(재)	고전 고문	『陶淵明集』	陶潛, 일본 승려 五岳의 칠언절구 첨부	2쪽
8	答胤陣商書	고전 고문	『文章軌範』	韓愈의 서간	1.5쪽
9	格言六則	고전	『唐書』; 『中庸』 등		1쪽
10	瑠璃明王	한국	『三國史記』	高句麗 유리왕의 사적	1.5쪽
11	書中吳道子畵後	고전 고문	『唐宋八家文』	蘇軾 작, 그림에 붙인 글	1쪽
12	鈷鉧潭記(재)	고전 고문	『唐宋八家文讀本』	柳宗元, 재수록	1쪽
13	農桑輯要後序	한국	『東文選』	李穡 작, 『농상집요』를 펴내며 붙인 글	1.5쪽
14	優孟衣冠	고전	『史記評林』	『사기』 출전, 孫叔敖와 優孟의 이야기	1.5쪽
15	漁父辭	고전	『楚辭』(漢文大系)	屈原 작	1쪽
16	墨池記(재)	고전 고문	『唐宋八家文讀本』	曾鞏 작	1.5쪽
17	魏文侯	고전	『戰國策』		1쪽
18~19	漢文典 1, 2	교과용	『新撰漢文典』	四書, 『史記』 등의 구절을 서구문법으로 배열	6.5쪽
20	岳陽樓記(재)	고전 고문	『文章軌範』	范仲淹 작, 杜甫의 오언율시 「登岳陽樓」 첨부	3쪽
21	李氏山房藏書記	고전 고문	『唐宋八家文讀本』	蘇軾 작(재)	3쪽
22	朴堧樂學	한국	『慵齋叢話』	成俔 작, 박연의 일화, 李白의 오언절구	2쪽
23	荀子抄	고전	『荀子』	「榮辱」에서	1쪽
24	族譜序	고전 고문	『古文眞寶』	蘇洵 작	2쪽
25	管仲(재)	고전	『史記評林』	관중과 鮑叔의 이야기, 杜甫의 칠언절구	2.5쪽
26~27	語助辭字用例 1,2	교과용	『字源』	必, 故 등의 주요 語辭 활용례	7쪽
28	貨殖論(재)	고전	『史記』	司馬遷, 「貨殖列傳」에서	2.5쪽
29	師說(재)	고전 고문	『唐宋八家文讀本』	韓愈 작	2쪽
30	蘇秦	고전	『史記評林』	『사기』 「소진열전」에서	1.5쪽
계	고전 : 20(고문 10), 한국문서 : 5, 일본문서 : 1, 文典과 語法 : 4				

「보통학교직원 수지요강」의 번역문

1) 보통학교직원 수지요강

　관공립 보통학교 직원은 그 근무하는 학교의 개선 발달에 힘을 다하여 신교육의 모범을 부근의 여러 학교에 보임과 함께 해당 지방 민심의 계발 선도에 애써서 건전한 교육사상의 보급을 도모해야만 할 것은 본래 말이 필요 없는 바이니, 시운의 진보를 따라서 그 책임에 한층 무거움이 더해진 정세가 있은 즉, 이로써 차간(此間)에 처한 직원의 노고가 어떤 지방을 불문하고 대저 깊이 동정할 바가 있음은 교감이 제출한 정황보고서 및 본부(학부) 출장원의 시찰보고 등등에서 나타나는 바이라. 그러나 혹은 내외에 대한 학교의 시설과 계획이 아직 실행을 보기에 미치지 못하며 또한 다소 실행함이 있다 하나 능히 민심을 흡인하여 부근의 여러 학교로 하여금 향도를 알게 함에는 미치지 못한 감이 없지 아니 하니, 이는 본래 그 설립된 일수가 아직 적고 주위의 사정이 이를 허락하지 않는 바가 있기 때문이라 하겠으나, 그래도 애초에 또한 직원의 성의와 열심이 아직 철저하지 못하고 착안한 용의가 적절하고 주도周到하지 못한 바에 근원한 경우도 자못 적지 않으니라. 이에 다음에 보통학교 직원이 평소에 심득心得할 것을 서술하여 이제부터 한층 정려하게 능히 신교육의 진가를 발휘하여 모범의 실적을 드러냄에 이를 것을 희망함이라.

보통학교의 목적이 학도 덕성의 함양과 신체의 발달로 유의하여 일상의 생활에 필수한 사항을 회득會得 하게 함에 있음은 법령의 명시하는 바임에 비롯하기에 이는 교직에 종사하는 자라면 자세히 한국의 실정을 살펴서 학도의 교양으로 하여금 각자의 가정 및 사회와 밀접한 관계를 가지게 하며 실제의 생활에 적절·유효하게 함을 기약할지니라. 그러나 왕왕 일본에서 기성의 소학교육을 인지함과 같이 자칫 학교 교육의 실제 및 추향으로 하여금 가정 및 사회의 실제와 서로 관여하지 않게 하여서 근면한 사업을 힘써 착실히 생산을 다스릴 소이가 있는 것으로 하여금 도리어 가까움을 버리고 멀리서 취하게 하여 안일을 탐하며 노고를 싫어하는 습속에 빠지게 하는 일이 있느니라. 그러므로 보통학교를 졸업하여도 함부로 자진해 다른 학교에 진학하고자 하지 아니하면 우유優遊하여 어떠한 소위所爲가 없는 자가 적지 않음은 보통학교 교육의 본지에 어긋나는 현상이라 이를지로다. 오직 한국의 문교文教는 연원이 자못 깊어서 양풍의 칭양할 만한 것이 있으나 모름지기 시세의 추이와 더불어 따라 나온 폐습이 또 적지 아니하니, 무릇 교육의 실제와 서로 현격하며 공소하게 상실되어 공연히 헛되게 놀며 의식衣食하는 무리를 나오게 함과 같음이 많음은 민인民人으로 하여금 궁박한 현황에 빠지게 한 폐습의 하나가 됨에 비롯됨인즉 신교육의 모범을 보여야 할 보통학교는 본래부터 차등의 폐습을 배울 것이 아니라. 직원 중 특히 학교의 주뇌主腦가 되어야 할 교감은 깊이 이에 주의하여 몸소 이로써 학도를 인솔하여 그 일석日夕의 학습하는 바로 하여금 실제에 활용하게 함에 노력하여 나가 능히 배우고 익혀서 능히 가정의 업무를 돕는 이가 되게 하며, 학습과 근로가 혼연히 융합하여 서로 어긋나지 아니하는 미풍을 권장하는 길을 만들어야 하나라. 저번에 실업학교령이 발포發布되니 기타의 학교에 있어서도 토지의 정황을 짐작하여 실업에 관한 과목을 더함을 얻었을 뿐 아니라, 다른 여러 과목 교수의 내용에 있어서도 모두 실제와 밀이密邇한 이용후생을 돕게 함도 있고 또한 실로 신교육의 효과를 거두어서 유감遺憾이 없게 만들고자 바람밖에 없으니, 소임이 교직에 있는 이는 마땅히 보통학교가 아직 취학을 강제할 의무교육을 실시함이 아니고 또한 다른 계제를 주로 하는 예비교육을 행하지 아니함은 오로지 일상생활의 실제에 적응해야 할 유효하고 필수한 신교육의 모범기관 됨을 체인體認하여 조차전패造次顚沛에도 학도의 장래가 근면 착실 참되게 몸을 수고로이 하며 자기를 부려서 의식주의 안고安固를 헤아리고 집안을 일으키며 나라를 가멸게 하는 양민 되는데 이르게 하는 것을 염두에 두어야만 하니, 만약 직원으로서 이에 삼사三思하지 않고서 가령 학도들에 대해 외관을 장엄하게 하며 형식 또한 가지런한 바가 있다 해도 오히려 근본을 잃고서 말단에 따르는 자이오, 아직 그 존귀한 곳을 알지 못함이라.

이상은 종래로 기회에 임하며 때에 따라 누누이 설유한 바와 조응하고 일치하여 직원이 마땅히 복응服膺할 만한 주의라, 이제 이를 심득하고 이에 근거하여 아래에 그 주의할 사례를 제시하노니, 직원, 특히 교감은 주의하여 그 종사하는 학교 내의 교수 훈련 관리의 임무를 완전하게 할 뿐 아니라, 방과 후 혹은 휴업일이라도 이를 활용하되 학교 내외의 시설에 관하여 솔선하여 그 힘을 다해 만에 하나 빠짐이 없음을 기약할 지니라.

① 학도로 하여금 지성으로 일에 당하며 윤상倫常을 중히 하는 덕성을 함양하게 함은 물론, 일상의 소쇄응대와 같은 일도 역시 이를 등한하게 여기지 말 것이며 수신제가의 도에 있어서는 더욱 고래의 양풍으로 인정할 만 한 자는 특히 뜻을 써서 이를 조장함에 힘쓸 것.

② 교수법의 연구, 교외校外 교수, 동식물, 광물의 채집 및 표본, 괘도 종류의 제작과 기타 열등생에 대하는 특별교수 등에 의거해 직원이 상호 제시提撕하고 유액誘掖하며 학도의 실제적 지덕을 수득修得함에 힘쓸 것.

③ 농포農圃, 학교림, 학교원 등을 설영設營하여 조림 또는 곡식, 채소, 과수, 화훼 종류를 파종 재배하여 교수상의 편리를 계획함은 물론 학도로 하여금 근로를 즐기며 생업을 높이는 습관을 함양하게 하여 아울러 그 취미를 높이게 할 것.

④ 학예회, 성적품 전람회 또는 부형모자회, 통속 강담회 등을 개최하여 신교육의 진가를 보이고 지방의 선량한 향학심을 유치誘致하고 기타 학교 관계자 및 유지有志 부형과 왕래하여 의사의 소통을 도모하여 지방 민심의 계발 선도에 노력할 것.

⑤ 기회가 있으면 때때로 군내 또는 부근의 여러 학교를 방문 참관하여 미리 그 정황을 지실知悉함에 힘쓰되, 이에 인하여 차등의 학교로 하여금 점차 모범학교의 시설 경영을 본받는 기운을 촉진하고 나아가서는 직원 특히 교감을 신뢰하여 스스로 그 간절한 유도와 부액扶腋을 감수함에 이르게 할 것.

이상의 사례는 단지 주의해야 할 사항의 일단을 든 것에 그치니 주도하게 열심인 직원에 있어서는 기술既述한 심득心得을 체인하고 이제 학교의 내외에 걸쳐서 각종의 공부와 경영함이 있음을 인지하겠으나 그러나 오히려 결코 그 현상에 안주하지 않을 것을 바라마지 않는 바이라.

이를 요약하건데 어떤 학교에 있든지 각 직원은 장래 더욱더 분투하야 안으로는 서로 협조하여 능히 그 중대한 임무를 수행하고 밖으로는 지방의 민심이 스스로 보통학교에 귀향하여 부근 여러 학교 또한 이를 중심으로 하기에 이르면 거의 최초에 본부에서 기대한 모범 교육 시설의 원뜻을 관철하여 한국 민생의 실제에 적응하는 신교육의 당연한 효과를 올림을 얻을까 하노라.

덧붙임은 관립 보통학교 직원회에서 본관이 연술演述한 요령要領으로 이를 같이 숙독하고 참고하여 바탕으로 삼기를 바라노라.

2) 융희 3년 9월 10일
제28회 관립보통학교 직원회 연술演述 요령

나는 금일 보통학교 직원 제군의 회의가 있음을 기회로 얼마간 평소의 소회를 펴서 이로서 제군에게 한층 분투함을 바라노라, 종래 제군은 각기 학교에 있어서 열심히 학도를 교육하시어 그 성적이 차츰 양호한 영역에 나아가는 일은 나의 기쁜 바이라, 그러나 여기서는 그 양호한 성적에 관해서는 잠깐 이를 거론함에 그치고 그 아직 이르지 못한 여러 점을 지적하여 제군의 주의를 구하노니 제군은 이 뜻을 양해할지어다.

신교육의 모범학교

보통학교는 신교육의 모범기관으로 각도각지에 시설, 경영하는 일은 여러 말을 요하지 않으나 그러나 신교육이라 함은 어떤 것이오 한다면 이에 대해 붙인 그 모범을 각지에서 실제로 보이기 위하여 학부가 다대한 심로心勞를 쓰고 있음은 제군이 능히 아시는 바이라, 그런즉 신교육의 모범을 실제로 보이고자 함에는 이를 여하히 하면 가한고? 이를 또한 이미 제군이 요해하는 바이라 하나 혹은 아직 깊이 연구가 두텁지 아니한 사람이 없지 않다고 보장하지 않을 수 없으니 이로써 다소 특히 이를 서술하노라.

모범학교의 실질

대저 보통학교는 모범적이 되는 고로 각 도내의 공립보통학교는 물론 경성 내의 관립보통학교라도 그 부근에 있는 학교로 하여금 이미 모방하게 하지 아니하면 아니 되나라, 환언하면 부근의 학교는 그 보통학교를 중심으로 하여 만사를 본받아, 일이 있을 때마다 보통학교에 와서 그 협의를 하는 등 모두 이와 같은 풍습을 양성하고자 하니, 이것이 실로 나의 이상이라, 그러나 그 이상을 행함에는 각종의 방법이 있을지라, 혹은 부근 학교 직원의 연합함도 가하며, 또는 서로 학교를 참관하여 서로 화목함도 가하며 혹은 또 유지자 부형 등을 방문하여 여기 접근하여 보통학교를 소개하는 방법을 구함도 또 가하도다, 이런 등은 모두 저들에게 접근하는 일이나 더욱 그 부근학교의 상황 여하를 관찰하며 또 이들 학교의 관계자로 하여금 보통학교를 와서 보게 하며 그리하여 서로 사정을 알게 하는 등이니 그 방법이 대개 적지 않을지라, 그러나 실제에 취하여

관찰하면 경성 내의 보통학교에서는 위 나의 이상으로 생각한 바를 행하는 자가 적으며 대부분은 아직 행하지 아니하고 있는 듯하도다, 이것이 금일 제군에게 진술하고자 하는 바이라.

부근학교의 시찰

종래 제군으로부터 받은 상황보고들의 요령 가운데 "부근 여러 학교의 상황 및 이들 학교와의 관계"라 한 한 항목에서 경성에서는 부근의 의의意義가 모호하여 그 구역이 판명하지 아니하다 하는데 이는 혹은 이 항목은 경성에서는 해당하지 아니한 것으로 오해된 바가 아닌가?

과연 이렇다면 나는 제군에게 바라느니 장래 경성에서도 학교소재지 부근의 학교의 상황을 지실知悉하여 교원은 서로 왕래하여 화목을 맺으며 나아가는 모범을 나에게서 취하고 나의 장점을 본받게 하도록 십분 진력하고서, 물론 제군이 이 방법을 다함에 있어서는 그 노고가 다대할 일일 수밖에 없음은 만만상찰萬萬想察하는 바이라, 그러나 여하히 마음을 쓰며 힘을 다하더라도 보통학교에 오지 아니하며 참관하러 오지 아니한다 함은 이에 그것은 부득이함이라, 그 사이 원래 각종의 사정도 있었을지라도 소위 인연이 없는 중생은 구제하기 어렵게 되니 여하히 심력을 다해도 권유에 응하지 아니한다 함은 세간에 나타나는 일이 많은 사례니라, 그런즉 십분진력한 이상은 그 이상의 일은 책하지 아니하노라, 단지 충분히 노력하는 일을 바랄 뿐이니라, 이 점에 관하여는 본래 예외도 있으나 개략하면 각도에 있는 교감과 경성에 있는 교감과는 열심의 정도가 차이가 있는 것처럼 인지할 수밖에 없노라, 그 이유는 아직 상세하지 아니하나 각도에 있는 자는 그 주위에 자기에게 의지하는 자가 적음으로 오직 그저 고립분투의 상태로 이로서 노력하고 있음에도 경성에 있는 사람은 단지 학부에 호소할 수 있을 뿐 아니라 동료선배가 또한 많으니 즉 자기가 아군으로 의지하는 자가 적지 아니하여 자칫 의뢰의 마음이 나와서 자연히 소강小康에 만족하는 바가 없지 아니한가, 이는 혹은 궁긴肯緊 (긴밀, 절실)에 적합하지 않은 것이 아닌가 모르겠으며 경성에 있는 교감이 비교적 활동하지 않고 있다고 나는 인지하노라.

진취적 공부

필경은 우리가 제군과 함께 한국에 와서 힘을 신교육에 다하여 모범교육의 실질을 보일 일을 기약한 이상 그 책임의 중대함이 본래 논할 필요 없고, 이 때문에 항상 그 책임의 중대함을 살펴 극진하게 공부를 쌓으며 연구를 지속하지 않으면 불가하니라, 환언하면 상시 진보적 활동적이 되지 아니하면 불가하도다, 경성의 학교는 물론 열외라 하나 대개 정지靜止적으로 됨이 유감이니, 바라노니 공부를 쌓으며 고안考案을 움직여 진취적으로 시위하는 것을 나는 항상 다대한 주의로써 제군의 제출하는 보고를 살피나 그중에는 부근의 학교에 대해서는 내가 조금도 알지 못한다는 기술이 있으니 이와 같음은 내가 취하지 못할 바라, 전술前述과 같이 저들을 알아내며 나를 알리고 그리고 저들을 지도하여 모범학교의 실질을 보이도록 십분 분투함을 바라마지 않노라.

신교육이라 함은 무엇인가

다음에 희망하는 바는 신교육에 관한 일이나 보통학교는 모범교육을 시행하는 곳이니 곧 신교육의 모범을 보일 곳이니라, 그런즉 신교육이라

함은 무엇인가, 보통학교령 제1조에도 있음과 같이 우선 생활에 필수한 지식의 양성, 인생의 생활에 필수한 실제적 교육을 시행할 것이니, 이는 곧 우리들의 소위 모범교육에서 벗어나지 않음이라, 이하 이 점에 관하여 조금 서술하는 바이라, 교육을 실제적으로 되게 함이라 하는 일은 극히 간단하니 이미 제군의 숙지하시는 바이로다, 그래도 실제에 있어서 아직 우리들의 희망함과 같이 진정 실제적으로 됨을 보지 못함은 유감이며 이는 경성의 보통학교 직원 제군에게 대하여만 말함이 아니라, 전국의 보통학교 직원들에게 고하고자 바라는 바이라.

신구교육의 비교

무릇 한국에 있었던 종래의 교육과 금일의 교육은 어떤 점에 있어서 다른가 하면, 예전에는 실제적이 아니었으나 금일은 실제적으로 됨이 이 것이로다라고 단언하겠으니, 즉 예전의 학자는 학문의 조예는 깊으나 어쨌든 세사世事에는 우원하였으며 세사에 밝은 자는 도리어 학자가 아니라 함과 같으니 예전의 학자와 같이 여하히 학문에 뛰어나도 세사에 우원함은 단지 활옥편活玉篇이라 함에 지나지 않으니 활옥편으로는 하등의 세상의 진운에 공헌하는 바가 없는지라, 이것이 예전에 있어서 교육의 폐해이라.

신교육의 안목 ─ 신교육에서 시폐時弊의 사례 ─ 그 병원病原의 하나는 박식博識자를 양성함에 있음

신교육은 이와 달라 상식이 있는 유용한 인물 즉 세사에 통효通曉하는 실용적 인물을 만들고자 하는 것이니, 환언하면 산 사회에 나아가 각종 제반 업무에 복무해야 할 실제적 인물을 양성함을 이로써 신교육의 안목으로 단언함을 꺼리지 않노라, 원래 초등보통교육의 학교에서는 학술을 연구함보다 오히려 실제로 활용해야 할 교육을 시행할 것이 중시함을 요구하니 물론 고등의 학교에 들어간 자에게는 고등한 학술을 주어야만 하겠으나 초등교육의 학교에서는 직접 세상에 나아가 유용한 인간을 만들지 아니하면 안 됨이라, 이것이 그 교육의 실제적임을 요하는 소이연이며 일본에서도 이 초등교육은 자칫하면 실제적이 아닌 박식자를 양성하는 경향이 있으니 이것은 실로 동양의 폐풍으로서 교육이 실제적이 아님에서 기인한 것이라 이르지 않을 수 없노라, 그러므로 실제상 소학교로부터 나아가 중등 정도의 학교에 들어가고자 하는 자가 많으나 학교 입학의 여부는 즉 부형의 재부財富와 기타 일가의 사정 등을 자세히 돌보지 아니하고 헛되이 높은 정도의 학교에 들어감을 명예로 하여 이에 들어가고자 함을 바라는 정이 있으니, 인하여 어떤 중학교든지 항상 만원의 상태에 있어서 모든 지망자를 수용하지 못하는 결과로 입학함을 얻지 못한 자는 결국 생활에 필수한 직업을 능히 취하지도 못하고 가석하게 사회의 낙오자, 실망자가 되어 무직 무위의 인물로 화하여 끝나니라, 이와 같은 폐풍이 있음은 직업으로서 소학교육이 실제적이 아님에서 연유하는 것이라 하지 않을 수 없노라, 그러므로 이로서 교장, 교원 등은 여기서 자기의 학교에서 고등한 학교에 들어가는 자가 많음을 영예로 하여 이를 권장하는 풍습이 있느니라, 근래 차등의 부박한 풍습은 크게 고쳐진 듯하나 지방에 있어서는 여전히 아직 전혀 개선에 미치지 못한 것이 없지 않으니 진실로 개탄할 수밖에 없노라, 대저 일본에 이 폐풍이 생김은 필경 학교에서 박식자를 양성하고자 하는 동양풍의 그릇된 교육법은 바로 그 한 원인 되는 줄로 믿느니라.

그 병원의 둘, 상급 학교와 연락이 결핍함

더욱 소학교와 중등 정도의 학교들 사이에 충분한 연락이 없는 것, 환언하면 연락이 있지만 그 부자연한 것이 또한 그 한 원인이 된다 할까, 이 일에 관해 다시 상술하자면, 양자의 사이에 연락이 없는 고로 중학교도 아니고 사범학교도 아닌 대강 이런 중등 정도의 학교에 입학하고자 하는 자에 대하여 이런 학교에서는 박식자를 많이 요구함에 연유하여 입학시험의 정도를 높게 하는 경향이 생겨나 종래 학업의 성적 우량한 자 이외에는 입학함을 얻지 못하니, 그 결과로 부득이 이에 수반하여 소학교의 학업정도를 높게 하지 않을 수 없음이라, 이와 같은 이유로써 자연히 소학교에서는 박식자 양성의 폐풍에 물들게 된 것으로 요량하나, 그럼에도 중등 정도의 학교의 직원은 혹 판명하여 말하기를 입학시험의 정도를 높게 하지 아니하면 지망자를 선발하기 어렵다 하나, 나는 이에 대하여 입학시험은 그 지방 현재 보통의 소학교 졸업생의 학력 정도에서 실시함을 바라나니, 이렇게 해서 많은 지망자가 합격한 때는 그 답안을 확인하는 방법으로서 두뇌의 상하, 학문의 우열 여하를 판별하여 입학자를 도태시켜 선발하면 가하니라, 그래서 소학교와 중등 정도의 학교들 사이에 각각 생도 성적상의 연락을 도모함이 또한 필요한 한 방법 됨은 다시 논할 필요가 없나니, 대강의 소학교의 졸업생은 그 대부분은 학교생활을 그만두고 실제생활에 들어가며 그 나머지는 다시 중등 정도의 학교생활에 들어가니, 그러므로 소학교와 중학교의 연락 및 소학교 훈육의 방법에 관한 이상의 여러 문제는 실로 당사자가 마땅히 고려해야 할 문제니라.

이상은 일본의 사례이나 교육상 한 시폐로 인지하고서 이 시폐가 다시 한국에 다시 나타남을 바라지 않는 이유로 나는 한국의 각학교에 종사하는 현재의 제군에게 대하여 말하노니, 그 중등 정도의 학교에 있는 제군에게는 보통학교의 정도를 표준으로 하여 그와 연락을 도모할 것을 희망하며, 그 보통학교에 있는 제군들에게는 그 교육을 오로지 실제적이될 수 있도록 힘쓸 것을 희망하는 것이니라, 무엇으로써 보통학교 교육의 방법이 실제적이지 않다고 이르는고, 이는 단지 일부의 사실을 보고서 평함이오 혹은 적중하지 아니할지도 모르겠으나,

보통학교의 현상

보통학교의 졸업생으로 가업을 조력하지도 아니하고 아무 직업, 직무에 종사하지 아니하며 장차 또 다른 상급학교에 들어가지도 아니하고 단지 유유히 도식徒食하며 무위의 생활을 하는 자가 있으니 이와 같은 무리 각지에 심히 많도다, 졸업생의 도식하는 여부는 일가一家의 사정에 속하여 감히 학교의 관계하는 바가 아니라 하나 이는 학교 훈육이 실제적이지 못하였음과 또 아직 훈육이 부족함에서 나온 결과라고 단정하지 않을 수 없노라, 나는 도식자가 많이 배출되면 그런 부분은 그 학교의 교육방법이 실제적이지 아니함을 반증하는 것이라 할 수밖에 없다고 믿노니, 무릇 한국은 교육에 의하지 않으면 장래 그 개명과 진운을 도모할 수 없다 함은 한국 국민 일반이 주창하는 바로 이는 제군이 염지稔知하는 바로서 우리들도 역시 그러함을 믿느니라, 그런데 한국의 개명진운은 교육에

의하지 아니하면 할 수 없다 함은 무슨 이유인가, 교육을 받아서 실제에 유용한 인간이 되어 그 농이며 공이며 상이며 관리됨을 불문하고 어떤 것에서든지 직업을 구하여 자기의 심력을 다하여 그 가족을 부유하게 하고 그 나라를 부유하게 하여 이와 같이 하여야 비로소 한국의 개발진운을 구할 수 있는 때문이 아니리오, 그런즉 교육을 받으면서 유유히 도식하는 자가 많은 사실을 보게 되면 이는 어떤가, 교육을 시행하는 소이의 도가 그 마땅함을 얻었다고 말할 수 있으니, 나는 가만히 걱정하느니, 교육을 시행하여 도리어 도식의 인민을 늘리게 하는 결과를 낳지 아니했는가 하고 오직 나의 걱정하는 바로 하여금 기우에 그치게 아니 하기를 간절히 바라마지 아니 하노라.

교육상의 결함

일본에서는 제군의 숙지하시는 바와 같이 소위 의무교육을 시행하고 있으니, 그러므로 대저 부형된 자들은 그 생활상태의 여하를 불문하고 또 그 지식이 농이나 공이나 상이나 관리됨을 물론하고 혹시라도 학령아동을 가진 자는 그 보호자가 되어 반드시 이를 취학하게 하지 아니하면 불가하니라, 이런 등의 부형 중에는 왕왕 그 자제를 학교에 들임에 비롯하여 저들은 가정에 있어서 하등의 가사를 조력하지 아니 하게 되어 이를 말하여 미숙한 교육을 받고서 도리어 노동을 싫어하여 유유히 도식하는 인간이 되어 마치게 된다 하여 불평을 말하여 탄식을 하는 자들이 있음은 우리들이 누누이 들어온 바이며 또한 제군들이 아는 바와 같도다, 이들 부형의 탄식의 소리는 보통학교에 종사하는 자 및 이에 관계가 있는 자들에 대해서 크게 고구할 필요가 있는 바이라, 자제가 학교에 들어가서 교육을 받고서 도리어 가사를 조력하기 싫어하기에 이르렀다 말함과 같아서는 정녕 학교 교육의 치욕이오, 결코 가볍게 간과하지 못할 지라, 만일 학교에 들어와 교육을 받은 이상은 가정에서 한층 좋아하여 그 가사를 보조함에 이름이 당연하니라, 그런데 이와 같음은 오직 하등사회의 자제뿐 아니라 상류사회의 자제에 있어서도 근로를 높이는 습관을 기르며 나아가 그 가사경제를 보조하는 바가 없지 못할 지라, 이 점에 대하여 일본에서는 지금 일대 고구하는 바가 되고 있노라.

돌아서 한국의 상태를 보건대 최근 보통학교에 입학하는 아동의 가정은 종전에 비하여 크게 그 뜻이 달라짐에 이르렀으나 중류이하의 자제는 입학을 좋아하여 입학자의 다수는 중류이하의 이들이 되었도다, 지방의 어떤 곳에 있어서는 도중에 방황하는 지게꾼과 같은 자를 불러 들여 입학하게 한 곳도 있다고 들었도다, 이처럼 지게꾼을 불러 들여 입학하게 하여 이에 교육을 시행한 결과는 어떠하리오, 저들은 다시 지게꾼 됨을 싫어하여 마침내 유민이 되어 버릴 것 같으면 크게 고려가 필요할 지라, 이와 같이 전술함과 같은 일본의 폐풍이 반복된 것이니, 이래서는 진정한 신교육을 시행하는 취지에 어긋나고 유감이 심하노니, 이는 즉 교육의 방법이 실제적이 되지 아니함 때문이 아닐 수 없으며,

한국 종래의 폐풍

한국의 개발진운을 도모하는 소이의 정신과 배치되는 결과가 됨이니, 심히 주의해야만 할 것이라, 곰곰이 한국 종래의 풍습을 고찰한 즉, 한국에서는 노동은 하층사회의 풍습이오, 우유優遊가 상류사회의 풍습이 되었도다, 환언하면 비생산적 인물을 존숭함이라, 혹시라도 이 풍습이 존속하

는 이상은 이 나라의 부강개발은 도저히 실제로 바랄 수 없음이라, 세인이 왕왕 이 점을 논급하는 자가 있으나 간간이 그 행하는 바는 말한 바에 어그러짐을 보나니, 그 끽연할 사이에 그 점화하는 것까지 타인으로 하여금 일부러 노동을 가져옴에 이르러서는 언어도단이라 하겠도다.

노동근면

마땅히 유럽류로 자기의 일은 자기가 이를 할지니, 어찌 스스로 나아가 노동하지 아니하며, 어찌 스스로 일어나 근면하지 아니하는고, 각인이 부유하여 국가가 부유하느니 국가의 부강개발을 바람에 반드시 자신이 근로에 복무하는 실제적 인물을 키우지 아니하면 불가하니라, 교육에 종사하는 자는 특히 이에 유의하여 십분진력할 일을 필요할 지어다, 우리들 일본인은 일본에서의 시폐를 지실知悉하고 이로부터 한국교육의 사업에 종하며 이로서 다시 일본의 시폐를 반복하지 말고 양호한 모범을 보일 각오가 있음이 필요하도다, 일본인 제군은 한인韓人 제군과 숙의熟議를 다하여 한층 그 교육을 실제적이 되기에 주의하여 공부를 계속 할 것을 바라노라, 이 실로 제군은 일본에서의 시폐와 함께 그 장점도 또한 지실知悉하는 자이니 그러므로 감히 다대한 촉망囑望을 하는 소이니라.

실제적 교양의 방법

그런즉 어떻게 하여야 학교를 실제적이 되게 할까, 어떻게 하여야 학도의 교양을 실제적으로 되게 할까, 이 점에 관해서는 깊이 제군의 연구를 바라느니, 가령 훈육은 사회의 정황에 비추어 사회를 멀리 하지 아니하고 시설할 필요가 있는지라, 우선 한국의 시폐를 둘러보고 이를 교정

하며 이를 훈계함은 가장 필요한 일이 될지며,

각과목의 연락통일 및 적실한 교재

기타 수신의 강화, 독본의 강독, 또는 작문, 산술의 과제에 대해서도 각과목의 연락 및 통일을 보존하여 실제생활에 적절한 것을 촉진하여 학도에게 주며 혹은 고안하게 할 필요도 있을지라, 기타 이런 구체적 사항에 대해서는 이에 상세히 말하지 않으며 이로써 일단 제군의 연구에 위임하고자 하노라, 더욱 한국 금일의 사회에 있어서 시폐를 교정하여 이를 광구匡救해야 할 사항은 많지만 시험 삼아 나의 비견鄙見을 서술하노라.

① 근로 : 우선 제일 한국에서는 이미 자신이 노동하며 자신이 근면하는 관념이 일반에 결핍함이라, 그러므로 이 점에 대해서는 깊이 주의하여 훈육할 필요가 있음으로 인지하라.

② 규율 : 다음으로 어쨌든 행동이 비규율에 흐르는 일이니 평이하게 말하자면 일정한 규칙이 없는 것, 스스로 타락하는 일이 즉 이것이라, 이 점 역시 교정해야만 할 것으로 인지하라

③ 착실 : 다음으로 위 취지와 비슷한 것으로 착실, 건전한 사상이 결핍한 것, 이는 본래 일률적으로는 말하기는 어렵지만 일반적으로 이 사상이 엷기 때문에 충분히 교정하여 행하지 아니하면 불가하니라

④ 신용 : 다음으로 자신의 신용을 중히 여기지 않는 일, 이 또한 일률적으로 말하기 어렵지만 신용을 중요시하는 관념이 부족함은 사실이라, 이는 타국에도 통유通有한 결점이라 하나, 특히 한국에 있어서는 그 아동의 훈육상 이 점을 가지고 가장 주의를 요할 것이 될 지라, 그 약속을 지키지 아니함과 같은 것과 타인의 소유물을 절취하여도 이를 반환함에 있

어서는 다시 이르지 아니 함과 같음, 이런 등의 풍습은 전혀 이 관념의 결핍한 결과로 인지할 수 있느니라.

그 다른 종류가 더 많이 있다 하겠으나 지금은 하나하나 그 사례를 들지 않으니, 제군은 이에 항상 깊이 주의하시어 수신과 기타의 교수 사이에 적당히 이런 등의 시폐를 교정함에 힘쓸 것을 바라노라.

앞에 말한 바와 같음은 제군의 학교에 모두 이상의 결점이 있다 함이 아니라 대체로 적당히 연구를 하여서 시행하여 양호한 성적을 보이는 곳도 있는 고로 이런 등에 대해서는 물론 하등의 희망할 필요를 인지하지 아니하나 아직 능히 그러함을 부득한 것들이 없지 않음으로 위와 같이 누누이 서술해 놓은 이유니라, 이후에는 한층 내가 제군에게 대하는 희망에 대해서 유의할 바로 진실한 모범교육의 실질을 들어서 능히 유종의 미를 거둘 수 있게 함을 간절히 바라노라.

목하의 교육제도 및 학도 수용에 관한 주의

더욱 한마디를 붙여 두려 하니, 이는 경성 내의 보통학교에 있어서는 필요가 없는 듯하나 지방에 있어서는 목하의 교육제도는 의무교육 즉 강제교육이 아닌 일을 십분 판명하지 못하는 사람이 있는 듯하도다, 이는 부내 인민의 자제를 되는 한 많이 취학하게 하고자 하는 열심에서 비롯된 일로 생각하니 의무교육이 아닌 즉 이로서 강제적으로 누구누구의 차별이 없이 몰아가서 입학하게 할 필요는 없도다, 물론 부득이한 경우에는 중류 이하의 사람이라도 수용하지 않을 수 없는 일이 있으나 우선 중류 이상의 자제를 수용함을 주안으로 해야만 하니라, 그런데 중류 이상의 자제로서 입학하지 아니 함에는 후일 신교육을 받지 못한 일을 후회

할 시기가 있을 터이나 이는 부득이한 일이라, 요컨대 저들의 후회는 자업자득이라 할 수밖에 없느니라, 그러나 지금 다행히 보통학교는 대개 일반에게 환영되는 일이라, 즉 중류 이상의 자제가 입학함은 흔연히 기쁠 일이니라, 그럼에도 중류 이하의 자까지 그 모두 수용할 일은 금일의 상태에서는 즉 설비의 관계에 있어서 도저히 할 수 없는 바이라, 그런데 모 교감은 미취학자가 아직 다수가 있는 고로 이로서 이를 다 수용하고자 기도하는 자가 있으니, 이는 본지로는 동감하나 사실로 불가능이라, 이런 등은 나의 설명이 아직 철저하지 못한 바가 있는 것으로 생각되니 이로서 특히 한 마디 붙인다.

규정제정상의 주의

더욱 정기보고의 요령 중 "여러 규정을 설치한 때는 그 등사 및 제정의 사유"라 말한 한 항이 있으니 이는 필요에 응하여 규정류를 만든 때는 보고하라 말한 의미이고 감히 규정 그것의 제정을 권장하는 의미가 아니라, 모 학교에서 하나의 소사小使에 대한 규정에 30여 개조를 설치함과 같이 번쇄함에 잃어버리고 번잡의 폐에 빠짐이 없도록 할지어다, 환언하면 헛되이 규정만 중첩하고 도리어 실적이 나오지 아니할 우려가 없도록 주의할 것을 바라노라.

3) 보통학교에서의 여자교육시설방침

보통학교는 남자 학도를 수용하여 신교육의 모범을 보임에 있기에 이로써 그 설비가 허가하는 한 남자를 취학하게 하여 모범의 실적을 나타냄에 전력을 다할지니라, 그러나 또 지역의 정황에 따라서 가정에서 여자의 취학을 희망하는 등 필요가 부득이한 경우에 있어서는 학교의 설비에 여유가 있으며 또 이의 교수를 담임할 적당한 교원이 있는 때에 한하여 편의상의 조치로서 종래 특히 여자학도의 수용을 인허하였으나 근래에 이르러 여자의 학급이 있는 보통학교의 수가 점차 늘어나는 경향이 있으니 이는 본래 호기심을 좇아 경솔히 이를 시설하지 아니 할 것으로 믿으나, 계획한 당초에서 지금 한층 신중하게 그 이해와 완급을 고려하는 동시에 당국 현금의 정황과 여자의 특성 등을 살펴서 이에 교양의 내용으로 하여금 일상의 생활에 적절하고 필수한 것이 되도록 할지며 그 수단과 방법 등에서도 또 남자학도에 대한 경우와 다르니 특히 짐작할 바가 있을 지라, 아래 이에 대한 시설상 주의가 필요함을 인지하는 여러 점을 적시하여 대개 여자학도를 수용한 학교 및 장래 수용하고자 하는 학교 관계자로 하여금 순종할 바를 알게 함을 희망함이라.

① 여자학도는 결코 그 많음을 바라지 않으며 따라서 강잉하게 그 취학을 권장함과 같은 일은 없어야 하고, 주로 중류이상의 가정에서 여아 가운데 취하여 그 부형의 소망이 확고한 자에 한하여 수용할 방침을 취할 것이 필요하고 또 연장의 학도에 대해서는 본인의 사정을 짐작하되 기어이 학력의 여하에 구속하지 말고 적절하게 상당한 학년에 편입하고

② 수업연한은 우선 3학년 이내에서 이를 정함이 가하고

③ 교과목은 가정 일상의 실제생활에 필수, 적절하며 간이簡易 비근卑近한 지식과 기능을 가르침을 요지로 하니, 즉 주로 수예를 가르치고 겸하여 수신, 국어 및 한문, 일어, 산술 등의 필요한 과목을 선택하여 이를 학과로 삼고 성실, 근로, 청결, 정돈, 절약, 이용利用 등의 습관을 기르게 함을 기약할지며,

④ 매주 교수시수는 수업연한의 장단 및 교과목의 다소에 따라 적절히 이를 정함이 가하고,

⑤ 학급편제는 학도수의 다소에 따라 적절히 복식複式으로 편제하여 교수할 것이되, 그 학급 수는 여하한 경우에든지 두 학급을 넘지 아니하여야 하고, 또 학교 소재지의 실정에 비추어 어떠한 인심의 오해와 의혹을 부르는 우려가 없는 경우에 있어서는 편의상 남녀학도를 동일학급에 편제함도 가하니라.

이를 요약하며 여자교육은 반드시 나아가 이를 시설할 필요가 없으되 만약 지역의 정황이 이를 필요로 하는 경우에 있어서도 해당 학교 설비의 허락하는 범위에서 조치하고 또 교과목 및 기타에 이르러는 적절히 짐작을 하여서 그 교육을 이루도록 간이, 적절, 비근 실용에 간절히 유의함이 필요하니라.

4) 보통학교 보습과 시설방침

보통학교 보습과는 업무에 종사할 보통학교의 종사자 및 기타로 하여금 여가에 와서 이미 배운 교과를 보충 연습하여 생업에 관한 회득會得을

깊게 하고 한층 처세의 실제에 적응하게 함으로써 본지를 삼음에 따라 이의 교양에 관하여서도 특히 지역 및 가정의 정황에 유의함이 필요하되 만일이라도 보습과에서 배우기 위하여 학도로 하여금 업무에 종사하지 못하게 하며 혹은 그 종사하는 시기를 지연하게 함과 같은 일이 있으면 불가할 지라, 이에 아래에 그 시설상에서 존유遵由해야 할 여러 점을 적시하여 보통학교 관계자로 하여금 장래 보습과의 설치에 관하여 이에 의거하여 적당히 조치하는 바가 있게 하고 더욱 그 설치한 보습과에 대하여서 특별한 이유가 없음은 물론이거니와 설령 그 이유가 있더라도 시기를 보아 점차 이에 의거하게 하는데 이를 것을 희망하노라.

① 보습과의 학도는 정규교과의 학도에 비하여 대개 연장자가 많을 지며 또 지능도 점점 발달했을 터인즉 이로서 훈련상 능히 이를 선도하여 보습과의 교육을 받음을 비롯하여 더욱 착실, 근면한 사람을 만들어 금일 배운 바를 명일에 이를 실제에 응용할 수 있도록 적절 비근한 지식 기예를 수득修得하게 하여 더욱 가업 및 기타의 직업에 정려하게 될 것이고 만일이라도 이를 혐기함과 같은 우려가 없도록 특히 유의함을 요함.

② 교과목은 농업, 상업, 수공의 한 과목 또는 여러 과목을 주요 과목으로 하되 기타는 수신, 국어 및 한문, 일어, 산술, 이과 등의 안에서 일상생활상에서 가장 필요하다고 인지되는 것을 과목으로 하고 헛되이 여러 갈래에 흩어져 실익을 보지 못함과 같은 폐가 없도록 함을 요함.

③ 교수의 기간은 일정한 계절로 제한함이 물론이거니와 되도록 정규교과의 교수시간을 피하여 학교의 방과 후 야간 또는 일요일에 하는 등 편의를 따라 이를 정하여 이로서 한 편으로는 주간의 가업 또는 여러 직업에 종사할 학도의 편리를 도모하는 동시에 다른 면으로는 개설한 설비

및 교원을 이용하는 연구할 것을 요함.

④ 교수의 방법은 되도록 교과서를 사용하지 말고 구두로 할 것이며, 어떤 교과목을 불문하고 모두 실제 생활에 적절 유효하게 함을 기약하고 헛되이 고상, 소만疎慢함에 빠짐과 같은 잘못이 없도록 잘 주의하되 특히 농업, 상업, 수공 등 실업과목에 대해서는 항상 그 지방의 경제상태 및 생업상태와 밀접한 것을 선정하여 실제적 사항을 구두로 지시하고 또 편의에 따라 작업실습을 행함이 긴요하되, 만일 지역의 정황에 따라 역사지리를 과목으로 삼는 경우에도 주로 그 지방의 역사지리에 관한 사항과 생업의 상황을 가르칠 것, 보습과의 목적에 부합할 것을 힘쓸 지라.

⑤ 구두가 곤란하여 교과서를 사용하는 경우에는 되도록 정규교과의 교과용 도서를 사용하여 학도로 하여금 혐오의 정이 생기지 않도록 함은 물론, 실제에 유익한 바가 있도록 복습을 겸해 적절한 보충부연으로써 그 종래 수득한 바를 십분 활용하도록 숙달하게 함을 요함, 만약 정규교과의 교과용 도서 이외의 것을 사용하고자 하는 때는 학도의 학력 정도 등을 고려하여 먼저 배부한 '교과용도서일람教科用圖書一覽'에서 취하여 검정을 마친 또는 인허를 마친 도서 중에 적당한 것을 선택하여 검정을 마친 것을 사용한 때에는 규칙 제23조 전단에 의거하여 보고함이 필요하며 인가 마친 것과 또는 이 일람에 기록된 이외에서 적당하다고 인정된 것을 사용하는 경우에는 같은 조항 후단에 의거하여 먼저 인가를 신청하여야만 함을 요함.

⑥ 본부는 보습과의 학도에 대하여 정규교과의 학도와 마찬가지로 본부가 편찬한 교과용 도서를 대여하는밖에 기타의 도서가 부여 또는 대여함을 할 수 없으니 교과서를 사용하는 경우에는 학교의 예산으로서 이를

배부 또는 대여하면 좋지만 그렇지 못한 때는 각 학도로 하여금 구매 또는 등사하게 하여야만 함.

『신문계』 문림文林·현상작문懸賞作文 통계표

일러두기

- 1 유형은 한문이 문장으로 나타나는 한문 문장체이고, 2 유형은 한문이 주로 어구, 구절의 형태로 나타나는 한문 구절체이며, 3 유형은 한문이 주로 단어의 형태로 나타나는 한문 단어체이다.
- 1, 2형과 2, 3형은 두 가지 유형이 섞여서 실현된 양상의 유형이다.

1권 1호(1913.4, 이하 1-1호로 표기)

유형	편수	수록작품 내역	
1형	3	1. 天以生生爲本…(1형)	9. 위와 같음(2형)
		2. 詩學(2, 3형)	10. 위와 같음(1, 2형)
1, 2형	5	3. 狗尾埋地三年化爲貂尾(3형)	11. 蠶(3형)
		4. 送夏迎秋喜登校(1, 2형)	12. 交通機關(3형)
2형	1	5. 學業은 才不如勤(1형)	13. 勤儉貯蓄(2, 3형)
		6. 積塵成山(2, 3형)	14. 學問之道在於收放心(1, 2형)
2, 3형	3	7. 積小成大(1형)	15. 人不學不知道(1, 2형)
3형	4	8. 卒業의 告別文(3형)	16. 玉不琢이면 不成器(1, 2형)

- 7쪽 16편
- 2단 편성 20줄 22자 본문은 1단 편성이나 문림(文林)은 2단 편성, 그리고 활자도 크고 작은 활자를 다양하게 사용하고 있음
- 교훈적 화보와 원각사지 십층석탑 사진을 삽입
- 「積塵成山」, 「積小成大」는 같은 수업의 과제로 보임(주제가 같고 같은 학교의 같은 학년임)

1-2호(1913.5)

유형	편수	수록작품 내역	
1형	4	1. 狗尾埋地三年化爲貂尾(1형)	9. 學如不及(論, 2, 3형)
1, 2형	2	2. 問諸生遇漢文則繁縮…(1, 2형)	10. 위와 같음(1형)
2형		3. 送春迎夏思想(1, 2형)	11. 朝鮮重要物産(3형)
		4. 人不學不知道(1형)	12. 위와 같음(3형)
2, 3형	2	5. 師(1형)	13. 酒, 草가 衛生에…(3형)
3형	6	6. 禍福不自己求遠(3형)	14. 勤勉(23형)
		7. 古人有言曰…(한문)	15. 農者는 天下의 大本(3형)
한문	2	8. 위와 같음(한문)	16. 道德이 先於學問(3형)

- 9쪽 16편
- 학생의 그림과 서예도 게재
- 養心여학교 교장 이용자(1909년에는 양규의숙 학생이었음, 대한학회월보에 투서의 서예와 사진 게재
- 한문 작문 숙제, 제목 : "古人有言曰…[고인의 말이 있다. '크게 되기를 바라면서 마음은 작은 것을 원한다. 대저 마음이 작은 자는 반드시 두려움이 있고 크게 되기를 바라는 자는 반드시 두려움이 없다. 이미 두려움이 없기를 바라면서 다시 그 두려움을 원함은 왜인가?']"
- 「人不學不知道」, 「조선중요물산」, 「狗尾埋地三年化爲貂尾」, 「學如不及」 등은 같은 수업의 과제로 보임

1-3호(1913.6)

"學如逆水行舟說[배움은 물결을 거스르는 배와 같다]"(1형, 1쪽) 1편만 게재

1-4호(1913.7)

유형	편수	수록작품 내역	
1형	2	1. 光陰如矢…(1형)	6. 勤學(2, 3형)
1, 2형		2. 莫謂今日不學而…(1형)	7. 競爭論(2, 3형)
2형	1	3. 春期修學旅行…(3형)	8. 賞春(2, 3형)
		4. 勤學(2형)	9. 修身(2, 3형)
2, 3형	4	5. 春期修學旅行…(3형)	10. 愛(3형)
3형	3		

- 7쪽 10편
- "제군들에게 알리는 바, 본지의 원고에 관한 건을 부쳐 주실 때에는 사사로운 말은 일절 기록하지 마시라. 봉투의 입구를 3분의 2가량 제거하고 앞면에 제4호이라 쓰고, 2전 우표를 부쳐주시오 사사로운 말을 기입하시면 부족하여 곤란하오. 편집실에서"
- 학생의 그림, 판화 게재　　　　　　　　　　　· 현상과제로 선정된 일본어 작문을 게재함

1-5호(1913.8)

- 3쪽 4편
- 「常識論」: 학생이 아닌 것으로 보이는 龍岡生 盧鎭玩의 글로 1.5쪽의 긴 글. 문체는 1, 2, 3형이 뒤섞임. 용강이라는 말로 볼 때, 평안남도 용강군 출신으로 추정됨.
- 文林의 원고가 산처럼 쌓였으나 다른 기사가 많아 다음 호에 게재하겠다는 고시가 삽입.

1-6호(1913.9)

유형	편수	수록작품 내역
1형	9	1. 당선1등(1형) / 2. 愛竹說(1형) / 3. 學而時習知(1, 2형, 이상 2등) / 3. 成事는 在志定(2, 3형)/4. 自鳴鐘(1, 2형) / 5. 學貴乎識時務(1형, 이상 3등, 이하 選外佳作)/6. 勤學(2) / 7. 老農의 書談(1, 2형) / 8. 萬事在一心(1, 2형) / 9. 春之樂(1형) / 10. 時事警鐘(2형) / 11. 勉學論(3형) / 12. 秋陽論(1, 2형) / 13. 勸告我學生界(1, 2형) / 14. 智識競爭論(2형) / 15. 勤儉我等生活…(1, 2형) / 16. 晝寢是病也(1형) / 17. 作文(1, 2형) / 18. 勤儉과 忍耐는 成功…(2, 3형) / 19. 社會의 原動力가…(2, 3형) / 20. 相當흔 事業엔…(1형) / 21. 苦者는 樂之種(1, 2형) / 22. 月下觀雪(1, 2형) / 23. 勤勞(2, 3형) / 24. 何故로 貯金이 必要…(3형) / 25. 時間과 時針(3형) / 26. 成事는 在志定(2, 3형) / 27. 新學問의 不可不修(1형) / 28. 學生互相勸勉(2형) / 29. 時雨化之論(한문) / 30. 深伐者로다 通鑑…(1형) / 31. 人樂有賢父兄(한문) / 32. 生子無敎…(1형) / 33. 學生의 精神(1, 2형) / 34. 學生과 勤勞(2, 3형) / 35. 勸友入學(3형) / 36. 漸進之道가 大乎(2형) / 37. 祝新文界(2형) / 38. 虛榮必戒(2형) / 39. 體用의 治論(12형) / 40. 祝新文界(2형) / 41. 革舊從新(2형) / 42. 遊逸과 依賴의 弊(2형) / 43. 學而時習知(1, 2형)
1, 2형	13	
2형	9	
2, 3형	6	
3형	4	
한문	2편	

- 29쪽 43편
- '文林'을 懸賞作文으로 개편
- 학생의 그림 게재
- 1등은 인쇄상태가 좋지 않아 알아 볼 수 없음. 남은 몇 줄로 문체만 파악함
- 21번 글은 학생이 아닌 중의 글
- 일본 여자로 보이는 성장한 여자의 그림과 〈讚美歌〉라는 제목으로 노래 부르는 여자의 그림을 삽입
- 6호는 개학을 맞아 '학생호'로 특별히 발행한 것으로 이 '현상작문'도 특별행사의 일환으로 보임
- 상품은 1등 2원 2등 1원, 3등은 은제 상장

1-7호(1913.10) 현상작문에서 문림으로

유형	편수	수록작품 내역	
1형	2	1. 世界는 大學校이고…(12형)	10. 職業(3형)
		2. 學問(3형)	11. 敎育(2형)
1, 2형	2	3. 一刻千金論(2, 3형)	12. 工業의 急務(2, 3형)
		4. 信 用은 無形的…(2, 3형)	13. 活動機關酒(1, 2형)
2형	4	5. 道德과 文學之…(3형)	14. 商業의 希望(2형)
		6. 勤勞는 萬學의 母(2형)	15. 愛菊說(2, 3형)
2, 3형	5	7. 學生에 夏期休暇…(2, 3형)	16. 殖産이 急於敎育(1형)
		8. 學問(3형)	17. 學生諸君의 夏期放學…(2형)
3형	5	9. 立志(3형)	18. 農者는 天下…(1형)

- 14쪽 18편

1-8호(1913.11) 문림

유형	편수	수록작품 내역	
1형	5	1. 靑年學生의 立身…(1형)	9. 積小成大라(1, 2형)
1, 2형	1	2. 山徑水誌說(1형)	10. 勸學(2, 3형)
		3. 田家收穫(1형)	11. 體育(한문)
2형	2	4. 秋期學生(2형)	12. 實業이 爲今日最急務(1형)
2, 3형	3	5. 위와 같음(2, 3형)	13. 我等은 一年生이라(2형)
		6. 위와 같음(2, 3형)	
3형	1	7. 體育(3형)	
한문	1	8. 熱心(1형)	

- 9쪽 13편
- 학생의 그림 게재
- 묘향산 보현사에서 林承錄이 투고함.
- 수업의 과제로 보이는 글 : 「秋期學生」, 「體育」

1-9호(1913.12) 문림

유형	편수	수록작품 내역	
1형	6	1. 忍耐力이라(2형)	10. 立志說(3형)
1, 2형	3	2. 太陽과 新文界(2형)	11. 秋夜에 散步公園(2형)
		3. 社會文明在…(1형)	12. 我等은 一年生이라 (2)
2형	6	4. 世事는 晩達이…(1, 2형)	13. 我靑年(1, 2형)
		5. 九月授衣(1형)	14. 勤勞(2형)
		6. 光(2, 3형)	15. 友也者友其德(1형)
2, 3형	1	7. 時懷(2형)	16. 靑年不重心(1형)
		8. 勸告京城留學生…(1형)	17. 友를 逢別…(1, 2형)
3형	2	9. 豫備論(1형)	18. 森林說(3형)

- 12쪽 18편　　　■ 학생의 그림과 학생의 본인 사진을 게재
- 祝賀新文界雜誌歌 : 3·4조 唱歌로『보통교육창가집』18과 곡조가 동일하다 함
- 수업의 과제로 보이는 글 :「我等은 一年生이라」
- 문림에 투고하는 원고는 첨부한 용지에 기록할 것, 분량의 제한을 지킬 것, 투고문의 주제는 '新年希望'임
- 투고용지는 342자 가량

2-1호(1914.1) 현상작문

유형	편수	수록작품 내역	
1형	7	제목은 모두 "新春希望".	4. (1, 2형)
		1. (1형, 1등)	5. (1형)
1, 2형	10	2. (한문)	6. (2형, 이상 3등)
2형	7	3. (2, 3형, 이상 2등)	
2, 3형	7	(이하 선외) 7(1형) / 8(한문) / 9(1, 2형) / 10(1형) / 11(1, 2형) / 12(2, 3형) / 13(2,3형) / 14(2형) / 15(2,3형) / 16(2형) / 17(1, 2형) / 18(2형) / 19(1, 2형) / 20(1형) / 21(3형) / 22(1, 2형) / 23(1, 2형) / 24(2형) / 25(1, 2형) / 26(2, 3형) / 27(2, 3형) / 28(1, 2형) / 29(1형) / 30(1형) / 31(2, 3형) / 32(1, 2형) / 33(2형) / 34(2형)	
3형	1		
한문	2		

- 24쪽 34편
- 신분을 학생으로 밝히지 않은 투고자가 10명 가량이나 됨
- 현상공모했던 書法 당선작과 圖畵 당선작을 작문과 같이 삽입하여 실제 분량은 더 적음
- 현상작문을 심사한 사람은 여규형, 서법 심사자는 최영년

2-2호(1914.2) 현상작문

- 11쪽 가량. 현상작문의 제목은 '第一의 嬉樂'. 1등, 2등, 3등 합쳐서 6명인데 2등 1명만 보성전문 학생이고 나머지는 모두 학생 신분이 아님.
- 1등(1형), 2등은 모두 한문, 3등은 1(2, 3형), 2(한문), 3(1형)
- 이름을 기명한 사람들의 사진들이 게재되었는데 독자사진 모집의 결과
- 다음호 현상작문 제목은 발행 1주년을 맞아 '春은 如何흔 時期뇨'

2-3호(1914.3)

유형	편수	수록작품 내역	
1형		1. 競爭은 進化의 母忍耐力이라 (2, 3형)	8. 山家冬夜(2형)
1, 2형		2. 營養의 一般(3형)	9. 教師(3형)
2형	3	3. 父母의 恩(2, 3형)	10. 三育說(2, 3형)
2, 3형	8	4. 勤勉貯蓄의 實行(2, 3형)	11. 朋友必擇(2, 3형)
		5. 學力과 業務의 關係(2, 3형)	12. 恩德報答(2형)
3형	3	6. 人은 道德과 學問…(2형)	13. 新年의 希望(2, 3형)
		7. 苦는 成功의 本(2, 3형)	14. 위와 같음(3형)

- 19쪽 14편
- 수업의 과제로 보이는 글 : 「新年의 希望이라」
- 春 : 4·4조 운문(고베 관서학원 신학부 재학생 한석원)
- 다른 호보다 투고된 글들의 양이 김

2-4호(1914.4)

- 40쪽 가량. 현상작문 제목은 '春은 如何흔 時期뇨'
- 1(한문, 1등) / 2(한문) / 3(한문, 이상 2등) / 4(1, 2형) / 5(1, 2형) / 6(1, 2형, 이상 3등)
- 1등과 2등 1명, 3등 1명이 학생 신분이 아님
- 지면의 위에 '독자소감'과 律詩 등을 배열하고 있음.

2-5호(1914.5)

유형	편수	수록작품 내역	
1형	1	·'學生과 運動會'를 제목으로	3. (1형, 이상 2등)
		현상작문 13편 수록	4. (한문)
1, 2형	3	1. (3형, 1등)	5. (2, 3형)
2형	1	2. (한문)	6. (2형, 이상 3등)
2, 3형	10	(이하 선외) 7. (2, 3형) / 8. (2, 3형) / 9. (1, 2형) / 10. (2, 3형) / 11. (2, 3형) / 12. (1, 2형) / 13. (1, 2형)	
3형	6	·'박데리아의 吾人生活上利害'를 제목으로 현상작문 10편 수록	
한문	2	: 당선작 6편과 선외가작 4편이 실렸는데 문장유형은 모두 3형이나 2, 3형으로 분류 적용하지 않음	

- 11쪽 23편
- 3단 편집 현상작문 제목 '學生과 運動會', '박데리아의 吾人生活上利害'
- 심사자가 여규형에서 보성전문 강사인 박해원으로 바뀜
- 역시 학생 신분이 아닌 사람들의 성적이 좋음
- 현상작문의 상품이 바뀜, 1등은 '言海' 1책, 2등은 은제 상장, 3등은 그림엽서 묶음

2-6호(1914.6) 현상작문

유형	편수	수록작품 내역	
1형	3	"學文의 價値"	9. (1, 2형)
1, 2형	3	1. (한문, 1등) 2. (한문)	10. (한문) 11. (2, 3형)
2형	2	3. (3형)	12. (2형)
2, 3형	3	4. (1형, 이상 2등) 5. (1형, 이하 3등 12편)	13. (2, 3형) 14. (1, 2형)
3형	1	6. (12형)	15. (2형)
한문	4	7. (한문) 8. (1형)	16. (2, 3형) 이하 선외 작문 14편은 생략

- 총 10쪽 24편
- 심사자는 배재학당 교사인 姜邁임
- 2등을 3명, 3등을 10명으로 확대함
- 상품은 1등 만년필, 2등 은제상장, 3등은 먹 1통
- 다음 현상을 공모하면서 문체는 諺漢文交作으로 제한한다고 규정
- 현상토론을 공모함. 제목 '學業成就는 才藝가 勝乎아, 勤務이 勝乎아' 문체는 諺漢文交用

2-7호(1914.7) 현상작문

유형	편수	수록작품 내역	
1형	3	"科學의 必要"	8. (2, 3형)
1, 2형	1	1. (2형, 1등) 2. (2형)	9. (2, 3형) 10. (1, 2형)
2형	4	3. (2, 3형, 이상 2등) 4. (2, 3형, 이하 3등 10편)	11. (2형) 12. (1형)
2, 3형	5	5. (2, 3형) 6. (1형)	13. (1형) 이하 선외 작문 14편은 생략
3형		7. (2형)	

- 총 11쪽 24편　　　　■ 심사자는 『조선신문』 주필인 최영년
- 3단 편성의 윗단은 토론현상이 차지함 1등 1편, 선외가작 3편 문체는 대화체 성격
- 당선작 옆에 심사자의 평을 첨부, 심사평은 한문
- 상품 1등 일어사전, 2등 周紙 1축, 3등 보통엽서 1벌
- 특별현상으로 일본과 조선의 친목을 위해 일본어 작문을 공모, 상금은 3원, 문체는 대화체로 제한

2-8호(1914.8) 현상작문

유형	편수	수록작품 내역	
1형	2	"夏期休暇" 1. (2, 3형, 1등)	8. (1, 2형) 9. (2, 3형)
1, 2형	3	2. (2, 3형)	10. (1형)
2형	3	3. (2형, 이상 2등) 4. (2, 3형, 이하 3등 10편)	11. (1형) 12. (2형)
2, 3형	4	5. (1, 2형) 6. (1, 2형)	13. (3형) 이하 선외 작문 22편은 생략
3형	1	7. (2형)	

- 총 14쪽 35편   ▪ 2단 편성으로 바뀜
- 상품 1등 1원, 2등 은제 상장, 3등 그림엽서 1벌
- 이전 호에 모집한 일본어 작문은 게재되지 않음

2-9호(1914.9) 현상작문

유형	편수	수록작품 내역	
1형	1	"我의 鄕里" 1. (2형, 1등)	8. (3형) 9. (2형)
1, 2형	5	2. (2형)	10. (1형)
2형	6	3. (12형, 이상 2등) 4. (1, 2형, 이하 3등 10편)	11. (1, 2형) 12. (1, 2형)
2, 3형		5. (2형) 6. (2형)	13. (2형) 이하 선외 작문은 게재하지 않음
3형	1	7. (1, 2형)	

- 4쪽 13편   ▪ 3단 편성으로 바뀜
- 상품 1등 明治聖代紀念帖 1질, 2등 은제 상장, 3등 그림엽서 1벌

2-10호(1914.10) 현상작문

유형	편수	수록작품 내역	
1형	1	"雜誌는 如何혼 者뇨" 1. (1형, 1등)	8. (2, 3형) 9. (2형)
1, 2형	5	2. (2, 3형)	10. (2, 3형)
2형	1	3. (1, 2형, 이상 2등) 4. (2, 3형, 이하 3등 10편)	11. (1, 2형) 12. (2, 3형)
2, 3형	5	5. (3형) 6. (1, 2형)	13. (1, 2형) 선외 작문 50편
3형	1	7. (1, 2형)	

- 총 15쪽 63편   ▪ 2단 편성으로 바뀜
- 상품 1등 세계지도 1매, 2등 붓 한 자루, 3등 1차대전 화보 1매

2-11호(1914.11) 현상작문

유형	편수	수록작품 내역	
1형	2	"靑年과 時間"	8. (2형)
1, 2형	5	1. (3형, 1등) 2. (1형)	9. (2, 3형) 10. (1, 2형)
2형	2	3. (1형, 이상 2등) 4. (1, 2형, 이하 3등 10편)	11. (2, 3형) 12. (2, 3형)
2, 3형	3	5. (1, 2형) 6. (2형)	13. (1, 2형) 선외 작문 24편
3형	1	7. (1, 2형)	

- 총 14쪽 37편
- 상품 1등 자명종, 2등 은제 상장, 3등 그림엽서 1벌

2-12호(1914.12) 현상작문

유형	편수	수록작품 내역	
1형	3	"學海觀戰"	8. (1형)
1, 2형	5	1. (2형, 1등) 2. (2형)	9. (2형) 10. (2형)
2형	4	3. (1, 2형, 이상 2등) 4. (1, 2형, 이하 3등 10편)	11. (1, 2형) 12. (1형)
2, 3형	1	5. (1, 2형) 6. (2, 3형)	13. (1형) 선외 작문 24편
3형		7. (1, 2형)	

- 총 14쪽 37편
- 상품 1등 『가나다國語大典』(일한사전으로 보임) 1책, 2등 은제 상장, 3등 전쟁화첩 1벌

3-1호(1915.1) 현상작문

유형	편수	수록작품 내역	
1형	1	"一年의 計"	8. (1, 2형)
1, 2형	4	1. (3형, 1등) 2. (2형)	9. (1, 2형) 10. (1, 2형)
2형	3	3. (2, 3형, 이상 2등) 4. (1, 2형, 이하 3등 10편)	11. (1형) 12. (2형)
2, 3형	4	5. (2, 3형) 6. (2, 3형)	13. (2, 3형) 선외 작문 6편
3형	1	7. (2형)	

- 총 10쪽 19편
- 상품 1등 『신문계』 1년분, 2등 『신문계』 6개월 분, 3등 『신문계』 1월호

3-2호(1915.2) 현상작문(제목은 자유)

유형	편수	수록작품 내역	
1형	1	1. 우리學校(3형, 1등)	9. 健康은 人生…(3형)
		2. 新年의 樂(2형)	10. 不勞면 無功(1, 2형)
1, 2형	1	3. 德性은 吾人之本(2형, 이상 2등)	11. 驕惰는 萬事(2, 3형)
2형	4	4. 靑春을 愛惜(3형, 이하 3등 10편)	12. 師의 恩(1형)
		5. 凡事有始有終(2형)	13. 忍耐(3형)
2, 3형	2	6. 勤儉貯蓄(2형)	선외 작문 9편
		7. 人必自悔…(2, 3형)	
3형	5	8. 愛親(3형)	

- 총 12쪽 22편
- 상품 1등 『明治聖代紀念帖』1책, 2등 은제 상장, 3등 그림엽서 1벌

3-3호(1915.3) 현상작문

유형	편수	수록작품 내역	
1형	1	"靑年의 立志"	8. (3형)
		1. (1, 2형, 1등)	9. (1, 2형)
1, 2형	2	2. (2, 3형)	10. (3형)
2형	3	3. (2형, 이상 2등)	11. (2, 3형)
		4. (2형, 이하 3등 10편)	12. (2, 3형)
2, 3형	4	5. (1형)	13. (3형)
		6. (23형)	선외 작문 6편
3형	3	7. (2형)	

- 총 10쪽 19편
- 심사자가 최영년에서 보성학교 교사 金駬로 바뀜
- 상품 1등 『書翰文獨習』1책, 2등 은제 상장, 3등 그림엽서 1벌

3-4호(1915.4) 현상작문

유형	편수	수록작품 내역	
1형	6	"四月鶯"	8. (1, 2형)
		1. (1형, 1등)	9. (2, 3형)
1, 2형	3	2. (1형)	10. (1, 2형)
2형	2	3. (1형, 이상 2등)	11. (2형)
		4. (2형, 이하 3등 10편)	12. (1, 2형)
2, 3형	2	5. (2, 3형)	13. (1형)
		6. (1형)	선외 작문 5편
3형		7. (1형)	

- 총 8쪽 18편　　　　　　■ 심사자 양정고보 교감 安鐘元
- 상품 1등 학생모 1개, 2등 국어대전 각 1책, 3등 최신조선지도 각 1매

3-5호(1915.5) 현상작문

유형	편수	수록작품 내역	
1형		"吾人과 快樂"	8. (2형)
1, 2형	6	1. (2, 3형, 1등)	9. (2형)
		2. (2형)	10. (2형)
2형	5	3. (2형, 이상 2등)	11. (1, 2형)
		4. (1, 2형, 이하 3등 10편)	12. (1, 2형)
2, 3형	2	5. (1, 2형)	13. (2, 3형)
		6. (1, 2형)	선외 작문 5편
3형		7. (1, 2형)	

- 총 9쪽 18편
- 심사자 여규형
- 상품 1등 학생모 1개, 2등 벼루 각 1개, 3등 최신조선지도 각 1매

3-10호(1915.10) 현상작문

유형	편수	수록작품 내역	
1형	5	"親燈"	6. (1형)
1, 2형	1	1. (1형, 1등)	7. (2형)
2형	3	2. (1, 2형)	8. (2형)
		3. (1형, 이상 2등)	9. (1형)
2, 3형		4. (1형, 이하 3등 6편)	선외작 게재하지 않음
3형		5. (2형)	

- 5쪽 9편
- 심사자 이화학당 교사 李星會
- 상품 1등 정가가 1원인 서적, 2등 50전 서적, 3등 최신조선지도 각 1매
- 3등이 6편으로 줄음

3-12호(1915.12) 현상작문

유형	편수	수록작품 내역	
1형	8	"觀月"	6. (1형)
1, 2형	1	1. (1, 2형, 1등)	7. (1형)
2형		2. (1형)	8. (1형)
		3. (1형, 이상 2등)	9. (2, 3형)
2, 3형	1	4. (1형, 이하 3등 6편)	선외작 1편(1형)
3형		5. (1형)	

- 5쪽 10편   ▪ 심사자 『법학월보』 주필 姜荃
- 상품 1등 조선명승시 1책, 2등 은제상장, 3등 최신조선지도 각 1매
- 4-1호(1916.1) : 현상작문이 아닌 30자 이내의 懸賞金을로 바뀜

4-2호(1916.2) 현상작문

유형	편수	수록작품 내역	
1형	2	"靑年의 春"	6. (2, 3형)
1, 2형	1	1. (2, 3형, 1등)	7. (2, 3형)
2형	1	2. (1, 2형)	8. (1형)
		3. (2형, 이상 2등)	9. (2, 3형)
2, 3형	7	4. (2, 3형, 이하 3등 6편)	선외작 2편 1. (2, 3형) / 2. (1형)
3형		5. (2, 3형)	

- 7쪽 11편
- 심사자 배재학당 교사 주필 姜邁
- 상품 1등 "御大典"(1916년에 소화천황이 황태자로 책봉됨) 기념 사진첩, 2등 『가나다國語大典』, 3등 『청년문고』 1개월 구독
- 「청년문고」는 『신문계』 말미에 10~20여 쪽 가량 부록처럼 발행되었는데, 웅변설, 수사학, 그리스도의 생애, 공자의 생애, 격언집 등을 수록하였다. 총 16호가 발행되었다.

4-4호(1916.4) 현상작문

유형	편수	수록작품 내역	
1형	3	"事業과 誠力論"	6. (1, 2형)
1, 2형	3	1. (1형, 1등)	7. (1, 2형)
2형	2	2. (1, 2형)	8. (2형)
		3. (1형, 이상 2등)	9. (2, 3형)
2, 3형	1	4. (2형, 이하 3등 6편)	선외작 없음
3형		5. (1형)	

- 6쪽 9편   - 심사자 최영년
- 상품 1등 천황즉위기념 사진첩, 2등 정가 50전 서적, 3등 『청년문고』 1개월 구독

4-8호(1916.8) 현상작문

유형	편수	수록작품 내역	
1형	1	"夏期와 旅行"	6. (1형)
1, 2형	3	1. (1, 2형, 1등)	7. (2형)
2형	2	2. (2, 3형)	8. (1, 2형)
		3. (1, 2형, 이상 2등)	9. (3형)
2, 3형	2	4. (2형, 이하 3등 6편)	선외작 없음
3형	1	5. (2, 3형)	

- 5쪽 9편
- 심사자 이성회
- 상품 1등 정가 1원 서적, 2등 정가 50전 서적, 3등 『청년문고』 1개월 구독

4-11호(1916.11) 현상작문

유형	편수	수록작품 내역	
1형	1	"吾人에 對혼 勤儉"	6. (2형)
1, 2형	3	1. (2형, 1등)	7. (2, 3형)
2형	3	2. (1, 2형)	8. (2, 3형)
		3. (1, 2형, 이상 2등)	9. (1형)
2, 3형	2	4. (1, 2형, 이하 3등 6편)	선외작 없음
3형		5. (2형)	

- 5쪽 9편　　　　　　　• 심사자 이성회
- 상품 1등 明治聖代紀念帖, 2등 벼루, 3등 『청년문고』 1개월 구독

5-1호(1917.1) 현상작문

유형	편수	수록작품 내역	
1형		"新年과 計劃"	6. (2형)
1, 2형	2	1. (2형, 1등)	7. (2, 3형)
2형	5	2. (2형)	8. (1, 2형)
		3. (2형, 이상 2등)	9. (1, 2형)
2, 3형	1	4. (3형, 이하 3등 6편)	선외작 없음
3형	1	5. (2형)	

- 5쪽 9편　　　　　　　• 심사자 최영년
- 상품 1등 정가 1원 서적, 2등 『가나다國語大典』, 3등 『청년문고』 1개월 구독

5-3호(1917.3) 현상작문

유형	편수	수록작품 내역	
1형	1	"吾人과 靑春"	6. (2형)
1, 2형	2	1. (2, 3형, 1등)	7. (1, 2형)
2형	3	2. (1, 2형)	8. (3형)
		3. (1형, 이상 2등)	9. (2형)
2, 3형	2	4. (2형, 이하 3등 6편)	선외작 없음
3형	1	5. (2, 3형)	

- 5쪽 9편　　　　　　　• 심사자 呂炳鉉
- 상품 1등 정가 1원 서적, 2등 『가나다國語大典』, 3등 조선지도 1매

※ 4-3호(1916.3), 4-6호(1916.6), 4-7호(1916.7), 4-9호(1916.9), 4-10(1916.10) 등 총 5개 호는 현상작문 대신에, 금언을 모집한 현상금언(懸賞金言)과 한시(漢詩)를 모집한 현상시단(懸賞詩壇)을 게재하였으므로 생략함.

참고문헌

1. 1차 자료

단행본 및 전집류

『三國史記』『於于野談』

『舊敎科書趣意』

『普通學校學徒用 漢文讀本』전 4권, 博文館, 1907.

『植民地朝鮮敎育史料集成』 63・65, 龍溪書舍, 1990.

姜義永, 『實地應用作文大方』, 永昌書館, 1921.

朴晶東, 『新撰尺牘完編』, 同文社, 1909.

李覺鍾, 『實用作文法』, 唯一書館, 1911.

李慶民, 『熙朝軼事』 卷1~2, 1866.

李鍾麟, 『文章體法』, 普書館, 1913.

朝鮮總督府, 『高等朝鮮語及漢文讀本』, 1913.

_____, 『新編高等國語讀本』, 1922~1924.

_____, 『新編高等朝鮮語及漢文讀本』, 1924.

_____, 『中等敎育朝鮮語及漢文讀本』, 1933.

崔南善, 『時文讀本』, 新文館, 1916・1918・1921.

崔在學, 『實地應用作文法』, 徽文館, 1909.

_____, 『文章指南』, 徽文館, 1908.

學部編輯局, 『小學讀本』, 1895.

久保得二, 『實用作文法』, 日本 : 實業之日本社, 1906.

島村瀧太郎, 『(縮刷)新美辭學』, 早稻田大學出版部, 1922[1902].

福澤諭吉, 『福澤全集』 7, 東京 : 時事新報社, 1926.

陳騤[宋], 劉彦成 註釋, 『文則』, 北京 : 書目文獻出版社, 1988.

Alexander Bain, *English Composition : Rhetoric Manual,* New York : D.Appleton Company, 1879.

잡지·신문기사

『皇城新聞』『嶠南敎育會雜誌』『畿湖興學會月報』『大韓自强會月報』『大韓協會會報』

『西友』『西北學會月報』『少年』『新文界』『靑春』

「出版業으로 大成한 諸家의 抱負」, 『朝光』 38, 1938.12.

錦園金氏, 「湖洛鴻爪」, 『靑春』 12, 1918.

DB자료

한국역사정보통합시스템 www.koreanhistory.com

한국고전종합DB db.itkc.or.kr

2. 단행본

강진호 편, 『국민소학독본』, 경진, 2012.

강진호·허재영 편, 『조선어독본』 전 10권, 제이앤씨, 2010.

강진호·구자황 외, 『근대 국어교과서를 읽는다』, 경진, 2014.

고영근·김민수 외편, 『역대한국문법대계』, 탑출판사, 1986.

검열연구회, 『식민지 검열-제도·텍스트·실천』, 소명출판, 2011.

구인모, 『한국 근대시의 이상과 허상-1920년대 '국민문학'의 논리』, 소명출판, 2008.

구장률, 『지식과 소설의 연대』, 소명출판, 2012.

국립중앙도서관 근대문학 자료실, 『한국 근대문학 해제집-문학잡지(1896~1929)』 2, 국립중앙도서관, 2016.

권두연, 『신문관의 출판 기획과 문화운동』, 고려대 민족문화연구원, 2016.

권순긍, 『활자본 고소설의 편폭과 지향』, 보고사, 2000.

김도형, 『대한제국기의 정치사상연구』, 지식산업사, 1994

김복순, 『1910년대 한국문학과 근대성』, 소명출판, 1999.

김영민, 『한국 근대소설의 형성 과정』, 소명출판, 2005.

_____, 『문학제도 및 민족어의 형성과 한국 근대문학(1890~1945)-제도, 언어, 양식의 지형도 연구』, 소명출판, 2012.

김용태·박이진 외 편역, 『일본 한문학 연구 동향』 1, 성균관대 출판부, 2017.

김혜련, 『일제 강점기 조선어과 교과서와 조선인』, 역락, 2011.

도진순 주해, 『백범일지』, 돌베개, 2002.

류시현, 『최남선 연구-제국의 근대와 식민지의 문화』, 역사비평사, 2009.

민족문학사연구소 편, 『근대계몽기의 학술·문예사상』, 소명출판, 2000.

박관규·손성준 역, 『대한자강회월보편역집』 3, 소명출판, 2015.

박찬승, 『한국근대 정치사상사연구-민족주의 우파의 실력양성운동론』, 역사비평사, 1997.

박헌호·최수일 외, 『작가의 탄생과 근대문학의 재생산 제도』, 소명출판, 2008.

배수찬, 『근대적 글쓰기의 형성 과정 연구-논설문의 성립 환경과 문장 모델을 중심으로』, 소명출판, 2008.

변영만, 「나의 回想되는 先輩 몇 분」, 『변영만 전집』 하, 성균관대 대동문화연구원, 2006.

심경호, 『한문산문의 미학』, 고려대 출판부, 1998.

심재기, 『국어문체변천사』, 집문당, 1999.

유임하 편역, 『소학독본』, 경진, 2012.

이우성·임형택 편역, 『이조한문단편집』 중·하, 일조각, 1982.

이영화, 『최남선의 역사학』, 경인문화사, 2003.

이태준, 『문장강화』, 창작과비평사, 1988.

임동석 역주, 『채근담(완정본)』, 건국대 출판부, 2003.

임상석, 『20세기 국한문체의 형성과정』, 지식산업사, 2008.

임상석 외역, 『대한자강회월보편역집』 1, 소명출판, 2012.

임상석·정두영 역, 『대한자강회월보편역집』 2, 소명출판, 2014.

임상석·이준환·이상현, 『유몽천자 연구-국한문체 기획의 역사와 그 현장』, 역락, 2017.

임형택·한기형 외, 『흔들리는 언어들-언어의 근대와 국민국가』, 성균관대 대동문화연구원, 2008.

전성곤, 『근대 조선의 아이덴티티와 최남선』, 제이앤씨, 2008.

전은경, 『근대계몽기 문학과 독자의 발견』, 역락, 2009.

정근식·한기형 외, 『검열의 제국-문화의 통제와 재생산』, 푸른역사, 2016.

정원택, 『지산외유일지(志山外遊日誌)』, 탐구당, 1983.

조동일, 『한국문학통사』 4, 지식산업사, 1986.

천정환,『근대의 책 읽기-독자의 탄생과 한국 근대문학』, 푸른역사, 2003.

최남선, 임상석 역,『시문독본』, 경인문화사, 2013.

최덕교 편저,『한국잡지백년』1, 현암사, 2004.

최원식,『문학』, 소화, 2012.

최현식,『신화의 저편-한국 현대시와 내셔널리즘』, 소명출판, 2007.

최혜주,『근대 재조선 일본인의 한국사 왜곡과 식민통치론』, 경인문화사, 2010.

한기형 외,『근대어・근대매체・근대문학-근대 매체와 근대 언어질서의 상관성』, 성균관대 대동문화연구원, 2006.

허재영,『일제강점기 교과서 정책과 조선어과 교과서』, 경진, 2009.

_____,『통감시대 어문교육과 교과서 침탈의 역사』, 경진, 2010.

_____,『일제강점기 어문정책과 어문생활』, 경진, 2011.

가메이 히데오, 신인섭 역,『「소설」론-小說神髓와 근대』, 건국대 출판부, 2006.

가라타니 고진・아사다 아키라 외, 송태욱 역,『근대 일본의 비평 1868~1989』1, 소명출판, 2002.

고마고메 다케시, 오성철 외역,『식민지제국 일본의 문화통합-조선・대만・만주・중국 점령지에서의 식민지 교육』, 역사비평사, 2008.

미쓰이 다카시, 임경화・고영진 역,『식민지 조선의 언어 지배 구조-조선어 규범화 문제를 중심으로』, 소명출판, 2013.

사이토 마레시, 황호덕・임상석 외역,『근대어의 탄생과 한문-한문맥과 근대 일본』, 현실문화, 2010.

윤건차, 심성보 역,『한국 근대교육의 사상과 운동』, 靑史, 1987.

이노구치 아츠시, 심경호 외역,『일본한문학사』, 소명출판, 1999.

이연숙, 임경화・고영진 역,『국어라는 사상-근대 일본의 언어 인식』, 소명출판, 2006.

후쿠자와 유키치, 허호 역,『후쿠자와 유키치 자서전』, 이산, 2006.

石毛慎一,『日本近代漢文教育の系譜』, 東京 : 湘南社, 2009.

金文京,『漢文と東アジア : 訓讀の文化圏』, 東京 : 岩波書店, 2010.

森岡健二,『近代語の成立 : 語彙篇』, 東京 : 明治書院, 1991.

齋藤希史,『漢文脈の近代-清末＝明治の文学圏』, 名古屋 : 名古屋大学出版会, 2005,

陳培豊,『日本統治と植民地漢文 : 台湾における漢文の境界と想像』, 東京 : 三元社, 2012.

3. 논문

강경범, 「『醉古堂劍掃』의 처세 양상」, 『중국문학연구』 34, 한국중문학회, 2007.

강명관, 「한문폐지론과 애국계몽기의 국·한문 논쟁」, 『한국한문학연구』 8, 한국한문학회, 1985.

_____, 「일제초 구지식인의 문예활동과 그 친일적 성격」, 『창작과비평』 16-4, 1988 겨울.

강용훈, 「'통속' 개념의 변천 양상에 대한 역사적 고찰」, 『대동문화연구』 85, 성균관대 대동문화연구원, 2014.

강진호, 「전통 교육과 '국어' 교과서의 형성―『소학독본』(1895)을 중심으로」, 『상허학보』 41, 상허학회, 2014.

고연희, 「조선시대 진환론(眞幻論)의 전개」, 『한국한문학과 미학』, 태학사, 2003.

구자황, 「독본을 통해 본 근대적 텍스트의 형성과 변화」, 『한국 근대문학의 형성과 문학 장의 재발견』, 소명출판, 2004.

_____, 「최남선의 『시문독본』 연구―근대적 독본의 성격과 위상을 중심으로」, 『과학과 문화』 9, 서원대 미래창조연구소, 2006.

_____, 「교과서의 차용과 번안―『신정심상소학』(1896)의 경우」, 『근대 국어교과서를 읽는다』, 경진, 2014.

김성수, 「근대 초기의 서간과 글쓰기교육―독본·척독·서간집 텍스트를 중심으로」, 『한국근대문학연구』 21, 한국근대문학회, 2010.

김용한, 「한문 문법서의 연구―初期 刊行本을 中心으로」, 『한문교육연구』 17, 한국한문교육학회, 2001.

_____, 「초기 간행 한문문법서의 통사 이론」, 『한문교육연구』 25, 한국한문교육학회, 2005.

김재영, 「이광수 초기문학론의 구조와 와세다 미사학(美辭學)」, 『한국문학연구』 35, 동국대 한국문학연구소, 2008.

김재용, 「식민주의와 언어」, 『제국주의와 민족주의를 넘어서―일제하 아시아 문학의 협력과 저항』, 역락, 2009.

김정인, 「1920년대 전반기 천도교단의 노선갈등과 분화」, 『동학학보』 5, 동학학회, 2003.

김지영, 「최남선의 『시문독본』 연구―근대적 글쓰기의 형성과정을 중심으로」, 『한국현대문학연구』 23, 한국현대문학회, 2007.

김진균, 「근대 척독 교본 서문의 척독 인식」, 『한민족문화연구』 46, 한민족문화학회, 2014.

김한종, 「조선총독부의 교육정책과 교과서 발행」, 『역사교육연구』 9, 한국역사교육학회, 2009.

남궁원, 「개화기 한문 및 한문 교육에 대한 인식 일고」, 『한문고전연구』 13, 한국한문고전학회, 2006.

_____, 「한국 개화기 한문과 교육의 전개 과정과 교과서 연구」, 성신여대 박사논문, 2006.

_____, 「개화기 글쓰기 교재 『실지응용작문법』과 『문장지남』 연구」, 『한문고전연구』 12, 한국한문고전학회, 2006.

노관범, 「대한제국 말기 동아시아 전통 한문의 근대적 轉有－朴殷植의 『高等漢文讀本』을 중심으로」, 『한국문화』 64, 서울대 규장각 한국학연구원, 2013.

문규영, 「『보통학교학도용 한문독본』 연구」, 영남대 석사논문, 2014.

문혜윤, 「문예독본류와 한글문체의 형성」, 『한국문화전통의 자료와 해석－개화기에서 일제강점기까지』, 단국대 출판부, 2007.

박관규, 「우암 송시열의 비지문 연구」, 고려대 박사논문, 2011.

박상현, 「육당 최남선의 와카 번역 연구」, 『일본문화학보』 65, 한국일본문화학회, 2015.

_____, 「최남선 편 『시문독본』의 번역 대본 연구－「이상」・「지기난」・「세계의 사성」・「사와 영생」」, 『일본문화연구』 55, 동아시아일본학회, 2015.

박영미, 「전통지식인의 친일 담론과 그 형성 과정」, 『민족문화』 40, 한국고전번역원, 2012.

박완서, 「내 안의 언어 사대주의 엿보기」, 『두부』, 창비, 2002

박진영, 「최남선의 『시문독본』 초판과 정정 합편」, 『민족문학사연구』 40, 민족문학사학회, 2009.

박치범, 「日帝强占期 普通學校 『朝鮮語及漢文讀本』의 性格－第1次 敎育令期 四學年 敎科書의 '練習'을 中心으로」, 『어문연구』 150, 한국어문교육연구회, 2011.

박현수, 「한국 근대문학의 재생산 과정과 그 의미－방정환을 중심으로」, 『대동문화연구』 53, 성균관대 대동문화연구원, 2006.

사진실, 「18~19세기 재담 공연의 전통과 연극사적 의의」, 『한국연극사연구』, 태학사, 1997.

소영현, 「근대 인쇄 매체와 수양론・교양론・입신출세주의－근대 주체 형성 과정에 대한 일고찰」, 『상허학보』 18, 상허학회, 2006.

손성준, 「영웅서사의 동아시아 수용과 중역의 원본성—서구 텍스트의 한국적 재맥락화를 중심으로」, 성균관대 박사논문, 2012.

신상필, 「근대 언론매체와 한자·한문 교육의 한 양상—『신문계』를 중심으로」, 『한자한문교육』 18, 한국한자한문교육학회, 2007.

심경호, 「日帝時代 朝鮮總督府發行 韓國兒童用語學讀本에 나타난 漢字語와 漢文」, 『한문교육연구』 33, 한국한문교육학회, 2009.

안예리, 「시문체(時文體)의 국어학적 분석」, 『한국학논집』 46, 계명대 한국학연구원, 2012.

오영섭, 「朝鮮光文會硏究」, 『한국사학사학보』 3, 한국사학사학회, 2001.

유임하, 「유교적 신민 창출과 고전의 인양(引揚)—『소학독본』(1895)의 재검토」, 『근대 국어교과서를 읽는다』, 경진, 2014.

이덕일, 「임정 국무위원 김승학이 김구 지시로 작성한 친일파 263명 '반민특위' 殺生簿 초안 최초공개」, 『월간중앙』, 2001.8.

이재선, 「개화기의 수사론」, 『한국근대문학연구』, 서강대 인문과학연구소, 1969.

임동석, 「한국 고전 번역의 번역학적 실제」, 『한국 고전번역학의 구성과 모색』 2, 점필재, 2015.

임상석, 「1910년대 국역의 양상과 한문고전의 형성」, 『사이』 8, 국제한국문학문화학회, 2010.

_____, 「『산수격몽요결』 연구—서구 격언과 일본 근대 행동규범의 번역을 통해 굴절된 한국 고전」, 『코기토』 69, 부산대 인문학연구소, 2011.

_____, 「근대계몽기 국문번역과 동문(同文)의 미디어—『20세기의 괴물 제국주의』 한·중 번역본 연구」, 『우리문학연구』 43, 우리문학회, 2014.

_____, 「1910년대 『열하일기(熱河日記)』번역의 한일 비교연구—『시문독본(時文讀本)』과 『연암외집(燕巖外集)』에 대해」, 『우리어문연구』 52, 우리어문학회, 2015.

_____, 「근대계몽기 한국 잡지에 번역된 제국주의」, 『滿洲及び朝鮮教育史』, 福岡 : 花書院, 2016.

임순영, 「국어 교과서의 형성과 교과교육론」, 고려대 박사논문, 2016.

장병극, 「조선광문회 연구」, 성균관대 석사논문, 2012.

장신, 「韓末·日帝强占期의 教科書 發行制度와 歷史教科書」, 『역사교육』 91, 역사교육연구회, 2004.

_____, 「일제하 초등학교 교사의 조선사 인식」, 『정신문화연구』 31, 한국학중앙연구원,

2008.

정규영, 「조선총독부의 조선유교지배」, 『학생생활연구』 4, 학생생활연구소, 1996.

정우봉, 「한문수사학 연구의 한 방법―주객법의 이론과 그 활용을 중심으로」, 『어문논집』 49, 민족어문학회, 2004.

_____, 「근대계몽기 작문 교재에 대한 연구―『實地應用作文法』과 『文章指南』을 중심으로」, 『한문교육연구』 28-1, 한국한문교육학회, 2007.

주종연, 「凰山 李鍾麟의 단편소설」, 『관악어문연구』 3, 서울대 국어국문학과, 1978.

진재교, 「한문학・고지도・회화의 미적 교감」, 『한국한문학과 미학』, 태학사, 2003.

최기숙, 「'옛 것'의 근대적 소환과 '옛 글'의 근대적 재배치―『소년』과 『청춘』을 중심으로」, 『민족문학사연구』 34, 민족문학사학회, 2007.

최혜주, 「시데하라의 식민지 조선 경영론에 관한 연구」, 『역사학보』 160, 역사학회, 1998.

최호석, 「영창서관의 고전소설 출판에 대한 연구」, 『우리어문연구』 37, 우리어문학회, 2010.

팽영일・이은숙, 「제1차 조선교육령기 『普通學校國語讀本』과 일본어교육」, 『동북아문화연구』 25, 동북아시아문화학회, 2010.

하재연, 「식민지 문학 연구의 역사주의적 전환과 전망」, 『상허학보』 35, 상허학회, 2012.

한기형, 「무단통치기 문화정책의 성격―잡지 『신문계』를 통한 사례 분석」, 『민족문학사연구』 9, 민족문학사학회, 1996.

_____, 「'이중출판시장'과 식민지 검열―'토착성'이란 문제의식의 제기」, 『민족문학사연구』 57, 민족문학사학회, 2015.

_____, 「차등 근대화와 식민지 문화구조―인쇄본 구소설과 '하위대중'의 상상체계」, 『민족문학사연구』 62, 민족문학사학회, 2016.

허재영, 「교육과정기 이전의 작문 교재 변천사」, 『한국어학』 32, 한국어학회, 2006.

홍인숙, 「근대 척독집을 통해 본 '한문 교양'의 대중화와 그 의미」, 『한국고전연구』 32, 한국고전연구학회, 2015.

황종연, 「문학이라는 譯語―「문학이란 何오」 혹은 한국 근대 문학론의 성립에 관한 고찰」, 『한국문학과 계몽담론』, 새미, 1999.

황호덕, 「사승이라는 방법, 육당의 존재―신화론」, 『최남선 다시 읽기―최남선으로 바라본 근대 한국학의 탄생』, 현실문화, 2009.

고야스 노부쿠니, 「근대 일본의 한자와 자국어 인식」, 임형택・서영채 외, 『흔들리는 언어들-언어의 근대와 국민국가』, 성균관대 대동문화연구원, 2008.

木村淳, 「文部省の教科書調査と漢文教科書-『調査済教科書表』を中心に」, 『日本漢文學研究』 5, 2010.

木村淳, 「漢文教材の変遷と教科書調査-明治三十年代前半を中心として」, 『日本漢文學研究』 6, 2011.

齋藤希史, 「〈同文〉のポリティクス」, 『文學』 vol.10-6, 2009.

齋藤希史, "국가의 문체-근대일본에서 한자 에크리튀르의 재편(國家の文體-近代日本おける漢字エクリチュールの再編)", 『연세대 근대한국학연구소 제15회 국제학술심포지엄 발표문』, 2014.

Daniel Pieper, "Korean as Transitional Literacy : Language Education, Curricularization, and the Vernacular-Cosmopolitan Interface in Early Modern Korea, 1895~1925", PhD Diss. University of British Columbia, 2017.

David Damrosch, "Scriptworlds lost and found", *Journal of World Literature* 1-2, 2016.

Leighanne Yuh, "Moral Education, Modernization Imperatives, and the People's Elementary Reader (1895) : Accommodation in the Early History of Modern Education in Korea", *Acta Koreana* 18-2, 2015.

Ross King, "Ditching 'Diglossia' : Ecologies of the Spoken and Inscribed in Pre-modern Korea", *Sungkyun Journal of East Asian Studies* 15-1, 2015.

초출일람(수록순)

이 책의 「들어가는 글」과 「맺는 글」은 새로 집필한 것이며 나머지 부분은 아래의 원고를 수정·보완한 결과이다.

1. 「소학독본(1895), 한문전통과 계몽의 과도기―번역과 의도적 차명(借名)에 대하여」, 『우리어문연구』 56, 우리어문학회, 2016.

2. 「국한문체 작문법과 계몽기의 문화의식―최재학(崔在學)의 『실지응용작문법(實地應用作文法)』」, 『한국언어문화』 33, 한국언어문화학회, 2007.

3. 「1910년 전후의 작문교본에 나타난 한문전통의 의미―『實地應用作文法』, 『實用作文法』, 『文章體法』 등을 중심으로」, 『국제어문』 42, 국제어문학회, 2008.

4. 「1910년대 초, 한일 '실용작문'의 경계」, 『어문논집』 61, 민족어문학회, 2010.

5. 「『시문독본』의 편찬 과정과 1910년대 최남선의 출판 활동」, 『상허학보』 25, 상허학회, 2009.

6. 「국학의 형성과 고전 질서의 해체―『시문독본』의 번역문을 중심으로」, 『비교문학』 59, 한국비교문학회, 2013.

7. 「1920년대 작문교본, 『실지응용작문대방(實地應用作文大方)』의 국한문체 글쓰기와 한문전통」, 『우리어문연구』 39, 우리어문학회, 2011.

8. 「統監府 發行 『普通學校 漢文讀本』의 성격과 배경―계몽기 한국 독본과의 비교연구」, 『대동한문학』 49, 대동한문학회, 2016.

9. 「일제강점기 조선총독부의 조선어급한문 교과서 연구 시론―중등교육 교재 『고등조선어급한문독본』을 중심으로」, 『한문학보』 22, 우리한문학회, 2010.

10. 「일본 문장의 번역으로 나타난 "조선문"―『고등조선어급한문독본권일(高等朝鮮語及漢文讀本卷一)』(1913)과 『실용작문법(實用作文法)』(1912)」, 『번역비평』 3, 한국번역비평학회, 2009.

11. 「조선총독부 중등교육용 조선어급한문독본의 조선어 인식―『新編高等朝鮮語及漢文讀本』의 번역과 문체를 중심으로」, 『한국어문학연구』 57, 한국어문학연구학회, 2011.

12. 「조선총독부 고등조선어급한문독본의 번역 양상—총독부 국어독본과의 비교연구」, 『비교문학』62, 한국비교문학회, 2014.

13. "A Study of The Common Literary Language and Translation in Colonial Korea : Focusing on Textbooks Published by the Government—General of Korea", *Acta Koreana* 18-2, 2015.

14. 「번역된 일본 제국주의 교육정책—'보통학교직원 수지요강'에 대하여」, 『국제어문』 57, 국제어문학회, 2013.

15. 「1910년대 작문교육과 한문고전—『신문계(新文界)』의 독자투고 문장」, 『작문연구』 14, 한국작문학회, 2012.

16. 「한국 현대문학연구에 편입된 교과서 연구와 번역—『근대 국어교과서를 읽는다』에 대하여」, 『상허학보』43, 상허학회, 2015.

　새 천 년이 시작된 지도 벌써 몇 해가 지났다. 식민지와 분단국가로 지
낸 20세기 한국 역사의 와중에서 근대 민족국가 수립과 민족 문화 정립
에 애써온 우리 한국학계는 세계사 속의 근대 한국을 학술적으로 미처
정리하지 못한 채 세계화와 지방화라는 또 다른 과제를 안게 되었다. 국
가보다 개인, 지방, 동아시아가 새로운 한국학의 주요 대상이 된 작금의
현실에서 우리가 겪어온 근대성을 다시 한번 정리하고 21세기에 맞는
새로운 모습으로 탈바꿈시키는 것은 어느 과제보다 앞서 우리 학계가 정
리해야 할 숙제이다. 20세기 초 전근대 한국학을 재구성하지 못한 채 맞
은 지난 세기 조선학·한국학이 겪은 어려움을 상기해 보면, 새로운 세
기를 맞아 한국 역사의 근대성을 정리하는 일의 시급성은 아무리 강조해
도 지나치지 않다.

　우리 근대한국학연구소는 오랜 전통이 있는 연세대학교 조선학·한
국학 연구 전통을 원주에서 창조적으로 계승하고자 하는 목표에서 설립
되었다. 1928년 위당·동암·용재가 조선 유학과 마르크스주의, 그리
고 서학이라는 상이한 학문적 기반에도 불구하고 조선학·한국학 정립
을 목표로 힘을 합친 전통은 매우 중요한 경험이었다. 이에 외솔과 한결
이 힘을 더함으로써 그 내포가 풍부해졌음은 두말할 나위가 없다. 연세
대학교 원주캠퍼스에서 20년의 역사를 지닌 매지학술연구소를 모체로

삼아, 여러 학자들이 힘을 합쳐 근대한국학연구소를 탄생시킨 것은 이러한 선배학자들의 노력을 교훈으로 삼은 것이다.

이에 우리 연구소는 한국의 근대성을 밝히는 것을 주 과제로 삼고자 한다. 문학 부문에서는 개항을 전후로 한 근대 계몽기 문학의 특성을 밝히는 데 주력할 것이다. 역사 부문에서는 새로운 사회경제사를 재확립하고 지역학 활성화를 위한 원주학 연구에 경진할 것이다. 철학 부문에서는 근대 학문의 체계화를 이끌고 사회과학 분야에서는 학제 간 연구를 활성화시키며 근대성 연구에 역량을 축적해 온 국내외 학자들과 학술 교류를 추진할 것이다. 이러한 연구들은 일방성보다는 상호 이해와 소통을 중시하는 통합적인 결과물의 산출로 이어질 것이다.

근대한국학총서는 이런 연구 결과물을 집약적으로 정리하기 위해 마련한 총서이다. 여러 한국학 연구 분야 가운데 우리 연구소가 맡아야 할 특성화된 분야의 기초자료를 수집·출판하고 연구성과를 기획·발간할 수 있다면, 우리 시대 연구자들뿐만 아니라 학문 후속세대들에게도 편리함과 유용함을 줄 수 있을 것이다. 새롭게 시작한 근대한국학총서가 맡은 바 역할을 충분히 할 수 있도록 주변의 관심과 협조를 기대하는 바이다.

2003년 12월 3일

연세대학교 원주캠퍼스 근대한국학연구소